二零四八十月

2048 Oct.

烏托盟邦 著

封面插畫：克洛伊

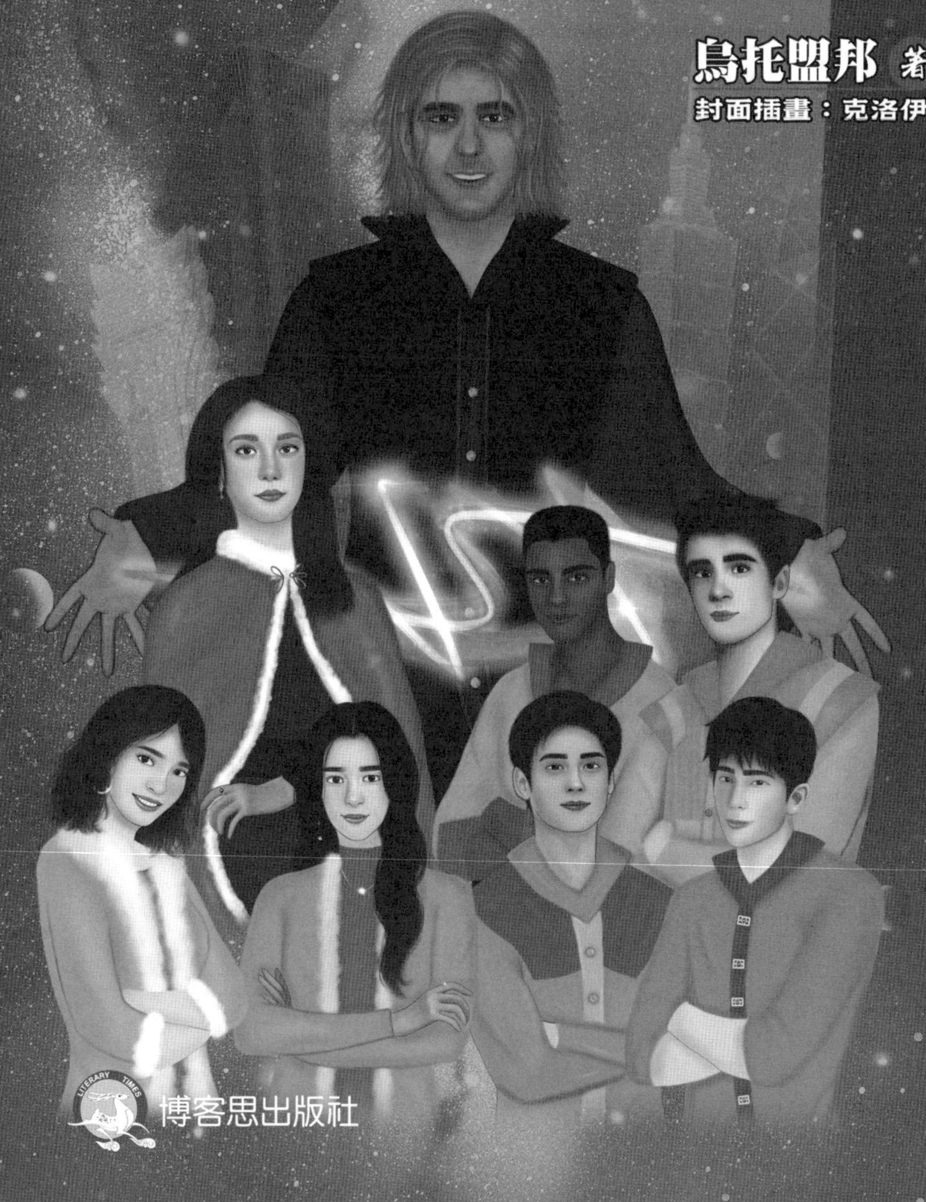

博客思出版社

目 錄

8

作者的話

　　在下雖曾出版過書，卻做夢也沒想過出版有關政治的書籍。然而，在下創作此書目的，最重要是感到兩岸統一臨近，也對台港部分專家學者對兩岸及中港之評論持不同看法，期望以美國華裔「旁觀者」身分，提出一些新思維給大眾參考。無論如何，在下更期望台港青少年不但要目光遠大，且要有世界觀，在分析事情時候，不要受意識形態所綁架，畢竟台灣及香港的青少年，才是未來兩地社會之主人翁。誠然，在下不敢奢望影響兩地的青少年，但求只是啟發少數人，特別是沒政治立場之人，為兩岸四地帶來正能量，即於願足矣。然而，本書有兩點必須強調的，其一，本書有提及到美中台三角關係未來的演變會有六個結果，而故事最終描述是發生第三種結果，但不代表是在下期待之結果；相反，在下深切期望台灣人民了解現今的兩岸真實狀況後，能夠理性地選擇出自己前途最英明的決定，也就是選擇第六種結果。其二，本書是 2021 年 3 月底便完成，書中最沒譜、最違心之事，就是說到 2020 年發生之世紀疫情於 2021 年中便結束，甚至把香港第五波疫情事件提早說，這是由於須顧及故事主人翁（亞伯）到台港澳星四地演出說起，若然疫情還未結束，亞伯就不能到台港等地，故事也就無從談起。但若然把時間押後，那麼此書內容就留有太多時間空白；當然，世間事又豈能盡如人意及盡善盡美，反正它也只是個故事而已。

　　（本故事共 106 回　內容純屬虛構　如有雷同實屬巧合）

故事概要

　　本書為著爭取更多的台港年青人閱讀，所以首度把近年來國際及兩岸四地（陸台港澳）發生之「真實」新聞事件，再把各地不同之專家、學者評論，與及作者之不同看法，利用說故事形式呈現，目的就是令台港年青人更易看懂及投入，而且令讀者閱讀本書，幾乎盡知中台港以至美歐近年發生之大事。

　　而故事主人翁亞伯既是純美國人，他的徒兒也有白人萊恩、非裔人格林，與及四名在美出生之華裔，分別是湫彤、大榕、蔓荷、謙新等，由他們說出西方之缺點可能更具說服力。加上亞伯本身是魔術特技師，因此本書內容自然難免有著很多有關魔術表演之著墨，也許令讀者看來不至太沉悶，同時也加插很多中國寓言或成語故事，甚至借用了現代不少的歌影視作品內容或歌詞，來比喻現今兩岸四地的狀況及百態，從而令年青讀者更易吸收及明白事情之真相。

　　至於書中除了描述中美文化、生活各種差異外，所提及之國際及兩岸四地事件繁多；在國際方面，除了提及最重要的中美關係、中美台關係、陸港關係、台港關係之外，還有提及到中美俄關係、中歐關係、中日韓關係、中印關係以至中國東盟關係等等；但主軸還是討論兩岸關係，當中包括中國必須統一台灣之九大原因、中國不容長期等待和統之八大原因、中美台未來六種之演

變結果、統一對台灣之十二種好處、以至台灣人民應該如何面對統一及選擇什麼方法對自己最為有利等；也討論到香港社會「藍黃」對立、香港人民又應該如何把陸港兩地之疏離感變成歸屬感、選擇什麼方法能有效解決貧富、房屋、教育、傳媒、司法等深層問題；更談及到美國本身應該如何政治改革，才能有效化解國內貧富懸殊、種族分化、槍枝泛濫等社會難題，特別是期盼美國應早日洞悉中國更喜歡 G2 共管世界之七大理由，從而面對無法阻撓已經崛起之中國，找出 G2 共贏之明智方法，才能有機會令美國真的再度偉大。

　　總之，無論對兩岸、陸港、中美如何相互融合化解分岐，均提出作者不少愚見，以供大眾參考之用。誠然，由於書中開篇即為 2048 年，因此故事末段會提及未來世界演變，特別會「虛構」很多新中國的未來發明和貢獻；但書中提到的「截貧製富項目」及「明星保障項目」其構思是真實的，而作者也期待覓得「知音人」共襄盛舉，彼能造福人群。

第 1 回

七斗敘舊 理念相似情同手足

　　時光如梭，今天已是 2048 年 10 月開始。在上海黃浦外灘的晚上，整個外灘、陸家嘴及臨江夜景盡收眼底的 Five 戶外餐廳中，七位分別來自祖籍北京的奧謙新，祖籍台灣的廣湫彤與鄒紫箬，祖籍香港的邰蔓荷，祖籍澳門的鍾大榕，另外還有兩位地地道道的美國人，一位是純白人的 Charlie Layne（查理萊恩）及一位非洲裔的 Edward Green（愛德華格林）又聚集一起閒話家常。而七人中除了紫箬之外，其餘六人均為師兄弟姐妹，七人都是 90 後的人，且都相差不到兩歲。年紀稍為大一點的是萊恩，跟著是格林，最愛 AI 智能研究的萊恩如今是世界智能身分認證 Power Finger（新中國稱為一陽指）管理局的國際部副局長，喜愛旅遊及各地文化的格林現在已是「一帶一路」國際旅遊發展局駐中國總幹事，無獨有偶，二人都分別在中國娶了媳婦，且都在 2029 年獲特別批准一同入籍了新中國。

　　六師兄弟姐妹中在年紀排第三的是湫彤，熱愛海洋的她現在已經是台灣「澎湖環球海底樂園」的董事副總裁，跟著的是大榕，鍾愛小孩的他此刻是「澳門國際兒童科幻樂園」的行政總裁，排第五的是蔓荷，酷愛影視創作的她現今也貴為香港「東方寰球綜合影視樂園」高級總裁，六人中最小的是謙新，極愛科技領域的他如今也是深圳「空中雲車」集團的副總裁。

　　六位師兄弟姐妹可謂事業有成，也似乎都在不同範疇之中創出一片天，不過他們都有一個共通點，就是除了萊恩及格林外，其餘四人也同樣分別都是美國加州及紐約出生的 ABC（美籍華人），而且六人都有一個共同愛好，就是熱愛魔術表演。他們都師承一位美國享負盛名的虛擬魔術特技師 Abel Jackson（亞伯積遜），六人之前都分別在美國不同地方生活，但都在 2018 年年底，因亞伯要開始籌備 2019 年首度作世界巡迴表演而聘請助理，最終六人皆被選並在同一日認識。由於年齡相若，都有共同愛好，且都熱愛中華文化更操流利華

語；不過還有一樣神奇，就是六人都跟師父亞伯一樣，也愛談論政治時弊，當然也是這樣才會被亞伯選中，而且大家其理念相似，因此自認識以來，他們都情同手足，相親相愛。

至於年紀少於萊恩及格林，但又比湫彤、大榕、蔓荷及謙新大一點點的紫箬則純是台灣土生土長，是 2021 年夏天亞伯在台灣巡演時，作為當時台下其中一名粉絲的她，因為在現場大膽地向亞伯提出一個絕佳的公益計劃，最終亞伯也接受她的建議並捐出一億美元作慈善基金，還正式委任紫箬為基金負責人，在當時只得二十多歲的她，不可謂不具挑戰性。同時，由於該慈善基金從定名為『截貧製富』，至基金是怎樣運作及執行的所有建議，均是紫箬一手包辦，因此亞伯很信任她，而且只在 24 小時內就決定實行此計劃並由紫箬全權主理，事實也證明了亞伯眼光獨到，且深慶得人，今天紫箬不但把『截貧製富』項目發揚光大，全球各地商會會員至今已突被百萬人，可謂造福人類。

然而，七人的淵源都是起於亞伯，且從 2025 年起他們每年都會選取其中一個法定假期大家敘舊，既是因為七人手足情深，更是一同聚首緬懷恩師。因為自 2024 年年底起，亞伯就突然人間蒸發，固然亞伯的不知所終，也令國際間的粉絲懷念不已，但是作為他們七人來說，更是多了一份尚未感恩圖報的恩情，因此七人每年的見面，都可謂喜中帶憂，百感交集！

此外，湫彤、大榕、蔓荷及謙新四人於 2027 早已齊齊歸化入籍了新中國，比萊恩及格林還早了兩年。七人於 2030 年被新中國政府支持下，於北京成立了「北極七斗智庫」，也從此大師兄萊恩被外界暱稱為一斗，格林為二斗，紫箬為三斗，湫彤為四斗，大榕為五斗，蔓荷為六斗，謙新為七斗。多年來「北極七斗智庫」不但為新中國提出不少建議，也常常各自出席國際不少的學生活動，由於他們說話風趣，由淺入深令學生易於理解，而且他們除了紫箬外，其餘六人很多時都會在活動中展示一下他們特有的專長虛擬魔術特技，令各地學生們都十分喜愛，都視他們為人生之導師。

今晚，七人再度相約選擇在上海黃浦外灘見面，也有兩個原因。

其一，今天是新中國「中華民族共和國」之國慶日，因此全國各地都有大大小小的活動慶祝；其中黃浦外灘今晚有「國慶花船遊行」，充滿科幻及智能控制燈光的花船，布置得美侖美奐及璀璨奪目，也是七師兄弟姐妹從未看過的，所以便相約這裡共同欣賞。其二，由於這一年的 10 月 7 日至 9 日，會一連三天在上海舉行第 20 屆「全球精英學生研討會」；而今年的主題正好是「新中國近代史回顧」，由於七人曾經見證了這段近代史整個過程，期間更和師父亞伯兩次來到台灣、香港及一次到澳門、新加坡表演，並提過很多兩岸四地的中肯建議，事實上他們的若干提議最終台灣及香港人民也真的接納，因此由他們作為主講嘉賓，也可說是順理成章。

這一刻，七人之中就只有七斗謙新遲遲未到，其餘六人一見面便先來個大擁抱，之後便在繽紛璀璨的花船作為背景下留影一番。就在此時，六斗蔓荷急不可待首先致電了謙新：「您在哪裡呢？我們全部都到齊了，就只等您一個！」

七斗謙新有點不好意思：「到了！就在您們的頭頂上。」

六人只見謙新乘著的「空中雲車」徐徐降下旁邊雲車停車場的天台上，而謙新大約幾分鐘就來到這戶外餐廳，七人又來一個大擁抱及合照，之後六人都問謙新為何假期都這麼忙，而謙新也急忙解釋：「相信大家最近都知道我也有參與國家明年即 2049 年年初，利用機器人駕駛的宇宙飛船啟航到新地球（GJ357 d）的計劃，對嗎？」

大斗萊恩及二斗格林即同時說道：「對！對！我們都知道，之前聽到該計劃都很興奮，現在進行得怎麼樣？」

七斗謙新：「當然進行得如火如荼了，這陣子都一直和美國、俄國、歐盟、亞盟及非盟商討，他們都跟關心我們這個對地球人未來影響深遠的新計劃。」

三斗紫筈四斗湫彤有點興奮：「當然了！雖然我國這 20 年發明了一系列保護環境的能源及智能產品以至機械工程，與及協助了世界多國改善了許多生態，令地球的溫室效應減緩很多，地球也逐漸變好變的更舒適，但始終由我國發明的『新一代超光速石墨烯宇宙飛船』今年試飛成功，能夠滿足新舊地球之來回，如果到時發現新地球真的

可以宜居，對人類而言絕對是好事，不過我們都知道即使宇宙飛船無障礙能順利抵達新地球，都要預算近 25 年才到，所以我們也許能等到這一天喔。」

五斗大榕：「雖然要等到 25 年才成事，但打從明年出發開始，宇宙飛船的機器人便會 24 小時不停把外太空及宇宙四周的景況作世界公開直播，人類在這 25 年當中隨時都可看到飛船所經過的外太空是怎樣的，也是一件不可思議的事啊！」

第 2 回

纖 錦 應 驗 商討如何回顧中國

隨後，六斗蔓荷有點懷疑：「不過，即使 25 年後機器人成功到達新地球，又發現新地球真的可以宜居，那又怎麼樣呢？人類需要 25 年在飛船上度過也是很難的，而且誰可保證 25 年後全部移居人員均可生存，不是嗎？」說到此，蔓荷也不忘問謙新：「但這與您今晚遲到有什麼關係？」

十斗謙新笑回：「當然有關係了！剛才您不是說很難保證 25 年後全部移居人員均可生存嗎，但今天就可能改寫歷史。」

大家都好奇問謙新：「為什麼？」「別賣關子了！」「快些說吧！」

七斗謙新呼了口氣：「今天下午我們在北京開了一個特別召開的會議，原來是我國的專家已經發明『急凍人』技術，可以把人類急凍達 30 年以上，因此如果新地球真的可以宜居，人類便可分批和機器人一同再前往新地球，然後再由機器人為人類解凍即可；況且這次機器人的旅途長達 25 年，更有充足時間令我們的『急凍人』技術改善至更完美。怎麼樣？是否很神奇更不可思議呢？」

此時大家都歡呼雀躍：「中國太捧了！」「確是振奮人心的消

息！」「應該是新中國國慶的最佳生日禮物！」

　　七斗謙新續說：「國家領導人都很高興，我們都預算這幾天還要回北京開會，也要和美俄、歐盟、亞盟及非盟分享這個消息和商討我們最新的計劃！」

　　四斗湫彤和六斗蔓荷即緊張瞪著謙新：「那麼 10 月 7 日開幕的『全球精英學生研討會』，您不會缺席吧？」

　　七斗謙新隨即：「當然不會！當然不會！大家為了這次大會都視像討論了那麼多次，我怎麼可能缺席呢？況且這次大會還會向世界的青年學生分享我們的師父及往事，我會更加珍惜！」

　　聽到謙新這樣說，大家都突然從開心變成傷感，不竟七人多年來都一直很懷念師父亞伯。

　　此時，大斗萊恩突然皺著眉頭：「不過最遺憾還是，如果師父當年的失蹤是發生在『一陽指』發明之前，那該多好！起碼師父現在是否在生及在哪裡我們定必一清二楚！」

　　只見三斗紫箬泛著淚光：「這一點大家早就說過了，就不要再提了！」

　　六斗蔓荷見狀：「我們還是面對未來吧！也許師父他老人家只是考驗我們，說不定他突然間某天又出現在我們面前了！」

　　此時，四斗湫彤也緩和氣氛：「對了！我今天早上找東西的時候，無意中找到了我以前的筆記，我也回顧一下我以前記錄的事，其中有一件事現在看起來也是不可思議的，就是有關 1995 年 10 月考古專家在新疆中日尼雅遺址中發現了一個神秘織錦的事，大家有印象嗎？」

　　七斗謙新：「印象中大約記得，該織錦好像是漢代的文物，現收藏於新疆博物館。它呈圓角長方形，長約 18.5 釐米，寬約 12.5 釐米；上面還有八個篆體漢字『五星出東方利中國』，對嗎？」

　　而其他人則坦然：「未聽說過！」「還是第一次聽！」

　　四斗湫彤笑道：「謙新說對了！但他只是說了一部分。據了解，該織錦上面有八個篆體漢字『五星出東方利中國』。而尼雅遺址可是

西元前二世紀到五世紀的精絕國故址，距今已經有一千八百多年的時間了，而這一句話為何會和多年後的中國又扯上關係呢？原來，美國天文考古學家也曾測算：在 2040 年 9 月，五星聚會的奇觀將再度在東方出現，寓意 2040 年的中國會更強大。現在回想中國的發展勢態來看，2040 年也算是我國又一個轉捩點，大家記得嗎？」

三斗紫筶首先說：「當然記得，我們『台海粵港澳大灣區』成功舉辦了第 37 屆奧運會，就是在 2040 年 9 月間舉行。而隨著中國第一代『天宮空間站』於 2039 年光榮退役後，與美國等多國合作第二代超級巨大的『天宮空間站』，也是於 2040 年年中緊接升空的。」

七斗謙新點點頭：「對！對！另外在 2040 年，我國於 1860 年失去的海參崴也回歸祖國懷抱，是當年新中國的頭等大事；此外還有 2040 年我國利用機器人宇宙飛船成功登陸了海王星，而當年亦是新中國登陸八大行星的收官之年。」

四斗湫彤似很滿意：「您們都說對了。您們想想看『五星出東方利中國』，我們國家本身的新國旗也是五星，已經中了預言，2040 年又是新中國不平凡的一年，可謂切切實實地圓了我們的中國夢，對嗎？」

大家再點點頭：「對啊！也太神奇了！」

之後大斗萊恩：「我們還是爭取時間，說回『全球精英學生研討會』的事吧。大家認為怎樣把今次的主題『新中國近代史回顧』呈現給全球學生較好呢？蔓荷，這方面您準備的怎麼樣？」

六斗蔓荷：「其實如果只說新中國的近代史，相信最好是從 2021 年起我們跟隨師父到台灣、香港、澳門及新加坡作世界巡迴亞洲站表演說起，加上我們之後又再到了台灣及香港一次特別演出；而這六次表演當中，由於是以華裔觀眾為主，為此大師兄您（大斗萊恩）及二師兄您（二斗格林）只出席了最後的台港兩次特別演出，其餘四次表演您們都缺席；因此我建議，之前我們在視像會議都共識在這三天的研討會中，我們就按著年分及順序把歷史回顧一次，直白的把當年發生的事一一向學生們分享，但整個過程凡師父所說的話，今次便由大師兄及二師兄輪流代表說，而其餘人就按著當時的情況，自

己說回自己當年的話，您們說這樣的安排好不好？」

正當大家說道：「好！好！」之際，六斗蔓荷再補充說：「不過，當 2024 年年底由於師父的不在原因，我們便沒再公開表演，因此說到中國 2024 年後的所有事情，應該大多數都是指我國的發展、發明及對世界的影響，那麼就由我們七人平均把所有事情和學生們分享吧，我已經為大家安排好，誰負責說中國 2024 年後的那方面事情（之後蔓荷便傳了訊息給大家），這樣的安排大家又認為如何呢？」

其後大家都打開了《世訊》，看完同說：「好！好！」「就這樣決定吧！」

七人繼續一邊喝，一邊聊，大家都似乎很盡興。此時已是晚上近零時，但外邊還依然是燈光斑斕，人聲鼎沸，好不熱鬧。

第3回

上海聚首 全球精英拭目以待

時間很快來到 2048 年 10 月 7 日，這天早上九時，上海博覽館薈萃了近萬人的全球精英學生，第 20 屆「全球精英學生研討會」宣布正式開幕。當司儀介紹完今屆的主題「新中國近代史回顧」及陳述原因後，隨即馬上邀請「北極七斗智庫」七師兄弟姐妹出場，而全球擁有不少粉絲的他們自然是獲得全場如雷之掌聲，且近兩三分鐘之久。

大斗萊恩首先發言：「大家好！相信您們都已經帶上大會為大家準備好的藍牙耳機，我們的說話會即時翻譯成十多種國際通用語言，您們只需向藍牙說出您想聽的語言，它便立刻為您服務，大家準備好嗎？」

全場一致呼應：「準備好了！」

之後大斗再向全場分別自我及把其餘六師兄弟姐妹介紹一番；此時七師兄弟姐妹異口同聲：「大家好！歡迎大家今天的來臨！」

大斗續說：「相信大家昨天都有看到一則令人類振奮的新聞，或者這方面由我們的七斗（謙新）向大家說說。」

七斗謙新：「是的！相信大家之前都知道，由中國最新一代由機器人負責駕駛的『守敬號』宇宙飛船，將於明年 2049 年年初啟航至新地球 GJ357 d，而整個近 25 年的過程中，我國會同時特設官方頻道直播，讓全球觀眾都能無時無刻目睹宇宙太空是怎樣的一個境界，而由於是長達 25 年的直播，因此在過程中，我們的智能機器駕駛人會選擇一些特別離奇、特別漂亮及特別值得欣賞的畫面會特別通知人類收看。事實上，人類未來一定會持續邁向太空時代，這也是人類文明的必經之路。而近日，我國又發明急凍人技術，讓人類能急凍超過 30 年並分批前往新地球居住創造條件，當然這又要待『守敬號』抵達新地球後，如再進一步證實新地球真的適宜人類居住才可，但無論如何，這對於人類都是一個難得探索宇宙的機會，大家說對嗎？」

全場均興奮回應：「對啊！」「對啊！」……並再次報以熱烈的掌聲。

二斗格林隨即說道：「好！我們回歸今次研討會的主題，今屆的主題是『新中國近代史回顧』，因此我想先向大家略述新中國近代的轉變。眾所皆知，就在前幾天的 10 月 1 日，是新中國『中華民族共和國』之『一國一制』成立的一週年，也是從 2024 年 7 月中旬兩岸先統一，台灣人民先選擇『一國各制』，再到 2037 年 10 月 10 日採用『一國各制 2.0（一國各制進階版）』，2047 年 10 月 1 日正式和中國完全統一行使『一國一制』後的第一個年頭。事實上，兩岸從 2024 年『一國各制』統一後，新中國果然是兄弟同心，其利斷金。

而兩岸國慶日也從 2024 年起由 10 月 1 日橫跨至 10 月 10 日為法定假期，把原本兩地的國慶日巧妙地共融，是世界上最長的國慶假期唯一國家。而統後的新中國，即使是台灣、香港及澳門，都起著天翻地覆的變化，尤其是新中國把台灣定位為『一帶一路』海上絲綢之路總部之後，台灣的發展便一日千里。當中尤其是 2031 年，早已和海南攜手並與『粵港澳大灣區』合併成『台海粵港澳大灣區』的台灣，其台北市也聯合了海口市、廣州市、深圳市、珠海市、香港市及澳門

市等成功申辦 2040 年第 37 屆奧運會後，即開展大型都更計劃，也帶動台灣新穎的基建及科幻的建築隨處可見，慕名而來的世界遊客終年川流不息，接踵而至。

回顧歷史，中國自從 2024 年統一後，全新的中國也順應台灣當初統一前的要求，改名為『中華民族共和國』，隨著科技日益發達，新發明如雨後春筍，百家爭鳴。『一帶一路』的廣泛收成，美國國力式微從而和新中國完全配合，令新中國國力及威望迅速飆升，國家及人民的收入更大幅提高。由於新中國各樣人民福利及幸福感達至史無前例的最高點，令台灣人民多年來從最初的戰戰兢兢，如履薄冰的統前心態一掃而空，加上統後台青們融入大陸市場能大展所長，台商們亦能真正完全投入大陸，共同合作科技產品及『一帶一路』開疆闢土，長者們也能在更優良的福利政策下幸福生活。

因此，在香港及澳門於 2027 年共同率先實行『一國兩制 2.0』，台灣也於兩岸統後的第 10 年，即 2034 年年初全台灣省利用公投自決，以大比數通過於 2037 年 10 月 10 日採用『一國各制 2.0』，並同時間於 2034 年與大陸、港澳四地達成共識，定於 2047 年 10 月 1 日正式全面實行『一國一制』，也即是趁著 2047 年香港回歸祖國的 50 週年之際，全中國正式完全以一制統一。此時，早已和整個珠海橫琴合併之澳門市，與香港市、深圳市、上海市、北京市、天津市、重慶市、廈門市、武漢市、大連市合稱中國十大直轄市。而香港、澳門及之後的台灣，自從分別改為『一國兩制 2.0』及『一國各制 2.0』制度後，三地的從政人士在新中國各地也高居要職，由於完全融入無分彼此，令新中國國力更上一層樓，迎來中華民族偉大復興的輝煌時代，全球華人共圓中國夢！

而今屆研討會的主題是『新中國近代史回顧』，就離不開說到新中國統一前後過程，而說到這段近代史，可說是一幅幅波瀾壯闊的篇章，也可說是很傳奇，很幸運。由於過程都頗漫長，我們都需要分三天的詳述，不知大家是否真的有興趣及有耐心聽呢？當然，整個過程為避免大家沉悶，我們還會安排您們熟悉的『虛擬魔術特技』表演，好讓您們不致於睡著，您們說好嗎？」

　　在熱烈的掌聲下，其中一名學生舉手說道：「七位老師好！我是來自美國紐約的學生，我相信七位導師在世界很多青年的心中都一直是偶像，這當然包括了我。據我從近代歷史中了解，中國在統一之前，改革開放只是三四十年，就已經從往日的一窮二白搖身一變成為世界第二大的經濟體，我都大約理解到中國統一的過程充滿傳奇及曲折，也相信在這個過程中，亞伯及您們都曾給予不少意見於台港人民，多少都起了一些作用；事實上統一後的新中國發展更迅猛，您們用事實證明給台灣人民選擇統一是一個明智的決定，恭喜您們！

　　而對於世界來說，反而最重要是中國統一之後，您們的科技日益發達，並先後發明了很多東西。但更難得的是，您們都把對人類最重要的發明，無私奉獻給聯合國以供世界各國共享，這一點尤為獲得世人的敬佩和感謝！我從一些資料當中了解到，當年您們在亞洲巡迴表演中所說的預言，很多都日後陸續發生，所以說，如此一個波瀾壯闊的過程中，我們又怎會沒興趣聽，沒耐心聽呢？必須知道的是，我們都是專程從各國來到中國，就是想真實地全面了解中國統一前後整個過程，大家說是不是啊？」

　　此時，全場向紐約學生報以熱烈的掌聲：「是的！」「說的對！」……

　　七師兄弟姐妹也向台下的美國學生鞠躬：「謝謝！」

　　而二斗也續說：「謝謝這位美國學生的抬舉，好！既然大家都真的想聽，那麼我們便馬上事不宜遲了！也請大師兄先開始吧！」

　　大斗萊恩頓了一下：「好的！要說到『新中國近代史回顧』，我們或者就從 2021 年說起。不過，在我們帶大家回到 2021 年之前，我首先向大家介紹一下我們的師父。大家現在看到的虛擬人物，這位就是我們的師父。其實他是來自美國洛杉磯的一個猶太裔人，原名 Abel Jackson（亞伯積遜），他的專業就是一名魔術特技師，他之所以突然崛起是因為他的魔術手法實在驚人，特別是特異功能；他的魔術表演不但豪邁寬宏，富麗堂皇，且變化萬千，從心所欲，更配合當時最先進的 4D 技術及 IT 立體投射真實呈現，場面中常常出現眾多虛擬的著名人物、鬼神、動物等等，而且都栩栩如生，令觀眾拍案稱

奇，歎為觀止！與此同時，他又能做出多種高難度動作，且彈跳力驚人！

　　這還不止，他還操多國語言，思路清晰；他的雙眼異於常人，能把所瞧見到的東西鎖定再配合他的特異功能利用雙手在不費氣力之下就隨他所欲而移動、飄揚；這一切不可思議的集魔術、特技、特異功能於一身，加上 40 歲左右的亞伯不但幽默帥氣，而且體格魁梧，眼神迷人，從而令他迅速揚名天下，也很快就被安排作世界巡迴表演。但更神奇的是，師父在 2017 年代突然冒起，又於 2024 年代又突然人間蒸發，而且至今依然下落不明，雖然這二十多年中坊間都有很多傳說，但不得不說還是一個謎。無論如何，師父肯定是 2017 年代至 2024 年代的國際傳奇人物，他的失聯不但令世界的魔術表演痛失人才，也令他的世界粉絲們懷念不已！

　　至於談到師父的冒起，這又必須從三十多年前說起了。2017 年夏天，師父突然從洛杉磯的 Staples Center（史坦波中心）在一個集魔術、特技、特異功能表演一戰成名，並很快就在同年年底被拉斯維加斯的 Caesars Palace（凱撒皇宮）招攬作長駐表演。而他在拉斯維加斯長達大半年的表演活動中，除了每次的基本常規表演外，他幾乎每次都有不同的臨時表演，而且很愛和觀眾互動，討論一下政治人物，針砭時弊。在此大半年期間，也許人在美國，所以被他揶揄最多的對象，那肯定是當時的總統『特離譜』了！而師父的表演經網絡傳播，也開始蜚聲國際，迅速揚名天下！

　　2018 年年底，師父便開始籌備 2019 年他首度的世界巡迴表演，而我們七人除了三斗紫箸外，其餘六人也是在這個時候認識及被師父錄取收歸門下的。而他的世界巡演最特別的地方，就是每到一地都要求當地的主辦單位，在最後一場都安排以八折優惠價給 30 歲以下的青少年欣賞。或者是針對青少年的愛好，其表演內容都幾乎較之前的場次有所不同，他也延續在拉斯維加斯的習慣，都會預留一部分時間利用輕鬆的手法和當地的青少年互動討論時弊，由於每到一地其笑談的對象必是當地的政治人物，因此也每每引發當地的青少年共鳴，被譽為最接地氣的魔術師。

　　然而，師父儘管如此，但絕不會煽動各地青少年。也儘管他每次言之有物，且一針見血，但往往也為當地的社會問題提供青少年不少立竿見影的意見，從而令青少年在見識他的驚人集魔術特異功能表演外，也為當地的青少年上了最寶貴的社會一課，因此受盡國際的青少年喜愛和崇拜。由於處處充滿神奇，在他的世界裡似乎什麼事都能解決，從而漸漸成為世界各地媒體追訪的對象，而其訪談的視頻在國際網絡平台也每每帶來驚人點擊率，吸粉無數。」

　　大斗介紹完自己師父亞伯的點滴後，也再用虛擬技術帶大家先回顧了一下從 2011 年起世界各地先後發起的浪潮，例如中東之「阿拉伯之春」、美國的「占領華爾街」、香港的「占領中環」及「雨傘革命」、台灣的「太陽花學運」、法國「黃背心運動」，以至 2019 年一整年發生在香港的「反送中運動」等。

　　大斗續說：「除了我剛才提到世界的不平靜，2020 年初起，中國還首先發現新冠疫情，其後也在世界各地陸續爆發，而我們只演出了大半年的世界巡迴也被迫暫時中斷。當年，全球因疫情死亡的人數高達五百多萬，直至 2021 年初世界已經有不少疫苗面世，其中五種屬中國的疫苗，分別以無私捐贈或成本價給予發展中國家及其他國家，總數達一百多國，之後更推出了新冠特效藥，讓世界 2021 年中即迅速有效壓抑疫情蔓延。隨著國際疫情基本穩定及陸續幾近恢復原狀，為此，我們的世界巡迴表演，也於 2021 年中以亞洲站作從新開始，當中的台灣香港之行，才是今次『新中國近代史回顧』的真正開始！」

　　之後七師兄弟姐妹便一同說：「好了！說了一些當年的前因，我們馬上便要開始回顧今次的主題了，大家準備好了嗎？」

　　只見全場學生幾乎一致歡呼：「準備好了！」之後七人便用虛擬特效把在場近萬人帶回了 2021 年的夏天，而全場的學生也看得出很聚精會神，全神貫注及熱切期待地看著中國當年的大時代轉變！

　　※※※※※　　　※※※※※　　　※※※※※　　　※※※※※

第 4 回

首站台灣　台芒果乾中香蕉乾

　　時光倒流來到 2021 年中，停頓了一年半的亞伯世界巡迴表演在亞洲率先重開，當亞伯率領弟子從 6 月初至 7 月底完成了西亞中東站之後，8 月初也開始他的台港澳星四地巡迴表演。

　　8 月 6 日，亞伯首先來到台灣的小巨蛋表演，由於台港澳星四地的青少年早已從網絡上知曉及熟悉亞伯的高超技能及表演風格，因此合共七場（台灣三場、香港兩場、澳門及新加坡均一場）的表演門票在 6 月初甫開售即被秒殺，特別是台灣及香港最後一場也就是給予青少年門票八折優惠的一場，更是一票難求，也相信有更多的青少年會好奇亞伯對台灣及香港的政治的熟悉程度是怎樣，特別是兩岸問題。

　　在小巨蛋表演的第一晚，亞伯的流利國語及熟悉台灣的程度已令觀眾驚歎不已，但最高潮的時刻還是亞伯第一輪表完後和現場觀眾的互動環節，亞伯首先大聲喊：「您們好！今天是 8 月 6 日，明天 7 日是您們的農曆立秋，我入鄉隨俗，先預祝您們立秋快樂！我很高興我又再來到台灣，但是表演今次還是第一次！」

　　台下觀眾還搞不清便瞬間起哄：「您好！」「立秋快樂！」「立秋快樂！」……

　　也有觀眾問道：「您剛說又再來到台灣，您之前來過台灣嗎？」

　　亞伯笑道：「是的！我之前來過台灣，大約幾次吧。因為台灣號稱『亞洲民主燈塔』，所以我是慕名而來的。不過第一次來到就有小小失望，原本想吸收一下自由的空氣，但吸收的全是空污，空氣雖然自由，但質量就不太好了！」

　　台下觀眾笑成一團！跟著掌聲如雷貫耳！

　　有觀眾問道：「您去過台灣哪裡呢？最喜歡什麼呢？」

　　亞伯說道：「我去過台灣太多地方了！從北到南都走遍了，最近一次來終於乘搭到從桃園機場到台北的輕軌……Oh！不對！您們稱

為『捷運』，好像蓋了很多年。不過總好過我老家（洛杉磯），話說從 LA（洛杉磯）到 SF（三藩市）及從 LA 到 Vegas（拉斯維加斯）建高鐵也說了 N 年，但都只聞樓梯響不見人下來，或者是跟武大郎捉什麼……一樣，有心無力吧！」

台下觀眾再笑成一團，且掌聲雷動！

在多輪的表演後，亞伯問台下觀眾，開始延續他問政的風格：「我知道您們的領導人及我們的上一任領導人，都有一個共通點，就是當總統之前都沒有從政經驗，也就是政治素人，不知道這樣對國家而言大家認為是好還是不好呢？」

台下觀眾似乎意見兩極，有表示好的也有表示不好的。

但也有觀眾問道：「那麼您又認為是好還是不好呢？」

亞伯笑言：「聰明！我就是想您們反問我！個人認為找政治素人當政，對國家來說就是一場豪賭。如果對喜歡刺激的選民來說無可厚非，或者 TA（他或她）會帶來國家全新氣象，又或者 TA 會帶來國家後患無窮。無可否認，政治素人已成世界的潮流，但這都是人民的選擇，沒有對錯，而最後孰好孰壞，自然是由人民來承擔！」

現場氣氛似乎變得有一點嚴肅。亞伯隨後隨意地請了一位女觀眾上台，並教她一個簡單的特技動作，起初女觀眾不知所措，但得亞伯悉心指導下，女觀眾開始勉強做出他指定的動作，儘管是差強人意，但已博得台下熱烈掌聲。此時亞伯便禮貌地牽著她的手下台，全場再起哄動。

亞伯回到台上：「大家是否明白我剛才作了一個政治素人當政的示範嗎？」

台下觀眾似乎再度不知所云，摸不著頭腦。

亞伯：「所謂政治素人當政，就是管治地方零經驗。因此要在任期間，一切從最初學起，但是國家大小事千頭萬緒，要學習的何其多，要抉擇的事就更多。有趣的是，四年的從政經驗是絕對不能夠去應付管治一個國家的，也許人民就多給 TA 四年吧，但當 TA 開始熟悉怎樣應對的時候，TA 就被『了結』下台了！剛才這位美麗的小

姐，不就是正當開始稍為做到我指定的動作，還未來不及熟練便要『下台』嗎？」

台下觀眾如夢初醒，並報以熱烈掌聲。

亞伯喝了口水：「今晚我們或者談談兩岸有關的問題吧，我有留意到您們政府這幾年都正努力『去中』，那麼請問您們對此事又有何看法呢？」

台下即有一位年青觀眾大喊：「『去不去中』都沒關係，反正我們都不是中國人！」

亞伯笑回：「這是一個有趣的回答！朋友，您可否知道曾幾何時，您們的上一代都還唸著『做個快快樂樂的好學生，做個堂堂正正的中國人』，哪是為什麼呢？同時，我也想問您一個問題，因為您認識我所以您知道我是美國人，對嗎？但如果我隨便找一個西方人，您只看著 TA 的面孔，您會分得出 TA 是一個美國人？英國人？澳洲人？或者是法國人？德國人嗎？您沒可能分得出！因為在您們的印象中，我們西方人基本樣子都差不多！

同樣地，在我們西方人的腦海中，您們亞洲人基本樣子也都差不多！如果您隨便找一個亞洲人出來，我們也不會分得出 TA 是來自台灣、大陸、香港、澳門，甚至是日本、韓國、越南、新加坡還是馬來西亞！即使您說了國語，西方人一樣分不出您是來自台灣、大陸，還是新加坡、馬來西亞，況且他們根本就聽不懂。因此，我可以對您說，Too Bad（糟糕）！在我看來，您就是一個 Chinese（中國人）！」

這位觀眾有點不服：「我對著您才會說國語，平時我都只說台語，所以我是台灣人！」

亞伯微笑一下：「嗯嗯！原來是這樣！或者在此我告訴您一個秘密，我有一個已故的偶像，他名叫 Michael Jackson，我的名字中剛巧也稱 Jackson，也許是緣分吧。而他在生前，大家也知他曾多次漂白換膚，但並不能改變他是非洲裔的事實。我雖然是美國人，但我也有做功課喔！據我了解台語也是來自福建閩南話，這又從何說起呢？不過，這些都不重要，因為關鍵不在於您是說什麼語言。或者這樣說

吧，除非您一生都不離開台灣，否則您走到世界的任何一個地方，就算您到法國說法語，到德國說德語，到英國美國說英語，在西方人的角度，您就是一個徹頭徹尾的 Chinese，就好比我現在和您正在說國語，但不會改變我始終是個 American（美國人）的事實！至於當一個『中國人』是否會令您覺得難堪及丟臉？那已經又是另一個問題了，這一點我們有機會再聊吧！」

縱然這位觀眾尚有不甘，但始終欲言又止。

亞伯頓了一會：「或者我們又換一個話題吧，現在我想先送給您們小小的禮物⋯⋯」

全場頓時鴉雀無聲，引首以望，殷切期待是什麼禮物！

不久，亞伯突然利用他的視力及雙手特異功能，把後台一千個的新鮮的芒果及一千條香蕉控制飄移到觀眾的四方八面，讓最近的觀眾隨手抓到的芒果或香蕉就是 TA 的，場面瞬間哄動，氣氛達至最高點！

之後亞伯笑道：「知道我為什麼送給大家新鮮的芒果及香蕉呢？當然是有原因的。之前，您們政府時常都說芒果乾，對嗎？據我所知台灣盛產芒果，使到您們的芒果乾也非常出名；也因此起初我還以為您們政府是推銷您們的農產品，例如之前您們也推銷過香蕉及鳳梨，但搞了大半天才知道芒果乾原來是意指『亡國感』！您們的想像力太豐富了，也太有趣了，先給您們多個『讚』！但是，您們知道嗎？我在美國認識很多台灣香港朋友，但當然也有認識來自中國的朋友，早陣子有中國朋友告訴我，他們現在中國都興起說香蕉乾，您們知道是什麼意思嗎？」

在場觀眾全部茫然，也看的出欲知答案。

亞伯：「說起來也同樣非常有趣！朋友分享中國最近興起說香蕉乾，原來是現在中國有很多人民都有『傷焦感』，而他們所謂的傷焦感，就是覺得無論中國政府如何善待及讓利給台灣人民都是以仇敵相待，因此覺得很『傷感』，也同時『焦慮』兩岸關係愈走愈僵，武統衝突似乎已經在所難免！如此一來，那便是芒果乾對香蕉乾，『亡國感』對『傷焦感』了，用兩種水果都能表達雙方迥然不同的感覺，明

明是同文同種，連借『果』諷今都何其相似，不說您們是同一民族，確是難以置信！但至於您們是否認同是同一民族，那又已經是後話了！」

　　觀眾終明白亞伯意有所指，因此笑聲中難免夾雜了一些的遺憾。

　　其後亞伯再作一輪壓軸表演，便結束第一晚的演出。

第 5 回
矛 盾 遊 戲　比喻共產資本主義

　　亞伯的台灣表演來到第二晚，多輪的表演後也到了他與觀眾互動的問政時刻。

　　亞伯首先隨意抽點十位青年並邀請他們上台玩一個遊戲，並把他們分成兩組即每組五人。然後亞伯首先給一組五人手持像中國古代的長槍道具，另外給一組五人手持像中國古代的盾牌道具，而亞伯也左手持著盾牌右手持著長槍，在大家穿好安全頭盔及安全衣之後，亞伯便叫持長槍的一組人攻擊他，他將會用左手的盾牌去阻擋，而另一組持盾牌的人就要同一時間迎接亞伯右手的長槍攻擊。

　　結果開始後不用兩分鐘，亞伯就利用自己高難度的動作、強勁的臂彎及驚人的彈跳力，把右手所握的長槍擊毀了五人的盾牌，而左手所持的盾牌則撞碎了五人的長槍；此時，台上的青年們明顯玩得意猶未盡，而台下的觀眾則報以高分貝的掌聲，歷久不散。

　　互動環節之後，也正是政治對話之時。台下若干青年似有備而來，其中一位一開始便開門見山：「亞伯，你是否『共產黨』派來的說客？」

　　沒想到亞伯首先向台下這位青年作深深鞠躬，煞時間頗令這位青年尷尬又迷惘。

　　亞伯笑道：「非常感謝您首先對我的質疑，讓我有一個自然解

釋的機會。但在我未回答您的質疑之前，或者我稍為自我介紹一下，大家都知曉我是個美國白人，對嗎？但很多人都不知道我其實是個孤兒。」

台下觀眾頓時一片嘩然！

亞伯不諱言：「是啊！我是個孤兒，我既父母早亡也無兄弟姐妹，但很幸運我自出道以來在各地演出為我帶來了不少的財富，我或者可以告訴您（看著台下發問的青年觀眾），由於我沒有親人需要我照顧，又不愛亂花錢，我還正在發愁賺了這麼多錢該怎樣用較好呢？您說我還需要被『共產黨』收買嗎？要來到台灣當一個說客呢？如果我是一個中國的說客，難道我國（美國）的 FBI 不知道嗎？不知道這樣回答您又能否滿意呢？」

而台下的青年便不客氣說道：「那麼您到世界各地演出都和當地人民討論政治，又目的何在呢？」

此時，亞伯向台下這位青年再作深深鞠躬，然後笑道：「我感謝您給我有一個再解釋的機會。或者這樣說吧！剛才我也說這幾年我在各地演出為我帶來了不少的財富，因此為賺錢而演出已經不是我首先的考量，我最大的願望就是希望在世界各地演出的同時，也為各地觀眾帶來快樂！這一點您們相信嗎？我知您們有些人不相信，也許我跟大家作一個示範吧。」

令人不敢相信的是，亞伯此時突然作出了一個驚人的表演，他再在台上利用他的雙眼及雙手的特異功能，把他認為若干在座又不相信他說話的觀眾所攜帶的錢包或手袋緩緩地控制向上飄浮於空中，頓時令場面震撼，氣氛熾熱，全場觀眾無一不目瞪口呆，不能自己！

亞伯一臉滿足樣子：「如果我的演出不是希望為各地觀眾帶來快樂，只是純粹為賺錢，那麼我走到哪裡，利用我剛才的這般『能力』就可隨時都不勞而獲了，還要跑到世界巡迴表演嗎？」

全場觀眾都笑著點頭及掌聲如雷，亞伯隨後再運用他的特異功能，把飄浮於空中的錢包或手袋徐徐向下送返回原點，讓當事人抓回自己的東西，令全場觀眾站立鼓掌，且接連不散。

　　亞伯：「雖然我最大的願望是希望為各地觀眾帶來快樂，但我到世界各地的時候，也同時發現很多青少年並不快樂，而且他們不快樂的根源，都有一個共通點：就是對未來充滿未知數，這包括有對自己的未來前途，有對自己國家或社會之問題，也有對世界氣候變遷、環境變壞等等人類受威脅事情，存在不同的莫名恐懼。然而，解鈴還須繫鈴人，他們說不出的憂慮，其實與各地政府的施政均息息攸關。

　　為此，我希望藉著各地演出的同時，順道和各地的青少年們互動溝通，並在過程中為當地的年青人或政府提出一些小小的意見。目的就是期望從政者一定要記著造福黎民百姓，而青少年也要認知生活在社會裡每一個的成年人或長者，他們也一樣年青過，相對這些青少年也有年老的一天，所以必須懂得互諒和尊重；與此同時，青少年日常所聽到甚至所看到的事都未必是事實的真相，必須用科學性及邏輯性去分析，還要用『欲窮千里目，更上一層樓』的心態去看世間萬物，這樣做人才活得有價值，不知道這樣回答您又能否滿意呢？」

　　亞伯一番話再引來全場觀眾的共鳴，掌聲不斷！

　　之後亞伯續言：「剛才有人提出我是否『共產黨』派來的，不如我們今天就談談『共產』吧。不過，我希望今天來的觀眾們首先不好先入為主，我們研究每一樣事情，都必須用我剛才說的用科學性及邏輯性去分析，大家贊成嗎？」

　　台下觀眾一片呼應：「贊成！」「贊成！」……

　　亞伯問道：「首先您們知道『共產主義』發源地是什麼地方嗎？」

　　全場觀眾大喊：「中國！」，「俄羅斯！」，「蘇聯！」……

　　亞伯笑道：「您們都說錯了！『共產主義』發源地是來自德國，是您們曾經多年前有學生歌頌及扮演德國納粹的變裝秀，還搭乘紙製虎式坦克及行納粹禮所敬仰的西方民主國家喔。不過，我也告訴您們，其實我也不太喜歡『共產主義』四字！因為『共產主義』原本的意思是建立一個沒有階級制度、沒有剝削、沒有壓迫，實現人類自我解放的社會，聽起來是蠻偉大的；但『共產主義』也說到人民共同占有社會資源、共同勞動、共同分享。

　　簡單來說，就是整個國家沒有階級之分，人民不能擁有自己的土地或房屋，然後社會的工作由全體人民共同勞動及共同分享；表面是很公平，實質上最不公允，因為無論人民貢獻多或寡，都獲相同的利益，那麼社會又何來進步？此外，行『共產主義』之國家絕大多數的產業均屬國家獨有，人民永遠都沒有『出頭天』，這又是扼殺國家的發展和進步，昔日蘇聯的解體及引發東歐共產國家骨牌效應的倒下，就是最佳的例證。您們說對不對？」

　　台下觀眾幾乎一致呼應：「對！」「對！」……

　　亞伯：「不過，我同樣不喜歡『資本主義』！也相信您們對『資本主義』都很清楚，我就不必再多費唇舌了；我只想說在我國（美國）自蘇聯倒台後就成世界唯一強權，而在美國的支持和影響下，世界很多國家都奉行『資本主義』，但事實證明『資本主義』並沒有帶來各地人民幸福，甚至用罄竹難書四字形容。或者我簡單地說，對政府而言，『資本主義』往往是兩黨惡鬥，美國如是，您們如是。兩黨往往為反對而反對，在位的領導人即使連任也只是八年，做不好的四年就被推翻，而前朝定立的國家政策或世界協議可以一夜之間廢除，人力物力瞬間便付之流水還內耗不斷。

　　對人民而言，『資本主義』往往造就資本家的貪婪從而不擇手段，也容易造成商業壟斷，甚至部分國家的企業富可敵國，都是造成社會貧富不均及動亂的根源。與此同時，『資本主義』實質只是『民主自由』的幌子，因為愈大的政黨背後愈受資本家所操縱，即使人民有投票的權利，也無法逃脫被政黨及資本家私相授受從而被利用的後果。這些您們又明白我說什麼嗎？」

　　縱然台下觀眾也有若干還未回神，但也獲絕大多數觀眾認同：「明白！」「明白！」……

　　亞伯：「好了！雖然世界上存在有很多種不同的政治制度，但相信最令世界各國談論和比較最多的，就是『共產主義』及『資本主義』制度，但雙方都有利有弊，且互相矛盾，對嗎？」

　　台下觀眾再一致應了一聲：「對！」「對！」……

　　亞伯：「好！或者我現在先帶大家分享一個古代中國的民間故

事，好嗎？」

全場觀眾瞬即回道：「好啊！」「好啊！」……

隨後，亞伯即馬上把大家穿越到楚國時期，在一繁囂的市集上，有一個既賣矛又賣盾的人，他正在讚美自己的盾，說他的盾很堅固，任何武器都無法刺破，接著他也誇耀起了他的矛，說他的矛很銳利，沒有什麼東西是穿不透的。

此時現場便有一百姓問他：「如果拿你的矛去刺你的盾，會怎麼樣？」

只見賣矛又賣盾的人便頓時答不上話來。而在此時，亞伯又把大家穿越回到小巨蛋現場。並說：「這個故事其實是告訴人們，刺不破的盾和什麼都刺得破的矛，是不可能同時存在的。不知大家有沒有聽過這故事呢？」

台下觀眾隨即呼應：「聽過！」「聽過！」……

亞伯：「那就好！但我覺得這個故事的結果有些問題喔，為何刺不破的盾和什麼都刺得破的矛，是不可能同時存在的呢？」

台下觀眾一片惘然，不懂回答。

亞伯解釋：「您們記得我剛才和大家玩『矛』與『盾』的遊戲嗎？只因我的『矛』與『盾』都分別比較銳利及堅固一點，所以就能把您們手持的『矛』與『盾』都可破壞，也因為這樣我們就學懂一件事，原來世界上很多時的『矛』與『盾』是可以共同存在的，也就是說，世界上很多事似乎充滿『矛盾』，但其實稍為用心去想都可以『化解』的。

或者這樣說吧，如果當時我是這個古代故事現場的一位百姓，只要我確定此『矛』與『盾』都是上等貨的好東西，而故事最後是說這個賣矛又賣盾的人，是答不上話來，即代表了他想做的生意都做不成，曲終人散了；那麼我肯定藉機向此人能討個好價錢，然後都買回家，因為我不覺得好的『矛』與『盾』是不可能同時存在啊。就好比現代的家庭，都有很多玻璃或陶瓷的杯碟，您們會無緣無故地把它們『對碰』撞碎嗎？同樣地好的『矛』與『盾』為什麼要它們『對撞』

呢？我把它們都買回家，需要用矛的時候就用我的好矛，需要用盾的時候就用我的好盾，就是這麼簡單，您們認同我的說法嗎？」

　　台下觀眾終於搞清楚是什麼一回事，也對亞伯在玩遊戲之前，原來已經早有舖排表示佩服，因此在一片掌聲下也回道：「認同！」

　　亞伯：「很好！既然『矛』與『盾』是可以共同存在，那麼互有矛盾的『共產主義』及『資本主義』又能否大家捨長補短，把兩者合而為一共同存在呢？不過，這個不是簡單的問與答，您們也不妨回去之後多多思考這個問題吧。不過我可以這樣說，這也是一個對您們息息相關的問題，如果您不想但問題會一直纏繞，更不會消失，而且愈早些想愈快找到方案愈對您們有利。事實上，我每到各地都鼓勵青少年多思考，那怕天馬行空或腦洞大開，世界上很多產品的發明都是人類從『天真』的想法再加以重重改良及實驗得來的，因此多幻想多思考吧！期待我們有機會再談這個話題！」

初 見 紫 箬　公益抱負一見如故

　　此時，台下一位拿著「亞伯」燈牌的漂亮女粉絲舉手發問：「亞伯！您好！我想問……您剛才說您正在發愁賺了這麼多錢不知該怎樣用較好，是真的嗎？」

　　亞伯答道：「當然是真的！怎麼樣？您有好的建議嗎？」

　　女粉絲有點害羞：「我不敢說有什麼建議，不過既然您這麼關心世界各地的青少年，您不妨考慮成立一個類似『世界青年發展慈善基金』喔。」

　　亞伯：「謝謝您的建議！不過已經有太多人建議我類似您說的成立青年慈善基金，但我希望是有些新意的，不喜歡太傳統。」

　　女粉絲續說：「我都認同您說的不好太傳統，但我意思是希望您成立的基金，無論是基金本身還是所做的善事都是有延續性發展的，就像生生不息那樣，這樣比『諾貝爾慈善基金』的機制更好，基金能夠源源不絕注入，自然能幫助到的人也是絡繹不絕，那麼才有意義！」

亞伯答道：「這是一個很好的想法，但是能做到『生生不息』，又談何容易呢？除非您在這方面有更好的論述……」

女粉絲即說：「我構思中的發展基金，是首先希望幫助到很多青年人，但接受了幫助之後又成功的人，就有義務回饋基金，從而循環不息最終幫助更多的人。」

亞伯就像被一言驚醒夢中人，也對女粉絲作深深鞠躬笑道：「感謝您！也很感恩！您說的完全是我想的，我已經完全知道怎樣操作，也請問台下這位美眉您貴姓芳名呢？如果我成立此個基金之後，您願意來協助幫忙嗎？當然您不是當義工的！」

女粉絲驚呆了！她喜出望外、五味雜陳、總之不能自已！只懂說：「我的名字叫鄒紫箬，我願意！」

一旁也持燈牌的女粉絲們羨慕不已：「我也願意！」「我當義工也願意！」……

亞伯拜託了工作人員幫忙到台下記下這位女粉絲的姓名及聯絡資料。然後笑說：「原來您的名字叫鄒紫箬，您知道嗎？我也很喜歡看中國的武俠小說《倚天屠龍記》，我也大可改名為『章毋際』了，因為我能把物件東西控制令它們飄浮、移動的特技，不就是乾坤大挪移嗎？」

台下觀眾都覺得很神奇及巧合，也為亞伯及鄒紫箬報以掌聲。

不過此時台下又有一位觀眾大喊：「只可惜她是『鄒紫箬』，不是『趙敏』！」

頓時全場笑聲不斷。接著亞伯笑答：「沒所謂！我也是『章毋際』，不是『張無忌』！」

亞伯的笑回也引發全場再度捧腹大笑。之後也有另一位台下女粉絲舉手發問：「亞伯，您好！您剛才說原來您是一位孤兒，很感人喔，那麼您會覺得自己可憐嗎？同時您會給台灣青少年什麼寄語呢？另外您的中文能力真的很強，如果用一些中國詩詞去形容，您會用哪些詩詞去形容現時的兩岸關係呢？」

亞伯頓了一會：「這幾道題都問的好，謝謝您！首先大家不好誤

會，我剛才自曝我是個孤兒，並不是求取大家的憐憫，我只是希望藉著這個話題去向剛才質疑我的小朋友增加佐證，從而令他更相信我的說話罷了；事實上我儘管是個孤兒，但我從小就認識『知足常樂』四個字。我從來不覺得自己可憐，對上天賜給我的特異功能我只會懂得『感恩』！相反，我反而覺得有一些人，往往為一些微不足道的事情而自尋煩惱，明明可以過得很快樂，卻偏偏天天愁眉不展，身在福中不知福，哪豈不是更可憐？」

台下觀眾似乎一片共鳴。

亞伯：「說到最想給台灣青少年什麼寄語，我剛才已鼓勵大家多思考，特別是『兩岸關係』，因為這是您們逃不掉遲早都需要解決的問題。與此同時，我稍早前也寄語青少年要認知生活在社會每一個的成年人或長者，都是值得尊重。不過，對於有些政客或學者，儘管他們也年紀不輕，但恰恰也是這樣才什麼都不怕，什麼都敢說、敢做。為此，您們在分析事情時絕不能跟著他們也用意識型態，而應該運用理性邏輯，如果這些『大人們』是為著自己而利用青少年，那麼您們就需懂得說『不』，所以凡事皆有兩面，不能一概而論。

最後，您剛才說用一些中國詩詞去形容兩岸關係，如果是形容現在的氛圍及處境，與及形容未來的境界及結果，我會借用唐朝的許渾及李白，三國的曹植及唐朝的慧能，共四首詩句混合而用，那就是『溪雲初起日沉閣，山雨欲來風滿樓。兩岸猿聲啼不住，輕舟已過萬重山。』與及『煮豆燃豆萁，豆在釜中泣，本來無一物，何處惹塵埃！』至於我為何借用這些語句去形容，同時哪一句是氛圍，哪一句屬處境，哪一句是境界，哪一句是結果，還請您們多多思考，謝謝大家！」

全場又再致熱烈掌聲，亞伯也從而結束第二晚的演出。

第6回

穿 越 北 京　謙新敢言胸有丘壑

　　不經不覺便來到 8 月 8 日台灣最後一場，也就是青少年前來最多的一場。但這一場亞伯沒想到的是，也吸引來了多位年青藍委及多位年青綠委前來觀看。

　　在多輪的精彩絕倫的魔術及特異功能的混合表演後，來到互動環節之際，亞伯又跟大家說玩一個實驗遊戲，在全場一致回答「好！」之後，亞伯即隨意選出兩位青年，兩位年青綠委及一位年青藍委共五人出來舞台中央，亞伯先問他們：「請問您們誰曾到過中國呢？」

　　五人中只有一位藍委說曾到過中國一次，其餘四人均表示未到過。亞伯再問他們：「聽說您們的官員曾經說過，當面對敵軍即使給他一根掃把也要打，您們對此有何看法呢？」

　　五人中兩綠委立馬說「當然！」亞伯問兩青年，兩青年答「願意！」亞伯再問最後一位藍委：「那麼您呢？」

　　藍委有點無奈：「既然大家都願意，我應該也願意吧。」

　　亞伯說道：「好！既然大家都願意，那我們便做一個小小實驗吧。」

　　只見五人點頭後，亞伯再問：「大家準備好了嗎？」

　　五人才剛說準備好，沒想到亞伯剎那間已把他們帶到虛擬世界，五人竟然突然間穿越來到北京天安門廣場。

　　此時，天安門廣場人聲鼎沸，五人面前正有數百位大陸青年迎面而來，且每人手持著就是一根掃把！同一時間小巨蛋現場也目睹天安門整個現場狀況，因而瞬間氣氛詭異，嚴肅中又驚訝，各人心情混雜！

　　儘管幾百青年不感覺到他們兇神惡煞，但愈走近氣場愈強大，且看得出眾人皆孔武有力，五人剎時間看來不知所措。正當數百人來

到五人面前，五人彷彿細數現場大約有多少人頭，只見人群中較站在
C 位（中間位置）似像首領的大陸青年說：「您們好！我的名字叫謙
新，我知道您們是從台灣而來，也知道您們是誰，您們就不用數了，
我們不多不少，合共 300 人！」

只見充滿陽光帥氣的謙新雖然也是一個 20 出頭的小伙子，但卻
聲音雄亮，正氣迫人，兩位綠委首先說：「你們想幹什麼？我們只有
五人，你們卻來了 300 人，想以多欺少嗎？」

小巨蛋現場觀眾也目睹五人面對數百人的情景，現場寂靜一片，
各人無不觸目驚心！

謙新：「我們沒想幹什麼，因為我們是講道理的人，但如果您們
不服，我們大可較量一下。」之後謙新叫身旁的人也給了五人各一根
掃把。

兩位綠委接過一根掃把：「這代表什麼？是代表我們五人和你們
300 人對打嗎？這樣公平嗎？」

謙新：「對不起，我們是講道理的。但如果您們是來比試，就只
能您們五人和我們 300 人對打了。」

五人齊問：「為什麼？」

謙新：「這還不清楚嗎？您們五人代表了 2300 萬台灣同胞，但
中國有 14 億人民，也就是台灣人民的 60 倍，因此若您們誓要與我們
為敵，那就只好面對您們五人的 60 倍，也就是我們 300 人了。而且
您們現在手上的『武器』跟我們的手上『武器』都是一樣的，這還不
公平嗎？」

藍委：「不管怎樣說，你們始終是以多欺少又算什麼公平？」

謙新一臉從容：「請問歷史上及地球上有哪一場戰爭是公平的？
也許您們還請認清一個現實，現實中的中國軍事武器無論質、量及三
軍總人數與台灣比較根本不是同一層次，就連三軍的訓練及意志力也
無從比較，中國人民能入選國家三軍會引以為榮，能為國家統一而戰
會視死如歸，台灣軍人連為何而戰為誰而戰都搞不清楚，若真的兵
戎相見，您軍若共有 30 萬，難道我軍只能派相同的數量的軍隊應戰

嗎？如果您們台灣 2300 萬人民都決定與我們為敵，難道中國 14 億人民就只能有 2300 萬人與您們迎戰？您以為是在玩過家家嗎？無論如何，若然選擇以武相待的，那您們五人只好和我們 300 人對打，因為這根本現實就是如此，但若然選擇以理服人的，我一個人便可對您們五人，這樣也可說給回您們另一種的公平，如何？」

五人頓時語塞。小巨蛋現場人人緊繃，有人忿忿不平，但也有內心認同謙新，認為他一語中的。

藍委：「剛才你強調是來講道理，那我們就講講道理，好嗎？」

謙新：「當然！我們一直秉持和平統一的想法，大家都是暫時分離的兄弟姐妹，因此如能大家平心靜氣坐下來談，那是最好不過了。」

藍委：「那就好！你們 14 億人民的是中華人民共和國，我們 2300 萬人民的是中華民國，大家河水不犯井水，永遠維持現狀，不是很好嗎？」

一位綠委附和：「對！對！大家制度不同，我們是民主自由，你們是共產霸權，大家勉強一起，對大家來說都不是好事！」其餘三人附和說：「對！對！」

謙新：「首先我回應這位藍委，您們建立中華民國時是為了推翻滿清政府，對嗎？如果是，哪為什麼您們要推翻滿清政府呢？」

藍委：「是因為滿清晚年腐敗不堪，人民民不聊生，所以當然要推翻建立我們民國了！」

謙新點頭道：「答得好！那麼又請問當年中華民國政權又為何落入共產黨之手呢？」

藍委想一想：「是因為……我想如果不是有八年抗戰及『西安事變』，相信共產黨也難乘人之危，竊取中華民國政權的！」

謙新：「真的是這樣嗎？怪不得您們國民黨一直稱共產黨為『共匪』了。所謂國之將亡，必有妖孽。也有說冰凍三尺非一日之寒。無疑，『西安事變』在您們的眼裡是令國民政府停止剿共，從而令中共起死回生，獲得喘息機會；但是事實上，當年如果國民黨不是聯共抗

日，日軍不會停下來等待我們先內戰，即使會也是漁人得利。而八年抗日，共產黨不是置身事外，同樣付出沉重代價。說到底，民國政府如果不是軍閥割據，貪污腐敗，上邊的明哲保身，吃香喝辣，下邊的就壓榨農民，民心思變，共產黨還可以『乘人之危』嗎？廣大的中國人民會主動協助共產黨嗎？

同時，不是國民政府腐敗在先，日本人也不會有機可乘，在抗日戰爭時期，中華民國政府只是名義上統一中國，但整個華夏中原，實質已經先後並存有十多個不同的偽政府，是名副其實群雄並起，當時原南京國民政府遷都重慶，中共領導的政權則鎮守於陝西、甘肅、寧夏；其餘的中國地方，絕大部分是日本侵略者扶植的漢奸傀儡政權。因此即使沒有中共，中國也早已四分五裂，無論如何，改朝換代，勝者為王，古今皆然。我敢問這位藍委一聲，您們真的愛中華民國嗎？或者說您們真的愛中華民國的子民嗎？」

藍委：「我們當然愛中華民國子民了！」

謙新：「這位藍委有點自欺欺人了。我只要舉一個例子就足可證明您們並不愛中華民國的子民。」

藍委自信地：「好的！我洗耳恭聽！」

謙新：「請問『南京大屠殺』發生於何年？」

藍委答道：「1937 年 12 月左右。」

謙新續問：「您記得這麼清楚已經很難得，相信您旁邊的兩位綠委一定記不起來。那麼請問 1937 年是中華民國還是中華人民共和國呢？」

藍委隨即：「當然是中華民國了！」

謙新：「說的好！既然您已經知道『南京大屠殺』是發生在中華民國，那麼日軍當年所屠殺的人民自然是中華民國的子民，但多年來您們雖遠走台灣，卻從來都極度低調紀念『南京大屠殺』，而綠營甚至根本不願提，相反就只有我們大陸這邊年年『認真地』紀念，因為站在我們國家立場，不會分犧牲的人民究竟是中華民國子民還是中華人民共和國子民，我們紀念的就是中華民族的子民！因此，請問您們

的低調及甚至有人用嗤之以鼻的輕蔑態度，當面對被屠殺的中華民國子民及其後代，又情何以堪呢？難道您們當年走到台灣延續中華民國的政權，那麼當年留在大陸的人民，就瞬間不是中華民國的子民了，是這樣的嗎？」

藍委內心明白即使是藍營也未必全部紀念「南京大屠殺」，更莫說綠營了，所以謙新這一說，也真的無言以對。

謙新續說：「事實上，除了『南京大屠殺』之外，美日為何二戰後藥業及生物化學能蓬勃發展？不就是日本在二戰前利用 731 部隊拿中國人體試驗，二戰後日本把資料送給美國，所以美國當年打越南所投下的落葉劑也是化學武器；然而，就連您們藍營對 731 部隊或 7/7、9/3、9/18 這些重要日子都無感，難道您們忘記當年被生物化學試驗的人民，正正就是中華民國的子民嗎？因此在這個世界上，有因才有果，有果必有因；但儘管如此，我們國家領導人多年來也說，大家只要願意統一，在一個中國的情況下，什麼都可以談，而所謂一個中國，由始至終並沒有強調是中華民國還是中華人民共和國，也就是說，什麼都可以談，那麼您們又會吃什麼虧呢？」

五人啞言，卻認真聽著。

謙新：「試想想，中華文化已經歷了五千多年，試問歷朝歷代又有那一朝願意把江山和前朝分享，這樣您們還不滿足嗎？」

此時一綠委說道：「這不是滿不滿足的問題，關鍵是兩地的制度不同，又如何共處？」

謙新：「好的，既然這位藍委沒話說，那我便繼續回答這位綠委的問題。正如我們國家領導人也多次說，大家制度不同，不是否定國家統一的藉口。因為國家領導人也同時說過，大家什麼都可以談，當然也包括了制度，更何況這位綠委剛才不是一直強調您們是民主自由嗎？那麼我想請教這位綠委，什麼是民主呢？」

綠委：「民主國家當然是一人一票選出自己國家的總統了！」

謙新：「我是想先請教這位綠委什麼是民主？然後再談民主選舉，好嗎？或者就由我先說吧。我所認識的民主自然是以『民』為

『主』，而民主的真諦就是少數服從多數。先不討論您們綠營在台灣是否每一個選舉、每一個公投、每一個法案、每一個決定都是完完全全按著人民的意願並少數服從多數，就以兩岸四地，即陸、台、港、澳所組合成的大中國，究竟哪一個制度或用哪種方式選出我們國家的領導人，更適合全體中國人民，是 14 億大陸人民、2300 萬台灣人民、700 萬香港人民、70 萬澳門人民總共加起來，並以少數服從多數的方式去決定的，這就是履行民主的真諦。不知我這樣說這位綠委又能否接受呢？」

兩位綠委正思考怎樣駁回時，兩位台灣青年終於說話：「我們根本不想和你們討論以上問題，我們只想說台灣既是我們出生的地方，更是我們一直生活的地方，為何你們要統一我們占領我們的地方呢？」

謙新：「您們問得太好了！我很相信您們說的也是他們三人想說的，更是絕大部分台灣青少年所疑惑的問題，這也是大家多年來的癥結所在；但在我還未回答兩位青年朋友之前，或者我先問問這位藍委，據我所知，國民黨一直也是一中政策，而中華民國的憲章也是列明一中，對嗎？那麼為何現在您們的黨又再不堅持一中政策呢？」

藍委隨即：「這是因為時代的進步，我們當然要緊隨步伐順應民意了。」

謙新笑道：「這不是時代進步而是時移世易！說到底當年即使來到蔣中正甚至李登輝年代，仍然把一中要光復大陸掛在口邊，是因為當時大陸即使地大、兵多，但論社會進步及軍備先進，遠不及台灣；因此，台灣仍一直保留光復大陸的夢想和目標。只可惜十年河東十年河西，大陸無論國力及軍備都比台灣進步及先進，方方面面都不成比例，這時才令您們藍綠都認為光復大陸無望，退而求其次選擇永遠維持現狀，即『獨台』或『台獨』算了。

當然了，剛才我一番的說話，重點不在於您們兩黨因時不我與而改變方針，重點是無論什麼黨，誰統領中國都會維護及追求國家完整統一。康熙當年奪回台灣，您們先後阻止菲律賓及越南試圖奪取太平島，在南海您們更是追求十一段線，而不是我們追求的九段線，鬥

心還比我們更大呢！不過綜觀全球，除非沒能力阻止，否則世界任何國家都會追求領土完整，就像美國先後阻止佛蒙特州、新罕布夏州、德州、加州、夏威夷獨立；加拿大阻止魁北克；西班牙阻止加泰隆尼亞；英國阻止北愛爾蘭及蘇格蘭獨立等等，可以說各國徹力維護國家完整，都是理所當然、天經地義，不知我這樣說您們又會否否認呢？」

小巨蛋現場亞伯老神在在，似乎一切都盡在他掌握中。也許謙新尚算言之有理，現場觀眾雖內心糾結，但總有點共鳴。另一邊北京現場，三位藍綠委也無言正在思量中。

第7回

關鍵領土 美只望中自相殘殺

謙新：「現在可以回答兩位台灣青年朋友了。正如我剛才說任何黨派誰統領中國，都會維護及追求國家完整統一；不知大家有沒有留意我們的領導人及有關發言人，從來一直是強調國家完整，祖國的每一寸領土都絕對不能、也絕對不可能從中國分裂出去；但從來不會說，也絕對不可能會說，不容許祖國的每一個人民，包括台灣人民，從中國移民出去。您們明白箇中的涵義和奧妙嗎？這就是因為領土是領土，人民是人民。也就是說，不管任何黨派統領中國，都不會容許一寸領土分裂出去。但中國各地人民，包括台灣人民，如果反對某個黨或反對某個制度去統治中國，要麼就運用您們的能力，把您們反對的少數變成整個大中國的多數，要麼就按千百年來的解決方法，台灣動用武力奪回整個中國政權，要麼就是移民他國。

不過，我想也有最後的一種方法。就是既然您們對自己的制度這麼有信心，這麼的嚮往，但形勢又別人強，上述第二第三種方法又不可行及不情願，那麼您們就只能『暫時』選擇第一種，即大家不妨先求和平統一。待大家融合以後，把您們認為自己制度優越的地方去改

變我們，從而令我們也支持您們，如果您們的制度這麼好，難道我們大陸人民會已找罪受，自討苦吃嗎？但如果您們最後也發覺我們的制度也不差，但有改進地方，甚至或者加入您們制度中的若干元素令其融合變得更完美，那麼相信大陸人民一定不會反對，也從而令您們的從少數變成多數，那不是大家共贏對大家更好嗎？不知我這樣說兩位正義凜然的朋友們又是否同意呢？或者您們再仔細的研究和考慮？」

正當五人仍思量當中，謙新再道：「我們中華民族是禮儀之邦，一定是先禮才後兵的。如果您們也認同自己是中華民族，那麼就更理解我說什麼吧。當然了，上述我的一番話，我們的領導人、政府、媒體、學者，都不會說出口的，因為一些話說白了就沒意思了，也不好辦；但不說出口不代表不存在，而且大家很多都心知肚明，包括您們。由於我們只是尋常百姓，所以我便說出來了，這就好像您們的領導人、政府、媒體、學者，多年來時常提到一旦中共武統，不是說『出師無名』或『代價沉重』，便是說『美國救援』，其實在我們領導人或政府聽聽便算了，因為就連我們老百姓，都了解到以上這些解釋，無非都是他們只為了麻醉人民，真實是否如此，同樣是大家都心知肚明，只是他們不能面對人民說出真話吧了，對嗎？」

五人中兩青年看著其餘三位藍委綠委，而藍委綠委互望一番後，藍委就先說：「萬一你們真的用到武統，那麼又師出何名呢？」

謙新：「這位藍委朋友，那麼又請問世界上，是否全部戰爭皆出師有名呢？當了世界員警多年的美國，動不動就用武力解決問題，不是隨意找個子虛烏有的藉口便可動武嗎？當年攻打伊拉克，最後有找出大規模殺傷性武器嗎？就連日本當年侵華，也不只是找個藉口說一名士兵『失蹤』，就攻擊盧溝橋開始中日戰爭全面爆發嗎？但當年國民政府敗走台灣，拿走了多少中國故宮的國寶及幾百萬兩黃金，卻是千真萬確的，那麼，我們出兵大可說拿回自己的東西還名不正嗎？」

此時，其中一綠委即說：「但是如果你們採取武統，你們永遠都爭取不到台灣民心，難道這一點你們都不清楚？」

小巨蛋現場頓時也感受到一片肅殺氣氛，人人屏氣斂息。

只見謙新氣定神閒：「這位綠委說我們永遠都爭取不到台灣的民

心，但試問中國歷史上每次改朝換代，哪一朝代不用武力解決？這個世上有一種東西叫做『習慣』，清朝入主中原還要男的剃髮留辮，女的自小纏足，引來漢人大力反抗，但康雍盛世不是帶來民心所向嗎？到民國推翻滿清，初期男不留辮女不紮腳，一時間人民反而有些不習慣呢。就拿台灣來說，不也曾先後受荷蘭、西班牙及日本入侵占領嗎？但最後的結果你們不反日還哈日呢！

其實，除了習慣，歸根究底，人民追求的是國家安定，生活幸福。正如大多數人都預測，台灣回歸祖國，其經濟一定更如虎添翼，那麼台灣就是祖國的翅膀，台灣人民更會振翅高飛，你說最終人民是民心背向還是民心所向呢？當然了，如果台灣人民選擇的是和平統一，憑著台灣的地理位置，人民的素質才智，定必更會成為祖國人民的寵兒，我了解您們動輒就講求『尊嚴』，相信沒什麼令台灣人民統一後去到世界各地都走路有風來得更有尊嚴了，因此前路是福是禍，是選擇和平統一，還是永遠維持現狀即尋求戰爭，都只是廣大台灣人民一念之間。」

也許謙新實事求是且也不忘讚揚台灣人民，令兩地現場氣氛均緩和很多。而兩位台灣青年續說：「你又何以那麼肯定美國不會救援我們呢？」

謙新笑道：「眾所周知，美國一切講求自己國家利益，在兩岸問題上，毫無疑問兩岸永遠分離又永遠鬥而不破，也就是等同您們兩黨打著永遠維持現狀的口號如出一轍，才是美國永遠的利益。因為一方面台灣政府無論是尋求軍售還是金援說客，都令美國財源滾滾兼源源不絕，而另一方面阻礙中國統一就能有效減弱中國崛起的時間，這也是國際間的共識，也已經是公開的秘密。這方面您們首先認不認同呢？」

只見兩位台灣青年沉默不言。謙新：「如果您們不言我便暫且當作您們認同。我剛才所說的就會衍生出兩個重點問題了，其一如果阻礙中國統一，便會減弱中國崛起的時間，那麼即代表中國統一，便會加促中國的崛起，而台灣如果統一是會加促中國的崛起，那麼台灣毫無疑問也是受益者，對嗎？因為沒可能統一後台灣更糟糕大陸反而更

繁盛，只會相輔相成才會令中國崛起加快，這也是最令美國不願意看到的；如此一來作為台灣一員的您們，又為何寧願捨棄自己更美好的將來，而甘心自殘去達成山姆大叔的願望呢？

其二就是說回我們最初的問題，隨著中國三十年的急促發展，無論中國的經濟還是中國的武器，已經不是吳下阿蒙，今非昔比。這不是狂妄之言，君若不相信想想美國為何近年一步步的加緊圍堵中國，甚至官員們說話雙重標準或前後不一，已經到了無所不用其極地步，為何令他們如此荒腔走板，有如芒刺在背呢？不就恰恰說明了他們所謂的『中國威脅』已經到了他們不能不重視地步嗎？必須注意的一點是，中國和美國都是世界有能力自製武器的國家，誰也不知對方還有多少秘密武器，單是表面的東風、巨浪都令美國不敢輕言致勝，而與此同時，中美一旦開戰不離三種情況，一是戰場在美國，二是戰場在外地，三是戰場在中國。

但是第一種及第二種情況是不可能發生的，因為中華民族歷來熱愛和平，所謂人不犯我我不犯人，因此只可能第三種情況即美國打中國，而問題也在於此。當美國打中國，美軍會寧願本國不留一兵一卒都要傾全國的軍力從太平洋遠到中國戰爭嗎？這是不可能的任務，伊朗及俄羅斯等國也許無任歡迎。一些台灣評論家屢指美國在全球擁有幾百個海軍基地，中美實力距離還差太遠，卻刻意忽視中國現在不是與美國全球爭霸，況且美國也不會傻到傾全國軍力千里迢迢跑到人家的地方求戰，而只可能派局部即讓駐守日韓的美軍甚至關島的美軍出戰。

但是越戰及韓戰，美軍早已領教過解放軍的難纏和耐打，況且今時今日中國的『東風快遞』也許美軍一出動，就已經在中國的北斗監視下保證美軍準時收到了！您們會覺得美軍會誠心誠意為了台灣不切實際的一廂情願，從而接受中國的快遞『禮物』嗎？何況中國的快遞『無遠弗屆』，或許不止送達美軍的陣營，有可能會送達美國本土，更莫說中國的秘密武器究竟有幾斤幾兩了。因此請回歸現實吧，美國出賣多國早有前科，即使盟國也不會例外，聽聽法國總統馬克龍怎樣說，他說：『是的！美國是我們長期的盟友，但同時他也是一個長期

綁架著我們的盟友。』

　　也許，您們不認同自己是中國人，但在美國人眼中，就只會看到兩岸的中國人自相殘殺，你要山姆大叔犧牲生命去幫助中國人打中國人，別開玩笑了！知道山姆大叔為什麼從來不考慮售賣最先進的武器給您們嗎？相信您們有些學者專家都猜到了，那就是因為山姆大叔早就認定，中國遲早會有統一的一天，因此，才會害怕我們統後也會得到他們認為很精良的武器，反過來對他們更不利。

　　但假設山姆大叔早已決定和台灣同生共死，或者說早已決定為台灣兩肋插刀，且有信心打贏中國，也就等於中國統一不會成功，而既然不會成功，哪請問山姆大叔又何以懼怕售賣較先進的武器給您們？又何以懼怕中國會得到他們的精良武器呢？因此很明顯，若然大家都沒猜錯，山姆大叔也了解中國統一是遲早之事；也就是說，既然美國已經認定中國必能統一，即意味著台灣會不敵大陸，又或者意味著山姆大叔即使為台灣而戰但一樣不敵大陸，那麼您們還認為山姆大叔會為台灣而戰嗎？可以說，如果中國決定武統解決台灣，美國不插手還可保持霸主地位，即使和中國平起平坐，以中國人的人不犯我我不犯人的基因，大家還可和平共處，也就是美國仍保留是區域強權，那麼以美國人最懂得衡量利益來推算，您們若是美國領導人，又將如何抉擇呢？」

　　其後五人再想不到要說什麼，謙新也稍歇一下：「既然您們沒什麼話說，或者我們先擱置一下；五位朋友中我知這位藍委曾來過中國一次，但也是五年多前（此時藍委驚訝謙新什麼都知），至於其他四位未曾踏足過中原，所謂有朋自遠方來，不亦樂乎！您們有否興趣見見大家原來的祖國山河呢？」

　　五人頓時五味雜陳，不懂取捨，藍委首先說：「你是指現在嗎？是你帶著我們去嗎？」

　　謙新答道：「您們現在是人在大陸，當然是現在由我帶著您們去了。」

　　話音剛落，謙新竟然剎那間把五人帶到北京的萬里長城，看看這中外遊人必到的中華民族結晶，體驗一下「不到長城非好漢」的感

受。而小巨蛋現場此時觀眾也目睹長城有如屹立於眼前，如幻如真，百感交集。

正當眾人沉醉長城的巍峨秀麗，瞬間五人又突然現身被譽為「新世界七大奇蹟」之中興國際機場，體驗一下這個僅用 8 根 C 形柱支撐、自然採光、機器人泊車及全智能旅客出入境與安檢系統。而眾人正嘖嘖稱奇之際，一下子謙新又把大家帶到雄安新區，體會一下 80 年代看深圳、90 年代看浦東、21 世紀看雄安的感覺。在眾人正在認識什麼是中西合璧、古今交融、防災抗震、綠色智能的新城市魅力時侯，眼前又變成神秘色彩的長白山天池，讓他們了解這個世界最高、中國最大的火山口湖，晶瑩透徹，深不可測。

沒多久，謙新又帶著五人突然也現身上海深坑酒店，體驗到中國人建築的鬼斧神工。正入迷之際，剎那間五人卻來到貴州天眼，目睹世上最大的單口徑、最靈敏的射電望遠鏡，了解一下這個能捕捉宇宙最微弱的信號，卻又探測到更暗弱的天體，幫助人類破解宇宙更多奧秘的大傢伙。在欣賞完人間仙境、美不勝收的四川九寨溝及峰林如海、谷壑幽深的湖南張家界之後，最後眾人更出現在大灣區，欣賞到另一的「新世界七大奇蹟」之港珠澳大橋，就像煙波浩渺的蔚藍大海上，用一根銀線串起了香港、珠海、澳門三顆東方明珠。無疑，以上各項親身體驗確令五人驚喜交集，此時謙新卻拱手突然對著五人道別：「期待咱們各自珍重，來日江湖再見！」

第 8 回

四 子 現 身　暢談美國華裔感受

語畢及喘息之間，五人原來已身在台灣小巨蛋，但萬萬沒想到的是，五人還驚魂未定，竟發現謙新也仍在身旁。五人不停看著現場觀眾，也看著謙新，因為五人一時間實在搞不清楚，現在自己究竟是身在大陸還是台灣，若然在大陸，明明亞伯及小巨蛋現場觀眾都在，且

氣氛沸騰；但若然是在台灣，那麼即代表謙新也穿越到小巨蛋了。

　　此時，只見藍委綠委走向謙新面前，正欲想觸摸眼前人，是否真實人物還是虛擬人物！而謙新則笑說：「我是真的！」

　　之後謙新再向小巨蛋現場四邊的觀眾鞠躬，並笑著說：「大家好！我的名字叫奧謙新，今年 22 歲，我祖籍是北京，但我是在美國出生，現在是 Abel（亞伯）的弟子。」

　　五人舒了一口氣：「原來如此！」

　　此時，小巨蛋現場觀眾全體自我意識地站立，用熱烈的掌聲歡迎這位「不速之客」，亞伯也上前向謙新握手，說謝謝剛才他的精彩表現。

　　亞伯：「請問大家覺得剛才的情景精彩嗎？如果精彩請再次給我的徒兒謙新一次掌聲，好嗎？」

　　現場即向謙新再報以如雷之掌聲。

　　亞伯笑道：「謙新雖然是我的徒兒，但他也不知五人會發問什麼，因此我們事先並沒採排喔，這完全是謙新的臨場自我發揮。當然了，謙新對中國兩岸的看法基本上也是和我一致的，所以他說的我基本都會認同，只是他剛才把美國形容為『山姆大叔』，我可不敢說。」

　　此話一出，又引來全場大笑不能自我。

　　亞伯：「除了謙新，今天的研討環節我也想請我的幾位徒兒一同加入，希望您們別介意，好嗎？」

　　台下一片好奇：「好啊！」「不介意！」……

　　亞伯：「不過我的幾位徒兒很有意思，也許是無心插柳，或是上天安排，他們都是 ABC，也就是說都是在美國出生的華人，而且他們四人之家庭都分別來自兩岸四地，或者先讓大家歡迎我們其餘三人出場，好嗎？」

　　只見其餘三人分別是一男二女，並從後台跑出來，而謙新也匯合他們一起，四人分別是陽光明眸的廣湫彤、柔美可愛的邰蔓荷、眉清目秀的鍾大榕與及早已露面氣宇軒昂的奧謙新，四位帥哥美女各具特

色。

　　湫彤率先向台灣觀眾自我介紹：「大家好！我祖籍福建，父母都是台灣人，我的名字叫廣湫彤，今年 24 歲，是美國華僑的第三代。」

　　亞伯：「或者您向大家介紹一下有關您的故事，您對自己身為華人的感受等等。」

　　湫彤笑容可掬：「我當然對自己身為華人引以為榮！記得兒時常聽到爺爺話說當年，說他在年青時正值日本侵華時代，更曾被抓至海南島當了日本軍營的廚師，每次憶起當年乘船至海南島途經瓊州海峽時所遇到的滔天巨浪，都心有餘悸。不幸中之大幸是他被抓到當地是當廚師，所以日軍對他還不會太留難，但同船的其他抓到當苦力的同胞就沒有那麼幸運，輕則常受皮肉之苦，重則便客死異鄉。

　　但儘管如此，爺爺也不甘做日軍的『米飯班主』，所以逃亡之心不敢忘懷，幸好某夜伺機逃脫並走至荒野，得當地的少數民族暫時收容，記得爺爺常形容他們是『花面泥人』，後來我從網上尋找資料，按爺爺所描述的恩人也許是當時的黎族人民吧，後來得這些少數民族安排，再乘船逃至台灣。在台灣也居住了近 20 年，也在台灣結婚生下我的父親，之後便一同移民美國。爺爺到美國之後也是開餐館，至於父親也是繼承父業，現在爺爺已經不在，但生前也常對我說記著自己是中國人，並教導我雖然每個華人難免也會吃日本壽司，會用日本電器，會開日本汽車，但也要僅記前事不忘，後事之師，尤其對日本犯下『南京大屠殺』事件更要牢記歷史，勿忘國恥。咱們中國人不需延續仇恨，但也要以史為鑒。

　　然而，爺爺每當提到當年，必老淚縱橫，令我印象深刻。不過記憶中爺爺只向我說了一次最銘記於心的，就是晚年曾唸到岳飛的名句『莫等閒、白了少年頭，空悲切！』了。他語重心長告訴我，每個人都必須趁著年輕時，要珍惜光陰爭取時間完善自己，鍛煉自己，切勿到老才懊悔年輕時的少不更事。

　　至於我的父親嘛，也許自小耳濡目染，我在美國也常聽他唱鳳飛飛的〈我是中國人〉或李建復的〈龍的傳人〉，特別是看他唱到『雖

不曾看見長江美，夢裡常神遊長江水，雖不曾聽見黃河壯，澎湃洶湧在夢裡。』似乎是最有感觸。父親也會笑說兒時在台灣，現在則大多時間住在美國，由於黃河及長江離他太遠了、太遠了，因此只好真的在夢裡去感受黃河的澎湃洶湧，及奔流到海不復回之勢了。我取笑他『奔流到海不復回』好像是李白的詩句！他就笑著解釋『都是形容黃河，在夢裡都不要放過！』而我就反而想起將進酒中『君不見，黃河之水天上來，奔流到海不復回』下一句是『君不見，高堂明鏡悲白髮，朝如青絲暮成雪』其意境和爺爺唸到滿江紅中『莫等閒、白了少年頭，空悲切！』竟如出一轍，何其相似！

而父親也會每隔一兩年必回台灣走走，也許是感受一下幾十年台灣的變遷吧！不過聽他說幾十來台灣除了台北東部外，其他地區都幾乎沒變：『還是差不多這個樣子，我也搞不清是好還是不好了，對於我們遊子來說，家鄉的草木依舊，時光停留也許是好的，但對台灣人民來說，也許更多的是無奈吧！』是的，父親每次回台，會開心見到舊友新知及品嚐兒時的台灣味道，但更多的嘆息是桃園機場的捷運足足等了 20 年的漫長歲月才盼到，也會嘆息走到哪裡，都會見到各區的選舉人牌廣告，且長期林立，其選舉文化比美國濃厚很多，而從政的人就好似天天只有政治不顧民生。

這一點我也有同感，記得初次來台，看到處處都樹立大小不同的選舉人像，我還以為他們都是台灣的明星代言廣告呢！父親說『現在的台灣新一代都不會唱〈我是中國人〉及〈龍的傳人〉，只會唱〈小確幸〉』，我再取笑他是否指的是 Hebe 唱之〈小幸運〉？他竟然懂得這首歌，只是他說拿這首歌『借小諷小』罷了，他說『如果人民長期都活在小確幸裡，那就不太好了！』至於說到美國海外華人，儘管受去年疫情影響，初期令華人形象也受波及，但最終疫情反而令中國愈來愈強，海外華人也只會更有底氣，身為華人引以為榮不會消減，我希望大家都一樣和我們，期待中華民族更富強！謝謝大家！」

也許湫彤也算是「自己人」，所以現場也給湫彤不少掌聲。

亞伯：「蔓荷，您也介紹一下自己吧。」

蔓荷笑著向現場鞠躬：「您們好！我是第二代的美國華僑，我的

名字叫邰蔓荷，今年 23 歲。說到我身為華人的感受，老實說小時候沒有想過此問題，但到小學中學時候，我會感受華人在美國，或者應該說亞裔黃種人，多多少少都會受到西方人歧視吧，因此當時我的朋友除了華裔，都是以日裔韓裔的居多。但儘管如此，我也對身為華人不排斥，而且會感到自己能在課外學習中華文化，認識到什麼是博大精深，自己又是身為一員，會有種莫名的自豪感。

特別是讀大學的時候，隨著中國的國力日漸強大，我開始身邊有外籍的朋友，甚至有些外籍的同學都找我求教想學中文，更羨慕我是中國人。她們說現在中國很進步及經濟強大，逗笑我畢業後便不用愁找工作，有些閨蜜還很早就向我勸說，大家畢業後一定要帶她們一同到中國看看，因此從這個時候，我真的從心坎中感受到我身為華人是前途光明的，這一點就真的多謝我的父母！至於說到爸爸媽媽，他們以前都是從香港移民到美國，但他們為何選擇移居外國？就不得不提『六四事件』了。

我記得在小時候，爸爸就已告訴我中國於 1989 年發生的六四學生運動，而當天（六月四日）也是他畢生難忘的一天。由於此個年代尚未出現電腦排版軟件，還是用手工作業，因此當時任職報館當編輯的他，正在用美工刀把有文字之紙張切割拼湊排版的時候，當觀看到電視報導『六四事件』的畫面，悲從中來一不小心便把美工刀割傷了手指，一時血流如注，聽到此我也為當時的爸爸感到痛徹心扉。但由於報館也等著爸爸的排版，所以他也不得不忍著痛楚，待完成後才能離開趕到醫院，並縫了十多針；也許時間拖得太久才醫治，所以爸爸這根手指頭至今還是不太有感覺，從而令他對六四更刻骨銘心，也同樣烙印我心。

之後，他還把當時所有的報紙對有關『六四事件』報導的新聞或評論及自己的感受，經一段長時間的收集、整理及剪輯成一本很精美的紀念冊，也熱心參加當時因『六四事件』而發起的遊行以對事件的抗議，直至到九十年代初，爸爸想到幾年後香港便要回歸中國，儘管他是一個愛國之人，但由於對未來前景沒有信心，因此才二十多歲便隻身移居美國，而後來我的媽媽，當時還是爸爸的女友，也跟隨爸爸

到了美國。

　　然而，到了美國多年，爸爸逐漸看透很多以前不知道的事，他往日嚮往的美國，並不是什麼都講求人權自由，很多事情還是要看您屬什麼人種，儘管他明白自己因工作性質關係而沒被受歧視，但並不代表全部華人在美國不受歧視。同時也許爸爸到美國後也是當新聞編輯，因此也認識了當地很多不同國籍的媒體朋友，當中從幾位美國及外國籍的媒體好朋友在熟絡後才得知，當年的『六四事件』並不是完全自己想像的一樣，其中外國勢力的煽動，多位學生領袖也很不單純，而當年的六四新聞大多都是從外國開始披露，他最後更知道很多新聞照片均是移花接木，這一切都令爸爸多年的堅持開始動搖，隨著自己深入的追查及互聯網的發達，很多真相也逐漸曝光，令爸爸不得不面對現實從新思考；而與此同時，爸爸其後每兩三年也總會到中國探親，眼看自己祖國每兩三年就變了一個樣子，更是感觸良多。

　　而 2009 年六四那天，爸爸更把自己親手製造的六四紀念冊燒掉，我還記得當時問他，『為何忍心把自己的珍藏燒了，這是您親手製造的不覺得可惜嗎？』爸爸便告訴我，『儘管足足保留了 20 年，但既然不是真實的東西，又留來何用？』我再嘗試問爸爸，『您又何以覺得肯定當年的事件並不是真實的全部呢？如果不是真實的全部又何以這麼多港人年年紀念六四呢？』只見爸爸說，『中國人有句老話，路遙知馬力，日久見人心！當年的『六四運動』，我也和很多人一樣，把民國時期的『五四運動』相提並論，但後者才是真正的愛國運動。因為一方面學生是反外國入侵才抗議自己政府，另方面眾多學生的慷慨就義並沒留下英名，但現在想來，『六四運動』是學生聯合外國，宣揚外國制度好才抗議自己政府，而幾位當時的學生領袖，到今時今日他們除了遊走美台，名成利就，吃香喝辣，我真想不到他們幾十年來為社會為國家做過些什麼！這些人還值得我們崇拜嗎？至於妳說到港人年年紀念六四，還不是一群群的反中政客策劃，外國勢力的背後支持，及在特殊的教育下，一代代的反中生力軍造就的嗎？』

　　我看出爸爸的無奈，也認同他的說法，特別是現在想到那幾位的學生領袖的確多年來說就冠冕堂皇，做就無能為力，也可從中推想他

們當年如何領導學生及本意何為！無論如何，能看到今天自己國家進步及強盛，我們海外華人也感到吐氣揚眉，這是我的由衷之言，謝謝大家！」

在場也給予蔓荷不少掌聲。亞伯：「大榕，您又如何介紹自己呢？」

大榕向現場拱手笑道：「大家好！我的名字叫鍾大榕，今年也是 23 歲，但我比蔓荷大了一點點，同時我和她都一樣是第二代的美國華僑，但我父母則來自澳門。大家都知澳門小小的地方，沒什麼好說，最出名就是賭博，其次就是街道賽車吧，所以澳門也有東方蒙地卡羅之稱。現實中，我也曾旅遊過歐洲約二十個國家，也到過蒙地卡羅，並親身觀賞過當地的賭場及賽車街道，但我還是覺得今天澳門的繁華，尤勝真正的蒙地卡羅很多很多啊！」

就在此時，即有台下觀眾舉手問道：「聽說疫情前澳門賭博年年收入創新高，有人認為是因為賭場都十賭九騙，這是否事實呢？」

大榕笑回：「這個問題您不是第一個人問，而我也回答了 N 次了！不過您也問對了人，因為我父母未移民前就是在澳門賭場做荷官的。」

台下觀眾很愕然說道：「真的嗎？這麼巧合？」

大榕：「是的！聽母親說多了也略知一二吧。說到澳門的賭場，其實應該說是世界上所有合法經營的賭場，都有一句術語，『不怕你精，不怕你呆，最怕你不來！』其字面應該很容易理解，但為什麼開賭場的會敢這樣說呢？關鍵就是一個永恆的道理：長賭必輸！再深入解釋，就是站在賭場的立場，什麼類型的賭客，那怕是最聰明或真傻或假傻的都不怕，怕就怕你們不來，意思是無論你入來贏的或輸的，只要你常來甚至長賭，就必然把所有財富都進貢給賭場，因此從來就只有職業賭徒騙賭場，而從來沒賭場騙賭客！因為賭場根本無需運用騙術，都賺得盆滿缽滿。

不過，賭場反而最害怕一種賭客，就是客人入來無論贏或輸，他們心中已經決定賭多少注或贏輸一個數額便走，甚至再不回來；例如某賭客入來他決定只賭三注或五注，不管贏輸都走，又或者某賭客入

來他決定只賭贏輸 500 元或 1000 元，只要贏夠或輸夠都走，兩者都再不回來，那麼站在賭場的立場，如果所有客人都抱著這個態度或決心而入賭場的，那賭場就沒好日子過了！

那為什麼長賭必輸及賭場最怕客人贏輸一個數額就了斷呢？因為一般初來的賭客，如果贏的會希望繼續贏，而且贏了覺得很易贏，就會不停光顧賭場；相反輸的會希望追回來，同樣不斷追也會不停光顧賭場，但首先人的精神有限，有運氣好及運氣不好時候，而最重要是賭場是有限紅（投注限額）的。有一些客人以為很聰明，第一注賭 100 元，如果輸了下一注賭 200 元，再輸再下一注賭 400 元，如此類推，那麼只要 TA 贏了一注，就最終會贏了 100 元。這一種賭法站在賭場來說是無任歡迎，因為您下注是以次方乘上，就算你贏也只是贏了賭場 100 元。但別要忘了，即使您如何財雄勢大，但絕對敵不過賭場，當您這一注去到最大的限紅，如果您仍然輸了，您下一注最大也是同樣的限紅，那麼您之前所輸的，就永遠都沒法追回來，所以賭場最希望客人常來或長賭，您遲早都會輸的乾乾淨淨！

相反，如果所有客人都不是常來或長賭，那就意味著等於跟賭場對賭若干注或若干時間，而對賭的結果是五五公平的，也代表了不是你死就是我亡，但賭場的裝璜、設備、招待及荷官等等龐大支出，長期來說，肯定賭場站在不利的位置，力竭關門也是遲早的事。當然了，這只是假設，因為人類不貪婪，能那麼冷靜那麼不受引誘，不管贏輸只賭一個數額就走可謂寥寥無幾，特別是好賭的東方人，更是少之又少了。也因此我也藉此機會，奉勸各位最好能不入賭場就不入，即使好奇心入了，也別試玩賭一兩注，因為太多人都是從這一兩注而沉迷下去的！」

台下觀眾大笑，而剛才問的觀眾也很愕然：「原來賭場有這麼多奇異之處，受教了！」

在場另一觀眾也問：「聽說賭場工作的荷官收入很不錯，那為什麼你父母又選擇移民呢？」

大榕答道：「這個問題您問得好，而且也沒人這樣問過；但我也曾問過母親，應該怎樣說好呢？或者我先從澳門以前的賭場及現在的

賭場的作一分別說明吧。在澳門回歸以前，澳門的賭場只有一家公司專營，也由於是專營，當時的荷官收入是靠客人贏錢時的打賞為主要收入，每月的總收入最少也有萬多港元，是一般外面經理級的收入數倍，一般寫字樓職員薪資的十倍以上，不吃不喝一年多就可買一個新房子了。

因此，當時的荷官可以說是澳門的金飯碗，更是天之驕子，就連港人也趨之若鶩！而回歸後改為多家博彩經營權牌照後，一方面賭場眾多荷官自然多，另方面各賭場也按國際規則，荷官再不能主動要求客人贏錢打賞，因此現在的荷官其總收入也只是比多年前多了一點，但澳門的房子就漲了十多倍，可以說現在的澳門荷官其總收入還是不錯，不過與外面的工作比較也多不了太多，絕不能再稱金飯碗了！

說回父母任職的時候，應該是賭場收入最高淨值時期，但原來他們入職不久就已經定下目標，做滿 10 年就離開公司，我也曾問母親原因，她說是主要因為他們心中一直有一把尺，認為賭場害了不少人，為此不想長期待在賭場工作，加上他們很討厭吸二手菸，當然現在的賭場聽說是不准吸煙的，她說他們都受不了這種生活，所以就真的做滿 10 年後便辭職，由於反正都是重新生活，所以他們就這樣移居美國了！

不過，說到賭博，我反而想向大家分享我一種想法，那就是民主選舉；我個人認為，政治並不是人民的專業，否則人人都可當總統了！但民主選舉中，往往就是兩個候選人及陣營互揭瘡疤，而選民也往往是看候選人的雄辯口才，而不是看候選人的才能，因為候選人是否有才能，是要 TA 上任後選民才能慢慢感受到，但偏偏在 TA 未上任前您便要選擇其一，即使有一位可能是競選連任，選民之前也許知曉這位候選人的斤兩，但問題是來挑戰的候選人 TA 是比連任候選人較好還是更糟呢？選民也是無法預知的，如此一來，每四年的選舉對於人民而言，就正如師父第一天所說是一場賭博，而且由於關乎未來的國家命運，說是一場豪賭也絕不為過，究竟一個國家每四年便豪賭一次，能接受這樣的折騰可多久？就是我們即美國及台灣，值得人民思考的問題了！」

看來大榕所說也引發觀眾共鳴，所以掌聲也著實不少。

第9回

初談六四 總統人民制度誰錯

亞伯回到舞台中央：「剛才我的四位徒兒都已經自我介紹，不知道剛才被謙新帶到中國不同地方體驗的藍委綠委，有沒有一些需要詢問的問題呢？」

藍委率先問：「剛才我們五人真的人在中國嗎？我們真的在萬里長城、中興機場、貴州天眼及港珠澳大橋嗎？」

亞伯笑回：「哈哈！當然不是！其實您們五人及謙新一直都是在小巨蛋現場。對了，還有大榕，也就是在天安門廣場時，謙新吩咐旁邊的人把五支掃把給您們的人，其餘那298人及一切景象都是虛擬出來的。」

五人及現場觀眾如夢初醒，也認識到亞伯的虛擬特效竟到了如此迫真之境界！

其中一綠委問：「剛才蔓荷提到六四學生運動，似乎是已經否定了這個運動，不知亞伯你本人又是否持相同看法呢？」

亞伯微笑一下：「談到『六四事件』，我相信我們下星期到香港演出，那邊的朋友們也一定會問到有關事情；我一直強調，除非有人是刻意而為之，否則面對每件事情的真相，首先要客觀的看待，甚至要用多角度去觀察、考究，也許才能尋求到事情的來龍去脈。當中蔓荷的父親說了其中一個重點，就是路遙知馬力，日久見人心！我只知道，一些學運領袖如果他們真的是當年的學界精英，加上他們也成功順利到達外國及繼續受更高的教育，照道理他們即使不是今天的世界棟樑之材，最低限度也應為社會作出或多或少的貢獻。

但幾十年來，他們對社會的貢獻就看不到，就只看到某些地方政

府就不停地貢獻給他們，為的就是延續『六四事件』的香火，不致被熄滅。所以我們不是要聽這麼多年來他們說了些什麼，而是要看這麼多年來他們究竟做了些什麼。就比如其中一位當時的學運領袖，他的格言竟是『不好色才是人格缺陷！』，當然我們均無興趣去理會他們的人生，但是他們的確又是當年影響千千萬萬兩岸四地年青人的英雄偶像，多年來陸續清醒的崇拜者，已看到他們的真面目，相信也可從中了解到當年『六四事件』的種種真偽吧。」

該綠委似乎不太認同：「這可能只是你們的看法！」

亞伯笑道：「沒關係！大家都只是研究討論，而我也只實事求事，就事論事！不過，『六四事件』雖然疑點重重，但 1947 年 5 月 20 日發生於武漢大學的『六一慘案』就千真萬確。一群京滬蘇杭學生發起的『反饑餓，反內戰，反迫害』的學生運動，向當時的國民政府行政院提出增加伙食費及全國教育經費等五項要求，遭國民黨軍警殘暴鎮壓；並且在 6 月 1 日，國民黨軍警千餘人再包圍武漢大學，開槍打死手無寸鐵的學生，製造了震驚中國的『六一慘案』，現在武漢大學還建有六一紀念亭。因此，我們做事不可老是把您們不喜歡的人，用放大鏡觀看他們的缺點，卻輕易原諒自己的缺點。也許武漢『六一慘案』台港學生鮮為人知，但如果是有智識講文明的學生，便應該知道近代的『五四運動』及『五二零運動』才是真正出於愛國的學生運動，『六四運動』已經是變了味道，根本不可相提並論。」

其後這位綠委也續問：「之前你的弟子謙新似乎否定了我們台灣的一人一票選出自己的總統，對此你本人又有何看法呢？」

亞伯：「這道題問的非常好，也是我很想和您們分享的地方。我之前也說，我希望大家用多角度去思考問題及看待事情，因為唯有這樣，我們也許會從中發現，能看到別人看不到的東西，無疑這不代表便能一定能解決事情，但能把事情的真相多了一份佐證，便不致於令思考範圍想的那麼狹窄或偏頗。就比如說到民主制度國家，其真諦是少數服從多數，但諷刺的是，如果每一個社會簡單分為兩個個體，那一定是政府個體是少數，而人民個體則是占絕大多數了，但是現實最終的結果又是怎樣呢？是人民服從政府，是多數服從少數！從這一

點我們就可以容易明白，少數服從多數只是選舉的時候，其餘大部分的時間都是處於多數服從少數，因此高喊民主自由，都是政客們為達到權利慾望時候所使出的手段及技倆，當選舉完後之前所說所承諾的事，都無需兌現，甚至已經忘記，問題這樣是否真的是人民所想呢？

　　就以您們兩岸來說，分別台灣最大黨為民進黨及國民黨，而中國最大黨為共產黨，我們首先拋開成見，先不說三個最大的黨哪一個黨優點多或缺點多。事實上，每一個制度都有優劣，問題是每個黨在自己的國家制度下往優點的方向走得多，還是往缺點的方向走得更多；比如在台灣民主體制下，如果這屆政府知道唯有做好社稷，才能不負選民所託，及更能延續自己黨的政權，那真是萬民所幸。但如果這屆政府知道當政只有四年，便趁著在位期間不但謀取私利及用人唯親，甚至設法扼殺在野黨的生存，那自然是百姓不幸。美國前總統在疫情期間荒腔走板，一無是處，那只是他的錯嗎？不要忘記，美國總統是由人民選出來的，因此與其說前總統的錯，不如說是美國人民的錯，但政治不是人民的專業，因此與其說是人民的錯，不如說是美國政治制度的錯。

　　此外，美國制度最大的問題，比如某一些政策及決定，是對自己國家不利，但偏偏這些政策及決定，就是總統最大的支持者所想所做，那麼總統就很可能寧願附和某些支持者，而接納這些對自己國家不利政策及決定，例如把大麻合法化；相反某一些政策及決定是對自己國家而言長遠來說是有利，但偏偏這些政策及決定，卻是總統最大支持者所不想及反對，那麼總統也會很可能否決那些對自己國家有利的政策及決定，例如把槍枝管制否決；對在野黨而言，同樣是你支持我便反對，你反對我便支持的方針，而且周而復始，國家虛耗不斷。」

　　另外一綠委問：「那麼請問亞伯你如何看待『共產主義』？如何看待一黨專制呢？」

　　亞伯：「這道題問的更好，相信台灣人民面對兩岸問題時，這是最糾結及最擔憂的地方。我深明您們不喜歡『共產』，也了解共產二字，很容易給人印象就是大家一齊『共同生產』，無論您或我或他付

出多少努力或貢獻，您或我或他所獲的利益都是一樣。所以以前中國才有『做又三十六、不做也三十六』這句話，這樣便很不公平，而且這樣做，還會有人願意作出更大的貢獻嗎？一定沒有人願意，您們說對不對？」

全場似乎說到心坎裡，大分貝呼應：「對！」「對！」……

亞伯笑道：「但是，您們的對岸，明明是人人可以擁有自己的財產，擁有自己的商業王國，或住上豪華的住宅，而且明明出現了許多許多大資本家喔，那明明不是『共產主義』，為什麼還稱『共產國家』呢？真的很奇怪喔，那麼您們現在不喜歡對岸，是因為他們的制度及生活方式還是介意他們號稱『共產黨』呢？」

台下好像有很多人想說話似的，但又想不出說什麼！而剛才問話的綠委：「言下之意，你會喜歡今日中國的一黨專制？」

亞伯：「這樣說吧，我完全不否認喜歡今日的中國制度，但若您問我是否喜歡共產主義及一黨專制那便不一定，首先我喜歡今日的中國及『中國式一黨』，不代表喜歡全世界所有一黨的國家，比如古巴、越南、北韓、寮國（老撾）等等他們都是一黨，但都和中國很不一樣；有意思的是，北韓的執政黨稱勞動黨，寮國的執政黨稱人民革命黨，而不是稱共產黨；俄羅斯給人印象是共產主義兼一黨專制，但其實俄羅斯現在是資本主義及多黨制，而且俄羅斯更是和美國一樣，立法、司法、行政三權分立。

新加坡給人印象也是一黨專制，但其實新加坡只是一黨獨大；說到一黨獨大，其實現時的日本及台灣也是一黨獨大喔，不是嗎？那麼中國真的是一黨專制嗎？其實也不是，中國其實也是多黨制，只是他們以共產黨為國家的核心執政黨罷了。如此說來，換個角度去看，其實對中國來說也可視共產黨為一黨獨大，只是它是屬於『中國式一黨獨大』吧。所以說世事無絕對，也不可一概而論。」

第 10 回

一黨 多黨 能抓老鼠就是好貓

　　此時，亞伯靠前觀眾一步：「現在或者我們先談談『中國式一黨』，首先我想問問大家，如果一個人，他無論做任何事都很專一，很專心與及以很專業的態度去做，您們認為這個人做事的態度是好還是不好呢？」

　　台下即時一致回道：「好！」「當然好！」……

　　亞伯：「很容易理解吧！專一專心專業都是好的，但專橫專愎專制就不好了。前者我說的就是指中國，他們能把三十年前一窮二白的中國改變成今日現代富強的國家，靠的就是以專一、專心及專業的態度去處理好國事，因此我認為他們只是一黨專政而不是一黨專制。但今日的『中國式一黨』是否已經十全十美，完整無瑕呢？這當然不是。事實上，中國改革的速度是驚人的，但無可否認他們也是遁步漸進，一步一腳印。換句話說，中國有待改善的地方還有很多，但他們已經改變了很多，且絕對將來會變的愈來愈好。

　　至於這位綠委剛才問我是否喜歡今日中國的制度，我已解釋我是喜歡『中國式一黨』的專心、專業的政治制度，哪為什麼呢？現在中國有一句流行語：『沒有對比就沒有傷害！』或者我們不妨先看看西方的多黨制來作一個對比。西方是很難做到專一專心，因為每一任的總統頭一年是適應期，最後一年又是競選期，實質認真工作只有大約兩年多，客觀條件及面對現實，已經不能容許他們有長遠目光或長遠計劃，因為分分鐘不是前功盡廢，便是為在野黨作嫁衣裳；看看很多民主國家多年沒有大型基建等長遠目標便可知道，因此單憑這一點，已經令他們被迫目光短淺，兼且凡事以撈取自己政治或自己的黨利益為先，也形成在人民面前，往往都是從兩個爛蘋果選一個比較好的而已。相比之下，『中國式一黨』因為能夠定出未來十年、二十年或更長遠的計劃，他們便可以心無旁騖，以專一及專心的態度及專業的經驗去處理政務。

　　我們再來看看，人們都說共產黨不好，其實『共產』二字不是原罪，這個或者我們稍後再說。但可以說共產黨與一黨專制不是等號，現在很多民主國家包括美日等國都有共產黨，所以共產黨與一黨專制沒什麼關係；再來，如果還是討厭『共產』這兩個字，那麼中國又是否真的是共產主義呢？也不是的！他們走的是『特色社會主義』，只是他們『共產黨』這三個字並沒有改掉而已。再說，稱呼真的這麼重要嗎？這一點我就搞不懂了，世界各地的人民最重要的追求是什麼？我認為首先追求生活的需要，之後追求生活的幸福，最後再追求生活的品質，就比如……」

　　說到此亞伯又施展他的魔術技藝，瞬間舞台中心突然出現幾十隻大小不一的可愛貓熊，向舞台的四方八面慢慢的向觀眾面前奔走，令全場觀眾立即起哄嘩然，而正當有少數貓熊很接近一些觀眾的時候，這些觀眾便很自然地欲伸開手觸摸牠們，奇趣地牠們又好像真的感受到驚嚇一樣，居然可愛地懂得往後走幾步，情景就像真的一樣，觀眾歡樂極了！

　　而亞伯也笑道：「大家不要再觸摸牠們啊！如果牠們受到驚嚇就不敢再親近您們喔！」之後再問大家：「這隻動物究竟應該稱為貓熊還是熊貓呢？」

　　全場觀眾一致大聲回應：「是貓熊！」

　　亞伯：「是不是無論您們台灣人稱牠為貓熊，香港人、大陸人及海外華人稱牠為熊貓，都不會也不能改變牠是最可愛動物的事實呢？也就是說，我們應該是欣賞這隻動物本身的和藹及可愛，牠的名字是什麼一點都不重要。同樣的道理，我們應該是看這個國家的制度是看他們所做的事是否真的全是為人民，而不是看他們究竟是一黨制還是多黨制，是一黨專政還是一黨獨大。就正如中國的鄧老先生曾說『管牠是黑貓白貓，能抓住老鼠的就是好貓！』簡單來說，因為西方多黨制也有本身的缺陷，因此令我覺得『中國式一黨』能專心為人民做事也不錯，而『共產』二字也只是一個稱呼而已，它也並不一定是專橫專制，它也可解釋成專一、專心及專業，況且中國真正走的並不是共產主義，不能混為一談。

　　比如說，中國的體制雖然是一黨式，但都會顧及全國人民，他們平時從基層的村民、居民等會議，會層層反映到全國政協代表會議，也就是說中國的每一項的民生決策，定必經過民意的蒐集、調度、上報、督查、核實等重重考量才決定。相反，台灣的體制雖然是多黨式，但現時的執政黨卻是把行政、立法、司法、監察權全部一手抓，與專制並無分別。不過，最諷刺的還是，最近一位獨派大老說您們的執政黨已完全執政，但他不歡迎現在的台灣只有一黨；而台北市長也不忘補刀，說現在台灣已非一黨獨大，而是一黨專制；其後《亞洲週刊》更以〈台灣民選獨裁幕後〉為題揭露您們的執政黨全面執政變成民選皇帝；明明自詡自由民主制度的台灣，卻今天給人一黨專制的錯覺，明明一直酸共產極權制度的中國，卻實質也並非一黨專制，而只是一黨專政，這就更令人撲朔迷離，如丈二金剛摸不著頭腦了。」

　　亞伯走到台邊喝了口水，再回到舞台中心說：「我們首先必須理解，為什麼一黨就代表了獨裁？多黨就代表民主？一黨就不能民主？多黨就不能獨裁？況且這還要看哪個國家，哪個時期的執政者才能釐定，而卻不可一概而論。如果大家都已經知道一黨及多黨都不能確定某段時期的執政者是獨裁還是民主，仍堅持說一黨就代表了獨裁，那豈不是比獨裁者更僵化？就比如我記得有一台灣作家，雖然他自稱是哲學大師，並且旅美多年，但只要一輸入『一黨』或『共產』二詞便歇斯底里抗拒，在他的腦海中，不是中國體制鬆動，就是經濟挖東牆補西牆；中國領導人不是忙於清算政敵，就是陷入被圍攻狀態；他還指中國可訂定〈反分裂國家法〉，台灣也一樣可推動〈反併吞法〉；需知哲學講求真理及客觀性，這樣的僵化思維，這樣的妙想天開，到頭來都是自說自話，還敢以哲學家自居？

　　又比如說，剛才我也說到俄羅斯和美國一樣，都是立法、司法、行政三權分立，而很多西方或反中人士也批評中國沒有三權分立，但是否每個國家三權分立就一定是好呢？這才是問題的重點。首先，每個國家國情不同，問題不同，已經不能一刀切說三權分立就好。就好比美國，美國選民通過了選舉決定負責行政的總統，也通過了選舉決定負責立法的國會議員。但總統與國會之間，國會參眾兩院之間，當

各由不同的黨派操控，便會常常發生為反對而反對，以至對政策拖延和推卸責任，從而令總統與國會之間不停陷入僵局；但如果總統及參眾兩院都由同一黨操控，三權分立之立法、行政互相制衡，也瞬間破功，蕩然無存。

即使三權分立剩下的司法，縱然中國現在領導人也提倡依法治國，多次進行司法改革，減少政治對司法的干預，但仍被外界視為離司法獨立還很遙遠，但其實西方的司法一樣存在弊端！就再拿美國來說，最高法院的大法官是終身任職，但如果 TA 存在某黨派濃厚色彩，甚至對政治見解存在意識形態，那就對事件難免存在偏見而作出不公平之審判。與此同時，陪審團的優點雖能集各方意見及少數服從多數，但缺點也和選民缺乏政治經驗一樣，會缺乏法律知識和司法經驗，從而很難做出公正的判決；例如今年就有法官引導陪審團令槍殺多人的白人無罪開釋，儼如鼓勵人民以暴易暴，也難達至真正的法治。相對來說，台灣不但三權分立，還設下行政院、立法院、監察院、考試院和司法院，即五權分立，卻現在行政、立法、司法、監察權全部一手抓，可以看出制度是一回事，是否履行又是一回事。如果中國現時的『天眼』星羅棋布，智能監控日益發達，令官員自我節制意識加強，相信這比西方的司法獨立及表面的公平，更來的更有效和更實際。

至於說回中國的體制是好是壞，我們再个妨回想剛才的五位朋友，當走到中國北京見證到大興機場及雄安新區的建設，有沒有思考過雄安新區白洋定濕地規模達至 2000 平方公里，足足有 3 個紐約之大，但短短數年已拔節生長；大興機場更不到 5 年的時間裡就完成，相較之下，德國柏林新機場可謂命途多舛，從規劃至去年 10 月底完工，花了共整整 30 年，當然台灣桃園機場捷運也修了 20 年，這也從中看到『中國式一黨』的效率確實舉世無雙。」

此時，其中一綠委即嗆：「這才是一黨強搶人民的土地的緣故吧？！」

亞伯笑道：「我完全理解這位綠委的說話，因為在台灣的評論節目中就能普遍聽到有關對中國這方面的指控。不過，我認為一個地方

的土地徵收，與一個地方的行政效率根本是兩回事。中國各地政府的效率高，最主要還是從政的人大多都心無旁騖，做好自己，而他們又是大多出身自基層，是經過漫長時間內一步一腳印，紮實的經歷才爬升到當前的級別，所以無論從工作經驗及為自己更上一層樓作準備而言，都令他們認真面對。

　　再回答這位綠委的說話，您們在評論節目常說，中共極權隨時奪走人民的財產，例如隨時徵用人民的房屋收歸國有，但真相並不是這樣。首先，中共立國之時，由於把全部土地屬國家擁有，所以才有此印象，但當初的手段，也造就今天大力發展的基礎。況且自改革開放以來，中國人民絕對是擁有房產的保障，它只是土地仍屬於國家，物業一般是擁有 70 年，而去年出台的《民法典》也列明住宅建設用地使用權期限屆滿會自動續期，也許需要補地價，但這跟民主國家及自由市場每年納地稅沒兩樣，再說現在的水泥建築房子壽命根本 70 年本身就是個極限，所以與其擔心 70 年後怎樣，不如關心自己的房子是否能夠穩如磐石更實際。

　　至於說到中國徵地問題，真相是與您們評論所說剛剛相反。就比如我有一位來自中國廣東的朋友，他便告訴我近年廣東肇慶市新班子上場，就著手發展旅遊，把肇慶宋城牆附近一帶徵收土地，出價近 9000 元人民幣一平方米，而當地均價才 7000 元，現在只是徵收舊城區，明顯是高出市價許多，而且一旦完成旅遊區建設，也令周邊地方值錢，因此徵收相當順利！

　　事實上，原居民獲政府高於市面周圍房價而徵用，加上政府也為原居民安排附近的全新住房以優惠價售予，對人民來說又何樂而不為？如果不相信我朋友所言，看看一些大城市例如上海、深圳及廣州等等也不時出現了『最牛釘子戶』，且往往成國際話題，也可力證中國已無強拆迫遷；就好似廣州市之前『海珠湧大橋』正式通車，網友才發現一釘子戶，還把它戲稱為『海珠之眼』，業主因為拆遷條件沒談好，政府也只好把大橋不得不為它繞道，政府部門既沒有強拆，也沒有斷釘子戶的水電，還好心的在橋下留了出入口。台灣的評論長期對中國有欠公允，不是又一證明嗎？」

　　亞伯見綠委再沒發言，即說：「其實，談到一黨制好還是多黨制好，我相信一定是見仁見智。或者我也和大家分享一下，當我在美國決定聘用在台上的四位年青朋友時，也曾問過他們對有關的看法，而他們的回答和我也很一致，不如現在您們也聽聽他們對一黨制及多黨制的看法是怎樣的，好嗎？」

　　全場觀眾幾乎一同回應：「好啊！」「好啊！」……

第 11 回

深諳奧步　多黨缺點罄竹難書

　　謙新首先發言：「大家好！我想大家都會猜到，我會支持『中國式一黨』；而我的理由很簡單，就是人民的專長不是政治。從另一角度而言，人民對政治的判斷是不值得信賴的，特別是國家到了有『危機感』之時候。且看一些民主國家的民調便可知，因為當人民感到國家有危機時候，他們很自然會團結，而他們的團結，又首先會聽當時領導人的話，因此即使領導人如何糟糕，也會造就民調不跌反升，這也是多黨制的制度不幸，容易造成每當選舉時，執政黨及當時領導人便可以運用『人為』的『奧步』製造國家『危機感』，有些領導人由於深諳此道，還屢試不爽。

　　我們不妨回顧一下歷史，美國的老布希總統當年為科威特出兵打敗伊拉克，民調高達九成支持，卻輸了連任，因為老布希沒有再乘勝追擊及製造危機，當人民冷卻了，就會回歸理智，接受柯林頓的經濟治國，結果老布希可謂功虧一簣，枉費心機。相反，小布希總統當年因 911 事件就因前車之鑑，不再重蹈父親當年覆轍，懂得不斷製造伊拉克、伊朗及北韓是恐怖流氓國家，有了假想敵就有了危機感，就可以創造自己連任機會，問題是美國最終深陷多國戰爭的泥沼，從而令國力日漸衰退，難以自拔，這樣對人民來說是樂見的嗎？又比如總統可以運用『人為』的操縱股市，可以在社交網站發言，便可造成股市

升跌，然後，身邊的『自己人』就可買空賣空，大發不義之財，這比官員貪污更鉅大，更便利。」

湫彤：「我也會喜歡『中國式一黨』，我了解台灣的政客或媒體很喜歡評論中國什麼北京幫或上海幫，什麼家軍或什麼派系，來形容大陸的政治權力的內鬥或現狀，其實很多都是憑空想像，毫無根據。但想深一層，如果大陸領導層萬一真的存在什麼幫或什麼軍，這何嘗不是另一種『多黨』的表現？他們的分別只是在於，如果這些『幫』、『軍』、『派』、『系』一旦都變成『黨』，那麼就會變成『黨』與『黨』之間的鬥爭，就會令到國家的政策為反對而反對，也就是有你黨就沒我黨，不是你黨死就是我黨亡。

但如果那些『幫』、『軍』、『派』、『系』都在同一『黨』裡，那麼最多也只是個人派系的鬥爭，而不會牽涉及影響到國家的層面，或動搖國家的根基。更何況除了中國，世界的民主國家裡，每個『黨』就沒有『幫』、『軍』、『派』、『系』嗎？就以台灣執政黨為例，綠營不是也一樣存在蔡、菊、蘇、謝系嗎？因此，由於權力的慾望和引誘，站在人民的立場，我們不可能阻止或減少每一個黨派的內爭暗鬥，但我們絕對能選擇捨棄多黨的制度，因為一黨的暗鬥從另一種角度而言未必是壞事，所謂有競爭才有進步，人民也希望有能者居之，但多黨的明爭是傷害到國本，政黨的眼裡就只有選票，沒有人民，也沒有國家長遠利益，從而相互掣肘，內耗不斷，這就是我想到第二個多黨制的制度不幸。」

蔓荷：「我都會選擇『中國式一黨』。我們單從 1992 年看美國洛杉磯暴動事件、2005 年看卡特里娜颶風事件以至 2020 年的疫情處理，就不難看出美國人權的狹隘及治理的無能。縱使 1776 年 7 月 4 日，美國發表了世界上第一個正式的人權宣言，即《獨立宣言》，莊嚴宣告人人生而平等，但美國立國二百多年，從未停止歧視和壓迫少數族裔，例如非裔、印第安裔、墨西哥裔及亞裔等等，單是針對黃種人也曾出現多次排華法案。可以說，少數族裔也從未得到過切實的尊重、保障與平等。

毫無疑問，美國洛杉磯暴動事件只是當下美國少數族裔反抗其中

一個縮影，社會的深層矛盾從未消失，年年月月因對社會不滿而持槍殺人的事件，層出不窮也屢見不鮮。當某處的種族矛盾一旦點燃，大規模的暴動事件就會死灰復燃，騷亂不斷。就像去年多起的非裔被白人警察殺死，令『黑人也是命』唱響整個世界，而今年亞特蘭大 8 名亞裔人士遭槍殺，也引發全美亞裔難得團結一致。然而，面對無休止的種族暴動和槍擊案，美國政府除了以暴制暴，並無他法。一方面他們不會究其根源，尋其良策，因為從政者四年一任，糾正問題極可能為政敵作嫁衣裳，解決者才是傻瓜！

另方面，出色的政治家並不代表是卓越治國者，他們甚至面對小小的社會問題也會一籌莫展，就如面對新奧爾良的卡特里娜颶風事件，中央及地方政府面對人民傷亡和財產損失之巨大、現場救援之遲鈍、處理危機的無能、組織能力之懦弱、社會秩序之混亂等等，都讓世界民眾認識到美國的昌明也不外如是。更甚的是，面對去年社會暴動引發的暴民強姦、搶劫問題，國會更多的是為政治而激烈爭拗，各城市、州政府、聯邦政府之間只懂得推御責任或爭論不休，至今水深火熱的災民再陷於無政府狀態，雪上加霜；而 2020 年的疫情，中央政府的處理更是世界有目共睹，原來全球醫療技術最發達、最成熟的國家都莫過如此；所謂美國社會精英政治，實際是無能官員充斥，也無需有關工作經驗，特別是外交官員很多都是酬庸換來的，看似表面風光，實則不堪一擊，這就是第三個多黨制的制度不幸。」

大榕：「我亦是『中國式一黨』的擁護者。蔓彤剛才所提及到，出色的政治家並不代表是卓越治國者，我深有同感。我們不妨再延申另一個重點，也就是說，能言善辯的政客往往都是金玉其外，敗絮其中。只可惜縱然人盡皆知，但每每去到選舉時候，選民只會懂得選帥哥或能言善辯者。當然了，站在選民的立場也沒錯，因為拙嘴笨舌、不善言辭的政客也不見得是治國良才喔，問題這樣是本末倒置。此外，多黨制下的政客，無論心裡如何夢想為民請命，但當投入了政黨，就會轉而考慮到黨的全體利益，就會面對現實，屢作違心之事。

況且上至總統，下至的議員或立委，都是四年一任；特別是總統，第一任四年中頭一兩年還是摸索及建立關係，等到成熟時第三年

又要為連任競選而忙，而即使連任到第三年又面臨成為跛腳鴨總統，真正為民做事的時間何其短。但更可怕是，這種制度每四年就持續循環，周而復始，也令到每一位政客天天所思的，就是為著選舉及鞏固其位，人人所想的，就是眼前利益而缺乏長遠目光，此時便會選擇識時務者為俊傑，順勢而為，以利為先。

儘管在野黨所提出的政策，其實與自己的理念是一脈相承，或者明知是對國家是好事，但也會為對立而反對，相反自己黨所提出的政策，即使與自己的理念是南轅北轍，也會為附和而贊成。因此多黨制下的政客，往往造出有違自己良知的決定，也就是毫無標準可言；即使是總統總理制，也往往兩者分歧內訌，政策相左。可以說，西方民主的多黨制，民主儼然成為一種遊戲，把競選與民主劃成等號，把競選當成政治行銷，拼金錢、拼資源，但最後政客簽下的競選支票卻無需兌現，只要勝選便可以；這就是第四個多黨制的制度不幸。」

四人表達完也引來現場一片掌聲。

亞伯續說：「剛才四位徒兒也闡述多黨制的缺點。看來經時間長期的考驗，多黨制所造成的人為及自然的缺點，似乎真是罄竹難書，不勝枚舉。不過，四位徒兒也只是對一黨制或是多黨制最表面的基本看法，其實深層更值得我們考究。例如我們還要再看是哪一個國家，與及一黨制及多黨制的優點和缺點，綜合多方的優劣評估，我們才可結論對此國家用哪一制度較好；與及才能知己知彼，怎樣去完善被認為較好的制度，使之完美，這樣說不知大家同意否呢？」

心情沉重的台下觀眾一致大聲說：「同意！」

第 12 回

一 語 道 破 綠營舞劍意在沛公

然而，一綠委即問：「如果一黨制不是極權國家，美國為何要反對中國呢？而我們也不會反對中國啊！」

亞伯笑道：「OK！您能否回答我幾個問題，但一定要說真心話喔。」

綠委答道：「當然說真心話。」

亞伯：「好的！我希望您能說到做到！現在我不妨作不同的假設，請留心聽喔。首先，我們現在假設，如果從一開始就沒有中華人民共和國，也就是中華民國運行到今天，其國力、科技昌盛和經濟實力等等都和現在的中國一模一樣，那麼您認為美國會好像現在圍堵中國一樣打壓中華民國嗎？如果您不明白我說什麼，或者我換一種說法，假設中華人民共和國從成立一開始就走西方的民主、多黨制度選舉，而且其國力、科技昌盛和經濟實力等等都和現在的中國一模一樣，您認為美國會好像現在照樣打壓中華人民共和國嗎？又或者我再乾脆假設，如果中華人民共和國突然宣布從今天起改為西方的民主、多黨制度選舉，完全放棄社會主義並完全走西方資本主義，美國就立刻和中國稱兄道弟什麼都沒所謂？當作什麼事都沒有發生嗎？」

綠委頓時語塞，不知如何應對。

亞伯：「所以我說除非您埋沒良心，否則答案是很顯而易見；今日的中國，無論是中華民國還是中華人民共和國，又無論您是走共產主義、社會主義、甚至走資本主義，只要您們是『黃種人』，能夠膽敢超越我們西方人，就是太歲頭上動土，肯定是誓不兩立的，共產主義不是原罪，崛起超車才是原罪，這樣說夠清楚嗎？您們又同意我的說法嗎？」

亞伯見綠委還是未有反駁，但看出他不太認同，便續道：「好的！如果您還不認同，那麼我們又換一個角度思考，假設當您知道及明白西方及美國打壓今時今日的中國，真正的原因並不是大家制度不同，更不是什麼沒人權自由，而是單純不容中國的整體國力超越美國，令美國屈居中國之下，那麼您們綠營仍然會跟著現在西方及美國一起抨擊或抹黑中國嗎？」

只見綠委繼續沉默。

亞伯：「您不回答是我預料之中的！因為如果您回答我是『會』，那麼您等於告訴我，您們綠營是自欺欺人，同樣是『醉翁之

意不在酒』，也就是『項莊舞劍，意在沛公』！但如果您回答我是
『不會』，那就要看您此話是否出於真心還是假話，若是真心，即等
於告訴我『您已經醒覺』，那麼您就太沒面子了；若是假話，即等於
告訴我『您內心已承認了綠營是抱著項莊舞劍，意在沛公』，分別在
於說『會』是大膽承認，說『不會』是繼續假裝罷了，對嗎？而現在
先承接上一個問題，假設中華人民共和國突然宣布從今天起改為西方
的民主、多黨制度選舉，完全放棄社會主義並完全走西方資本主義，
那麼在您們綠營及藍營，難道就從始再不會抨擊或抹黑中國？甚至馬
上成為好兄弟，兩岸便從此一家親呢？」

　　亞伯似乎一語道破，令綠委更是無言。

　　亞伯：「如果您不回答，那麼我們繼續用多角度去考究這個有
趣的問題了。大家有沒有發現，美國與中國 1979 年建交時，中國是
真正行共產主義，現在是走特色社會主義，實質是行半共產半資本的
混合主義。有趣的是，為何中國真正行共產主義的時候，美國對其友
好，甚至捨棄資本主義的台灣而與中國建交？反而今天對著走半共產
半資本混合主義的中國，進行圍堵及封殺呢？答案不是很明顯嗎？說
回今天的美國，不是和越南和緬甸依然友好，甚至奧巴馬時期，更和
古巴時隔 50 年一笑泯恩仇嗎？說到底，美國的骨子裡，是不會理會
他國奉行什麼制度，有利益就友好，有威脅自然就要將之吊打了，不
是嗎？

　　再不相信，請看看當年的日本，當年日本汽車在美國大行其道，
家家戶戶大的小的電器，全是 Made in Japan（日本製造），就連一
直由我們美國主導的好萊塢電影及音樂，都被 SONY（索尼）大舉入
侵，再發展下去這還了得，受美國保護的日本，被美國一聲令下便乖
乖的把日幣貶值，經濟泡沫立即戳破，一夜之間從天堂掉到地獄，多
年來經濟難復當年之勇，那麼請問當年的日本是資本主義還是共產制
度呢？是多黨選舉還是一黨專政呢？若再不相信，我們再舉一個不現
實但很有趣的例子，假設當年國共兩黨互換，中共走到台灣而中華民
國留在大陸，那麼就引申很多有趣問題了，如果中共要在台灣獨立，
中華民國會容許嗎？中華民國會不會武統台灣呢？而此時中共在台灣

走社會主義，中華民國在大陸走資本主義，但中華民國的國力又威脅到美國喔，那麼當中華民國要武統台灣時，您們猜美國會幫誰呢？」

　　一連串的假設雖然很天馬行空，但又合乎邏輯，綠委自然繼續無語。

　　亞伯笑道：「不知大家有沒有留意，在昨晚第二場的演出中，我曾和現場觀眾玩了一個『矛』與『盾』的遊戲，原來『矛』與『盾』有時候是可以共存的，我還說那麼互有矛盾的『共產主義』及『資本主義』又能否大家捨長補短，把兩者合而為一共同存在呢？其實現今中國所行的半共產半資本混合主義，也就是『特色社會主義』，不是恰恰是捨長補短合而為一嗎？與此同時，無論共產主義及資本主義都是人類定出來的，憑什麼說中國人把共產主義及資本主義去蕪存菁改良成的特色社會主義就一定不好呢？需知中國人五千年文化，難道中華智慧就不及外國人創作的共產主義及資本主義？別忘了中華民國所行的三民主義，也是由孫中山先生提出的。

　　或者我們說回核心的問題，剛才我提過『醉翁之意不在酒』及『項莊舞劍，意在沛公』這兩句說話，說到底美國和您們是世界上罵中國罵的最凶的地方，但兩者在心態上卻有很大的差別。美國罵中國的心態是『虛』的，我敢這麼說，是因為美國罵中國，口是說中國違反人權沒人民自由，實質是抗拒中國崛起超越自己。換句話說，倘若今天的中國突然止步甚至退步，美國才不管中國什麼自由人權，更不會關心新疆棉花是白棉還是血棉；越南和緬甸都可以做朋友，美國很多原料的需求及國際上的秩序和合作，都需靠中國供應及支持，理論上更需中國這個朋友，因此倘若中國沒威脅，一切皆好談。

　　相反，台灣罵中國的心態是『實』的，雖然台灣也像美國罵中國，口是說中國違反人權沒人民自由，實質是抗拒中國統一台灣。而兩者區別在於，如果中國不威脅到美國的霸權地位，美中可以和平共處，但中國是永遠威脅到綠營『台獨建國』或藍營『反清復明』，所以他們痛恨中國是真實的，而不是口號這麼簡單。當然，我提了這麼多的可能性，其實問題一直存在或已經顯現，我亦敢說，台灣很多持雙重國籍的政治人物也都心知肚明，只是他們會堅持抗中到最後一分

一秒，當嗅到政治形勢不對，便馬上離開，而留下的爛攤子，自然是留給台灣人民收拾，這才是值得您們去深思的。」

之後，亞伯已接到工作人員的手勢，表示結束時間已到。

亞伯：「時間已來到尾聲，我非常感謝台灣的觀眾能和我們一同討論兩岸問題，也許我們的說話和意見，並未引起大家的共鳴，但不要緊，能作為您們解決兩岸問題時作為參考，對我們來說已經是莫大的榮耀。最後，我想再和大家探討兩個問題，您們亦不需回答我，您們只要問問自己的內心，然後再回答給自己便好，大家說好嗎？」

全場觀眾再度大分貝回應：「好！」「好！」……

亞伯：「我記得前天第一晚演出時候，有一位觀眾對我說不認同自己是中國人，我深刻明白，由於教育及傳媒的影響，今天的台港青年，很多都排斥當中國人，但很遺憾的是，就正如我當時也回答他，如果您們不認識我，是不會分出我是美國人還是其他西方國家的人，相反在我們西方人也不會分出您們是來自台灣，還是來自大陸或香港或其他亞洲人！當然，我剛才說很遺憾，是站在現時不願當中國人的台港青年之立場而言，但是否真的遺憾呢？恐怕現在還言之尚早，說不定有一天他們終會發現到，其實是自己身在福中不知福！

我們大可看看，就在今年位於美國的最西北部，1867 年以 720 萬美元，即每平方公里僅值 4.74 美元，從俄羅斯購買回來而成為美國聯邦州的阿拉斯加，卻成為中國今天正式向世界宣示『不吃美國這一套』的重要舞台，試問世人於事前又何曾想到？無疑隨著制度的不同，再加上一年多的世紀疫情，令『無能』及『賢能』的政治體制於世人面前展露無遺，至令美中逆轉已成定局，也讓中國在 30 多年後搖身一變成為今天與美國可以『平視』的國家；無論在東南亞、中亞、中東、拉丁美洲及非洲，其影響力及號召力已經明顯蓋過美國；當然，中國的今非昔比不再畏懼美國，除了對自己制度的自信外，也是由於因為中國熱愛和平，而且還要能公平對待每一個國家，幫助別國不求厚利只求細水長流，更不會藉機干預別國內政，是人類史上歷來的強權勢難做到的，這與美國在國際上不斷樹敵，形成一強烈對比，也造就中國今天取得優勢及備受多國敬重的主要原因。

　　為此，現在我又再問大家兩道題，但同樣要真的說良心話喔。假設今天中國繼續不斷強大了，也深受各國人民尊敬，當有一天，您走到國外旅遊，別國的人民前來向您打招呼，笑問您是中國人嗎？但跟著又說一些讚美中國的說話，而且還表達出很羨慕您是中國人；此時此刻，您會跟對方說『請不好誤會，我不是中國人！』您會這樣說嗎？又假設有一天，您到國外旅遊，遇到非常麻煩的事情，例如失去錢包或證件，甚至遇到生命受威脅的事情，例如政變或天災，但當中國向您施以援手，用盡心意去救助您的時候，您會寧願失去生命都會跟對方說『請不要救我，我不是中國人！』誓不要他們幫助嗎？也許，您們不必回答我的問題，但希望您們必須深思這兩個問題，然後再回答自己，因為除非您們永遠待在台灣，否則上述兩個問題，是很有可能有機會日後發生在自己身上的。無論如何，謝謝您們的支持！謝謝！」

　　而謙新、湫彤、蔓荷及大榕也向四方八面的觀眾致謝、鞠躬、揮手！

　　全場觀眾也站立向師徒五人致熱烈的掌聲，並正式結束了台灣站三天的演出。

截貧製富 施恩報恩薪火相傳

　　結束了台灣共三天的演出後，亞伯臨離開台灣之前，在 8 月 10 日的星期二下午，亞伯也帶著紫箬召開記者會，正式官宣「恩基金」成立及「截貧製富」項目啟動，由於紫箬是台灣人，加上才只得 25 歲，為何如此年輕的台灣女生便得到一國際魔術大師垂青，本身已極具新聞價值，因此不但台灣傳媒蜂擁而至，而且國際媒體也慕名而來。

　　在記者會上，亞伯說道：「首先謝謝大家的蒞臨，本人正式宣

布，即日起捐出一億美元成立『恩基金』，至於『恩基金』及『截貧製富』項目相互之間又有什麼關係，而『恩基金』及『截貧製富』項目又是以什麼形式呈現，或者現在交由此項目的負責人鄒紫箸小姐向大家解釋解釋。」

　　紫箸難掩害羞：「我首先謝謝大家的蒞臨，『截貧製富』項目其實是一個集青年創業及公益結合的項目。項目會共分為電視節目『截貧製富』、『恩基金』和『恩商會』共三個個體，而且環環相扣，互相完善和幫助。簡單的說，『截貧製富』電視節目是個創業選拔節目，每集都會產生最少三名『優勝者』，而所有的『優勝者』都會自動成為『恩商會』的基本會員，『恩商會』會員的功能及職責就是有義務管理好自己會員及外來的捐獻到『恩基金』，並設法完善它，而『恩基金』也源源不絕提供『截貧製富』電視節目的獎金；而基本每集『優勝者』最少三名，但隨著『恩基金』的滾大有可能增加每集『優勝者』的人數，務求做到擴大恩澤範圍，真正做到『截貧製富』的目的，形成三環循環不息，薪火相傳！」

　　有台灣記者即問：「為何定名『恩商會』、『恩基金』及『截貧製富』呢？為何有這個項目構思？亞伯又為何有如此信心提攜鄒小姐要她全權負責此項目呢？」

　　亞伯答道：「或者這個先由我說吧。其實早在 2008 年，我聽到美國首富巴菲特及蓋茨等人捐獻自己全部家產作慈善用途，令我震撼不已。雖然在我們西方的年青人很早便獨立，因此父母的家產不會全留給子孫也很普遍，但上述二人身家這麼豐厚卻接近全部裸捐，還是不多見。儘管如此，全球現在有多達 26 萬個慈善基金，但我仍然對於這些傳統慈善基金其運作模式不太看好，其主要原因是，很多慈善基金都是靠發起人的名氣或威望去籌募，而基金的收入來源也很多需靠投資而獲得，但當發起人身故或投資失利，基金就很難做到前仆後繼及永續經營的結果。因此，站在我的思維，其基金一定要做到源源不絕、生生不息的概念，而且一旦做到不需靠外募捐，此時反而更能有效證明此慈善基金能循環不息，就更能吸引社會賢達對此基金有信心而甘心情願自動捐獻，尤其是社會上很多人士在臨終前皆想為自己

做些有意義或積德之事而捐獻部分家產，此時『恩基金』無疑就是他們最好的選擇及倚靠。

　　而我的思維也很簡單，比如我成立一個基金，目標是去幫助一百個人，也就是最後這一百個人，都從基金裡獲得一筆錢去創業，而這一百個人最終無論是大成功或小成功，甚至失敗也不要緊，只要他們將來的家產不低於一個限額，他們都必須有『義務』按著基金所訂定的規則，按著一個已定立的比例，回饋捐獻自己一部分家產回該基金，而該基金又不斷吸收新的創業者，創業者成功後又捐獻自己一部分家產回基金，如此循環不息，便能做到該基金不假外求，依然能做到薪火相傳的目的！當然，基金怎樣協助創業者更容易成功，又怎樣保證創業者成功後，一定會按著規則捐獻自己一部分家產，我自然有一套完善方法去管轄，但只是我一直想不通整個項目用什麼形式去呈現，再加上早年我還未成功，不能靠一己之力成立基金也是我沒有認真去想的原因。

　　然而，這一兩年我算是事業有點成績，也偶爾會想到我以前這個夢想，而身邊有眾多朋友及專家也曾給予我不少意見，但始終都是一般傳統思維，未合我的心意，直至在大前晚我在台灣第二場的演出認識了紫箬，她短短的幾句話，竟然和我心想的基金模式如出一轍，也再度燃點了我這個『永續基金』的夢想。因此在我三場演出完後，昨天周一我便邀請紫箬並整天都商量怎樣發展這個項目，紫箬的思維也很跳脫，完全符合我不喜歡太傳統的模式，我對她的誠意也很感動，加上項目很多細節本來就是她的構思，因此，我願意把項目交由她全權負責，如果要說我提攜她，不如說是我深慶得人，是她成就了我的願望吧。至於為何定名『恩商會』、『恩基金』及『截貧製富』，就交回紫箬解說吧。」

　　紫箬：「謝謝亞伯的讚賞，也謝謝他對我的信任。或者首先我解釋三個環扣『恩商會』、『恩基金』及『截貧製富』的定名，其實如果按順序，應該是『恩基金』、『截貧製富』及『恩商會』才對。因為項目是要先成立『恩基金』，再利用基金的錢先製作『截貧製富』節目，節目不斷產生『創業者（優勝者）』，全部創業者又自動加入

『恩商會』，商會再管理好及壯大『恩基金』。至於三者的定名，首先要先了解我的初衷，現今世界每一個地方，即使是美國，我們台灣、對岸大陸、香港等等，很多很多地方都普遍存在貧富懸殊，而解決這個國際性難題又談何容易，即使近年各國也出現不少有心人推出不少滅貧計劃，但面對如此複雜性社會問題能幫助的，恐怕也只能是杯水車薪。

　　但我一直存在一個很大的信念，解決貧富懸殊，不能單靠授人以魚，更需授人以漁，這才是治標又治本的方法。也就是說，減少窮人最佳的願景，就是每個社會最好設法『製造』更多富人，甚至設法幫助他們成功，但條件就是倘若他們成功，便有義務回饋社會，而他們源源不絕回饋的錢，一方面會直接用到幫助窮人，另一方面又協助更多『有志』的窮人令他們成為『自己人』，就像師弟師妹一樣，如此循環不息、薪火相傳，這樣才能有效『截止』他們的窮根，從而改變命運。在古代的中國，我們常常聽到很多『劫富濟貧』的故事，但現今昌明的社會，是不容許『劫富濟貧』的，因此我才會想到發音一樣卻反過來說的『截貧製富』，只是兩者之間南轅北轍，如果只聽不看文字還以為讀的人說錯了，既完全貼題，也令人有印象深刻之效；是『截貧製富』節目定名的主要原因。」

　　說到此，在場所有記者很認同紫箸之說，並向她致熱烈掌聲，也令紫箸的信心增加不少。

　　紫箸：「謝謝您們的掌聲，這對我來說真的是很大的鼓勵。也正如亞伯之前所說，美國首富巴菲特及蓋茨等人的財富，本來就是完全靠自己的能力賺取的，但他們仍然願意捐獻自己全部家產作慈善用途；那麼，如果將來一個富人，他的成功完全是靠這個基金幫助，而他成功後只是拿部分家產回饋這個基金，理論上是完全成立的。而我們中華民族，自古便有『得人恩果千年記』的美德，如果我得到這個基金『施恩』，令我將來成功我便要『報恩』，是理所當然，也本應如此，因此基金定名為『恩基金』及『恩商會』，就是說明『恩基金』施恩，『恩商會』報恩，我想是最適合及貼切不過了。」

考 驗 品 格　授人以漁治標治本

在場記者再次感動為紫箬鼓掌，其中一記者也問：「一般外面的慈善基金很多都存在不透明的缺點，『恩基金』能否設法避免嗎？」

紫箬：「謝謝這位記者的提問，您的問題相當重要，也是昨天亞伯很關心的地方。事實上，很多善心人最怕就是善款不透明不知用在何處，但『恩基金』的定立，除了一開始仍然交由專業基金管理機構『暫管』之後，待『截貧製富』節目產生的創業者（優勝者）自動加入『恩商會』成會員，當『恩商會』的會員到達一定的數量時候，『恩基金』便完全交由『恩商會』的會員自己管理，由於『恩商會』所有會員都是有志而無能力創業的人，可說是大家背景一致，易於互相扶持兼相親相愛。

而且，將來成功所有回饋的善款又是自己『恩商會』管理，加上『恩基金』有獨立官方及專屬公益電商網站及頻道，他們的生意是由統一的會計及透明會報，他們所做的生意及賣出的產品已有一個固定的比例做社會公益，而且一定不會賣假貨，是名副其實社會的良心商人。他們會做的開心，人民也買的樂意，因此不但基金公開透明，而且各會員都成為截貧鬥士；他們有信心、有恆心、更有雄心把『恩商會』管理好，把『恩基金』發揚光大，令社會截貧鬥士更多，扶貧的效果便更大。也就是說，如果 1 個截貧鬥士成功後只要平均回饋幫助 3 人，即 1 個複製成 3 個，1000 個便能複製成 3000 個，3000 個又複製成 9000 個，以達至『金字塔』效應。

一旦兩岸四地『截貧製富』節目成功，同樣可複製到國際，便能產生『國際恩商會』及『國際恩基金』，重要是產生『國際恩商會電商平台』，福澤萬民。值得留意是，當世上本來富有的人見到『截貧製富』項目如此透明，如此有效，就不用求取他們都會自願捐獻善款到『恩基金』回饋社會，達到不求自來的效果。同時，除了上述目的外，特別是兩岸四地，『截貧製富』項目還能有效地幫助人民發明的產品或東西交回自己發展，從而減少被富人及大企業所壟斷，更可協助鼓勵和扶持本國品牌創立者，為社會共同富裕作出有力貢獻。」

在場記者很多愕然，沒想到紫箬少少年紀便對社會結構複雜性問題也如此透徹，重要是她表現出的那份自信，這對當初充滿懷疑的記者，也自愧不如。

其後，也有一國際記者問到：「請問『截貧製富』節目又用什麼方式呈現？據我了解美國及中國也有創業節目，你們的節目跟它們有什麼不一樣？」

紫箬笑道：「也謝謝這位國際記者的提問，首先『截貧製富』創業節目即使是亞伯多年前想到，也是很難實現的。因為對於每一個商業電視台而言，特別是中國的電視台，每分每秒都是價值連城，沒可能一個創業節目能長年雄踞電視台播放的。但近年網絡電視的發達便不一樣了，因為它們不但做到 24 小時想看就看，重要是它們節目的『量』是不受限制的，因此『截貧製富』創業節目便能永久存在，而且我剛才也說了，我們也有自己專屬官方頻道播放，所以這方面亞伯現在才能實現，其實也是最好的時機。

至於美國及中國也有創業節目，但我們的選拔形式及意義目的完全不同，以往的創業節目其獲勝的標準是看在參加者的創意及是否賺很大，如果參加者提出的生意其創意好，成功的機會大，那麼 TA 獲勝的機會也很大；但我們的節目很不同，就正如剛才亞伯所說，怎樣保證創業者成功後，一定會按著規則捐獻自己一部分家產，亞伯有一套完善方法去管轄。

毫無疑問，有力的監控及管轄當然是一個必然的手段，但是優勝者加入了『恩商會』，也意味著是一個終生的長途賽，我們也協助他們成功及令他們既賺錢又能不斷回饋社會、貢獻社會，令他們有了終生目標及人生充滿意義。不過無可否認的是，我們還是有賴各優勝者能自動自覺，不會因為將來成功便設法轉移資產或設法逃避捐獻該捐的一部分，因為萬一被發現，應該說不難被發現，他們就會被『恩商會』公開除名，這包括賣假貨，絕對是得不償失。

而如何能看出這個參加者是否會『自動自覺』，那就要考驗評審和現場觀眾能否看穿參加者的『人品和良心』。亦即是說我們選拔致勝的標準，除了也會看參加者的創意及成功的機會有多大之外，最大

的分數竟然是落在參加者的『品格及良心』，這一點都已經是增加觀眾收看的賣點。再來，所有在節目勝出的參加者，都要在現場的『恩商會』律師見證下簽署『終生良心合約』的，以保證參加者將來捐獻部分家產回饋社會的承諾。無疑，考驗人心是最難的，但恰恰也是節目最好看的地方。同時，所謂樹大有枯枝，我們不能保證『恩商會』將來壯大後也許有害群之馬，但我們不能為少少的枯枝放棄一棵樹，更不能為一棵樹放棄整個森林，況且我們有足夠的手段防範於未然，定能把『恩商會』產生『冗員』之機率減至最低，做到最好。

另外，美國及中國的創業節目可能整季只選出一名優勝的參加者，而且獎金非常豐富，但『截貧製富』完全不同，首先我們的優勝者其獎金不會太多，其原因有二，第一，我們的初衷是想優勝的創業者要『從低做起』，而不是『一步登天』，這樣他們才會珍惜及更易成功；而且剛才也說了『恩商會』各會員是一個終生的長途賽，而短暫的成功不代表永恆，各會員能長期守業成功反而至關重要。第二，我們的初衷是希望恩澤更多的人，每一集最少也選出三人或更多，而不是整個節目只選出一少撮人；也就是說，我們恩澤的人愈多，成功的人數自然愈多，將來回饋滾大『恩基金』的機會就愈大，這樣也才能達至社會共同富裕之目的。

此外，節目還有一個最令觀眾吸引之處，就是優勝者當勝出後，他們有三種大中小的獎金選擇。有趣的是優勝者可能捨棄『大獎金』而選擇『小獎金』，因為選大或選小都會影響終生的『義務』，選『大獎金』的將來捐獻家產的比例也大，相反，選『小獎金』的將來捐獻家產的比例便小；奇妙的是，選擇『大獎金』不代表貪心，有可能優勝者是願意承諾更大的『義務』；而選擇『小獎金』也不代表優勝者不想承諾更大的『義務』，有可能只是想基金有更多人『受惠』；而這些耐人尋味的結果，都有待評審及觀眾來判斷他們是『真心』還是『假意』。

最後，我想說的是，這個世界有很多青年都屬邊緣人，他們胸懷大志卻懷才不遇，這些人極可能近朱者赤，近墨者黑，所謂一念天堂，一念地獄，僅一線之差。如果我們都能及早『提攜』這班年青

人，必為社會帶來福祉和正果。與此同時，節目勝出的創業者因明白到任重道遠，自然產生莫名之使命感，比一段的創業者更小心和落力經營，視一生做『回饋』社會為目標，從而清晰地積極地面對人生，成功脫貧致富的機率就更大。」

紫箸的全新思維引來一片掌聲，跟著另一國際記者提問：「剛才你說到『截貧製富』有分大獎金和小獎金，與及會按著比例捐獻，可否透露有關獎金是多少及捐獻的比例又是多少呢？」

紫箸：「有關獎金及捐獻比例暫時還未作最後決定，待綜合有關專家意見後才能定案。但現時我們初步暫定是，創業獎金分別40萬、60萬及80萬人民幣，選擇40萬創業獎金者需將來捐獻家產20%，選擇60萬創業獎金者需將來捐獻家產30%，選擇80萬創業獎金者需將來捐獻家產40%。」

現場記者開始更了解『截貧製富』項目是什麼一回事，也認同紫箸的用心。此時亞伯即說：「我想『截貧製富』項目的核心您們應該大約已了解，而您們剛才也收到的『截貧製富』項目資料，相信也可解答大家其他的問題，接下來我們還有重要的事情去處理，可能就此離開，也要為明早到香港作準備，再謝謝大家的蒞臨！謝謝！」

現場記者用掌聲送走亞伯及紫箸，並結束此次國際記者會。

第 14 回

次 站 香 港　普選未必笑到最後

離開了台灣，2021 年 8 月中旬，亞伯眾人便到了亞洲區另一重要城市，即香港站的紅館演出。而情況也和台灣站一樣，三場的門票早被秒殺，而最後一場也同是給予青少年門票八折優惠。

在紅館表演的第一晚，在第一輪精彩絕倫的魔術表演後，亞伯首先向台下觀眾抱歉：「我只能講普通話不懂講廣東話，望請大家體

諒！」

台下觀眾一片：「不要緊！」「不要緊！」……

亞伯放大聲量：「大家好！今天是 8 月 13 日，上星期我們在台灣演出時遇著您們農曆的立秋，所以我向台灣觀眾說聲『立秋快樂！』，但這個星期沒碰著什麼特別日子，那麼我便向大家說『暑假快樂』吧！」

台下觀眾立即大笑起哄：「暑假快樂！」「暑假快樂！」……

亞伯之後還特別再用廣東話說「暑假快樂！」，讓台下觀眾喜出望外。

亞伯：「我剛才說上星期我們才到台灣演出，您們知道嗎？」

台下觀眾呼應：「當然知道！」「當然知道！」……

亞伯很是滿意：「我跟台灣朋友說我之前也曾到過台灣，同樣今次雖然是我第一次來香港表演，但其實我之前也曾到過香港，您們想不想知道之前我來幹什麼呢？」

台下觀眾一片：「想！」「想！」……

亞伯：「我當然是為了這些了……」

就在此時，亞伯突然再度施展他的看家本領：乾坤大挪移！一盒盒透明包裝的新鮮熱辣點心從台下（四面台中心的下方）隨著他的眼神及手勢控制飄到台前，然後亞伯作大快朵頤的樣子，但也吃了其中一件的『燒賣』，讓台下觀眾看得一時目瞪口呆！

亞伯笑道：「您們想吃嗎？」

台下觀眾一片：「想！」「當然想！」……

亞伯：「那您們小心接了！」

未料話音剛落，幾百盒熱騰騰的各式點心從台下飛快飄到整個紅館的四方八面上方，然後徐徐而下，萬多觀眾有秩序地爭相搶吃一番，場面極為搞笑震撼。

之後亞伯再作出多輪各式表演，然後來到觀眾也期待的政治對話。

　　亞伯：「大家也知我每一次表演都會和當地的朋友們談談政治，其實我也知道政治是非常敏感和嚴肅的，而我始終是個公眾人物，本來就不應談論政治。但由於我沒有政治取向，我的出發點也是希望把各地民眾的負能量想辦法變成正能量，我認為世間事沒有什麼不能解決，就像中國古語有云『世上無難事，只怕有心人！』原來這個世界上很多事情換個角度去思考就變得微不足道，不值一提。就好似您們香港人，我覺得這幾年您們很多都過得不開心，但人生匆匆幾十載，為何不能開開心心地過活呢？是否該先問問自己憂什麼？仇什麼？您所憂的是否值得您所憂？您所仇的又是否值得您所仇？說穿了，就是您們的『阿發哥』所說『忍一時風平浪靜，退一步海闊天空！』不知道大家是否同意我的說法呢？」

　　台下觀眾一片共鳴：「同意！」「同意！」……

　　亞伯笑道：「哪說香港什麼好呢？對了！我記得 2019 年從年中到年底香港市民看到帶口罩的人就怕，但緊接著的 2020 年香港市民就作 180 度轉變，是看到不帶口罩的人就怕，如此天淵之別，相信是您們最意想不到吧？所以說，世事無絕對，其實人生在世，很多事情都不是想當然，當回頭一看，往往是啼笑皆非！」

　　台下觀眾笑聲一片：「是的！」「是的！」……

　　亞伯續說：「巧合是，怕見帶口罩和怕見不帶口罩兩個事件都與中國有關，就以 2019 年的『反送中運動』來說吧，大家都知事件是從〈逃犯條例〉修訂風波引起，之後更引發全球多國青年模仿，一時間令香港更聞名天下。但這是對香港來說是光彩還是蒙塵，都不是我想和大家討論的事。然而，滄海桑田，儘管事情已隨著時間漸漸流逝，但是『反送中運動』和 2020 年初的疫情事件所遺留下來的社會深層次問題依然存在，這就令我們不得不重視，不得不面對，不知道大家又是否同意我這個說法呢？」

　　台下觀眾再起共鳴：「同意！」「同意！」……

　　亞伯：「其實如果大家有留意，儘管我的少少意見未必適用，但我到各地都是希望盡量為大家解決問題而並不是製造問題，就以『反送中運動』來說，有人是反港府，有人是反中國。說到這裡，我還是

想先讓大家回憶一下當年各地畫面吧……」

隨即，亞伯又使出他的豪邁寬宏魔術表演，只是今次特別的是，他舖排呈現的場景，卻是一幕幕往日真實發生的事實真相。例如當時香港示威者如何搗毀地鐵、街道，與警察對壘等等，全部是用 4D 立體呈現，場面如同親臨其境，令觀眾無一不動魄驚心。之後亞伯再把畫面轉到巴塞羅那、智利、黎巴嫩、巴黎等等地方，與及最後到美國多地的民眾與警察對壘的立體投射真實畫面，也一一呈現給現場觀眾檢視，目的是為觀眾能夠作出客觀比較，也令在場觀眾百感交集，感慨萬千。

亞伯：「看到當年各地的真實片段您們會想到什麼呢？當您們看到香港的警察是怎樣對待示威者，又看到世界其他地方的警察又怎樣對待示威者，特別是我老家（美國）每年遭警察開槍擊斃的死亡人數最少也有千人。為此，相信大家已經心中有一把公平的尺，去量度誰是誰非了。然而前事不忘，後事之師；香港警察已經夠克制了，如果再是非不分那麼就沒有人敢當警察，那對香港來說是好事還是壞事呢？也許大家不知，如果大家來過美國生活，便很容易知道一般市民都很怕見到警察，特別是少數族裔，因為警察找您，一般都不是好事，而最重要是他們的態度，也一般都是裝著黑臉。不像香港，美國的公共交通普遍不發達，因此人民駕車代步也相當普遍，而各地區政府為了增加『收入』，警察『努力』給駕駛者開罰單亦同樣普遍。由於美國人持槍者甚多，開槍殺警也時有所聞，因此一般警察都普遍自我保護意識強烈，開罰單都不許給駕駛者開著擋風玻璃，只容許開三分一左右方便傳遞駕照及保險單便好。

總之，美國警察態度惡劣，狐假虎威者為數不少。相對香港警察大多和藹形象，完全是兩回事。不過奇怪的是，在世界各地一般來說，很多同業如果某人被欺負，同業人士都普遍相挺甚至義不容辭，皆因同仇敵愾，是很自然之事。但是香港的公僕，他們卻齊齊反警察，甚至加入暴徒行列打警察，即使警察不屬同一部門，但都是半個同袍，這就令人百思不得其解，究竟這些日夜堅守在社會為市民除暴安良的人，為何會令眾多公僕所憎所恨，是大義滅親嗎？還是又是志

在沛公，不惜拿『自己人』當作墊腳石呢？相信大家亦心知肚明。至於反香港特首，我了解在疫情的一段期間，特區政府團隊應對危機的確朝秦暮楚，受惡醫所累，令人失望；但除此之外，香港自有特首以來，歷屆特首有哪一位沒被嗆下台的呢？我只想問大家一句，倘若真的把特首弄至下台，那麼然後呢？我可以告訴大家，任何非普選的特首都一定被嗆下台，所以問題已經不是誰任特首，而是普不普選的問題了；不知道大家又是否一樣同意我這個說法呢？」

台下觀眾絕大多數呼應：「同意！」「同意！」……

但其中一位說道：「那麼中國容許我們真正的普選便解決囉！」

亞伯就像在台灣一樣對這位觀眾作出鞠躬：「非常感謝這位觀眾的發言，這是一個有趣的問題，但也是一個很現實的問題。首先，您所指『真正』的普選，不知是否指反對派心目中的普選？但如果中國容許反對派所設定的普選，您真的認為問題就可迎刃而解嗎？好的，我們不妨做一步步的推理論述。假設中國今天容許您所謂的『真正』普選，那麼反對派就一定能成功當選新的特首嗎？如果到時一樣由非反對派，即建制派當選，那麼反對派就是否一定願賭服輸，再不生事呢？再來，又如果到時真的由反對派當選，那麼您又認為事情就大功告成了嗎？我會想到這個時候才是香港永無寧日的開始！

因為到時候這個反對派特首要不要和北京交接、溝通、處理兩地之間的各種事情呢？如果 TA 選擇『要』，那麼 TA 到了北京是否繼續嗆中國呢？如果 TA 嗆中國鬧僵了，那麼會對香港帶來什麼後果呢？如果 TA 不嗆中國選擇友好的交涉，那麼香港和背後的反中勢力又如何看待 TA 呢？又如果 TA 是選擇『不要』到北京處理兩地之間的各種事情，哪又代表什麼呢？難道就代表了等同已經獨立從始不用理會北京嗎？以上種種結果看似很『自決』，實質都是搬石頭砸自己的腳，自作自受。我想稍為用心去思想事情，都清楚事情會演變的後果。大家同意我這個說法嗎？」

台下觀眾同樣大多數回應：「同意！」「同意！」……

亞伯續說：「如果您們有留意，我上星期在台灣演出時，也曾和我的徒兒向大家分享民主國家的選舉及多黨制的缺點，而且可說是罄

竹難書。就比如『阿拉伯之春』的浪潮，國際上有很多國家走上民主道路後，民主自由總是曇花一現，反而更容易滋生暴力和腐敗導致這些國家更落後，這已經是不爭的事實。站在人民的立場，除了政治不是人民的特長和專業之外，一人一票的普選本身也存在很多缺點，例如教育水準低、意識型態偏見、對參選者為人或政策不熟、只看參選者外表或說話，與及各種選舉中接受收買、奧步等層出不窮，導致不專業的選民，往往選出不專業的政客，最終惡性循環，受益的還是政治家吃香喝辣，受害的永遠是升斗市民。

　　當然，在民主選舉制度下，不能指所有政治人物都是負面的，但由於全心全意為人民的政客少，而且他們還要天天迎戰敵對的陣營已經夠忙了，哪裡還有更多的空餘時間為民請命呢？說到此，我並不是歌頌一黨就是完美，每一種制度都有其優點和缺點。事實上，您們的國家中國，也不是真正的共產主義，而是實行半共產半資本的混合主義，即特色社會主義，也就是把共產主義和資本主義去蕪存菁，再大浪淘沙合而為一，哪有什麼不好呢？如果這種特色社會主義真的不堪，那麼怎可能在三四十年內便把落後及一窮二白的國家做到全球第二經濟體？甚至未來即將取代美國呢？因此就正如我一開始所說，世事無絕對，很多事情都不是想當然，資本主義未必是您們想像中那麼好，相反，特色社會主義當您們深入認清是什麼一回事之後，也許覺得也不錯，最重要那一種制度才是適合自己國家的人民，這一點也務必您們思考清楚的。」

　　此後，發言的觀眾無言，而台下觀眾絕大多數接受亞伯的說法。

　　而亞伯也繼續做出多輪的表演而結束第一晚的演出。

第 15 回

珍　惜　擁　有　魚與熊掌港人兼得

來到週六第二晚，多輪的表演後又到了亞伯與觀眾互動的問政時

刻。

　　不同於往常，今天現場就有觀眾先發問：「亞伯，你昨晚有說到普選問題。但香港人想要的特首是一個可以真正把香港人想法告訴北京的人，而不是一直只會把北京的意志灌輸到香港的《愛國者治港》。你看看今年初英國容許港人持 BNO（英國國民海外護照）身分的人移居英國，即突出了香港的新一波移民潮問題，你認同我的說法嗎？」

　　亞伯笑道：「似乎這位朋友很急不及待，不過也感謝這位觀眾的發言。在我未回答您之前，請原諒我的直言，或者我先問問您一道題，相信很多人都知道在香港未回歸之前，香港的總督是由英國直接委任的，根本連現在的特首經選舉委員會選出來都沒有，為何當時香港人又不要求一人一票選出總督呢？我想或者近代港人已經完全忘記了鴉片戰爭香港淪為殖民的悲慘過往了。

　　或者我又再和您先分享一個故事。我在美國有一位來自澳門的朋友，他曾經和我分享一段真實的往事。他多年前未移民美國的時候，曾和另一男一女共三人參加旅行團到歐洲旅遊，並在同團中認識了兩位香港女生，而一路在途中兩位香港女生都極看不起他們澳門三人，甚至明確指他們三人講話沒有文化，而他們因本著旅遊是尋開心的所以就沒和兩位女生計較。但當旅行團入境英國的時候，持葡萄牙歐盟護照的澳門三人迅速過關，其他團員也陸續過關，最後反而持英國 BNO 護照的香港兩女生遲遲不出來，其後澳門三人便陪同導遊詢問有關情況，才知兩女被海關懷疑有非法逗留之嫌，不但盤問不休還被男海關侮辱搜身，兩女其後出來哭訴香港人是英國子民反而受盡欺負，而澳門三人也忙於安慰紓解，事後最終五人成為好友。

　　這個真實故事可反映了兩件事，其一，港人覺得仍然是英國子民那肯定是一廂情願；當然，您剛才也說了由於香港通過〈香港國安法〉，英國為了表達不滿最終容許港人持 BNO 身分的人移居英國，卻反而招至中國不承認 BNO；而事實上，隨著英國脫歐，蘇格蘭也鬧獨立，這一兩年世紀疫情也令英國經濟陷於困境，自顧不暇，在政治不明朗、經濟沒前景之時候，此時港人選擇到英國做二等公民，是

福是禍實屬難料；在我看來，除了是為『反送中運動』犯罪者提供庇護之外，一般香港市民會為 BNO 身分而捨棄自己國籍嗎？可以說，美中兩國都今非昔比，更何況是前途未卜，實力懸殊的英國？因此，我既看不出香港新一波移民潮會很多，相反跑到英國不久即悻悻然返港的也不少，這一點為何您不說呢？

　　其二，港人覺得優越過澳門人及大陸人的心態也應該改變，澳門人 GDP（國內生產總值）現在早超香港，年年有錢分已經不用說，即使早年被您們笑的大陸『阿燦』，今天也非吳下阿蒙，但港人又不可妄自菲薄，大家都各有各的優點及功能，您們大家同是中華民族，沒有什麼事情是解決不了。不知道您是否先認同我這番說話呢？」

　　台下剛才發問之觀眾即回：「我只知道你回答了我第二個問題，但你似乎並未回答我第一個問題。對嗎？」

　　亞伯：「是的！我們還有很多時間討論，不用焦急。現在我或者先和大家分享一個中國民間的故事，然後再回答您的問題，好嗎？相傳古代有一隻熊正想抓到一條魚的時候，有個獵人出現。獵人想到熊兇殘成性，捕獵牠並不是件容易事，要得到熊掌必須以魚為誘餌！這時他只有兩個選擇：其一是把熊趕走得到魚，其二是趁熊吃魚時，襲擊並捕獵牠。不知道大家聽過這個故事嗎？這個又是什麼一個故事呢？」

　　台下觀眾興奮地：「聽過！」「魚與熊掌，不可兼得！」……

　　亞伯笑道：「真聰明！給您們十個讚！那麼，『魚與熊掌』的故事又是否好像這樣的呢？」

　　亞伯話畢，立刻又展出的拿手特異功能，再配合他的技術把一個虛擬的古代獵人及一隻巨大棕熊呈現舞台，由於棕熊窮凶極惡，張牙舞爪，栩栩如生，嚇得前排觀眾死去活來，喊聲震天！此時畫面的另一處也呈現一條魚生猛在跳，只見獵人真的最後等待棕熊抓魚吃著的時候，趁牠不留意便襲擊刺殺牠，然後獵人自鳴得意！

　　由於整段虛擬畫面極盡官能刺激，觀眾明顯意猶未盡。

　　亞伯：「您們所看到的是中國古代的『魚與熊掌』故事，但我又

發現這個故事的結果又有些問題喔，假設『魚與熊掌』故事發生在現代又是怎樣的結果呢？」

　　語畢，亞伯再用特異功能及虛擬技術把一個現代獵人及一隻巨大黑熊呈現舞台，不一樣張牙舞爪的黑熊還假裝四周走到前排觀眾面前，再度令現場觀眾驚叫得震耳欲聾！此時畫面的另一邊也呈現一條生猛的魚正在跳躍，不過今次獵人見到黑熊剛發現魚正蠢蠢欲動的時候，就已經先用他的獵槍把黑熊一槍斃命了，然後獵人就「魚與熊掌，同時兼得！」自然就更加春風滿面了！

　　台下觀眾一致鼓掌，並從驚叫聲變成歡笑聲。

　　亞伯：「您們有沒有看過我在台灣時曾說過『矛』與『盾』的故事呢？是否覺得與『魚與熊掌，同時兼得！』的故事結果也很相似呢？」

　　全場觀眾回應：「是的！」「是的！」……

　　亞伯：「這兩個故事是告訴我們，在很多時候一本通書是不能看到老的！所謂物換星移，天在變，物在變，人也變！只要我們用與時俱進的眼光去看事物，用客觀的心態處理事情，原來人世間很多事情，『矛』與『盾』原來是可以共同存在的，只要大家不好拿它們對碰便相安無事，如此一來，『魚』與『熊掌』便可同時兼得，哪豈不是更美好嗎？

　　好了！現在我可回答剛才這位朋友的問題了。首先回答您問『香港人想要的特首是一個可以真正把香港人想法告訴北京的人』。毫無疑問，您所謂的『香港人想要的特首』及『香港人想法』都是同一個核心，就是一人一票普選特首，而且這都是您個人及反對派的想法，而不是絕大多數的香港人想法；而這一點我昨晚已經分享我的想法，重點就是假設北京政府願意，才是香港永無寧日的開始。至於您所謂的『而不是一直只會把北京的意志灌輸到香港的『愛國者治港』』，意思是現在或將來改變選舉制度產生之特首，是傀儡只聽命於北京，對嗎？憑良心話，北京之前給予『港人治港』已經做足 100 分了，就連您們『占領中環』、『反送中運動』及毀國旗、辱國歌，也曾一直忍耐讓港人處理，完全尊重港人意願。

　　然而，早在 2019 年年底，我在歐洲站演出的時候，也和歐洲的華裔青年觀眾分享了香港的事，當時我便告訴他們，如果您們認為港人所做的一切對北京來說是無可奈何，那真是大錯特錯了！今時今日的中國已成世界強權，就連我老家（美國）都不怕，美國在香港的領事館達幾千人，他們天天做什麼您們難道認為中國不清楚嗎？小小的香港一切早已盡在北京的掌控中，只是『既然港人您們喜歡這樣的結果』那麼『就暫時尊重您們吧！』但無論如何，『底線』是有盡頭的，也果然到了 2020 年 6 月底〈香港國安法〉終於出爐，既意味著是時候整飭及撥亂反正，也令當時很多的香港台灣人士感覺是始料未及，猝不及防，但對我而言，可說是意料中事了。

　　從這一角度去看，如果香港特首從來都是北京之傀儡，那麼會等到一年多要中國出手才解決？這樣的香港特首，又難道您個人及反對派仍然未滿意？那麼要怎樣折騰到香港什麼程度，您個人及反對派才滿意呢？當然，未來的香港特首強調由『愛國者治港』，並不代表現時及過去的特首『不愛國』，只是中國為防範於未然，杜絕反對派的野蠻生長，別以為搞亂香港便可以選出『不愛國者治港』罷了！事實上，我看得出中國可寬容香港循序漸進地向前推進民主，但現時香港已到必須糾正錯誤，堵塞漏洞的時候，因此中國只修改基本法附件一、二從而完善立法會及特首選舉，也是中國對香港全面管治權的體堄，也意味著香港『雙普選』的最終目標沒有改變，對香港人民而言，又有何不好呢？」

　　亞伯一番話引來觀眾喝采和掌聲，令台下發言之觀眾頓時汗顏無地。之後亞伯往台旁邊喝了一點水，認真說道：「人老了！需要藉喝水稍為休息一下，您們都叫我『阿伯』，請體諒！」

　　台下觀眾回神後大笑！

　　亞伯續說：「或者我們又換一個角度去思考，以前一些港人不喜歡中國人大多是說他們不文明，那麼原則上即是這些港人很文明了，既然這些港人很文明，那麼應該很講道理了，對不對？那麼我想問問大家，往日中國人一窮二白又不文明，討厭他們還可理解，現在中國從富起來到強起來，人民文明進步也有目共睹，那麼對香港市民來說

是好事還是壞事呢？難道還存在『憎人富貴厭人貧』的舊思維嗎？所謂學無前後，達者為先。中國短短三十年翻天覆地的變化，不但2020年達成國內小康社會，並履行國際承諾強而不霸，協助非洲及『一帶一路』國家發展，去年一場世紀疫情也大量幫助落後國家度過難關，已經愈來愈明顯贏得世界尊重，那麼港人是與有榮焉還是反而丟人現眼呢？

再說，中國繁榮處處是生機，不就是提供港人更大的舞台嗎？請記著中國人民還未能隨便到香港發展，但港人就可隨時遊走中港之間，不就是『魚』與『熊掌』同時兼得嗎？而港人又可生活於『社會主義』及『資本主義』之間，不就是『矛』與『盾』都可以使其同時存在嗎？如此豈不是更美好的事嗎？為何非要『對著幹』不可，誓把『魚』與『熊掌』只取其一，把『矛』與『盾』拿它們對碰不可呢？不知這位朋友是否已經明瞭我的比喻和解釋呢？」

只見台下觀眾再用熱烈掌聲表達共鳴，而發言者自然無言以對。

其後，亞伯再作一輪壓軸表演，就結束第二晚之演出。

第 16 回

學懂平衡　五四六四路人皆見

來到第三晚也是香港站最後一場，除了正常的吸引了很多青少年前來，也如亞伯所料，今晚也有一些泛民及「黃絲」（反中反港者）捧場。

而今晚的特別之處，是在中途演出之際，也邀請了四位徒弟湫彤、蔓荷、大榕及謙新一同出來表演，在師徒五人合作多輪的精彩魔術及特異功能表演後，也來到了問政互動環節，而今次亞伯又跟大家玩什麼實驗遊戲呢？

亞伯：「今晚我想先帶大家看一個中國的民間故事，看看大家能

否猜猜我的本意為何，好嗎？」

台下觀眾幾乎全體回應：「好！」「好！」……

亞伯：「話說中國宋朝某個城鎮的市集上的某一天，有很多人聚在一起……」

說到此刻，亞伯即把大家穿越來到了宋朝一個繁華的市集，活靈活現，如幻似真。觀眾也目睹在這市集上，真的有很多人聚在一起，原來他們正在欣賞一名以賣字畫求生的人，正在即席揮毫把當時現場他所看到的市集景像畫了一幅水墨畫，只見畫中把市集中的房子及百姓熙來攘往的情況都畫得很逼真，正當所有在場的人都讚賞此名畫師，甚至有位員外打算出高價買下此畫之際，一位路過的小孩看了一下便說：「一文不值！」

此間令在場的人都笑著這個黃毛小子無知，那位畫師就更氣得咬牙切齒了，而當時自然所有人包括畫師都質問小孩為何有此一說？

只見小孩也答的輕鬆俐落，他說：「一幅脫離現實的作品還值什麼錢？」

所有在場的百姓一時間不知所云，百思莫解。

而畫師當然尋根問底：「究竟那裡脫離現實了？」

小孩氣定神閒便說：「大家看到畫中這間房子屋頂瓦片上的動物是什麼？」

畫師便說：「那當然是一隻小貓，只是點綴一下有什麼問題呢？」

而想買下此畫的員外也說：「我就是欣賞這隻小貓，太栩栩如生了！」

而所有在場的人都說對對對的時候，小孩便說：「那明顯不是一隻小貓，而是一頭大老虎，好嗎？」

所有人都嗤之以鼻，驚訝問：「何以見得？」

小孩便說：「您們看看這動物所占的瓦片有多少塊便知道了！一隻貓最大也最多不會占三塊瓦片吧，但這隻貓足足占了十多塊瓦片的面積，哪不是一頭大老虎是什麼？一頭大老虎在屋頂上行走，下面的

百姓竟悠哉悠哉，不是脫離現實又是什麼？」

　　最後，人們當然都為此小孩鼓掌，員外就讚小孩慧眼，也慶幸自己還未買下此畫，而畫師就自然慚愧得無地自容！

　　之後，虛擬的市集瞬間消失，回到現實的舞台中央。亞伯問大家：「您們能猜到這個故事的寓意是什麼嗎？」

　　在場觀眾看得出大多數都理解故事蘊含的意思，但又不知怎樣形容，不過也有其中一位觀眾回話：「應該是與『觀察敏銳』有關，對嗎？」

　　亞伯開心說道：「對了！您已說出這個故事寓意的重點，那就是小孩的『觀察入微』，與及小孩都懂得不會人云亦云。而我們從這個故事可以知道，世間事很多事情表面是很美好，但其實只是一個假像。因此，我們千萬別要受華麗的表面而蒙蔽了自己的眼睛，也許您看不到內裡可能已經物腐蟲生，千瘡百孔。故事中的黃毛小子能做到的地方，我相信香港的青少年們也能做到，就像小孩具有卓越的分析能力，且能觀察入微。為此您們只要凡事前不衝動，多思考，把想做的事情都作出不同的結果推敲，然後才考慮值不值得去做，值得做又應該怎樣去做，同時怎樣做才對大家最有利，而不是只為自己，那麼您做的事才會容易成功，亦才會獲得認同及更有意義！」

　　此時，亞伯也問身邊的湫彤及蔓荷，問她們對這故事的寓意有沒有補充。

　　湫彤隨即：「我的看法是，這個世界什麼是最好的狀態？我認為就是懂得平衡！大家也許知道，人與人之間，父母子女之間，朋友之間，夫婦之間，君臣之間，師生之間，長幼之間，都有不同相處之道，因角色或地位不同，大家溝通的態度也不同。總之，不能太偏頗，重點還是平衡。唯有大家懂得平衡之術，相處便沒有太大問題。其實很多事情都是一樣，例如以前我們只會知道香港的年青人對政治冷感，現在我們只會聽到是年輕人對政治狂熱。但冷感和狂熱都不是好東西，政治冷感也就是對社會漠不關心，而政治狂熱也許關心社會是好事，但年輕人其『社會大學』還未讀，天下事很多都未曉得，也看的不通透，在他們還未成熟的時候，便推上政治的戰場，自然是枉

有滿腔熱血，卻往往容易受人唆擺，受人利用。

可犯了錯犯了法，人們會跟年輕人說不要緊，然後說『經一事長一智』，甚至一些『有心人』竟教唆青少年『用暴力有時候才可以解決問題』，『有案底才會令人生更精彩』，但青少年做錯事留污點，也許再回頭已是百年身，追悔莫及！所以說，天下萬物，都不要走極端，要懂得平衡，如果年輕人能把政治冷感和政治狂熱中和，既關心社會，又冷靜面對，目光遠大及多角度思考，就像故事中的小孩一樣，能有辨別是非的分析能力，且能觀察入微，那麼就不止是社會之福，更是自己將來立身處世的致勝之道！」

蔓荷接著：「我也贊同湫彤的平衡中和之說，也可說是平均、中庸之道吧。比如我們都懂得嬰兒睡覺，不可以永遠放同一方向，固定一個方向睡會令嬰兒形成偏頭問題，甚至『斜頸症』；而大人的手或腳，也不能長期只運動左邊或右邊，否則日子久了，會令左右手或左右腳大小不一之外，身體也會不良反應，以上這些常識我們不難知道，其核心概念就是要懂得平衡、平均。但有些時候，我們用慣了一邊，便誤以為反方向多用另一邊就是對，例如我們吃東西，往日偏吃鹹的今天起也多吃甜的，往日偏吃酸性的今天起也多吃醶性的，這樣做並不是代表平衡，而是走去極端。所謂物極必反，任何偏鹹偏甜過酸過醶的食物都是不健康的，我們此時便要懂得中和，也就是不鹹不甜不酸不醶，多吃清淡食物；從這一點，我們便可引申明白，我們日常吃不要太飽，穿不要太暖，什麼都適可而止，這樣身體反而更好。

再者，財富在很多人心目中當然愈多愈好，其實不然！人生有得必有失，別以為有錢人一定快樂，有很多有錢人，一起來每天腦海就是數字，他們終日會擔心自己的財富會否有一夜消失，他們也會擔心自身的安全，更終日要防範周邊的人，所謂高處不勝寒，一點都不自由。因此聰明的富人，也會多做慈善，以求取平衡。相反窮人也不一定不快樂，問題只是用什麼心態去管理自己。因此，比上不足，比下有餘，也許更自由更舒泰，既不愁生活亦有進步空間。無論如何，做人做事，所思所想，所吃所受，都要學懂平衡中和，不要極端偏額，那麼您會身心更健康，朋友更多，所得更多，活得更好。如果香港的

年輕人懂得以上道理，便能用平常心看人看事，做事也公平公允，更不會以為財富就是代表擁有一切，天公此終是公平的，上帝開了一扇門必定關另一扇窗，不擇手段拿到的東西，總會讓自己失去另一些東西，也許您不會即時發覺，但冥冥中一定發生。」

聽完湫彤、蔓荷的見解，亞伯便開始諮詢觀眾：「今晚大家有沒有想問的問題呢？」

其中一位泛民即問道：「據我了解，你們在台灣曾提過『六四事件』，但三十多年過去，今天香港人仍然年年紀念六四，事實上，『六四運動』與『五四運動』都同樣是愛國運動，是不容你們否認及抹殺的，難道不是嗎？」

亞伯看著另一邊身旁的謙新及大榕：「您們要不要先發表這方面的見解？」

謙新應了一聲：「好的，師父。或者我先回應這位泛民兄吧。就正如師父在台灣演出的時候，也預料到我們到香港演出，您們也一定會問到有關事情；但同樣正如我們的預料，您們也定必把當年的『六四事件』，與民國初期的『五四運動』相題並論，所以，您們才會三十多年來從不間斷地紀念六四，對嗎？」

泛民回話：「的確如此！」

謙新搖頭笑道：「非也！ 1919 年的 5 月 4 日，北京幾千學生舉起白色旗幟遊行示威，是抗議巴黎和會中國代表團喪權辱國，最終風潮擴散引發多省學生、民眾、工商界及勞工的呼應，並帶動文化界對中國前途的思辯。『五四運動』爆發的導火線是第一次世界大戰結束後，列強要將德國在山東的權益轉交給日本，當時的北洋政府打算簽字同意，至令民情激憤，學生才會發動『五四運動』，而學生其目的是『外爭主權，內懲賣國賊。』

而『六四事件』又是怎樣一回事呢？ 1988 年才改革開放十年，由於物價飛漲，社會存在不安全氣氛。有外國勢力看準時機，便慫動學生到天安門要求民主改革，而學生代表公開召開國際記者會，要求外國勢力干預參與迫令中國政府改變。最後也令各地很多學生停課，教師也紛紛參與，但更多地方的師生，根本事前不知道天安門學生是

受背後的外國勢力操控，上述這些事實的真相，也多年後隨著當年的外國良心記者揭發，與及現今互聯網的日益發達，早已是公開的秘密。

而我們也可看出，五四的學生是要中國政府應該團結一致對付外國，而六四的學生則是要團結外國勢力對付中國，差之毫釐，卻繆以千里，其蘊含的意義，完全是剛剛相反。『五四運動』完全是愛國運動，而學生是抱著捨生取義，與『六四事件』的學生是抱著移民海外，終年舉著反中的旗幟以換取吃香喝辣，根本不能混為一談。誠然，我們可以容許這些分子的逍遙法外，但我們絕不能容許沾污五四精神！至於六四當天，我們海外包括香港台灣收到的訊息及圖片，全是來自美國。而值得考究的，是外國披露了一批學運領袖早就獲得美國承諾庇護出走，試想在當時嚮往美國的中國人何其多，即使亞洲的香港台灣也趨之若鶩，可意識到對當時的學生來說何其吸引。事實上，美國策劃的顏色革命劇本在世界各地都有演出，中國當年也只是其中一個罷了。」

謙新語音剛落，泛民即回：「你說『六四事件』有外國勢力參與，你有親身見過嗎？」

此時，亞伯氣定神閒：「謙新才二十出頭，當然沒有親身體驗，但真相就是假的真不了，真的假不了。」

亞伯隨即又拖展他的虛擬魔術技能，把眾多外國良心記者發布的片段用立體呈現給觀眾看。雖然聽不到對話，但當年不同場地的畫面確實存在很多外國人的身影，特別當觀眾也目睹西班牙攝影隊的還原真相，當年請願學生和清場的公安早已達成協議和平撤退，並無流血事件發生。甚至較後時期的維基解密更爆出美國早知六四不存在屠殺事件，某智利外交官也告知世人親眼目睹解放軍只配警棍或木棒並無佩槍，相反，事前有背後勢力引導學生殺警卻隻字不提……

沒想到亞伯早有準備作出有力證明，泛民也無言以對。

大榕問道：「剛才這位泛民兄，不知能否回答我幾個問題呢？」

泛民只好回話：「隨便問吧。」

大榕再問：「泛民兄，您愛您的國家嗎？」

泛民隨即：「你指的是哪一個國家呢？」

全場觀眾嘩然，然後換來一片喝倒采。

大榕：「謝謝這位泛民兄，您答得很好！但我很為您難過，您連自己的根都不知在哪，我還說什麼好呢？不過，其實您已等於回答了我的問題。您剛才一開始也說，三十多年過去，香港人仍然年年紀念六四，指的當然是泛民及其擁護者，而並不是全體香港人民。若然您們心中所愛的母國是中國，那麼為何中國人應該紀念的『五四運動』，而且您剛才不是也說『六四運動』與『五四運動』都同樣是愛國運動嗎？哪為什麼您們從來都不會在香港紀念『五四運動』呢？再說，您們知道『中國七‧七抗戰紀念日』、『中國人民抗日戰爭勝利紀念日』、『九‧一八紀念日』及『南京大屠殺死難者國家公祭日』的事蹟及日期嗎？如果您們是愛國，就算『六四事件』其事蹟及結果，就如同您們所想像的一模一樣，但是比較上述數個紀念日的重要性，您們敢說能夠相題並論嗎？為何您們只單單挑選紀念『六四事件』呢？又若然您們心中所愛的母國不是中國，那麼六四對您們有什麼關係呢？

今年是 2021 年，您已說是三十多年過去，換句話說，現在在香港紀念『六四事件』之青少年，全部均在事件之後才出生，為何他們這麼熱心六四？卻不熱心比六四更重要、更有意義之紀念日呢？不就是您們大人教育及指導他們，他們會懂嗎？眾所皆知，在台灣綠營多年去中教育下的青少年，其恨中仇中不會比香港少，為何台灣卻沒有年年公開紀念六四呢？不覺得事有蹊蹺，很不尋常嗎？而年年香港辦此活動不需經費嗎？這些經費的來源又在哪裡來呢？說到底都是靠背後的反中力量支持，那麼您們的目的又是什麼呢？恐怕答案已經呼之欲出，一樣是『醉翁之意不在酒』，可謂司馬昭之心，路人皆見！又若然您們心中所愛的母國是美國或英國，那麼已經告訴我們，您們已經是外國人，更加沒有資格，也沒有立場和我們討論有關中國的事情了，我這樣說您反對嗎？」

全場掌聲不絕於耳，而泛民更不知如何應對，唯有暫且沉默！

　　亞伯：「我們必須明白，人們在生活上即使是聽到、看到也未必是事情的真相或全部，這一點相信大家從電影或電視的戲劇時常都能遇到。比如在戲劇內，一個人聽到不想聽的話，但也許說此話的人，TA 可能只是重複別人說的話，而並不是 TA 本人的話，甚至有可能，這根本對方知道您的存在，故意刻意說給您聽的，其目的就是要令您誤會；另外，莫說是聽，很多時候人看到的事情，也許剎那間看不清，也許是對方用掩眼法刻意做出來，甚至移花接木，這方面對我來說也是輕而易舉之事，只是要看人把這『功夫』用在哪方面吧。就比如一個手持著刀的匪徒是殺人，一個手持著刀的醫生是救人，兩者之動機便天差地遠，就正如我之前提醒大家要學習那個小孩的觀察入微，不要人云亦云，『六四事件』為何港人會年年這麼誠心的紀念？其目的何在？就不但要您們細心觀察，還需要用您們的心去感受才知答案。」

第 17 回

民　調　貓　膩　嗆支那人精神分裂

　　亞伯往場邊喝了一點水後，再回到台中央：「大家還有什麼話題想討論呢？」

　　其中在場一位觀眾：「其實我猜香港人絕大部分都認同自己是中國人，與及認同自己的國家，只可惜『藍絲』（愛國愛港者）是沉默的一群，才令外間有種錯覺，以為港人都是『黃絲』（反中反港者）居多，不知道亞伯及四位帥哥美女可否說多一點黃絲的崇洋及港人的莫名優越感方面訊息，讓這些黃絲能早點認清真相呢？」

　　亞伯笑道：「謝謝這位觀眾的意見，我完全贊同您所說，愛國愛港者絕對是香港占大多數，只是您們又是沉默的一群罷了。不過，這不是港人的奇怪之處，我曾在各地演出的時候都說，這個世界始終是好人居多，明白事理的人居多，而他們又絕大多數是沉默的，這不論

任何各地、任何人種皆然。理由也很簡單，好人及明白事理的人其心必定，會順應天命、順其自然，既來之則安之，您們中國古語有云：『君子周而不比，小人比而不周。君子和而不同，小人同而不和。』所以，好人沉默是金也是天性。相反，破壞及暴力者其心必不定，會憤世嫉俗、但求出位、唯利是圖、自私自利，他們終日受負能量所控制，認為整個世界也欠了他們。不過，每個社會的好人雖然居多，但對付破壞者總有一度紅線，當他們踐踏紅線之時候，沉默的一群還是要團結一致的合力反對，否則破壞及暴力者只會更囂張、更過分，得寸進尺。」

之後亞伯問蔓荷：「您對香港應較熟悉，我也想先聽您的想法。」

蔓荷點頭：「好的，師父。剛才這位觀眾說其實香港人絕大部分都認同自己是中國人，與及認同自己的國家，我本人是非常之認同。不過無論香港、台灣的大多數傳媒，甚至是新加坡一些傳媒，他們都不會這樣認為；因為它們最愛拿香港的民調而大作文章。然而，如果明白事理、不含糊的人，就應該知道香港的民調又大多是反中陣營所製造，絕對不可信。比如說反中示威遊行，原本最多三十萬人可以動不動就號稱二百萬人，其實有頭腦之人，想想全港人口才七百萬人，二百萬人等於是全港人口的近三分之一，而且還可以在港島一塊小小地方就能容納，簡直是天方夜譚。

又比如某調查結果顯示，『反送中運動』後有 42% 市民有移民或移居外地的打算，三地大多的評論就劍指大陸，而理由也只得一個，就是說港人對中港政府沒信心，目的就是說港人對『一國兩制』已死；但首先高達近一半人口想移居海外，這個民調已經不可信，因為實質所謂比較 2019 年港人移民海外急升五成，2020 年也是只有一萬港人左右移民海外，況且究竟這些移居外地者是否全部均對中港政府沒信心，又是一刀切說法，除了很多是暴民想逃之夭夭外，當中沒有因受不了黑暴及『黃絲』之打擾及破壞社會而『暫避風頭』嗎？同時說到打算移民外地，恐怕港人想移居大陸者更多呢！」

此時，蔓荷盯著湫彤：「我看您好像也有話想跟大家說，對

嗎？」

　　湫彤笑道：「對的！剛才您說到香港民調，令我想起一個國際公認的市場調查也想向大家分享。如果大家還未忘記，在去年我們的前總統『特離譜』還未下台前，英國就有一份市場調查，是關於『特離譜』在亞太地區的支持率有多少，結果台灣民眾是全亞太地區及全歐洲地區（另一份歐洲調查）唯一一個對『特離譜』最有好感的地區，當時台灣支持『特離譜』高達 42%，支持拜登僅有 30%，從而成為亞太地區人民的熱門話題，大家還記得這件事嗎？」

　　幾乎全場一致回話：「記得！」「當然記得！」……

　　湫彤續說：「記得就好！我也不用太花唇舌了。不過，我現在和大家分享我的看法，並不是討論拿下第一的台灣，而是拿下第二的香港喔！怎麼說呢？大家都知道，在這份亞太地區中，香港是第二個較強烈支持『特離譜』的受歡迎地區，他在香港獲得 36% 支持率，但仍落後於拜登的 42%。而我們討論的問題也不在於香港獲得世界第二，而是從這份真實的民調結果，卻無意中暴露了一個鮮為人們討論的證據。」

　　現場觀眾非常好奇：「是什麼呢？」「是什麼呢？」……

　　湫彤笑著：「對啊！是什麼呢？眾所皆知，一如台灣人民，就只有反中綠營的人士及跟隨的人民去盲目地押寶給『特離譜』，卻沒有反中的人去支持拜登，香港更是如此。理由是他們斷定只有『特離譜』才會全心全意反中挺台挺港，就像『毒果』的『貍治鷹』就高調與美國政客視像通話，直言期望『特離譜』能勝選連任，甚至不惜為『特離譜』造假文件來攻擊拜登，從而成為國際醜聞，皆因『貍治鷹』毫不諱言地認為『特離譜』對中國的反中策略正確，直言擔心如果對手拜登當選，香港的議題便會降溫，還說『**這次是最重要的選舉，不只對美國而言，對全球也是。**』大家又是否還記得呢？」

　　全場又一致呼應：「記得！」「記得！」……

　　湫彤：「好的！問題的『貓膩』也在此！在香港反中盟主『貍治鷹』的高調表態下，下面全體的反對派及『黃絲』自然是一呼百應。也就是說，在這份民調當中，全體的反對派及『黃絲』只會支持『特

離譜』，而卻不會支持拜登。相反，香港非反中的人民卻未必一定支持拜登，特別是較認同自己是中國人的香港人民，他們都希望『特離譜』繼續執政，好讓美國在長遠來看對中國更為有利。有趣就是在這個地方，全香港的反對派群體、『黃絲』群體、希望『特離譜』執政對中國有利的群體、再加上沒政治立場純粹喜愛『特離譜』的群體，四個群體其支持率的總和也只是合共 36%，這就可以充分地間接證明，全香港反中的人民，也就是全香港的反對派及『黃絲』群體絕對低於 36% 很多。因此，香港歷來的所謂民調也等於不經意地破功，也任由這些反中媒體如何再堆積理由，都已經是徒勞無功。事實上，這家英國調查公司舉世公認，與香港的眾多注水民調絕不能相題並論，證明理性的香港人還是占絕大部分，也印證沉默的一群才是主流的道理。」

　　不少觀眾不期然地站立鼓掌，完全認同湫彤的推想。

　　亞伯看著謙新及大榕：「或者您們也發表一下對港人的莫名優越感之見解吧。」

　　大榕作出相讓謙新先說樣子，謙新笑道：「謝謝大榕的禮讓，那我先說了。首先我也認同大家之前所說，香港人絕大部分都是『藍絲』即沉默的一群，而占少數的『黃絲』即反中者之中，又分三個組別，一組是青少年，他們反中沒有根源，純粹是因為受教育及傳媒所潛移默化，日積月累所致。而另兩組就是所謂充滿優越感之港人，但我認為他們又大多只是存在誤解。這兩組的人當中，一組以為大陸人仍然不文明，但其實大陸人已改進很多，甚至有些地方比港人更文明，只是這一組的港人甚少往大陸，所以才存在誤判。而另一組卻相反，他們為生活需常到大陸，他們了解大陸很文明及先進，並已超越自己，因此自尊心作祟產生挫折感及自卑感，但尚幸這兩組人數不多，如果適當融合，是很容易改觀的。

　　事實上，文明對任何國家、任何地區及任何人種來說都總有其過程，我的意思是，無論是香港人民或台灣人民，都也曾有不文明及落後的時期，您們只是早比大陸人民更早一步文明而已；相反隨著大陸人民逐漸富足及廣受教育，將來也許比任何先進國家更文明呢，因此

為何不能體諒而共同成長呢？再說，既然香港人自認比大陸人文明，那麼『黃絲』就應該比大陸人民更講道理，一些『支那人』的形容譏諷，不僅不懂得飲水思源，還要落井下石，所謂其身不正，已經沒資格批評人。

而另一方面，香港人有沒有思考過，究竟面對一個富強的祖國，還是面對一個窮弱的祖國會對自己更有利呢？究竟自尊心重要還是自己未來幸福更重要呢？就比如香港人，是否還記得當年的『馬尼拉人質事件』呢？然而，國家當年還未夠強大，所以始終力有不逮。不過，今天的中國已經不可同日而語，日本風災便能迅速出手拯救國民；那麼，香港人民將來還會到世界各地旅遊，難道就不想有一個強大的祖國做其後盾，玩也玩得安心和開心些嗎？其實對台灣人民也是一樣，為什麼美國反中？不就是因為中國開始強大嗎？但中國強大，不是令港台兩地人民與有榮焉嗎？」

台下觀眾大分貝向謙新鼓掌。

大榕續說：「剛才謙新提到香港『黃絲』和台灣『綠民』一樣愛罵大陸人是『支那人』，令我也想起一件有趣的事。我記得曾經看過一些香港校園的視頻，有一些香港『黃絲』學生叫大陸學生滾回大陸自己的地方，不過他們的思維很奇特，他們說『**香港這裡是講廣東話的地方，不是講普通話的地方**』。問題是廣東也是大陸喔，香港以前也是廣東省其中一個地方喔，如果按他們的邏輯，是香港人也應該滾回廣東省？還是所有廣東省說廣東話的人都滾回大陸呢？又還是意思是所有說廣東話的人都是香港自己人呢？但現住在廣東省說廣東話的人都只會說『我是中國人』喔，那麼這些眾叛親離的學生，兜了這麼大的圈子最終也不是等於說『我也是中國人』嗎？

不過最可笑的是，這些『黃絲』學生當跑到台灣與綠營合流的時候，恰恰也是講國語喔，那麼他們又是否應該滾回大陸呢？還是到了台灣也應嗆當地的『支持者』也是『支那人』與及嗆他們滾回大陸呢？如果說他們不是精神分裂，哪又是什麼原因呢？當然，我明白有一些『黃絲』的觀念之中，覺得說廣東話便能代表自己不是中國人，與部分台灣的『綠民』也認為說台語便能代表自己不是中國人，如出

一轍；但其實這種邏輯更加說不通，完全是自我打臉！莫說廣東省說廣東話大有人在，福建省才是講台語的發源地，那麼廣東省及福建省的人民就不是中國人？上海人說上海話、四川人說四川話、湖南人說湖南話，他們就代表不是中國人嗎？我們在美國是講英語喔，我們就不是中國人嗎？美國很多人說西班牙語、日語和韓語喔，他們就不是美國人嗎？就算說回香港，很多印傭、菲傭、南亞人及外國人都不是說廣東話喔，那麼是否都要他們滾回自己的地方呢？

最後，我想再呼應謙新剛才所說的，究竟面對一個富強的祖國，還是面對一個窮弱的祖國會對香港人更有利呢？無論如何，香港人別要忘記中國就在您們身旁，他們落後會湧過來，他們先進一樣也湧過來，不同的地方只是，前者是難民會湧過來，後者是財源湧過來；也就是說，除非您們移居另一地方，否則中國人就永遠在您們身旁，他們落後與先進您們都逃不掉，您們又會希望中國擔當什麼角色呢？」

台下觀眾也向大榕的妙論致熱烈鼓掌。

亞伯再問湫彤及蔓荷有沒有不同的見解。而兩人又開玩笑互相禮讓。

湫彤笑道：「哈哈！還是我先說吧。據我理解，近年香港女生北嫁數量比例再創新高，向來被視為很『現實』的港人，也等於間接認同內地大城市的生活水準漸向香港看齊；可以說，這恰恰是香港女生突破自我的心理障礙，與及願意北嫁的關鍵癥結所在。所謂三十年河東，三十年河西，過去香港女生常被貼上『虛榮心』的標籤，如今反而在內地男生眼中，卻認為香港女生獨立又樸實。

相對而言，過去內地男生常被貼上『水平低』的標籤，如今反而在香港女生眼中，卻認為內地男生負責又上進，因此也造就更多的香港女生願意北嫁，且一直穩定增長。而我個人就認為，從這個訊息我們有三點必須留意的，其一是北嫁能有效造就兩地人民的心靈結合，從而推動彼此的文化交融，也是兩地的正面發展。其二是除了香港女生願意北嫁穩定增長，其實香港男生一直北娶也穩定發展，這就足以證明，剛才蔓荷說香港民調不可信，現在打算移民外地者，恐怕每天想移居大陸者更多！至於其三，很多人都忽視了這也是人口紅利的原

因。其一其二我相信大家一聽易明，其三說到人口紅利又是什麼一回事呢？

或者我們先了解大陸的一孩政策開始，當年因中共立國初期文盲眾多，加上為了控制人口數量及提高人民素質，所以大陸推行簡體字及一孩政策，而近年也由於出生率下滑、勞動力收縮及人口老齡化先後改為二孩、三孩政策，但外界認為其中也有一個原因，就是男女生育失衡。不過，所謂失衡也是男性多出三千多萬，對於一般國家或地區而言，三千多萬人當然是大數目，但其實對於一個 14 億人口大國而言，這根本不算什麼失衡；但對於剛剛相反女多男少的香港而言，14 億的人口紅利自然提供僅有 700 萬人口的香港人多達 200 倍的選擇，自然尋覓到『合條件』的對象就大大增加；不過中國的 14 億的人口紅利，婚姻選擇只怕是優勢中的萬中其一，香港人台灣人還未清楚中國的人口紅利原來有這麼多優勢，而『黃絲』及『綠民』卻完全是身在福中不知福，不可不謂中華民族之憾事也！」

觀眾雖然未知湫彤所謂人口紅利的『全貌』，但已對她的分析致熱烈掌聲。

蔓荷：「我以前常聽到爸爸說，香港以前對大陸只要一有天災，便自發性樂於捐助，次次在慈善節目中所籌得的善款屢創新高。值得留意的是，以前大陸落後貧窮香港人支持大陸，反而大陸變得更好更文明更發達就不支持大陸，這看來相當詭異，也有點不太正常，可反映了香港人的失落感自卑感已經代替了過往的炫耀感優越感！事實上，香港人骨子裡一直都是愛國的，英國殖民一百五十多年以來，香港人擊英反清、抗日保釣的事蹟歷歷在目，大陸改革開放前，不少港人節衣縮食，大熱天穿多件厚衣，多條長褲，大包小包給國內親友送上生活物資，改革開放後，港商又向大陸提供資金和技術，還有華東水災，四川地震等多次自然災難，港人都是全國最善心，且都走先別人一步，為善不甘後人。

相對來說，另一邊廂的中國，雖然中華民族有著五千年文明史，但同時也是伴隨著一幕幕與自然災害的抗爭史。自遠古以來，中國便常常飽受黃河及長江水患，即使中共立國多年也同樣先後發生很多水

災。但不知大家有沒有發現，近年我們甚少聽到大陸水災，即使這兩年突然來一次『停不下來』的反常強降雨，很多省分被淹，不過降雨量雖比以往的水災大，但退水及死亡人數卻來得快及少很多，這也是有賴於大陸憑著愚公移山精神，大力推動水利工程，大大整理長江黃河水患，並且大築水電站環保發電，化腐朽為神奇，甚至南水北調成基建狂魔，僅在長江上游途經四省的金沙江已共建成 24 座水電站，既環保也增能源，兩全其美，物盡其用，屢創世界奇蹟，而未來隨著大陸的科技發達，智能治水更將從心所欲。

我們從上述兩件事，也就是香港人的愛國心和中國的進步看似風馬牛不相及，實質命運相連當然有莫大的關係，就比如您身邊有一個窮親戚，往日得到您的幫忙顯得您的仁慈和風光，他日窮親戚變了富親戚，如果用正面思維出發，就不會想到失落及自悲，而是會想到這個親戚的成功，也有自己一份功勞，應該更有面子和更感光采。也正如師父常說凡事用多角度思考，也許就不易鑽牛角尖，無論如何，中國的進步對香港人而言，只有好處沒有壞處，加上就在身邊，應是樂之而不是愁之，是迎之而不是拒之！」

台下觀眾似乎很認同蔓荷的分析，也致熱烈鼓掌。

第 18 回

猶 太 力 量　唯一遺憾遠不及中

亞伯再度回到舞台中央，然後說道：「現在我想邀請一些特別嘉賓出來，大家同意嗎？」

現場觀眾沒想到會有特別嘉賓，當然喜出望外地：「歡迎！」「同意！」……

之後真的共有五位嘉賓從舞台中央徐徐地升上來，台下觀眾也致熱烈鼓掌。不過觀眾看到最左邊的兩位嘉賓衣著很古老，外型怪怪又似曾相識，但又說不出名字來；中間站 C 位的一位就……總之不知

怎去形容；右邊第二位再看真一點竟然很像查理卓別林，但由於此人已不在人間，所以大家都認定他是假扮的模仿者。最後最右邊的一位嘉賓就更面善了，他應該是某好萊塢電影奇才，由於此人尚在，只是看來比現實像年青許多，所以大家還未肯定他是否真實嘉賓。

五人先和亞伯握手像問候似的，六人對談了一堆說話，只知是外語但又不是說英語，全場觀眾一時間如丈八金剛，不知亞伯正在搞什麼！

之後最搞笑的，就是五人和亞伯對談完後，竟然向四周的觀眾揮手說再見！然後緩緩地從舞台中央降下便走了。

正當現場觀眾一頭霧水之際，亞伯也認真地：「我的五位朋友跟我說很高興能來到香港看看，而且也叫我代他們向大家問好！」

眼看台下觀眾似乎哭笑不得，亞伯笑道：「我理解香港很流行『無厘頭』，所以也想入鄉隨俗一番。」

全場觀眾瞬間大笑。亞伯續說：「言歸正傳，大家也許不完全認識剛才出現的人物，但他們可是世上響噹噹的人物喔，您們見到最左邊兩位穿著較古老的，是分別來自十八世紀的思想家馬克思及科學家愛因斯坦，中間的一位是橫跨十八十九世紀的畫家畢卡索，再另外右邊兩位則是大家熟悉的十九世紀名演員查理卓別林及橫跨十九二十世紀在生的名導演史蒂芬史匹柏了，剛才五人都是虛擬人物，但都和我有一點點的關係，您們知道是什麼嗎？

現場觀眾終如夢初醒，原來全都是虛擬人物，怪不得大家還未互動便消失了，不過被問到五人與亞伯有什麼關係，大家都一樣搞不清。

亞伯：「大家都知道，我是一個猶太裔的美國人，而剛才五位名人同樣是猶太裔，，所以當然和我有著一點點的關係了，而我們剛才說的就是希伯來語。」

台下觀眾終再搞清楚是什麼一回事了。

亞伯：「大家都知道，控制世界是美國，而控制美國的經濟命脈是猶太人。但同時我也知道，有一些中國人都會認為中國和猶太人是

非常友好，是因為在上世紀三十年代，納粹德國不斷屠殺和迫害猶太人，當時就有不少猶太人來到中國避難，而中國也伸出援手，這段歷史也被猶太人都銘記心裡，對嗎？」

現場觀眾看來有些知道這段歷史，有些不知道。不過大家都清楚，猶太人的確很厲害，特別是在美國，影響力很大。

亞伯：「其實這並不是全部事實的真相，縱然當時中國幫助了猶太人，但不竟這只是一個少數目；事實上，在以色列的大屠殺紀念館裡，也記載了幫助猶太人復國的 2000 多人義士中，就只有兩個華裔及一個中國人；因此我雖然不能代表猶太人說話，但我對身邊大家同裔的認知，部分猶太人及以色列人對中國人友好，也只是惺惺相惜！

為什麼我這樣說呢？或者我先從美國說起吧。在世界上，很多人都說，控制世界的是美國，而控制美國的則是猶太人，因為這根本不是秘密，美國的稱霸和強大，離不開美國的經濟，但主宰美國的經濟最重要的是什麼？當然是華爾街的金融業及矽谷的科學業，其次就是好來塢影視、音樂、體育及賭博的娛樂業了，而上述這些美國的經濟命脈，幾乎全操控於猶太人手裡；不但如此，美國最大的新聞媒體及各大電視台、美國最大的律師群、美國科學、文學及藝術界精英，全是猶太人的天下。不止您們，全世界都知道，我們猶太人是最懂做生意的民族。我之前說過，中華民族能夠失落了 200 年，便可以用 30 年左右就能夠民族復興，除了中華民族有 5000 年文化底蘊，最重要還是您們是一個勤奮、聰明及團結的民族。但是，再比較我們猶太民族，恐怕還是力有未逮。猶太民族也有 3000 年文化，再論勤奮、聰明及團結這三方面，如果我們都不勝中華民族，也就不會有今天猶太人所得來的結果。

大家都知道，猶太人在全球只有總共 1800 萬人左右，在以色列國也共約 800 萬人。而單單在美國，就已經有 700 萬人，但儘管如此，也占不到美國總人口的 3%，而其餘的就散布於世界每個角落中，自二次大戰之後，1948 年起以色列立國後短短幾十年，猶太人在美國及世界各個領域中獨佔鰲頭，從科學家愛因斯坦到思想家馬克思，從藝術界畢加索到娛樂界派拉蒙，方方面面的成就，不是靠自己

的民族勤奮及聰明才智是靠什麼？但我們猶太民族，也不會忘記在《古蘭經》中，我們是被詛咒的民族；而為了能夠在苦難的夾縫中生存下來，為了要保護自己，所以我們不得不團結一致，也是我們能夠不屈不撓，取得輝煌成就的重要原因。就以美國選舉為例，猶太人一直是美國總統及地方選舉投票最高的族裔；與此同時，不要忘記我們還控制美國的經濟及輿論，一邊是經濟的鈔票，另一邊是輿論的選票，這就是為什麼美國的政客，不但對本國的猶太人千依百順，對以色列偏袒更是毫不掩飾。

　　然而，勤奮、聰明及團結的猶太民族都不亞於中華民族，但有一點就是我們猶太民族永遠都勝不過中華民族的，那就是中華民族是全世界最大最多的民族，我們全體民族就只有千多萬，而中華民族的人口幾乎是我們的八十倍，其力量如此相形見絀，即使我們怎樣高喊團結就是力量，也是不能與中華民族並駕齊驅的。但無論如何，在勤奮、聰明及團結方面，能接近我們猶太民族的，在當今世上就只有中華民族了，所以我才會說我們會惺惺相惜！

　　當然，也不是全部猶太人都與中國友好的，剛才我也提到，猶太人控制了美國大部分媒體的輿論，而美國較大的媒體，其輿論又大部分是反中的，而且金融家索羅斯也常追擊中國及香港的，但當然也不是代表全部，例如政治家基辛格及企業家巴菲特也對中國非常友好。而以色列也歷來與中國在農業及科技方面都有很多合作，更何況影響中國的制度很深的馬克思主義，都也屬我們猶太裔，因此也只能說兩大民族福禍共存吧。就拿國際形勢而言，大家也知道美國前總統在任內之前，便促成以色列與中東一些國家建交，今世人也知曉巴勒斯坦的生存空間不斷被壓縮，而唯一最有力幫到巴勒斯坦建國的偏偏就是中國。

　　事實上，中國不但努力協助巴勒斯坦建國，以色列最大的宿敵伊朗也是倒向中國，今年中伊兩國更簽下 25 年戰略合作協定，其中就包含軍事合作，這也令以色列芒刺在背，矛盾忐忑。但話雖如此，說到底以色列過往也是受迫害的民族，直至今時今日身處中東也不是有很多朋友，如果沒有美國長期支撐，也沒可能最近與中東一些國家建

交。也就是說，基於生存和安全，以色列與巴勒斯坦甚至與伊朗結怨為敵，都是迫不得已；可是美國在中東的影響力已經日漸消退，相反近年中國與中東的發展卻如日中天，因此到頭來能從中斡旋以巴及以伊的關係，同樣也是只有中國，這就變成成也蕭何，敗也蕭何，中國與巴勒斯坦及伊朗友好，但只要中國處事公正及不偏不倚，對以色列而言也未必是壞事。因此，那些在美國反中的猶太人，大多是基於感覺到受威脅，而並不會為意識形態反中，因此當威脅消除，這部分的猶太人也許和中國友好的。

不過，我說了這麼多，就是首先呼應湫彤剛才所說，中國 14 億人口紅利及五千年文化，存在的眾多優勢，是當今世界上您們獨有的，任何國家都沒機會，也沒可能做到的，這包括我們猶太民族。我聽到很多人拿未來的印度與中國匹敵，我可以告訴大家，印度是沒可能會超越中國的，這方面如有機會我們可以再聊。而我的重點就是告訴大家，您們本身就天生成為未來更強盛的中華民族之其中一員，是多少其他的國人羨慕不來的，因此就別抗拒當中國人了！」

全場觀眾似乎了解亞伯用心，在熱烈的掌聲中，此刻也好像感受到以身為中國人為榮。

第 19 回

各 有 千 秋　細談中美生活差異

亞伯再問觀眾：「您們還有什麼再問的嗎？」

現場其中一位觀眾舉手：「可否說說你們認為在生活上，中美有什麼不一樣呢？兩國最大的差異又是什麼？」

亞伯：「這個提議不錯，可以討論一些和政治無關的事，也吻合我們剛才所說，可平衡中和一下。或者您們四人先說吧。」

四人用眼神商量之後，蔓荷率先：「大家都聽過，都說世界只

要有人住的地方，就會看到華人，可看出中華民族在世界之多及分佈之廣，因此華人在美國，也同樣遍布全國各地。不過論比較集中的，當然是紐約、洛杉磯、三藩市為主。如果說在美國生活有什麼好的地方，比較兩岸四地，毫無疑問這裡首推是天氣；大家都知道，在美國很多地方，我們很難看到車子底盤或鐵器工具生鏽，衣服會發霉，很多食物即使不放在冰箱不會很快變壞，例如餅乾不會不脆，牛奶不會變酸，這是由於美國很多地方的濕氣沒有兩岸四地這麼高的緣故。論氣候，紐約比較多雨水，三藩市次之，洛杉磯平均最少。紐約嘛，比較四季分明，冬天也會下雪。在洛杉磯除了洛磯山脈的山峯看到雪，城市裡基本四季都是陽光。

儘管如此，人們在兩岸四地，在炎夏即使足不出戶，沒有空調的地方靜靜坐著也會汗流浹背，在美國很多地方，即使在驕陽底下，除非您是大動作運動，否則都很少流汗。因此，論氣候這裡生活比較舒適，是不容抹掉的。其次就是民生各方面，在以前，香港被譽為購物天堂及飲食天堂，比如我的爸爸，小時候我便知他每逢到了香港，定必買回來不少衣服；但現在很多年，雖然他因工作前往香港的次數更多，卻從來都沒買過一件衣服回家，他告訴我的理由是，買名牌一定在美國買，買一般的不如在大陸買。的確，我曾經在美國有一件品牌的上衣，有一次在香港農曆新年遇上半價，同一品牌同一款式，竟然半價後還比美國貴，更莫說現在美國流行的 Outlet（工廠直銷中心）了，很多品牌衣服的價格都與香港買普通牌子的衣服價格持平。

不過，若然買品牌衣服，香港價錢又比台灣好很多，在台灣買各類世界名牌的東西，價格可謂驚人，即使是日常用品，都普遍比香港貴，比較大陸就更不用說了。因此兩岸現在即使薪資一樣，在大陸生活定必比台灣節省很多。換句話說，中國現時平均招聘月薪已超過8000 元人民幣，即使台灣現時人均收入暫高於大陸，但如果拿日常生活消費比較，台灣人民可儲蓄的錢，不見得會比大陸人民多，加上大陸薪資每年增幅都比台灣大，兩岸黃金交叉必不遠矣。

至於飲食方面，中國人向來講求『民以食為天』，不過由於美國是種族大溶爐，如果您是喜歡品嚐不同國家或地區的美食，今時今日

的美國，絕對能滿足您；這裡的美食種類之多、分量之大、卻價錢不貴，尤其是在洛杉磯，絕對令您稱心滿意。而居住的房子也是一樣，洛杉磯的房子會比紐約及三藩市普遍便宜一些。不過，在交通上美國真的很老化，在洛杉磯，由於公共交通缺乏，基本上您沒有車子很難生活，這也是為什麼居住在美國的人，一出門買東西都是買一大堆回家的緣故，尚幸洛杉磯的停車場很多都是免費。在紐約，乘搭過地鐵的人，來到香港、台灣及大陸，實在無法想像自己是如何的落後。

同時，這裡生活圈子不集中，找個朋友聊天或買點東西，隨時花上您半天時間。與此同時，美國夜生活很少，即使是大城市，很多街道入夜後便變得寂靜。因此，如果您是怕生活苦悶，可能美國便不適合您，加上槍枝泛濫，生活不安全是美國最大的弊端。無論如何，世界各地就如人類一樣，不可能完美，總有它的優點和缺點的地方，只是哪些地方的優點較多，哪些地方較少而已，人類也不是一樣麼？！」

蔓荷的一番話涵蓋了衣食住行，其他三人都笑說：「我們還可說什麼呢？」一唱一答就宛如真的兄弟姐妹，觀眾也報以熱烈掌聲！

謙新說道：「不如我和大家分享我在美國一些經歷吧。我在美國大學時期，曾看到一篇新聞，一名男子在城市街道開車，突然在路上超速超越了另一部車，落後的車子駕駛者，由於不甘也加速前進追趕，最終趕上後，在旁的同車者便向之前的超速者頭部近距離槍殺了，之後就逃去無蹤。也許類似事件，在美偶爾都會發生，因此自己也不以為然。但沒想到之後某天，類似事件竟也發生自己身上，令我至今也印象難忘。

記得大學畢業後，第一份工作及第一天上班時，就遇著公路擠塞，因此出了公路後，我便快速前往，希望不要遲得太久，我只記得在街道上超越了很多車，最終也招來了兩部車不滿，分一左一右的加速反追我，而我也只好冷靜的稍為慢下來，藉著前面有交通燈即使才剛轉黃色，我也把車子停下來，而追著我的兩部車子也在我一左一右身邊停下，並都同時打開窗子不停罵我，當時我只能用一手指著手錶一手向他們表示致歉，只見左邊的看似墨裔及右邊的白人駕駛者，似

乎都已經明白我不是有心的挑釁，而是無心的『趕時間』，因此才願意『放過我』吧。

　　但其實，我當時這一刻都有點餘悸，而同時我也想到，社會很多不幸的事情，往往都是小小的誤會而發生，而人類也可能稍為動動腦筋，很多事情便可迎刃而解。就好像類似我的事件，其實天天都在美國不同的城市及不同的街道發生，但此時我會想到，如果我的車子在後方的玻璃有顯示 I'm Sorry！（對不起！）的設備哪就太好了，那麼被人超車的人，當看到對方顯示 I'm Sorry！就知道對方因重要事及趕時間才超車，便不會誤會而生氣。

　　另外，我還有一個類似經驗，大家都知在美國駕車，會時常遇到別人禮讓自己先行，而自己也往往同時間向對方表達謝意，將心比心，當自己禮讓別人，也會一樣希望對方回報謝意，因為這都是社會人人互相尊重的表現。不過有些時候，還是會事與願違的，就比如一部車子禮讓我先行，如果在平時我揮手致意對方一定看到，但是如果在大霧或大雨滂沱的時候，對方便不容易看到我的致謝手勢，此時自己也許覺得有一種莫名的遺憾而不安，感覺像欠了對方似的；甚至我曾經試過別人禮讓了我，但因下著大雨，我後邊的車子根本看不到我揮手致謝，之後便引致對方一直響號以表示對我的不滿，此時我又會想到，如果我的車子在後方的玻璃有顯示 Thank You！（謝謝您！）的設備就該多好。其實看似一些非常簡單的設備，也許便能夠化解很多在世界各地的路面上所引發的不必要誤會了。」

　　此時不但現場觀眾為謙新鼓掌，亞伯也鼓掌並說：「這是一個很好的意見，而且我希望中國的汽車廠商也聽到您這個訊息而改造，因為我會想到，如果在中國的車子上加上這兩個設備，還有一個很大的好處。大家都知，中國的交通時常人車爭路，隨意鳴笛響號，如果駕駛範圍設有『對不起！』及『謝謝您！』的按鈕，比如按鈕就設置在方向盤上，根據人類的好奇心，加上當駕駛者按的時候不用被人看到自己樣子，不會有不好意思或沒面子的感覺，反正買來的車子就已經有這兩個設置，便會很容易地、不吝嗇地用上這兩個設備，當您不小心做出「犯規」動作，您會立刻按『對不起』，讓對方感到您是無心

之失；相反，別人做出類似動作也給您一個『對不起』，自然令您怨氣全消；而當別人禮讓您的時候，您便會按『謝謝您！』作出回應，同樣當您禮讓別人，別人也會按『謝謝您！』；如此一來，所有路面的駕駛者都會少了一份勞氣，卻多了一份開心。

當駕駛者習慣了互相禮讓，更會影響了行人，自然而然日子久了便會成為習慣，從而達到人車禮讓之目的。說到底，文明從來不會一蹴而就，良好的秩序是需要人民長期的習慣而養成，一個可能只是車子小小的加裝，也許影響的非常深遠。我對您的提論非常贊同，因為自己在美國開車，也時常遇到您所說的類似情況。因此在車前車後玻璃設置 I'm Sorry 及 Thank You 的鐳射文字顯示，對車廠來說應該是輕而易舉之事，我希望謙新今天的建議，能明天世界某個車廠先開發，否則遲些可能就沒用了，因為以我的預測，也許這幾年這兩個設置還可發揮作用，但未來的汽車一定朝著人工智能控制的方向發展，將來的路面也一定是全自動智能感應，除了先到先走，後到便停的設置，也一定不會再有碰撞，交通意外也一定會大大減少，亦不容許您禮不禮讓，反正車子已經設定好了。」

湫彤：「的確，剛才蔓荷形容美國的生活，該說的重點也說了，或者我作一點補充吧。也正如我們一直強調，每個國家和地方，都總有它的優點也有它的缺點，美國貴為世界強權，當然也有它的優點存在。例如人們都說西方人講求禮貌，在美國的馬路上，車子不會隨便肆意響號，除了有交通燈的大道，任何路面或十字路口各駕駛者，自動自覺先到先行，即使有大道的交通燈壞了也一樣，不需交警指揮，四邊的車子會自動自覺誰先誰走，這些都是文明及禮貌的表現。

這方面剛才師父說，中國的路上交通人車爭路，其實隨著中國國家進步，已經改進不少了，特別是近年中國很多地方都實行了智慧紅綠燈自動調轉，甚至有『會說話』的智慧紅綠燈設置，能對闖紅燈之人發出語音播報『您已闖紅燈，請退回等待區！』，這種智慧化、人性化之智慧紅綠燈，還能實現車多放車、人多放人；同時，任何闖紅燈、不禮讓行人、不繫安全帶、違法掉頭等均逃不過『電子警察』的法眼而提出檢控。不過，我也贊同謙新及師父的建議，理由分別在

於，檢控是懲罰性，人們遵守是不敢以身試法，但車上『對不起！』及『謝謝您！』的兩個設置是自願性，人們接受是從內心出發，因此，如果把『被迫去做』及『樂於去做』相輔相成，相信效果更好。同時師父剛才也說，中國馬路上隨意鳴笛響號，我要幫師父補充一點，其實這個毛病除了歐美，很多地方都會，這包括香港台灣，只是中國以前差了一點罷了；相反，今年就有台灣馬路上之機車、汽車不禮讓行人亂象還登上國際論壇熱搜哩。」

亞伯回應：「對！對！您的補充完全正確。」跟著全場大笑。

湫彤續說：「此外，在美國日常生活中，人與人之間見面即使不認識的，問候語也不會咨齒都常掛在嘴邊；公眾地方說話不會喧嘩，小小的垃圾也不會亂拋，自助吃東西的地方，一定吃完後自己收拾清理好才離開，這都是文明的表現。另外，美國也是培養人獨立的好地方，這邊一定要懂開車、懂煮食、懂一般家庭修理，而大部分人都親自刷牆補漏，幾乎樣樣都是自己來。所以比較香港台灣教育，除了被政治思維滲透之外，兩地的青少年都頗受家庭保護，從而欠缺獨立精神；相對而言，美加的青少年很早便要學懂獨立，因此這邊的青少年，普遍性格較主動、靈敏、活潑及開朗，也造就每年的『香港小姐選舉』，大多數是美加回來摘冠的居多，不是沒有原因的。」

湫彤的形容看得出觀眾也聽得很入神。

大榕：「我也是儘量保充他們還未說的。比如求學階段的美國民眾，幾乎絕大多數讀公立學校，美國私立大學對一般民眾而言，簡直是象牙之塔。此外，美國的學區貧劣富優，可謂界限分明，哪個人出生在哪個學區，就已經差不多注定其人生走向。同樣，這裡的醫療費用及保險費用也很驚人，香港台灣青年羨慕美國，但當您們生活在美國，就知香港台灣的醫療制度有多好。

此外，美國的勞動力矜貴，凡人工服務的價格都偏高，比如理髮幾十元美金一次已經是一般的消費。不過，美國生活有昂貴的一面，自然也有便宜的一面。九十年代初期，美國拉斯維加斯才剛開發，一晚酒店及一份豐富自助餐都只需一兩美元，加州的中餐廳午餐卻七八美元起跳。十年後二千年代初，賭城百物騰貴，酒店及自助餐飆漲幾

十倍;加州的中餐廳反而特價午餐做到三元多,還曾做過一美元一隻雞一隻鴨,現在又回復七八美元左右起跳。換句話說,以中餐廳為例,到外面進餐的價格幾乎近三十年沒變,這也是由於以前中餐廳甚少,自然物以罕為貴,但隨著中港台移民的大量湧入,經營者多了自然競爭難免,唯有做到薄利才能多銷的緣故。另外,在美國很多餐廳其飲料任喝,白飯任吃,菜也特別大,很多為省錢的人,都選擇吃特價午餐,然後再叫多一點外賣留待晚上吃。

而日常的用品及家用東西,絕大多數產自中國,但同樣商品其價格則遠低於中國。當然,美國享受價廉物美的中國產品,從另一角度看,美國造就中國崛起,但中國同樣付出沉重的代價。而昂貴的名牌產品,比世界任何地方都便宜,包括原產地,而且在美國也不用擔心買到假貨。在以前,由於美國賺錢多而中國什麼都便宜,因此很多華人在美國賺錢,然後便回中國享受,也許回到中國的華人大多都有些錢,所以都被封為『金山阿伯』,兩岸四地女子都趨之若騖。

不過,時移世易,只是二十多年的變遷,中美生活環境已經地理依舊,形勢全非,現在情況剛剛相反,中國賺錢容易而美國生活便宜,比如中國大致需 40 多萬元人民幣才買到的寶馬新車,在美國 4 萬美元就買到。至於美國房價除了今年通膨突然持續攀升,在洛杉磯多年來也是維持 30 萬美元左右便可買一套不錯的房子,這價錢在中國的大城市連兩房廳都買不到,因此在此之前反過來說中國賺錢美國享福會更貼切。不過,以前美國是創業者天堂,今天中國才是追夢大展拳腳的地方,隨著中國環境變好,包括賺錢較易,加上親友眾多,生活便利又多姿多彩,與美加的生活沉悶,都是無法對比的。」

現場觀眾也佩服最後說的大榕也可「補充」得那麼多,也給他掌聲不少。

文 明 倒 車　好的生活源於政治

亞伯笑道：「剛才聽到大榕說『金山阿伯』，我記得之前也有人稱我是『洛城阿伯』，不知道有沒有關係呢？」

全場觀眾大笑：「沒關係！」「有關係！」……

亞伯：「有沒關係都沒關係了，都只是一個稱呼而已。四位小朋友剛才已分享中美生活的差異，剩下的我首先想到是美國基建問題。我們回看中國改革開放到今天，能用一日千里的進步去形容，相信最大原因，離不開中國願花龐大的人力物力去造好全國的基建，令百業等蓬勃發展，提供最有力的基礎。特別是高鐵從四縱四橫再擴展成八縱八橫，也帶動三四線城鄉發展，可謂功不可抹。

所謂工欲善其事，必先利其器。台灣當年也是靠十大建設才一躍龍門，榮登四小龍之首，應該了解到一個國家或地方，現代化的基建，對經濟發展的重要性；奈何現今台灣連續二十多年經濟停滯不前，甚至節節倒退，與美國可謂同病相憐。例如坐過紐約的地鐵的人，都應體驗過其顛簸的感受，無疑紐約的地下鐵始於 1904 年，可說是全球歷史最悠久的公共地下鐵路之一，但問題是紐約也是全美最大最先進的都市，怎麼可能讓地鐵系統多年不翻新，這也可看出美國從不照顧中下層人民！

除了基建問題，美國社會最嚴重的問題首推槍枝泛濫方面，有 400 萬會員的美國步槍協會已有 140 多年歷史，自稱為『美國首屈一指的憲法第二修正案捍衛者』是美國槍枝製造業和槍枝愛好者利益的代言人，而政府間接鼓勵人民『以暴制暴』，更是開文明倒車！美國每年被槍枝殺害多達 10 萬人，一個二歲小孩玩槍殺死父親不覺一回事，什麼普世價值都是國王的新衣，也是民主的悲哀。另外，大麻公司可以買下加州一小鎮，生產大麻風味的瓶裝水，發展大麻觀光，不但把大麻合法化，還冠冕堂皇地打造大麻 Outlet 提供一站式服務，這

何嘗不是另一種開文明倒車！

　　最後，我想提及的是，美國是個充滿律師國家，案件五花八門，什麼奇形怪狀都有，餐廳也是高危行業，隨時被告至關門；交通被告特別多，但同時也浪費人民金錢時間、政府及律師人力物力，卻樂此不疲。總之，美國社會內耗不斷，一言難盡。再回頭看看中國一黨制政府能鍥而不捨，埋頭苦幹一心為國為民發展，兩者此消彼長，身為美國人，怎不唏噓歎息！事實上，《紐時》也曾有專家表示，希望美國能有機會『當一天的中國』，能摒棄黨派之爭，為國家立定長遠目標，這看似語出驚人，但其實已有不少西方學者，也一直在進行反思。」

　　此時，台下有觀眾笑：「沒想到亞伯你兜了一個圈子還是說回到政治。」

　　亞伯也笑回：「是的！因為好的生活源於政治，沒有好的政治制度及氛圍，人民幸福生活又從何說起，對嗎？」

　　全場觀眾再為亞伯致熱烈掌聲，歷久不散！

紫箸聰慧　悟出四子姓名密碼

　　亞伯拱手：「感謝大家的掌聲！現在我想再請一位朋友出來，我希望大家也用熱烈的掌聲歡迎她出來，好嗎？」

　　果然，現場觀眾也不吝惜用掌聲歡迎這位『神秘嘉賓』，只是沒想到是剛加入亞伯陣營的紫箸。

　　紫箸也禮貌地向四周的現場觀眾鞠躬，並靦腆道：「謝謝大家的掌聲，其實我不太習慣面對這麼多人面前說話，能站在萬多人的紅館舞台說話不但是我人生的第一次，真是做夢都不敢想。不過，因為剛剛不久前得到亞伯的賞識，能為他效力負責『截貧製富』的公益項目，這又是以往不敢想像的，但想到『截貧製富』將來能為社會製造更多的『良心』企業家，就覺得任重道遠，我再次感謝上天的眷顧，更感謝亞伯的器重及支持，謝謝大家！」

　　觀眾用掌聲鼓勵紫箸，而此時湫彤、蔓荷、大榕及謙新四人也推

著一個點著蠟燭的巨型蛋糕出來，現場也奏起生日歌，原來師徒五人秘密為紫箬預祝生日，因為是晚還有兩個小時左右，紫箬便正式迎接25歲生日。此時只見紫箬熱淚盈眶，事實上，紫箬從第一次見亞伯及其餘四人演出，至今天有萬多人為她慶生都只是一星期之內發生之事，也使她感到如夢如真，不能自已。她接過大榕及謙新的漂亮花束便道：「謝謝您們！謝謝大家！」

其後，亞伯也告訴五人，說今晚還有重要的事情宣布，紫箬含笑拭淚後和四人互相對望，顯然亞伯所說的重要事情宣布，五人事前一概不知。

觀眾也翹首以待是什麼一回事。而五人也開始傾耳戴目看著亞伯。

亞伯：「現在我想和大家分享一個故事，而這個故事，卻是關乎台上這四位分別來自兩岸四地的青年，大家想不想聽呢？」

只見全場觀眾如潮水般呼喚：「想啊！」「當然想！」……

此時從左至右站著的謙新、湫彤、蔓荷及大榕均投以好奇的眼光看著亞伯：「是說我們嗎？」

亞伯笑道：「是的！您們知道嗎？您們四人在美國第一次見我的時候，除了大家討論了一些對中美及兩岸四地的看法很一致之外，我很快就從眾多的應徵者錄用您們了，但其實按我之前的預算，是總共找五名助理，而且也預算最多找兩名華人助理，但最後還是把您們四人都錄用了，之後再加上您們的大師兄萊恩及二師兄格林，無論從選華人的人數及總人數都超出我的預期，您們知道是為什麼嗎？」

謙新隨即：「是覺得我們志同道合，所以不想錯過其中一個，對嗎？」

大榕補說：「沒錯！很難得大家基本理念一致！」

亞伯問道：「還有呢？」

四人互相對望，並笑而不語。

亞伯再向觀眾問道：「您們又想到什麼呢？」

正當觀眾議論紛紛之際，湫彤及蔓荷便一同笑著說：「我們都知

道了！師父一定是想說我們四人的姓氏吧，對嗎？」

謙新及大榕也笑笑道：「嗯！嗯！一定是這樣！」

亞伯笑回：「可以這樣說，哪是什麼呢？」

湫彤：「我們四人從左至右分別姓奧、廣、邰、鍾。所以……」

蔓荷補說：「您們反方向看，就是中、台、港、澳囉，對嗎？」

謙新笑道：「對啊！其實我們在美國第 2 次聚會聊天的時候，湫彤就想到我們的姓氏發音剛巧分別也是中、台、港、澳，真是太巧合了！」

大榕：「與其說是太巧合，不如說是大家的緣分吧！」

台下觀眾驚訝之餘，也懷疑是否真的巧合還是刻意安排。

亞伯笑回：「沒錯！不過，您們的巧合及緣分，並不止於此，還有呢？」

四人再互相傻笑對望，然後大家互相問：「還有嗎？還有其他嗎？」

湫彤：「當我發現大家姓氏與中、台、港、澳同音的時候，已經感覺到不可思議了，師父，真的還有其他含義嗎？我們不知道喔！」

蔓荷：「對啊！師父，您就別賣關子了，我們真的想不到！」

此時亞伯再問觀眾：「您們又有沒有人想到呢？」

只見台下觀眾交頭接耳，卻似乎想不到還有什麼，不竟四人姓氏與中、台、港、澳同音已經夠神奇了，所以大家都很緊張好奇，究竟下一個爆點是什麼？」

就在此時，台上的紫箬突然靈機一觸：「我想到了！」

看得出亞伯很高興，也很緊張好奇問：「您真的想到嗎？好的！那麼您便向大家解說一下，就看您想到的和我知道的是否一致？」

四人屏氣斂息，心情焦灼的看著紫箬等待答案。

紫箬：「我猜應該除了是四人的姓氏外，還有是四人的名字。奧謙新、廣湫彤、邰蔓荷、鍾大榕，拆開分成三組也就是奧廣邰鍾，謙湫蔓大，新彤荷榕，如果第二組文字不變仍然是『謙湫蔓大』，但

第一組文字及第三組文字則反過來看就是『鍾邰廣奧』及『榕荷彤新』，然後以普通話（國語）發音再讀不就是：中台港澳，千秋萬代，融和同心嗎？雖然，廣、大二字發音與港、代二字發音不完全一致，但也相當接近了，且廣港二字在廣東話發音是相同的。」

四人即時醍醐灌頂，才恍然大悟，也不敢相信此一刻，心想師父從來沒向他們提及過，真是驚喜交集，不能自已！

台下觀眾更一片搖頭不敢相信，因為真的太不可思議了！

亞伯先問紫箸：「您是如何想到的呢？」

紫箸說了實話：「我起初也完全不知曉的，但當湫彤說到剛巧是中、台、港、澳時，我便聯想會不會他們的名字也有什麼聯繫呢？直至您剛才說他們的巧合及緣分並不止於姓氏，我就更肯定與他們的名字有關了，所以便想到箇中含義了！」

亞伯：「您說的沒錯，證明您很聰慧，而且也觀察入微！」之後再向著觀眾說道：「您們一定不會相信這麼巧合，一定認為是他們假名或藝名，對嗎？不過沒關係，我可證明給您們看。」

就在此時，亞伯把四人的履歷表除了將出生日期模糊掉以保護他們的私隱外，四張巨大的履歷表即時呈現台上半空中，讓在場所有人清楚看到四人的中文真姓名，真的如此巧合，真的如此有意思！

只見台上四人也喜極而泣，互相打氣！

亞伯：「在美國面試您們之後，我便已經在您們填寫的履歷表中，發現了您們四人的中文姓名竟然如此湊巧，就如同密碼般深藏著未來的預告，也注定您們走在一起，缺一不可，這也是我要您們四人均全部入選的原因。我祝福您們，更祝福您們的祖國兩岸四地，真的能夠千秋萬代，融和同心！」

四人更喜極而泣向師父深深鞠躬並謝謝師父的祝福。

而觀眾們一方面驚嘆亞伯如此深諳中華文化，另方面也親眼目睹四人當被解開密碼時之真情流露，溢於言表！既感同身受，也感觸良多！不少觀眾也跟著落淚，之後便結束香港最後一晚的演出。

第 21 回

三站澳門　滄海桑田翻天覆地

　　亞伯師徒五人於香港站演出後，8 月 21 日週六也踏上與香港僅一水之隔的澳門金光綜藝館舞台。在多輪的表演完後，亞伯在壓軸時候也首先請出四位徒弟湫彤、蔓荷、大榕及謙新一同表演，之後師徒五人也和澳門的青年談天說地。

　　亞伯：「不同於台灣及香港，澳門是我第一次來到的地方。而我們其實週四便來到澳門先玩兩天，兩天的旅程令我印象難忘，儘管澳門的城市很小，但您們的賭場酒店比較我曾演出近一年的拉斯維加斯更奢華更漂亮。有趣的是，您們的威尼斯人酒店及永利酒店，竟然和我們的拉斯維加斯的同一酒店，其設計及外型是儼然一模一樣，唯一不同的就是面積，澳門的永利比我們這邊好像縮小了一點，但您們的威尼斯人則比維加斯這邊大多了，難怪開幕時還號稱是世界第二大及亞洲最大的建築物吧。

　　也可說百聞不如一見，澳門麻雀雖小，卻五臟俱全。尤其是您們的城市建築，很多都保留了古蹟外牆，這一點能把中西合璧，新舊融合，在國際也是罕見，是了不起兩全其美方法。與此同時，您們的美食也一樣具備這種神髓，把葡式、西式、中式的混合烹飪，玩得爐火純青，出神入化；就比如遊人到葡國吃不到葡國雞，到非洲也吃不到非洲雞，但在澳門就能吃到馳名的葡國雞和非洲雞，都同樣喚醒人們的味蕾，回味無窮，難怪獲聯合國頒發『美食之都』之美譽。不過，聽說澳門是被中國多年前就早已定位為『世界休閒旅遊中心』，對嗎？如果是那可能還需努力一點了。另外，又很像澳門沒有什麼政治爭拗，不同香港及台灣，不斷折騰內耗，怪不得您們的人均 GDP 能雄踞世界第二位，澳門人民又年年獲政府派錢，我想您們應該很滿足吧，對嗎？」

　　台下觀眾大呼：「對啊！」「是啊！」……

亞伯：「那麼，您們今天有沒有問題需問到我們嗎？」

台下隨即一位觀眾問道：「你剛才提到澳門人均 GDP 能雄踞世界第二位，但澳門又真的這麼細小，我看過有台灣節目評論，說澳門並非全部從事博弈業，一般民眾的收入沒有增加，反而讓貧富差距繼續擴大。又說澳門比較卡塔爾（卡達），非賭場就業率都還沒到位，澳門政府如果無法兼顧利益與名聲，最富有地區的頭銜恐怕只是曇花一現，你對這評論有什麼看法呢？」

亞伯回話：「對於這道題，或者先讓大榕說說他的看法。」

大榕：「首先您們要明白，在台灣綠媒的眼中，一定是對澳門『一國兩制』的成功實踐持負面看法，這種酸葡萄之心態，一點不足為怪，也不用放在心上。事實上，澳門回歸 20 年，人均年所得從 1.55 萬美元增長至 8.64 萬美元，已成為世界人均 GDP 第二高的經濟體。而台灣的人均年所得則從 1.37 萬美元增長至 2.5 萬美元，不論從人均所得還是失業率比較，澳門的經濟成長均遠勝台灣，這一點已經是不爭的事實。再說，澳門即使怎樣貧富差距擴大，以一位 65 歲以上的澳門老人所能享受的現金福利為例，包括每月養老金、每年現金分享、敬老金、養老補貼及個人公積金等等，每年便有超過 8000 美元派發，這還未包括醫療券、社區醫療免費及入院津貼。

澳門雖小，但背後得國家支持，可謂集萬千寵愛於一身。加上身處『粵港澳大灣區』，發展勢頭更蓄勢待發。比較台灣要用人民納稅錢拼假觀光，來充夠每年的千萬旅客數量，小小的澳門，其旅客數量已是台灣四倍有多，絕不可相題並論。與此同時，就以去年的世紀疫情而論，儘管台灣一直不停自誇抗疫成績舉世公認，但澳門的抗疫無論確診超低數字及零死亡成績，前者最終破功後者卻默默耕耘，台灣政府要人民付 1000 台元才換來 3000 台元振興券，澳門政府卻直接給人民除了原有 10000 澳元還額外加 8000 澳元消費卡，而澳元又是台元的 3.5 倍；再說，台灣核酸檢測曾高達 7000 台元，澳門才 80 澳元，台灣給人民疫苗一波三折，澳門不但全部人民完全免費，還設有多種疫苗任君選擇，更代人民買足保險，所以又是另一番高低立見。

再說回澳門與卡塔爾比較，世界 GDP 第一位的卡塔爾會有油氣

枯竭乾涸一天，但第二位的澳門其賭博業卻永不停止。當然，澳門不可能單靠賭業，所以國家才會定位為『世界休閒旅遊中心』，目的就是要令澳門呈多元發展，再加上未來配合『粵港澳大灣區』計劃，特別是澳琴（橫琴）之深度合作，可說是未來可期；因此拿澳門與卡塔爾比較，無論這些台灣人如何貶低澳門，都難以抬高自己。」

　　大榕語音剛落，湫彤便接上了：「不知大家有沒有留意，我上週在香港曾說過，中國 14 億的人口紅利能提供僅有 700 萬人口的香港人多了 200 倍的選擇，這不但是婚姻選擇，中國的人口紅利優勢是多元的。說到底，就是一個大國及一個的小國分別。我們又或者再拿香港為例，香港連水電糧食及民生用品都是依賴大陸以便宜的價錢供應的，還有什麼條件要求獨立呢？但其實大陸的資源，也不是全部地方都是平均的，但是因為國家夠大，不平均便令到各地方平均，例如南水北調及北氣南送，也就是靠各族各省的資源整合及分配才成，說到這裡可能大家以為我離題扯得太遠，對嗎？其實都息息相關的，這會帶出兩個話題：

　　第一，一個大國由於大，所以便能靈活調配資源，哪個地方哪種東西缺乏，大國便可把其他這種東西多的地方調配到缺的地方，相反，哪個地方多的東西，也可出口外國或換取自己缺乏的東西。但如果把中國分裂成許多個香港或台灣，大家各自為政，大家還能從心所欲地隨便調配資源嗎？也即是說，如果把中國分裂成許多個香港，香港每天所需的水電糧食及民生用品不會容易得到，也不會很便宜便得到，至於香港的經濟命脈就更不用說了。

　　第二，我們說回澳門，其實都是同一個道理，卡塔爾雖然位居世界 GDP 人均第一，但始終它只是一個小國。事實上，卡塔爾的發展一直不算理想，比如在工業方面和製造業方面就十分落後，很大部分東西都是要依賴進口的，他們唯一靠的是擁有豐富油田，但如果油田用盡的一天，又或者人類他日發明完全代替石油的東西，那麼這個小國怎麼辦？相對來說，澳門也是很小，但恰恰不是一個國家，而只是一個大國中的一個地區，它便可無後顧之憂，儘量發揮所長，而且當有危難時，例如在 2003 年非典疫情、2008 年國際金融危機、2017 年

澳門遭受強颱『天鴿』重創，每當澳門遇到困難，中央政府就會及時伸出援手，如果澳門不是中國一個地區，而是一個獨立的小國，所有災禍及危害都要自行解救和承受，香港也完全一樣。相反，香港融入大陸能多了 200 倍的選擇及機會，70 萬人口的澳門融入大陸更是多了 2000 倍的選擇及機會，因此台灣人拿澳門比較卡塔爾，根本是不倫不類，也毫無意義。」

台下觀眾一片共鳴，並為大榕湫彤致以熱烈掌聲。有觀眾再問：「對於香港和澳門同樣是回歸，您們認為不同的地方在哪裡呢？」

蔓荷：「應該有很大的不同吧。首先香港回歸之前，由於利益太大，英國政府是設法挽留香港，即使交回主權也希望繼續管理香港。澳門剛剛相反，中國還未開口，葡國政府已經想向中國歸還澳門。也由於心不甘情不願，所以英國臨走前，才布局立法會直選及教科書，掛五星旗學校列黑名單，令香港留下禍根。澳門大多數學校愛國，人民早有強烈國家認同感。加上回歸前，澳門治安敗壞，民眾早就希望大陸早些回歸解決。回歸前澳門人均 GDP 不及香港一半，現在是香港一倍有多。回歸 20 年來，澳門滄海桑田，翻天覆地，社會和諧，15 年免費教育，長者、嬰幼兒、中小學生、孕婦納入免費醫療，『蓮花寶地』開創了前所未有最好的發展局面。

可以說，澳門的成功，具備了天時、地利、人和條件，澳門發展剛好踏正國家發展是天時，身處特區擔當中外橋樑是地利，家和萬事興不折騰是人和。香港近年內亂內耗，其根源明顯便是欠缺人和。當然，部分香港人自視過高，官員高估港人有譜，更高估自己駕馭能力，放縱公營電台任意抨擊就是例子。無論如何，澳門各方都強烈認同自己是中國人，澳門的發展能與廣東的發展，乃至中國各地的發展緊密相連，澳門深入融入國家戰略和區域戰略，極好地發揮出自身的『一國兩制』制度優勢，才令經濟能夠獲得更大的持續成長。」

全場觀眾也給蔓荷不少的掌聲。

謙新：「澳門人對國家是有情懷的，而且從小就受愛國教育，1999 年解放軍駐澳門部隊進城，香港是半夜進城，澳門是白天進城，而且老百姓到馬路上去迎接解放軍，當時大家都很激動。此外，

澳門和香港教育、司法、傳媒等多方面都不同，造成效果也不同。回歸後隨著社會安寧，加上環境就業朝好方向進展，即使面對港人也只會更具光榮感及幸福感。去年香港實施〈香港國安法〉之前，鬧得沸沸揚揚，相對澳門而言，一方面澳門沒外勢力集結，也沒有本地反中人士合流勢力，而且澳門為防犯反中勢力進來，很早就堵塞漏洞，不准破壞分子入境，成功建立有效防火牆。

不過，剛才湫彤有提及到當年颱風『天鴿』重創澳門，也令我倒想起一件事，為澳門叫屈。當年『天鴿』來襲，部分一些港媒台媒乘機發難，力指澳門政府處理地方危機的荒腔走板，甚至用暴露澳門政府的醜態來形容。無疑，澳門風災政府有點難辭其咎，不過兩點批評實在有點過分。第一，災情為什麼比香港嚴重？這當然是由於颱風更接近澳門，與及風向有關，如果不懂看當時颱風走向的圖表，大可看看澳門有多少地方的大樹吹倒，又或者看看有多少樓宇的玻璃窗被颱風擊碎，便足以證明港澳受災的程度極度不一樣。第二，藉機指責解放軍入城救援，但若不是解放軍救援，善後工作更難恢復，而且解放軍是否應該救援，也只有澳門人民才有話語權，對不對？」

台下觀眾見謙新為澳門說話，既感謝又感動，自然掌聲不少。也齊齊呼應：「對！」「對！」……

第22回

潔身自愛 比對香港三煩之亂

亞伯：「要說香港和澳門回歸有何不同，或者現在我帶您們去一個地方，看大家猜不猜到我想說的是什麼？好嗎？」

全場觀眾呼應：「好啊！」「好啊！」……

說時遲，那時快，原來亞伯已經把現場觀眾穿越來到中國宋代的時候，只見當時有一個姓周的清官，這一天他正和三五幕僚在池塘邊的涼亭上賞花品茗。此時，突然其中一個幕僚欲送清官一盆菊花，但

清官卻婉拒了這位幕僚的好意，之後又有另一位幕僚也欲送清官一盆牡丹，但清官同樣婉拒了他的好意，隨後他便指著池畔……

之後，全場觀眾所看到的畫面上全部人物，其所有動作均突然定格停頓，並回到現場。

亞伯問大家：「您們猜得到那位姓周的清官是誰呢？而當時這位姓周的清官指著池畔的東西是什麼呢？他又跟著會說什麼呢？大家能猜得到嗎？」

一連三個問題，似乎全場不少觀眾已經心中有數，紛紛舉手。不過，亞伯還是選了一名看似十二三歲的少年，少年說道：「這位清官名為周敦頤，他指著的應該是蓮花，但他跟著的說話內容我一時間都忘記了！」

亞伯笑回：「不要緊，我想您也是知道的，只是真的忘記了，您已經很了不起了。不如大家先給這個孩子掌聲，然後大家繼續看下去，看看這位清官是否名為周敦頤，他指著的又是否蓮花，好嗎？」

現場觀眾掌聲如雷，給予這位少年最大的肯定。

就在此時，全場觀眾又穿越回到宋代現場，只見這位清官真的指著池畔的東西就是盛開的蓮花，並向身旁的眾幕僚說：「晉陶淵明獨愛菊。自李唐來，世人甚愛牡丹，予獨愛蓮之出淤泥而不染，濯清漣而不妖，中通外直，不蔓不枝，香遠益清，亭亭淨植，可遠觀而不可褻玩焉。」

眾幕僚即說：「為何周敦頤兄您如此獨愛蓮呢？」

果然這位清官名為周敦頤。周敦頤即回答：「菊，花之隱逸者也；牡丹，花之富貴者也；蓮，花之君子者也。噫！菊之愛，陶後鮮有聞。蓮之愛，同予者何人？牡丹之愛，宜乎眾矣！」

只見眾幕僚點頭認同，而送菊花者及送牡丹者則無奈不已！

之後，全場觀眾又回到現實世界，且大多數早已知曉這是什麼一回事。

亞伯再問那位少年：「現在記得這個故事是什麼嗎？」

少年再笑道：「這不是一個故事，這是一篇宋代的文章，名為

〈愛蓮說〉。」

　　全場觀眾大笑，亞伯也笑回：「沒錯！這不是一個故事，只是我把它虛擬成一故事，令大家更容易了解我跟著說什麼吧。」

　　現場觀眾又屏住氣息等著亞伯說什麼。

　　亞伯：「說到〈愛蓮說〉，相信大家又會猜到我跟著說的是澳門了。話說澳門與蓮花自古便淵源甚深，這兩天經大榕的澳門朋友作我們的嚮導及解說，澳門的地形與地貌上除了與蓮葉相似之外，原來宋代名堪輿家賴布衣也曾追尋風水龍脈，並終於發現了兩支龍脈，其一在香港與寶安之間，名為九龍，另一支則在澳門的蓮峰山下。又因為蓮峰山的地勢狀似一朵蓮花，因此該地又被稱為『蓮花地』，也因此澳門也一直被稱為『蓮花福地』或『蓮花寶地』，而澳門古稱『蓮島』，現在也以蓮花為市花。我這樣說，對嗎？」

　　全場觀眾均表示：「對的！」「對的！」……

　　亞伯續說：「那就好。其實除了澳門與蓮花自古淵源甚深之外，卻原來遠至宋代周敦頤的〈愛蓮說〉，也加添了有關的佐證喔。哪又是什麼呢？眾所周知，澳門的經濟命脈是來自博彩事業，而且我了解澳門人民雖然從事賭場工作也很多，但澳門人民卻流連賭場的甚少，可以說，絕大多數的澳門人民視賭場如無物，能長期居住一個小小地方卻周圍建有賭場的您們，卻又能長期視賭場『可遠觀而不可褻玩』，保持克制這份慾望之心，從另一角度看，澳門人民不就是『出淤泥而不染，濯清漣而不妖』，出於汙濁現實而不受沾染，受清水洗濯而不顯妖冶嗎？」

　　很難得澳門人民受如此肯定，自然全場觀眾開心答道：「謝謝！」「謝謝！」……

　　亞伯：「再說，同樣都是『一國兩制』，但香港與澳門的青少年其思想卻天差地遠，香港回歸20年來，港獨思想早已浸蝕莘莘學子，眾多校園幾乎成了街頭鬥士的訓練場，很多學生甘當反中亂港的急先鋒。而澳門的校園卻兩面情，中小學課程便已經注重品德教育及公民教育，從而令澳門人民自小便建立起民族認知和歸屬感。這與香港的教育成為了反中陣營的政治舞台，將自己的政治觀點強行灌輸給

學生，甚至鼓吹仇視中國、激化中港矛盾，對學生進行政治洗腦完全是兩回事。

但值得注意的是，澳門的青少年從小都是看著香港的電視節目長大，而香港的傳媒不管是紙媒還是視媒，卻又是十居其八九都是反中媒體，這也是為什麼香港的青少年繼白天受老師的反中教育後，其餘生活時間所接觸的互聯網及電視內容與學校基本一致，如果萬一有青少年其父母都是反中的，那麼便等於除了睡覺時間，每年每月每天每時都是受著反中教育的薰陶及纏繞，如此的人生又試問怎不會根深蒂固？對社會反中運動義無反顧呢？但所慶幸的是，澳門的青少年同樣都是長年累月看著香港的影視傳媒長大，卻能明辨是非與及潔身自愛，這樣不就是同樣『出淤泥而不染，濯清漣而不妖』，是值得稱讚及值得學習嗎？」

沒想到亞伯兜了一個圈子，還是圍繞著〈愛蓮說〉為主題再度讚賞澳門，令在場的澳門觀眾均感動不已，瞬間掌聲如雷貫耳。

台下有觀眾再問：「所以亞伯你的意思是香港多年內亂的問題，最重要就是教育和傳媒，對嗎？那麼你又認為怎樣解決較好呢？」

亞伯說道：「這樣說吧。中國歷史上清朝統治中原，康熙也要花二十年才能平定『三藩之亂』，而香港其實同樣也有『三煩之亂』！毫無疑問所謂香港的三大麻煩，就是教育、傳媒和司法，但香港回歸二十多年仍未平定。香港人青少年十二三歲就走到街頭抗議、搞亂、毀壞、襲警，他們這麼小是如何懂得政治？如何懂得自己不是中國人？如何懂得燒國旗咒國歌？如何懂得要香港獨立？

很明顯是一代代的香港青少年，白天在學校受教師的循循『煽』誘，放學回家再受傳媒及網絡傳媒教育，節目主持不是反港府或反中，就是熱衷訪問泛民或維權人士，甚至回到家中也會再受父母灌輸，即使平時走到書報攤或書店，又是堆滿受資助出版的反中或大爆中南海內幕的書籍，且琳琅滿目，所謂日子有功；加上香港之前有『較邪』做前鋒，『忌邪』做中衛，司法做後防，三方面的『大人們』把大多數青少年練就成為一支強而有力的反港抗中小伙子大隊，每當『大人們』受到外國指令，有需要策劃搞亂社會運動時，這支小

伙子大隊就會在『滿腔熱血＋刺激好玩＋大人獎賞』三管齊下一呼百應，便跟『大人們』到處抗議及打、砸、燒；即使抓到又前後腳被外籍法官判無罪開釋，循環往復，紛擾不斷。

　　因此早在很久之前，我在美國演出時已說港府和中國政府若然真的要平定『三煩之亂』，就必須下定決心對症下藥根治，特別是內亂的外國勢力源頭，否則拆東牆補西牆，也是徒勞。當然，基於一些理由中國終於延至去年中才推出〈香港國安法〉，也看得出有初步成效，但『三煩之亂』一天未完全解決，隱憂依然存在。無論如何，香港『三煩之亂』中，教育是源頭是重中之重，倘若不除禍根、不絕後患，留下貌合神離、心有不服的老師，勢必埋下仇恨種子，到時春風吹又生，也在所難免。」

　　有在場青年問道：「亞伯你可否再說說澳門整體印象及給澳門發展給予一些意見呢？」

　　亞伯：「印象當然好！特別是我之前所說文物保護尤為出色，古蹟外牆新加建築也成為這個小城最大特色，其次是摩托車之多有如到了台灣，相信對台灣旅客有多了份親切感吧。而澳門除了博彩事業，大多行業均幾乎靠著旅遊而活，也令居民有熱情迎接客人的基因。不過，澳門官員雖比香港實事求是，也夠果斷執行，但仍略嫌缺乏膽色，一些擱置的老問題，不敢破舊立新解決，例如澳門半島之輕軌及老城區遲遲未發展是個遺憾。說真的，大家都知我在拉斯維加斯生活工作一段長時間，其實澳門與拉斯維加斯都有很多共通之處，都是以賭博業及旅遊業為經濟核心，故澳門也有人稱為『東方拉斯維加斯』，況且澳門還多了一個『東方蒙地卡羅』身分。

　　據我所知，輕軌氹仔線早已建成，但澳門半島路線設計卻一改再改，至今經費不斷增大，也是令人詬病最大地方。其實，澳門早被定位為『世界休閒旅遊中心』，既然稱得上世界旅遊城市，更可接受不一樣建設，反而更讓旅客有不同感受，更凸顯旅遊設施多變，更具吸引力。而我所指的是，既然澳門半島由於是舊城區，街道狹窄居多，因此澳門半島較適合比氹仔更輕便的交通設計，比如中國各式各樣的『智軌』及最新的『懸掛式磁浮空軌』，就是澳門半島的最好選擇。

與此同時，這兩天我們遊過澳門最繁華的「新馬路」，也了解這裡是澳門的旅遊命脈及必到之處，不過，一邊是遊人如鯽，一邊卻是十室九空，很是奇怪。因此我才會剛開始便說，若然澳門真心及決心做好『世界休閒旅遊中心』，那麼可能還需努力一點了。」

第 23 回

舊 城 改 造 破舊立新增軟實力

隨後，即有觀眾共鳴：「亞伯你說的沒錯，的確澳門半島有關輕軌的走線問題及舊城區「新馬路」一帶，一邊繁榮一邊暗淡，都是澳門多年未能解決之毛病，既然你能看出我們的問題所在，又能否作詳細解說你的看法，也許給我們政府作為多一個參考呢？」

此時全場也跟著起哄：「對啊！」「對啊！」……

亞伯笑道：「好的！據我這兩天的了解，中國早就表明要澳門建設成為『世界休閒旅遊中心』，但瞬間十年走過，澳門要達成此目標，還有相當一段大距離，其主要原因，除了賭博業主導整個經濟外，就是沒有足夠旅遊、休閒配套及設施令遊人多留一兩晚；直至現在，在遊客的感受上，澳門仍然給人的印象是『大半天就可走完』！

誠然，就正如我之前所說，澳門與拉斯維加斯都有很多共通之處，但其實除了酒店比維加斯更漂亮更豪華，賭博收入有過之而無不及之外，其實還有一些軟實力仍然遠遠不及維加斯。才二十年光景，維加斯從一美元一晚酒店及一美元一份自助餐，把荒蕪沙漠之地到現在百多美元一晚酒店及五十美元起跳的自助餐，就不可同日而語；而且今天的維加斯消費這麼高，仍然終年世界遊人如鯽，就是因為遊人大多都不是賭客之緣故。由於懂得平衡發展，政府利用很多美輪美奐的酒店、垂涎欲滴的美食及價廉物美的名牌 Outlet 作為主要招徠，再加上每年定期主辦各式各樣的國際展覽，顧及兒童玩樂的場地及酒店，從而能長期吸引全球經商人士及國際無數家庭到此地朝聖，比

如 Circus Circus 酒店，就令美國小孩聞之振奮的樂園，可惜上述對澳門而言除了有更漂亮的酒店及『美食之都』美譽之外其他都欠奉，因此澳門若要真正打造『世界休閒旅遊中心』，首先必須由政府主導定期、精準定位舉辦一些全球標誌性之國際展覽、加強兒童玩樂設施及努力打造亞洲第一個美式加自己東方特色的名牌 Outlet 落地澳門。

　　至於把澳門舊有的特色地方從新改造，相信非「新馬路」從「議事亭前地」往西北方向至內港的一大片舊城區先造起莫屬。眾所周知，『欲築室者，先治其基』，「新馬路」路窄車多，欲改造這片舊城區使之繁榮，那麼更先要解決此地之交通，否則一切皆為空談。例如把「新馬路」改為步行街及「新馬路」地底建造地下商城及行車隧道最好。若然不能三點都滿足，那就把「新馬路」改為步行街及只建行車隧道。若然都不能滿足，就只把「新馬路」地底建造地下商城。值得一提是，今時今日的中國，對於建造地下商城（人防工程）已經累積了有相當的先進技術和經驗，因此若認為可行便應近水樓台先和中國衷誠合作。又若然以上三種方案皆不能實現，「新馬路」因土質及複雜問題完全不能建造地下商城及行車隧道，在此情況下政府不妨考慮聯合財團收購這一大片舊城區，並大刀闊斧清拆重建（高層建築可保留），重建之樓宇必須具時代感和澳門特色，並把整片新建之樓宇之第三層或第四層打通成一片商城區，又或者所有重建之樓宇均固定為六層或七層高，然後把所有樓宇之天台打成一片露天商城區，再把新建但不連接的樓宇之間用玻璃行人天橋縱橫交錯連接，各玻璃橋也不需一致，最好各具特色且形狀及走線不一要成為此區最大亮點，特別是「新馬路」路段之兩邊樓宇，此時「新馬路」便可取消交通燈、斑馬線步行線，以保障交通順暢。

　　另外，澳門早被聯合國頒發『美食之都』美譽，但可惜對遊客來說知者甚少，即使中國其餘的順德、成都及較近發布的揚州，也是知曉者有限。由於澳門是國際之都，因此在此舊城區強力推廣澳門『美食之都』是最佳位置外，也不妨伸出友誼之手擁抱順德、成都及揚州，也就是打造一條集澳門、順德、成都及揚州四地之美食街，選址最好設在福隆新街及附近街道。並設中式牌樓及古代告示牌，以多國

文字詳細介紹中國被聯合國頒發的四個『美食之都』，既樹立澳門的央央大度及宣揚中華美食文化，也一下子令遊人在同一個地方就品嚐到中國四大美食的佳餚，吸引力大增且利人利己。

最後，澳門有意徵詢意見在內港離岸建防洪牆，以達到治水目的。但如果把建防洪牆與商業發展互相結合，那麼既可以不令內港建防洪牆而白花錢，也順道把這一帶連同發展，豈不兩全其美？我的意思是，昔日大陸灣仔都是看著對岸繁華之澳門，今日就完全位置互換，特別是從「司打口」海旁至「媽閣廟」海旁，晚上即黯然無光，人煙稀少怎不叫人可惜。尤其是澳門地區細小，近海的資源更是難求，沒理由把這塊寶地荒廢。藉著建防洪牆之餘，不妨把「司打口」海旁至「媽閣廟」海旁也順道建一群兩三層高的商戶，可設計成下層全為海鮮、燒烤餐廳群或音樂茶座，而每一餐廳之上層皆打造成具東南亞特色的海邊半露天式雅座（遇下雨颱風可智能式封頂）。也就是說，整條的建築群其所有餐廳向海的外牆，本身就是防洪牆，那麼便能令內港建防洪牆的錢不會白花，而且還帶旺這裡，也可名命為『司打口漁人市場』。如此一來，食客在上層的露天餐廳或音樂茶座在享受用餐之餘，也能面對繁榮的灣仔橫琴，漁舟晚唱，風涼火暖，浪漫情景，勢必令遊人蜂擁而至。同時，由於防洪牆變成商業群體，政府也可招商承建，說不定政府不用花費建防洪牆，又可帶旺這裡及將來得到商戶的稅收，一石三鳥。

另一方面，與澳門一水之隔的香港，一直有東方好萊塢之美譽。不過，除了近年幕前演出人才青黃不接，加上由於中國影視市場龐大，近年的蓬勃發展也吸納不少香港影視幕後人才，從而令香港影視事業日漸式微。不過，我很有信心，隨著香港近年的政治風波及折騰，中國政府絕不會坐視不理，藉著『粵港澳大灣區』的開發，當中不能缺少的，就是重塑『東方好萊塢』之美譽，讓其與中國影視市場互補，而一旦香港影視行業回復光輝，定必急需源源不絕的幕後人才。因此，我會建議澳門政府興建『澳門好萊塢幕後製作大學』，其主要原因：

1. 中國培育影視幕後人才的學校，可謂鳳毛麟角，更莫說是好萊

塢幕後大師任教了。

2. 鑑於澳門是國際自由及旅遊城市，卻面向中國巨大市場，環境氣候佳宜，比中國大陸更有吸引力令好萊塢幕後頂尖大師前來任教。

3. 國家除了定位澳門旅遊休閒，也定位文化創意等現代服務業，影視創作就是文化創意，與政府發展方向不謀而合。

4. 基於澳門年青人個性比兩岸三地的年青人較為內斂，加上本身人口少，因此澳門人走上演藝成功的例子自然不會多，但現在令澳門學子多了一個途徑往幕後發展，也是很不錯的選擇。

5. 不過影響最深的還是，一旦『澳門好萊塢幕後製作大學』建成，就會順帶孵化一些幕後工藝公司，對於澳門想加強文化創意等現代服務業發展，增磚添瓦，助力不少。好了，以上就是我對澳門發展的一些建議，也許您們可作為參考參考。」

沒想到亞伯的建議竟然如此之多，不過更沒想到的是，亞伯只是來了澳門幾天，便對澳門的問題有如此深刻了解，因此全場也不吝致亞伯熱烈掌聲。

亞伯笑道：「謝謝！今晚的交談已超出許多時間，也許我們就此結束吧。」

台下觀眾再度一片掌聲，也隨著亞伯帶領四子再向觀眾拱手道別及致謝後，從而結束了澳門站之行。

第 24 回

四 站 星 國　中國崛起扶助四龍

在澳門站演出後的下一個週末，亞伯師徒五人 8 月 28 日便來到新加坡站的演出。同時，有別於台港澳，新加坡的演出時間選在白天下午便開場。也一如既往，在亞伯多輪的精彩表演及後段時間師徒五

人表演完後，又來到了和觀眾討論政事的互動時間。而這一天華人觀眾眾多，其中也有不少馬來西亞的華僑也遠道而來，頗令四子湫彤、蔓荷、大榕及謙新感覺很是親切。

問政時間一開始，即有觀眾問道：「雖然美國總統大選已經落幕大半年，但我們對於這次美國兩大陣營廝殺還記憶猶新，不知亞伯你對於美國總統選舉制度有何看法？」

亞伯答道：「相信大家都會明白，對於美國總統選舉的問題，絕不是三言兩語便可說清楚，但有些事情，還是值得討論的。就比如在兩大陣營的首場辯論，兩位候選人彼此插話、惡言相向與抹黑，就遭世人評為『史上最爛的辯論』，也完全喪失了民主國家應有表現。而為了防止重複首場辯論的不堪，第二場辯論便改為當中一位候選人在發言時候，另外一方的麥克風就強制消音。對於這種突破性的安排，當時便有人抨擊反對，他們認為麥克風強制消音，選民便不能目睹候選人如何不遵守規則，及如何無所不用其極地污辱對手，但最終大會還是採用強制消音，且也達到預期效果。

誠然，對於我來說卻有不同的看法。大家有沒有發覺，其實無論讓麥克風強制消音令候選人迫於就範乖乖地守規矩，或者是任由候選人擾亂對方污辱對方令選民看清其真面目，都是欠缺了實事求是，並未有給選民有一種踏實的感覺。兩種方法最終都是看候選人的雄辯能力及臨場反應，而不是真正考驗到候選人治理國家、安頓社會以至造福百姓的能力。兩位候選人就像告訴選民，要用你們的選票選出一位污點及缺點比較少的總統，而不是選一位能幹比較出色優點比較多的總統。當然了，即使候選人選前告訴選民 TA 能當選便會做什麼，不代表 TA 真的當選後會做；可以說，沒有約束力去限定候選人當選後言出必行，因此最終都只是讓選民看一場辯論秀而已。

此外，如果兩位候選人選前民調是勢均力敵，叮噹馬頭，也意味著國家人民一分為二完全對立。這種每四年一度的『人為』分化人民對立，對於一個國家來說，是否屬於好事，相信選民都會遲早清楚。因此，身為國人的我，眼見自己國家的惡劣選舉文化，每四年便演變一次，種族仇恨及國民分化兩極愈趨嚴重，除了悲哀，更是無奈！」

台下觀眾似乎頗為認同，掌聲不斷。

跟著也有觀眾問道：「我常看到台灣的評論節目，都指對於中國的崛起，令到世界很多國家都不安，包括我們亞細安（東盟），不知你們又對於中國崛起給世界的影響又是否如此認為呢？」

亞伯笑道：「在台灣很多政客眼中，中國的崛起就是他們的威脅，也是最大的惡夢。為了離間或拉攏知音，說中國崛起也是世界的威脅，或說令很多國家都不安，而且理由都是指中國共產極權，沒人權自由，這都是很容易理解的事。當然，中國的崛起確令少數地方不安，但其實各地擔心的理由都不一樣。例如台灣是怕統一變相斷送了自己的政權；美國是怕中國影響他們的世界霸權地位；至於五眼聯盟，也只是跟隨大哥美國的主意，對本身完全談不上威脅。

至於說到亞細安的越南、菲律賓，甚至是您們新加坡，中國的強大崛起，既促進亞細安的發展，也扶助亞洲四小龍，不但惠及台灣香港，新加坡及韓國更是如此。正是因為中國的崛起，廣闊的貿易和繁忙的運輸，帶動麻六甲海峽的榮景，也帶動新加坡成為東西貿易的重要節點，而新加坡亦能大力引進資金，發展加工業和轉口貿易，最終也同步快速發展。而對越南、菲律賓而言，除了為了南海領海的權益，恐怕中國的崛起也帶動他們的經濟，福禍伴隨當中，直接受益比起領海的利益，也來得實際和鉅大。老實說，也許中國剛崛起之初會令亞細安擔心，這是因為他們習慣了美國的強大，當兩大強權並立時也怕順得哥情失嫂意，但當中國的崛起清晰，例如亞細安多國應不會忘懷 1997 亞洲金融風暴及 2008 全球金融危機，美國是加害者，中國卻是拯救者；加上『一帶一路』近年漸見成效，自己又是受惠國之一，看不出亞細安對於中國的崛起有不安的情緒。

說到這裡，我們大約可以知道，所謂中國的崛起對世界的威脅，但真正受威脅的也只是廖廖幾國。相對而言，中國的崛起可是對世界很多國家是福音，特別是非洲及眾多落後國家。就以人類為例，每一個人都沒可能令全世界都愛自己，也就是每一個人都總可能有些人是與自己為敵，國家也是一樣。為此，今日中國的強大，未免會招來猜忌和怨恨，都是很正常的事。更何況比對美國，毫無疑問美國的敵人

絕對比中國多更多，這一點為什麼台灣的政客不說呢？當然了，就在中國構建『一帶一路』如火如荼之時，拜登政府今年突然也倡議共建『民主國家一帶一路』，需知現今中國之『一帶一路』計劃已超過2600 個，投資額也達至 3.7 萬億美元，美國此時湊熱鬧既為時已晚，也無能為力，在沒金錢、沒技術及自身難保情況下，共建《民主國家一帶一路》只會淪為國際笑柄，倒不如關注自己國家基建計劃，來得更實際及更需要。」

全場觀眾再度認同亞伯所言，也邊給予掌聲邊回應：「對啊！」「對啊！」……

之後便有觀眾問道：「剛才亞伯也提及到中國的『一帶一路』，而『一帶一路』最初也帶來西方社會不少抨擊，那麼能否細說你們的看法呢？」

之後亞伯也問四子：「或者您們也說說有關看法，好嗎？」

四子先向師父點頭。湫彤：「雖然美國不斷強調大陸的『一帶一路』是『債務陷阱』，以巨額債務設陷阱控制位居戰略要點的國家，但希臘就是最佳反證明例子。然而希臘的反敗為勝，也引致義大利效發，成為第一個正式加入『一帶一路』的七國集團成員。事實上，作為跨海商貿的重要國家，古絲綢之路曾為義大利的繁榮發揮重要作用，最終義大利參與『一帶一路』建設，和亞洲國家形成更緊密的聯繫，也是最正常不過。而歐洲繼義大利、盧森堡後，瑞士也加入『一帶一路』，並盛讚『一帶一路』不是服務某個國家而是為全人類。

在廣大的歐洲只是隔了一個地中海，便是另一個廣大的非洲，所不同的是一個富裕的歐洲與及是一個貧困的非洲，有著天淵之別。而中國的『一帶一路』，幫助非洲更是無微不至；中國不但為非洲多國築橋修路，引水造電，多次免除非洲窮國和發展中國家債務，並合作展開職業教育項目，不僅為對方提供教學設備，還從中國選派老師前往非洲，將職業技能和經驗傳授給當地青年，令他們在自己家鄉實現夢想，授之以漁，代代傳承。

也儘管如此，中國卻從不干涉非洲內政，贏得非洲人民一致讚賞，見證了中國展現的大國風範，畫出最大的同心圓，團結最廣的朋

友圈。我們從這一角度去看，由於歐非只有一海之隔，往年非洲難民大多湧歐，因此歐洲更應支持『一帶一路』。而協助非洲脫貧，便需從源頭做起，唯有非洲人民生活自足，才不會帶來歐洲壓力。」

蔓荷：「在以前，不少西方主流觀點對『一帶一路』看法都偏於負面，認為大陸始終在製造一種虛假現象。沒錯！中國的確正在崛起，但中國更致力和平發展。在非洲土地上，暫時便建有連結坦桑尼亞港口城市與贊比亞中部城市的坦贊鐵路；連接埃塞俄比亞首都和吉布地首都的亞吉鐵路；實現了大西洋與印度洋的互聯互通的本格拉鐵路；連接尼日利亞首都與中北部城市的阿卡鐵路；與及東起肯雅東部港口蒙巴薩，西至首都奈洛比的蒙內鐵路，為推進非洲互聯互通和一體化建設及經濟發展，作出極大貢獻。也正如吉布地總統所說，中國真誠地支持和有力推動非洲基礎建設，為非洲帶來充滿機遇及未來。

事實上，中國的外交實踐中，也從來沒有殖民的汙點，中國跟西方最大的不同，就是與非洲平等相待，經濟上中非之間是公平的買賣，中國不光把中國製造送到非洲，也幫非洲把原料變產品再銷往歐美市場，成功樹立南南合作的全球典範。與西方打從心底裡就看不起非洲人民，中國人民致力助人完全是將心比心。而非洲資源豐富有待發掘，汶萊可一日致富，為何非洲不可？

有專家指『大陸當局的企圖心並非現在才有，早在1990年代的亞洲金融風暴期間，中國就積極協助亞洲國家穩定貨幣，並開始與東協建立關係。』不過，如果說這是企圖心，那麼世界各國都有。人都希望多朋友，國家都是一樣，難道不是嗎？美國也有多個盟國，而且還合力圍堵中國，企圖心不是更明顯嗎？凡事皆有兩面，當中國韜光養晦，但西方要中國擔當，當中國願意儘自己能力擔當，西方又指責中國窮兵黷武，說中國崛起為世界帶來威脅，可謂欲加之罪，何患無辭！但無論如何，公道自在人心，中國的『一帶一路』已成功建立龐大的朋友圈，中國也會繼續走自己對的路。」

謙新：「說到中國的『一帶一路』，我記得之前也有一『老藍男』曾說『中國的領導人就是聖旨，好大喜功，無能力做『一帶一路』這個大怪物，其實三分一已經史無前例，應該務實低調一點，不

應大張旗鼓。』當然，台灣政客長年唱衰『一帶一路』，上述這些話已經屬於較客氣的；我只是想說，一個如此多國參與的項目，還可低調的怎樣？同時，『一帶一路』雖然是中國提出，卻是多國共襄盛舉才成的，而『一帶一路』的終點就是歐洲及非洲，怎樣縮小至三分一？台灣領導人治理一個小小的台灣都如此荒腔走板，還敢批評大陸領導人好大喜功？

說回中國的『一帶一路』，其實除了協助亞非落後國家搞好基建工程外，在民生方面也大有幫助，比如中國在馬達加斯加種植的水稻便取得巨大成功；中國在當地種植的雜交水稻，比當地一般水稻產量足足多了 3 倍多，從而多養活 8000 萬人口，比法國的人口還要多，除了增加糧食也改善當地環境，可謂不忘初心，努力搭建世界命運共同體。另外中國啟動『中國及中東歐合作機制』，並透過『一帶一路』投資，將亞、非、歐洲等連接起來，貢獻良多。無疑，『一帶一路』經濟圈先後就建成新亞歐大陸經濟走廊、中蒙俄經濟走廊、中國中亞西亞經濟走廊、中巴經濟走廊、中國中南半島經濟走廊及孟中印緬經濟走廊等六大經濟走廊，編織出亞非歐的經貿和交通紐帶，為帶路奠定了堅實基礎。

中國的領導人不但照顧 14 億中國人民，還心儀世界人民。儘管歐美如何早期唱衰『一帶一路』，台灣『老藍男』也視之為『大怪物』，但說回深陷債務危機的希臘，也是靠著『一帶一路』及中國投資才使他們釜底抽薪，不但止虧為盈，且不斷擴大，可謂如人飲水，冷暖自知。希臘總理當年能夠一周內先到中國，再馬上回到希臘迎接中國領導人，就知道中國之『一帶一路』對希臘的重要性提供實證，更不是這些『老藍男』批評大陸大張旗鼓所能理解的。」

大榕：「隨著去年世界的疫情發生，歐洲已發現很多發展中國家重要的基本產能嚴重不足，特別是在糧食安全、防疫和抗疫物資生產、藥品生產等方面存在很大缺口，也終於了解『一帶一路』的重要性，共建『一帶一路』的期望值更高。而近一年，『一帶一路』也是歐洲促進經濟恢復增長的重要推動力，特別是電子商務對於促進疫情中的貿易發展起到了很大的積極作用，在今後共建『一帶一路』過程

中，歐洲也看好和中國與相關國家合作共建『數字絲綢之路』。

　　即使是亞細安，中國仍繼續堅持睦鄰、安鄰、富鄰的理念，進一步深化雙方關係，當中數字『一帶一路』合作已成為中國與亞細安進一步深化各領域務實合作，共同致力於打造中國與亞細安命運共同體的新實踐。近年來，中國與亞細安共建中寮鐵路、雅萬高鐵、中泰鐵路等，將為亞細安帶來巨大的經濟效益。

　　同時，今年初台灣長榮貨輪在蘇伊士運河航道上擱淺百多小時，帶來全球貿易造成龐大經濟損失，對全球供應鏈的打擊及啟發也是非常深遠，更凸顯了『一帶一路』替代路線的重要性。無論如何，中國的美人之美政策，可謂日久見人心，而不是僅憑一些仇中的媒體或人士，抹黑看扁便可得逞的。」

　　四子各有不同的見解，也各獲全場觀眾的掌聲。

第 25 回

居 安 思 危　星國民主自由人權

　　片刻有觀眾問道：「我之前也有留意你們在台灣的演出，亞伯也曾說新加坡給人印象也是一黨專政，但其實新加坡只是一黨獨大。我了解有些國家和地區總是批評新加坡沒有真正的民主，特別是台灣，他們的政客更曾說新加坡是住在鳥籠裡的金絲雀，那你們對於新加坡的民主、自由及人權又有什麼看法呢？」

　　亞伯仍請四子先回應有關問題。

　　湫彤：「我了解這位觀眾所說的話，也知道您所說的政客宣稱台灣的多元開放已經成為亞洲的標竿而感到自豪，他不但指新加坡是『住在鳥籠裡的金絲雀』，也指香港『不是只有小，連選舉及自由的靈魂都沒有，有什麼好羨慕？』當然說到香港小，也有另外的台灣政客指新加坡是鼻屎般大。但都只是一些無知的政客或名嘴所言，相信廣大的台灣人民，還是善良及明白事理居多的。

　　首先，新加坡從 1965 年獨立以來一直都依循民主制度，人民也像台灣一樣可以自由投票，只是這 50 多年來，人民行動黨是唯一執政黨，所以多被外界誤以為是專制國家。但事實上，新加坡也是多黨制國家，只是人民行動黨長期執政，一黨獨大罷了。這很容易令人聯想起日本的自民黨也是一黨獨大及長期執政。

　　我們可以看出，新加坡人民和日本人民都可以不選人民行動黨及自民黨，但人民選擇了這兩個政黨當然有它的因由，但更是兩國人民的自由，因此台灣這些政客只指責新加坡，卻從來不敢提他們的宗主國日本，本身已經存在偏頗及雙重標準。而與此同時，儘管新加坡沒有照搬照抄西方民主，但新加坡是世界舉世公認最清廉國家，單從這一點，台灣即使號稱亞洲的民主燈塔，也遠遠的做不到，就算比較大陸，還力有未逮。縱然，台灣的評論總是愛說中國官場腐敗，即使領導人大力打貪，也懷疑中國是否貫徹始終，卻一直忽視或有意掩飾自己，同樣的事情在台灣也經常發生，且絕對有過之而無不及。

　　事實上，多黨和一黨除了後者更有效率更有長遠目標之外，多黨制比一黨制更容易貪汙，為什麼這樣說呢？其實很容易理解，因為在一黨的制度下，除非官員是犯了嚴重的過錯，否則最多都是停留某一官職沒有晉升機會，但最低限度是不會官職不保，丟掉鐵飯碗，因此抱著『俯首甘為孺子牛』為態度的官員還是非常普遍的。而多黨制便不同了，由於每逢四年便隨時改朝換代，也就是很大可能烏紗不保，因此很容易造就官員為了未雨綢繆，甘心冒險賺快錢的，甚至是為了極力討好上層或揣測上意辦事，反而是很自然而然的結果，而且從上至下，事事均講求利益回報的，比比皆是。如果再加上大陸持之以恆打貪，相對之下，多黨一黨，誰較清廉，誰較諂媚，不難分野。」

　　蔓荷：「我是這樣認為的，所謂民主制度，其實各國的認知都不一樣，而且莫說是各國不一樣，即使是同一的國家，不同的政黨及人民心目中，同樣認知也不一樣。在美國，大家最普遍認知的民主就是『以白種人民為主』；在中國，大家最普遍認知的民主就是『以人民當家作主』；在台灣，大家最普遍認知的民主就是『以民進黨為主』；也可看出世界各地的民主其味道都不一樣。那麼，在新加坡，

大家都認知的民主又是什麼呢？我們單從民主制度角度去看，台灣的確在表面上比新加坡優勝，例如兩黨可以輪流交替執政，而且有新聞自由、言論自由、示威自由，人民得到更多的保護。

然而，真實的台灣並沒有那麼完美！所謂的兩黨可以輪流交替執政，但實質執政黨可以利用立法院多數黨的優勢，用幾秒極速通過法案，甚至可以根本不經立法院，也不經農民溝通便直接開放美牛美豬；或乾脆不理公投結果，極速把核四燃料棒送回美國；甚至清算在野黨黨產，設法使之無法翻身。所謂的新聞自由，實質可以任意關掉唯一反對聲音的新聞電視台，送走他們不喜歡的媒體駐台人員。所謂的言論自由，實質也可隨時關掉反對聲音的評論節目，禁止他們不喜歡的書籍出版。所謂的示威自由，實質更可動用三層拒馬、刀片蛇籠、層層阻嚇示威人民。

我也曾聽過一位台灣名嘴說，『**台灣人可以很快的投票要珍惜福氣，很多地方國家排一輩子都沒辦法投到票。**』卻完全忽視人民不是政治的專業，而且一定要人民從兩個爛蘋果選擇一較好的，那麼不吃也罷！因此，很明顯新加坡人民不是不需要民主，而只是不需要『台灣式的民主』而已。事實上，如同中國一樣，每國還是『打鐵還需自身硬』，新加坡不需要兩黨廝殺、有你沒我及零和博弈的民主制度，況且新加坡需要什麼方式的民主，也只有新加坡人民才有權決定。

可以說，新加坡現時比很多民主國家發展都來得好，多項世界排名也名列前茅，政府效率奇高，這與它是不是民主國家完全沒有連帶關係。很多國家都以民主自居，但不少也只是國王的新衣，就是因為執政黨有機會輪流交替被取代，所以才令政客貪汙受賄及阿諛奉承比威權國家更嚴重。說到底，民主聽起來是個好東西，但往往都是分化人民對立仇視，至今各地選舉普遍投票率低，不無道理；相反，一個發展蓬勃及帶來人民幸福的國家，也未必一定是西方的民主制度所帶來的，這就是我的見解。」

謙新：「我記得以前看過一個台灣評論節目，當時其中一個話題由於是涉及新加坡，一位台灣教授可能言詞中嘲笑貴國之政治制度，至今評論區湧現大量的新加坡人民反駁，比如有人說『台灣意識形態

掛帥，永遠只能蒙住自己眼睛！』、『地球上盛產假新聞最多的地方都紮堆在台灣島，這點印度都比不上！』、『鞋子舒不舒服只有穿的人最清楚，沒有一雙叫民主的鞋子是穿在每個人腳上都適合的！』、『新加坡這麼多種族，如果徹底玩一人一票，保證各種族之間裂痕加大，最終選戰變成仇恨！』等等。其實，節目中的教授其評論已經算是比較溫和，更有更多更偏激的。不過，從眾多新加坡人民反應來看，他們皆對『台灣式的民主』也嗤之以鼻；但有一點可以肯定的是，其實新加坡一直對台灣很友好，例如新加坡每年都和台灣軍方合作『星光計畫』。

　　因此，為何造成這麼多新加坡人民近年對台灣不以為然，顯然是部分政客及名嘴之口不擇言所致。這情況與兩岸關係何其相似，往年大陸人民讚譽台灣最美的風景是人，但隨著『火燒車』、『茶葉蛋論』、『榨菜論』事件及這一年多的『疫情事件』等等，不但沒感恩大陸的年年讓利，反而年年日日不停冷嘲熱諷、咀咒及落井下石，傷透大陸人民的心；然而，凡事皆有因果，這一點還是希望這些人務必注意的。而除了民主制度，我了解新加坡的鞭刑也成為維護『人權』的人士的攻擊對象；事實上，鞭刑在新加坡自 1966 年獨立後便保留下來，受刑的人不僅僅是肉體上的損傷，在心靈上也受羞恥折磨，以達到震懾警惕的作用。

　　不過，鞭刑在新加坡無論是執政黨、在野黨，甚至是人民都是高度一致贊同的，況且其實無論鞭刑或死刑的設立，高舉『國際人權法』並指責這是『違反人權』是站不住腳的；首先，這是每一個國家自己的制度及決定，如果指責別國的制度，這何嘗不是扼殺別國的『自由』及『人權』？同時，如果一個罪犯不是殺人者死，這何嘗不是摧毀那被害者的『人權』？」

　　大榕：「剛才他們都說了新加坡的民主制度與台灣有關的論述，或者我說說新加坡的民主制度與香港又如何吧。與台灣極度不一樣，本身存在多方面的競爭的新加坡和香港，卻雙方不少人民均羨慕對方。一般香港人想到新加坡，就定必是整潔的市容及寬敞的環境，特別新加坡的『居者有其屋』，更令香港人羨慕得心馳神往。

　　然而，所謂『各有前因莫羨人』！先別說新加坡1965年屬於非自願，被馬來西亞聯邦放棄才迫於獨立之外，而且分別在1996年和2007年，貴國的李光耀先生曾先後兩次主動提出在有條件的前提下，新加坡希望回到馬來西亞，但仍然遭到馬來西亞無情的拒絕。在國家沒靠山、沒淡水、沒材料及沒食物的情況下，才一步一腳印走到今天的繁華景象，即使是小小的地方，也要年年花費成立自己的軍隊；也就是說，今天新加坡的成果，完全是靠人民的自力更生、自食其力才換來的；與此同時，也因為國家小，資源缺乏，周邊還有多國虎視眈眈，從而令新加坡人民憂患意識很重，絕不是『身在福中不知福』的香港人民及充滿『小確幸』心態的台灣人民所想像的。因此，要說香港人羨慕新加坡，倒不如說新加坡人羨慕香港更貼切！

　　其實新加坡人民可以更好，所謂識時務者為俊傑，當領導人認為美國不可靠，甚至洞悉中國遲早超越美國一天，為江山社稷及廣大人民，隨機應變最正常不過；至於一些香港人雖然一直糾結倚靠大陸才可生存，但相信他們當發覺香港有靠山、有食水、有材料及有食物，還免費獲得比新加坡更強的軍隊保護，原來自己一直都身在福中，更明白中華民族復興是您榮我榮，心結便能自然迎刃而解。」

　　四人對新加坡的民主制度給予肯定，令在場觀眾找到慰藉，心存感激。

第 26 回

夫 人 挺 港　一字揶揄千軍萬馬

　　此時，台下有觀眾問道：「剛才大榕提到我們領導人『識時務者為俊傑』，可否作一詳細解釋？另外對於我們領導人及他的夫人也分別曾經挺香港警察及回應台灣『Errrrr⋯⋯』一字，你們又有何看法呢？另外有關南海問題你們又怎樣看待？」

　　大榕：「由於這位觀眾問到我剛剛說的『識時務者為俊傑』，

因此還是由我先回答吧。正如我剛才所說，也許一些香港人有一種錯覺認為獨立自主更好，但世上很多事情並不是絕對，比如在人口紅利上，人口少、地方小便注定怎樣也是一個小國，相信新加坡就徹底感受得到，小國每一步都如履薄冰，戰戰兢兢，真可謂一步錯滿盤皆落索。就比如麻六甲海峽可以令新加坡長食長有，但如果中國與巴基斯坦及馬來西亞合作建造的瓜達爾港及皇京港先後落成，甚至萬一被擱置多時的中泰克拉運河，當條件成熟的時候也可能應運而生，新加坡的優越位置就勢必被替代。不過，新加坡的困難在於小，但容易解決也是在於小；也就是說，小小一個新加坡，中國稍為協助便已經遊刃有餘，但這也要相輔相成、相互配合才能成事。

　　眾所皆知，中國人民對於新加坡的成功一直非常敬仰，特別是對貴國的國父李光耀先生更是友好；只是也曾有段時間，您們的領導人也說『**近幾十年亞洲的繁榮完全歸功於美國，而中國作為一個負責任大國，不應當挑戰美國主導的秩序**』。與此同時，新加坡年年舉辦的『香格里拉論壇』，也是明顯衝著中國而來，從而傷害了兩國人民之間的友誼；而事實上，中國一直以來都是一個負責任的大國，縱然美國於亞洲深耕很久，但這並不代表中國對美國提出的所有要求都必然接受，更何況無論怎樣看也輪不到美國對南海之干涉。

　　當然，大部分中國人民也明白新加坡的國防靠著美國去維護。但您們也許明白，新加坡和中國沒有新仇，更沒有舊恨，加上新加坡華人眾多，中國實無意與新加坡漸行漸遠。尚幸您們的領導人隨著早年博鼇亞洲論壇開幕講話，與及率領半個內閣成員訪華，終於開始理性看待中國，從而踏出友好第一步。而事實也證明，『特離譜』的上場一再退出聯合國的多個組織，真正破壞世界的秩序恰恰是美國，即使拜登上場也不會改變美國最不守信義；而去年一場的世紀疫情便可看出美國的千瘡百孔，相對中國是最先復元，加上影響亞細安經濟至深的『RCEP』也通過，新加坡更應清楚選擇一條自己國家的光明大道，不竟左右逢源，始終不是一條長遠的路。」

　　謙新：「我非常認同大榕所說的話，也事實上近年看出貴國領導人對華所作出的努力和改善。例如近年他表示『**推廣華語是一項堅持不懈的工程。在全球掀起漢語熱的背景下，新加坡也不能失去自己的**

雙語優勢，為了抓住中國發展帶來的機會，甚至如果要在中國工作、與中國人打交道，就必須掌握這種語言，學好華語』。這無疑給中國人民很正面的訊息，同時也相對給台獨及港獨的積極『去中化』，形成強烈對比和打臉。

此外，在前年的香港『反送中運動』中，他也罕見發表重話『**香港示威者提出的撤惡法、銷控罪、非暴動、查警暴、真普選等五大訴求，是旨在羞辱及推翻香港特區政府。因為五大訴求沒有一項是能夠妥協的**』。這一番的說話，雖然大家也理解這純粹是新加坡政府居安思危及憂患意識，與及率先為新加坡消毒；但毫無疑問，貴國領導人所發表的重話與台灣政府的幸災樂禍，又是成一強烈對比，對於很多崇拜新加坡的香港人民來說，特別是對於一些『淺黃』人士，不可謂沒有影響，且助力香港政府不少。

從另一角度看，新加坡的輿論這幾十年來一直都關注著香港的發展，並羨慕香港擁有中國內地這樣廣闊的經濟靠山，及羨慕香港作為中國的一個特別行政區，能夠從中國的崛起過程中獲得更多獨有的發展機遇。當然，新加坡也有華文輿論，是跟著台灣及香港的反中步伐，雖然不了解他們目的是否『指桑罵槐』，尚幸新加坡政府及眾多人民與這些媒體是不同調不受其影響，這一點從網路播出的台灣政論節目留言中，新加坡觀眾絕大多數站在中國這一邊便可知道。

而我們從新加坡政府對香港『反送中運動』的反應便可得知，其一，新加坡羨慕香港擁有中國內地這樣廣闊的經濟靠山，說到底就是我們之前一直談到的人口紅利，這一點是新加坡勢難擁有的，所以真的希望香港人民且行且珍惜。其二，新加坡對『分裂勢力』如此深刻如此抗拒，並對社會焦慮保持高度敏感，這樣新加坡才能夠防患於未然，也恰恰說明對一個小國而言毫無安全感的表現，卻反而同樣是小小一個香港，一些港獨人士所希望擁有得到及追求，這對新加坡人民而言，是何其之諷刺！」

蔓荷：「對於貴國總理夫人力挺香港警察，直言『**如果你埋怨工作辛苦，如果覺得心裡面委屈，請看看 3 萬人撐起 700 萬人的安全，維護了 300 多萬人上班秩序，休息片刻後又要投入風風雨雨的**

工作，由衷致敬！』我也對夫人的俠骨柔情表達出由衷致敬！事實上，新加坡和香港巧合地同樣是都受過英國殖民地統治，同樣是亞洲小四龍，同樣是地方細小及以華人為主，也同樣都是經濟以貿易及金融為重心。但新加坡的獨立，是因為在脫離英治後，又遭馬來西亞聯邦排斥華人而被迫獨立；香港則完全不同，起碼對英國而言，從頭到尾英國都想擁有香港，他們甚至只想交還香港主權給中國而換來治權，卻仍受鄧老先生的拒絕，即使鄧老先生提出 1997 後香港奉行『一國兩制』，英國仍然是萬般不願意，但不願意又怎樣呢？

　　事實上，1949 年中華人民共和國成立，便向世界宣布不承認滿清王朝與南京國民政府所簽訂的一切不平等條約，只是當時大陸政府當時的主要精力，是放在台灣問題及自己的經濟建設，也顧慮香港人民已經習慣資本主義的生活，所以才會一方面就等到 1997 年九龍半島及新界租約期滿一併收回香港，另方面則設計出『一國兩制』方案好讓香港人民繼續其生活制度不變。但問題也在於此，香港歷來就是中國領土，而 1949 年大陸本應就可收回香港，所以即使當年中英會談鄧老先生不提出『一國兩制』，直接 1997 年收回香港跟大陸一樣行『一國一制』，英國還是會交還的，除非英國為香港千里沼沼派兵與中國戰爭，但別忘了在這個時候，中國雖然各方面落後，軍力依然先後兩次打敗美國，要對付英軍就更是綽綽有餘了。而單從這一點可看出，面對今非昔比之中國，對於香港先後通過〈香港國安法〉及『愛國者治港』，英國還諸多批評及反制，注定是自討沒趣的。

　　所以說，如果沒有鄧老先生，香港當年就沒有『一國兩制』，香港沒有『一國兩制』，也就不會有今天英國當年在香港埋下的種種禍根。因此，敢問一些不認同自己是中國人的香港人，他們現在是想繼續『一國兩制』，還是『一國一制』呢？說香港是『東方之珠』，在大陸看來，倒不如說香港從來都是他們心中的『掌上明珠』！回歸以來，中國對香港可謂無微不至，多次出手協助香港渡過難關，即使港人燒國旗、噓國歌，仍然設立『粵港澳大灣區』，為香港長遠發展出謀劃策，處處為香港打下良好根基，即使在疫情時受盡刁難也全力救助港人，如果是一個正常人，是沒可能不感動的。

　　就正如貴國總理夫人也說『英國過去留下的政治體制，對香港並無益處，這些未經深思熟慮的制度並不能轉化中國特色的民主；港人需要深思，究竟香港希望在中國扮演什麼角色，以及為中國扮演什麼角色，只有扮演的角色有意義時，香港才會找到自身在世界的定位。』事實上，民主從來都不是一蹴即至，中國有 50 多個民族 14 億人口，如果套用西方民主一人一票勢必分裂，更何況現在中國的強大及人民幸福，14 億中國人民才不會要西方民主，因此香港人民既可『自由』的居住『一國兩制』的香港，亦可隨時隨地居住『一國一制』的中國內地，便應該感恩圖報，而不是恩將仇報！」

　　除了蔓荷哽咽，淋彤也見淚光：「其實貴國總理夫人力挺香港警察，也不止在於說話，就好像她也轉發一幅新加坡某媒體漫畫，一個形似『特離譜』的男子，在面對香港和明尼蘇達州兩地同樣的暴亂，呈現出了截然相反的態度。不過她的轉發卻令星台兩地網友不同反應，新加坡網友多認同夫人指責美國政府的雙重標準，對香港的暴亂視為最美麗風景線，對美國的騷亂視為暴民所為。然而，台灣網友反應就完全不一樣，認為夫人不在狀況內，還指中國跟香港，記者無法採訪，真相更黑幕重重，當然這些都純屬憑空捏造。而台灣網友與夫人的不咬弦，也隨著去年初期的疫情事件而延燒，夫人也先後以『Heehee』及『Errrrr……』回應台灣。

　　事實上，由於當時台灣政府宣布了口罩禁止出口政策，至令新加坡在台灣的口罩生產線無法出口，因此對於台灣其後施以國際口罩援助，從而凸顯台灣其優越感，但對『新南向』國家贈額卻微不足道，且目睹台灣人民也是在烈日或暴雨下排隊限購才換來，對夫人來說自然是不敢苟同。再者，香港反送中暴亂曠日持久，夫人多次力挺香港警察，然而台灣政府卻伸手香港暴亂，作為新加坡第一夫人又怎會不知，因此我認為夫人發聲『Errrrr……』絕非偶然，更談不上一些台灣網友所指不懂得感恩戴德，所謂萬物有果必有因，『鼻屎國家』之辱言猶在耳，一聲『Errrrr……』縱然引來無數遐思，但卻有畫龍點睛之勢。不竟夫人力挺香港警察，除了一方面也擔心香港情勢或許會感染新加坡，但從文章及言語之間，路見不平拔刀相助之俠女胸懷，

更是十之八九矣。

毫無疑問，在新加坡急需口罩之時台灣不施以援手，到不太需要才施恩惠，在夫人看來不是味道，但更大的意見是，眼看大陸疫情初期，台灣執政黨如何不顧人道還落井下石，這一切看在洞悉世情及俠女之心的她，自然骨鯁在喉不吐不快；只是鑑於傳統友好，加上身分特殊，夫人說話不能太直接，只好用隱晦式及最簡單的單詞表達。然而，雖只有一字，卻是千軍萬馬藏，而台灣綠營不知輕重，只會全面撻伐反擊。

老實說，台灣綠媒及網軍除了聯合一些歐美政客及媒體，為綠營效命助其反中之外，世界各地人民又有多少會留意到台灣？恐怕甚至聽過台灣這名字的人也是少數。只是在台灣政客及媒體鋪陳下，例如說台灣疫情所做出的成績舉世公認，但事實上世人所知不多，反而台灣執政黨先藉機口誅筆伐大陸，再後趁機修理 WHO 世衛組織，再激起非洲諸國群起反擊，近期又抨擊香港及韓國，從而周圍樹敵，令自己呈反方向揚名，則是不爭的結果。」

四子深獲在場觀眾共鳴，掌聲一浪接一浪。

第 27 回

南海共享　馬國華裔感受至深

亞伯續說：「關於說到南海問題，或者我用自己僅有的智識和大家分享吧。記得有美國軍官在去年未被『特離譜』革職之前，也曾在『香格里拉對話』視訊會議上發表演講，他指出『中國在南海爭議島礁上及其周邊所進行的非法陸域吹填及軍事演習，公然違反了其在 2002 年〈南海各方行為宣言〉中的承諾，美國的海洋主張與國際法一致，我們支持東南亞夥伴的主權權利，拒絕中國過度和非法的海洋主張。中國一直在利用這些主張欺凌小國，但中國無權將一片國際水域變成一個排他性的區域或自己的海洋帝國。』

　　不過，在我看來這名軍官所罵中國的說話，十居其九其實是罵美國自己，完全是顛倒是非。比如《聯合國海洋法公約》美國沒簽，美國未能履行世界決議，甚至退出眾多世界組織及公然違反聯合國承諾則是有目共睹；過度和非法的海洋主張從來也是美國，世界各大海洋似乎都有美國的蹤影；欺凌小國也從來只有美國，美國為霸占一個地方作為自己軍事基地，可以無理地趕走島內居民；至於誰是將一些國際水域變成自己的海洋帝國，更是當今除了美國，沒有第二國；因此，我很佩服他說的話，同樣作為美國人，他不面紅我也為他感到不好意思，您們說對嗎？」

　　台下觀眾大笑：「對啊！」「對啊！」……

　　亞伯續說：「可以說，美國霸而欺小不是巍巍大國所為，中國強而顧小才是泱泱大國典範，這就是今天 G2 的真實寫照。但是，我也留意到貴國的一位學者也這樣說，『**一個開放自由的南中國海，有助深化中國與區域的經貿往來，奠定中國海上國家地位，中國應該放棄在南中國海的『九段線』主張，由此加強中國在亞細安的軟實力，換取戰略性優勢。**』這樣說吧，要說到南海的主權，首先我們不妨從歷史角度去看。毫無疑問，中國擁有南海海域及其附近諸島主權是一個歷史發展的過程，也具備了最早發現、最早命名、最早開發經營及連續不斷地行政管轄等四個重要因素，與及歷史脈絡最清晰、歷史依據最充分、歷史地位最合法等三個重要依據。在 2000 多年的長河裡，也沒有一個亞細安國家在發現『海底有石油』之前提出過異議，因此為何近幾十年亞細安國家『突然關心』南中國海？這顯然已經不言而喻。如果現在拿著南海諸島說距離中國較遠，或說距離亞細安更近，一些倚著美國的專家說此話也是站不住腳的，因為按此邏輯，美國便更不應擁有夏威夷島及關島，英國也更不應擁有馬爾維納斯群島（福克蘭群島）了。

　　事實上，1947 年中國國民政府出版了《南海諸島位置圖》，確定了『十一段線』，圈定了中國在南海海域領土的範圍；新中國成立之後，於 1953 年再把北部灣、東京灣 2 段去掉，成為現在的『九段線』主張。而大家都明白，即使中國願意主動把『十一段線』縮窄至

『九段線』範圍，但隨著南海發現有『寶藏』之後，即引來諸國把南海諸島瓜分，也鑑於往年中國百廢待興及鞭長莫及，才會痛失被占領幾十個島嶼。但今天中國轉強了，才有能力開始保護老祖宗留下來的其他島礁，而這時您們又說，中國應該放棄『九段線』以凸顯在亞細安軟實力。

不過，在我看來您們之間並沒有太大矛盾，因為如果您們所持著的理由和美國一樣，是堅持確保航行自由，那麼中國從來都秉承一個自由開放的南中國海，不管這裡是全世界 50% 的油輪通過，還是國際商務船隻的重要航道，從過去，到現在，至將來，南中國海一直都是自由及暢通無阻，這一點中國已經一再保證。但如果您們所持著的理由其實是和領海或『寶藏』有關，老實說，不同於日本的野心，要『擁有』便需長期花費『保護』，亞細安各國如果擁有更多的領海，看不出對您們有很大的好處及幫助。相對來說，剩下的『寶藏』似乎是最實際的利益，但問題是擁有這片海的油田就能自己開發嗎？且看最近南海的越南及菲律賓，也是邀請外國共同開發，也就是要瓜分利益，而且最大利益方還是外國，完全是吃力不討好；再說，近年代替石油的環保產品推陳出新，究竟擁有後最終得到多少利益實在存疑；但如果大家反過來用另一種思維，可能便有不同的結果：

其一，中國不放棄在南中國海的『九段線』主張，是因為防止再有其他南海國家不斷霸占島嶼，這也恰恰就是維護自由開放的南海，即使是設法拿回自己的地方，但不代表想擁有整個南海，中國自古以來從沒有擴張奪取別人的地方紀錄，這一點大家要必須明白。

其二，中國保護南海，在南海建設燈塔及船舶自動識別系統和通信基站，對各國漁民或國際商務船隻航海安全及接收預警資訊都是貢獻和幫助，特別是海上搜尋救助、防災減災事故方面。

其三，說回最現實的利益問題吧，就正如我剛才說，所謂的『寶藏』自己既無能力開發，而中國又願意共同開發，代替石油的環保產品又愈來愈多，這一切未發生的事都不知最終獲益多少；但亞細安各國和中國的貿易屢屢創新高則是實實在在及天天在發生，加上『RCEP』不久正式運行，『南海行為準則』不斷穩步推進，亞細安

又是中國『一帶一路』的海上絲綢之路的重點，中國的強大發展與及他們恆久不變的睦鄰政策，亞細安各國只會有更好的未來，與其對抗不如合作，與其等『寶藏』發掘不如爭取更實際及前途更無可限量的東西。相反美國對亞細安『突然關心』，因由不問可知。

其四，相信亞細安各國大家也會明白，美中兩國之國力不斷此消彼長，隨著去年的疫情關係加促逆轉，加上中國不但是亞細安各國的重要經濟夥伴，更是就在附近的強國。所謂適當時期便要做適當的事，國家更是如此。無論如何，比較美國的光說不練，惠而不費，亞細安與中國的全面合作，現在是最佳時機，相對爭取的條件也會最好。也許我的經濟學識淺薄，僅是我個人的看法而已！」

在場觀眾也給予亞伯的鼓勵和掌聲。

此時也有觀眾問道：「亞伯您好！我是從馬來西亞前來觀看您們演出的，在我未發問問題之前，我能否在此說一些心底話呢？」

亞伯體貼地：「當然可以！請說！」

馬國觀眾隨即：「大家好！聽了您們說了這麼多有關中國的點滴，我有很大感觸。中國與馬來西亞早在公元前 2 世紀便已經打交道了，在這段歷史長河裡，中國也曾幾度成為超級大國，只是他們從沒有用軍力奪取過我們的土地。就例如明朝鄭和下西洋，便曾五次來到麻六甲，並帶著規模龐大的艦隊，如果中國人有意染指馬來西亞，他們很輕易便能奪取，但結果中國人並沒有這樣做。相反，馬來西亞分別於 15 世紀被葡萄牙、16 世紀被荷蘭、17 世紀被西班牙、18 世紀被英國及 19 世紀被日本占領，因此無論台灣或港星輿論跟著西方指責中國大秀肌肉、國強必霸的質疑，都是罔顧事實的！

而我們作為中華民族的一分子，這二三十年目睹中國從一窮二白走到今天的豐衣足食，我和身邊的親朋戚友都感到與有榮焉，中國人終於站起來也惠及全球的中華兒女，當中令到我們不再容易受歧視受欺負的感受至深。事實上，東南亞華人上一代為生活離鄉別井，面對國家故鄉情懷可謂油然而生；因此，我敢說絕大多數的海外華人，比原來居在大陸或台港的人民，對於大中華概念及民族復興的祈望會更濃烈和更嚮往。相反，部分嚮往西方的自由民主均不是主流，更不成

氣候，也對於一些台灣人及香港人身在福中不知福，眾叛親離地終日反自己的國家感到無比的痛心。但我仍然覺得，時間可以證明一切，祖國的付出不會白費，廣大的台灣和香港同胞也終會認識到自己身為中國人，是多麼的光彩與榮幸，這就是我今晚想說的話。」

全場觀眾頓時發出熱烈的掌聲，這當然包括亞伯師徒五人。

馬國觀眾續說：「謝謝大家！另外我也想說，剛才有觀眾對於台灣一些專家批評新加坡的政治制度，新加坡人民不以為然；其實台灣一些政客對馬來西亞也不是很友善，就比如有人說馬來西亞由於去年新冠肺炎死者人數過多，無法及時火化，加上政府隱匿疫情，於是工作人員就連夜把這些屍體搬到路邊隨意埋葬，對此也令到很多馬來西亞人民悲憤；但更令人不解的是，明明多國的醫學權威先後證明，而且又是血濃於水的同胞，怎可以直到今天台灣官方還把新冠病毒稱為『武漢肺炎』，不知道亞伯對有關此事又有何看法呢？」

亞伯回話：「首先我很感謝這位馬來西亞觀眾的發言，更感謝您遠道而來的捧場。而說到馬來西亞，我第一便想起您們的外長在今年初到中國訪問，與及對中國外長用中文說『**我們都是一家人！你永遠是我的大哥！**』，卻招來馬來西亞反對黨的抨擊。事實上，站在任何多黨制的國家裡，反對黨對執政黨的行為不反對才怪，因此也沒什麼值得大驚小怪的。相對台媒而言，也自然撿到槍大造文章，更稱馬來西亞外長稱中國外長為大哥『很肉麻』，首先比對之前泰國外長對中國外長表白『**如果我是個女人，我一定會愛上他！**』相信對於這些反中人士而言，應該更不好受。但如果有外國政客稱頌台灣政客為大哥，相信反應就完全相反，除了非常受落之外，還會覺得是『台灣之光』！事實上，尊重別人並不意味軟弱，何況亞細安人民向來熱情見稱，這都是很自然之事。

說到去年的疫情發生，全球都可謂不堪回首，數不勝數。誠然，人類的文明也帶來地球的破壞，溫室效應及全球變暖已愈來愈嚴重，也是不爭的事實。亞馬遜雨林大火及澳洲、美國山火還歷歷在目，科學家很早便說，在遠方的南極和格陵蘭島上，很多冰封了上萬年甚至更久的古代病菌，也正在冰川的快速融化中悄然復活。在去年發生的

疫情當中，就發現了新冠病毒一共分五大家族，由最初的從蝙蝠的原始病毒傳染人類突變產生 A 種和 B 種，而 A 和 B 兩種又混合產生了 C 種，然後再產生 D 種及 E 種。

在研究報告中，中國所有病例只屬於 C 種，而美國則五種都有！從以上報告我們便可得知，我們不能保證新冠病毒是起源於美國，但幾乎可以肯定中國的病例不存有 A 種和 B 種，也就是沒可能是病毒源頭發生地。但是，我們必須理解的是，病毒是人類的天敵，中國和美國都是受害者，人類應該做的是合作共同抗疫，而不是相互指責。特別是有美國及西方人士要求賠償，從法律層面來說根本就站不住腳，美國之前發生的愛滋病，以至埃博拉、H1N1 等等也沒有人提出要誰負責，同樣，瘋牛病沒讓英國賠償，豬瘟亦沒要非洲賠償。

當然，今年初中國讓 WHO 世衛到武漢調查，也得出結論是新冠病毒零號病人不是來自武漢，並正式排除病毒由武漢 P4 實驗室製造或外洩的說法，也許能暫時有效堵塞那些一直傳播政治病毒人士其悠悠之口吧。至於這位觀眾提到台灣有政客說馬來西亞政府隱匿疫情，與及工作人員就連夜把這些屍體搬到路邊隨意埋葬，類似的說法去抨擊中國的就更多，也不勝枚舉，我也不想在此討論太多了。不過，我可以說某些台灣的政客或名嘴，他們只知道在節目中嘩眾取寵及口不擇言，主軸是『務必語不驚人死不休，但求一朝成名天下響』，認為盡情發揮便是言論自由，卻忘記了對他國的惡言只會到頭來害慘了全體台灣人民丟臉。這方面如有機會我再和大家分享更多的，現在有沒有其他方面的問題想再分享呢？」

第 28 回

中美關係　中國更愛共管世界

之後便有觀眾問道，「對於中美之爭對世界的影響，與及中美台三角關係，不知這方面亞伯又有何看法呢？」

　　亞伯：「說到美中之爭，或者我們從另一角度看吧。儘管去年一場世界疫情發生，也是美中此消彼長逆轉的關鍵，但中國非但沒有乘人之危，還處處對美國作出友好的舉動。中國的領導人志存高遠，在未來的日子裡，還是會無意取代美國當『老大』的位置。可謂『上善若水，水利萬物而不爭』，中國現在已經由忍辱負重，轉換為克己狀態了，需知忍辱負重容易，最難得的是有力量時卻仍然能夠克制。事實上，比較美國稱霸全球，中國更喜歡美中 G2 共管世界，而且更希望俄羅斯不要衰落，穩居強國地位便好。理由是：

　　第一，中國明白除了無敵是最寂寞，高處不勝寒之道理，也了解有好的對手，反而能有效鞭策自己做的更好，永遠保持非進則退的步伐，同時這樣活的更有滋有味。

　　第二，中國明白要做明顯的老大更危險，美國始終有強大的核武及習慣稱霸全球的野心，而且讓美國明顯居老二甚至衰落，會引來仇國報復，但美國擁有核武，這樣的極端演變，會很容易招惹第三次世界戰爭，這對中國來說便會得不償失。

　　第三，中國明白現時稱霸的美國，卻外強中乾，就是因為長年累月地要維護強權地位從而窮兵黷武，儘管美國挑釁世界各地發動每一次的戰爭，其背後也會不停數鈔票，但多屬軍火商，況且沒打仗的時候，還是要付出高昂的軍費演練及維護，同樣是入不敷支，最終才會造成今日逐漸衰落的最大原因之一，可謂前車可鑑。

　　第四，中國明白到自己的民族基因熱愛和平，從來均抱著是自己的領土一寸都不能失，但不是自己的領土一寸也不會要的硬道理。縱然五千年來，只曾經試過由外族蒙古人占領的時候，他們曾經廝殺到歐洲，所向披靡，但也只是維持一段極短暫的時間，印證了創業容易守業難的金科玉律，絕不重蹈覆轍。

　　第五，中國明白自己是世界唯一各種物資和原料最完善最具備的國家，他們有足夠的條件利用經濟已經大可領導世界，根本不需利用拳頭及武器學似美國終日打打殺殺，當然由於他們因經濟的發達也有足夠財才同時間發展軍備，但目的也只是防禦以保護自己的國土及經濟而已。

　　第六，中國明白一旦統一後的全新中國，美國及其盟國由於再沒有台灣及香港的操作籌碼，加上統一台灣後說什麼島鏈也等同無形於消失。可以說，若果台灣這道圍堵中國最後的防線搬走，中國在國際的雜音也勢必一下子會沉寂下來，此時便能心無旁騖，集中力量處理科技及經濟發展，『一帶一路』的拓展會走得更寬更大，根本無暇也無心去管理世界，倒不如與美國共生共用，選擇共同分擔世界義務成為最佳拍檔，而不是敵對。

　　第七，中國明白到沒有了美國的繼續強大及牽制，中國的一國獨大未必是最安全，沒有了美國還有近在咫尺的俄羅斯，這頭北極熊從來都不是善男信女，有了美國還可共譜新三國演義，沒有了美國這個最強的軍事對手，缺乏經濟支撐的俄羅斯，分分鐘會反臉不認人，縱然中國的軍力也非吳下阿蒙，但別忘了俄羅斯是世界擁核武器最多的國家，因此維護美國強權地位，只要大家改為合作而放棄敵對，美國的存在對中國來說百利而無一害。因此，我想美國遲早會看清整個世界格局及走勢，最重要是愈早看清中國的心意，從而愈快作出英明之抉擇，對美國愈能擺脫衰落的厄運！」

　　亞伯分析頗獲觀眾共鳴，並隨後看著謙新大榕。

　　謙新思考一會：「說到中美關係，我會聯想到一個有趣的形容，那就是『風』與『樹』之關係。有人說，中國近年是樹大招風，我了解這四個字的含意，是指一些人有了錢財或者權力後，就容易惹人注意，如果單純從字面上解釋，我是認同的；但也有人說，這四個字有著另一層的暗示，樹大招風也比喻一些人因為克服不了自身的欲望，抵擋不住外界的誘惑，不懂適時退避，最終引火燒身，這一點我卻不苟同，為什麼呢？首先要從樹大是否招風說起。大家都知，風是由空氣流動引起的一種自然現象，當高壓（密度大）的地方往低壓（密度小）的地方流動，空氣的流動就會產生風，而樹大因枝葉範圍大，自然容易感覺到風的聲音和存在，而並不是因樹大便容易招惹風，所以說『樹大』就『招風』根本是風馬牛不相及也。

　　無疑，樹大自然遠遠都看得見，因此說容易惹人注意，是不容置疑的；但一個人有了錢有了權容易惹人注意，與是否一定跟著要無止

境地追求欲望和受不起誘惑，最終引火燒身，同樣是風馬牛不相及，完全是兩回事也；因為若按此邏輯，豈不是全世界擁有錢財或權力者均最終引火燒身？這顯而是站不住腳的。然而，風是自然界產生，它不會分辨什麼地方及選擇什麼時候吹起，更不會看到那一處的『樹大』就會像獵物般飛撲過去。也就是說，當刮起大風，它所經過的地方小樹也會招風，如果不經過的地方，即使是大樹也會紋絲不動；但人類就不同了，特別是美國，它是不容許世上有一顆大樹超越自己，因此誰長的樹大，它都設法把對方連根拔起，而若從這個角度去看，中國也只是因『樹大』而易見才『招風』，且此風並不是真的風，而只是『招妒』而已。

　　不過，別忘了中國跟其他地方的大樹不同，中國是一棵身歷超過五千年樹齡的大樹，只是曾經有二百年間缺乏營養及陽光，才令這顆古樹黯然無光，甚至令人有種錯覺，還以為風燭殘年，外界又怎會了解到，中華民族智慧生生不息，春風吹又生呢？才幾十年，便枯樹逢春，浴火重生。今天這顆東方古老大樹，不僅風華正茂，而且虯枝橫空，碩果累累；縱然中國多次表明自身強大卻永遠不稱霸，還推己及人，創建一帶一路及人類命運共同體，為落後國家遮風擋雨，別樹一幟。奈何樹欲靜而風不止，因此中國便唯有繼續自強不息，定必令自身更加蒼勁挺拔，枝幹遒勁；那麼，即使是美國這股暴風颶風，欲想興風作浪，捕風捉影，甚至那些隨從者聞風而至，但也只是蚍蜉撼樹，微不足道矣。與此同時，中國由始至終風輕雲淨，且廣結善緣，當美國自身只有二百多年樹齡根基不穩，一旦樹倒猢猻散，就正是中國開花結果之時。此時，美國這股暴風颶風，只能變成和風順風，迎著東方這顆大樹，也只能凸顯中國的玉樹臨風，得助美國的催化，才會把中國襯托出更風姿綽約，瀟灑秀美！」

　　大榕也突發奇想：「說到中美關係，我同樣聯想到一件有趣之事去形容。話說去年有美國政客一方面藉機諷中，一方面也不忘呼籲台灣要多花錢去買武器，於是便說了一個好像很精彩的比喻，說『美國可以把台灣變成一隻豪豬，因為獅子一般不喜歡吃豪豬！』他的意思是獅子一般對豪豬沒有興趣，暗示台灣買武器才是保台灣的不二法

門，否則台灣長不了尖刺，也就是不能令獅子生畏。那麼，言下之意美國便等於視中國為獅子，但別忘記獅子是『萬獸之王』，那豈不是美國是長他人志氣滅自己威風嗎？這當然不會發生，那為什麼這位美國政客，會願意去美化中國的威猛神武呢？也許大家想深一層，便知曉箇中玄機。

可能大家不知，在世上有一種鳥類捕食獅子不在話下，也幾乎沒有天敵，這種鳥類就是『阿根廷巨鷹』，牠們生活在南美洲，而且常常對獅子發起攻擊。大家都知道，在美國人心目當中，鷹就是代表美國，因此這位政客形容中國是獅子，並不意味是長中國志氣滅美國威風，相反還期望是『螳螂捕蟬，黃雀在後』，以為自己是阿根廷巨鷹，便可抓到怕吃豪豬的獅子。不過，這位政客未免太自作聰明，班門弄斧了！因為他只知其一，卻不知其二也。

無疑，這種話中有話的比喻很風趣，只可惜不是萬物皆可對號入座。首先拿破崙指中國是未醒的獅子，都只是傳說。何況美國也不是在南美洲，更不在阿根廷。再來，我知道中國從來都是用巨龍之化身來比喻，就比如我們也常常唱〈龍的傳人〉；因此，這位政客忘了這頭獅子的真身是巨龍，巨龍只是化身沉睡獅子作隱藏罷了，就算美國能變身成阿根廷巨鷹，很顯然在中國巨龍面前，巨鷹也只是小動物而已。同時，在獅子面前，巨鷹的優勢是會飛，可把獅子抓了從高處墮下，使其受傷之後才慢慢品嚐；但巨龍比巨鷹飛得更高，身型更大更靈活，而且抓吃巨鷹之前，大可以先來一個豪豬『前菜』，所謂的尖刺反而是爽脆無比，美味可口，還吃的乾乾淨淨。吃掉了這個『前菜』，刺激了巨龍的食慾，即使巨鷹逃到天涯海角，一樣自然手到擒來。所以說這個世間一山還有一山高，強中自有強中手，也一物治一物，從來都是恆久不變。」

現場觀眾對謙新與大榕妙論分析皆讚賞不已，掌聲也自然不少。

掌聲完後，有工作人員出來向亞伯示意已超時很久。

不過還是有年青觀眾問道：「亞伯您可否最後也說說一些有關給華人及新加坡之寄語。」

亞伯笑道：「好的。首先我想說，今天我們在新加坡演出，對於

我的四位徒兒而言可謂別具意義，為什麼呢？因為我們之前在台灣、香港及澳門的演出，都是在兩岸三地演出，但今天面對的是新加坡華人及馬來西亞華人，都屬海外華人，同樣四子在美國也屬海外華人，所以不但更親切，而且都屬海外華人，可以用『第三身』的角度去觀察兩岸三地的事情。所謂旁觀者清，我們也針對事不針對人，希望用中肯的思維去暢所欲言，我們今天的討論的事情很多，這也是在新加坡的演出我要求在白天便開場的緣故。

　　同時，我們也了解到即使我們身在新加坡，但網絡上台灣、香港及澳門的觀眾也會收看到，而我們也不介意他們看，而且更希望他們看到。事實上，台灣和香港的反中人士，從政的人士與人民的心態是不一樣的，從政的人士反中，看似是比人民更堅定更強硬，但大多口是這樣說，當形勢逆轉，他們的『髮夾彎』或『轉軌』都比人民想像的更快，因為他們的反中只視為職業；相反，人民的反中大部分都是在教育、傳播下唆使從而受意識形態所綁架而造成的，因此，當反中人士了解事情的真相之後也許會懂得迷途知返。

　　當然，兩地反中人士是否會明白真相便迷途知返，對中國的發展和目標毫無影響。也就是說，綜觀現在整個大中華情勢，中國統一勢難阻擋，而且必然統一。但台灣人民也不需恐懼，因為統一對台灣人民而言只有好處沒有壞處，再說統一後的中國更強，中國更強也只會令台灣更好，令台灣的位置重要性才能真正發揮；當台灣發揮到自己獨一無二的優點才能變的更好，台灣好也一定香港才會好，而台灣及香港好，中國就一定更強，而中國更強，兩岸四地人民才會更尊嚴、更幸福、更有美好的未來，也可說是典型之良性循環。為此，既然無法改變現實，倒不如換個心態去迎接它，以爭取最有利自己的條件才統一為前提，令自己活的更具價值，這就是我們想向台灣和香港的人民最想說的話，也希望他們能聽到。

　　至於新加坡最大危機就是人口少，而且種族又多，因此如果完全走西方民主，分裂機會就非常大，對新加坡絕對不是好事；同時人口少，物資短缺，勞動力就必須靠外移。而由於生產力弱，因此萬一遇上天災或疫情，經濟就會受沉重打擊，比任何地方都來得快速見效，

自然危機意識比其他地方強。在政治方面，其實新加坡菁英政治和中國賢能政治看來相似，但其實很不一樣，除了人口不能相提並論，結構也很大不同，但正如我們一直說，鞋子是否適合只有自己最清楚，如人飲水，冷暖自知。

　　新加坡能在世界很多地方名列前茅，自然有她的成功之處。還有一點是，新加坡與中國雖然是不同國家，但新加坡國民大多也是中華民族，記得中國國歌其歌詞內容都是提及中華民族嗎？而中國領導人也一直提的是中華民族復興，也就是包含整個世界的泛中國人，因此中國協助及活絡新加坡經濟，對中國來說都是很容易的事，這就要看新加坡是否願意互相配合共贏。總之，當大家明白到中華民族復興，整個世界的華人都一榮俱榮，對大家都是好事！謝謝大家！」

　　五人也拱手齊聲：「謝謝大家！」「謝謝大家！」……

　　台下觀眾隨即站立並掌聲如雷，亞伯五人也鞠躬致謝，結束新加坡站的演出。

漣漪不斷　重啟港台二次之旅

　　此時，時光又回到 2048 年 10 月 7 日下午，在上海博覽館的第 20 屆「全球精英學生研討會」現場上，全場學生對各導師把當年的中國風雲演變重現，思緒萬千。

　　大斗萊恩：「當年師父演出完台港澳星四站之後，以台灣及香港兩地迴響最大，也許師父五人在台港澳星四地與觀眾討論眾多之事，包括兩岸關係及中港關係，都關乎兩地人民的今後前途，而且五人所說之話大多都是言之有物，最重要更多的是就事論事，並無惡意，從而引發台港兩地青年及學者對有關話題熱烈討論，方興未艾。

　　此外，由於師父五人在澳門及新加坡演出時所提及的台港事情也有若干欲言又止，留下眾多謎團有待解開。為此，在師父五人 8 月 28 日新加坡演出完後，台灣及香港的網路都一直出現希望再邀請師父五人再度前往台灣及香港訪問的聲音，且大多數認為不妨今次更深入討論，暢所欲言，更希望師父最終能給予台港兩地之中肯建議。」

　　二斗格林續說：「是的！由於當時台港網路上響應及支持師父五人重臨兩地演出的聲音愈來愈多，台灣及香港有關方面也不得不重視，因此協商後於 2021 年 10 月上旬，兩地之代表均聯合致函師父，嘗試看看能否邀請五人再度來台港兩地再和大眾討論兩岸及陸港事情，沒想到師父很快隔天便回覆，內容共有四點：

　　其一，亞伯師徒八人（包括萊恩、格林及紫箸）可以分別在 2021 年 11 月 6 至 7 日（週六至周日）到香港及 11 月 12 至 14 日（週五至周日）到台灣與大家再度見面及討論。

　　其二，今次前來純屬探討「美中」及「兩岸三地」局勢交流座談，不屬正式公演，也不會收取任何酬勞。

　　其三，鑑於台港社會問題皆各有弊端，若然有心全面探討根源問題難免要把兩地之弊端在陽光下說起，也就是兩地主辦單位不要介意到時打開天窗說亮話，彼能大家暢所欲言，該說還是會說，但大家一定對事不對人，所說內容一定有其根據，重點是最終能否給予兩地有建設性的提議。

　　其四，建議兩天的香港座談會及三天的台灣座談會都能安排其中一段時間與青少年學生及青年代表交流。

　　由於師父要求合理，且不收取任何酬勞，加上兩地網友均認為從未見過師父的其他兩位徒弟，即我和萊恩，加上我們又是外籍人，對我們能否知曉兩岸及中港事情，充滿好奇心，因此期待更高。其後經台港兩地主辦單位內部商議之後，也馬上回覆師父按著他的提議辦理，前後只花了三天就確定我們師徒八人的香港及台灣第二次之旅。也與第一次不同，我們師徒八人第二次之旅首站是香港，而不是台灣。至於香港及台灣第二次之旅其過程是怎樣一回事，我們就明天 10 月 8 日上午繼續回顧吧。」

　　隨後，全場學生鼓掌，大家都翹首以待明天繼續回顧中國的大時代是如何轉變。

　　　※※※※※　　　※※※※※　　　※※※※※　　　※※※※※

2048 年 10 月 8 日上午，在上海博覽館舉行的第 20 屆「全球精英學生研討會」第二天，各地的精英學生早已準時齊集在會場上，當北斗七子出場時，即引來不少之掌聲，而北斗七子也向各地學生問好。

其後，大斗萊恩：「或者我們就事不宜遲，馬上帶大家繼續回顧我們當年的香港及台灣第二次之旅，好嗎？」

全場學生隨即回應回應：「好啊！」「好啊！」……

於是萊恩即帶大家再度時光倒流至 2021 年 11 月初。

第 29 回

美 三 泡 沫　港國安法千呼萬喚

時間回到 2021 年 11 月 6 日早上的香港，這天場外風和日麗，座談會場內也熱鬧非凡，來自不同界別人物會聚一起，特別是政黨及教育界、傳媒界。

亞伯師徒七人（紫箏缺席）經主持人介紹後先向全場人士鞠躬及問好，掌聲不斷。

亞伯笑道：「沒想到這麼快又能重臨香江，能和大家再聚一起，與及一同再討論香港各種社會問題及分享意見，這是我們師徒多人的榮幸。無論如何，我們希望這兩天大家能暢所欲言，且對事不對人，務求實事求是，共同努力把大家關心的事情看看能否逐一解開，您們說好嗎？」

全場人士鼓掌：「好的！」「好的！」……

亞伯：「謝謝大家！那麼便請主持人先發問問題吧。」

在場即有泛民人士問道：「亞伯，我知道今天不設現場發問問題，但能否容許我先問一個問題呢？」

亞伯神態自若：「好的！請說。」

泛民問：「亞伯，我了解你是一名魔術特技師，那麼為何你對政

治方面有如此興趣？我留意到你之前在港台澳星多地演出，都為中國說了很多好話，你可以告訴大家，你身為一個美國人卻說了美國這麼多缺點，中國反而有這麼多優點，究竟你的目的何在呢？」

全場氣氛瞬間變得嚴肅，所有人也靜待亞伯回答。

亞伯笑道：「這位泛民朋友問得很好，也相信台灣的朋友們也感興趣知道的。我雖然是一個純美國人，但我記得上次在台灣演出時，我也很誠實告訴大家我喜歡今日的『中國式一黨』制度，也對博大精深的中華文化抱有濃厚興趣及敬佩之心。毫無疑問，我對政治的看法不喜歡用傳統的方式解說，但無論我們用什麼方式解說，或有一套特別見解，都僅僅是代表我個人及我的徒兒意見，目的也是希望大家用不同的角度去思考問題；同時，我之前在台灣也說，世界上沒有這麼多『矛盾』，因為往往『矛』與『盾』是可以共存的，一旦『矛盾』原來也不難化解，那麼便是我在台灣也向觀眾所說的『本來無一物，何處惹塵埃了！』

也就是說，世間很多時很多事，還是人類自尋煩惱居多，但只要大家放開心防走出迷網，退一步便海闊天空，問題就能迎刃而解。不過，討論歸討論，我仍然強調大家要保持理性，在這幾天談論的事情，只會對事不對人，而既然是探討問題，就難免會說出令一些人聽到不高興的話；因此，我們今次來是和大家分享『解決』之道，在面對一些問題還是打開天窗說亮話，我們也不會指名道姓，大家心領神會便可以。大家說贊成嗎？」

全場人士鼓掌回應：「贊成！」「當然贊成！」……

亞伯：「這樣便好！我繼續回答剛才這位朋友的問題。沒錯，我確實是美國人，也當然愛我的國家。但愛自己國家與批評自己國家的問題是完全沒有衝突的。就正如香港及台灣，也有眾多媒體及政客也分別不斷批評中國政府及香港台灣政府一樣，這當然包括您們泛民；而我之前也一直強調，世界沒有一個國家體制是最完美，加上每個國家的文化不同、結構不同、種族不同、宗教不同都會形成各國有不同的制度需要。因此世上不可能只走單一的政治制度，唯有適合自己國家行使哪一種制度就只有自己最清楚。可是，自己國家哪一種制度最

適合自己，是要經過長時間的實踐及不斷的摸索才能得知的。而與此同時，各種適合自己國家的制度又不應是恆久不變的，它會隨著時代的進步及人民的需要等等需逐步完善。

說到此，大家便會明白，立國才二百年的美國當然也有本身制度的缺陷，而且還問題不少。我們之前已討論過不少美國的多黨制或資本主義的頗多缺點，只是這兩年一場大疫情發生，把美國諸多積累多時的內部社會問題浮現罷了。我們隨時可以細數，例加美國在經濟上，大量用品都是靠進口，很多行業已沒有生產力，唯一能鞏固經濟的，就是印鈔票、發債券及托股市，然而三大泡沫大水漫灌方式也會隨時搓破。同時，大家別忘記 2008 年美國『雷曼事件』便帶來世界金融海嘯及次貸危機，今天，2021 年中國也發生『螞蟻事件』；所不同是面對前者中國反而扮演了救世主角色，後者是中國因銘記教訓，防止企業擦邊球，讓民眾深陷網貸問題帶來國家風險，當然後者又引來西方質疑，但他們也不能否認唯有中國的制度才能對這些棘手問題防患未然，絕不會令『雷曼事件』在中國重演，為人民把關彰顯正義，這一點美國永遠都很難做到。

毫無疑問，疫情只是催化劑，美國的全球領導地位隨著中國的崛起也早已不復返，美國無論用封殺、制裁還是結合盟國圍堵中國，都是徒勞無功，反而促成中國這兩年先後成立『RCEP』、『中歐 CAI』，『中日韓自貿區』也正在大步走，令美國更孤掌難鳴。與此同時，美國的數百個海外軍事設施依然存在，武器折舊又要花大錢向軍商購買，但軍火商又不是國營，而政客也不相干，因為軍火商又是政黨的最大贊助商，如此惡性循環，周而復始，形成對內問題不處理，對外問題白處理。不斷內耗，也不斷浪費光陰，如果制度不改，對中國敵對不改，數百個海外軍事設拖不改，一旦印鈔票、發債券，托股市三大經濟支柱泡沫其一崩潰，便會產生骨牌及蝴蝶效應，後果堪憂。因此，愈快定出美中 G2 關係，也許美國能愈早全心全意搞好國內問題，特別是逐步令人民回歸理性不再撕裂，美國便能再度偉大。

我們從上述又可得知，世界第一的美國都有如此複雜的社會深層次問題，同樣，香港及台灣又怎會沒有？無疑，政治家追求永遠都是

權力利益和地位，但人民選了他們，人民自己又得到什麼？人民追求的又是什麼？不就是國泰民安生活幸福嗎？而且大家不說，問題會一直存在，政治人物如果不能控制自己對權力利益的慾望，從而不顧人民，最終也必然令人民唾棄的一天！老實說，既然早些確定美中 G2 關係對美國盡快解決國內事情有幫助，而美中關係又離不開兩岸關係，那麼兩者之間便可算是殊途同歸，只是不同於雞與雞蛋哪一樣先有，唯有參與先解決兩岸問題，才能令美國安心地、一心一意地對自己重新定位。

　　當然，說到此一定很多人認為，美國不是一直希望中國崩潰或兩岸鬥而不破，才令美國獲得最大的利益嗎？說真話，上述兩種現象也是千真萬確，但又與我剛才說的並沒矛盾。所謂有『因』才有『果』，可以說，解決了兩岸問題的『因』，美國便更易解決自身問題的『果』。誠然，這個『因』也並非三言兩語便說完的，而且也是今次我們港台之行所討論的內容重點或目的，當歸納種種的『因』，大家便自自然然明白我所說的『果』了；而現在此刻我只要大家知道，本人愛美國與希望兩岸解決問題是沒有衝突及矛盾的，這便已經足夠。」

　　主持人隨即點頭：「好的！或者我們回到這兩天討論的重點，相信大多數的香港人都比較關心〈香港國安法〉的實施，不知道亞伯你們對此有何看法呢？」

　　亞伯微笑一下：「或者就讓他們先說吧。」

　　湫彤率先：「我記得〈香港國安法〉在去年實施的時候，有香港學者指責叫囂『要全世界 80 億人應該熟讀，以免誤墮法網。』不過，我想說這位學者也毋須煽動世人，世人有多少關心香港？甚至會為香港勞心勞力，兼有所行動而去觸犯〈香港國安法〉？別自我澎漲了，他指責中國插手香港為何又不指責美國隨意要加拿大拘捕中國國民才是真實的『長臂管轄權』呢？今天的中國，也可巧妙地借用〈香港國安法〉，以其人之道還治其人之身，也屬正常。

　　值得一提是，在〈香港國安法〉中明定，任何人不論是否使用武力，只要有分裂國家、破壞國家統一行為者均屬犯罪，其中不只針對

港獨，還包括台獨、疆獨、藏獨等行為及相關言論，在該法中均屬犯罪；同時，若有國安案件發生，香港警方可以對境外政治性組織等進行調查。因此，無論『黃絲』逃到台灣及世界各地，還是台灣本身的獨派及分裂者走到天涯海角，很明顯也適合此法，因此真的奉勸這些『黃絲們』，凡事留一線，日後好相見較好。

事實上，法律是治國之重器，〈香港國安法〉不是削弱港人治港，相反它是增強授權給港府依法辦事，這樣更凸顯香港高度自治，從而有力保障廣大的市民，讓兩制得以行穩致遠。」

蔓荷：「毫無疑問，〈香港國安法〉對香港回復安寧起了立竿見影作用，與它『千呼萬喚始出來』不無關係。尤記得〈香港國安法〉生效之前，香港社會也有聲音一直抨擊北京政府對香港暴亂放任不管，卻一直不知國家之『用心良苦』。首先中央若要出手，要做就要做得徹底，否則做不好不但效果不彰，而且會遭受反撲招來更糟糕的局面，而撥亂反正也需要民意支援，因此唯有忍耐，靜觀其變，所謂先謀而後動也。可以說，大陸在一般人認為『稍晚』的時間才訂立〈香港國安法〉，但其實共有三個好處：

其一是引蛇出洞。如果不忍耐不『稍晚』，反中派很多隱藏勢力，就不會以為穩操勝券從而恣意妄行，更不會毫無顧忌地展露人前。

其二是一覽了然。讓香港人民看清社會的真相與及反中者的真面目，事實上『反送中運動』初期，有不少人民是基於不滿香港政府無作為及生活困苦而參與，而他們大多都不反中，他們更多的是希望理性抗議，而不是隨處破壞，甚至喪盡天良去殘殺老百姓，但如果大陸不忍耐不『稍晚』，暴徒就不會肆無忌憚地以為可以為所欲為，香港人民亦不能看清楚暴徒的背後勢力，不是想救香港而是想毀香港，百姓就不會回歸理性從而保護家園，從香港人民由『反送中運動』變成絕大多數支持〈香港國安法〉，便可知曉此言非虛。

其三是執法有據。如果大陸不忍耐不『稍晚』，太早訂立〈香港國安法〉，有很多事情就無從考據，因此不得不讓事情演變下去，便可得悉更多外國勢力及香港反中派如何運作及串聯，他們的每一步

行動及蛛絲馬跡均全部掌握於大陸手中，這樣當他日訂立〈香港國安法〉時候，便能先來守株待兔，順藤摸瓜，再來甕中捉鱉，全面一步到位堵塞漏洞。」

謙新：「其實，反對〈香港國安法〉的人很奇怪，等於有一個國家人民去反對該國對那些殺人、搶劫，販毒的人士判罪，正常的市民不犯罪，又何來懼怕？因此〈香港國安法〉也只有兩種人擔憂，其一是犯法者，其二是樂意看到香港愈亂愈好者，例如外國勢力及台獨勢力等。香港 23 條立法花了 23 年，等於一年修一法都不成，澳門卻早已輕舟已過萬重山。如果說〈香港國安法〉不獲民心，那麼又怎會短短 8 天便收集到街頭簽名及網上簽名合共 300 萬香港市民支持？而〈香港國安法〉國安公署熱線設立，一星期便超過一萬通電話舉報，這便足以印證沉默的大多數已經醒覺，與及〈香港國安法〉的通過是香港主流的共同期盼。

此外，我們也看到這段日子〈香港國安法〉多次採取行動並拘捕不少港獨分子，有組織即表示『港人自幼受到中共洗腦式教育，不斷被灌輸香港就是中國一部分的概念，令到某些香港人經常會有一種與中國血濃於水的民族主義幻想。』文章又謂『眼見中共及港共政權張牙舞爪，港人更必須自強不息，抗衡多年來在香港植根的大中華民族主義，建構香港民族意識，方可成就香港人最終的命運自主。』我們從文章叫看出什麼是顛倒黑白，指鹿為馬。

港人自幼受到的洗腦式教育，恰恰就是那些去中國化的通識教育，如果香港不是大陸一部分，與大陸不是血濃於水，那麼大陸便不用常常救香港及活化香港經濟；說的人雖然說得理直氣壯，其實自己也是中國人的一分子，才可享受到大陸給予的一切，如果他們這麼有骨氣，便建議他們天天用礦泉水煮飯，蒸餾水洗澡，誓不用來自大陸東江的水。因此，真實的情況是應該說，眼見『攬炒派』藉著外勢力狐假虎威張牙舞爪，港人更必須自強不息，抗衡多年來在香港植根的英美帝國主義，建構中華民族意識，方可成就香港人最終的正本清源，回歸安寧。」

大榕：「我也留意到有港獨人士逃離香港後在網絡發表『〈香港

國安法〉將來共產黨就可在香港隨時拉人！』無疑，我都認為共產黨有這個能力。不過，共產黨有這個能力做到，與共產黨會不會利用這個能力去做是兩回事。或者再簡單的說，共產黨是不需要靠〈香港國安法〉，就已經絕對有能力，甚至是很容易地、很快速地便可在香港做到他們想拉的人。但自回歸以來，一些亂港頭目不是仍安然地在港興風作浪嗎？『毒果』此前不是年年月月日日罵大陸嗎？這就足以證明，大陸不但講求法治，而且是絕對維護及尊重『一國兩制』及港人治港，〈香港國安法〉通過目的就是要『合法』拉人，若按照港獨人士所說可隨時拉人，那麼共產黨根本不用在港推行〈香港國安法〉。況且，〈香港國安法〉並不是無中生有，是早在回歸之前，基本法23 條已經訂明由港人自己立法，可惜港人花了 23 年仍未通過，所以才由基本法列明賦予中央可行使權力令香港立法。

　　事實上，自〈香港國安法〉生效後，反對派人物紛紛宣布退出政壇，或解散團體，或逃亡海外；香港有句俗話『叫人衝，自己鬆』，反對派領袖帶頭喊衝，煽動年輕人參與暴力示威，見勢頭不對就往後躲，讓衝在前面的人犧牲，香港這些反對派人物的跳船行為，足以讓人看穿政治的骯髒和現實。毫無疑問，〈香港國安法〉的實施也只是第一步，香港的深層社會問題不是已經解決，而重量級反中人士全面退席，一方面的確食相難看，令更多『淺黃』人士看清真相，但也不排除他們轉為另一形式反中，所謂道高一尺，魔高一丈，〈香港國安法〉只能給港府作為後盾，但仍有待解決香港『三煩之亂』，香港人民才能真的可以安居樂業！」

　　四子發表完對「香港國安法」的看法，也引來現場的熱烈掌聲。

第 30 回

談 外 勢 力　西方港獨珠聯璧合

　　主持人：「大家聽完四位對〈香港國安法〉不同的解說後，或者

我再延續有關問題，我們常常聽到你們指出香港的『反送中運動』有外勢力參與，這方面相信很多香港人都會認同，但你們可否作更深入的解說呢？」

從未在華人四站台港澳星出現的大師兄白人萊恩，雖然剛才在主持人介紹時回應了幾句話，但沒想到他真正發表政見時也說出一口流利的漢話，且氣宇軒昂，英俊不凡，令在場人士也喜出望外。

萊恩：「香港過往不但為美國帶來龐大的商業利益，更是亞洲的情報中心，領事館人員超過一千人是亞洲之冠，目的可謂不言而喻，也不是什麼秘密。毫無疑問，香港『反送中運動』能弄至翻天覆地的最大原因，主要還是美中之爭，引致西方高度介入，特別是曾經殖民香港獲有深遠利益的英國。我們可以從暴亂事件看出，示威者的暴力工具除了可以源源不絕，最吸引暴民犯案還是背後的資金支援，網上揭發每天獲 3000 港元，最後更加薪至 15000 港元一天，這些數字或誇大或說少不重要，重要是有錢使得鬼推磨，令青少年願意鋌而走險。而背後除了 NED 之外，當中 NDI 組織及台獨勢力等更是一直在港運作，他們目的不止搞亂香港，最終目標還是希望中國發生顏色革命。美國前總統取消香港的『特別待遇』，老實說面對香港內亂，最惠待遇算得了什麼，對中國更起不了作用，反而對美國更大損失。

事實上，如果香港修例風波沒鬧得這麼大、亂得這麼狠、波及這麼廣、持續這麼久，那麼中國人民在香港的國安問題上，也不會有這麼深刻的認識，這次香港的沉重付出，從另一角度而言，也是給中國人民的最佳愛國教材，是非金錢及人為手段所能達到的效果，相信也是美國及台獨、港獨人士所始料不及吧。而中國動用〈香港國安法〉並以雷霆萬鈞之勢推出，又何嘗不是港亂分子求仁得仁，迫使中國中央出手？藉著美國對中國駐美使領館及其人員限制措施，中方也以其人之道還治其人之身，對美駐華使領館，包括美駐香港總領館及其人員的活動採取對等限制，可謂影響深遠。

無論如何，開弓沒有回頭箭，美國借香港成為反華陣地，恐怕已成絕唱。同時，美國及西方背後參與香港『反送中運動』也毫不避諱，因此除了美國同盟，大多數的國家也看在眼裡，這無疑又是令美

國的形象最受傷害之一。至於香港青年，我還是希望他們明白『天下沒有免費午餐』，也希望他們認清西方之目的，不要再被利用當棋子便好。」

不讓萊恩專美，身材健碩、陽光帥氣的非裔格林，其漢語也是頭頭是道。

格林：「之前美國眾議院議長曾稱，香港的示威遊行『是道美麗的風景線』，道盡出政治家的幸災樂禍心態；更諷刺的是，香港的這個『災』，我們美國也出力不少，最終害人害己。美國種族內亂去年持續發生，今年初更大批反對者攻陷美國國會，美麗的風景線也在美國浮現。此外，美國國家人民分化，已到了不能不刮骨療毒的地步。值得留意是，美國之『香港法案』去年兩院無異議通過，也完全毫無雜音；不過荒謬在於，美國無論通過『香港法案』，還是通過終止香港『特別待遇』，究竟是懲罰香港政府？中國政府？香港人民？還是美國在港之商家？恐怕連兩院議員都搞不清楚！說到底，香港今天的地位也不是美國賜予的。

同時，為何香港『反送中運動』也引發美國、法國及南美智利等多國人民傚法，而上述人民又是從西方媒體所報導及提供畫面才知悉的，那麼您們猜猜，究竟上述各地人民是認為香港警方是用力過猛，令他們要出來力挺香港示威者，還是認為香港警方是過度軟弱，令示威者很容易便獲得甜頭才會傚法呢？那顯然是屬於後者。因此，我們不難理解，隨著互聯網的發達，這並不是一些反中的國家或地區，只選擇性把香港警方對付示威暴亂者的畫面，甚至經過剪輯便可誇大或抹黑香港警方的，有更多的國家或地區，與及在互聯網上，能看到很多事件『前因』及『後果』，香港警方的『動作』有更多的是出於『自衛』反應。

可以說，對於香港警方的『忍辱負重』，再比較美國警方對付示威者的『絕不手軟』，我認為已經是港人之福。無疑，香港的『一國兩制』當年完全是摸著石頭過河，在過程中發生問題及不完美也很正常，問題是經過實踐後如何能精益求精。事實上，不完美也未嘗不好，有了漏洞才能觀察到西方及一些『吃裡扒外』之港人是怎樣操

作，知己知彼百戰不殆，令改善更做得照顧周全，而美國反中已經到了無所不用其極地步，但中國強盛已大勢所趨，美接受不了就只會自亂陣腳，傷得更重。」

　　湫彤：「對於今年人大通過修改《香港基本法》，賦予立法會及特首新選舉法，以確保『愛國者治港』，令美英多國及台灣，均重申對大陸採用新的規則，表達嚴重關切。沒錯，這些反中的國家及地區就只能是關切，其他什麼都做不到！美國政策也令人啼笑皆非，理論上美國是不滿中港政府，但諸多政策更像懲罰港人。當中取消港人『抽綠卡』資格就更可笑，對美國既本末倒置，對香港卻白費心機。『抽籤移民計劃』本來就是一項抽獎政策，對己（美國）對人（參加者）都沒什麼好處，也毫無意義。首先對美國而言，抽中者只是中獎而來，對美國有什麼貢獻？如果對方沒貢獻，也等於意味著對抽中者來說也是沒好處。

　　說到底，關鍵有兩點。第一，參加者既不是靠雄厚資產用投資移民，也不是靠技能用技術移民，更不是靠才幹採用特殊人才移民，他們才會參與抽籤移民；第二，由於抽籤移民事前抽中機會甚微，也就是對參加者來說，事前不會有太多準備，一旦『幸運』抽中便突然移民出征，發展好極有限，看似幸運實福禍難料，且美國今天已今非昔比，再不是尋夢家的樂園。因此，美國早就應該取消抽籤移民計劃，不應浪費國家資源，不如做好自己更好，因此取消港人『抽綠卡』資格，對港人而言根本不值一提，無關痛癢。」

　　蔓荷：「最諷刺的是，香港今次的優越感，竟然是因為自身的暴亂引發多國傚法。例如智利暴動就是模仿香港，即同樣借題發揮，香港藉修訂『逃犯條例』變成『反送中運動』，而智利也藉地鐵加價變成暴亂，即使政府願撤走方案，也是於事無補；但不同地方是在於，智利採取宵禁動用軍力解決，而美國是贊成並罵外勢力介入，但對香港處理就剛剛相反。當然香港也算厲害，先後引發西班牙、智利、捷克、玻利維亞、厄瓜多爾、海地、宏都拉斯、秘魯、伊朗至法國多國暴亂，主要原因就是各國人民以為原來這樣暴亂政府是沒辦法，但結果當然非各國暴民所想，智利就死了幾十人，也證明香港警方的克制

程度。

　　也一如所料，在較早前解放軍只是以便裝入城半小時，為香港人民清理障礙物，不但招來西方攻擊，反對派也要港府解釋並指多此一舉。但真實情況是，香港人民對解放軍的幫助是用掌聲歡迎，莫說當時解放軍是穿著便裝，即使正軍裝又怎樣呢？難道自己國家領土，還要西方及反對派批准？莫忘美軍航母多次到港訪問都入城，反而自己軍隊不成？其實香港暴力升級令多國人民模仿，也是各國咎由自取，也不得不令西方媒體轉向，例如反中的《德國之聲》就難得反問香港大專學界發言人『**你們怎可以用違反法律來捍衛法律，為何你們可以凌駕法律？**』，當時就令香港學生代表啞口無言。」

　　謙新：「眾所皆知，NED 每年都在 90 多個國家作支持和滲透，已經是公開的秘密。2016 年，《朝日》就公布 NED 向中國民主和人權的團體，提供了高達近億美元資金分配給中國境內約 103 個團體，這還不包括境外團體，當然還有長期資助香港某些團體。NED 也多次資助『河童（惶知瘋）』，又有《時代》幫忙黃袍加身，『河童』又怎會不死心塌地、義無反顧地擔當『反中亂港』的馬前卒？我們再看看 2003 年格魯吉亞發生《玫瑰革命》、2004 年烏克蘭遭遇『橙色革命』、2005 年吉爾吉斯斯坦出現『檸檬色革命』、2010 年開始的『阿拉伯之春』與及 2019 年的香港『反送中運動』，都有外勢力的蹤影，所謂樹欲靜而風不息，西方既策劃顏色革命習以為常，也絕不放過最後阻礙大陸發展之機會。

　　我們又再回看歷史，奧巴馬上台的政策是重返亞洲再平衡，也意味著美國終發現亞洲已經傾斜於中國，不過為時已晚；從這時開始，港台兩地就是西方企圖顛覆中國的前線戰地。當然，美國在港台兩地著力點的大小又不同，從美國駐港領事館超過一千人工作便可得知，而且這領事館是全球唯一直屬美國國務院，便可看出極不單純。英國就更不用說，從一開始英國就情不願心不甘交還香港，因此與香港『攬炒派』即寧為玉碎，不為瓦全的港獨分子可謂珠聯璧合、氣味相投。加上香港本身就是世界公認的亞洲著名情報中心，外國勢力部署比台灣大得多，這也是每當港台兩地暴亂，反而香港比台灣鬥狠來得更凶，範圍來得更大的主要原因。香港『反送中運動』師承台灣『太

陽花運動』，卻青出於藍，足可印證。」

　　大榕：「其實，除了西方勢力涉足香港『反送中運動』至深，台灣獨派也出力不少。台灣輿論很多都說，大陸推行〈香港國安法〉就等於推翻『一國兩制』，可謂不懷好心；如果按此邏輯，澳門早已自己通過實行國安法，那麼澳門的『一國兩制』已被推翻嗎？當一件事或制度不完美就要改善，不是很正常嗎？世界各國修憲屢見不鮮，包括台灣綠營也多次喊著修憲，香港的內亂由眾多外勢力操縱，已經是明目張膽，堂而皇之地表現出來，這是任何國家和地區的政府所不能容許的，如果台灣綠營說出此話，就證明這些人仍然包藏禍心，千盼萬盼香港還是繼續內亂好，而不是希望香港回復正常的生活。

　　如果要說到大陸推行〈香港國安法〉，等於向台灣人民說已經放棄了『一國兩制』的示範作用，也是言過其實，恰恰是香港的『一國兩制』不夠完美，便要改變使之更完美，就像澳門一樣，把最好的『一國兩制』方案讓台灣人民示範不是更好嗎？況且，大陸從未說過台灣的『一國兩制』是與香港的『一國兩制』完全相同，相反已多次闡明，台灣可按自己的需要而量身訂造；當然了，條件是自己創造的，成功也永遠留給有準備的人，倘若綠營仍然假藉香港『一國兩制』是失敗，實質目的是為拒絕統一，從而不斷虛耗時機，量身訂造固然蕩然無存，利好條件也逐漸縮窄，對自身並無好處。」

　　六子先後發表完意見，即引來全場熱烈掌聲，特別對萊恩及格林先後為港人說話，均感動不已。

第 31 回

利 用 香 港 綠營表面大獲全勝

　　正當主持人想發言之際，在座其中一嘉賓即舉手發問：「剛才大榕有提到台灣獨派對香港『反送中運動』也出力不少，雖然港人最後也略知一二，但還是想你們加以闡明，可以嗎？」

亞伯笑道：「這道題也很重要，您們就加以闡明吧。」

大榕先發言：「既然這一點由我提起，那就由我先說吧。眾所皆知，一場突如其來的香港反修例風波再演變成長達一年多的『反送中運動』，才使得綠營高票連任總統，已經是不爭的事實。當然期間也有香港學生會長質疑綠營，只想用香港人的鮮血換取台灣人的選票，之後又改口稱他本人不認為綠營會吃香港的『人血饅頭』。但無論如何，綠營利用香港做抗大陸的橋頭堡，既拉港人先衝烽陷陣搞壞『一國兩制』，也壯大自己反中力量，更大大增加自己的選票，可謂一箭三鵰，也一如綠營所願，三鵰均命中，表面上大獲全勝。

為什麼我說只是表面呢？首先，站在政治立場，綠營這樣利用香港好像無往而不利，但肯定港台兩地關係，也因這次事件成分水嶺，長遠對綠營未必有利，且對台灣整體必然大損。隨著『反送中運動』綠營出錢出力在先，『陳同佳事件』對香港諸多留難在後，兩地關係也跌至冰點。需知道，台灣每年從香港所得到經濟順差就不少，而且台灣一向是亞洲的政治孤兒，香港是難得及唯一『同聲同氣』的地方，台灣千方百計把每年的旅客『維持』到一千萬人次，香港旅客便已經『貢獻』良多；可以說，在去年香港與新加坡及全球十一個國家地區也曾合作『航空旅遊泡泡』卻不包括台灣，便引發台灣執政黨醋意，但這都是他們的眾叛親離及一手造成的結果。」

謙新：「香港的暴亂當然是美台推波助瀾，英歐附和的陽謀，從港獨分子多次在美國及台灣與官員公開會面便得知，而且他們也從不忌諱。儘管台灣綠營事後也喜歡大肆報導香港移民海外的人大增，當中移民台灣人數也創 22 年來新高，以達到大內宣香港『一國兩制』已完全失敗之目的。而事實上，隨著台灣經濟惡化及『ECFA』隨時有腰斬可能，『RCEP』及『CPTPP』也難以加入，新南向貿易數字又節節敗退，加上全球疫情影響，台灣經濟即使不用大陸出手，也自然逐漸失去動力，萬一大陸最終武統，香港移民台灣更將成為最大笑話。

誠然，最諷刺的是，香港『黃絲』以為與台灣是同聲同氣一定受歡迎，豈料綠營民調結果顯示，逾半台灣人民反對政府保護或歡迎港

人移民台灣！事實上，台灣經濟疲不能興，大學生『22K』魔咒逾廿年不變，連高學歷的台灣人都人浮於事，他們怎麼可能歡迎香港『黃絲』過來爭食？況且『黃絲』移居台灣，對大陸及香港來說絕對是好事，對於沒有歸屬感的港人離開，反而少了內部阻礙，更有利香港的轉型發展，這些人移民正好騰出空間，讓港人不致太擠迫，生活得更好更舒適。

　　之前，前香港特首就指明綠營送物資支持『反送中運動』，實只屬冰山一角。我有看到台灣對大陸較存善意的媒體也如此評論『香港風波反映香港與大陸深層次的政治經濟社會矛盾，這是香港回歸20 多年來，無論老少都該一同承擔的共業，當香港年輕人衝在最前線，無懼與警方硬碰硬，都為接下來香港推動各方面改革提供堅實基礎。』而事實上，年僅十一歲學生就懂得創立『學生記者組織』及自封『社區關注組主席』，眾多香港十一二歲年輕學生，未入社會便懂得反社會反中，稍有常識便應了解是被利用；即使有香港市民生活被壓迫也參與，充其量也是不滿港府，而不是怪罪中央，大陸對香港只有讓利，被剝削優越感更不能要大陸承擔，台媒無視香港深層原因，更無視香港風波背後之黑手也有台灣一份，卻不分青紅皂白便借題發揮，只是考量大陸對台灣因素，對人不對事，令人遺憾！不過，從另一角度看，隨著今年通過『愛國者治港』完善香港特區的選舉制度，又的確是『都為接下來香港推動各方面改革提供堅實基礎』！」

　　湫彤：「對於香港今年通過之選制大改，有台灣藍營人士表示『這意味著一國兩制想法正式走入歷史，宣告死亡，讓人感到遺憾。』與及『香港的民主被沒收，讓人感到痛心與難過，我們必須聲援香港的民主，紀念國父，須堅定民主信念！』其實不管藍營或綠營，都不會真心希望香港安定繁榮，因為這樣才可操縱『一國兩制』是失敗的。儘管藍營人士搬出國父，但偏偏國父最反對就是國家分裂！不過，藍營或綠營始終有分別的，藍營目的是『獨台』，綠營主力是『台獨』。

　　兩大陣營都愛指香港 GDP 總量回歸前占大陸 20%，20 年後只占大陸 2%，令香港人大感失落及逐步邊緣化。但真相是 GDP 總量被

趕超，並不代表香港的競爭力失去，只是大陸經濟發展太快罷了。兩大陣營只看占比，卻刻意不看總量，現在香港的經濟總量足足是回歸前的經濟總量一倍有多，怎麼忽略這一點呢？更何況是，香港的經濟來源完全倚靠祖國，而祖國的經濟騰飛，香港才會水漲船高，沒理由望祖國的經濟原地踏步；說到底，台灣經濟何嘗不是因此而水漲船高，只是受益歸受益，反中抗中的主旋律是不會變的。

　　至於有台灣名嘴表示『中國切斷自由行是怕陸客到台灣知道『反送中運動』，莫說大陸從央視至一般媒體都一直關心香港暴亂全天候報導，陸客到世界旅遊也一樣會知道，難道台灣比外國新聞更自由？不過，從某一角度看，大陸又真的會擔心陸客到台灣知道『不一樣』之『反送中運動』，因為台灣報導及評論香港的『反送中運動』，絕大多數是歪曲事實，混淆是非。如此一來，大陸人民反台情緒便更加高漲，這是大陸政府不想的。而最可笑的是，台灣政客及名嘴最愛把事實反轉來說，大家都知『反送中運動』不但全大陸眾多媒體廣泛報導，更被譽為是一次最好的大陸國民教育，令網上輿論達至九成以上人民，終於了解香港的教育、媒體及司法的問題與及外國勢力如何顛覆香港，更激發全國人民愛國和看清美國真面目；說到此，大家可以想像到，如果陸客到台灣知道綠營如何力挺香港暴徒如何資助港亂，那麼究竟是大陸政府害怕陸客來台灣知道『反送中運動』，還是台灣政府害怕陸客到台灣知道綠營如何參與『反送中運動』呢？」

　　蔓荷：「毫無疑問，香港『反送中運動』離不開台灣政府支持。但往日他們的『太陽花運動』也只是砸了立法院範圍，但香港黑暴是到處犯案打、砸、搶、燒直接影響人民生活，甚至連老人家都打、都殺，如此無法無天國際僅有，也只有港府港人才能忍受這麼久。但值得留意是，參加暴亂的大多數青少年，卻最少穿著千元港幣以上的裝備，那麼誰支持誰金援他們呢？不是已經呼之欲出，路人皆見嗎？台灣綠營與港獨分子視訊公開化，接二連三在台接待港獨人士昭然若揭，當然台灣政府一面喊支持香港『反送中運動』，並明裡暗裡接待，另一方面則反駁指香港暴亂跟台灣政府毫無關係，也正如『太陽花運動』，一些主要人物不是最後也召入黨及身居要職嗎？

　　事實上，世界所有顏色革命，如『阿拉伯之春』離不開操作套路，西方幕後策劃兼金錢物資支援，最後指全部都是人民自發性，跟西方或 NED 毫無關係，但香港也實在太明顯了，雙方主腦多次見面曝光，甚至美國前國務卿，前副總統接見圖文並茂，台美在香港的『港美中心』為暴徒開班授課也從來毫不掩飾，擺明是對著幹，還有什麼可否認的呢？而英國《BBC》也難得揭露台灣與台獨有關的濟南教會一直有送香港暴亂物資，更可印證三件事，其一，《BBC》是英國立場鮮明的反中媒體，但偶爾也懂得稍為平衡以中立角度報導一些事件，因此上述報導可信性不言而喻。其二，由西方證明台灣綠營確實參與香港『反送中運動』，綠營也難辭其咎。其三，證明台灣及香港一些教會早被外勢力滲透成政治中心及搞獨基地，香港前天主教樞機主教更是旗幟鮮明反中人物，我們便可從中了解得到，大陸有限度的宗教自由，也是事出有因。

　　無疑，香港『反送中運動』最後不但令 12 門徒自行送中，還有五名香港反送中者抵台後，時隔兩個月仍扣押在陸委會手上，但台灣當局只說『全部都交給陸委會妥善處理』，相關部門也全部噤聲，一切只能做不能曝光，可謂盡在不言中。誠然，綠營也陷兩難，公開便等同承認參與港亂之幕後黑手，且後患無窮；不公開綠營就不能藉此大肆宣揚台灣維護人權公義形象，而五名反送中者最終還是被打發到美國申請政治庇護，只是福禍難料，但美台幕後操作，就人盡皆知。儘管香港『反送中運動』才令綠營高票連任，但偷渡就是違法，綠營『撐香港黑暴』只能在選前，選後都是燙手山芋，有了『選票』當然不要『肉票』，也不會感到意外，只是 17 門徒的最終結果，相信綠營不需做什麼，都足令『黃絲們』上了寶貴一課。」

第32回

從沒三權 愛國治港天經地義

　　四子點出台灣綠營不少插手香港「反送中運動」後，主持人便續問：「如果談到香港的立法會選舉、三權分立及『雙普選』問題，你們又有何看法呢？同時，對於有4名反對派立法會議員去年底被DQ，今年初又有47名反對派分別遭到起訴及定罪，與及剛才你們也提到今年初中國推動了立法會及特首選舉更改成『愛國者治港』制度，你們又認同嗎？」

　　萊恩笑道：「若說到這些問題，或者我們先從香港的歷史說起。眾所周知，香港是英國從中國租來的，但在九七之前，香港的土地又竟然讓英國據為己有並從中拍賣獲益。這意味著什麼？這意味著今天香港的根深蒂固複雜問題都是當年英國精心策劃布局的，當時人民固然沒有任何自由，由於人多地少，採用拍賣價高者得的方式，不但為英國獲利豐厚，也是造成今天香港寸金尺土的主因。香港以接近千萬港元的住宅均價蟬聯『全球房價最高城市』，對港人而言，顯然不是一種榮耀而是悲歌。因此，香港人如果還對『前宗主國』感恩戴德，那便是鴕鳥心態，自欺欺人。

　　港人現時爭取自由，可是港英政府時代，港人是不准批評英女皇及皇室成員，而今天的港人及媒體，卻可天天罵香港及中國政府。老實說，英國最沒資格說民主；97回歸之前，香港都一直由英國直派港督，也是臨回歸前才設下立法會直選，為何港人不在97前不向英國爭取『雙普選』而之後向中國爭取？當然『雙普選』的計劃本來也獲中央首肯，只是反對派要求過多而告吹。而英國百年統治不給香港民主，卻之後為何就突然關心給立法會直選呢？顯然又是埋設香港社會衝突的地雷留待今天引爆。」

　　格林續說：「說到三權分立，首先如果大家有留意，也會清楚師父在台灣第一次演出之時候，也曾分享過三權分立的各種弊端，意思是三權分立本身也各有利弊，見仁見智。況且莫說香港九七之前未有

三權分立，就連香港的宗主國英國從古到今也未試過。香港回歸前，立法局是由行政機關把持和主導，港督為主席，大多數議員為官守議員和無民意基礎的委任非官守議員，而回歸後的基本法也從未表明三權分立。事實上，香港〈一國兩制實施狀況白皮書〉其中就明確指出，中央對香港擁有全面管治權。

在這前提下，所謂的行政管理權、立法權、獨立的司法權和終審權的三權分立，都是建築於中央政府的解釋權之下。無論如何，香港反對派往往談及『兩制』卻刻意忽視『一國』，是很難自圓其說。『兩制』既然是『一國』之下，也就是說沒有『一國』，『兩制』便無從談起；這又等同『中國香港』，『香港』既然是『中國』之下，也就是說沒有『中國』，『香港』亦無從談起。顯然，『一國兩制』或『中國香港』不同於『雞與雞蛋』有先後爭論，『一國兩制』或『中國香港』，就等同我們經營一間 A 公司，當發展穩定後我們打算開 B 分公司，也許 B 分公司有負責人管理，但無論該 B 負責人怎樣管理，都一定附屬於 A 公司，也就是 A 公司一定擁有最終管轄權，如果 B 公司完全不受 A 公司管轄及約束，那已經不是分公司，而是一間名符其實的獨立公司了。

因此，不斷提出不同的議題其最終目的是為了擺脫『一國』之管治權，也等同要把『中國』和『香港』分家，此時我們就不難明白，不斷要求三權分立之反對派兜了一個大圈子，最終都是謀取香港獨立；當然香港獨立能否生存，與及香港人民又是否容許這些為數不多的反對派『攬炒』香港，又已經是另外兩個話題了。至於主持人提到的立法會及特首選舉更改成『愛國者治港』制度，或者由師妹師弟繼續分享意見吧。」

湫彤：「值得留意的是，台灣民眾不滿領導人常有，藍綠政府也曾民調很低，但罕有少見到民眾或在野黨發動要求總統下台，美國也是如此，為何香港歷任特首都被喊下台？皆因台美當然不會自己做只會教港人做。其實，當香港反對派議員自認為要向英美『民主社會』議會看齊，我有點哭笑不得，英美議員信奉君子動口不動手，我倒是感覺反對派好像以為身處台灣的立法院，在那裡，民意代表及不同陣

營可以互相謾罵乃至肢體衝突，結果往往是，誰的言語更出格，誰的動作更威猛，誰就是當天的新聞焦點並樂在其中。

　　過去這幾年，香港社會籠罩著高度泛政治化的氣氛，本應冷靜理性處事的議員，卻把民意代表之職責拋諸腦後，在立法會的廟堂上通過各種方式進行政治『拉布』，把精力放在政治表演；台港兩地常常諷刺大陸別喊打打殺殺，偏偏自己在立法院或立法會常演全武行及亂拋東西，自以為文明其實最不文明，再比對英美議會怎樣敵對也不會肢體衝突，作為華人一分子又怎不汗顏？當然，自去年〈香港國安法〉通過，今年初大陸還進一步修改特首選委會，由 1200 人增至 1500 人，立法會也由 70 席增至 90 席，並取消 117 個區議會席位，完善及貫徹『愛國者治港』，不但有望 23 條順利立法，而且未來香港特首最終會達至由普選產生的目標，可說是香港反對派咎由自取，求仁得仁的結果。」

　　蔓荷：「事實上，〈香港國安法〉去年就獲得聯合國 70 多個國家支持，今年 70 多國更共同重申支持『愛國者治港』之『一國兩制』，可謂公道自在人心。當然，反對派最初以為〈香港國安法〉只是紙老虎，照樣搞『35 + 初選』，殊不知等到『35 + 初選』完畢便能坐實了操控選舉及違反〈香港國安法〉，也才能有證有據按章辦事；因此，反對派最終今年初 47 人分別遭到起訴及最後定罪，除了是自食其果，也令港台兩地反中傳媒及學者，再度大失預算。

　　老實說，若說到『玩政治』，大陸才是高手中之高手，除非他們沒興趣玩，否則又豈是一般常人所能預測；港台兩地的專家學者，屢屢『教訓』及『指導』大陸領導人，實在是班門弄斧，不自量力，也往往令人啼笑皆非。無論如何，從『玩政治』的手段，再到香港自身條件，既無能力和中央硬碰硬，更無籌碼藉『雙普選』而最終謀求獨立。如果香港『淺黃』及中間人士能夠洞悉此點，明白加入抗議陣營既對香港解決內部及貧富懸殊問題於事無補，反而被反對派利用更加進一步傷害香港；相反，唯有令反對派及攬炒派再無野蠻生長的土壤，並且把他們與外國勢力被邊緣化，令真正的『愛國者治港』，香港才能有精力回頭處理香港民生問題，也才可正本清源，還我昔日燦

爛『東方之珠』的香港一個機會。」

謙新：「香港人理應明白，在國際上有很多國家，自從選擇民主制度反而愈來愈落後，一人一票普選也存在很多缺點，為此，很多民主災難都是如此，最終惡性循環，受害只會是普羅大眾。香港選出的特首，TA 不一定愛共，但一定愛國愛港，絕不搞獨立，香港沒有任何一丁點條件能排他性自力更生，獨立只會帶來災難。因此，香港需要一位有魄力、有作為、有擔當與及有改革雄心的『愛國愛港』特首，而不是需要一位『攬炒』特首。而港人也不能令反對派成為立法會的絕大多數，否則只能後患無窮。

隨著去年 4 名反對派立法會議員被 DQ，也迎來反對派所謂的『義無反顧』地集體總辭，他們理由是『**如此便能取消議員資格，也證明中央完全不尊重香港市民的聲音。**』不過，他們忘記了民主的真諦，是少數服從多數，大陸的確完全不尊重少部分反對派的聲音，因為中央更要顧及絕大部分香港人民的聲音！這些政客既要『攬炒』香港又捨不得名利，既要當議員又不好好盡人民公僕的責任，之前反對派令立法會多次流會，最後還變本加厲，肆意搞亂，港府束手無策，最終迫使中央出手。事實上，立法會議員向外宣揚或支持港獨、拒絕承認國家對港主權、尋求外國或境外勢力干預香港事務，喪失議員資格自然是無庸置疑。」

大榕：「在香港反對派總辭後，當初有人擔心『**DQ 議員資格的決定，可能會造成未來議員即使完成宣誓，仍有機會被取消資格。**』事實上，香港反對派一直效忠的英國，也法律明確規定，英國議會兩院議員在就職前均須宣誓效忠王室，議員不經宣誓程式不能就職。香港某些反對派議員違背誓言、不守規則、藐視法律，甚至拒絕承認國家對香港行使主權，乞求外國制裁香港，喪失議員資格是理所當然；況且宣誓與之後議員表現根本兩回事，莊嚴的宣誓不按規則被 DQ，莫說是全世界政府，即使是一些國際組織，例如獅子會、扶輪社或國際青商會等都一樣會。而宣誓之後如正常作業，不勾結外國勢力，不刻意阻礙立法會運作，又何懼怕或擔心有機會被取消資格？說的人無疑此地無銀三百兩，明顯預告即使宣誓之後也會作出有違議員操守之

事，可看出不是作賊心虛，就是有恃無恐！

　　我們再看有反中人士說『港人多否定治港者必須愛國、愛港，問題在於愛不愛的標準何在？『愛國者治港』看似冠冕堂皇，但實現起來必然扭曲變形，甚至成為當局排斥異己、壟斷權位的工具。』但綜觀世界各地議員也要效忠國家，國家元首愛國就更天經地義；因此，香港特區現有的選舉制度存在明顯的漏洞和缺陷，自然有完善之必要，如果不選『愛國者治港』，難道選出攬炒者治港？這些反中人士無時無刻都期望香港不要安寧，究竟誰的心態扭曲變形？而攬炒派連社會中立聲音都不容，誓要非黃則藍，逆我者亡，又究竟誰真的排斥異己？」

第 33 回

愛國愛黨 善對宗教不置褒貶

　　隨後，有泛民不再沉默問道：「眾所皆知，中國去年實施〈香港國安法〉，今年又通過『愛國者治港』，香港簡直回到『訓政』時期，離民主目標越來越遠。而台灣有人也一語道破說中國推行『愛國者治港』其實就是『愛黨者治港』，也對若干香港異見人士犯非法集結罪成判刑表達強烈不滿；另外，新選舉法禁止投白票（廢票）是明顯干涉人民的自由，那麼，難道亞伯你對上述事件都認同嗎？」

　　亞伯笑回：「感謝這位泛民兄的提問，而且您的問題也很值得我們討論。首先說到『訓政』方面，我理解原文是台灣學者所言，他大約是說『經過國安法的頒布和選制的調整，香港簡直回到『訓政』時期，離民主目標越來越遠。港人普遍認為北京的『愛國』標準失之嚴苛，可能無異於『愛黨』，如果強行將其跟『愛黨』等同起來，則事實上不僅將和港獨及泛民主人士割席，恐怕也會和多數港人分道揚鑣。選舉新制出爐，象徵央港互信跌落谷底，過去幾年的政治抗爭與社會動盪讓北京感到多數港人離心離德，所以非用重重關卡約束反中

亂港勢力不可。』

　　其後，陸委會也不忘嗆聲，批評稱『中共推行『愛國者治港』，其實是中國共產黨直接治港，也就是所謂的『愛黨者治港』，最終將遭歷史及人心的嚴格檢視！』並認為『公務人員忠於職責雖然是天經地義，但是拒絕助紂為虐，也是人之常情，相關執政者一方面背離港人治港、高度自治的承諾，一方面又要公務人員白紙黑字宣示表忠，這樣的雙重標準，令天下人不敢苟同。』

　　基本上，就正如湫彤之前所說，站在台灣反中人士的立場，任何對香港之好事，都會視之為壞事，任何對香港之政治改革，撥亂反正，亦會視之為離心離德，離經背道！皆因香港『一國兩制』成功，就是代表了台灣反中人士的末路，就是這麼簡單。事實上，台灣學者上述一番話之『普遍認為』及『多數港人』，都是把絕少數變成多數，與事實是剛剛相反；眾所皆知，他們的領導人穿龍袍一度成為《亞洲週刊》封面人物，而『訓政』意思又是指太后或太皇太后攝政之名詞，因此一時間人們也搞不清這位學者是否指桑罵槐，但諷刺的是，台灣有了民選皇帝，自然才是真正的離民主目標越來越遠。

　　不過，他說『選舉新制出爐，象徵央港互信跌落谷底』又的確如此，只不過所謂『央港』的『港』也只是全香港一小部分之反對派、攬炒派，而不是他所想像的絕大多數港人。同時，他也非常誠實，說『過去幾年的政治抗爭與社會動盪』，就是『反中亂港勢力』之傑作。毫無疑問，香港小部分之反對派、攬炒派反中亂港，離心離德，與中央互信跌落谷底，也是種瓜得瓜，種豆得豆之必然現象。

　　而陸委會之說話也基本延續反中人士的格調，就是凡事『反轉』來說便好。比如說香港很多公務人員在『反送中運動』中，他們不幫自己同袍，反而參與黑暴幫忙打警察，是『助紂為虐』的典型行為；台灣反中人士身為中華民族一分子，在西方諸多抹黑、攻擊中國的事件中，他們不幫自己民族，反而落井下石，亦是『助紂為虐』的典型行為；因此，今天陸委會視『反中亂港者』拒絕『助紂為虐』就是對的，那麼，意即『愛港愛國者』就是『助紂為虐』，而且是錯的，無非都只是延續綠營的意識形態，也怪不得他們說『人之常情』了。與

此同時，台灣綠營近年對中國，與及對美國日本，所做出的雙重標準之多，可謂多如牛毛；因此，出自他們口中的『雙重標準』，同樣也是『人之常情』，只不過這全都僅屬『綠營人士之常情』，卻『天下人不敢苟同』！

　　說到中國推行『愛國者治港』，其實是『愛黨者治港』，這就頗堪玩味。剛才說到陸委會拿『人之常情』來形容『反中亂港』之公務人員，我們也不妨圍繞這句成語來探討。或者我們就以民間為例吧，如果有一個人，TA被一個集團老闆看中，正想提拔TA任職自己集團屬下之分公司負責人。而作為該集團之老闆，此時當甄選TA的條件時候，相信除了觀察TA的領導、工作能力，也會考慮到TA對集團之忠誠度、愛護度吧，這都是『人之常情』。不過，如果就在此時，該老闆發現想提拔之人，TA是否愛護公司、忠於公司暫未清楚，但就先發現TA對領導層及其家人相當仇視；那麼，如果您作為此集團之老闆，您又會如何處置呢？

　　很明顯，此時的老闆要麼就查清TA為何對領導層及其家人如此仇視，從而設法化解；要麼就不再考慮TA擔任此職位而另覓他人，這亦是『人之常情』。因為如果坐視不管，TA做不好、做得不稱心，不但會阻礙整個集團發展，也嚴重影響TA領導之分公司屬下所有員工。也就是說，作為中央政府，甄選『愛國者治港』固然是天經地義，『人之常情』，但這個『愛國者』是否也需要和『愛黨者』劃上等號，可以說沒直接關係，但卻有間接關係。亦即是說，將來治港之『愛國者』可以『不愛黨』，但絕不能『仇視黨』，若然『仇視黨』，不樂於和『黨』的領導層溝通，TA沒可能做好治港及做得稱心，也等於嚴重影響屬下所有的香港人民。就等如集團之老闆，自然不會要求員工除了愛公司也要愛領導層及其家人，但亦絕不可能任由員工仇視領導層及其家人，這就是真正的『人之常情』！

　　我們從上述便可得知，台人對『愛國者治港』即是『愛黨者治港』之指責完全是無稽之談。更有趣的是，綠營對於立法院處理萊豬進口，三名立委出席卻未投票，即受黨紀處分，除被罰款還要停權三年，綠營對只是未投票『不聽話』之黨員都可視為『不愛黨』，從而

清理門戶，痛下殺手，卻對嚴重得多的『反中亂港者』不但不批評反而叫好，對『愛港愛國者』就全部編入為『愛黨』隊伍，既是只許州官放火，不許百姓點燈，更是是非不分，說別人雙重標準，卻是自我打臉之最佳例證！

　　同時，對於〈香港國安法〉施行後若干首腦犯非法集結罪最近判刑，陸委會又隨即譴責『利用法律手段、迫使異見人士噤聲。』並重申要求港府『立即釋放所有良心犯，並不要再秋後算帳、清除異己，否則終遭人民唾棄。』事實上，上述若干首腦反中亂港數十載，勾結外國更是頻頻公開化，也從來毫不掩飾，陸委會恭維他們為良心犯，歌頌他們之行為，顯然已經是埋沒良心！相反，綠營對『不聽話』之『同黨人』罰停權，對『不同調』之『異黨人』罰查水錶，才是迫使異見人士噤聲的表現；而綠營獲連任後即馬上 DQ 市長、關異見之新聞台，是名符其實之秋後算帳、清除異己；當政權成功延續後即翻臉不認人，要選民吃萊豬、吃核食，那麼是否最終遭人民唾棄，我們就不妨拭目以待。

　　至於您提到新選舉法禁止投白票（廢票）是明顯干涉人民的自由，我了解有反對派批評立法限制，並指若白票的選民人數占投票選民的過半數，則選舉無效云云，可看出反對派至今，不知是真的信心爆棚，還是假裝信心滿滿。若屬真的信心爆棚，認為未來選民會完全聽從反對派吩咐都投下白票，但如果結果不是這樣，白票只是少數，此時又會否心悅誠服仍說這是人民自由呢？若屬假裝信心滿滿，那頗算有自知之明！事實上，從『反送中運動』過程演變至攬炒香港，到〈香港國安法〉通過，到最後攬炒人士如何避責割席、逃之夭夭，很多當初支持反對派的港人也開始清醒，更莫說絕大多數明白是非的港人了；因此，到此刻仍想著投白票的人居多，都只是自我安慰的投射。當然若最後立法禁止投白票，都只是排除浪費資源的舉措，而不是害怕選民投白票占多數，這一點是顯而易見。」

　　亞伯的合理解釋引來一陣陣掌聲，也令泛民啞口無言。

　　此時主持人示意以下是最後提問，台下即有學者問道：「較早前蔓荷有提到台灣及香港一些教會早被外勢力滲透，中國有限度的宗教

自由也是事出有因，請問何出此言？另外對於香港前天主教樞機主教不斷唱衰中國，你又有何看法？」

亞伯回應：「或者這一點再由我解說吧。在台灣有很多評論說，中國大陸是禁止信仰的。但其實中國有著很多不同的宗教，比如說最常見的佛教、喇嘛教、道教、基督教、天主教和伊斯蘭教等等。中國政府不是禁止宗教，而是不提倡宗教，希望人民理性看待，不要迷信而已。從另一個角度而言，聽取信仰和沉迷信仰完全是兩回事；比如佛教宣揚恩果報應，是鼓勵人類做好事不作壞事，又或者不殺生不貪癡，都是導人向善行為，相信很多宗教也是如此吧。

因此，某些導人向善、倡議和平、宣揚包容的宗教我們日常生活中也可不妨聽聽，但某些宗教說到即使是無惡不作者，只要臨終一刻信奉他們的宗教，懺悔自己的罪過便可得上天堂；或十拜九叩、呼天搶地的方式便能召喚神靈得救，我總相信這都不是他們心中之神的原意，什麼事都問神靈都倚賴神靈，其實也是一種消極悲觀的表現，積極樂觀的人生是靠自身力量去努力穫取的，絕不是靠神靈便可恩賜得到，如果人人求神便能獲益或免罪，社會還有人努力工作嗎？各地還需設立法律懲處嗎？

不過最諷刺的是，佛教是源自印度宗教，自己國家信奉人少，卻反而影響中國及東南亞至深；美國獨立宣言人人平等，而比美國獨立早上千百年的佛教，也講求眾生平等，但印度至今還有很多賤民，更有很多文盲，如果說美國天天都有槍殺事件，那麼印度天天發生就是強暴事件。如果世界最多窮人國家，印度肯定名列第一，超過國家一半財富掌握在百分之一的人手中，眾生平等在印度現實生活中簡直是天方夜譚，也格外諷刺，偏偏就是他們教曉中國人『捨小愛，為大愛』，努力創建『人類命運共同體』。也正如我剛才所說，愈倚賴神靈及迷信以為『信者得救』之人，往往愈是在心智方面呈消極及悲觀的傾向，因此也更易被人唆使做出極端行為；在世上，我們看到很多地區發生宗教種族滅絕，中東也因不同宗教屢發戰爭，即使同宗不同派的基督教和天主教，也是互相排斥及衝突不斷。

因此，擁有 14 億人口及多達五十多個民族的中國，本身結構已

經異常複雜，再加上西方也每每利用宗教滲透發動顏色革命，如果再對宗教撒手不管任由它們自然發揮，後果也必然不堪設想。不過也儘管如此，全中國依法登記的宗教活動場所也有 14 萬多處，也充分保障宗教自由，這是不容否認的客觀事實。可以說，中國政府對宗教不提倡但也不排斥，不褒不貶，是最明智的做法。而說到底，宗教歸宗教，政治歸政治，兩者本不應互相牽涉；香港前天主教樞機主教利用宗教身分，公開參與政治及支持破壞法治，已經不是神職人員的應有之道；如果，他認為不斷離間中國與梵蒂岡關係，醉心煽動青年人與港府敵對，鼎力支持黑暴去破壞自己的家園，這些行為是永不言悔的話，那麼，即使他表明死後骸骨不要安放在主教堂裡，理由是不想與其他神職人員葬在一起，但恐怕他的偏激行為，其他神職人員也未必喜歡跟他葬在一起。」

　　亞伯的分析頗獲在場大多數人的認同，掌聲不斷。而主持人也宣布中午休息兩個小時，待下午二時再繼續這天的座談會。

第34回

細訴三煩 教育使命重正能量

　　時間很快來到下午二時，當座談會開始，主持人便提到亞伯多人在澳門演出的事：「大家都知道，你們之前在澳門曾說過，『中國歷史上清朝有三藩之亂，而香港同樣也有『三煩之亂』，香港三大麻煩就是教育、傳媒和司法，但香港回歸二十多年仍未平定。』或者你們也解釋解釋，就從教育先講起，好嗎？」

　　亞伯：「好的！或者這樣說吧。香港人有一句諺語，說『七十二行，行行出狀元』，但當中有些個別行業，不但只是賺錢這麼簡單，他們的工作更是深刻影響所服務的人群，且各有各的光環，是很有意義的工作。比如是醫生，他們的目的是懸壺濟世，灌輸病者的是良藥，所以他們的光環是『仁』，唯有具備仁心仁術之胸懷才能救助更

多的人；護士的目的是助人復康，灌輸病者或康復者的是關心，所以他們的光環是『愛』，唯有具備南丁格爾精神才能愛護更多的人；記者的目的是匡扶正義，灌輸觀眾或讀者的是真相，所以他們的光環是『義』，唯有具備抑強扶弱的高崇情操才能監察社會；老師的目的是作育英才，灌輸學生的是知識，所以他們的光環是『德』，唯有具備德才兼備及無私奉獻的品德才能培育更多的社會棟樑。

我原來以為，以上各種的職業，與律師有很大的不同，因為在社會上任何一種案件，都有控辯雙方，也意味著可能有一些辯方律師，有時也會超越道德的底線，要千方百計為犯罪者脫罪，做出違背公義之事。比如在美國，當我們打開報章或電話簿，絕大多數廣告，都是律師廣告。事實上，美國的律師多如牛毛，遍佈城市每個角落，據我所知，美國人口僅占世界總人口的 5% 左右，但律師則占全世界律師總數的 35%，美國人民動不動便要求賠償，市場的導向造就眾多律師的需求，因此有多少律師的真心是維護公義，且堅守底線，恐怕是鳳毛麟角！但醫生、護士、記者及老師，他們並不會像律師一樣，會人在江湖身不由己，因此堅守自己信念及道德操守，按道理是來得容易，而且也本該如此。

但綜觀香港，卻並非這樣。醫生可以危言聳聽為反中可以指明是『武漢肺炎』，還指明中國人陋習劣根是『病毒源頭』。護士可以為政治罷工，可以要求香港政府全面關閉連接中國的邊境。記者傳媒可以反其道而行抑弱扶強，助紂為虐，指鹿為馬，大造文章。老師也可以違反常理，教唆引導學生作奸犯科，他們都藉著職業之便，享受著社會不俗收入及崇高的敬仰，實明裡暗裡做出有違『仁、愛、義、德』之事，讓人遺憾！

剛才主持人說我們就從教育講起，我知道在古時的中國，學生對老師有『一日為師，終生為父』的尊敬，可看出老師對學生的成長有多重要。無疑，能讓學生在課堂上聽懂、學懂、易懂及喜歡聽是老師的技巧，但我認為老師更重要的是具備正義感、道德感、使命感、光明感及能量感。所謂正義感是大公無私，不會偏愛富有或成績較好的學生，要做到一視同仁。所謂道德感是必須提高來自本身的德性修

養，要做好為人師表，首先要言行一致，嚴以律己，與及遵從職業操守，起碼三觀要正。所謂使命感是身為人類靈魂工程師，老師首先不能把教育視為謀生工具，而應該視作育英才為己任，能參與其中也引以為榮。所謂光明感是講求老師的內心，一個悲觀的老師也會影響學生悲觀、黑暗，一個樂觀的老師也會帶來學生樂觀、光明，因此一個充滿光明感的老師也會感染學生，所謂潤物無聲，春風化雨，最終學生也會感受到前途充滿光明，只要自己努力、奮鬥便能達到。

最後我認為能量感是最重要的，也就是老師必須有正能量，做好學生的指路明燈，一個好的老師，只會循循善誘學生放下仇恨，而絕不會散播仇恨種子，也只會潛移默化勸導學生萬事從好的方向去想，而絕不會要學生從壞的方向去想，因此不停地向學生灌輸負能量，鼓吹學生反抗社會不公，甚至教唆學生破壞社會秩序，褒揚學生犯法行為，甚至說出『黑警死全家』，咀咒『警察子女過不到七歲』及『警察子女二十歲前死於非命』的言論。可以說，這一些老師純粹是藉學生作為自己的棋子，已達到其個人目的，既是誤人子弟，更是悖離上述的正義感、道德感、使命感、光明感及能量感，有違職業操守，也必受社會唾棄！

而我最想說的是，老師本來就不應隨意在中小學生面前暢談政治，除非是大學教授且在有需要的情況下，例如本身是政治系才會向學生發表，但也僅是就事論事。因為，每個人都可以有自己的政治立場，關鍵是自己的政治立場未必是對的，如果藉自己是老師的方便，把自己的政治思維強加於莘莘學子的腦中，便是極不負責任的行為，也是累己累人。」

淑彤：「在我未說我的看法之前，我想先澄清一下，剛才師父有提到不建議老師隨意討論政治，但師父也是我們的老師，似乎有一點矛盾。但其實我們認識師父之前，我們已經大學畢業，而且他不可能也不需要灌輸他的政治思想給我們，因為我們的政治立場基本都是一致的，重點是我們的表演增加了暢論政治的環節，目的都是希望與大家分享我們的想法，而不是灌輸我們的想法，我們都認為大家多分享多溝通，世界就少了很多的誤判。

　　據我所知，港人從來都不是反中，港人更加從來都不是哈日，就只是現在的『黃絲們』的上一代，對於國家一有天災便人溺己溺，感同身受；與及看著《李小龍》腳踢日本人心花怒放，看著《霍元甲》拳打東洋人熱血奔騰。為何現在港人的年輕一代卻反中哈日，所謂空穴來風事必有因，是誰教育了這新一代，已經顯而易見。我們看到有香港老師在網上說『英國為了消滅鴉片於是發動鴉片戰爭』，我想這種說法相信連英國人聽到都感到羞愧！

　　之前在香港，也曾達到四成考生回答日本侵華是『利多於弊』。但回頭再看，即使日本至今仍未正式向曾經侵略的國家道歉，教科書也極力掩飾自己國家犯下慘絕人寰的行為，可是也有 NHK 電視台播出紀錄片《731 部隊──人體實驗是這樣展開的》，詳細揭露了日軍在中國進行人體細菌實驗的醜陋罪行。我們讚賞 NHK 揭露歷史真相的良心，卻感嘆台港老師去歌頌日本侵華及英軍鴉片戰爭。說到以前日軍對中國人民發動細菌戰，今日也會有香港導師在小朋友學習中心藏有山埃精靈球，他們利用工作便利，把危險品放置在有可能危害公眾，尤其是面對小朋友的地方，行為固然是喪心病狂，令人髮指；但問題是什麼原因令這些導師如此不顧一切？」

　　蔓荷：「說到『接地氣』一詞，大家都知是現代人流行的民間諺語，代表了不同社會上，其民眾不同的生活習慣用語等，但『接地氣』其實也有良性和不良性。在香港，我們會很容易想起了這裡的粗口（髒話）文化，如果要說中華文化博大精深，那麼香港粗口文化更是深不可測！因為這裡有一些人，即使不是罵人，不是生氣，而是朋友歡聚，開開心心的時候，一樣喜歡以粗口『問候』人家，這些人會認為不說粗口便代表了不接地氣。也許在自己的地方『粗口成文，出口成章』成為他們的生活習慣，也無可厚非；但問題是他們旅遊到別的地方，因他們的『習慣』而仍然不收斂大放厥詞，萬一周邊的人聽得懂，那麼不但是反映了其個人的文化修養，也嚴重影響了香港人的整體形象，因此這種不良的所謂『接地氣』，還是最好少講為妙。

　　無疑，粵語粗口是一些廣東人的生活『習慣』之一，但論日常夾帶粗言不說不快的『密度』及粗暴的『程度』，這些香港人肯定認第

二，沒其他廣東地區敢認第一。但這種『倫元及第』，就只有這些人才覺得光彩。不過，最痛心的還是這裡的小朋友，一些小小年紀便能以粗言說話且習以為常，是父母之過，更是老師之惰。就像之前便有香港『粗口女教師』以粗話辱警，實在是『枉為人師，誤人子弟！』反對派多年來以溫水煮青蛙方式，毒害香港年輕一代，事事為反而反，加上學校缺乏道德教育，家長不教不管，令今天部分年輕人思想偏激、麻木不仁甚至泯滅人性，連手無寸鐵的老人家都能忍心用磚頭猛然擊之，用熊火毅然燒之。

　　然而，在中華的寶典《三字經》之中，就記載了『養不教，父之過，教不嚴，師之惰』之說，不過最諷刺還是，香港卻把粗口文化別稱《三字經》，甚至還有藝人撰寫編曲成『粗口歌』去歌頌這種『低級文化』，去荼毒青少年，實在是不敢恭維，也令人搖頭嘆息。毫無疑問，香港教育局去年再取消一名涉嚴重扭曲鴉片戰爭歷史的小學教師資格，成為自反修例黑暴爆發以來，第二名遭 DQ 的教師，可謂遲來的撥亂反正。然而，冰凍三尺非一日之寒，荼毒學生的『黃師』不是一朝一夕養成，黑暴爆發至今，教育局接獲數百宗教師涉嫌專業失德的投訴，但絕大部分僅發警告信輕輕了事，難怪令小學生都充當暴徒，毫不懼怕。」

　　謙新：「據我了解，香港教育界有一個『較邪』的組織，這個頂著教育的『名』，幹著邪教的『實』，如果滅絕師人在生，應該搞清楚香港『較邪』才真正叫做邪魔外道，而並不是明教。當然現在香港也存在很多滅絕師太，所以才會把馮京當馬涼，故意把正義之師說成『藍屍』，把『較邪』封為正義團體；不過，我始終深信『邪不壓正』，也果然這個組織最近終宣布解散。

　　去年，香港教育局才姍姍來遲進一步修訂教科書，在《印刷課本編纂指引》中，明訂了『近 20 年史事不少仍在發展中，未有結論，因此不應太詳細敘述』，引發輿論爭議，一些教師舉例指『大陸舉辦世博、奧運、加入世貿都是改革開放後的好例子，是否又不可以談呢？』其實任何事都不可一概而論，不竟書本是死物，人是活生生的，因此關鍵還是在老師身上。一個正義的老師雖然手持著邪書，一

樣可以撥亂反正教化世人，相反，即使邪書全部修訂更正，但如果香港仍然存在『黃師』充斥，那麼『換湯不換藥』，也是於事無補。

事實上，香港雖然有教師被指專業失德，並因此被取消資格，但想殺一儆百未免太天真，『較邪』多年的深耕，如果香港政府不從根源做起，而是只做一些表面功夫，即使解散但只要餘孽猶在，一樣可興風作浪。其實，香港通識科教材多年來備受各界質疑，有官校中學捨新取舊，使用舊版通識科課本，其中充斥了抹黑特區政府等內容，更有課本聲稱青少年犯法後只會接受較寬鬆的刑罰，甚至更美化一些暴徒及領袖人物行為，還歌頌讚揚他們，可謂嘆為觀止，這無疑是赤裸裸的鼓勵學生投身政治運動，煽動仇恨及鞭策他們犯法。」

大榕：「隨著〈香港國安法〉的實施，紥根香港各大學多年之『港美中心』也被迫關閉。這個打著學術交流的幌子，多年來一直在香港進行政治滲透，包括操弄大學通識課程，收取外國政府及反華組織資金，安插交流學者到香港多所大學，向學生灌輸反華思維，通過網路遊戲及學習專案，將洗腦對象瞄準中小學教師、學生會以至年輕學生，最終煽動學生參與『占中』及『反送中』等。然而，都說有『因』才有『果』，香港多所大學的校長曾任該中心的董事，在上樑不正下樑歪的情況下，自然也會結下種種惡果。

我們再看看有學生會會長這樣說『過去一年間，黑警圍攻大學、無差別攻擊市民，政府以疫情為由取消立法會選舉，剝奪港人選擇代議士的權利，港共政權的種種惡行歷歷在目。』我們不難看出，有了『較邪』的指鹿為馬，學生會會長自然也會不分青紅皂白了。因為真相是過去一年間，學生圍攻社會、無差別攻擊市民，政府無需以疫情為由取消立法會選舉，香港市民早已經清醒會用選票『叮走』那些剝奪港人正常生活權利的『攬炒派』，港美議員的種種勾結惡行才是歷歷在目！

這個學生會會長還說『生於亂世，挺身而出』，然而佛家有云『應無所住而生其心』，究竟是生於亂世還是生得逢時，只是身在福中不知福，都是人的一念之差；至於說到挺身而出，眾多草莽頭目在未遇高手之前都愛說挺身而出，但當有事發生，便是『走得快，好世

界。』於是一些『時辰未到』能逃之夭夭的，仍不忘在海外大放厥詞，一些『時辰已到』的，就不忘辯稱只是『抓桶釣魚』，更有些不忘在入獄前叫『黃絲』獻金，醜態百出。同樣，大家應該記得去年多名青年在秘魯宣揚港獨，拿著『光復香港』標語旗幟拍照醜出國際之事吧，最終眾人巧遇疫情封城便轉向中國領事館求助，可看出當關乎自己生命安全，尊嚴或使命算得了什麼，於是照妖鏡一出，眾生相無所遁形，其醜無比。」

第 35 回

嚴重雙標 濫用言論新聞自由

在掌聲之後，主持人也延續上一個提問：「那麼香港『三煩之亂』中，有關傳媒和司法方面，你們又是怎樣看呢？」

亞伯笑道：「說到傳媒，我們不妨先討論一下言論自由及新聞自由，這一點或者由萊恩及格林先說吧。」

萊恩：「說到言論自由及新聞自由，很多人直覺美國一定是表表者。但其實也存在嚴重的雙重標準。我們或者先說說言論自由的例子。美國一些政客，只要輸入『中國』二字，便像失去理智口不擇言，可以隨便地說將中美關係比作自由和奴役之爭，還號召中國人民改變中國共產黨，說共產黨害怕人民真實的意見。但他們都忽略了，恰恰是中國人民釋放出的創造力改變了中共，哈佛大學之前就有研究報告顯示中國政府受到 93% 人民的支持；相反，美聯社調查卻高達有 80% 美國民眾認為自己政府方向是錯誤的。

因此真相是，中國人民真的希望會改變共產黨，但出發點是希望中國不需對美國一再忍讓。共產黨亦的確害怕人民真實的意見，因為人民要黨盡全力對付美國。另外還有我們的前總統，《華郵》更拆穿了他在位時發表了二萬多次不實言論，歪曲事實成為家常便飯，平均每天在公共場合撒謊了 12 次。因此，濫用言論自由，對國家而言並

非好事，尤其是領導者，不但貽笑國際，更重創國家誠信形象。

　　至於新聞自由，我們不妨就拿去年美國總統大選為例，有小報《紐郵》大爆拜登兒子醜聞，即使後來又被《NBC》揭發所謂的醜聞中，證實是文件造假，但對於民主黨選情在當時已造成傷害。事實上，美國選舉政治攻擊事件層出不窮，屢見不鮮，但美國的大報，除非是面對中國或一些針對性的國家有關的報導，一般對自己國內有關的『爆料』，也許還會守住傳媒的道德底線，從上述事件主流媒體首先拒登，再揭發小報的造假便可清楚。

　　不過，值得注意是，事件背後真正造假的主角是香港的『毒果』，且與『大伎園』及美國右翼代表『斑濃』及中國紅通代表『猓紋瘤』，他們都是蛇鼠一窩。而去年來自港大，散播中國是病毒起源的吹哨人『嚴厲夢』，卻背後又是這對濃厚的『斑』及病態的『紋』活寶貝策劃主謀。話說回來，香港的『毒果』分佈港台兩地，『大伎園』更是充斥美國及多國地區的小街陋巷，當中又影響台灣傳媒至深，多少台灣政客名嘴，念茲在茲的反中『爆料』大多取自『大伎園』，可以看出，港台兩地打著新聞自由的幌子，顛倒是非扭直作曲的，可謂比比皆是。」

　　格林：「其實我們從孟晚舟未審先判的事件中，便可見識到美式民主中的雙重標準。剛才萊恩舉了一些美國政客濫用言論自由的例子，我也想到一個較深刻的。話說某局長曾表示『中國特工在『獵狐計畫』下，不斷追捕美國境內數以百計的中國人逼迫他們返國，但『獵狐計畫』不是打貪運動，而是清理對中國領導人有威脅的異議人士。』我想局長說出此話只有兩種可能，其一是局長直接說謊，其二是局長明知消息來源是不真實卻假裝相信，因為中國從來都容許部分異議人士遠赴海外，且例子太多，『六四事件』就是好例子。

　　也就是說，沒有中國政府的默許根本沒可能離開，而借用『補外就醫』的例子更不勝枚舉。因此，中國要在美國借用『獵狐計畫』打貪之名而行清除政治障礙之實，實在是癡人說夢；況且中國如真的要在外國『解決』某些人實在是易如反掌，連北韓都能做到，中國做不到？因此從來只有是中國願意放過某些異議人士，而沒有拿不到的

人。同樣，在〈國安法〉實施之前，香港有多少傳媒及政客長年累月地明目張膽幹出詆譭及分裂國家之事，他們不是一樣活的好好嗎？而中國政府多年來還未正式清理在外地的貪污等犯罪人士，只因今天的中國已經是很重視文明法治，加上未至於馬上處置，這很明顯不是一些媒體或反中人士所能誣衊就可得逞的！

同時，美國常常指控華為、抖音不安全，但美國的『什麼是App』通訊軟體，卻被聯合國早前視為不安全機制宣布不准使用。至於各地人民最常用的網路搜尋引擎『古哥』，也是長期把反中媒體放置最前，例如搜尋中文任何新聞，特別是『反中』新聞，『毒果』、『大伕園』及台灣『三文治（三民自）』必衝在前列位置，相反，如果想搜尋『反反中』新聞，勢必詳細正確輸入『關鍵內容』才會出現，這種刻意『人為』設定的『誘看』及『障礙』，新聞自由都是國王的新衣。

當然，香港黑暴除了社交軟體及網絡媒體，濫用新聞自由的外國傳媒更是居功厥偉。不過，也正如萊恩所說，西方也會偶爾懂得平衡的，例如《BBC》之前便難得揭穿自稱『被嫖妓』遭中國行政拘留的英國駐港總領館人員，被主持人揭穿是收集情報，當面指正他就是個間諜。如果再把《BBC》比對香港公營的電台，同是公營的前者偶有陽光，而後者則長年反港反中，且樂此不疲。」

亞伯續道：「剛才格林提及《BBC》難得揭穿前英國駐港總領館人員就是個間諜，今早蔓荷也說到《BBC》難得揭露與台獨有關的台灣濟南教會一直有送香港暴亂物資，但不代表《BBC》或《美國之音》、《德國之聲》等這些國家喉舌對中國十之二三是真實報導就要感恩它們，不竟傳媒就是傳媒，是公義的化身，即使有十之八九都是真實報導，只有少數是假新聞都是不對的。

而事實上，《BBC》近年不斷散播新疆存在強迫勞動及種族滅絕等等污衊及謊言，就連英國本土網友們都表達其公信力下降感到憤慨及惋惜，更力指《BBC》在報導委內瑞拉和敘利亞時也是如此。另外有英國學者出版了《假新聞工廠……來自 BBC 的故事》一書，直言《BBC》實際上就是一個頑固的政治競選團體；而英國《每日快

報》更發表民調，一半的人都認為《BBC》在新聞報導方面有欠公允。但可笑的是，《BBC》罵中國的事情，其中有關的專家包括德國學者等，他們一次都未曾進出過中國，卻不但改漢名，還以中國專家自居！當然，《BBC》散播新疆謊言之記者最後突然消失，原來已落跑台灣，但被揭發不是洗心革面，反躬自省，而是因為害怕在中國吃官司，才會倉促逃離。可看出到頭來都是鬧劇一場，然而一雞死一雞鳴，西方的反中鬧劇不會停止，到時候換個題材又可繼續上演。

至於說回香港『三煩之亂』，除了教育是根源，無獨有偶，香港教育界有『較邪』，傳媒界一樣有『忌邪』，相映成趣。我記得香港政府自『反送中運動』後，為了防止再有自稱記者混入人群阻礙警方工作，因此修例拒絕承認『忌邪』等媒體工作者工會的記者證，作為辨識記者的方法。最後當然引致『忌邪』強烈反彈，聲明嚴重影響採訪自由及新聞自由，並稱『**很多資深記者很少與單一媒體合作，會將文稿給予不同的傳媒，這是大勢所趨，媒體愈來愈多把工作外判，即使首屈一指的媒體也是請自由記者，連普立茲獎也是開放給自由記者，警方做法是一種倒退。**』對此，或者我們分開幾方面說吧：

其一，在國際上，即使香港『忌邪』最崇尚的英美兩國，真正的記者還是要經政府機構申辦記者證的。當然，在公眾地方採訪及發表新聞，還是可以不用記者證，但不是公眾場所，又或是因突發事件在公眾現場的封鎖範圍內，仍需有正規的記者證才可進入場內的；比如採訪奧斯卡、艾美獎或發生槍擊事件之現場等等。因此，倘若香港警方是防止『不正規的記者』進入警方的封鎖線內採訪，本身是成立的。

其二，『忌邪』所提到的普立茲獎，這個不限國籍，但必須在美國媒體中發表過作品的新聞獎，即使也是開放給自由記者，但也有其專業性和認受性，也絕對不是給一些學生記者又或是用心不良，黑白不分，甚至移花接木之記者所能染指的。當然，西方的普立茲獎、諾貝爾獎，又或是國際上的人權組織、國際記者的聯盟、『無過界』記者組織等等，多少都有其政治色彩的，因此拿它作比喻根本毫無意義。就比如『無過界』記者組織就一向是反中及意識形態辦事，之前

台灣 NCC 駁回 CTI 新聞台換照申請，『無過界』記者組織只表示感到遺憾，並稱其未涉及新聞自由，這種助紂為虐，公信力早已蕩然無存，也凸顯其雙重標準。

　　其三，任何事情皆不可一概而論，每一個地方都有突發情況發生，每一個政府當然在非常時期要做出非常的手段。事實上，香港『反送中運動』已持續發生一年多，香港警察盡忠職守及忍辱負重的程度，亦是除了港台美歐以外，絕大部分國家政府及人民均有目共睹，所謂真理長存，隨著更多的『真相』曝光，儘管『忌邪』當正自己是無冕皇帝，但相信廣大的香港人民還是有底線及不易蒙騙的。

　　其四，歸根結底，問題還是回到記者的初心，如果是資深自由記者，其報導有一定的專業性和認受性，相信其在工作的多個媒體中，要求其中一個媒體代為正式申請記者證，應該不是難事。也正如我今天早上曾說，記者的目的是匡扶社會正義，灌輸觀眾或讀者的是真相，一個真正的記者，除了堅持準確、專業、責任、真實、公正、客觀等多個基本原則外；還需具備伸張正義的情懷，寬容善良的心胸與及尚儉守德的品格。如果香港『忌邪』諸君能撫心自問，上述條件皆能一一做到，這時才批評港府吧！更何況港府本來就不是針對資深記者，而是主要針對『突然』成為記者之學生記者及冒牌記者。」

　　現場迎來一片的掌聲，亞伯也說再聽聽其他四子的發言。

第 36 回

扮花木蘭 大台培育亂港少林

　　淞彤：「大家都知道瑞士是一個中立國，也相信大家都知道什麼是中立，那就是不會偏袒任何一方。而理論上在民主國家裡，公營媒體都應該是中立的，但台灣和香港卻完全不同，而且兩者更背道而馳。台灣的公營媒體，完全是變成執政黨綠營的喉舌，雖然有違中立的角色，尚算無可厚非。不過香港的公營媒體，則完全不一樣，它不

但是長期反自己政府，更是長期反自己國家。換句話說，香港政府是名副其實花大錢買石頭再砸自己的腳。香港的堅尼係數一直是排名世界前列，而此公營媒體卻年耗 10 億港元以上公帑，為何政府多年來不把這些『倒自己米，拆自己台』的錢去回饋人民，這就令人百思不得其解。

據我所知，香港公營媒體早年也曾製作過高水準的寫實作品，但隨著歲月流逝也不斷褪色。去年，這個公營媒體一位先說屬印度裔後說屬巴基斯坦裔的女主持扮演《花木蘭》成為新聞人物，當然問題不在於她的膚色或什麼族裔，重點還是在於她的記者操守及職業道德，很明顯此人每每在節目中以毫無禮貌及詞鋒犀利見稱，而且反中反港預設立場鮮明，已經違反了師父剛才所說記者應具備的專業、真實、公正、全面、客觀等基本條件。

儘管她的上司多番維護，甚至前高層也去信申訴專員公署極力為她修飾，然而，此人曾於公眾場合嚴詞質問特首，除叫特首講人話，還直斥『好多市民問你何時死？』可看出其潑婦罵街形象早已深入人心，勢難再為她搽脂抹粉。不過，最可笑是她扮演花木蘭卻又指自己不是漢人，是因為花木蘭也並非漢人，最後又指仍沒有定論。但她也不忘提及在大陸被捕的『12 門徒』，指他們身分始終都是香港人；原來她大費周章，最終目的都只是為力撐『12 門徒』，她認為港府應該為他們提供更適切的協助。

不過，可以告訴這位主持，花木蘭是如假包換的漢人，但她就肯定不是中國人！如果她有讀過〈木蘭辭〉，便不會懷疑花木蘭是否漢人，文中有說『旦辭爺孃去，暮宿黃河邊，不聞爺孃喚女聲，但聞黃河流水鳴濺濺。旦辭黃河去，暮至黑山頭，不聞爺孃喚女聲，但聞燕山胡騎鳴啾啾。』眾所皆知，黃河和燕山都是中國的北方，花木蘭從軍於此，她不會是中國兵難道是印度兵嗎？也許她知道『巴鐵』是中國的好兄弟，所以一時稱是印度裔，一時又稱是巴基斯坦裔，但都不會改變她只是生在香港的南亞裔人，更加不會改變她是個徹頭徹尾反中反港之人。

同時，我們很難想像一個如此鮮明立場的人在公營的電視台長期

任主持，這就已經表明管理層都是同聲同氣。當然，隨著〈香港國安法〉的發揮一步步到位，今年初此公營電台終於換調了廣播處長，這位南亞主持也不獲續約，但其實除非新官既能把這機構千多人換調帶來正能量，又能自給自足，否則被取締把大量政府的資助轉而照顧社會弱群更好。而香港青少年沒國家理念，除教育媒體天天洗腦外，政府公營媒體也反自己，節目作品鮮有反映大陸開放及進步成果，淪為假借新聞自由，成為外勢力打手的一言堂，讓人遺憾！」

蔓荷：「人們都說台灣傳媒百分之九十都是從淺綠到深綠，屬藍的可謂廖廖可數，就連唯一『比較中立』的電視台，其新聞台也被執政黨清洗乾淨，今天的台灣傳媒，是名符其實的反中一言堂，不容置疑。相對來說，香港的傳媒雖未至於台灣的程度，但真正中立持平的媒體，也是鳳毛麟角。詭譎的是，這裡的《大公報》被民調視為公信力排名倒數第一，這就引人發噱，耐人尋味。大家都知所謂公信力，指的是社會大眾對特定組織或事物的信任程度，而《大公報》雖然冠以紅媒或黨媒，如果被評為娛樂性排名倒數第一，又或是嚴肅性排名第一，相信或許不會太多人反對，但就是因為堅持真實報導而不會容易發現『驚喜』路邊消息的《大公報》，卻被扣上最沒有公信力的帽子，那麼連美國《NBC》拆穿文件造假的香港『毒果』及『大伎園』，它們天天塞滿的假新聞就具有公信力麼？可看出這份民調，才是真真正正的缺乏公信力吧。

而除了《大公報》，在『反送中運動』過程中，也曾經有不少『黃絲們』抨擊香港這裡的最大電視台新聞部，從這一點我們也可看出，今天標榜追求言論自由及新聞自由的人，都是假民主，也就是順我者昌，逆我者亡。老實說，您們的這個大電視台，歷年來新聞部最熱心專訪和報導的，不是泛民派便是大陸的維權人士，甚至主持人從開始便已經預設立場，多年來也為香港反對派培養出不少揭竿人士，如果說香港小姐是這個電視台花旦的少林寺，那麼這裡的新聞部何嘗不是亂港的訓練營。例如蕭先生、陳小姐、毛小姐、利小姐、梁先生及柳先生等等，都是從這個電視台打木人巷出來的。

可以說，這個人電視台只是比政府的公營電台好一點，但由於收

視長期一面倒，所以影響青少年也不少。因此，香港的『黃絲們』對一個長期偏向泛民角度的電視台都要斥罵，可看出根本連偶爾中立的聲音都不容訴，完全是承接了美台的鴨霸主義。說回這個電視台，其實除了您們本地香港人，我們海外的香港華人及澳門人也都是看著這個電視台長大的；說到此就不得不提歷屆的香港小姐了，毫無疑問，外國的獨立和自由的土壤，會孕育出年青一代思想開放及樂觀主動的性格，所以多年來的香港小姐選舉，絕大多數的勝出者都是來自我們海歸派的佳麗，而這個電視台的花旦，多年來也一直以香港小姐為重要來源，成為世界上罕有的獨特風景線。

不過，海歸佳麗好處是思想開放，但不好處也是太受西方的言論自由影響，近年來，我們不難留意到不少香港小姐也加入反中陣營。然而，這個電視台卻又一直在節目上很多方面和大陸合作，這也是他們也看準大陸才是大市場的緣故，只是新聞部是獨立部門不受影響吧。至於近年香港小姐的政治取向，雖然是她們自由的選擇，但她們也許缺乏長遠目光，不看以前的師姐大多也進軍大陸市場，無論如何，凡走過之路必留下痕跡，我只能向她們說一聲，且行且珍惜吧！無論如何，『黃絲』追求民主自由，但就不尊重、不容許『藍絲』的存在，這本身已經是不民主，而且一方面打壓新聞自由，另方面又說捍衛新聞自由，不是賊喊捉賊嗎？」

謙新：「在香港，之前也有七個傳媒工會發起『停止警暴、捍衛新聞自由』靜默遊行，要求警方尊重新聞自由。誠然，自由的確可貴，這包括言論自由或新聞自由，但自由也絕不能濫用，更不能為所欲為。香港假記者例如『學生記者』和『公民記者』一向充斥，政府修訂傳媒採訪的指引，凡不在政府認可範圍的記者證不予承認，也是無可厚非。有反對派質疑警方此舉是『行外人管行內人』，其實議員本身也是記者行外人，說出這話之人不也是行外人管行內人嗎？況且，有關社會發生任何問題，政府本來就是責無旁貸，如果凡事皆指政府是行外人，那麼我們設立政府，豈不是什麼都不用管？

當然，香港之傳媒其心不正卻屢屢批評大陸，也比比皆是。例如有一傳媒就批評，『廣東官場本土人才凋零，已反映在地級市上，

中央長期以來都不願由『粵人治粵』，用頻繁輪調官員的方式避免地方出現指揮失靈局面，由於京官空降增多，令本土官員加速式微。』說到底，港媒關心『粵人治粵』，主因也是希望全面落實『港人治港』之心為出發點，卻無視大陸對各省皆然，反映出一些港人的狹隘眼光。事實上，大陸不同省籍的官員管治不同的省分，本身對社會對人民而言都只有益處沒有壞處，例如一方面減少官商地方關係盤根錯節勾結，另一方面也是培植官員能處理及管治好中國任何一個省分或地區，不竟每個省分之問題不同，能處理好每個地區也累積不同的經驗，相對能走上中央管理層的官員，更需要千錘百鍊，如果永遠粵人治粵，官員永遠管理自己地方，故步自封，就如只見樹木不見森林，只看到自己的桃花源，卻不知外面的大千世界，對國家、對社會、對官員及對人民都絕不是好事。

　　至於在漫長的『反送中運動』中，香港的傳媒或記者又有多少從一開始便秉持著良心、公正及客觀報導，就只有他們心中最清楚。我們也慶幸有西方良心，一外國記者在《一場在香港的秘密戰爭》一書中曝出，『由香港激進分子高層組成的秘密委員會，與美國中央情報局的西方特工合作，協調和擴大『反送中運動』的抗議。而且早在2013 年，香港的反對派便已經接受專業革命成員的街頭抗議策略和媒體控制方面的實踐培訓，而 NED 亦自 2014 年以來，已向大陸或香港匯出了 1.7 億港元，以推進民主事業。』我們不難看出，美國多年在香港明裡暗裡深耕推動顏色革命，連外國記者都得悉，恃著無冕皇帝權威的『忌邪』，首創狗仔隊無處不在的『毒果』，多年來都從來沒揭露有關報導，是惺惺相惜還是同流合污，也一樣只有他們心中最清楚。」

　　大榕：「據我理解，香港之前自由度在全世界排名第三，但有些香港人居然去找排名第十七的美國去批評自己的地方，去找美國支持香港自由民主，這種行為不是很荒誕嗎？其實，港台兩地的部分新聞工作者，的確倚仗新聞自由，便自由到毫無顧忌地往往用自己的判斷去報導。香港『反送中運動』也是照妖鏡，照射出兩地多少偏頗的報導。事實上，警察的天職就是保護人民，反暴力也是他們該做的，正

如軍人天職就是保護國土殲滅敵人，難道軍人出戰會罵他們開槍？警察不反暴力用來幹什麼？比對歐美，香港警方是相當克制的一群，港台媒體不斷地喧染香港警方暴力，無疑是為歐美代言及吶喊助威，並且為虎作倀，助紂為虐，絲毫沒有傳媒人該有的正義感。

當然，香港傳媒的『對人不對事』，也不是一朝一夕。有關『英國貨櫃車 39 條人命』事件，香港的評論是怎樣說呢？我們看看其中一篇針對央視的報導而作出的評論，『不消說，中國之言論自由經常成為西方詬病，近乎謾罵的姿態則明顯失了格調。國很大，並不是一句『厲害了我的國』可以概而論之，集裝箱慘案（如果最終證明死難者為中國人），不能一併抹殺掉中國改革開放至今的發展與成就；同樣地，《厲害了我的國》的大國崛起敘事下，也不應該忽略那些卑微者的存在。要知道，中國當前還是發展中國家，而且還將長期處於社會主義初級階段，這樣的階段裡，矛盾與問題不會少。』首先，上述的評論不予指責《CNN》的未有結果先行判斷，反而借題發揮大力批評中國，指責央視失了格調，便可知道港媒的純粹『對人不對事』；而 14 億人口五十多個民族的大國矛盾與問題永遠都存在又有何出奇？香港人連細小的特區都管不好還有氣力罵國家？

《厲害了我的國》只是一個節目及有時間性的宣傳卻無限上綱，究竟是西方及港台不斷謾罵中國還是中國謾罵別人呢？香港一些人之崇洋民主心態及始終放不低的傲慢與偏見，今時今日還抱著港人優越感去看低自己民族及仇視大陸，誰真正失了格調呢？而且看扁自己的國家對香港既沒好處，對自己期望中國之惡念也只會撲個空。按道理站在人道立場，傳媒之焦點不應放在遇難者是屬於哪一國人士；然而，無論西方還是香港台灣，均把焦點放在中國，可謂項莊舞劍，意在沛公！當然最終證實遇難者全部是越南人，但罵的人有給大陸道歉嗎？不消說自然不會有，因為對於這些人來說，天天都在尋找新機會、新話題修理中國，這是他們的精神食糧，也是他們所謂的言論自由和新聞自由！」

司 法 外 侵　罵支那人匪夷所思

　　眾人句句在理，現場響起不斷的掌聲，也令在場的一些泛民及傳媒人士只能三緘其口。而主持人即續問：「香港之『三煩之亂』，你們對教育、傳媒已經有詳細的論述，剩下的司法，你們又有何看法呢？」

　　亞伯：「毫無疑問，如果比對香港之教育及傳媒，香港之司法問題不是最重要，但又卻是最難解決。就正如我之前在澳門說過，香港的『三煩之亂』，就是『較邪』做前鋒，『忌邪』做中衛，司法做後防。也就是說，香港年輕一代每一天的時間中，『較邪』是負責先把香港的學生在校時間從小便灌輸反中教育，當然我了解近十萬人之『較邪』組織最近已自行解散，但我想說只要是這群教師『人在江湖』，基本上沒兩樣；『忌邪』就負責把關學生不在校的上網或觀看節目的時間，繼續傳播反中意識；而司法則負責當年輕人破壞社會犯了罪後予以輕判或無罪開釋，如此一來三煩之反中大業，便能薪火相傳，永不歇息。

　　但不同於教育及傳媒，香港政府如果願意從根源做起，是有能力及有方法解決，但司法問題關乎到香港終審法院有不少是外籍法官，兼且又是終身制度，因此要徹底解決勢必牽一髮而動全身，不是易事。但又是否永遠不能解決呢？當然萬事總能有解決之法，關鍵還是在一個字，就是『等』。無論如何，解決事情總有先後順序，所謂解鈴還需繫鈴人，當時辰已到，自然便能順藤摸瓜及水到渠成。」

　　主持人笑道：「亞伯你的說法充滿懸念，或者你還未解開這個謎底之前，也向大家說說香港司法之亂吧。」

　　亞伯續說：「眾所周知，香港『反送中運動』源於〈逃犯條例〉，而〈逃犯條例〉又源於『陳同佳事件』。事實上，香港的〈逃犯條例〉本身一直存在的法律漏洞，儘管香港有和不少國家和地區設

有引渡條約，卻不包含中國、澳門及台灣地區。與此同時，由於香港〈基本法〉第 23 條也一直未獲香港通過，這也是導致西方情報機構在香港如此猖獗活躍的主因。然而，在『法治社會』的世界排名上，香港是排名第 13 位，中國排名第 46 位及台灣排名第 48 位，但諷刺的是，香港明明法治位居世界前列，反對派竟然不相信香港司法害怕被送中，相對台灣排名還比中國低，卻天天譏笑大陸的法治。

而香港的法院，也由於外籍法官掌控了香港終審法院，往往做出警方抓人，法院放人。就比如 15 歲學生在街頭投擲兩枚汽油彈，法官判刑時竟稱讚被告是『優秀的小孩』，並『欣賞』他小小年紀已『主動及樂意幫助香港』。而對大學生搜出膠棒及面罩、護目鏡等裝備，法官也在法庭上讚揚『被告是有抱負、有理想的年輕人』。而前首席法官更乾脆表示，『港府在修訂逃犯條例事件上犯下嚴重的政治判斷失誤，低估港人對大陸法律制度的不信任，以及港人感到香港日趨內地化的關注。』究竟是港府低估港人害怕內地化，還是說的人低估外國勢力及『反送中運動』玩過頭，最終迫使中國推出〈香港國安法〉，令到外國勢力及反對派引火焚身呢？答案顯然不言而喻。

而之前香港高院更是判決香港蒙面法屬違憲，卻無視西方多國也有蒙面法，這種不避嫌及坐實支持暴亂的舉措，縱然最終更正通過，但早已令人嘆為觀止。另外還有前大律師之公會主席也稱多月來發起暴亂的香港暴徒是擁有『良好品格』，還認為香港律政司對他們『不一定需要作出檢控』，可看出香港司法上上下下用心不良，百病叢生。而今年新上任的大律師之公會主席，更曾是英國的市議員，且是英國某黨的黨員。一位英國政客當上香港的公會主席，本身已經充滿政治考量，因此當大家了解到他支持西藏獨立，又常與香港四人幫一起，就對他一上任即想挑戰〈香港國安法〉，便不會感到奇怪，而只會感到他不自量力。

無疑，法治和司法獨立是香港的核心價值及賴以成功的基石，也備受國際社會認同，奈何反對派一方面高舉『雙普選』要全面落實港人治港，卻另一方面容許及贊同由外國人控制司法及大律師之公會，這種雙重標準的政治盤算，與要求司法獨立根本是背道而馳。事實

上，教育自由及新聞自由不代表『較邪』和『忌邪』可以無法無天，同樣道理，香港司法獨立也不代表法官及大律師之公會便能橫行無忌，不受管束。

當然，中國政府還未全面整頓，英國便首先按捺不住，在發佈〈香港半年報告書〉中，就提議考慮不再讓英國法官擔任香港終審法院非常任法官。這本來就是對香港而言是大禮物好佳音，難道英國自己不知嗎？我想也許英國與其將來被中國叮走，不如有先見之明自我撤退，先預告留後路吧。誠然，香港除了『三煩之亂』，政府的公務員及醫療人員都是社會的公僕，但為數不少之公僕也時常悖逆應有的忠誠，違反應遵的守則，這些一邊享受公僕的高薪厚祿，一邊卻在公僕的體系煽動仇恨，甚至鼓吹獨立，都是吃裡扒外，背叛香港的表現，都是要不得的。」

在場人士不斷點頭，而主持人則說：「那麼『三煩之亂』有解決方法之道嗎？」

亞伯笑道：「有關『三煩之亂』解決方法之道，我會在明天下午給香港建議的環節中一併說明的，當然這些都純粹是個人意見，香港既然一直擁護言論自由，相信也有容人之量，讓我也能『胡說八道』一下吧，對嗎？」

全場大笑，主持人便說：「好的！我們便期待你明天的建議吧。現在我們回到今天其他的話題，我們都知道，新一代的港台兩地年輕人有不少仇視中國，不認同自己是中國人之餘，還稱中國人是『支那人』，對於這一點你們上次在香港也略為提過，那麼你們又認為應如何解決呢？」

這時候萊恩說道：「我們時有所聞一些的香港台灣人不願做中國人，但也許他們不知道，其實西方人或美國人打壓中國人有幾種，一種是白種人，他們看不起黃種人即膚色歧視；一種是鼻高輪廓深的西方人，他們看不起是大多數亞洲的非我族類即種族歧視；而美國人打壓中國人，更多的是懼怕中國崛起影響其霸權地位。您們反中的人認為西方人好，但在我們西方人的圈子中，私底下更看不起那些討好西方人、欺侮自己人的中國人。

　　特別是美國及西方政客，千萬別以為那些香港台灣反中者和他們交頭接耳，就認為真的非常友好，這些政客們私底下更瞧不起那些阿諛奉承，甚至還時常進貢他們，視他們馬首是瞻協助他們反中的中國人，在這些西方政客眼中，都是左手交右手的數字遊戲，而且既滿足看著您們自己人打自己人，還可從中賣狗糧獲利，又何樂而不為。而且在私底下，他們都會覺得這群中國異類何其愚蠢何其好用，常常譏笑不已。

　　但即使如此，無論一些台灣人甘心利用國民的錢去買通這些西方政客，又或者接受這些西方政客僱用而欺壓自己國民的香港人，也許自知在這些西方政客心底中，不會視自己為朋友而只會視為奴才，但也沒所謂及自鳴得意，因為前者既可滿足自己仇中，又達到從政治得到權力和金錢回扣之目的，而後者則是既可滿足自己仇中，又直接獲取利益，只是令兩地人民受罪罷了。因此，如果仍然採用鴕鳥的心態以為罵『支那人』就代表自己不是中國人，那都是自欺欺人。」

　　格林續說：「我知您們中國人當用中文形容我們的時候，一般都叫黑人，也沒有歧視的意思，而我們懂聽中文的，就比較喜歡您們稱呼我們為非裔人，但如果您們用英文形容我們的時候，我們最想聽到的當然是 African，Black man 便不太好，至於稱呼我們為 Negro，那就是對我們是一種侮辱。當然，Negro 起源於拉丁文，原本也只是黑色的意思，後來因美國奴隸主義把黑奴稱為 Negro，從這時開始才有歧視的意涵。

　　再說回『支那』，據我理解，『支那人』其實起源於古印度，歷史上該詞最初亦無冒犯之意，直至清末至二戰期間，日本稱中國人為『支那人』才帶上輕蔑貶義意思，可看出『支那』無罪，只是懷璧其罪。因此，無論 Negro 也好，『支那』也罷，兩個名詞雖本無原罪，問題只在於口出此言者的心態，不過到現在為止，侮辱我們為 Negro 的人都大多數是白人⋯⋯當然我不是指師父及萊恩！」

　　格林看著師父及萊恩尷尬地笑，而全場也引來陣陣笑聲。

　　格林續說：「但很不幸的是，今天侮辱中國人為『支那人』，竟然也是中國人自己！就連日本人時到今天還稱呼中國人為『支那人』

的，已經是少之又少，這實在是太匪夷所思了。我一直認同中國人是世上最聰明的人，您們古有四大發明，現今也有新四大發明，但竟然也有如斯蠢鈍的人，自己罵自己之餘，還依然那麼暢快淋漓及自然，實在太、太、太不可思議了！」

湫彤：「眾所皆知，現在港台兩地的年輕人，愈年輕的族群愈反中，但歐美多國就迥然不同。就以美國而言，各別年齡層對中國的好感度也存在差異，18 至 34 歲族群有 67% 對中國具有好感；35 歲至 54 歲族群對中國有好感者占 54%，55 歲及以上族群則降為 39%。這就足以證明港台兩地的年輕人並不是『天然獨』，都是教育下的『人工獨』結果。但這些反中的年輕人，又是否知道他們媚英媚日，懷緬殖民統治者，朝不起自己中國人，但兩地以前也曾是落後地方，只是比大陸早一點進步，五十步笑百步呢？

說到這裡，也讓我想起早年我陪著父親回台灣的往事，記得有一次與父親的朋友聚會中，有一位年約八九歲女孩很是活潑伶俐逗人喜愛，但當父親向友人聊到現時之中國已經很進步時，小女孩竟立刻變臉問他的父親為何他的朋友會讚美中國？還直言『中國是咱們的仇人耶！』此時，我實在不敢相信自己的眼睛，一個如斯可愛及陽光笑容的小女孩也有惡念一面，更不可思議是，小女孩的父母竟然沒即時糾正女兒的想法，而是若無其事地與我父親改聊其他事；可看出，世間萬物不會無中生有，港獨台獨分子小小年紀為何便會如此偏激，如此恨中，背後必定藏有黑手。」

蔓荷：「大家都清楚，台灣有藍綠惡鬥，香港一樣有藍黃之爭，不過台灣有『天然獨』及『人工獨』，原來香港也有『天然仇』及『人工仇』，因為上一輩及新一輩的人對大陸的仇視其孳生點都不一樣。所謂『天然仇』，是指為數不多之上一輩因為優越感作祟，當追憶以前我們接濟他們，現在是要他們處處讓利，故百般滋味在心頭，天然仇就油然而生。但大陸富起來，強起來，已有一段長時間，香港新一輩所見的陸客早已是買得起，穿得好，按道理他們並沒有經歷過上一輩所感受之優越感，他們最多也只能是自卑感。

不過優越感又好，自卑感也罷，其實往往都是一線之差。過分

的謙虛是虛偽，過分的自卑便自大，而自大就是優越感作祟，所以一切都是心理病。而所有的利益反中者，包括多數之政客、媒體、老師及公務員等等，由於他們是拿著『人工』反中的，所以是名副其實的『人工仇』。不過『人工仇』又分兩種，一種是職業性拿人工的，另一種是教育下人造的、人為的。也就是說，新一輩的仇視中國人，主要不是在於優越感或自卑感，而是人為所造成的『人工仇』緣故。但無論如何，若得意洋洋罵中國人為『支那人』，卻搞了半天原來是罵自己及自己的祖先，都是自我打臉的自作孽，不可活。」

第 38 回

醫 要 醫 德　政治病毒更要消除

　　儘管眾人有不同敘述，但頗獲在場人士認同。而主持人便說：「時間已來到今天最後的話題，亞伯你剛才也提到香港醫療人員也是公僕之一，那麼關於這兩年的香港醫療人員對疫情的處理，你們對此又有何看法？」

　　亞伯：「說到這道題或者我先舉一個例子。在美國，也曾經有朋友問我會相信中國的風水學嗎？而個人認為，中國的風水玄學也有它的科學根據。事實上，中華《易經》博大精深，所以不但我會相信，在西方也有很多人相信。但必須弄清楚的是，風水學的存在與篤信某風水師是完全兩回事。也就是說，某風水師所說的話是否值得相信，是關乎這位風水師的道行及道德，就好比各種醫學是存在的，但沒有人第一句會問，你會相信醫學嗎？其實風水學和醫學都是講求科學，但每一個風水師和每一個醫師的技術參差和好壞是關乎他們的經驗和品德，亦即是我剛才說的道行和道德。很多風水玄學師，未到一定的道行便出來招搖撞騙，有違道德，也有部分醫師，其行醫之目的並不是濟世為懷，沒錢或不夠錢便不醫的，欠缺醫德。

　　儘管一些醫師聲望甚高，但也會散播危言聳聽之謠言，明明醫

學最應講求科學根據，卻偏偏說出很多憑著個人的『經驗』之猜測，信口雌黃。也許，TA 並不知道自己散播的病毒比現實中的病毒更可怕，傳播更廣。無獨有偶，我之前提到在中國的傳統觀念中，有『一日為師，終身為父』，但其實更有『醫者父母心』之說法，可看出之所以把老師和醫師都形容成父親一樣值得人們尊敬，是因為一個人的終生行為及身體機能都是否健康，完全取決於這個人所遇到的老師和醫師的結果。如果大家處處講求人權，那麼禍害下一代的老師及散播病毒的醫師，就是侵犯無數原本心身健康的人權，也必承受後果。

就比如，之前香港疫情反覆無常，政府多少也是受反中派醫師影響，對國家防疫措施每每陽奉陰違，至今疫情一波波爆發。更甚的是，醫管局壓根就不信任中央清零政策，一度拒絕大陸醫護人員到港援助，也不接受快檢結果；而醫院也可拒絕接收確診病患，弄至港人要偷渡大陸避疫，真可謂風水輪流轉！而最初藥劑師學會公布全球三種疫苗中，來自中國的滅活疫苗技術最為成熟，但港府就是遲遲不考慮，至今香港疫情早段時間束手無策，縱然最後還是從善如流，但當初捨近求遠，多少令人遺憾。當然，港府最終接納中國的疫苗，不代表部分『黃醫』、『黃護』及『黃媒』就會輕易放過『黑中』之機會！於是便聯合台灣綠媒合力炒作中國疫苗接二連三弄至香港人民死亡、面癱，製造香港社會恐慌。可是，為何全球近 140 個國家採用中國疫苗都沒問題，多少個國家元首也親自示範『第一針』，包括港府高官團隊，為何他們都沒事，而香港人民就不斷出事呢？」

湫彤：「剛才師父所說有一些醫師有違醫德，信口雌黃，我就記得有一個很好例子。比如去年有香港醫學教授發表『*中國人陋習劣根是病毒源頭*』，他更毫不諱言指明是『*武漢肺炎*』，還推算『*武漢患者高達 220 萬人感染*』。當然，病毒源頭已經多次經歐洲權威說明未必先在武漢發生，英國權威醫學期刊《柳葉刀》亦一再撰文指出『*將疫情歸咎於中國的根本企圖是重寫歷史，以掩飾自己在疫情時候的應對失敗表現。*』

然而，即使此醫學教授口出惡言之前，還未知最終病毒源頭在哪裡發生，但問題在於世界病毒專家之所以努力尋找源頭，是希望找到

病毒發生原因從而對症下藥去解決病毒，消滅病毒，甚至防患未然，而不是追究病毒源頭的地方。難怪有人質疑他只用 400 多個樣本就能推算武漢 220 萬人受感染，那麼 14 億中國人口豈不是有 5300 萬人受感染？這麼驚人的數字，大陸還能這麼快平靜及陸續復工？

當然，他稱『中國人陋習劣根是病毒源頭』，也就已經不認同自己是中國人，一個不認同自己是中國人的中國人去罵中國人，可看出說話之真實性及意圖性。所謂不知者不罪，任何國家及地區都有可能是下一個新病毒的源頭者，譏諷者以政治凌駕科學，甚至以落井下石心態面對事情，這些杏林敗類才是真正的政治病毒之源。同時，在疫情期間，黃護卻忙於要求加薪、發獎金，還聲明對特區向中央求助深表震驚，認為大陸醫護人員到港必須符合香港護士管理局規定及有效執業證明書才能在港從事護士工作，意識形態之深可見一斑！」

蔓荷：「無獨有偶，與湫彤說的教授出自同一所大學的研究員『嚴厲夢』，也在去年的疫情『大出風頭』，她的『厲害』之處在於，只是僅憑與大陸醫生之間的對話群組，用『友人說 2019 年 12 月底就出現病毒人傳人』，因此她便說早已知道此一事實，但她的上司也勸她『保持沉默與謹慎』，她直言『如果我在香港說出真相，我將『被消失』甚至遇害。』

從上述短短幾句話，就可看到破綻百出。其一是友人說，這是最佳的推卸責任的自圓其說。其二是時間點，『友人說』2019 年 12 底就出現病毒人傳人，這與李文亮去年 2019 年 12 月 30 日在大陸微信群中向好友警告醫院接到了多個類似 SARS 的病例之說，基本沒有差別，只是乾脆說明能人傳人。其三說會遇害，這未免太高估自己吧，正在大陸居住的《『謊謊』日記》主筆人不但人在武漢，且日日不斷『爆料』，都活得好好沒遇害，反而在香港自由之地，一個小咖只說幾句『友人說』的話便會遭到被消失被遇害？

想來，她指未說服丈夫跟她一起到美國也很正常，明顯又是澳洲的『亡屍牆』間諜事件翻版，其指控毫無邏輯可言，把世人當成小孩，看看當時新聞炒作一兩天便沒了，如果有根有據，美國還不藉機大炒一番，乘勝追擊？也因此，她便再次發表論文，這次就不僅堅持

先前新冠病毒是武漢實驗室造出，更直截了當地誣稱是中共暗中散播的生化武器。

當然，假的真不了，最終還是經《紐時》揭穿，『嚴厲夢』是『斑濃、猭紋瘤』雙方合作的作品，目的就是推動病毒起源的陰謀論。而值得一提是，『嚴厲夢』表示自己的行為已令身在大陸的母親被捕，但其後又被《紐時》成功聯繫到她的母親，對方亦否認遭受逮捕，還擔心女兒被操控。誠然，無論該教授或『嚴厲夢』甚至『謊謊』等人，其病毒陰謀論都不是偶然，怎樣才能把這些及『亡戻牆』等出賣國家之社會『病毒』消除，才是值得大家需要做的。」

隨後，全場為亞伯師徒眾人致熱烈掌聲，而主持人也說：「謝謝你們七人對今天的各種話題而作出的詳細論述，我們會更期待明天你們的表述及建議。」

而亞伯師徒七人也站著鞠躬：「謝謝大家！我們明天見！」

第 39 回

群星捧場 世界存在多種顏色

時間來到 11 月 7 日的第二天，也就是亞伯師徒七人這次香港二次之旅的最後一天。不過，今天早上還加入了紫箸，因為今天的流程是早上至中午是亞伯八人先與青少年、青年代表及少許各界人士會談，也許亞伯了解紫箸也喜歡和青少年交談，所以也邀請她一起參與吧。

今天早上，場外依然雲淡風輕，場內也出現了幾位不速之客，他們就是著名明星成大哥、阿發哥、阿麟哥、阿叻哥、三日哥及古仔哥。也許這樣，現場氣氛更為熾熱。

亞伯師徒七人及紫箸經主持人介紹後先向全場人士鞠躬及問好，在場也致熱烈掌聲。之後主持人便說：「今天早上就用不到我的地方，那麼我便交回你們自由發揮了。」

亞伯笑道：「好的！謝謝這位主持人。首先，我知道今天也有幾位香港著名的明星蒞臨，也使我們的座談會蓬蓽生輝，謝謝您們！也謝謝大家！現在，就請您們先發問問題吧。」

台下學生及嘉賓致熱烈鼓掌之際，即有一學生問道：「亞伯，我留意到你很多時候都叫我們（青少年）多思考、多角度去考究問題與及懂得包容明辨是非，為何您總是喜歡這樣一直強調呢？」

亞伯解顏而笑：「這是一個好問題。不如這樣，或者我和您們先玩一個遊戲，您們願意嗎？」

全場隨即呼應：「願意！」「願意！」……

於是亞伯便邀請了好幾位十二歲至十五歲的中學生上台一同玩一個遊戲。

亞伯：「在未玩遊戲之前，或者我先告訴您們一個本人小小的故事。話說我以前在美國的時侯，由於也參與自己的表演和各項工作，甚至連宣傳畫冊我都希望能親力親為。有一次我到了印刷廠，正想看看宣傳畫冊印的怎麼樣，沒想到當時的印刷師傅，雖然面對的印刷機是電腦分色，但花了不少時間，都仍舊印不出我要求的顏色；說到這裡，也許大家未必清楚印刷機的四原色是什麼，對嗎？」

只見大多數學生都搖著頭：「不清楚！」……

亞伯續說：「印刷機的四原色就是 CMYK，C 是藍色，M 是紅色，Y 是黃色，而 K 則是黑色。一般的彩色印刷，除了封面也許加上一些特別顏色，例如金色、銀色或螢光色，基本內頁的所有彩色，全部都是 CMYK 四原色變化出來的。話說回來，當時我見到印刷師傅久久仍未印出我的要求，於是我便對他說請將 Y 增多少就是我要的翠綠，把 C 減多少就是我要的紫色。起初，這位師傅就像瞧不起我，也根本不理會我，於是我便告訴他因為我對顏色很敏感，加上我有要事在身想快點離開，就請他幫忙按著我的說法去調校吧。

結果當然就是，很快就馬上達到我要求的顏色。其後，這位師傅便對我說，他入行已二十多年，卻從未遇過一個同事，能憑著一眼便分辨出知道加減那個顏色多少，就可準確印出所要的顏色，更別說是客人了。最後，我們雖然不是不打不相識，但也算是識英雄重英雄，

便做成朋友了。而現在，我也和現場這幾位小朋友玩一個顏色遊戲吧，您們眼前的四種顏色就是印刷機所用的 CMYK，那麼，您們怎樣能調校成我要求的各種的綠色、紫色及啡色呢？」

只見幾位學生當中，小一點的有些搞不懂，即使大一點的，也未完美調校出亞伯指定的顏色。

所以亞伯也耐心指導他們，比如不同程度的藍加不同程度的黃會變成不同程度的綠色，不同程度的藍加不同程度的紅會變成不同程度的紫色，不同程度的藍黃紅三色混合會變成不同程度的啡色等等。

看得出學生們都調得很開心，也上了一堂顏色的課。之後亞伯再對這群學生說：「我再問您們一個問題，您們能分辨出什麼是政治？什麼是自由？什麼是民主？什麼是人權嗎？」

最終幾位學生不是吞吞吐吐，便是只知其一不知其二。

亞伯：「其實您們不懂是完全正常的。事實上莫說您們還是求學時期，恐怕就連在場的大人們都未必完全清楚。那麼，小朋友知道我為什麼會和您們玩顏色遊戲呢？」

學生們再搖頭：「不知道！」……

亞伯笑道：「因為這個世界上不是非黑則白只有兩種顏色，世上還有彩虹般的七彩繽紛顏色，更有金銀銅及螢光顏色，才令世界變得更多姿多彩。同時每一種的顏色，原來它也可以接受別的顏色所混合的，小朋友們，現在您們知道黃色加藍色是什麼顏色呢？」

學生們都答：「綠色！」……

亞伯笑道：「對了！那麼藍色加綠色又是什麼顏色呢？」

學生們再答：「青色！」……

亞伯：「又對了！好！您們先下台吧！小心點！」……

亞伯帶著學生們回到台下，便說道：「剛才大家都看見了。我了解香港有『黃絲』和『藍絲』之分，但原來香港的黃色和藍色是可以混合的，它可以變成綠色！而台灣也有『藍營』和『綠營』，但原來台灣的藍色和綠色一樣可以混合的，它可以變成青色！大家知道什麼是真正的民主嗎？真正的民主不止是以人民為主，民主的真諦就是少

數服從多數，民主的精神更是能容納不同的聲音，也許今日的香港不是非黑則白，而是非黃則藍，而『黃絲』更不容許其他顏色存在，這完全是一廂情願，更不是民主的表現。社會上存在有各種顏色，並不是說不存在便不存在，那些只抱著一種顏色過活的人應該學懂包容，能容納各種顏色，也就是能容納各種聲音，方能明辨是非令社會更繽紛更和諧，也才真正認清什麼是自由、民主、人權。」

在全場鼓掌之際，即有大學生問道：「亞伯，我了解你們應該不會支持香港獨立，那麼，你們又可曾看過《香港城邦論》一書呢？」

亞伯：「老實說，我之前從未聽過此書；但無可否認，在香港要看反中反共的書籍實在太多了，這也足以證明回歸後的香港，言論自由比英殖時代更自由，年年榮登世界最自由地方前三甲也不無道理。不過儘管如此，香港人患了人心不足蛇吞象仍大有人在，就去年香港通過推〈香港國安法〉之後，我才聽到一些評論人士指有『本土派國師』之稱的『攬炒派』重量級人馬，也避開〈香港國安法〉而宣布退出香港社運，所以我才得悉此人原來在 2011 年便著有《香港城邦論》。不過稍看了書中內容，就清楚作者與一般反中反共人士並無特別，也不難發現其一廂情願之處。

比如說，『**中港矛盾不斷升溫，主要是北京部署很多中港融合的政策，不斷開放港澳個人遊。**』其實單憑這一點，已經洞悉作者之思維，與一些時常抱著港台獨立的人士所患的通病無異，在港獨台獨的人士心中，他們會認為自己是單一民族，而中國又是另一民族，所以必須涇渭分明，大家都不是同一民族。但其實真的是這樣嗎？我之前也說過，中國有五十多個民族，因此北京不但要中港融合，就連本身自己內部也要融合，才可團結一致，那麼您還可以說中港融合是錯嗎？您們再想深一層，先不要說北京要中港融合，香港自己本身又是單一的民族嗎？現在七百多萬的香港人，單是外籍人士已經有幾十萬，這些外籍人士也分布不同的階層，有高薪的專家也有低下的傭人；而其他的香港人，又有多少或自己或從父輩都是從中國移民到來？所以說，即使沒有中國，香港本身也需要做到種族融合，社會才能和睦共融，難道不是嗎？

　　同樣，在台灣 2300 萬人民中，究竟只有多少原住民？他們不是一樣一代代的從中國移民到台灣嗎？台灣從來沒有被北京融合吧，那麼為什麼一樣他們長期有分『本省』及『外省』之分，與及藍綠之爭呢？再說說我們美國，人們都說是民族大溶爐，但其實也一樣長期存在種族歧視及紛爭，而且愈來愈嚴重。因此很明顯，無論世界任何地方，政府用心處理民族融合，本來就是一件天經地義的責任，在人民的立場，也應該是求之不得的事，怎麼說到北京要中港融合，反而是一種罪行呢？老實說，我都希望美國能處理好種族融合，但似乎已經是遙不可及的事！

　　再說，書中提到不斷開放港澳個人遊，明明是北京一而再，再而三的拯救香港經濟，卻又變成了另一種罪過。不過最諷刺的是，作者既闡明父親是偷渡到港，即自己也是中國移民第二代，卻反對北京做中港融合，反對開放港澳個人遊，甚至反對中國移民占用香港公共資源，認為香港應有權審批中國來港移民，自己也是中國人後代，又憑甚麼去歧視同類人？也許作者不知，其實近年中國移民到香港的，甚至是因犯罪而偷渡到香港的，也有不少是反對派的同路人。因此，一竹篙打全船人，對自己未必是好事。

　　至於作者終極理想是希望中國、台灣、香港及澳門締結為『華夏邦聯』的構想，目的也是離不開想國家分裂，而且比港獨台獨者更沒『骨氣』，因為他既要獨立生存，也要中國繼續供水，更要中國繼續支持經濟，也就是又要馬兒好又要馬兒不吃草，可謂機關算盡，只可惜與台灣藍營的『獨台』政策基本差不多，但『獨台』走不通，『華夏邦聯』自然也是一條不歸路。」

　　此時，台下有另一學生問道：「其實，也有很多人不認同《香港城邦論》，比如書中的理論也曾遭美國教授的批評，你知道嗎？」

　　亞伯笑道：「這一點我其後也在網上有留意到。不過，您所謂的遭美國教授批評，並不是批評此書作者反中國，而是恰恰相反，是批評作者反中國不夠激烈！這位著有《中國崩潰論》的美國華裔教授，是出了名反華的；他認為城邦論只是一種政治幻想，因為城邦論雖然仍然目的是分裂中國，但同時也利用中國，例如會用到中國的國防，

也會用到中國的經濟支援，這未免太傻太天真，他認為應該主動爭取，同時更全面停止與中共勾結，停止協助中共政權『延年益壽』。言談中鼓勵港人爭取獨立無異，所以說這個世界從來不缺壞人，也沒有最壞只有更壞，城邦論分裂中國還不夠，還要港人阻止中共政權『延年益壽』，等於叫港人和祖國火拼，自己就身在美國隔岸觀火，同是黃皮膚有種族血統的人，仇恨已經掩蓋良知，但我還是想奉勸這些人，他們所仇恨的中國不知是否『延年益壽』，但肯定現在是健康無比，與其天天詛咒崩潰，不如放低仇恨憤怒，這樣也許才會令自己『延年益壽』！」

其後，亞伯也走近台邊向比較年少的學生繼續問道：「小朋友，您們知道香港五大訴求是什麼嗎？」

只見台下很多學生竟然沒一個完全答出正確答案，而且大多只答出一兩個訴求，其他都忘記占絕大多數。之後亞伯又再問那些中學生：「您們又知不知道香港獨立代表是什麼？」

台下中學生大多只懂笑著不回答，但也有一位學生答道：「香港獨立代表香港自決囉！」

於是亞伯問此學生：「哪香港自決又代表是什麼呢？」

學生笑回：「香港自決代表什麼都由香港自己決定囉！」

亞伯笑道：「您都頗算聰明，但是什麼都由香港自己決定又意味著什麼呢？」

學生只懂笑著，卻思量很久也不知怎樣回答。

於是亞伯再問：「哪您今年多少歲？」

學生回話：「我今年 14 歲。」

亞伯頓了一下：「好的！那麼我再問您，如果現在我們尊重您的想法，您明天便可離開您的家庭，從此以後自己獨立生活，也不再用家中一分錢及任何東西，將來您什麼事都由您自己決定，可以嗎？」

學生再度笑著，與及搖搖頭。

亞伯說道：「其實答案很簡單，只需要香港的中小學生，了解自己現在能否完全脫離家庭獨立謀生，就會明白香港千千萬個家庭，能

否脫離中國的大家庭而獨立謀生了。」

只見學生們議論紛紛，他們似乎開始明白亞伯的意思。

亞伯續說：「大家知道嗎？如果要香港獨立，還不是脫離中國的大家庭這麼簡單喔。現在我們就不妨大膽作一個假設，滿足港獨分子慾望，中國容許給香港獨立了。但必須知道，既然您們要脫離母國，那麼母國與香港所有的經濟來往及讓利都會一筆勾消。香港人有一句俗語『講錢失感情』，但經濟就是錢。香港一直是『中外』經濟的『中介人』而不是『生產人』，當沒有了中國，香港還能賺什麼？再說，就算經濟您們能想出法子，那麼有沒有想到斷糧斷水呢？難道您們真的天天買礦泉水喝？日日買蒸餾水洗澡洗衣服？」

其中一位大學生即大聲疾呼：「我們是用錢向中國買水的，不是他們施捨的。」

亞伯笑道：「說得很好！您們認為今天香港人所用所喝的東江水，是用錢買來的，所以從來都用得喝得理所當然，一點都不懂得感恩，或者我告訴您們一段短短的歷史吧。其實香港和澳門，從來都是缺水，即使是台灣，也是久不久便鬧水荒，就像今年就發生全台灣缺水，領導人也要祈雨不問蒼生問鬼神。而台灣的金門，近年也是靠著中國供水而活的。在 1902 年、1929 年及 1963 年，香港都先後多次發生嚴重水荒；多年來，中國為了照顧香港同胞供水，政府及人民都作出很大的犧牲和無私的奉獻，首先用東江水供港的場地和設施，都是由中國政府自掏腰包，香港人民是不用承擔額外負擔的。

與此同時，在這些年間，香港經濟騰飛持續不斷發展，卻有沒有想過東江沿途城市也一樣需要發展？但因為要保護東江水質，東江沿途都禁止砍伐山林作商業用途，目的就是為了防止水土流失，保護了水源及水質。而東江從上而下的城市，香港永遠享用的是最好質量的水，而且即使遇到乾旱自己也淡水不足，依然是處處以香港人民為優先。如果今天您們今天獨立了，不認母國了，那麼東江沿途居民還會願意繼續犧牲嗎？而母國還會念同胞之情繼續『賣』水給香港嗎？不要說今時今日的中國，即使是說回發展初期，這麼大的中國的經濟總量，賣東江水給香港所換回來的錢都只是九牛一毛，更何況這一直都

是個虧本生意？！

　　也許，您們又會想到大不了自己建海水化淡廠解決食水問題，但先不說海水化淡運作成本相當高昂，當您們脫離母國，百分百經濟會即時跌至低谷，還有能力建設及維護費用高昂的海水化淡廠？再說，當您們獨立建國，要不要成立自己的軍隊呢？如果要成立，您們有多少人願意從軍呢？而最重要是連經濟都沒有，何來有錢支撐自己買武器及建軍呢？還是您們又會想到，利用反對派所效忠的美英派兵來香港？那麼香港便等於要視中國為敵人了，既然這樣，中國便唯有清理外敵了，小小的香港能承受得起戰火嗎？當然，我還未說香港的三成電力是靠中國供應，與及一直也享用著中國新鮮的肉類蔬菜及便宜的日常用品以至疫情協助等等，可謂樣樣有求必應。常言道，滴水之恩當湧泉相報，更何況別人是長期幫助您們？也正如蔓荷在新加坡曾說，我們做人也許可以不念別人之恩情，但總不能還恩將仇報，對嗎？當然香港反對派『攬炒』社會之餘他們仍然有『糧支』，但香港一般老百姓卻千萬不能沒有『良知』，大家說對嗎？」

　　全場人士隨即點頭熱烈鼓掌：「對的！」「對的！」……

第40回

人 需 要 管　憤怒小鳥只懂咆哮

　　之後亞伯又走近到台中間，便對著眾嘉賓笑道：「或者我們談談其他事情吧。大家都知，今天台下有幾位明星嘉賓，或者我們現在先和幾位嘉賓聊聊天，大家說好不好呢？」

　　只見全場再度呼應：「好啊！」「好啊！」……

　　而台下幾位明星也一同說道：「好啊！歡迎發問！」

　　亞伯先問成大哥：「成大哥，您好！我知道您曾經在很多年前，曾公開表示過『中國人是需要管的！』而這一句話從一開始便受到很

多香港及台灣人士攻擊，直至現在依然還有人偶爾提起，我說的對嗎？」

成大哥回道：「是的！您是否也認為我說的不對？」

亞伯笑道：「其實您說這句話是百分百對的，只可惜您這句話說多了兩個字，所以才招人話柄！」

成大哥：「是嗎？哪兩個字呢？」

亞伯：「當然是『中國』兩個字了，您為什麼不只是說『人是需要管的！』呢？」

成大哥笑著：「又好似是對啊！」

亞伯：「如果您先說『人是需要管的！』然後再舉例說包括了中國人，那麼香港及台灣人士便沒理由攻擊您了，因為您說的都只是實話。」

成大哥：「對的！對的！」

亞伯：「我們看看是否如此。事實上，人真的是需要管的，自由最大原則是不能影響他人！您們的聖人孔子也曾說：『**隨心所欲而不逾矩。**』這句話就是孔子勸人做事，切不可隨心所欲，無所拘束，凡事適可而止，不可過量。隨心所欲是一種自由境界，心有多寬，自由就有多大，但是自由必須建立在社會大眾都要遵守規矩的基礎上，任何人或組織都不能超越這個界限，這就是社會的共識，也是每個法治地方最基本的守則。在《大學》一書之中，有所謂『**大學之道，在明明德，在親民，在止於至善。**』這是您們古時候的大學教育原則，中國傳統有四維八德，三綱五常，即使時移勢易，但社會對人倫道德標準仍有底線，言論及民主自由絕對不是為所欲為的遮羞布。

就像疫情下，所有確診者都需隔離而不能自由出入去隨便傳染他人就是約束之最佳例子。所以，如果您當時是說『人是需要管的，否則便會為所欲為。』意思就是，人類的言論或行為上的自由是有一定的底線，不可以霸凌誣蔑他人，否則他們便會構成毀謗罪。不可以隨便傷人或殺人，否則他們便會被控傷人罪或謀殺罪。而法律上賦予警方及法官這種權力，目的就是有效管治人民。因此，世界上所有人民

都需要管的，而不是單單只有中國人。同時，這又與資本主義或共產主義毫無關係，因為世界上任何地方都會有政府，都會有警方，也都會有法院之類的審判地方，他們的功能就是治理國家，管好人民，難道不是嗎？」

全場人士不斷點頭贊同，成大哥也笑道：「言之有理！」

和成大哥說完，亞伯便問成大哥旁邊的阿發哥：「阿發兄，聽說您是南丫島的原居民，童年生活也一直在南丫島，我說得對嗎？」

阿發哥笑道：「是啊！您去過嗎？」

亞伯：「記得上一次來港演出完後，有香港朋友帶我去過一次作短暫停留，感覺很悠閒，應該是香港少有的淨土。當時的朋友便跟我說，這裡因為是您的故鄉而聞名。」

阿發哥即笑回：「不敢當！不敢當！」

亞伯：「不過，說到南丫島我便想到一個問題。我剛才提到，香港有些人一直希望自決想獨立，而我也剛才大膽作一個假設，為滿足港獨分子慾望，中國容許給香港獨立。不過，我之前也有說過，民主的真諦是少數服從多數，民主的精神是能容納不同的聲音，香港人民自『反送中運動』以來，最多一次遊行人數也只是三十萬左右，儘管反對派號稱過二百萬，但肯定是個誇大很多倍的數字。據我所知，香港單是外國居民就已經有幾十萬，而且三十萬人遊行中究竟有多少是埋怨港府不作為，多少才是真正反中，相信反對派也心中有數；而當中支持獨立建國並與母國從此老死不相往來的，相信更所剩無多，那麼極少數量的他們，難道就不懂得民主是少數服從多數？

但如果反對派仍然堅持認為他們『自決』才是『民主』，而絕大多數香港人又不會贊成，更不會與他們玩『攬炒』遊戲同生共死，那麼怎麼辦呢？也許最好的方法，就是香港安排一個小島，把反對派及支持他們想獨立建國的人全部都安排住在這裡，他們在島內搞什麼就搞什麼，他們想建什麼國就什麼國，糧食用水日用品均全面自力更生，島外不打擾他們，他們也不打擾島外的香港人，這樣他們便可以有自己的國家，可以與香港人從此老死不相往來，不知道這樣他們又是否願意呢？而這個小島也許選南丫島也不錯喔，您說對嗎？」

　　阿發哥即裝著很嚴肅的樣子：「我不知道反對派是否願意，但肯定南丫島的居民不會願意！」

　　全場看到阿發哥很認真的樣子，不禁大笑一番。

　　亞伯笑道：「您放心！莫說南丫島的居民不會願意，中國 14 億人民也不會願意的，我只是作一個比喻，來告訴香港反對派，不能把自己的慾望來綁架全港人民罷了。當然了，反對派也不可能願意我提出的條件，因為第一他們的主子美國其目標是搞垮整個香港，所以沒可能一個小小的南丫島便滿足到他們的企圖心。第二他們也沒可能答允在南丫島自力更生，這些人早已習慣吃香喝辣，要他們過著『魯賓遜』的生活，別開玩笑了！對嗎？」

　　阿發哥又裝著很認真的樣子：「相信您這番話也是告訴台獨人士及台灣人民吧！」

　　亞伯大笑：「哈哈！您太聰明了，您怎會猜到呢？」

　　阿發哥笑回：「醉翁之意不在酒，這一點我怎會不知？」

　　此時又輪到亞伯認真：「但我也在意酒喔，因為無論香港和台灣人民我都希望他們能生活幸福的。」

　　二人一唱一和，也令現場開懷大笑。

　　亞伯和阿發哥說完，便順序問阿發哥旁邊的阿麟哥：「阿麟兄，我知道您一定很支持 WHO 的譚德塞，我說得對嗎？」

　　阿麟哥沒想到亞伯會有此一問，不過也一臉笑容：「當然支持，不過您怎會知道？」

　　亞伯笑道：「這是我猜的，因為他姓譚，您也姓譚，就像兄弟般惺惺相惜，對嗎？」

　　阿麟哥也笑回：「哈哈！原來是這樣，不過您說的也一點沒錯！我和譚德塞不止一樣姓譚，也一樣黑！之前我給『反送中運動』的網軍一直黑，現在跟他沒什麼分別，不過我倒也沒所謂，這種黑色在我看來也很健康很陽光，總好過那些網軍永遠藏著黑暗世界裡，見不得光！蠻可憐的！」

　　亞伯：「Bingo！答對了！譚德塞被台灣網軍黑，您給香港網軍

黑，絕對是難兄難弟，不過，這個世界真理必勝，且正義長存！在關鍵時刻您們都做出有意義之事，也算是不枉此生！我說得對嗎？」

阿麟哥大笑：「您說得太對了！就是這樣！」

亞伯又向阿麟哥在旁的阿叻哥問道：「阿叻哥，記得上次來港表演後，也有朋友們把您和另一位好像叫『妒問責』的藝人在節目中辯論的片段給我看，當時他們說『妒問責』的時候我還以為是『盜民宅』，便問他們怎會改個名字代表自己犯法呢？』之後朋友們解釋這是廣東話發音，普通話應該叫『妒問責』才對。而在您們的辯論當中，看到盜先生就像看一支『憤怒小鳥』，令人不禁想起很多韓劇，以為咆哮大聲、大發雷霆，便代表要命令對方屈服收聲，對嗎？」

阿叻哥隨即非常認真：「對啊！我都記得之前有一次有些大陸朋友對我說，有一位藝人叫『盒孕蟲』的跑到聯合國唱衰我們中國人，當時我也問他們是『盒孕蟲』嗎？怎會改個名字代表自己閉門造車，盒中孕蟲呢？後來搞了半天原來這是普通話發音，廣東話應該叫『河運屍』才對，不過，無論『忌妒問責』又好，『盒中孕蟲』也罷，凡做過之事必留痕跡，也一定要負上自己做過之事責任。」

阿叻哥精彩妙回，全場也不禁笑翻天。

亞伯也為阿叻哥鼓掌：「在您們的辯論當中，我最印象深刻是盜先生在節目中說香港民調有七成港人不相信警察，也無法想像為何香港不能自選領導人。而您當時也回應他不相信香港這種民調，並指港英政府時期也沒有民主選舉，現在『一國兩制』也是摸著石頭過河。我完全贊成您所說的話，事實上，盜先生指七成港人不相信警察，與及不滿現在方式選舉，如果按他說法，若真的七成港人要求『雙普選』，那麼即意味著七成港人想擁立反對派當特首，難道他的『妄想』又會很多人相信？

當然，現在隨著〈香港新選舉法〉通過，反對派又已集體總辭，『不愛國者治港』之夢已經成明日黃花，對於盜先生當時還充滿豪情地告訴您**『且看現任特首繼續做，警察繼續拘捕學生，看看香港結果會怎樣？！』**不知道盜先生對今天求仁得仁之結果又怎樣看呢？」

阿叻哥：「所以我什麼時候都說，不是說話大聲便是對的。就好

像去年爆發疫情，盜先生便堅稱『武漢肺炎』，還說『正正就是最好的民主教室』，不過盜先生連台灣某女藝人都拖下水，他連男士風度都沒有，還說什麼民主教室？」

亞伯：「我了解這件事，也知道盜先生的老友『蝗蚯牲』，也加入了聲討該女藝人，無疑，盜先生和蝗先生都有言論自由，但切勿忘記該女藝人也有她的言論自由，當罵別人見識短淺之時候，會否感到自己才是見識短淺呢？再看看阿叻哥您的氣定神閒，從容對弈，與他們的憤怒暴衝，患得患失，已成鮮明對比。看來，中國古人孔子說『君子坦蕩蕩，小人長戚戚』，不無道理，對嗎？」

阿叻哥：「對！對！就是這樣！」而現場也再為二人精彩對答致熱烈掌聲。

第 41 回

明 星 保 障 小寶康熙弦外之音

與阿叻哥聊完後，亞伯也向阿叻哥身旁的三日哥說：「三日哥，我聽見很多香港朋友都說，您是一個很商業化的導演，什麼作品都先講求票房，可謂是香港電影最具代表性的人物之一，對嗎？」

三日哥：「是的！這一點我從來沒否認過，我四十年來都很商業化，也是幹了一輩子的事情，如果你是要批評我太商業化，那只能說你不是我的粉絲。」

亞伯即笑道：「這樣說吧。由於我對您認識不深，談不上是您的粉絲，但對於您的家國情懷，我還是很欣賞的。」

三日哥即愕然：「您怎會知道我也有家國情懷，這一點就算是我的好朋友，幾十年來也從沒有如此對我說過。」

亞伯解釋：「這是我上次在香港演出期間，在空餘時於網上偶然間看到您很久之前一個作品才領會到的，您知道是什麼作品嗎？」

　　三日哥有點疑惑：「其實，在適當的作品中加入這種元素在裡面也是有的，但我的作品太多了，很難記得很清楚，如果說是很久之前的作品，比如《小寶與康熙》吧。」

　　亞伯高興道：「我們都想到同一處了，我說的就是《小寶與康熙》。不過，由於此劇太長篇，所以上次在香港我只是選取最後一集收看，沒想到就為我帶來難忘的體會。大家都知，明朝是中國歷史上最專制、最腐敗、統治者最殘暴的朝代，到了明末，更成為中國數千年中最黑暗的時期之一，因此明朝滅亡自然是天命所歸。事實上，對於中國人民而言，除了清朝末代時期，清朝大部分的時間裡都比明朝好得多。我了解《小寶與康熙》是金庸的《鹿鼎記》改編，也聽說曾在台灣掀起收視狂潮，在香港也創造了收視奇蹟。在大結局中有一段戲，也許未必引發當時所有觀眾的共鳴，但足令我印象難忘，或者我也給大家回顧一下吧。」

　　說時遲那時快，亞伯也運用他的虛擬表演把大家帶入劇情中。戲中，大家看到康熙來到長城眺望壯闊河山，並誤以為小寶已死而難過；就在此時，長平公主『九難師太』突然現身，還殺光康熙周圍的護衛，正想一劍刺殺康熙之際，卻遭小寶瞬間現身阻止。九難說道：『小寶，你為什麼還要阻止我，不讓我一劍殺了這個狗皇帝？』小寶回：『在你的眼中，他是亡你國，滅你家的狗皇帝，但是在我眼中，他是讓人民豐衣足食的好皇帝。我敢說，比你父皇在位的時候好一百倍，那時候天下大亂，民不聊生，父食其子，母食其女，但是在康熙的統領之下，四海昇平，人人有錢賺，個個有飯吃。沒戰爭，沒饑荒，沒天災，沒人禍，為什麼還要殺他呢？』

　　九難回：『因為他不是漢人！』小寶說道：『漢滿蒙回藏本是一家，為什麼要拘泥於誰當皇帝？大家都是中國子民，為什麼還要分這邊跟那邊，中國子民要過的是好的生活，能夠讓中國子民過好的生活就是好皇帝，如果你可以保證，下一個即位的會比他好，那你就一劍殺了我，再把這個狗皇帝殺了！』小寶頓了一會再大聲說道：『醒一醒吧！師父！』只見九難聽完小寶一席話，有如醍醐灌頂，慚愧不已，只能向長空大叫一聲，把利劍拋走，回頭悻悻然離去。

此時，劇中畫面消失，亞伯把大家帶回現場，說道：「大家看到嗎？小寶向九難說『為什麼還要分這邊跟那邊』時候，說『這邊』的時候是用手指向左邊，說『那邊』的時候是用手指向右邊，我不知道三日哥是否刻意，但我認為您是有意帶出弦外之音。如果說《小寶與康熙》曾在台灣掀起收視狂潮，那麼我真的想知道當年的台灣觀眾，又有多少人能了解這段戲的箇中深意？！

不難看出，劇情就是告訴世人，小寶是向台灣藍營說：『在你們的眼中，中共是亡你們中華民國政權的政黨，但是在我們眼中，他們是讓人民豐衣足食的好政黨。我敢說，比你們中華民國在位的時候好一百倍，那時候天下大亂，民不聊生，軍閥割據，單是派系可分為北洋軍閥、西南軍閥和西北軍閥，勢力較大的有直系、皖系、奉系、晉綏系、滇系、桂系、粵系、黔系、湘系、川軍和西北軍閥等，可謂連年戰亂，人民一直處於水深火熱之中。但是其後在中共建國的統領之下，雖然也曾經過一段文革之亂，但鄧老先生上台後即撥亂反正，近30 年改革開放後可謂國泰民安，四海昇平，人人有錢賺，個個有飯吃，高鐵八縱八橫，地鐵無遠弗屆，沙漠變成良田，調水福澤萬民，基建世界推崇，科技日新月異，為什麼還要不停抹黑他們甚至設法想毀了他們呢？』

也許，此時綠營又會回答：『因為他們不是南島語族！』小寶即說：『我們是中華民族，當然不是什麼南島語族，但我也深信，即使是台灣絕大部分人民都不會認同自己突然變了南島語族，也許您們願意數典忘宗，但台灣人民未必會願意。無論如何，中華民族本是一家，為什麼要拘泥於那個政黨去執政？大家都是中華民族子民，為什麼還要分這邊是大陸（用手指向左邊）跟那邊是台灣（用手指向右邊），無論大陸子民與及台灣子民要過的都是好的生活，能夠讓中華民族子民過好的生活就是好的政黨，就正如不管牠是白貓黑貓，捉到老鼠就是好貓一樣；如果藍營綠營可以保證，全中國都交由你們藍綠去執政，會比中共領導更好，那你們就一劍殺了我，再把中共政黨毀了！醒一醒吧！藍綠各位諸君！』我看這一段戲的言外之意，就在於此，不知三日哥又是否認同呢？」

　　三日哥驚訝笑道：「幾乎完全相同，您能看出我的弦外之音，話中有話，雖不是我的粉絲，也算知音了。」

　　亞伯笑道：「彼此！彼此！」而全場也大笑並紛紛點頭認同。

　　和三日哥聊完，亞伯再向坐在三日哥旁的古仔哥問道：「古仔兄，所謂百聞不如一見，我之前也聽了很多香港朋友說，您在中國已經捐獻了一百多所學校，值得令人津津樂道的是，並不是指您的慈善事業做得如何多大，而是您能夠持之以恆，不忘初心，低調行善，無私奉獻。這一點在現實的娛樂圈中，更彌足珍貴！」

　　古仔哥頓時害羞起來：「不敢當！不敢當！」

　　亞伯續說：「不過，說到娛樂圈，就不禁令人想起這個行業不是努力便可以，除了天時地利人和，還更需運氣。也許我也是從事表演行業，也認識了不少各地的明星，因此我也大約了解這一行業表面風光，內裡的有苦自知。若論最不靠譜最不安全的行業，相信演藝行業絕對是其中之一，今天風光明天落泊，所謂『花無百日紅』，一夜成名卻曇花一現的在演藝圈可謂普遍不過。相反，寂寂無名卻厚積薄發的藝人，突然靠一部作品絕處逢生大紅大紫的，也比比皆是，而且還是沒年齡設限。當然，能長期當上第一二線的明星尚好，起碼可趁著名利皆有之時能儘量積穀防饑，但如果處於三四線遊走的明星，當工作量少之時自然前路茫茫，就算肯面對現實放棄幕前回歸社會大眾行業，也因為不是高不成低不就，就是曾經是公眾人物從而害怕被人指指點點。

　　與此同時，由於很多明星都很難交到圈外知心朋友，至今生活圈子狹窄；如果再碰上演藝之路運氣不順或其他壓力，加上一個藝人可能說錯一句話或做錯一件事，便人設崩塌，一蹶不振，當然作為公眾人物其一言一行皆影響社會，若干藝人失德在先也是咎由自取。但無可否認的是，演藝圈高度的不安全感，才令藝人憂鬱症及吸毒者常有發生。而去年一場新冠疫情的突然撲來，也令演藝圈很多人首當其衝，大失預算，甚至手停口停，徬徨無依。再說，很多明星晚年淒涼，貧病交迫，香港就有不少例子。可以說，藝人行業的不靠譜，令他們在風光之時容易犯上『花開堪折直須折』之毛病，也是他們普遍

給人印象比較現實及中國近年演藝圈盛行陰陽合同及各種造假亂象的主要原因。不知道在座各位嘉賓又是否認同呢？」

眾星也驚奇亞伯對自己行業了解之深，也齊聲說道：「是的！是的！」

亞伯續說：「那就好！對於剛才我提到娛樂圈的不靠譜，我有一少少意見給大家參考，不知道在座各位嘉賓是否願意聽聽呢？」

眾星一致回應：「當然願意，也洗耳恭聽！」

亞伯再道：「我了解早在 2017 年，成大哥已經參與成立了『電影家協會特技人工作委員會』，目的就是給予中國動作電影人更強大的保護。但是其實還可以做得更多，不竟演藝圈除了特技人，幕前的藝人明星更沒安全感。與此同時，也了解到古仔兄也貴為『演藝人協會會長』，也致力改善近年來香港影視圈的青黃不接及業界蕭條，並期望能承載著更多香港演藝人的夢想視為自己的責任。

剛巧我也有一套『明星保障項目』計劃，且已經有一定有關支持，不過由於計劃龐大複雜，並非三言兩語說明，為避免阻礙今次的活動進行，若您們有興趣，我們也許另覓時間相談；不過我可以保證，這個計劃不但能令所有演藝人士，不管他們是一線還是二三線，新人還是老戲骨，都一一受惠。而且先從兩岸四地做起，會很快獲得好萊塢及西方明星樂意參與。而最重要的是，當藝人的工作多了，發展的方向大了，胡思亂想的時間少了，未來不明的擔憂減了，一方面對藝人而言，便能增加對公益事業貢獻而回饋社會，另方面也減少藝人憂鬱、吸毒及一切不良行為，而且還老有所養，可以說項目能夠真正帶來演藝圈的清流和社會的正能量，而且也是對政府、觀眾、商界及明星而言都是四贏方案，不知您們認為此項目可行嗎？」

成大哥及古仔哥隨即回應：「若您所言屬實那自然好，我們可再約時間聊聊！」

亞伯：「好的！現在我們先說回今天的主題，大家都知道，中國人有一句老話很有道理，那就是『人生如戲，戲如人生！』因此，別以為我們剛才談了很多演藝圈之事，其實都可以和政治意識息息相關，就正如我剛才藉《小寶與康熙》來形容兩岸關係，看得出在座的

年青人聽得更投入，或者現在先讓他們（弟子們）也借用一些歌影視作品，去回答一些香港人關心的事，好嗎？」

第42回

談 國 歌 法 —生何求風再起時

　　在全場鼓掌一致說好之際，即有一學生先發問：「說到歌的方面，可否你們先談談對香港立〈國歌法〉之看法呢？」

　　此時，蔓荷主動：「或者這道題由我作答吧。說到香港有人反〈國歌法〉，真是令人有點遺憾的。眾所皆知，中國的國歌也就是〈義勇軍進行曲〉；也許，我們暫且首先撇開成見，先從音樂旋律而言，再比對當今世上所有國歌，算是最激昂最震撼人心的國歌之一了。而我們最容易拿來比對的場合，就一定是四年一屆的奧運會了。每當冠軍運動員接受獎牌時侯，亦即是國旗徐徐升起，奏起國歌之時，我們再聽聽其他國家之國歌，便可找出答案。當然了，美國的國歌旋律也是不錯的，所謂音樂無國界，〈義勇軍進行曲〉的音樂澎湃激昂，也備受多國的音樂家及運動員讚賞的。

　　而除了音樂旋律，我們或再來討論中國國歌中的歌詞吧。不知您們有沒有發現，歌詞中有任何提及到中華人民共和國或共產黨嗎？當然沒有，因為〈義勇軍進行曲〉根本就是一首抗日歌曲，而且早在1935年便誕生，當時距離共產黨得中國天下還有一段很長日子呢。另外，您們知道嗎？〈義勇軍進行曲〉更曾經翻譯成不同語言在世界廣為流行，更是東南亞人民抗日的精神之歌，就連台灣國民黨很多軍校也曾經把〈義勇軍進行曲〉作為軍歌，知道為什麼嗎？是因為〈義勇軍進行曲〉裡面的歌詞既與中華人民共和國或共產黨無關，而且歌詞中說的就只有『中華民族』，比如『中華民族到了最危險的時侯，每個人被迫著發出最後的吼聲。』那麼，中華民族代表什麼呢？是代表了全世界的中華兒女，因此與東南亞及台灣以至世界所有地方的華

人，都休戚相關。

　　說真一句，今天我們就假設滿足港獨分子給香港獨立，香港人就連『中華民族』都不認嗎？獨立就立刻變成外國人不是華人？因此，部分香港人憎恨藐視〈義勇軍進行曲〉，完全是針對人而不是針對事，也完全是意識型態的表現，既不科學，更是盲目附和的不文明現象。為此，〈國歌法〉的通過，能有效把香港的烏煙瘴氣激濁揚清，回復香港社會的良好風氣，有什麼不好呢？同樣道理，〈香港國安法〉的通過，從國家立場而言，保護國家天經地義，從人民立場而言，沒有國何來有家？當然，港獨台獨分子可以顛覆國家政權，如果他們有能力做到的話。不過，即使他們有顛覆國家的企圖，都要問問14 億人民是否願意，對嗎？」

　　蔓荷的解說引來一片掌聲。之後，再有學生問道：「那麼，不知大家對〈願榮光歸香港〉這首歌曲又有何看法呢？」

　　謙新說道：「對於別人的作品其實我們不便置評，因為任何人都有創作的自由。不過，如果說這首歌是『抗爭者軍歌』，從另一角度而言，它何嘗不是『反抗爭者軍歌』。比如作者說**『展望未來，希望香港可變返一個大家心目中的光榮、榮耀的城市。』**對於香港絕大多數市民來說，香港自回歸以來，連續 21 年獲評為全球最自由經濟體，近年全球競爭力位列第三，其中人民幣離岸中心的角色，令香港外來直接投資名列全球第二，僅次於中國大陸，卻遠超於美國，充分獲得國際肯定和認同。另外，香港每年的遊客人數從千萬人次曾激增到五千多萬人次，外匯儲備資產也從 928 億美元至 2020 年已經達 4860 億美元。不過，由於近年反中亂港者持續抗爭，令香港社會各方面都不斷內耗，發展停滯不前，因此站在絕大多數的市民立場，何嘗不是『展望未來，希望香港可變返一個大家心目中的光榮、榮耀的城市』呢？

　　至於歌詞一開始說『何以這土地淚再流，何以令眾人亦憤恨，何以這恐懼抹不走，何以為信念從沒退後。』也正正是現在絕大多數市民的心聲，是誰搗毀這片土地的令百姓沒收入過活淚再流？是誰攬炒香港令眾人憤恨？是誰用磚塊及放火殺人令百姓人心惶惶恐懼抹不

走？是誰令百姓愈來愈看得清楚事件的背後多方勢力從而令人民堅定DQ不法分子信念不退後？歌詞中段的『建自由光輝香港』，絕大多數市民都清楚，香港的自由光輝就是國家賜予的，因為九七之前，香港人民從來都沒自由，而香港回歸以來，各項經濟發展也是因為有強大的祖國做後盾，兩次的金融風暴，都是靠祖國施以援手才能解救。歌詞最尾的『要光復這香港，我願榮光歸香港。』更是絕大多數市民想說的，要光復香港，首先掃除背後的外國勢力，再把內部藉內亂吃香喝辣的人清除，讓香港搭乘『粵港澳大灣區』的便車再上征途，那麼對絕大多數市民來說，便真的能夠榮光再歸香港了！

　　同時，我真的想問問想光復香港的人，如果早在二三十年前，香港人想完全脫離大陸我會覺得還說得過去，明明今天祖國一日千里，已成世界第二大經濟體，香港也只會愈來愈好的情況下，為何反而今天要光復香港？難道看不慣祖國好？還是二三十年前的年青人不夠今天的年青人更愛香港？如屬前者相信他們說不出口，如屬後者又對上一輩的年青人情何以堪？當然如果兩者都不是，倘若是受人錢財替人消災，那麼便請認清自己背後的宗主國，因為棋子就是棋子，也終有一天變成廢子及棄子的！」

　　謙新之言引來陣陣掌聲，之後也有一學生問道：「往年香港及台灣都出現很多描寫崇尚中華民族之歌，但近代則幾乎絕跡，你們又認為原因何在呢？」

　　湫彤笑道：「這道題就由我回應吧。我記得當年香港劉天王唱〈中國人〉，曾紅遍兩岸四地，而此歌無論作曲者還是作詞者，都是台灣人，為何當時他們懂得寫出『五千年的風和雨啊，藏了多少夢，黃色的臉黑色的眼，不變是笑容』，以至『讓世界知道我們都是中國人』而您們也聽得理所當然，不曾反對？還有當年的〈龍的傳人〉從主唱至作曲詞者都是台灣人，為何當時台灣人會寫出『古老的東方有一條龍，她的名字就叫中國；古老的東方有一群人，他們全都是龍的傳人』，他們不但高唱自己是中國人，更傳頌至大陸喚醒他們，從而令兩岸四地的青少年都齊齊大合唱，長成以後都是『龍的傳人』。為什麼如今巨龍醒覺，當大陸人民認同自己是『龍的傳人』後，台灣香

港現在的青少年反而有一些人不認同自己是中國人呢？

　　而值得一提是，〈龍的傳人〉作曲詞者也曾參加 1989 年天安門廣場的絕食，但他最後也說，他從未看見廣場上有坦克輾壓學生及撤退的人群，更莫說曾經有幾百人被打死之謠言，他只是說了良心話。而在 2011 年，他也曾重返北京鳥巢與原唱者合演〈龍的傳人〉，這就足可證明，大陸並不是反中人士口中的固步自封，鐵板一塊，都會分清那些是真正的愛國者，那些是真正的台獨者；反而一些天天喊著自由民主的人，卻往往因循守舊，不懂轉彎。因此，台灣多年來的『去中國化』，無疑就是扼殺民族歌曲創作的主因。

　　最後我想說的是，如果說現代的台港年青人，已經不喜歡再唱〈中國人〉或〈龍的傳人〉這一類民族歌曲，是因為不認同當年這個時代的年青人，會樂於做中國人及龍的傳人，那麼，又為何現代的台港年青人，又會認同當時的天安門的學運領袖呢？而這種有選擇性的認同，又是否『人為』的幕後操作呢？事實上，台灣或香港的文字、語言、宗教信仰、禮俗文化、民俗習慣，哪一項不是來自中國？對人仇恨，不會讓自己變得更好；鄙視中國人，也改變不了自己的血液基因。請記住：我們是台灣或香港人，但我們也是中國人。現在的台港青少年只要深思一下，就不難明白自己只是一群反中的大人們之棋子，但為什麼我們要做別人的棋子，我們都有思想，雖然未至成熟，但起碼能明辨是非，我們應該拒絕糊塗拒絕負能量，接受真誠接受正能量，我們要做一個耳目清明的人。」

　　現場為湫彤鼓掌後，也有學生問道：「你們剛才都『憑歌寄意』，如果說到港獨或台獨，你們又會用那首歌去形容呢？」

　　此時，紫箸也初試啼聲：「這次是我第一次加入和大家分享想法，如果我說的不好，還請大家見諒。當然，無論怎樣我都沒辦法和他們比較，或者我就簡單地說吧。我覺得現在無論港獨或台獨，他們都有一個共通點，就是採用溫水煮青蛙方式，以漸進式港獨或漸進式台獨為主軸，他們都認為利用激進式會引至大陸立刻反制，後果會得不償失。因此，他們都會利用教育、傳媒、文化及社會不同層面以潛移默化的步伐不斷推進。事實上，這一種方式也是起源於日本，今天

的日本青少年完全不知道當年自己國家發動『二次大戰』的暴行，自然也不會知曉日軍侵華及『南京大屠殺』，因此現在港台兩地學生也不知中國的歷史，一些人更不認同自己是中國人。

　　然而，若要人不知，除非己莫為。比如台獨者認為這種溫水煮青蛙方式非常聰明，實質才是耍美國式『七傷拳』，傷不到中國一分卻傷自己九分。我依稀記得香港有一首金曲名為〈一人有一個夢想〉，其中的歌詞有說到，『**一人有一個夢想，兩人熱愛漸迷惘，三人有三種愛找各自理想，一人變心會受傷，兩人願意沒惆悵，三人痛苦戀愛不再問事實與真相。**』

　　現在我也想在此憑歌寄意。我們不用懷疑，所有中國人民每一人都有一個夢想，那就是『中國夢』。但台灣也有一些人夢想虛無縹緲的『台獨夢』，香港亦有一些人夢想遙不可及的『港獨夢』，所以台港兩地人熱愛的『並獨』便會漸迷惘，那麼便呈現了中國兩岸三地人民有三種夢及熱愛找各自理想。不過這三種夢碰撞，最終的結果必然是，如果台灣及香港任何一地企圖變心脫離中國會受傷，如果台灣及香港分別願意和平統一及和平共處兩岸三地人民便沒惆悵。如此一來，兩岸三地人民雖然經歷了痛苦折騰才求同存異，互助互愛，從而令中國變得更幸福強盛，此時已經不需再問三地人民，誰較得益誰占便宜的事實與真相了。」

　　身為道地台灣人的紫箬居然這麼快想到一首香港歌曲作形容，也看出她的聰明和急智，因此全場也不吝給她熱烈掌聲。其時亦有學生問道：「對於香港近年的『黃絲』學生及『黃絲』老師，你們又以那些歌曲去形容呢？」

　　思索一會的大榕便笑道：「我想到有兩首歌曲分別去形容他們，而且無獨有偶，兩首歌曲的原唱者都是英年早逝，而且都是屬一代經典歌曲，餘韻悠長。一首是〈一生何求〉，其中一段『**冷暖那可休，回頭多少個秋，尋遍了卻偏失去，未盼卻在手，我得到沒有，沒法解釋得失錯漏，剛剛聽到望到，便更改，不知那裡追究，一生何求，常判決放棄與擁有，耗盡我這一生，觸不到已跑開，一生何求，迷惘裡永遠看不透，沒料到我所失的，竟已是我的所有。**』

　　歌詞可道盡了『黃絲』學生的心聲：『我當初為香港民主自決的原意，是因為除了覺得好玩之外，還以為『革命無罪、造反有理』，可『合法』的毀壞公物及傷人兼可賺錢，因此即使是嚴寒或炎夏，我都**冷暖那可休**，甚至是 24 小時 Stand By 準備或 On Call 36 小時都沒所謂，最重要是**回頭多少個『抽』**，可以向首腦這邊『抽水』多少錢。怎知突然一個〈香港國安法〉殺到，我的首腦及背後人物全部溜之大吉，儘管我**尋遍了**整個香港，**卻偏失去**他們的蹤影，現在不但錢財化為烏有，且最不願意見的〈香港國安法〉，偏偏**未盼卻在手**，**我**現在**得到**的，就是偷雞不成蝕把米，什麼都**沒有**得到！也事到如今，再**沒法解釋得失錯漏**。我心想，既然面對〈香港國安法〉留在香港坐以待斃，不如大搖大擺的坐頭等艙遠赴台灣，跟隨當地的師兄姐繼續革命，反正當地綠營一向支援我們，吃香喝辣；但**剛剛聽到望到**台灣新聞，他們竟宣示以非法方式來台將面臨刑事責任追究，但他們當初鼓勵我們、訓練我們、支援我們，為何可以突然翻臉**便更改**？我真的欲哭無淚，也**不知那裡追究**！淪落到今天的地步，我究竟**一生何求**什麼？當初我**常判決**我們不是中國人，更要**放棄**『一國兩制』**與**我們的**擁有**，但現在事與願違，即使**耗盡我這一生**，我都還**觸不到**港獨的成果，台灣的所謂師兄姐便**已跑開**，我**一生還何求**什麼？這些利用我們搞政治的人，他們很容易便把我們帶進**迷惘裡**，而我們也**永遠看不透**他們的政治盤算；只是我真的**沒料到**，這一『玩』及『貪』令**我所失的，竟已是我的所有**。』看得出這位『黃絲』學生悔不當初，因此我只能安慰 TA 說，你可以的，當你吃完皇家飯後還可重新做人，你還年青，只要你把你身上的『黃』氣洗掉，拾回自己的良知便好。」

　　大榕的妙論引至全場笑聲，掌聲不已。

　　大榕續說：「至於形容『黃絲』老師，我則想到〈風再起時〉，其中一段是這樣寫的『我，回頭再望某年，像失色照片，乍現眼前，這個茫然困惑少年，願一生以歌，投入每天永不變，任舊日路上風聲取笑我，任舊日萬念俱灰也經過，我最愛的歌最後總算唱過，毋用再爭取更多。風再起時，默默地這心不再計較與奔馳，我縱要依依帶淚歸去也願意，珍貴歲月裡，尋覓我心中的詩。風再起時，寂靜夜深中

想到你對我支持，再聽見歡呼裡在泣訴我謝意，雖已告別了，仍是有一絲暖意。』

歌詞也激發了『黃師』的共鳴，TA 在監獄中喃喃自語：『**我，回頭再望某年，像失色照片，乍現眼前**，當年因為我自己仇中，我也要令**這一個個茫然困惑**的學生**少年**，同樣要仇中恨中反中，我教導他們，**願一生以『戈』，投入每天**的生活中**永不變**。因為唯有這一班學子終日與我抱著干戈好戰之心，才能達到我祈求香港永無寧日之最大目的。事實上，我教導他們『用暴力可解決問題，有案底才人生精彩。』儘管我今天已身陷囹圄，鋃鐺入獄，但我永不言悔，因為我完全明白，**任舊日路上的『藍絲』**在**風聲取笑我，任舊日**的『黃絲』怎樣在〈香港國安法〉打擊下**萬念俱灰也經過**，最重要的是，**我最愛的『戈』最後總算**是『**暢**』快淋漓地向他們傳授**過**。事到如今我也**毋用再爭取更多**，因為現在造成香港的社會分化，已經達到我預期效果，而我訓練這一班學子亦已成長，可以承接我的理想去搞亂香港！當然我也知道，此時外界一定會說我簡直是瘋掉了，哈哈……我可以告訴大家，是的！而且當我『**瘋**』**再起時**，我會用盡我的一切所能去反中，無論明顯地、還是**默默地**，我**這**個反中的**心**是**不會再計較**得失**與奔馳**多久，**我縱要依依帶淚歸去**我的牢房**也願意**，因為我認為這樣便能在**珍貴歲月裡**，可以**尋覓我心中的『私』**，我把這種為求一己之私的病『**獨**』能傳染到下一代，真是相當值得，而且痛快無比！無論如何，每當我『**瘋**』**再起時**，但在**寂靜夜深中想到你們**『**黃絲**』**對我支持**，**再聽見**台美諸君的**歡呼裡**在**泣訴我謝意**，**雖然**他們無情地**已告別了**，但我依然覺得**仍是有一絲暖意**！』一位『黃師』如此中『獨』之深，行將就木之際仍然如此無怨無悔，我還說什麼好呢？就只能學『魏瓔珞』的話跟 TA 說『好吧！你繼續瘋下去吧！也只有瘋一輩子，你就可以活下去了，多多保重啊！』」

大榕的比喻再度引發全場笑聲、掌聲不斷。

東 亞 病 夫 那年花開愛國治港

　　其後，也有一位學生問道：「去年一場病毒來襲，美國及港台兩地以『武漢病毒』，甚至再度以『東亞病夫』來形容中國，如果用影視作品去比喻，那麼你們又會選取那部作品呢？」

　　蔓荷說道：「這個我可以回答。據說電視劇《大俠霍元甲》1981年在香港首播之時，也曾引起香港教育界與學界，對劇中的弘揚中華文化及俠義精神表示讚賞，香港的大學學生組織更曾邀請劇中的監制到學校與學生分享創作過程。但沒想到今天香港的大學，到處都成為反中亂港的兵工廠，而大學學生組織更是成為暴徒的帶頭大哥，這除了玷污學校英名，也毀掉了先賢創校之心血。而《大俠霍元甲》也是第一部引進至大陸播放的電視劇集，據說在精神娛樂匱乏的八十年代，曾造成大陸萬人空巷的收視狂潮，成為幾代觀眾的集體回憶。其中《大俠霍元甲》主題歌〈萬里長城永不倒〉，也廣為傳唱至街知巷聞，無人不曉。

　　此後描寫霍元甲的影視作品也曾翻拍多次，而最近 2020 年的電視新版《大俠霍元甲》中，一代愛國武術宗師的傳奇人生又奏響了波瀾壯闊的新篇章，熱議不斷。無疑，此劇雖然吐嘈點甚多，但硬橋硬馬的真功夫，提倡尚武精神的正能量，還是令人賞心悅目的。要說到全劇最令我印象深刻的，有以下三點。

　　首先，當然指的是尚武精神。劇中的霍元甲被譚嗣同的一番話醍醐灌頂，澈底醒悟，認識到復興民族大業，學武中人亦有責任，即通過習武強健國人體魄，改變『落後就要挨打』的宿命，更要洗脫受鴉片之害精神萎靡的『東亞病夫』的國民形象。這對於現實生活中，中國近年經歷美國發動的貿易戰、科技戰，西方及港台兩地更藉新冠病毒的來襲，以『武漢病毒』及再度以『東亞病夫』的帽子欺凌地壓在14 億中國人民的頭上，霍元甲拳打西洋拳師，腳踢東洋武士，自然也令廣大的中華民族觸發士氣的提振。然而，中國人並非好勇鬥狠，

咱們習武小的是為自衛強身，大的是為愛國助人。正好告訴一些香港『黃師』，英國發動鴉片戰爭的真相，是不容粉飾便可抹掉，也告訴一些台灣人士，中國人從沒放棄韜光養晦，更不是他們所形容的『戰狼』到處惹事生非，中國人從來熱愛和平，但當西方欺壓到頭上，中國人不得不作最低限度的抵抗，儘管那些為迎合西方謾罵咱們的人，自己也是黃皮膚中國人，是多麼的為虎作倀，出賣靈魂。

第二點令我最深刻的，是劇中霍元甲提及的『海上新報』，他說：『海上新報的篡改聲明，挑撥離間的確不對，但他的報館我去過，正如總編所言經營慘淡，作為一報之總編，一時昏了頭腦，做了錯事也在情理之中，絕非十惡不赦之輩。』不過此言差矣，所謂盜亦有道，媒體埋沒良知，為銷量嘩眾取寵，無中生有，胡編亂造，輕則影響讀者思維是非顛倒，重則殺人於無形，多少人飽受輿論攻擊了結人生。事實上，劇中的霍元甲以為總編受了教訓必痛改前非，但最終該總編還是變本加厲，加倍炮製，大做文章，目的就是為了銷量翻番，此情此景於現實中何其相似，港台兩地的『毒果』及『大仟園』長年累月地天天製造假新聞，真虛構，目的也是為了一己之私，散播仇中種子，栽種荼毒之果，為禍社會，因此劇中的霍元甲，無疑是『好心做壞事』，完全幫倒忙。

最後一點令我最深刻的，是劇中霍元甲之妻，她曾對霍元甲說，『我丈夫浩然正氣，作為妻子也會受到感染，我們不生事，但絕不怕事。』也正正是中國政府念茲在茲常說之事。的確，中國有著五千年燦爛文明，更是世界人口最多的國家，我們不需生事，而且我們有充足的底子和胸襟，去寬容和禮讓別人，但如果別人再妄想八國聯軍，中國人定必迎頭痛擊，絕不怕事。最後我想說的是，隨著中國功夫明星相繼退出江湖，硬橋硬馬功夫片真的是買少見少，作為熱愛中國真功夫的觀眾，還是且看且珍惜！這一點，相信台下的成大哥，定有一番的體會，對嗎？」

只見台下成大哥急不及待：「是的！是的！」並引發全場笑聲。

跟著一學生問道：「那麼對於香港長達一年多的『反送中運動』，到香港終於推行〈香港國安法〉，與及今年大改選舉制度要

『愛國者治港』，你們又會選取那部作品去形容呢？」

　　湫彤笑道：「這點由我說吧。近年一套《那年花開月正圓》也創造兩岸四地的收視奇蹟，此劇女主周瑩尊重人才、信任人才、將心比心，才能夠留住人心，白手起家將吳家產業發揚光大，譜寫了一段蕩氣迴腸的商場傳奇。戲中，周瑩及吳家正當花費 20 萬兩銀子建立了陝西機器織布局，大費周章地搞來的織布機之際，卻又因土布坊受到衝擊而解散，造成了吳家乃至整個涇陽地區土布作坊的工人失業，因此開業當天，愚鈍無知的失業工人，在陶掌櫃的挑唆下如洪水般衝進機器織布局，拿起棍棒就開始打砸機器，他們不僅把價值 20 萬兩銀子的機器砸爛，令吳家瞬間心血付諸東流，而且還差點把周瑩打死。

　　我們從故事中可以得知，這些工人把自己的失業怪罪到織布機器上，他們如此的喪失理智，是因為之前陶掌櫃找到自己的表侄德根，說了許多織布機器的負面消息，陶掌櫃還指出砸爛了機器，通過摧毀雇主的財產，便可獲得與雇主談判的權利，但事情一定要鬧大，這樣官員們便沒辦法處理，而且根本也有官員不滿洋人，因此這些官員也暗裡高興人民把事情鬧大，從而藉機把廠方永遠勒停，以安民業，而且官府也絕不追究，至今這群工人因一時的窘困而衝昏了頭腦。當然，愚鈍無知的德根其背後是受陶掌櫃攛掇，而有心人陶掌櫃其背後是受查坤所領導，而心狠手辣的查坤其背後又是與杜明禮同夥，而陰險狡詐的杜明禮其背後更是無惡不作的貝勒爺所支撐。

　　說到這裡，相信大家不難聯想到現實的香港『反送中運動』，幾乎如出一轍。因為『陳同佳事件』香港政府不得不提出修改〈逃犯條例〉，原意都是想合法的把疑犯送回台灣接受審訊。但有心人士有認為機不可失，指的是西方，有認為借題發揮，指的是綠營，有認為擴展權力，指的是泛民，於是一拍即合把〈逃犯條例〉變相成『反送中運動』。愚鈍無知的學生們及『黃絲們』便喪失理智如洪水般衝進社會每一角落任意破懷，天天打砸燒，因為背後告訴他們的人，正正就是要他們一定要把事情鬧大，愈攬炒愈好，這樣政府便沒辦法處理，而且根本政府也有官員及不少公務員不滿大陸及港府，因此這些公務員也暗裡高興人民把事情鬧大，從而藉機把香港砸爛，到時候『香港

自決』便有希望，而且港府也絕不追究。同時，與無知的失業工人基本一樣，香港無知的學生們及『黃絲們』，首先分別是受老師、網軍的攛掇，而有心的老師們網軍們其背後是受泛民及反中的媒體所領導，而逢中必反的泛民及反中的媒體又是與很多不同的外勢力同夥，而抹黑栽贓絕不手軟的多個地方外勢力其背後更是仇中毫不掩飾的美台所支撐。

　　然而，劇中的周瑩並沒氣餒，她重新收拾心情重建機器織布局，還設身處地為員工創造出適合的激勵制度，讓員工積極主動工作，是吳家生意蒸蒸日上的最好動力。不僅如此，周瑩還以德報怨，不但要求釋放暴動的織工，不需接受應有的懲罰，而且還高薪聘請他們到機器織布局工作。而現實中的香港，儘管中央忍了一年多才施行〈香港國安法〉，並表明不追究過往。當然了，事情還是要分兩方面看，在長達一年多的『反送中運動』，涉嫌參與的『黃絲們』肯定不少，如果他們不再犯法自然不予以追究，但如果他們繼續犯案，例如在國安法施行後仍執意舉辦《35＋初選》，視政府如無物，那定必把過往的新舊罪過一同定罪，且合情合理；也正如周瑩可以放過織工，但如果他們一犯再犯，相信周瑩也不可能再放過。

　　至於說到今年經『人大』通過改變香港選舉制度，要落實『愛國者治港』，其實在《那年花開月正圓》一樣可找到答案。劇中吳家共分四院，而各院最初也看不起周瑩當家，但最終二叔四叔還是讓周瑩擔當吳家之領導人。可以說，二叔四叔可以不喜歡周瑩，甚至認為交由一個女人當家太不像話，但也不得不佩服周瑩的經商之道及八面玲瓏。但無論怎樣，相信二叔四叔容許周瑩當家，首要條件一定是要周瑩愛吳家、尊重吳家、誠心誠意擁護吳家的一切，永遠不損害吳家的利益和穩定，這都是最基本的要求。因此，這與大陸要求未來特首，必須尊重自己民族，誠心誠意擁護祖國恢復行使對香港的主權，不損害香港的繁榮和穩定，基本都是一致，也是天經地義。

　　再從另一角度看，周瑩主管吳家東院，但東院是吳家其中一院，她愛東院自然首先要愛吳家，如果她不愛吳家，何來愛東院？特首主管中國香港，但香港是中國其中一個地區，TA 愛香港自然首先要愛

國家，如果 TA 不愛國家，何來愛香港？不是同一道理嗎？如果港台兩地反中人士繼續跟隨西方，把『愛國者治港』視為洪水猛獸，大造文章，那麼就請這些人告訴我們，美國有哪位總統或議員是反美國？又或者說有哪個國家容許其政府團隊可以不愛國？當然，也許台灣是有點例外，政府團隊內心不愛中華民國，但就一定愛台灣，幾乎不容置疑。」

　　湫彤的形容可圈可點，令在場人士不斷點頭鼓掌。之後又有一學生問道：「那麼，你們對於成大哥所說『中國人是需要管的』，又會選取那部作品去形容呢？」

　　此時成大哥裝作生氣似的：「亞伯已經幫我修正『人是需要管的』，你沒有聽到嗎？」

　　而該學生即回：「是！是！是！那麼『人是需要管的』這句話，你們會選取那部作品去形容呢？」隨即引發全場大笑。

　　湫彤看著紫箬，紫箬笑道：「好！好！就等我來回答。不過，我依然用《那年花開月正圓》一劇去形容吧。大家都知，劇中周瑩的老爹周老四是個不務正業，及時行樂的人，他大半輩子跑江湖該看的地方都看了，該享受的也都享受過，照理對他來說應該很看化人生，但他依然不甘寂寞，終日惹事生非。故事說到他某日又手癢吹牛，騙了幾個客商一千兩銀子。趙白石當場要打他三十大板，後周瑩求情下仍然要挨了三板子，他生氣的說這個女兒心中沒老爹了，周瑩不得不耐心的講解其中的利害關係。周老四想極不明，說以前一直都這樣做，周瑩再告訴老爹從前騙人只為生計，既不傷人也不害人，但現在她已是吳家的大當家，也是機器織布局的負責人，倘若老爹還再外面騙人，便影響了吳家及機器織布局的聲譽。

　　其實這一番話，也非常很適香港的『黃師』及『黃絲』聽，因為周瑩的說話重點，就是人可以自由，但怎樣的自由下，必須守住一個法則，就是不能因為自己的自由去影響到別人的自由。大家可以看看，為何世界現在許多地區的公眾場所都禁止吸菸？皆因就是不能因為自己的喜好自由從而影響別人的健康；為何各地的圖書館都禁止喧嘩？皆因就是不能因己的自由發聲從而影響別人的寧靜閱讀環境；為

何每個城市都廣設交通燈，皆因就是不能因己的自由駕車或過馬路從而影響道路的安全。

　　說到此，就應該明白『人是需要管的』！就好像周老四，以前是和周瑩走江湖相依為命，無論二人做錯什麼，其結果也是二人承擔，再不會向第三者負責。但今日的周瑩，已非吳下阿蒙，她身兼吳家大當家及機器織布局之主，更是一百多名掌櫃、五百多名夥計、千人生計的頂樑柱，她的代表性牽連廣泛，倘若周老四破壞了吳家的聲譽，便會影響成千上萬之人的飯碗，因此周瑩的顧慮是對的，起碼她會考慮到跟著她討生活的人及其家人，是負責任有擔當的表率。如果香港的『黃師』或『黃絲』，能夠考慮到因為自己的自由行為，會分別影響到其他的學生、同學及社會大眾，那就也許不會做事這麼自私，這麼偏頗。

　　無論如何，我們雖然崇尚自由，並贊同自由可貴，但珍惜自己的自由之餘，還要顧及別人的自由，這也是自由的真諦和最基本認知。正如周瑩在開學典禮上大方發表的一席話，發人深省，周瑩說『**人只有讀了書，才會腦瓜開竅，開了竅才會有見識，有見識才會有本事。有本事的人沒人敢欺負，男人是這樣，女人也是這樣，好像國家也是這樣。**』但如果人讀了書，開了竅，有了見識，有了本事，當沒人敢欺負，這個時候就反過來欺負別人，甚至欺負手無寸鐵的社會上平民百姓，甚至兇殘地把他們殺害，那麼就枉讀聖賢書，更枉為人師。

　　不竟，知識是令人明辨是非，如果是非不分，那麼即使一個人有了知識，也只是『知之為知之，不知為不知』。也就是說，有時候我們以為自己讀了書有了見識，便認為對事情看得很通透，但其實往往問題就從此產生，如果不能細心去觀察事情的真相，便輕易妄下定論，那麼我們的知識便是害而不是益，不是有助社會有助國家，而是為禍社會為禍國家了。相反，如果我們有了知識，更要學會怎麼善待別人，將心比心，換位思考，站在不同的角度看問題，那麼社會便可不分種族、不分貧富，都能自然和諧共處了。」

　　紫箸一番感性說話，可謂震撼人心，也獲在場不少掌聲。其後也有一位學生問道：「在之前『反送中運動』中，也有一位資深藝人曾

說過『上一代欠了年輕人』之話，不知你們有何看法，與及用什麼作品去描述呢？」

謙新嘆了口氣：「這樣說吧。在之前『反送中運動』中，一位七旬清潔工被磚頭擊中命歿，之後拘捕五名涉案的青少年，其中年齡最小者只有 15 歲，可謂一失足成千古恨，青少年背後的教師及唆擺者，也難辭其咎，亦是罪魁禍首。而我們此時也會感嘆文明何價？天理何在？事實上，《包青天》屢拍不爽，現代社會的警匪片也屢看不厭，皆因人民普遍心中，也有鋤強扶弱及認同犯法者便應繩之於法的心理，即使是天子犯法也與庶民同罪，說的就是文明，講的就是天理。

但我們看到老人被磚頭砸死，也有被引火燒身，竟一幕幕在光天化日，朗朗乾坤下被暴徒私下行刑，他們所犯何罪，可以令暴徒如此狠心下手，僅僅是意見不合而已，莫說他們也有言論自由，即使是殺人放火窮凶極惡之人，也是應由警方拘捕經法院定罪才能施刑，我們了解遠至一千年前《包青天》的包拯，也不容許動用私刑，為何今時今日科學文明社會，港台兩地又以文明自居，卻對此幕幕反人類之暴行無動於衷，依然繼續支持他們打砸燒，且樂此不疲。

但最諷刺的是，因法外情法內情而深入民心之人，卻支援犯法者，可看出這些犯法者及支持者，其內心陰暗的世界，所仇視的對象，所妄想的敵人，所恐懼的畫面，都是自編自導自演，還自評自審自決，終日活在仇緒中不能自拔。可悲的是，他們所渴望的『中國崩潰論』結果，不但永遠不能實現，而且還呈相反方向發展，因此心魔不除，必愈墜愈深。不過，沒有最遺憾，只有更遺憾。大家都知，世界上很多小孩，都喜歡快點當大人，以為當了大人便什麼都可以做，更不用被大人管。但香港人就奇怪了，小時候才喜歡當大人，但到少年時卻馬上 180 度轉變，不但憎恨了大人，還認為社會上的大人都欠了他們似的，其實這都是有了上述這些人，灌輸很多歪理給這些小孩的緣故。就像 TA，也許自己童年的不幸及現在的孑然一身，便認為世界欠了 TA，所以有了這種陰影的投射，便不難經常說出『上一代欠了年輕人』之話，去煽動更多的青少年去憎恨大人，攬炒香港。

　　不過，無論在現實生活中，是上一代欠了 TA，還是 TA 自己欠了下一代，都不能武斷地 TA 就代表了整個社會，TA 就代表了整個上一代。因為每一個社會，還是好的年輕人居多，懂得人無完美，知足常樂的年輕人還是占絕大多數，否則這個社會便變成妖獸都市，悲情城市了。況且 TA 一生獲獎無數，比起很多同行，TA 更『原來是個幸運兒』，便更應該知足及感恩社會了。而無論如何，作為一個公眾人物，更千不該萬不該傳播仇恨及灌輸負能量給社會，特別是利用關懷年輕人的糖衣，去包藏鼓勵年輕人去仇恨大人及破壞社會的禍心。然而，TA 也算求仁得仁，因為當 TA 唱出『當你見到光明星星，請你想起我，當你見到星河燦爛，求你在心中記住我』之時候，TA 的歪理及行徑終於很難令人想不起她，更不需求人們，人們一定心中記住 TA，只是人們不是記住 TA 的好，而是記住 TA 的壞，真是莫大的諷刺了！」

　　在場正為謙新鼓掌之際，司儀即出場表示時間已過了近半小時，並指：「我們原定下午二時改為二時半會繼續討論，而亞伯也會對於一些港人關心的事提出個人建議，因此現場的學生們或嘉賓們若然仍有興趣聽取的，不妨留意我們的直播，謝謝大家！」

　　而亞伯及七子也向在場人士鞠躬，連說多次：「謝謝大家！下午再見！」

第 44 回

談 貿 易 戰　各展所長仍可雙贏

　　時間又來到 11 月 7 日的下午二時半，亞伯及六子（紫箸缺席）再度經司儀介紹後即開始亞伯第二次香港行的最後一段『問政』時刻。而今午則換來包括學者專家、青年代表及各界代表等。

　　很快台下即有學者發問：「對於之前美國發起的貿易戰，你們又有何看法呢？」

　　亞伯首先說：「說到美國發起的貿易戰，有一句中國的老話去形容美國最貼切不過，那就是『得了便宜還賣乖！』如果您們也曾來過美國，看到當地的 99 ¢ Store 及 Dollars Tree 遍地開花這麼多，就不難發現所有店內的產品，幾乎絕大多數都是 Made in China（中國製造），而這些大多數產品只售 99 美仙或 1 美元，卻又大部分竟然已包含了遠隔重洋的運費、高昂的保險費與及美國企業的高利潤，更比原來產地的中國國內售價便宜得多。

　　誠然，中國的確加入了 WTO（世貿組織）後用三十年換取國家復興之路，但同時也付出了沉痛的代價。除了令中國各地的環境污染，今天要用多倍的代價才能一步步回復青山綠水之外，這也是因為中國人民願意長期用低廉的勞力及資源才能獲得美國訂單，也許人民血汗可用時間便能補充體力，但很多的資源是用去了便不能再生，而中國商家之所以願意用低廉價格把產品售與美國，只因為美國大宗採購有保障，因此才能大量生產及薄利多銷，也同時間提升自己在其他市場受惠占盡競爭力。更何況有很多美國企業，根本是自己在中國設廠，自己在中國採購原料直接生產，但中國這樣長期賤賣及虛耗大量資源，便有可能終會有用光一天。

　　而另一方面，西方產品走高級化，懂得宣傳和包裝，一件西方品牌的奢侈品就能抵銷中國幾十甚至過百件同類產品，而且眾多奢華的產品更是不少也是 Made in China，用自己的東西打敗自己同類東西，只因是用了外國牌子的名字及包裝加持而已，這種長期的不公平貿易若如此下去，不但打造不出自己國家的品牌，更重要是長期不斷低價消耗自己資源。同時值得留意是，在以前，中國對出口及內銷的產品其資源消耗是不一樣的。對中國出口產品而言，比如說美國人民買一件 1000 元西方產品可用上三年，與一件中國同類產品只需 300 元只能用上一年半，但買兩件同樣用上三年也只是 600 元，還是便宜了 400 元，仍然相當划算。

　　對中國內銷產品而言，比如說中國人民買一件 1000 元西方名牌奢侈品可用上三年，與一件中國同類產品只需 400 元表面上很便宜，但只能用上一年，即使買 2.5 個中國產品共 1000 元，也只能是共用

到兩年半，與西方的產品可用上三年，對消費者而言仍然是得不償失，而且重點是製造中國 2.5 個 400 元的產品的材料不是等於製造一個 1000 元同類奢侈品的材料，即使中國的產品也要將貨就價，但至少也要花上 2 個西方奢侈品左右的材料，可看出中國大量製造便宜產品，只會對國家消耗原料是無法挽回的傷害。

我們也知道，很多美國蘋果手機都在中國製造，但中國獲利潤分配連 2% 都沒有。可以說，中國一直以來其加工貿易占比都高出一般貿易很多，這就會造成貿易逆差在美國，利潤逆差在中國的現象。因此，美中貿易差額除了美國公布的數據不真實外，真相是差額愈大，愈代表是因為中國產品便宜，也愈代表了中國消耗資源更大，因此即使美國不發動貿易戰，對中國長遠來說，都不會坐視不理。說到這裡，可能您們就會明白，為什麼中國早年會定立『中國製造 2025』的目標，也唯有重質不重量的發展，才能減低浪費國有資源，才能提升自己國民品牌，才能增加商家利潤，從而良性循環做出更好的產品，與及才能走回健康發展的正道。

因此，美國發動貿易戰既是無理，也醉翁之意不在酒，更是名副其實的『得了便宜還賣乖！』對此，箇中原因美國不清楚嗎？美國清楚得很。對美國而言，如果是經濟貿易方面，最佳的方法就是先用低廉的價格先耗盡別國的資源，當每種資源在世界少了，自己的原料及產品便可奇貨可居。君不見當年美國不斷入侵中東，就是先低價奪取及耗用別國的原油，美國本身沒有原油嗎？美國不但擁有而且蘊藏豐富，只是他們的國策就是先耗用別人的；可惜人算不如天算，近年科學昌明，很多代替原油的材料一一發現及發明，這時美國才會大量開發油由、頁岩油及天然氣，與中東及俄羅斯爭一日之長短。因為再不開發採用，當人類發明更便宜更環保的原油代替物後，美國擁有的能源儲備也可能一夜之間變的一文不值。

同樣，在其他資源方面，美國都是採用同一手段，因此我才會說美國發動的貿易戰，是醉翁之意不在酒，罪不在於貿易逆差，因為這又與當年美國打壓日本不同。日本當年熱銷的汽車及電器用品，美國自己也有很多生產，只是價格及人性化設計方面大幅落後日本，至

今日本產品成功的大舉入侵美國，令美國動用『廣場協議』對日本開刀，痛下殺手。但今日的中美貿易，其實絕大部分產品美國都已經不生產，自己的國民收入是世界前列，日常消費品卻是世界最便宜，這對美國長遠而言絕對是好事，但美國仍然以貿易逆差為藉口，向中國發動貿易戰，主因是針對『中國製造 2025』。我的意思是，美國實質上不但不介意美中貿易逆差大，反過來是害怕中國不再生產低廉產品，害怕中美沒有鉅大的貿易逆差，因為貿易逆差愈縮少，也意味著中國的產品質量愈來愈好，價格也會正常的愈來愈高，美國人民便享受不到價廉物美東西，自然是買少了，貿易逆差自然也不會高。

　　而最重要是，隨著中美的 GDP 及國力愈來愈縮窄，當《中國製造 2025》運行順利，縮窄的速度會變的加快，最終就是自己被中國迎頭趕上的一天，而且會比預算中快很多，這是美國所不能容訴的。因此，美其名是發動貿易戰，實質是出盡法寶，務求把貿易戰、科技戰、金融戰、病毒戰等等共治一爐，以全方位打壓及圍堵中國，阻止其崛起，就是這麼簡單。」

　　另有學者再問：「對於美國發動貿易戰及號召美國企業回流重組產業鏈，你們又認為終會成功嗎？同時，如果美國發動貿易戰最終不成功，那麼你們認為它的關鍵原因是什麼？它的結果又會是怎樣？」

　　早上沒機會發言的萊恩即說：「我個人認為，中國過去 2000 年一直是世界最大經濟體，清末衰弱及美國崛起也許只是小插曲，具備資源豐富及人口紅利的中國只要能夠擺脫落後，就會很容易重新站起。美國跟最大消費及最大投資市場的國家打貿易戰本身已經是不可思議；事實上，每年世界經濟增長，中國最少貢獻達 30%，美國最大公司如失去中國市場，也淪為區域公司甚至退出 500 強。美國對中國暴衝，毫無章法，主因是中國政策一貫目標長遠，美國用全國之力去打中國民企例如華為，甚至眾多美國公司及組織跟隨，莫說很難成功，即使成功也後患無窮，當世人看清美國下三濫的手段，也等同形象及信用破產。因此打壓華為最終反而給中國機會，把世界格局轉變，迫中國做老大；而美國向來和日本都是欺善怕惡，只要中國挺得住，美國最終會重新認識對手，只是話語權已經易主。

　　說到底，中國優勢有三，一是政治自主制度一貫，不受干擾可全心全意。二是完整的產業及技術鏈，一條龍到位，不受外界威脅或斷鏈停頓。三是市場規模，內需占 GDP 近七成，而且中等收入的人口早已超越美國總人口，加上中國現在的服務業占國民經濟比重只有 54%，比對美國服務業占比是 82%，還有很大上升空間。隨著『RCEP』即將正式生效，其他貿易談判也快馬加鞭，與及中國數字貨幣穩步發展，世界經濟已經不斷明顯向中國傾斜。

　　在以前，美國的確占據了在商業上的有利條件，例如在國民收支上，美國人民收入以往都比中國人民高出許多，但大多數物價卻比中國便宜，關鍵在於全球商品的定價權以前一直是由美元說了算，擁有絕對的發言權；其次是美國擁有現代化農業與完善的補貼系統，可以大幅降低生產成本；另外，美國油價以前也比中國便宜很多，因此兩國國民的收支一直都存在不對等現象。站在我是美國人立場，當然希望能維持上述各種優勢，但恐怕去年的一場大疫情，兩國的逆轉已經急速拉近，習慣了收入偏高及物價便宜的美國人民，現今通膨不斷，優勢明顯不再。

　　而在企業收支上，美國大企業去年從中國獲取的利益 Skyworks（思佳訊）占了 85%，Qualcomm（高通）占了 69%，Nvidia（輝達）占了 56%，Micron（美光）占 55%，Intel（英特爾）占了 40%，即使是 Apple（蘋果）也占了 22%，以上也只是部分而已，因此美國號召美國企業回流重組產業鏈，又談何容易。更何況去年中國疫情早就控制，世界企業包括美國，在中國投資有增沒減，而且增勢凌厲。剛才師父也說中國產品售與美國早已無利可圖，為此美國加關稅勢必轉嫁於美國消費者身上，至令通膨不止。事實上，美國雖發動了貿易戰，但美中的貿易逆差反而繼續飆升，工作崗位和產業也沒有回流到美國，這都是搬石頭砸自己的腳之失策表現。」

　　其後，再有學者問道：「如果您們認為美國貿易戰最終不成功，那是否意味著中美貿易逆差是沒有方法解決呢？而中美兩國又還能繼續貿易或在商業上合作嗎？」

　　今天首度開腔的格林便說：「這就要大家從哪一個角度去看問

題了。比如說在 17 世紀末，出生於倫敦的猶太人李嘉圖便有最著名的《政治經濟學及賦稅原理》理論；也就是說，即使一個國家在所有製造業中比其他國家更加高效，它也能夠通過專注於其最擅長領域，與其他國家的進行貿易交往而獲取利益。比如中國的人力物力資源豐厚，他們所製造的電視機及飛機的成本都比美國便宜，不過只要中國的人物資源所製造的電視機及飛機成本與美國所製造的電視機及飛機成本不一致，我們兩國仍然可以長期進行和平貿易。

什麼意思呢？假設在中國的人力物力資源製造一架飛機其成本是製造一部電視機的 10000 倍，美國的人力物力資源製造一架飛機其成本是製造一部電視機的 5000 倍，雖然中國的人力物力資源製造一架飛機及電視機都分別同樣比美國便宜，但中國和美國進行貿易，仍然很值得和划算。我們可以算一算：剛才說假設美國製造一架飛機其成本在本國等同製造 5000 部電視機，中國製造一架飛機其成本在本國等同製造 10000 萬部電視機，在兩國貿易上，假設美國向中國簽訂一架飛機換來中國 8000 部電視機，那麼美國每製造一架飛機其成本本來只可換取 5000 部電視機，但如果和中國進行貿易交換，便可換來 8000 部電視機，美國便可更專注製造飛機。

相對來說，中國本來製造 10000 萬部電視機才可換來一部飛機，但如果和美國進行貿易交換，便可用 8000 部電視機就換來一部飛機，中國便可更專注製造電視機。不過，以上的奧妙之處，雖然美中兩國仍然可以長期進行和平貿易達至雙贏，但由於始終中國製造的電視機及飛機的成本都比美國便宜，所以在貿易上的主動權，自然落在中國手上。也因此，用長遠的角度來看，美國不可能長期與中國為敵，否則只會自陷泥沼。

我們再回看歷史，英國當年發動鴉片戰爭，本身都是貿易不平衡所致，當時英國從中國大量入口茶葉、紡織品及陶瓷，但中國卻不買英國的東西，終於導致英國採用鴉片去茶毒中國百姓，再進而藉著中國的林則徐於虎門銷毀鴉片而訴諸武力。然而，今時今日的中國已非吳下阿蒙，除雄厚的經濟實力外，在軍事武器方面更是一日千里，深不可測。美國如果再運用當年對付日本的方式迫中國就範，恐怕中國

只傷一百美國已傷七百，其他二百只是其他國家所傷，對美國來說毫無利益可言。

同時，很多人都認為美中兩個超級大國正在陷入一場新冷戰，但我們都相信不會長久。與前蘇聯不同，現代中國經濟及軍事均實力雄厚，儘管美國兩黨近來對中國政策好像取得共識，不斷向中國製造危機爭取籌碼，其中一個方法就是『中美脫鈎』。不過，別忘了脫鈎不是把鈎毀了，它只是脫了，它可隨時重新鈎上！美國只要有利益，什麼都變得簡單。事實上，美中之爭其話事權已逐漸向中國傾斜，關鍵在於中國是否有野心挑戰美國帶頭大哥位置，如果沒有問題便如釋重負，迎刃而解；美中兩大國如果能在科技、貿易等多領域相互合作，捨長補短，太平洋自然能令兩國共融並存。」

第 45 回

論科技戰 香港偶變新疆不錯

隨後，也有學者問及：「除了貿易戰，你們對於美國發動的科技戰，例如美國全力封殺中國的華為及抖音，又有何看法呢？」

萊恩答道：「『孟晚舟事件』只是讓我們進一步看到美國的典型霸權主義而已，從最初的無理拘押，到建議用承認部分控罪換取自由返回大陸，但假的真不了，孟晚舟沒做過任何犯罪之事，何來要承認控罪為自己留底？而且最初還被台灣人士譏諷『不知好歹，鐵板一塊』來比喻，即使後來加國不承認滙豐銀行所披露孟晚舟案之內部文件，但隨著中國國力強大及國際輿論的壓力下，也最終成功開釋歸國，迎來遲來的正義！當然，美國最初也許以為再來一次複製法國公司高管所遭遇的『美國陷阱』，但今日的美國已經不是當日的美國，今日的中國更加不是當日的法國。至於透過國家安全的政治理由，將抖音一舉扼殺並設法強迫被收購，對於美國政府和美國互聯網巨頭來說，也許是一箭雙鵰，不過如此明目張膽奪取一家中國最成功的創業

公司，世界都在看。

　　而前總統還表示如果微軟能買下整個抖音，要求微軟將交易金額的一定比例上繳國庫，理由是『如果沒有美國政府，這筆交易就成不了事。』他也誠實得可愛，堂堂一個大國的總統都可做出『黑手黨收保護費』的勾當，實在不可思議。我記得有人說，當中國不允許美國Google 及 YouTube 等在中國落地，美國為何要讓中國企業在他們的市場裡競爭？但其實很不同，其一，上述媒體是中國從一開始便不批准，這對外企只是遺憾沒有損失；但抖音不一樣，首先在美國花了龐大的人力物力心血，到了人家成功了才封殺及巧取豪奪，是極其沒有商業道德之行為。其二，美國是標榜自由人權及冒險家樂園，這樣違反國際自由競爭法則，和黑手黨沒兩樣，恐怕變相封殺自己，世人再不敢到美國創業投資，這些都是可以想像到的。

　　當然，抖音拖延至拜登上場無疑是聰明之舉，也可謂留得青山在，不怕沒柴燒。而美國全力封殺中國的華為及抖音，特別是前者，卻意外從寂寂無聞到一夜成名，相信即使花天文數字的廣告費都達不到今天世界知名的效果，美國的封殺不成還令對方大飛躍，卻換來自己的流氓形象盡顯，說是賠了夫人又折兵，是最貼切不過。事實上，美國『長臂管轄』的執法案例已經越來越多，比如華為、中興、中石化、抖音、微信、中芯、丹東銀行、西門子、松下等等多家跨國企業，都遭遇過美國以違犯美國國際制裁令或反洗錢法，讓《美國陷阱》更深入每個人的腦海中，這對於美國的國家形象而言，都是難以言喻的永久傷害。」

　　隨後，又有學者再問道：「那麼你們對於中國的科技發展，對美國來說，甚至對香港及台灣來說又意味著什麼呢？」

　　格林續說：「無疑，現今中國的科技發展用一日千里去形容，絕不為過。就只是去年 2020 年，世界各地還要忙於處理疫情，中國已經先後在科技上有很大的躍進。比如在航太科技上，中國的『北斗三號』最後一顆衛星順利進入預定軌道，標誌著一個能為全球用戶提供全天候、全天時、高精度定位、導航和授時服務的系統已經完成，而且全球高達 165 個國家都在使用北斗系統。

　　另外，中國探月工程『嫦娥五號』探測器也成功收集帶回 2 公斤月壤到地球，並圓滿完成探月工程重大科技專項『繞、落、回』三步走發展戰略。而空間站『天和號』核心艙、神州 12 號及 13 號載人飛船也先後成功升空，到目前為止也有 27 國要求參與。此外，『祝融號』火星車成功著陸火星，儘管晚了美國多年，但一次性完成了軌道繞轉、著陸和火星車巡視，美國還未能做到。最後，中國成功研發出首款『霍爾推進器』，不僅使中國在電磁推進器領域邁入了世界領先水準，其推力也能讓中國衛星獲得極強的機動性。

　　在量子科技上，76 個光子的量子電腦原型機『九章』問世，其計算能力較美國 Google 此前發表的量子電腦還快 100 億倍，從而確立中國量子計算優越性里程碑。在通訊科技上，當美國還在全球圍堵華為 5G，甚至只允許美國企業對華為恢復 4G 晶片供應的時候，卻沒想到中國 6G 技術已經實現重大突破，6G 試驗衛星也成功升空了。在核能科技上，中國『人造太陽』環流器二號 M 裝置（HL-2M）放電，標誌著中國自主掌握了先進核能技術，為核聚變堆的自主設計與建造打下堅實基礎。在交通科技上，中國自主研發的時速 400 公里跨國互聯互通高速動車組下線，該動車組能在不同軌距和供電制式標準的國際鐵路間穿梭無阻，並能覆蓋全球 90% 鐵路網。此外，時速 600 公里高速磁浮列車及 650 公里高溫超導磁浮列車也先後面世，為將來高速列車帶來里程碑。在潛水科技上，中國載人潛水器『奮鬥者號』在西太平洋也成功下潛突破 1 萬公尺，是中國首台萬公尺級科考潛水器，讓中國擁有自主研究萬公尺深海能力。

　　我們從上述不同的中國科技發展可以看出，更先進的北斗系統固然可令美國的 GPS 黯然失色，而美國有意通過『跨越式發展』繞過 5G 加大投資 6G，但其實 6G 在中國早就起步，加上 6G 主要設備建於空中，而中國也有著北斗系統的優勢；值得注意是，6G 對未來軍事領域影響甚深，但美國連 5G 都落後於中國，還可做什麼呢？事實上，中國藉著人口紅利，在科技人才數量，中國便以 152 萬人多過美國的 125 萬人，專利申請數量中國亦以 110 萬件遠超美國 59 萬件，科研經費中國 4100 億美元，也緊追美國 5029 億美元，但隨著中國

的 GDP 增加及美國的萎縮，中國科技的『前途』明顯比美國更具優勢，可以說，這意味著美中攤牌的時刻為時不遠，也同時意味著香港及台灣呈兩極走向，指的是獨派者前路不多，統派則迎來康莊大道不遠矣。」

在場人士給萊恩及格林掌聲後，輪到有媒體代表問道：「對於之前泛民派提過的『香港變新疆，赤柱變秦城』，與及香港與西班牙的加泰隆尼亞爭取獨立相比，你們又有何看法呢？」

謙新笑道：「說到之前反對派提過的『香港變新疆，赤柱變秦城』，需知每個地方由於文化不同習俗不同，但總有各自的特色，硬要把兩地作比對，未免有點不倫不類，意思是香港已經變了新疆嗎？今時今日，新疆企泰民安，有哈密瓜吃，更有烤全羊，風景秀麗之外演藝圈又有『新疆三美』，香港如能偶爾變新疆也不錯。或者反對派來到了中國的西北邊陲新疆維吾爾自治區，便可看到這是一片快速發展的熱土，在國家『一帶一路』戰略下，又迎來了一波波的發展，隨著中歐班列的開通，新疆已逐漸成為中亞地區舉足輕重的經濟軸心。

同樣，拿香港與西班牙的加泰隆尼亞爭取獨立相比也是不三不四，現實中兩地處境剛剛相反，西班牙舉國經濟完全靠加泰隆尼亞支撐，而且加泰隆尼亞人民納稅奉獻最多，香港之經濟則完全靠大陸，但港人納稅奉獻國家卻是零！也許，加泰隆尼亞示威者當時不但效法香港，還稱建新香港，反對派便見獵心喜互相取暖，還網上號召民眾支持加泰隆尼亞獨立。只是如此一來，反對派當日口口聲聲只為民主，不求獨立也終露出狐狸尾巴。先不說香港之前選舉充滿骯髒不公，就算真是多數民意也不代表成功，加泰隆尼亞一樣占大多數民意獨立，但西班牙不容許，歐盟也絕不允許。

記得之前在香港獨派的宣傳短片中，開宗明義說明『去年九月立法會選舉其戰線意義，不是為了香港變得更加好，而是要令香港人親手迫北京處決議會、處決香港，從而迫出更多的港獨。』很佩服香港獨派之勇氣，但也更凸顯他們的無知，連『令香港變好』的演戲都不假裝，直接坦率地告知港人選他們『不是為了香港變得更加好』，那麼究竟有多少港人會期望香港變得更不好呢？當然，最終九月立法會

選舉變成南柯一夢，換來的不只是立法會取消區議會的功能界別，就連特首將來也確保『愛國者』在選委會是占大多數，這都完全是自作自受之必然結果。」

　　另一媒體代表則問道：「有人說香港不是中國的一部分，你們作如何解釋？另外你們常說很多國家不容個別地方獨立，但烏克蘭獨立成功就是一個好例子。此外，英國也不斷力挺香港，難道不是嗎？」

　　大榕說道：「謝謝您的提問，其實要向提出香港不是中國的一部分之人作出解釋，倒不如由他們解釋香港為什麼不是中國的一部分更妥當。最簡單的一個例子，就是在九七之前，為什麼當時聲望顯赫的英國首相戴卓爾夫人，卻遠遠的千里迢迢跑到中國和領導人會談？並尋求交回香港主權以換取治權的構想？如果香港不是中國的一部分，戴卓爾夫人口中的香港又是什麼地方？再說，要解釋香港是中國的一部分的例子，恐怕說上一天也說不完。不如您們看看曲折蜿蜒的香港街道，一個小小的香港，就已經有 60 多條以內地省市命名的街道，例如廈門街、南寧街、長沙街、西安街、南京街、上海街、山東街、山西街、浙江街、江蘇街、湖北街、湖南街……以至成都道、開平道、恩平道、新會道和廣東道等等，要說香港不是中國的一部分，是顯然不值一駁的。

　　至於剛才您提到烏克蘭獨立成功就是一個好例子，不知道您所指的『成功』，是從何說起？烏克蘭在獨立前，土地肥沃，科技軍工業發達，但獨立後經濟蕭條一落千丈。對烏克蘭人民而言，很難想像之前還是世界工業發達地方之一，但獨立後烏克蘭算是歐洲最貧窮國家，人均 GDP 只有 3000 美元，人民月薪平均只有 500 美元，當護士月薪 200 美元都不夠，連 IT 產業的經理也只是 600 美元左右，人民一致認為比起 2014 年顏色革命即親西方之前，烏克蘭生活過得更好。由於貨幣貶值，薪資沒變，但物價卻漲兩倍，年青人普遍渴望移民；而更重要是，現今烏克蘭早已成為美俄之間的提線木偶，命運悲催，在國際的輿論上，人們都把烏克蘭與台灣視為命運共同體，可看出現今的烏克蘭，可謂危機四伏。因此，烏克蘭的確是『成功』獨立了，但獨立後人民是否『成功』呢？恐怕是剛剛相反。

　　無疑，您口中及香港獨派念茲在茲的英國，在去年〈香港國安法〉通過後的確極度力挺港人，更利用英國護照吸引香港市民，但一方面對香港而言並無壞處，相反送走那些離心分子反而是好事一樁。而另一方面，英國雖然支持香港獨派搞事，但自己國內之地區卻琵琶別抱，自討苦吃。現今英國的聯合王國包含英格蘭、威爾斯、蘇格蘭及北愛爾蘭，除了威爾斯表現比較老實之外，北愛爾蘭及蘇格蘭的離心傾向早就種下，加上英國脫歐還碰上這兩年疫情，令以海外貿易為主之蘇格蘭經濟蒙受其害，因此蘇格蘭要公投獨立，可謂意料之中。事實上，英國脫歐已經弄至焦頭爛額，蘇格蘭一旦獨立有望，勢必也牽動北愛爾蘭，英國的自顧不暇還插手香港，都是緬懷舊夢，追惜前塵，卻自不量力的自食惡果。」

第 46 回

貧 富 懸 殊 解決居住另闢蹊徑

　　亞伯及六子先後陳述獲得不少掌聲，而此時主持人也開腔表示：「我們或者先暫緩現場的詢問，現在先爭取時間和亞伯他們討論有關對香港各種要題的建議，好嗎？」

　　現場即引來幾乎一致：「好啊！」「好啊！」……

　　主持人：「或者我們先談香港的根源問題，也就是貧富懸殊與及居住問題，不知亞伯你們對香港有什麼好的建議呢？」

　　亞伯：「首先，貧富懸殊不是香港獨有的問題；在世界上，即使是最發達的先進國家，比如是我們的美國，都同樣會面對貧富懸殊這個老生常談。毫無疑問，長達一年多的香港『反送中運動』雖然是美台港三方『共襄盛舉』，但也成功帶動香港一群貧苦民眾響應。而隨著互聯網發達，也燃燒世界各地，讓世界敲起警鐘，今後必須認真思考西方民主制度帶來之貧富懸殊問題。

　　值得注意是，中國從古至今也有貧富差距，而二戰後的新中國更

是全國一窮二白，甚至文盲嚴重，直至鄧老先生改革開放，要令一部分人先富起來，然後逐步改善至三十年開放，到去年才正式全面脫貧摘帽，開始逐步建立全面小康。然而，他們也不忘初心，中國領導人也強調鞏固脫貧、防止返貧，確保鄉親們持續增收致富。在西方，由於什麼都講求自由，政治制度也令官商藕斷絲連、牽扯不清，要解決貧富懸殊實屬不易；但中國不同，他們大可借助國企資源及『全國一盤棋』政策從而『控富助貧』，因此西方民主制度的企業富可敵國，在中國是很難發生。儘管西方及台灣視共產主義為洪水猛獸，但必須注意是，中國既不是真正的共產主義，而且唯有他們才能做到『截貧製富，共同致富』的偉業，造福百姓。

我們再回頭看香港的貧富懸殊，最近香港以 760 萬港幣高價售出一個停車位，價格大約是倫敦頂級黃金地段一房公寓的售價。這可以說是香港的驕傲，但同樣也可看成香港的悲哀；是資本主義最極化，也是資本家的小圈圈。同時，由於與一般民眾脫離，當日子久了，就會自然積聚負能量，造就社會衝突之溫床。毫無疑問，香港的『反送中運動』中，也有不少的香港市民參與其中，但諷刺的是，絕大多數都是不滿香港政府，而不是不滿中國政府，而不滿港府當中，又以房屋居住問題占最大因素。我深知，中國人時常會說『有國才有家』，但中國人更講求『安居樂業』，也就是必先安居才能樂業。

說到這裡，我或者先和大家分享一個真實故事。在上次台灣演出的過程當中，曾經喝了一碗『濃魬湯』，至今也非常懷念。大家知道是什麼食物呢？」

只見台下人士大惑不解：「不知道！」「不知道！」……

就在此刻，說明不會在此行演出的亞伯也突然使出他的看家本領，舞台上突然湧現一桶桶的魚獲不停跳躍，迫真生猛，亞伯再問大家：「知道這是什麼魚嗎？」

而沒想到今天也能看到亞伯的虛擬表演的人士自然是喜出望外，特別是從未看過亞伯表演的學者們，也終令他們大開眼界。

其後，也有一位學者認出，並說：「好像是比目魚！」

亞伯笑道：「說對了！記得上次在台灣其中一個私人聚會當中，

就是由當地開餐館的朋友作東道主請我吃了一頓比目魚餐，只見餐桌上的菜式全部都是用比目魚烹調，其中一碗濃飯湯，真是太美味了，叫人回味無窮。我問餐館的朋友為什麼稱為濃飯湯呢？朋友即解釋告訴我，比目魚餐是他的餐館招牌菜，而濃飯湯更是主角，由於比目魚又簡稱『飯』，所以一碗濃濃的比目魚湯自然也稱為『濃飯湯』了。之後我便苦笑了一下，餐館的朋友問我苦笑什麼？我便告訴了他，『濃飯湯』在您的店這麼出名，但『濃飯湯』在香港更是無人不知喔！而當時在場的朋友們都說聞所未聞，那麼您們又曾否聽過呢？」

現場人士都紛紛搖頭：「不知道！」「不知道！」……

亞伯說道：「當時我告訴在場的朋友們，香港雖然號稱是『東方之珠』，但燦爛的夜景及繁華的背後，有著令人惋惜及不幸的一面，那就是『籠屋』、『板房』、『劏房』了，『籠板劏』在廣東話不就是『濃飯湯』嗎？不過這個名詞只是我封他們的，而朋友們則齊齊眾口嘆息了一聲『原來如此』！那麼，您們又是否認為『籠板劏』在香港是無人不知呢？」

現場人士如夢初醒，也笑個不停！不過，也看得在場屬於尷尬苦笑的居多！

亞伯：「不經不覺，香港已經回歸中國超過二十年了，儘管回歸後今非昔比，GDP 總量是回歸前的一倍有多，2020 年香港平均月薪約四萬港元更冠絕全球；但相當令人遺憾的是，仍然解決不了香港重大民生的居住問題；特別是世界獨有的『籠板劏』仍然存在，聽說至今已多達二十萬人租住了，或許港府也真的是受諸多掣肘，以至躊躇不前，但是也不能任由地產商囤地自重，坐視深層次結構矛盾不斷惡化而棄之不顧。對嗎？」

只見在場人士幾乎一致：「對的！」「對的！」……

亞伯：「香港雖然寸土尺金，但其實從資料顯示，香港也不是嚴重缺乏土地，只是一方面地產商囤積土地，另方面很多新界土地或填海計劃，又遭到外國勢力及有心人士以環保作藉口阻撓，一旦遇到這些人士反對，港府又『被迫』妥協無法執行下去，這的確又是一個難題，我記得您們的特首曾表示『要做好安居課題，有兩個主要元素，

第一是土地供應，如果沒有麵粉，怎樣做麵包？」但化解及方法還是人創造的，重點是另闢蹊徑，在這個時候，最適宜出手幫忙又是誰呢？」

在場人士又紛紛搖頭，但也有人說：「是中國大陸嗎？」

亞伯笑道：「沒錯！就是中國政府。為什麼呢？或者我們先從另一角度思索，香港之前長達一年多的『反送中運動』，連番衝擊商業、生產與觀光，也嚴重地重創香港經濟，相信損失不少。當然了，我們還未說受疫情影響下更加令百業蕭條，雪上加霜。不過，如果港府再把上述的『籠板劏』問題置身事外，那勢必只會積累更巨大的負能量，從而有可能再經某方勢力煽風點火下，便能引爆另一波的社會衝突。在此情況下，香港又能連番折騰多久？好了，假設港府現在深明如果持續不理，將來的損失勢必更多，那麼可否設立一個預算，當作化解未來社會危機的經費呢？怎麼說呢？首先之前我們提過，港府一直未能好好處理房屋問題，特別是『籠板劏』問題，最大的原因就是地產商囤積土地，環保及有心人士阻撓，但假設我們都把上述人士通通繞過，那他們又將會如何反應呢？」

現場人士也好奇等待亞伯的答案。

此時，亞伯又突然於現場做出兩個虛擬表演，第一個場面就是當年中國大陸軍艦來港泊岸讓市民參觀的盛況，而跟著另一個場面就是中國武漢火神山十天建好醫院的奇蹟，兩個場面雖然均風馬牛不相及，但同樣迫真，同樣震撼。

亞伯問道：「我為什麼把這兩個真實畫面給您們看，您們知道我想說什麼嗎？」

台下似乎沒人知曉亞伯意思，亞伯轉問蔓荷：「您祖籍香港，您了解我的意思嗎？」

蔓荷摸摸了頭，說不太清楚。亞伯再問大榕：「您祖籍澳門，也許多少會了解香港，您知道我說什麼嗎？」

大榕笑一笑：「我大約清楚，但不太肯定。」

亞伯：「您不妨說說。」

　　大榕：「師父最先開始是說，此時最適宜出手是大陸政府，而師父又把大陸武漢火神山醫院呈現給大家，應該是建議由國家為港府造出大量的房屋，而這些房屋應該是預製裝配式的，就好像火神山醫院一樣，當需要的時候便馬上模式化搭建。至於師父再把大陸軍艦泊港呈現，我想應該是建議國家除了先製造好一批預製裝配式房屋，還要製造類似一個海上平台，然後一同運至香港，再在平台上再搭建這批房屋，對嗎？」

　　亞伯雙手給大榕兩個讚：「太棒了！您完全說對，那麼您知道為什麼要在海上不在陸上搭建呢？同時又為什麼這個項目是時候需要中國主動出手呢？」

　　大榕不明所以：「這兩點……我還未想到。」

　　亞伯回問蔓荷：「現在您能理解我的用意嗎？」

　　蔓荷笑道：「師父想出這個方案，我都感覺很神奇。不過，您也剛才說可把那些阻撓人士通通繞過，所以相信在海上建造也應該是有關聯的，對嗎？」

　　亞伯點頭：「對的！哪您想到什麼呢？」

　　蔓荷頓了一會：「我想到了！如果在陸上搭建，首先未必找到好地方，而最重要是，在陸上搭建也很容易引發阻撓人士抗議，但如果在海上找到像碼頭地方搭建，就宛如國家軍艦前來泊港，任何阻撓人士都不易輕舉妄動，對嗎？」

　　亞伯笑道：「都對，但還有一些更大原因。」

　　此時大榕即說：「我知道了。在海上搭建就如同一個可移動的大平台，它既可以隨時改換停泊的地方，又不會占用陸地的資源，而且在陸地搭建於造前、拆後也許又要花上基建及清理費用。」

　　亞伯：「大榕說的非常好！不過還沒有這麼簡單，也許就由我向大家全面解釋一下我的想法吧！由中港政府合力打造『海上住宅平台』，其實共帶來八大好處：

　　第一，今天的中國已經被世人封為基建狂魔，水準也有目共睹，許多人造島及高樓建築等也是以驚人的速度完成，即使是世界難度最

高的基建，也一個一個的攻克令奇蹟不斷誕生！所以由中國主導建造『海上住宅平台』再搭建預製裝配式的集成樓宇，我深信絕對不是問題，而且好處是能儘快成事。

第二，以一『海上住宅平台』來算，如果以每單位平均二百呎至三百呎面積，一層共約五百單位，十層共約五千單位，如一年能在港九新界選擇四個碼頭地點搭建，便可一年創造約二萬個單位，也方便不同地區的居民入住。

第三，我心想中國不但是基建狂魔，更是智能製造的領先者，如果整個『海上住宅平台』上的所有單位不但利用成本較低的模式化集成，而且方方面面都具備人性化、太陽能及智能設置，若干設備又是伸縮控制超省地方的，兼且是做到『拎包入住』，再加上周圍是漂亮的海景，定必令香港年青一代趨之若鶩。我特別想到的是，如果中國能夠號召國內的大企業在每個平台的附近設置公司，甚至就在『海上住宅平台』旁多搭建一個『海上商業平台』相互配合，由於平台能讓年青一代上班就在咫尺，就更能達至最佳效果。

第四，『海上住宅平台』的費用無論是港府出資、中國出資、中港共建、企業贊助都不是重點，我剛才提過重點是另闢蹊徑。由於『海上住宅平台』的橫空出世其目的不在於賺錢，而是照顧民生，拉近貧富，怎麼說呢？剛才蔓荷說陸上搭建住宅平台也很容易引發阻撓人士抗議，其實在陸上搭建與在此土地上興建真實的房屋沒什麼差別，都是占有了香港矜貴的土地，但海上搭建就沒有此成本。換句話說，如果『海上住宅平台』沒有土地成本，又有人出資搭建，那麼每年二萬個單位其租金總額，除了能夠達至維修及各項公共開支外，一定盈餘不少，但是這個項目有一個關鍵點，就是平台上各單位的租金一定要比周邊樓宇便宜，這不但更加吸引年青人願意入住，其真正用意就是令周邊樓宇的買賣及租金價格鬆動，由於有不少盈餘，港府便能擴大範圍搭建『海上住宅平台』令更多人民受惠，而與此同時，又能間接令所有周邊樓宇自動合理性的價格調低，有效抑制樓價。

第五，如果按著上述的大思維去設計這一個項目，剛才也說了必定大受香港的青年歡迎。大家也知道，香港長達一年多的『反送中運

動』，絕大部分都是青少年參與，然而青少年又是未來的社會棟樑，政府更不能消極不顧。但假設這一個大型項目能夠落實及積極發展，必能影響持溫和性反中立場的『淺黃絲』，與其苦口婆心慢慢向他們教化解釋，不如切切實實用行動告訴他們真實的社會狀況，與及國家的無微不至，即使也許部分人仍會冥頑不靈，但已經是西瓜靠大邊，輿論壓到一切。自然而然也會順應時勢，反正這是港府對年青人的福利，年青人沒理由拒之門外，甚至倒打一耙。

　　第六，由於所有『海上住宅平台』都是在海上現成搭建，而且是中國政府直接主導，基於領海主權原則，既無需經立法會批准通過，更輪不到外國勢力及有心人士以環保作藉口說三道四。不過，最重要還是，一下子架空了地產商囤積土地，由於香港每年都能夠突然橫空出世幾萬個單位，勢必令囤地的地產商不得不放下原來的方針，改而和港府務實合作，從而真真正正朝著正確的道路方向邁進，並走出和諧社會的第一步。

　　第七，當然了，此時港府還需同時走出和諧社會的第二步。我的意思是，每年有幾萬個單位在海上建立，而且都是由中國政府去主導。因此，有理由相信遷居於此應該都是愛國愛港人士，但由於也同時意味著香港市內也會每年騰空很多單位，從而令市內樓宇的單位，無論買賣及租金都一定向下調整，這不但令反中人士也同時受惠，但重點還是全民受惠，減少了人民的怨氣，也減弱反中人士煽動的能力。而與此同時，市面的單位租金下調，也間接協助了小部分的『濃飯湯』上車，能搬到大一點較舒適一點的地方。到了這個階段，就是港府出重手最佳之時，由於二手樓宇市場價格滑落，兼且此時地產商已經需要和政府合作，那麼港府便可用優惠的價格出資收購一些二手廠廈或樓宇，然後重新改造，並且最好一樣和中國政府合作，一樣採取成本較低的模式化集成裝修，要確確實實地要人民感受到國家對自己的關懷，逐步安排大部分『濃飯湯』人士入住，從而最終要令『濃飯湯』歸零，且絕跡於江湖，徹底把『籠屋』、『板房』、『劏房』於香港成為歷史，這樣港府才能真正走出和諧社會的第二步，也才能樹立真正做到有為的政府。

　　第八，解決了『濃飯湯』，並不代表完全走出和諧社會，還有最重要的第三步。說白了，『海上住宅平台』並不是一個長遠的計劃，而只是一個過渡期的拆衷方案。它的創立目的最主要還是設法繞過地產商囤積土地，及環保有心人士阻撓，同時勝在能於極短時間便能創造。當港府已經走出和諧社會的第二步，地產商基本上已經不得不和政府好好合作，而此時民心所向，一切外勢力及環保有心人士也難以興風作浪。這時港府便可以除了可開發原來的土地應用，原有的填海造地也可照計劃進行。不過，填海計劃同樣最好指明及交由世界造島最強的中國政府去主導，同樣要人民感受到國家對香港的貢獻。在此個時候，全民得以安居也得以樂業，便能真正達至社會撥亂返正，回復正軌，邁出和諧社會的第三步。所謂解鈴還需繫鈴人，中港政府若能順藤摸瓜，相信問題必能順序解決。

　　以上，就是我建議中港政府合作的『海上住宅平台』，是解決香港『濃飯湯』及港人居往問題的一種方法，當然這方法我早在多年前便想到，奈何一直未能有機會和大家分享。當然，我理解隨著〈香港國安法〉推出，現在立法會反對派已無力再搞風搞雨，因此港府原來的填海造地計劃即可進行，不過填海造地建房費時，如果要爭取時間安撫人心，與及號召中國企業到港共襄盛舉，由於『海上住宅、商業平台』停留香港能短能長，對中國企業能謀定而後動也是一個不錯的選擇。無論如何，方法是人想出來的，我的建議未必周全，但只要大家用心思考，定能找到完善方案。」

　　此時，在場人士也為亞伯鼓掌，而主持人便說：「亞伯剛才的提議非常新鮮，相信要留待港府及專業人士評估了。不過，有關你也提及到『海上商業平台』的構思，可否再作解釋清楚呢？」

　　亞伯便說：「好的！或者首先我們不妨把香港青年大約劃分為三類人。A，反中年青人。B，中立年青人。C，親中年青人。如果在往日，A類人絕不會赴中國工作，相反C類人赴中國工作是沒問題，而B類人雖然對中國不排斥，但要他們改到一個充滿陌生的地方工作也許不容易，例如擔憂到中國生活未必適應。然而必須注意的一點是，我相信上述ABC類當中，B類人肯定是占最大多數的；因

此，若然中港政府想有心處理香港的青年問題，B 類人絕對是頭號要設法照顧的。

　　所以說，在香港設立『海上商業平台』，就是給 B 類人往中國發展的最佳踏腳石，也就是『適應期』，而且還可能引導 A 類人變成 B 類人。我的意思是，在這個『海上商業平台』上，中國的國企及大企業可先行設立前期的輕工廠或公司，而所有的香港 B 類青年到以上的公司工作，就如同是先頭部隊，由於以上所有公司都是國內知名，較具前景及吸引力，定必吸引不少港青就業，凡表現良好者，即可轉入國內同屬公司晉升，當他們已適應與國內公司合作，又已經受到認可晉升，便不害怕隻身到國內工作像賭博心態，自然非常願意融入大灣區或赴中國其他地區工作。

　　當中國能吸納為數不少的 B 類人，與及 B 類人看到未來，A 類人也會看出眼裡，而且 A 類人在香港市場工作空間多了，怨氣也會隨著減低。同樣道理，『海上住宅平台』也同樣主要照顧 B 類人，甚至也許有少部分 A 類人，當 B 類人移居到此愈多，市面上的單位騰空位置給 A 類人就愈多，A 類人的怨氣少了，回歸理性及最終變成 B 類人的機會也自然增大，也就是設法把純屬受教育影響但沒有受利益收買的『黃絲』變回 B 類人，而值得注意是，一旦主觀強烈的『黃絲』回頭，他們也會可能轉變成『藍絲』，而且比『藍絲』更『藍』。說到底，改善『人心』不是一朝一夕，但如果香港官員是希望做到有為政府，還是要用較新思維去和年青一代打交道，磨合是雙方的，只要大家多動動腦轉轉彎，問題便令各方均能兼顧。」

　　亞伯一席話打動在座的青年代表，掌聲不少。

第 47 回

兩 制 進 階　三煩之亂需治根本

主持人再問道：「香港居住問題說完，那麼亞伯之前你提到的香

港『三煩之亂』又有什麼化解之法呢？」

　　亞伯：「好的！不過，首先我再強調，我認為世間之問題，只要人類願意去想，就定必什麼都能解決，但並不代表我的建議就是解決之道，您們可以把我的建議視作參考，而我分享我的建議，也只是作一個比喻，因為我始終不是香港人，用有限的認識和您們分享，只求勸導您們，特別是年青人，能多思考多印證，始終您們才是未來的社會主人翁，沒可能因不滿社會便玉石俱焚毀了整個社會，這不但對解決問題於事無補，而且毀了社會也毀了自己的將來，是最愚笨的方法。至於說回我對於香港『三煩之亂』，也有一些小小建議的。

　　首先，儘管〈香港國安法〉及〈愛國者治港〉先後通過，但『三煩之亂』未必能馬上立刻奏效，而且如果要徹底解決，恐怕沒有那麼容易。不過，前期功夫還是需要一步步做的。在教育方面，其實老師與公務員沒太多分別，而且比公務員更神聖和影響下一代，因此老師要宣誓效忠國家承諾做好教育下一代是必要的。而教育局除了全面整頓修改教科書，與及設立直接投訴熱線之外，還需在每個教室設立兩種設備，其一當然是錄映設備。事實上，我們在日常生活當中，也常聽到『財不可露眼』，意思就是不好引人犯罪，設立錄映設備，同樣是防止老師有抒發政治思想的意圖，是未雨綢繆的先前準備。同時，過往師生之間偶有遇到非禮或體罰的指控，而學生之間亦常有欺凌或打架之情況出現，但誰是誰非，如果沒有錄映設備，都只是一面之詞，因此，教育局硬性規定課堂教室設立錄映設備是必須的，而且用途多面。

　　不過，每一天這麼多課堂教室，要學校常常監看或翻看這麼多的錄映是不設實際的，我的意思是，如果沒學生投訴，部分『黃師』鋌而走險傳播政治思想的機會還是會存在的。因此，若能藉助中國的科技，也就是在教室也設立大數據智能語音識別系統，凡偵測及分析到教師有不當言論，例如一些港獨或反中的關鍵詞，立刻自動輸送通知教育特設部門，這樣便能有雙重保障，有效防止老師有不當的教育行為出現。也許，此時早已偃旗息鼓之『較邪』餘孽一定又指控侵犯人權，但錄映設備香港不是獨有，很多地區都有，至於智能語音識別系

統負責監督的只是機器人，談不上人權，況且老師身正不怕影子斜，一切都是為防患於未然之設施，如果反對本身就是作賊心虛之表現。

在傳媒方面，除了設法整頓『忌邪』或政府新成立相關協會予以抗衡，尤其對網絡方面加強宣傳和監督之外，最重要的還是，應大力鼓勵及資助中立傳媒及正能量媒體，不要令負能量傳媒一面倒，令傳播界有更多的正面及理性的聲音。當然，如果能夠取締香港公營電台，把每年省下的錢拿部分反過來支持由正能量年青人主導的媒體，相信更能匡扶社會正義，大快人心。

至於司法方面，老實說當初的『反送中運動』不只是挑戰香港的司法體系，更是嚴重挑戰『一國兩制』，如要改弦易轍，勢必拿出破釜沉舟之魄力不可。例如〈香港國安法〉必須全由本地法官主導，再不能令外籍法官隻手遮天。從長遠而言，所有法官宣誓效忠中國及不能擁有雙重國籍，是踏出正確第一步，終身制之外籍法官設法令他們提早一點退休也許是第二步。

另外，在有待精簡、高達 18 萬人數之公務員體制上，加上議員、老師、公立醫護人員及公立電台人員，不但不能擁有雙重國籍，也不能只有新入職才設立宣誓效忠，而是一視同仁；凡公務員者都應該簽署承諾書及宣誓效忠，決不能姑息縱容，助長知法犯法。事實上，世界各地公職人員一樣，而香港 DQ 議員更不是首例，罵得最兇的英美兩國，在歷史上英國下議院也曾 DQ 五十多名議員，美國國會也曾 DQ 二十多名議員，他們 DQ 之理由，除了違反議員規則或叛國罪，就是因為持雙重國籍，因此香港公職人員履行宣誓效忠國家之規則，本來就是天經地義，理所當然。

當然，隨著今年『人大』通過〈愛國者治港〉，這包含未來特首及立法會選舉，前者選委會由 1200 人增至 1500 人，後者則由 70 席增至 90 席，均由『愛國者』擔任。有人說中國政府一方面指，不是要在香港的社會政治生活當中搞『清一色』，而另一方面又指，不能允許反中亂港分子繼續堂而皇之地坐在立法會的議事大廳裡面『一個都嫌多』，是自相矛盾說法。其實不然，就正如我昨天解釋了將來治港之『愛國者』可以『不愛黨』，但絕不能『仇視黨』；也就是說，

中國政府改革立法會選舉，讓更多、更廣泛的民意代表參與，他們依然可以實事求是，有批評政府的聲音，但就不會容許其目的不是想香港或國家變好，而是目的要攬炒香港、顛覆國家，甚至用行動及勾結外勢力以達成目的，既毫不含糊，也毫不矛盾，更是國際任何國家地區的普世價值。

　　最後，還是要香港選民不能擁有雙重國籍配合才好。而沉默大多數的香港選民，也再不好以為一些建制派勝望較高，認為已經足夠便可放棄投票，應該用行動證明支持，社會正義不只是大多數，而且是絕大多數，一方面有力戳破假民調，另方面也令只為『糧支』不顧『良知』的議員不要再存僥倖之心，明白自己才是少數，再不能又有糧支又可攬炒香港。」

　　現場不少人點頭認同，而主持人再問道：「剛才你也說『三煩之亂』如果要徹底解決，恐怕沒有那麼容易，那意思是沒有方法徹底解決嗎？對於『一國兩制』現在只剩 26 年，請問亞伯對於『一國兩制』行穩致遠又有何看法呢？同時，你們昨天也反映了『愛國者治港』的看法，但是否這樣就代表香港內憂外患從此消除，甚至已經一勞永逸呢？」

　　亞伯：「這三個問題，對我個人而言，都是同一個問題。我記得台媒曾有評論說『一國兩制』在澳門的成功，確實無庸置疑；不過，香港人並不是反對『一國兩制』，而是怕失去『一國兩制』，是希望一本初衷貫徹『一國兩制』。」不過，我個人認為怕失去『一國兩制』只是部分人，對『一國兩制』具信心的更多，不要忘記示威最高峰也是二三十萬人，而不是百多萬人，況且就算是百多萬，也不代表全體香港人，就正如台灣常以一些只訪問少數人之民調，就硬指『這是台灣人民主流的共識』，更何況很多民調本身存在技術性和引導性，絕不能訪問一小撮人就綁架及代表了 2300 萬人民。

　　另外，我也看到不少西方之前預言是看衰香港，但事實上回歸 20 多年以來，香港並沒有衰落，經濟反而更有活力，雖然不像中國大陸的跨躍式，但仍然穩步前進，也是本身已屬發達地區之難得景像。如果不是自己內部折騰，甚至反對派勾結外來勢力，香港藉著

『粵港澳大灣區』的國家策略，我們有理由相信香港未來可期，發展更好。香港反對派逼迫中國先後推行〈香港國安法〉及完善立法會、特首之選舉制度，對香港人民而言未嘗不好，因為國家安全得不到保障，與及沒有全心為港人服務之政府團隊，香港的長期繁榮穩定，也就無從談起。

事實上，我之前就聽過不少港人說，『其實國家未推行〈香港國安法〉之前，我們真的以為國家不理我們了，我們周圍的家人及朋友們都覺得國家好像愛莫能助，我們就像一群有理說不清的孤兒，任由那些不講情理的人破懷我們的社會及家園，非常無奈，我們都想著不如國家乾脆行使『一國一制』便好了。』香港人民如何能帶來更廣闊的視野和胸懷，從而令社會更安寧更有凝聚力，這真是一個很好的課題。但我有一個很奇怪的感覺，無疑當年的『一國兩制』的構思是解決香港回歸中國的最佳良方，即使走到今天的這個地步，我仍然不會認為『一國兩制』是失敗的，那只是一個插曲罷了！

我了解您們當中，會有一些人想著不如中國行使『一國一制』可能更好，但我又認為不需要這麼極端，倘若迫使中國在香港實施『一國一制』，未免太急進及一刀切。可是社會的分化也已經形成，一方面『黃絲』受外勢力長期經營成為反中陣營，另一方面的『藍絲』之中，也許您們部分人會這麼想，無疑祖國很尊重及關懷港人，在民生及經濟上均處處照顧及讓利給自己，但除了這些恩患，祖國又似乎對香港的民生種種問題不聞不問，愛莫能助；您們雖然明白及了解不是中央不理您們，而是中國需要遵守港人治港的承諾，但又總覺得之前祖國任由港人自生自滅，從而產生一種莫名的疏離感。這種無形的隔閡，也許造成大家總好像格格不入，不像是同一國人，縱然您們依然心繫祖國，絕不會因此而背道而馳，因為您們了解祖國的無奈，但您們更希望祖國了解您們的無奈，我這樣說不知大家是否認同呢？」

亞伯一番話引來不少人士共鳴，紛紛點頭道：「就是這樣！」「就是這樣！」……

亞伯續說：「或者這樣說吧，鄧老先生當年也曾說過，『摸著石頭過河，要堅決地試，大膽地闖。』所謂試就是指嘗試，是未有最

終結果的。也就是說，凡事到了某一階段，都必須檢討修正，務求把剩餘的路將來能走得更順更好。事實上，『中國式一黨』從來都不是一成不變，他們也曾把『共產主義』修正為『特色社會主義』，才會把中國變得今日的進步和富強。我們現在不妨用另一思維去想，中國為什麼當年定立香港『資本主義』制度五十年不變呢？為什麼不定立一百年？甚至永遠不變呢？因為五十年只是一個預算。也就是說，他們已經預算自己在五十年內便能迎頭趕上香港，而當中國各方面都好過香港，也等於告知世人，中國的『特色社會主義』制度優勝於香港『資本主義』制度，否則又怎能自信地能在五十年內超越香港呢？那麼，假設五十年後中國的國民生活及社會福利樣樣均超越香港，卻還要香港行使自己的制度，即繼續一本初衷貫徹『一國兩制』，那對香港人民而言，反而未必是好事，我這樣說您們應該不會反對吧？」

在場不少人士普遍認為亞伯之言尚且成立，因此也大多說道：「不反對！」「不反對！」……

亞伯再說：「如果您們不反對，或者我們又再重溫一下之前鄧老先生為何設計『一國兩制』的核心。鑑於中國改革開放之時還是一窮二白，此時香港回歸祖國立刻就融入貧困的中國，肯定令港人的民心反彈，把喜事變成壞事，因此才會想出『一國兩制』，讓港人馬照跑，舞照跳。如此一來，中國自己本身便可自強不息，努力改革開放，希望將來能迎頭趕上，到時候中港自然而然便成為真正一家人，也就是『一國一制』，無分你我。因此，所謂的五十年不變，其實也只是一個預期的數字，並不是一定及不能改變的數字，也許不用五十年，也許會超過五十年。

不過，話是這樣說，但中國從來都喜歡按計劃發展，多年來定出的國家目標也只會提早完成，卻罕有延遲完成；我們無論從中國航太計劃例如『北斗系統』或「天宮空間站」，利民計劃例如『八縱八橫』或『南水北調』等也按時完成，因此，有理由相信中國定立用五十年達至世界最先進國家，也只會提早達標。但無論如何，香港人根本無需糾結這個『五十年』，如果香港變成『一國一制』對中國國家或港人不利，過了五十年中國都絕對會延續香港繼續維持『一國兩

制』；相反，如果香港五十年後變成『一國一制』，既對國家有利，而最重要是對港人更有利，那麼，到時候香港行使『一國一制』又何妨？我這樣說您們又會不會反對呢？」

看來在場不少人士雖然仍未摸到亞伯說話的重點，但此刻還是認為亞伯言之有理，因此眾多嘉賓繼續說道：「不反對！」「不反對！」……

亞伯續說：「我了解您們當聽到將來有可能行使『一國一制』，也許還會有一種莫名的擔憂，但其實這不是一個懸崖絕壁，而只是短短幾級的石階罷了，當跳下不但不會受傷，且舒活筋骨，從而迎接美好的未來。更何況香港只是中國一個小小的地方，中國照顧港人，愛護港人對中國來說都是小事一樁。因此，無論港人到時候想『一國兩制』還是『一國一制』，都絕對會順從港人的意願。只怕到時候國家科學昌明，人民文明進步，生活幸福快樂，福利安枕無憂，中國樣樣都超越香港之時候，港人更想『一國一制』罷了。或者大家再想想，近年來澳門的生活安定及年年派現金，也吸引不少港人羨慕和定居，中國將來的種種社會福利如果都優於香港，港人亦很自然而然形成同一心理，我這樣說您們又認為對嗎？」

也許亞伯說到港人心坎裡所憂慮之心結已得到舒解，讓現場大多人都說：「對的！」「對的！」……

亞伯看來仍神采奕奕：「如果您們大多都認為對，那麼話說回來，現階段香港又如何能做到回復社會安寧及更有凝聚力呢？我剛才提到，香港從『一國兩制』到『一國一制』的歲月裡，也許真的是五十年，又也許是更短或更長，但無論如何，五十年或加或減都只是一個過渡期，因此假設在這個過渡期當中，中間再加設一個『一國兩制』及『一國一制』的混合制即『一國兩制 2.0』作為緩衝期，會不會更好呢？我的意思是，我們不妨就來一個大膽假設，中國很多長遠的計劃不是都會分三步走嗎？如果我們把香港從回歸所行使的『一國兩制』到未來的『一國一制』也分三步走又會怎樣呢？事實上，我之前已經說過，儘管〈香港國安法〉通過，但『三煩之亂』如果要徹底解決，恐怕沒有那麼容易。如果有效阻隔外勢力興風作浪使其完全收

斂，而最重要是能令支持祖國的港人放下疏離感變成歸屬感，感覺真是一家人，中國就不妨在適當時期，也就是於過渡期中間，再安插一段緩衝期，或者您們可以把它稱為『一國兩制 2.0』，又或是『一國兩制進階版』吧。

哪什麼是『一國兩制 2.0』，又或是『一國兩制進階版』呢？首先，第一步是未來所有的香港管治團隊人選，也要先到中國黨校接受管治地方的培育，不過，這不是只為了將來有機會管治香港作準備，而是也為將來有機會管治中國國內某些城市作準備。第二步是當香港的官員學成是時候管治中國某些城市之時，在同一時間中國也委派數名國內官員出任香港的正副特首，與及一些能配合特首工作的重要職位，例如公務員事務局局長及教育局局長等等。而其他政府部門官員，仍然由港人出任，而最重要是，一切所有香港的現行制度及民生習慣，包括法律、產權、言論自由及新聞自由等等皆完全不變，依然是馬照跑，舞照跳。那麼會出現什麼好處呢？

其一，沒有打壓香港政治官員的前途，相反令港人的政治空間及版圖一下子增闊很多，他們依然在香港從公務員做起，一步一腳印晉升上層並沒改變。但走到頂層的時候，TA 不是只能出任香港官員，而是有機會出任中國國內的城市市長，如果 TA 表現良好，一樣有機會再晉升省長或更高的職位，絕對比現在出任香港特首便是政治生涯的畢業期要好得多。

其二，由中國委任國內官員出任香港特首及少許高官，相信絕對有能力完全根治『三煩之亂』所遺留的陋習及難題，並真正全面解決香港的種種民生癥結，特別是『籠板劏』問題，這樣才能還香港一個真正的天下太平及社會安寧。而香港官員出任中國城市市長，及中國官員出任香港特首，也是極之公平及平衡的體現。

其三，當中港兩地互動多了溝通多了，也會令歸屬感增強，這不但能引導『黃絲』回歸理性，而『藍絲』對祖國的疏離感也會很自然地消失，從而令香港社會再不分黃藍，真正地達到社會凝聚及中港融合，令港人能全心全意，再無顧忌地為自己、為家人而團結奮鬥。

其四，其實當年香港回歸祖國，中國想到利用生活及制度不變的

『一國兩制』給港人過渡，無疑另一個出發點，無非都是為照顧港人的習慣和適應。因此即使將來中國方方面面都優勝香港，來到自然而然的『一國一制』之時，也難保港人同樣一下子不習慣、不適應，因此加插『一國兩制 2.0』的緩衝期，就是讓港人先習慣、先適應，讓他們先感受到，原來由千錘百鍊的中國官員管治香港真的有這麼大的效率和好處，特別是面對疫情處理方面，那麼到『一國一制』之時，自然是順理成章，甚至水到渠成。

誠然，儘管今年『人大』通過完善香港立法會及特首選舉制度，均由『愛國者治港』，邁出繼〈香港國安法〉之後的正確第二步，但若要全面根治『三煩之亂』及把全體公務員正本清源，恐怕還力有未逮；尤其是『愛國者治港』與『愛黨者治港』之分野，雖然大多數人也認同互不矛盾，而我亦闡明其中之奧妙，但西方及港台反中人士，絕不會甘心就此偃旗息鼓；況且，即使『愛國者治港』最終能改弦易轍，但香港人還是要面對上述第四點之適應，所以除非香港永遠是『一國兩制』，否則加插『一國兩制 2.0』緩衝期，始終是遲早需要的，只是『愛國者治港』施行後若能行雲流水，『一國兩制 2.0』就不用急於一時罷了，不知道我這樣說您們又是否認同呢？」

亞伯終於揭開全面整頓香港問題之核心，令在場人士也大多點頭表示認同，也一下子放下了心頭大石似的。

第 48 回

無分你我 把疏離感變歸屬感

其後，又有一青年代表如此說：「亞伯，我非常同意你剛才所提出的意見，現在港人很多不是反對國家，也明白國家的無奈，但現時的制度下就是令年青人總覺得與國家有『疏離感』，因此若然能把『疏離感』變成『歸屬感』那當然最好，但怎樣去體現你剛才所說的『無分你我』呢？如果最好的方法就是於適當時期加插一個『一國兩

制 2.0』，那麼你又認為什麼時候才是適當時期呢？」

　　思索一會，亞伯再展示他的特技虛擬表演：「或者您們先看看這兩部是什麼電影？」

　　有別於原來的 2D 電影，亞伯把兩部電影的片段用 4D 呈現，主角人物就在眼前，栩栩如生。

　　在場前排人士異口同聲：「是《奪冠》及《少年的你》。」

　　亞伯笑道：「是的！也許您們都知道，《奪冠》於今年代表中國角逐奧斯卡最佳國際影片，而《少年的你》則代表香港來競逐。兩套電影好似沒什麼關聯，但巧合兩套電影都是香港導演，而男女主角都同樣安排由中國國內演員主演，卻一部代表了中國，一部代表了香港；這意味著什麼呢？這就是『你中有我，我中有你，無分你我』的最佳體現。

　　事實上，除了電影，以往中國人一直愛看港劇，現在國內劇水準普遍提高也極受港人歡迎。在生活中，中港兩地早就互相融合，沒什麼大不了。影視製作演出如此，政府操作也一樣可以如此。如果港人治港是『無能為力』，那麼為何不退一步海闊天空，相信您們中華智慧『窮則變，變則通』，總會找到出口。當然，我剛才所指的港人治港是『無能為力』，並不是看低港人的管治能力，而是整個西方『資本主義』制度下政府缺乏長遠目標，反對黨往往為反對而反對不停內耗的普遍毛病，只是香港的官僚主義體制及政治的土壤，更難孕育出八面玲瓏的政治高手罷了。就比如港府對〈逃犯條例〉一遇反對便退縮，甚至宣布壽終正寢，正正加劇凸顯弱勢政府，〈香港國安法〉如果當初港府最先化被動為主動，由特首主動提出請求中央以人大通過，既可樹立特首權威，更可化解外勢力乘機指責中央干預香港之尷尬，也更早平息香港亂局；當然，蔓荷也曾說過中央最後自己出手也有若干好處，總之一切都是最好之安排吧。

　　同時，我記得昨天謙新亦說過『粵人治粵』的問題，中國不同省籍的官員管不同的省分，本身對社會、對人民而言都只有益處，其實『港人治港』也完全一樣，若然香港官員永遠管理自己地方，就如只見樹木不見森林，對官員及對港人來說都絕不是好事。因此，我非

常認同他的說法。香港人及廣東人絕對都是聰明的一群，別忘了孫中山先生及李光耀先生兩國之父均來自廣東；您們治不好香港不代表您們能力低，只是『海闊憑魚躍，天高任鳥飛』，也許更廣闊的中國土地更能施展港人的所長，相反困在自己地方，也許很多方面都知根知底，更加綁手綁腳，吃力不討好，如能互換位置，說不定會碰到更好的火花，管治得更好。

　　說到底，〈香港國安法〉的通過，只是把香港深層次社會問題之死結『鬆開』，但還未『解開』，我們從香港第五波疫情便可看出，要完全『解開』中港融合即你中有我，我中有你這個死結，就必須中國政府協助才能做到。特別是香港的貧富差距，由於中國的脫貧攻堅的經驗，能令八億人口先後脫貧，小小的香港幾百萬人，我們更有理由相信不會難到中國之官員。不過，也如同〈香港國安法〉一樣，我提出的香港『一國兩制 2.0』，倘若香港人民認為是可行之建議，就最好在適當時期由您們主動與中國提出，否則中國又勢必招致國際指責中央不履行『港人治港』承諾之困境。

　　另外，身為『新世界七大奇蹟』之港珠澳大橋，我上次從香港到澳門演出時，也曾經過感受到此建築的宏偉及氣勢，只可惜此橋全程所看到的車輛廖廖可數，少得驚奇。相信跟中國左駕港澳右駕及三地車輛多寡不一脫不了關係。事實上，現今世界右駕僅有數國或地區，早已不合時宜，大部分遊客包括我在內，在港澳過馬路也要格外小心，若將來能藉著『一國兩制 2.0』的來臨，也把港澳地區改回左駕，相信不但能迎合世界潮流，也能把港珠澳大橋及『粵港澳大灣區』發揮得更好。至於您剛才說到什麼時候才是適當時期，我個人認為當中國解決了台灣問題，就是香港運行『一國兩制 2.0』的最好時候。至於我為何有此看法，或者也留待我下週在台灣和當地朋友及人民討論時，大家便知曉是什麼一回事了。」

　　在場港人受到肯定，也彷彿一時間增加不少自信。

　　此時另一青年代表問道：「亞伯你之前提議大陸可以為香港人做得更多，比如大陸可以為香港人做『海上住宅平台』及『海上商業平台』，除了之外你會建議國家為香港做什麼呢？」

　　亞伯笑道：「雖然我們一直說香港人民一直眷戀往日的『優越感』是不對的，但如果中國能多為港人的『專長』多動腦筋，盡能力恢復香港昔日的光輝，令到香港人民『有感』，都是加強中港兩地融合及『歸屬感』的體現。例如香港是亞洲金融中心，除了『粵港澳大灣區』能進一步鞏固之外，將來幫助促成『倫港通』及『紐港通』，都能令香港金融地位更上一層樓。不過，我認為中國最有能力及想達至最佳效果的，反而是應先助香港恢復『東方好萊塢』地位。

　　眾所皆知，今時今日的中國，已經貴為全球最大的電影市場，即使是昔日最強的好萊塢，現在眾多歐美明星也看準中國市場。例如今年中國除夕至初六票房，即一週便有近 80 億人民幣收益，兼破多項世界紀錄；而另一方面，我知道從 2012 年以來，中國對美國電影產業的投資已超過 100 億美元，但隨著近年美中關係變差，中國投資美國電影產業也逐漸卻步。可是同一時間，中國的電影市場則不斷膨脹擴大，而且未來隨著『一帶一路』之逐漸成熟，加上將來如果『RCEP』及『中歐 CAI』運行一旦順暢，可預料中國的影視發展與國際接軌及合作只會有增無減。

　　當然，中國國內的影視製作此時也同步蓬勃發展，但若說到與國際市場合作及中外文化交流，香港就絕對是中國一個天然的國際影視發展及接軌之最佳基地。說到底，影視製作本來就是港人的專長，加上影視作品影響青少年至深，如果中國政府能全力扶助香港影視產業，加上有中國國內的龐大市場做後盾，那麼港人所得到的支持及欣賞，定必首先令香港影視幕前幕後人員加強對國家的『歸屬感』，一旦他們有了國家的『歸屬感』，就定必會反映在作品及題材上，一旦香港影視作品充滿正能量，也同時影響香港青少年的正確思想，在這個良性循環下，最終也是幫助中國自己。

　　就比如今年奧斯卡的入圍為例，由挪威導演執導的有關『反送中運動』紀錄片入選了最佳紀錄短片，另外也有抹黑『中國是個充斥謊言的國家』的華裔導演及作品，最終也斬獲今年國際眾多重要獎項。我們不難發現，無論香港金像或台灣金馬，以至電影最高殿堂之奧斯卡，從來都不缺乏一些反華分子之影片及紀錄片，皆因它們背後都有

政府或外勢力的投資及支持。當然，中國政府不能阻止別人栽贓虛構，但絕對有能力以其人之道還治其人之身，除了可以首先光復香港影壇地位，令香港影視幕前幕後從業人員拾回自信及國家民族意識之餘，從而自發性、鼓勵性令他們多拍真實、正能量、宣揚『中國好聲音』的影片及紀錄片，一方面有效平衡甚至超越這些虛構、負能量、宣揚『中國壞聲音』作品，而且在市場上多了這些正能量作品，奧斯卡及國際影展就不敢完全或永遠把中國負能量的影片及紀錄片使其入圍或獲獎，否則已經不是司馬昭之心，而是百分百暴露其政治立場了。因此，中國政府活化及恢復香港影壇榮光，絕對是百利而無一害之振興香港措施，兼且能洗滌港人心靈，是令港人自然而然『愛國愛港』之最佳及最有效之方法。

再說，中國之前一部《流浪地球》開啟了中國重工業科幻電影的步伐，讓更多人關注到了科幻產業，中國也在逐步加大對科幻產業的扶持。例如之前在『關於促進科幻電影發展的若干意見』中，便提出寄望將科幻電影打造成為電影高品質發展的重要增長點和新動能，並明確了科幻電影創作生產、特效技術、人才培養等扶持。事實上，中國科幻產業有著很好的基礎，例如中國人本身創意十足，也擁有大批科幻迷等支持，供求兼備。

然而，科幻創作及製作群體需要一定的時間才能進入影視專業領域，而中國也較宜加大對科幻產業的鼓勵，例如職業技術培訓學校及專業人才的培育等。無疑，今天的中國影視，隨著市場的龐大及資金的充沛，從而令中國幕前幕後人才輩出，作品早已達至世界水準。不過，在中國影視人才中，有一些範疇還是落後好萊塢的，例如影視作品幕後的特別音效、特效化妝、電影配樂、動漫創作、電影後期特效製作等等，這些方面中國的影視作品每年都花不少金錢到外國後期加工，而幕前的唱歌技巧及舞蹈創作等等，每年也吸引不少藝人花費遠赴好萊塢學習及取經。

為此，如能在香港打造『東方好萊塢』國際影視製作中心，把之前中國進軍美國電影產業的計劃改在香港發展，並招引好萊塢幕後人才到港填補香港較弱的一塊，再配合早前我在澳門曾提議當地建立

《影視幕後製作大學》配合，除了主要培訓剛才提及之領域人才外，也會著力培訓導演、編劇、武指、作曲、作詞等等人才，務求把『粵港澳大灣區』國際影視製作產業鏈上上下下串連一片，不但全方位恢復香港昔日『東方好萊塢』的光輝，收復香港人民的挫折感，也帶動『粵港澳大灣區』的國際文化交流發展，並能全面提升中國的『國際影視作品』水準，這才是真正唱好『中國好聲音』一舉多得的做法。同時，由於港澳珠三地均針對國際合作方面，與本身中國國內影視發展毫無衝突，而且中國影視產業還可藉著與國際交流碰撞，反而有更大的進步及發展空間。

最後值得注意的是，儘管對香港而言，最重要是維護香港的金融中心地位，但老實說，金融產業雖然對香港至關重要，但偏偏人民未必即時感受到，就比如去年美國威脅香港國際金融中心地位，中國資金就曾經透過港股通淨買入金額超過 3500 億港元，幫助港股傲視全球；可看出，中國如此扶持香港，但相信香港人民所知有限，即使知曉也無動於衷。相反，倘若中國能恢復香港從前的影視產業地位再創輝煌，由於人民日日面對，特別是年輕人，會馬上感受得到，況且影視產業蓬勃，也勢必帶動區內旅遊業，這就能同時帶動回復香港當年的購物天堂及飲食天堂，讓昔日東方之珠重現光芒，香港『一國兩制』才能真正成功實踐，重點還能放眼台灣，影響深遠。」

亞伯一席話令全場青年代表感受至深，掌聲不斷。

就在此時，主持人也表示：「時間也差不多來到尾聲了，或者我們把握剩餘少少的時間，看看亞伯最想和香港青少年們說什麼吧。」

亞伯笑道：「好的！我最想和香港青少年們說一句中國的古話，那就是『博學之、審問之、慎思之、明辨之、篤行之。』也許，我又或者和大家分享一個中國古代的故事，看看大家知不知道這個故事叫什麼？」

就在此時，亞伯又帶著全場人士穿越了一個中國古代的民間故事裡，在藍天白雲下，只見有一對父子倆牽著驢慢慢進城，然而，在半路上一直有人笑他們：真笨，有驢子不騎！父親聽了之後便叫兒子騎上驢，但走了不久又有路人說：真是不孝兒，竟然讓自己的父親走

著！於是父親趕快叫兒子下來，自己騎到驢背上，但不久又有路人說：真是狠心的父親，不怕把孩子累死！於是父親連忙叫兒子也騎上驢背。怎知又有路人說：兩個人騎在驢背上，不怕把那瘦驢累死？最後父子倆又下來，綁起驢的四條腿，乾脆用棍子抬著驢離去。

其後，亞伯又帶著全場人士返回現場，並笑問：「大家知道這是一個什麼故事呢？」

在場即有學者答道：「是〈父子騎驢〉故事吧。」

亞伯笑道：「對的！我們從〈父子騎驢〉故事裡，也許會明白到，我們在日常生活當中，我們可以聽取別人的意見，但自己必須具備判斷是非，權衡利弊的能力。不要活在別人的輿論中，完全被別人的意見所左右。但是這個故事的主旨是否這麼簡單呢？我猜它或有更深一層的寓意，為什麼呢？首先我們看看這個故事出現的人物，除了一對父子外，還出現很多路人甲乙丙丁，如果這故事的主題是描寫一對沒主見的父子，那麼我同樣可以說，這故事的主題是敘述路邊的甲乙丙丁，切勿被眼前的景象所蒙蔽，便可胡亂地、主觀地、毫不負責任地去審視別人，甚至批判別人。這些旁觀者，必須認知一個事實，自己所看到的事情，也許並非是全部事情的真相，如果人類每看一件事都可馬上作出的判斷，那麼整個世上，就不需要警方層層去抽絲剝繭搜集犯人的罪證，法官也不需要嚴謹地經過人證物證及多番審訊才能作出裁判。

可以看出，所謂旁觀者未必一定清也，於是我們也許再聯想到中國的另一個寓言故事〈當局者迷，旁觀者清〉。它的主旨是告訴世人，當局者是下棋的人，旁觀者是看棋的人。當事人被事情搞糊塗了，旁觀的人卻看得很清楚。但現實的世界中，當局者就一定迷嗎？而旁觀者就一定清嗎？恐怕又未必。無疑，當局者迷時，由於身陷入其中，往往看不清四周圍環境及局勢變化，從而只見樹木，不見森林。但當局者也許憑著高超的視野，或豐富之經驗，令他選擇不為人看透的路，甚至局中有局，不竟不是人人都是諸葛孔明，又豈能凡事都看透事情發展之奧妙。

相反，旁觀者也許沒有主觀的枷鎖，或從高居臨下能冷靜地、客

觀地更易看清事情的真偽或走勢。可是旁觀者也應想想『子非魚，又豈知魚之樂』，自己不是局中人，既不清楚身在其中的感受，也不知曉當局者身邊的細微變化，更不用說那局中人可能將計就計，局中有局了。此時，恐怕旁觀者迷也說不定。因此，很多事情都有多面看，所謂世事無絕對，也許就是這個意思。

而從上述的故事我們可以得悉，香港的『黃絲們』既要有宏觀無私的主見，不要活在老師、媒體及網絡的指導或輿論當中，完全被有心人的意見所利用或左右，更要有明辨是非的眼光及遠大寬宏的胸懷，去釐清和分析事情的真相，不要主觀地就作出審視批判，那些自己認為是對的便真的對嗎？認為是錯的便真的錯嗎？恐怕必須有抱著抽絲剝繭的精神，還要勇敢地拋掉自己先入為主及意識形態的思維，再步步考證事情的來龍去脈及真相，方能作出英明的判斷。

而傳媒中的甲乙丙丁，也勿被眼前的景象所蒙蔽，便可胡亂地、主觀地、毫不負責任地去審視別人，甚至批判別人。至於那對父子，既然無論做什麼都不能討好意見不一的路人，那就選擇一個對自己最好，又不會傷害別人的方法去做。現實的世界何嘗不是，『藍絲們』沒可能討好世界任何人，滿足任何人，那麼就先選擇但求無愧於心，無愧於天地，再來選擇成就或取悅大多數人，儘管會得罪了一小撮人，但只要值得去做便去做。

除了中國古代寓言，西方的莎士比亞也有一句名言：『**一千個讀者眼中就會有一千個哈姆雷特〈Hamlets〉**』，也就是說，閱讀哈姆雷特這本書如果有一千個讀者，就有一千個不同立場的人，看出一千個不同的意境，甚至一千個不同的結局。因為每個人都是獨立的個體，他們眼中的哈姆雷特都是不同的。同樣，作為解決當年香港回歸的中國，為著兩地生活的巨大差異，從而設計出開創國際先河的『**一國兩制**』，又豈能事事盡如人意，樣樣十全十美？不過，路是人行出來的，中華民族向有海納百川，有容乃大的胸懷，也有因時制宜，靈活變通的精神，您們只要一步一腳印，對事不對人，一定能把香港家園變得精益求精，日臻完善的一天，從而令東方之珠的光芒，照耀得更光更遠，在此，我們祝願香港明天會更好，謝謝大家！」

亞伯六子也向全場人士鞠躬及揮手致謝，場內掌聲如雷，並結束亞伯眾人的香港第二次之旅。

第49回

和 統 武 統 萬滴之因終結疊果

在亞伯師徒多人完成香港第二次之旅，很快又來到11月12日，也就是台灣第二次之旅的第一天，而這一天參與的人士則集中各黨政客、傳媒、學者專家及商界人士等等。

當天早上，場內人聲鼎沸，亞伯師徒七人徐徐出場，特別是萊恩及格林的首度台灣亮相，更引來不少掌聲。在主持人禮貌式介紹完亞伯七人後，眾人也向全場人士鞠躬及問好，亞伯先說：「我們又重臨台灣了，謝謝大家的邀請，讓我們再有機會能和台灣人民分享及討論大家關心的事情，無論如何，這都是我們師徒多人的榮幸。在未來的幾天裡我們希望大家都能暢所欲言，且對事不對人，務求實事求是，謝謝大家！」

掌聲過後亞伯師徒七人坐下，主持人即馬上笑著問道：「有人說，在你們上次在台灣演出完後，便先後到香港、澳門及新加坡演出，而上週你們也再度在香港演出，但在這麼多場的演出中，你們都有提及台灣，而且大多都是不客氣的說話，當然我也知道你們只是針對政客不是針對人民，但你們會否藉此機會先解釋一下？」

亞伯笑道：「首先，我感謝您對我們的坦白。不過，我想了解在您們的心中，我們說的是不是真話？這一點很重要，因為若然不是說真話，一直只說客套或恭維話，那麼問題就依然存在，也就不是解決問題之道，這樣我們來到這裡也毫無意義，不知道我這樣說大家又是否認同呢？」

主持人再笑道：「是的！是的！那麼未來這幾天，你們仍然會說到一些不客氣的說話，對嗎？」

亞伯直截了當：「是的！」

全場人士笑個不停，也向亞伯致熱烈鼓掌。

此時，主持人轉趨嚴肅地問道：「我們又有留意到，你上週在香港於最後的環節當中，也建議香港未來可推行『一國兩制 2.0』，並且說明當中國解決了台灣問題，就是推行的適當時期，你當時這句話其中的『解決』二字就是指『統一』的意思，對嗎？」

亞伯再度點頭毫不猶豫：「是的！」

剎那間，全場鴉雀無聲一會，主持人再問道：「那麼，你會認為是和統還是武統呢？」

亞伯即回：「這是您們的選擇，也是您們的一念之間！」

主持人追問：「那麼，你會認為是什麼時候呢？」

亞伯直率：「這方面我跟您們的學者或專家想法都不一樣，關鍵點不在於時間上，而是在於陣勢上，而且最重要一點的是，會比您們想像中都快很多。」

此言一出，全場人士更屏氣斂息，忐忑不安。主持人似乎不知怎樣對上：「那麼你的意思是……？」

亞伯坦言：「或者我這樣說吧。我剛才已經說，中國採取和統還是武統，的確是您們的選擇，也是您們的一念之間！那麼，統一對台灣人民而言是壞事還是好事呢？我看的出您們都好像很悲觀，很失落。但其實我不會這樣認為，記得我上週在香港也曾說『**這不是一個懸崖絕壁，而只是短短幾級的石階罷了，當跳下不但不會受傷，且舒活筋骨，從而迎接美好的未來。**』其實，這幾句話更是向台灣人民說的。知道為什麼當您們邀請我們再度來台灣之時候，我便馬上回覆兼安排好日期嗎？只因看著您們一直白白的浪費寶貴時間。

事實上，現在未來的每分每秒您們都應該珍惜，想想台灣何去何從，更要思考究竟要選擇沒尊嚴沒條件的統一，還是要爭取最有尊嚴、最有保障、最有前途的統一，這不但是您們的選擇及一念之間，更是時間也在選擇。也就是說，您們可選擇比您們想像中的條件好很多的情況下統一，但前提是時間愈早，愈爭取更多。相反，那必然是

無條件下統一，這就是為什麼我願意押後原來 11 月份的演出，希望盡快先到台灣和您們分享我的想法原因。

　　此外，我一直有留意您們對兩岸的評論和看法，也發現您們真的存在很多誤判，應該樂觀的方面您們看成悲觀，相反悲觀的方面卻看成樂觀，例如統一是悲觀之事嗎？其實您們可以化被動變成主動，不要把自己變成刺蝟豪豬，要把自己變成天之驕子。美國如果願意出兵對台灣是好事您們也樂觀其成嗎？其實美國真的出兵護台，反而令中國首先把台灣變成火海，我是來為大家釋出橄欖枝，還是傳遞恐嚇信，未來三天的討論後便自有分曉。」

　　亞伯短短一席話，似乎喜中有悲，悲中有喜，令在場人士百感交集，難以言表。

　　主持人有點疑惑：「那麼你為何覺得中國要統一會比我們想像中都快很多呢？」

　　亞伯說道：「是的！這個問題也是我們今天討論的焦點。中國為什麼不能容許台灣獨立？為什麼一定要統一台灣？這些我們都會在後天即最後一天會和大家討論。但中國明明一直都堅持和平統一，那為什麼『可能』會改變方針，甚至比您們想像中都快很多，無論和統還是武統，都要得出結果呢？不知大家有沒有留意，在上週我在香港一開始便說，『所謂有『因』才有『果』，可以說解決了兩岸問題的『因』，美國便更易解決國內問題的『果』。誠然，這個『因』也並非三言兩語便說完的，而且也是今次我們港台之行所討論的內容重點或目的，當歸納種種的『因』，大家便自自然然了解我所說的『果』。』大家有留意嗎？」

　　全場人士大多點頭：「有留意！」「有留意！」……

　　亞伯坦言：「我們必須首先理解，中華民族五千多年，從來歷代沒有和前朝共享社稷的案例！中國一直願意等待和平統一，終極目的就是不望同胞生靈塗炭，但如果最終台灣政黨不領情，不明白什麼是『勿謂言之不預』或『仁至義盡』，那採取最終不希望之手段也只能說無可奈何。相對而言，站在台灣人民的立場，您們也要首先清楚，中國的近在咫尺，搬不動；中國的兵強馬壯，打不過；中國的經濟依

賴，擺不脫；中國的中華文化，斬不斷；中國的黃金文物，還不起；中國的能源封鎖，活不久；中國的民意堅定，擋不到；中國的統一目標，逃不掉。在種種現實環境不能不面對之時候，何不用最聰明及最有利自己的方法去面對呢？也許當您們知道事情解決的底蘊，便能願意『兩岸和聲擋不住，輕舟已過萬重山。』

　　當然，中國不能放棄台灣有著很多充分的理由，這一點我剛才也說會於後天再和大家分享。那既然一定要統一台灣，就只有兩大選擇，其一是和統，另一是武統。和統的前提，是希望若干年後，無論在經濟上、科技上、與及國民之文明、收入、福利及幸福感，中國樣樣都超越台灣時侯，便自然走向和統，因為到時台灣人民成為中國一員並無吃虧，大家也深信此時便會水到渠成。但是，倘若事與願違，當各方面都不能容許中國實現和統，那就只能用武統解決，這也是中國一直不放棄武統的主要原因。

　　而另一方面，我了解台灣全島遍佈很多大大小小的廟宇，也了解台灣人民很多有佛教信仰，因此如果我用有『因』才有『果』，有『果』必有『因』這兩句說話和您們分析，您們也許比較容易理解。說白了，如果最終中國提前要達成統一，這就是台灣未來的『果』，但有『果』必有『因』，剛才一開始主持人不是說我們之前在港澳星多地演出都說了很多不客氣的說話嗎？因為這些都是一點一滴的『因』，未來幾天您們也要原諒我們會說出更多的『因』，特別是今天，我們會集中討論更多的『因』。

　　但我先強調一點，這是我們想說台灣不客氣的說話嗎？不是的。我們在台灣都有很多朋友，而且也很喜歡台灣。但如果您們想為台灣解套，想了解為什麼中國已經感到『仁至義盡』，我們就必須說出更多的成『因』。當然，我們無論之前或者之後所討論的『因』，都只是冰山一角，我們也只是找一些印象較深刻之『因』來討論罷了，而最重要是不但這些『因』都確有其事，也定必就事論事，而且均對事不對人，這都是我們的原則，就看大家是否願意聽？！」

　　事實上，全場人士也明白亞伯早就訂明此行會暢所欲言，該說還是會說。因此在場除了政客之外大部分均回應：「願意！」「願

意！」……

　　主持人即說：「或者亞伯眾人還未討論各種的『因』之前，對於兩岸的不同體制，特別是台灣人民習慣的選舉文化，你們又認為應該如何面對呢？」

　　亞伯：「說到西方或台灣的選舉制度，它是否那麼完美，或者我們又從另一個角度去看。其實在世界各地的民間裡，人民的生活當中，也一樣存在很多不同的『選舉』。例如一個歌唱比賽或一個選美比賽，都是一種選拔或選舉。也許，無論歌唱比賽或選美比賽，現在都流行加上觀眾評分選出優勝者，這樣可能會更『接地氣』。但觀眾也要看選手演出甚至多次演出，才能知曉及分析誰更出色，不能單純看看樣子唱幾句歌說幾句話就能定勝負。因此我們不難發現，無論歌唱及選美比賽，都有附設很多環節，甚至訂立初賽、決賽至總決賽，也大多都會有專業評審，才能選出真正的優勝者。但如果一個歌唱或選美比賽全由觀眾評分，則未必是好事，因為始終觀眾只求眼緣不是專業，他們未必看到參賽者更具潛質的一面。

　　一個民間的選拔或選舉，都不宜全由觀眾去定奪結果，更何況是領導人？需知政治更複雜，更需要累積經驗才能勝任，如果全由選民選出，那就真如同打賭下注。事實上，民間社會存在的各類比賽這麼多，但選出的新秀最終能成功上位的可謂鳳毛麟角，但站在人民立場則沒所謂，因為這只是文娛生活的一部分，最多也只作為精神食糧。但領導人是治理整個國家，關乎人民切切實實的飯碗及幸福，因此比賽需要選拔汰弱留強，領導人就更需重重選拔不是兒戲。中國現時的政制其實已經實行小選舉大選拔，管治少數人的鄉和鎮可以選舉，管治較多人的市和省則需要選拔，也許這個制度還有更優化及改善的地方，但無可否認，它比現今西方純屬選舉制度都要好太多。誠然，中國也從來無意要西方也要用中國模式，只是希望西方也不要強迫中國行使西方模式而已，這就是東西文化最大分別。

　　毫無疑問，中國也會尊重西方的制度，也肯定希望西方繼續進步，因為西方退步對中國並無好處，而且只會有更多的負擔，唯有共同進步，全世界人民才會幸福，這也是中國提倡人類命運共同體的精

髓所在。當然，有一些專家會認為台灣人民的未來，都應由台灣人民自己決定，理論上完全是對的，但必須注意的是，中國沒權干涉台灣的人民自由，但中國絕對有權干涉台灣的土地。可以說，這些專家一直提及台灣民主自由，問題在於中國沒有他們想像的完全沒有民主自由，相反台灣沒有他們想像的人民多麼幸福。也就是說，中國壞的沒有這麼壞，台灣好的沒有這麼好，便會容易產生極端想法和落差；更何況這些專家一方面批評中國模式，並要求中國行使西方模式，但另方面又要中國尊重台灣行使自己模式自決權，卻不尊重中國行使自己模式，既是雙重標準也是對民主自由的嚴重扭曲。」

第 50 回

選 拔 選 舉　民主比對賢能政治

亞伯用民間的比賽帶出選舉的缺點，令在場人士大表贊同；而首度現身台灣的萊恩及格林也終於發表他們的論述。

帥氣的萊恩開腔說：「我們回想去年的美國總統大選首場辯論，兩位候選人惡言相向與抹黑，讓這場全球矚目的辯論遭評為『有史以來最骯髒之辯論』！不過我看到的是，美國人連『自己人』都可這樣抹黑，大約可以想像到他們罵中國是如何從心所欲，無拘無束了。事實上，這場辯論會世界劣評如潮，他們愈抹黑中國，只會令更多國家人民認定美國已經黔驢技窮，沒有了中國似乎美國政客再難活下去，這樣反而幫了中國一把，可謂諷刺十足。與此同時，美國世界獨有的選舉人團制度，起初目的是為了保障人口較為稀少的中西部農業州，確保他們的利益不會被大州所忽視，讓弱勢州之聲音也能被當政者重視，但隨著時間的演變，這種選舉制度反而讓候選人將重心都放在決定勝負的搖擺州，卻忽略其他更大更多的選民權益，儘管選舉人團制度諸多缺陷，也多次被要求改弦易轍，奈何贊成反對兩方又完全對立，改革自然胎死腹中。

　　不過，也許前總統『特離譜』還認為社會不夠分化，還要不斷在社會添油加火，他利用高達八成的民調認定民主黨總統當選人竊取大選結果，不斷散播的選舉假訊息，務求令美國內部人民對立一觸即發，最終也引致人民到國會大肆破壞及造成傷亡。無疑，前總統的行徑前無古人，匪夷所思，他敢說、敢罵、敢誣、敢謊、敢做、敢當。他說投票是災難，偏偏他又是投票選出來的。不對，他應該只是選舉人票勝出來的。為此，我們便能看到，雖然說國家元首做的好不好，人民感受到，人民最清楚，但是否又是真的這樣呢？也恐怕未必。

　　一個新上任的候選人，TA 可能不需要有任何政治歷練及經驗，單憑出色的外型或肢體語言及個人魅力，口惹懸河的說話及信誓旦旦的諾言，便可打動選民投下 TA 神聖的一票，成為素人元首；即使 TA 任內毫無建樹，還帶來很多荒腔走板之事，但 TA 只要懂得運用『芒果乾』，製造假敵人聲東擊西，轉移目標，也一樣奏效，甚至為了勝選不惜『奧步』，且甘之如飴，最重要是令選民繼續投 TA 連任多一次。

　　總之，無論零經驗之素人者，或夠經驗之無能者，只要 TA 捉到選民之弱點及懂得耍手段，一樣可以蒙騙過關。當然了，美國的選舉兼且是不靠選票的總量，而是靠選舉人票的數量，更加是傷上加傷。但始終騙就是騙，人民總有清醒的一天，可是當人民清醒之時，TA 還是任滿才能離去，而且即使選民清醒又好，或繼續被迷惑也沒關係，因為 TA 本來就是只可連任一次，之後又是另一批候選人玩同樣的把戲，一代傳一代，永恆不變。與此同時，由於每位民主選舉之元首政治生涯最多不是四年便是八年，任內不難抱著人不為己，天誅地滅之心態，總之上帝要 TA 滅亡必先令 TA 瘋狂，再加上選舉本身就是勞民傷財，更是名副其實富人操縱的金錢遊戲，如此不公不義，難道這樣都不算是缺點嗎？」

　　格林也初試啼聲：「大家可能會記得，2008 年奧巴馬當選美國總統，這時候美國人很多還以為種族問題大致可以舒緩，而很多非裔，這包括了我，也認為美國非裔終於吐氣揚眉。沒想到這反而埋下更大的隱憂，由於白人首度的失去領導地位，讓他們醒覺，造就『美

國茶黨』的崛起，『特離譜』的勝出不是偶然，四年後令種族衝突愈演愈烈，更加不是出乎意外才會發生。這個埋藏太久的種子終於成熟，現在可以說在短期內勢難解決，特別是美國如果繼續現有的政治制度，它只會助長而不會撲滅，這是美國政府不能不承認的地方。

我們再回頭看看去年的辯論會上，『特離譜』指責拜登擔任副總統時，八年都沒做成的政見現在又說要做，為何當時什麼都不做？『特離譜』這一招問的好，但拜登答的更好，他說因為共和黨當時控制了國會，而這一句話也令『特離譜』停頓一時，不知如何接話。無疑，拜登當時的回答可謂連消帶打，一石二鳥。既告訴選民他任副總統不能做到的原因，也提醒選民若要他從心所欲做到所有的承諾，那麼就不但投票於他，更要投票給民主黨的議員令他們全面控制國會，且最終也圓了拜登所願。

但問題又來了。美國的三權分立，用意是互相制衡，如果遇到一個能幹的總統，倘若遇著一個在野黨把持的國會，好總統也只是橡皮圖章，功虧一簣。但如果遇到一個無能的總統，再遇著一個在執政黨把持的國會，又變成為所欲為，毫無顧忌，那絕對是國家之禍，三權分立也變得毫無意義。偏偏無論總統又好，國會議員也罷，通通由沒有政治經驗的選民用下注的方式去投票決定，這難道又不算是民主選舉的缺點嗎？

我們或者再來看看已下台的日本安倍，七年半的首相任期，使他成為日本明治維新以來在位時間最長的首相。要知道，在安倍第二次上台之前，日本政壇的一大特色，就是首相之面孔像走馬燈一樣，今天是這位走馬上任，明天是那位粉墨登場。從二戰結束以來，日本一共有過 34 位首相，平均在位只有 816 天；最誇張的是 2006－2012 年，六年共換了七位首相，長一點的也就兩年多，短一點的不足兩個月，這種換人頻率之高也讓美國政府感到無奈。作為重要盟國，日本領導人換了，得趕快見面認識，但見面了沒多久，又換下一個了，即使已經創造新紀錄的安倍，他第一次上台也只是持續了 366 天。除了日本，又或者再看澳洲，現任總理已經是最長了，但也是當地十年來的第七位總理。

　　總的來說，安倍能之前成為長命首相，並不是他表現好，而是一黨獨大無以為繼的結果。而一個國家元首頻頻更換，國策難以一貫作業，國家進步也無從談起。因此，有台灣人士不斷抨擊中國打破領導人無任期束縛的慣例，卻看不出其中的奧妙。這些人士為什麼不看看德國之前的梅克爾，她也出任了四期總理，即使是俄羅斯的普京，也隔了一圈再高居要位。站在人民的立場，最重要還是有好的元首治國，看中國領導人民望之高，就應該知道這是人心所向，更是人民的盼望。」

　　首次在台灣發聲的帥哥萊恩及格林，在場人士對他們『講國語』的純正程度表示震驚，也給予他們最大的掌聲。

　　之後主持人便說：「我們了解到西方也有不同的聲音，雖然會有批評中國一黨專制，但也有不少會形容中國是『賢能政治』，當然也有台灣人不認同，認為還有一大段距離，如果再比較台灣現有的多黨政治制度，你們的看法又是怎樣呢？」

　　湫彤：「其實無論經濟還是政治，每一個國家或地區都會走合符自己國情的政策，不竟鞋子在哪兒硌腳，只有自己才知道。又無論是中西文化不同，還是共產、資本主義的差異，大家都需要去蕪存菁與及互補才是正道。西方民主如果是完美，就不會百病叢生，因此不管西方還是台港反中，都只會愈來愈痛，因為時代步伐跟大陸發展成正比。況且現在西方千方百計挺台亂港，用心不在於反對中國共產或一黨制度，而是阻撓中國崛起。大陸改革開放 40 年，其成績令世界是有目共睹，並不是自己編織自誇就能做到。

　　加拿大學者貝淡甯曾出版《賢能政治》一書，肯定中共現有的選賢任能，比西方的一人一票更適合中國發展。而新加坡馬凱碩教授更稱中國共產黨早已轉變成中華文明黨。他也指出中共的主要目標，不是在全球範圍內實行共產主義，而是為了自己的中華復興。相比美國，中國已建立了一個賢能治理體系，會比財閥政治表現得更好。縱使有台灣評論酸言大陸賢能政治及文明還有一大段距離，但是賢能政治不是大陸自己說的，也不是只有貝淡甯及馬凱碩說的，西方更有很多明白事理之人，很早便研究大陸的賢能政治，這是台灣對大陸有偏

見之人所不能否認的。至於是否還有一大段距離，那就要看用什麼作為衡量標準了。事實上，當今世上形容賢能政治的就只有中國，因此所謂還有一大段距離，說的人是用哪一國作比較呢？

　　說到底，中共黨校機制歷來吸引了不少發展中國家政黨前來取經，更為非洲不少國家的政黨培養了數百名年輕的政治精英。對於現在一黨獨大的台灣來說，無論藍綠兩大陣營，對黨內人才的選拔培養都從來缺乏長遠計畫，所有政治人物均完全靠選戰或但求出位便無所不用其極，歪路就是正路，黑金政治也是層出不窮。我看到有很多人指控一黨就是專制，卻無視台灣多黨一樣可以專制，而且多黨專制之餘還要分心顧及在野四年後挑戰，因此權與利儘量在任內奪取，還自設東廠西廠引以為傲；反而一黨專心一意做好社稷，再賜予人民監督政府之權利，令政府不敢放鬆懈怠，這一點台灣都恐難做到。

　　或者我們可以問問綠營，今屆您們連任了總統，下一屆您們會否繼續爭取呢？您們一定會繼續爭取，而且下一屆、再下一屆、再下下一屆都會爭取。又請問您們是立法院占多數，所以當您們遇到藍營反對某個議題時便會設法儘速通過，您們會否嘗試迎合藍營反對的議題使之不通過嗎？也一定不會，也就是說，您們會設法一屆一屆的當總統，也會設法把所有您們想通過的議題即使有反對的聲音也要通過，哪請問這與一黨統治有什麼分別？您們敢說您們所通過的議題都是人民所想的嗎？您們不敢說，相反人民通過的公投您們都不承認，占多數人民不支持的您們反而通過，這看來比較大陸更強權，更違背民意，不是這樣嗎？」

　　蔓荷：「我們之前看台灣人製作的《包青天》，時常會看到有些官員意圖叛國推翻宋朝的情節，此時包拯必向此官員問罪，指其不忠不義，最終當然被判斬首之刑。其實，包拯也只是站在當時的朝代立場及效忠當時的政府而言，當俯望整個中華歷史就站不住腳。宋太祖也是被黃袍加身而立國，而宋國最後也被元朝推翻。站在人民立場，沒所謂活在什麼朝代，重要是此時此刻的皇帝或者是總統、領導人是否以天下蒼生為己任，是否以人民幸福為社稷。任何朝代背棄人民的政府必受淘汰，唐宋元明清歷朝如是，中華民國如是，如果中華人民

共和國不以人民為依歸，最終結果也同樣如是。

　　因此，台灣人民根本毋須緬懷過去，懂得『活在當下』才是最重要。不過，也許有人會誤會『活在當下』是以為今日不知明日事，當下開心最實際。其實不然，『活在當下』的真正意義是專注，指的是走路時專注走路，工作時專注工作，而當政的人就更加專注當政，所以說有人指責大陸是一黨專制，都只是偏見。平心而論，一黨能專注當政，專心為人民及國家服務有什麼不好？如果一黨專政真的不好，也用不著台灣人民的嫌棄和嘮叨，14 億的大陸人民都會自動把它淘汰。說到底，台灣人民何不給大陸一個機會，也是給自己一個機會。如果兩岸融合，令中國更強大更行穩致遠，台灣人當了中國人也有榮光。相反，如果兩岸融合令中國反而開倒車失敗，此時台灣人民已經不是只有 2300 萬人，因為 14 億的大陸人民也會變成自己人，他們都會淘汰這個政府。當然，此時他們不是為台灣人民而只是為了自己，這既是人之常情，也是必然的結果。

　　老實說，我們不妨憑良心說句公道話，在近代史中，除了闖王李自成的皇帝夢曇花一現之外，中華民國算是最短暫立足華夏的朝代了。我們先不談原由，就憑國民黨從成立至出走台灣這段時期，只是匆匆數十載，而且更是內部紛亂軍閥割據的時代，人民苦不堪言的日子之中，試問民國年代有多少年人民是真真正正享受過太平日子？自身難保之國民黨又有多少時間能夠認認真真的研究，當時全中國人民需要的是什麼？希望國家能做什麼？當然其後共產黨執政也曾犯過文革錯誤，但因為也有這樣的經歷和經驗，令到他們撥亂反正，能夠切身地、認真地貫徹要為人民服務，也練就出他們有強烈的居安思危的憂患意識，對國家及國際的處理事情均能波瀾不驚，有理有節，從今年中美的阿拉斯加《2 + 2 會談》中，世界各國都有目共睹。

　　今天，中國共產黨不但有九千萬黨員，而且從小便從少年宮、共青團，以至黨校等等一系列的投身國家事務之學習、實踐、培養，從官的更是全部出自少林，一步一腳印，絕無可能在西方或台灣出現一個政治素人便能一步登天。我上述的話其重點是什麼？是告訴大家，玩政治特別是國際地緣政治，中國領導班子全部是科班出身，也是經

過身經百戰，台港兩地政治人物屢屢挑戰大陸的底線，實不知共產黨是何物，今夕是何年！當然，按我說出這番話，一定令台灣從政人士嗤之以鼻，因為按此邏輯絕大多數的台灣政客都不達標，那就要看他們是否抱有先天下之憂而憂，後天下之樂而樂了。」

　　謙新：「在現今的國際社會裡，我們常常看到西方每年都發表各地的『富豪榜』。以我個人覺得，中國政府對這些富豪爭長競短的遊戲一般都不以為然。因為中國的『特色社會主義』是不會追求擁有世界上最富有的人，但會努力打造世界上最多富有的人，您們知道為什麼嗎？是因為一個國家出現世界上最富有的人不是好事，是富可敵國，走向極端。但一個國家出現世界上最多富有的人是好事，是富澤萬民，走向大同。

　　中國採用『一黨領導、多黨合作』的『中國式一黨』制度，每五年就定出國家未來十年或更長的計劃藍圖，例如最近的『十四五規劃』就關係到未來 25 年大陸的現代化，這樣不單讓自己各地的官員、人民了解國家未來各方面政策方向，也透明的讓外國人民知曉，這就是中國制度的特色。事實上，不少外國人民也很羨慕，因為他們難以複製；多黨制一旦換屆便可推翻前朝政策，且屢見不鮮，也注定國家難有連貫長遠政策，內耗不息。我們可以看見，當大陸忙於建設『一帶一路』，台灣也不甘落後，也要島內搞『一例一休』，大陸努力打造『南水北調』，台灣也為奧步設法『南票北補』，兩岸格局之大小，與及從政的目標，可謂南轅北轍，高下立見。

　　再看中國脫貧攻堅工作所取得的非凡成就，受到世界廣泛關注和好評。過去 70 年間，超過八億中國人民擺脫貧困，也是中國『言必信，行必果』之印證。但儘管如此，中國領導人仍勸勉官員要確保鄉親們持續增收致富。我看到有台人評論『**中國 GDP 破萬美元人民感受不強烈，所謂『不患寡而患不均，不患貧而患不安』，中國很難脫離中等收入陷阱及詛咒。**』這都是杞人憂天對中國的偏見，恰恰就是中國的制度崇尚人民至上，一方面要讓部分人民及城市先富起來，再按步就班令先富輔佐後富，令富市扶持貧城，最終令全國人民共同致富。另一方面就是我剛才所說的，會努力把中國打造世界上最多富有

的人，彼能令全國小康走向大同，恩澤萬民。」

　　大榕：「大家也許知道，中國 14 億人口占了世界達五分一，而且還有 56 個民族，21 個鄰國，如果中國是多黨制，56 個民族就已經可以有 56 個政黨，而且一方水土養一方人，傳統上北京人與上海人都是國內一哥的競爭者，北方人與南方人也不是好融洽。如果再細分，就算同一區分之城市，一樣會有隔閡，就比如南方的佛山和順德，後者的 GDP 本來大於前者，卻歸入前者，令部分順德人民多年來仍感無奈。再加上中國各民族還有很多有著不同的宗教，光是西藏密宗就已經分為四大教派。如果中國真的採用多黨制，各省各族各宗教都會互相對立及拆台，國家分裂幾乎毫無懸念。相反，恰恰就是因為一黨制，與及不同省籍的人管不同的省，中央更能用富有的省協助貧困的省，用資源盛產的省分配給資源短缺的省，令人民團結一致，上下一心。

　　相對而言，台灣綠營連一個看不順眼的藍營市長都要千方百計 DQ 罷免，也令國際大開眼界。按道理如果綠營聰明，眼見已經連任及控制立法院成一黨獨大，但為了維護號稱亞洲民主燈塔之形象，也應做做表面功夫，稍為容納一下不同的聲音，反過來保護少數派的生存，而不是趕盡殺絕。我們想想即使是古代的皇帝，應該更唯我獨尊吧，但都會留些反對的聲音，這樣才好平衡朝野的權力。當執政黨如果抱著非我黨派其心必異，並殺之而後快，把反對聲音歸零，只怕高處不勝寒，到時所謂的自己人，已經不需對付在野，便會全力轉而對內，作為黨的領導者，此時也許更煩更辣手，因為當個個都是自己人，也就是個個都不是自己人。況且對外也變相成一黨形象，罵大陸也變的蒼白無力，對內也難向人民交代，若人民反對用選票去說話，便等於搬石頭砸自己腳；若人民不反對，也就更間接證明人民是可以接受一黨專政，對執政黨罵大陸一黨專政，豈不是自我打臉？

　　而最諷刺的是，當時被譽為『百年難得一見的政治奇才』都會被罷免，大陸是有能者居之，您們是有能者罷之。無疑因為想罷免，所以執政黨便降低罷免門檻，但潘朵拉盒子打開，才令其後罷免案接二連三，執政黨也最終自食惡果。總之，台灣人常批評大陸的政治制

度，其實大多只是人云亦云。假設說大陸現在願意實行民主選舉，也就是把台灣的藍綠惡鬥搬到大陸，您們認為大陸人民願意嗎？我敢說如果設公投九成以上中國人民會 SAY NO（說不）！相反，如果大陸容許公投，那麼九成以上中國人早就通過武統，而且可謂毫無懸念。

　　所以除了台灣從政的人，即使是台灣人民，也應該慶幸大陸還未實行台灣的民主選舉制度。無論如何，人無完美，同樣家是由人組成，國更是無數的家結合，自然更複雜更難完美。誠然，國的制度及國的領導人，是決定這個國家能否長期行穩致遠的核心，大陸的政治制度是好是壞，中國人民最具話語權，也輪不到我們塗脂抹粉，所謂路遙知馬力，公道自在人心，在陽光下，世人也遲早看的清楚，分辨出誰好誰壞。」

第 51 回

國 企 益 民　台灣世襲痕跡鮮明

　　眾人陳述了不同意見後，主持人續問：「在國際及台灣，有很多人批評中國的商業主要由國營控制，對於此點你們的觀點是怎樣看待呢？」

　　亞伯回應：「我們可以看到，資本主義大多數企業都是私營，相反，社會主義關係到重大民生及國家戰略領域的企業都是國營控制。私營好處是自由不規範，為了競爭及為了更多利益，會不斷創新改良技術，但壞處就是不擇手段，甚至可能出賣民族利益，而企業時有利用資本、技術優勢造成商業壟斷情況發生，這樣更容易阻礙同類產品自由經濟發展。而國營好處是顧及國家及民族的人民利益，政治目的大於經濟目的，但壞處就是沒有競爭從而不思進取，不利於進步發展。因此，中國的特色社會主義，就捨長補短合而為一，除重要資源由國企主導，更逐步開放令國企保持競爭力。」

　　此時台下即有綠委發聲：「應該說中國的經濟都是給國有企業壟

斷，高新技術也是靠著政府的補貼和支援，經濟都是表面的好，實質內裡都是不堪一擊，這就是極權及共產主義國家的表現！」

亞伯笑道：「對不起！我跟這位綠委看法不太一樣。就以事論事，首先國有企業不是中國獨有，基本上世界任何國家都有國有企業，分別只是所占的比例屬多屬少而已。就以我國而言，美國的國有企業稱為聯邦企業，但都是從事一些無利可圖行業。例如郵政、公交、鐵道運輸等等，單是美國的郵政年年虧損就已經高達數百億美元。令人無法想像的是，最應該成為國有企業的軍工、水電等等反而全是私營企業，這就是為什麼我之前說過，由於美國的軍工企業基本是私營企業，全是以賺錢為目的。美國年年的鉅大國防開支，幾乎都是向這些軍工私企購買，它們的軍事產品究竟真正的價值是多少，無人知悉，人們只知道每一架戰機每一顆導彈都是天文數字，但即使如何價值不菲，一定會得政府買單，因為這些軍工私企，其幕後不是從政人員的就是政黨的金主，造成左手交右手，什麼都好商量。我無意討論政治的汙穢，但是美國社會的資產竟達九成屬私營擁有，有政府背景的國有企業無疑是風平浪靜，相反私企就極容易興風作浪，直覺就可告訴我們，這對於國家長遠來說，絕對不是好事。

相對來說，我知道中國其重要的經濟命脈，例如軍工、電訊、水電、能源、煤炭、民航、航運、金融等等大多都屬國有企業，在我看來這是一件很棒的事，因為這看似是共產主義國家的模式，但我認為如果好好運用，就能把西方資本主義的自由，融合了共產主義的公義，從而令中國鑄造出自己一把特色社會主義、無堅不摧的寶刀利劍！為什麼呢？我剛才已說，美國的社會資產九成以上屬私營擁有，最富有的 20 人坐擁的資產比美國一半人口的財富總和還要多，即使被大家看好的印度，全國近八成的財富只被 1% 的富人擁有，這些人往往富可敵國，國家很多重大的決策或利益都離不開他們，那只會時間愈拖得長久，社會便貧者愈貧富者愈富。因此，如果像中國一樣，能夠讓國企一樣有茁壯成長的空間，便愈容易有能力及有效控制社會貧富不均的狀況。

不過，還是必須滿足以下三個條件才能發揮最大效果化：第一，

國企不需全部壟斷，可視乎其戰略性、重要性而作出比例的開放，因為不單引入開放才會帶來競爭及進步，最重要是壟斷就什麼方面都無從比較，唯有開放才能集思廣益，與及洗掉極權的罵名。第二，國企不能私相授受，無論是主管或下屬，最好不世襲化，不家族化，不裙帶化，無論薪酬及福利都不能與外界私營企業懸殊，同樣是講求責任制，及有能者居之，否則定必帶來腐敗及低效的惡果。第三，國企宜廣不宜深，它不需一定要具有戰略性、重要性的行業，基本上很多種行業均可。而上述三點，中國亦基本到位且不斷完善當中。

再看現今中國的國企，只是得到某些國家資源及有利條件即可，那麼社會上的各行各業之私企，其營商的條件只是給國企差一點，就不會打擊他們的信心，從而令國企及私企都能持雙線的健康良性發展。它的好處是，一方面既可防止私企也會發生壟斷情況，另一方面由國家經營的國企在有利條件下能賺更多的錢回饋人民。簡單來說，像美國的發達資本主義國家，國家的收入主要來自稅收，無論怎樣對貧者及富者而言皆嗤之以鼻；但對中國來說，國家的收入主要來自國企，再加上民間企業的稅收，特別是當中國已經全面脫貧，已經呈小康社會邁進，更有足夠的財力做好及維護甚至擴大國企範圍，令國企茁壯發展，把利益反饋給國民福利，特別是養老事業，那麼既維持了資本主義的自由經濟，也發揮了共產主義的均富公義。

再說，國民黨及民進黨均有自己黨產，台灣同樣也有國有企業，就不要把中國的國企視之為洪水猛獸。所謂水能覆舟亦能載舟，中國國企如果運營暢盛，說不定將來統一後台灣人民也是其中受益者。事實上，中國國企各項改革一直持續深化，也明確了政府承擔有限責任，實現政企分開、政資分開，賦予企業更多自主權。在我看來，國企等同幫人民經營生意，然後將其利潤紅利回饋人民；再設立完善制度鼓勵私企多與社會及員工分享，目的不是全民均富，而是讓全民在合理公平及條件下都能一分耕耘一分收穫，不像美國企業一分耕耘九分收穫令富者愈富，從而達至良性循環，落實全民共同致富目標，也唯有這樣才能擺脫您們對中國『中等收入陷阱』的詛咒。」

未幾，即有另一綠委問道：「對於中國太子黨及世襲體制，你們

又如何看待呢？」

　　亞伯：「我們看一件事情一定不能單看表面，太子黨聽起來就像父傳子回到世襲的封建制度，但關鍵在於是否全部還是因人而異。如果中國所有的高官都是父亡子繼，那肯定是任人唯親，不獲民心，但如果只是個別的下一代，因才華出眾才錄用，我們便不能抹殺其才能，所謂有能者居之，並無不妥。事實上，除了中國，世界上多少總統總理，父子同樣踏足官場，不勝枚舉，比如新加坡的李顯龍，加拿大的杜魯多，美國的小布希等等。

　　我也知您是綠營人士，為什麼不說說在您們的土地上，任人唯親，以權謀私不是更普遍嗎？只求自己人，不求辦事能力的，更比比皆是。在中國，不管白貓黑貓，做到老鼠才是好貓。也就是說，不管您是平民子弟，還是高官太子，能令百姓造福就是好官，辦事不力便肯定丟官。在台灣，您們不但不用丟官，即使是丟官也只是華麗轉身，反而步步高陞，相信我也不用列舉，您也心知肚明。說實話，中國很難看到有『紅三代』，在中國的體制下，領導階層的人基本上都需從基層歷練做起，通過層層考核一路往上爬，父執輩能夠操作的空間有限，主要還是要看當事人的表現。相對來說，選舉民主的體制下，晚輩反而更容易從父輩手中接收資源，形成政治世家。所以台灣政壇上已經出現了不少藍綠營的二代、三代政治人物，兩岸對比弔詭之處，就是世襲體制在台灣的痕跡比在中國還要鮮明很多，這一點台灣還可批評中國什麼？」

　　一藍委跟著說道：「我想統一大業都只是中國老一輩的政治家之宿願，新一代的政治家未必這樣認為，所以只要過多一段時間，新一代上場自然便會放棄統一，你認為對嗎？」

　　亞伯笑道：「原來您會有這樣的寄望。不過，可能真實的情況會令您徹底失望。相信大家都知，中國 80 後已經 40 歲左右，到了這個年紀也可說已經成為今後中國發展的中流砥柱了。而值得留意的是，80 後又是中國一孩政策下的開始，他們都普遍存在既有恃寵生嬌的缺點又具備獨立自主的優點。問題是這一代的每一個人，對以上兩種的性格方向，那一邊會受影響的比較多；若然偏向恃寵生嬌的，那可

能已養成長期靠父母的習慣，從而缺乏獨立性。相反，若能自覺性沒被恃寵而生嬌，或父母懂得教養不會過分溺愛，又或家裡根本沒條件受寵的三類人，皆會養成其很早便能獨立自主。因此，很明顯屬於後者的三類人應該會多於前者，也就有理由相信，中國新一代未來的主人，還是從小就能獨立自主居多，這對於中國將來社會整體發展來說也算是好事。

由此推算，儘管中國最近已啟動開放三孩政策，但一孩政策也已走過長達 30 多年，亦即是說未來 30 多年中國從政的人都是一孩政策下出生的。不過別忘了，在一孩政策下，這一代人由於沒有兄弟姊妹，他們難免不太體會到骨肉同胞之情，因此交給 80 後去處理兩岸複雜問題，從感情角度而言，台灣並不會占了更多的便宜，而從實質的角度去探討，80 後出生的中國人民，是伴隨著改革開放及免費教育而成長，由於文盲逐漸減少，接受高等教育的就大大增多，他們普遍自信樂觀，也深受愛國教育的薰陶，對追求國家必須完整統一的概念更是從小培育，理所當然。

在此情況下，中國老一輩的政治家反而經歷過戰爭，深刻體會什麼是同胞之情，您可以說統一是他們的宿願，但無可否認的是，與他們談統一的條件，您們更能討得更好條件和更多好處！當然，在我個人認為，這都是兩岸和平共處之下才會出現的情況，以現在的環境和氛圍，交給新一代去處理兩岸這個問題已經變的不復存在，探討這個問題也變的毫無意義。」

第 52 回

自由人權 中有中式台則雙標

其後便有媒體問道：「對於中國沒有新聞自由及言論自由，更沒有人權可言，這一點你們又作何解釋呢？」

亞伯說道：「這一點或者由他們回答您的問題吧。」

　　湫彤：「現在中國發展的關鍵詞就是『開放』，那麼將來會有新聞自由和言論自由的一天嗎？我是這樣認為的，首先今天的西方及台港所謂的新聞自由和言論自由，不見得是最文明的社會表現，各地人們濫用新聞自由和言論自由，而作出的假新聞及誣衊抹黑之事層出不窮，包羅萬有。為此，如何能取其精華和要點，既能保持新聞自由和言論自由，卻又顧及清流和正義，是每個文明國家都需要關注的要題。因此，我很有信心說在大陸的不斷發展和開放下，會否將來迎來有新聞自由和言論自由的一天，我的答案是：非常樂觀！而且理由也相當簡單。

　　大陸改革開放以前，國內外問題複雜，千頭萬緒，加上外勢力對顛覆中共政權一直死心不惜，特別在開放初期，人民才開始接收外來文化，最易受誘惑煽動。為此，大陸拒絕外國媒體入侵也是無可厚非，但隨著自己國家開放不斷進步，大量的人員走出國門及海歸，人民的文化水準日漸提高，也逐步學懂國際文明和明辨是非，加上 2019 年美國無理地發動的貿易戰、科技戰，高調的策劃打『香港牌』及『台灣牌』，當中又以 2019 年香港『反送中運動』、2020 年一場『病毒溯源』，與及 2021 年美歐大玩的『新疆牌』，均讓人民更透徹了解西方的虛偽，顛倒黑白，及認識自己國家體制的優越性及民族團結的重要性，更不會輕易受外勢力的影響及唆使。

　　所以，一旦到適當及成熟時期，一套全新能去偽存真具『中國特色』的新聞自由和言論自由，定必全面『開放』給中國人民，理由是當人民認清每件事實的真相，反而成為一支強大的『反反中』聲音，既溯本清源，扶正祛邪，也是用文明的聲音和正確的輿論為國家保駕護航，更是堵塞西方等地再以新聞自由和言論自由來謾罵中國的悠悠之口。

　　相對而言，台灣真的是新聞自由和言論自由嗎？我們就以去年為例，您們的文化部已正式下架大陸《等爸爸回家》童書；換言之，《等爸爸回家》在台灣已等同禁書，縱然綠營認為該書有美化大陸的抗疫成績之嫌，是屬於大陸的大內宣，是為了杜絕文化統戰，但改變不了您們也是壓制出版自由和言論自由的證明；相反您們的教育部今

年出版《蕃薯村總動員》，從幼兒便開始灌輸大陸是傳染病毒的大野狼，仇中程度已達至令人髮指。

同時，您們的 NCC 決議對 CTI 新聞台『不予換照』，這無疑對台灣言論自由與新聞自由構成傷害。我們可以看到，即使您們的前綠營領導人沒有關掉 TVBS，『特離譜』也不敢關掉 CNN，大陸更沒有關掉香港的公營電台；我們再來看看，其實在綠營的操控下，台灣的網軍治國已有相當成效，例如於總統選舉中，就發揮的出神入化，即使被罷免的市長之前在 CTI 被受力捧，但仍然輸掉總統選舉，證明 CTI 對綠營影響有限，在如此情況下，照道理呵護都來不及，以證明台灣的言論自由，因此可看出今天綠營，連唯一稍為中立的媒體都不能容訴，非要做到一言堂不可，還號稱新聞自由？」

蔓荷：「我們暫且不說台灣的新聞自由及言論自由皆與別不同，因為媒體或網絡上怎樣罵中、黑中都沒問題，可以說從心所欲，無拘無束，真的非常非常『自由』，但稍為偏中立的都不容，都被『查水表』，甚至被『關台』，這都是『偽裝』的新聞自由及言論自由。我們現在回頭看看台灣常指控大陸沒言論自由，也言過其實。眾所皆知，大陸互聯網發達，網民幾近 10 億即使是農村網民也超過 3 億，大陸既有各種論壇，也有各種反對聲音，只是人民反對大陸的體制少之又少。老實說，如果大陸體制失敗，人民失望及民不聊生，即使沒有言論自由，沒有互聯網，人民一樣可以反對及推翻這個政府，歷朝歷代，自古皆然。

說到這裡，我也想起《『謊謊』日記》的作者及她的朋友梁教授之事。相信大家都知，『謊謊』是一位來自大陸湖北的作家，曾有一段時間她因不停渲染中國武漢的疫情被譽為中國的良心，不過隨著時間的推移，大多數人看過她的文章後便知她的批評全是道聽塗說，信口雌黃。而除了『謊謊』之外，她老友梁教授也歌頌日本軍國主義，然而文章曝光之後，她在大陸社交網上的反華反共文章才相繼曝光，而且有多達幾千篇之多，才廣為人知。如果大陸真的完全沒有言論自由，又怎可能讓她們二人長期在社群中興風作浪，口誅筆伐呢？這不是恰恰屬最佳證明，大陸其實也有言論自由嗎？

　　台港及西方說大陸沒言論自由，當然管制是存在的，但從來未至於全面封殺。我們大可再看看，在大陸有著不少的『公知』，也就是一大群以天下批判為己任，誨人不倦的文化人之自稱，也就是自誇為『公共知識分子』的簡稱。西方人熟悉的『謊謊』，也就是其中一個的例子。不過這些所謂的『公知』，絕大多數都被西方媒體在華收買，他們在不同的媒體、網絡及微博等等，長期發表反華反共文章，我們可以想想在云云 14 億人中，『謊謊』如何能夠讓西方人認識？甚至如何能讓其作品在西方出版？可看出事出有因，有跡可循。也許，一大群『公知』當中，也有不少具有名望的學者，所以也有少部分的大陸人民受其天天感染信以為真，直至一場世紀疫情爆發，中西方的政府表現孰優孰低，高下立見，才令部分的『公知』及人民清醒過來，戳破了西方的謊言而已。

　　話說回來，現在中國的『公知』尚存也為數不少，且至今仍然繼續散播『嚮往西方自由』的聲音，因此要說大陸完全沒有言論自由，是言過其實的。這一點難道大陸政府不知曉嗎？只是他們還未成為氣候，有限度的多元聲音，大陸政府還是會容許罷了。就比如之前遭下架之 Clubhouse 社交軟件，也因平台上一面倒充斥反華言論，已經早就超越言論自由的範疇所致。事實上，中國的『公知』如果過了分寸，網民亦會群起反對，只因邪不勝正，是很自然之事。」

　　謙新說：「說到人權方面，我們看待大陸人權未來發展，沒有最好只有更好。事實上，台灣從來對著人權也是持著雙重標準。對『陳同佳事件』，綠營就可莫視逝者是港人，剝奪逝者尋冤待雪的人權。對『管中閔事件』，綠營的黑手就可毫不掩飾地伸入學界，為迫害大學校長的人權而一再阻撓。看待藝人或運動員一些對大陸稍有親善的動作，都要清算踐踏其人權。當然，綠營對『不聽話』的台灣自己人如此，對大陸人民就更不客氣。他們對大陸配偶長年都以無理、不合法的歧視，一場去年的疫情，更把大陸人民視為重重隔離的『野人』，大陸人民之人權，在綠營眼中早就分文不值。

　　說到底，人權從來都不是天上掉下來的餡餅，世界每一個國家及地區，也從來沒有劃一的標準，但人權自由與社會發展就有一定程度

的關聯和影響，比如民不聊生何來人權可言。對大陸來說，去年已經全面脫貧，未來隨著不斷持續發展，人權自然也會逐步完善，所以我才會說沒有最好只有更好。

我們可以看看，內蒙古小學之前推行『雙語政策』，但依舊保留蒙語的教育，此舉卻引來國際人權組織與西方媒體的批評聲音，指內蒙地區實施雙語教育，目的就是令到今後蒙語授課的中小學生要兼學漢語。但事實的真相是，往日以蒙語授課為主的義務教育，現時學生要兼學漢語和英語；相反也要漢語授課之學生也要兼學蒙語和英語，使兩邊畢業生均熟練掌握『雙語』或『三語』。

因此我也想問問大家，其一，試問讓畢業生達到蒙漢兼通，學多了一種語言有什麼不好？其二，中國巨輪不斷演進，處處都是自身發展的良機，連新加坡領導人也鼓勵國人學習漢語，如果蒙古族的中國人只懂蒙語不懂漢語，這才是真正扼殺蒙古族的前途和機會，難道不是嗎？其三，國際人權組織與西方媒體的批評其藉口軟弱無力，也搞錯方向，美國被世界稱為『民族大熔爐』，但無論學生是墨裔、華裔，還是日裔及韓裔，來到學校所讀和寫就是用母語英文，而不會學習西班牙文、中文，還是日文及韓文；所以身為中國人的內蒙學生學漢語難道是錯嗎？」

大榕續說：「謙新說的對！中國的母語是漢語，如果按西方的邏輯，內蒙的教育早就應該只學漢語而不應學蒙語。但現在情況是剛剛相反，內蒙的學生一直學蒙語沒學母語，或學母語的沒學蒙語，更何況現在中國也只是分別要求學生多學母語及蒙語，仍然保留他們原來學習的語言，西方還說什麼好呢？事實上，不僅內蒙古，其他自治區如新疆及西藏也分別在 2017 年及 2018 年開始雙語教育。中國本身也是多民族、多語言的國家，但無論如何，每個國家總有自己官方的語言，因此全國學生修讀是官方的母語最正常不過，世界各國的學校也只會用官方語言授課，唯有中國不但容許各民族學習自己的語言，現在也只是要求學生們兼學母語及原來語言，這才是真正體現人權的表現，又難道不是嗎？

說到底，中美最大不同的地方是怎樣看待種族，中國講求漢滿蒙

回藏五族共和，最大的漢族不但不會小看其他小族，還疼愛有加，盡一切力量照顧少數民族。在中國，少數族裔從來都不是弱勢，物以罕為貴，族以小為寵，我們最容易看到的就是拿影視人才方面作比對，多少疆、藏、蒙演員，只要有實力一向都不會受到輕視。事實上，中國也明文規定堅持各民族一律平等及包容，但中國也許地大人多，無論經濟發展還是人權發展，沒可能一步到位，但改革開放以來，中國都不斷完善當中。

而隨著疆、藏、蒙人民生活已改善很多，加上中國全面脫貧完成，下一步肯定會令疆、藏、蒙全方位發展，而疆藏融入『一帶一路』就是最佳助攻載體，即使美國通過有關疆藏法案，今年更聯合歐盟藉著『新疆棉花』大炒人權問題，對中國官員等實施制裁，但都只是聯合外地疆獨、藏獨人士向世界的穆斯林人民進行挑撥離間；事實上，在美國，白人是至高無上，連與自己輪廓分明相似的非裔都看不起，更莫說黃種人及亞裔人；可以說，族裔愈小愈受欺凌，例如不斷壓制印第安人，中美完全是兩個世界。因此，台灣人如果繼續崇美踐中，對自己真的一點好處都沒有。」

第 53 回

同 性 合 法　去中國化後患無窮

萊恩說：「剛才大榕說到今年美國聯合歐盟、五眼聯盟等為涉疆人權向中國施加制裁事件，但首先西方指控新疆人權只是子虛烏有，憑空捏造；相反，回顧西方人權表現，卻劣跡斑斑，不勝枚舉；例如西方在長達 400 年的殘害黑奴、美加虐殺印第安人、德國納粹屠殺猶太人，以至美國在阿富汗、伊拉克、利比亞、敘利亞戰爭中，都犯下數之不盡之滔天罪行，違背人權。當然，剃人頭者人亦剃其頭，今年幾乎同一時間，聯合國 116 個國家的代表也對美國人權狀況提出了347 條改進意見，可謂諷刺得很。誠然，站在美國立場，無論對香港

問題，還是追究病毒來源問題，以至現在的新疆人權問題，都只是尋找一個話題修理中國。不過，這種卡脖子方式固然對中國人民毫無用處，反而自己人權問題明明是根深蒂固，卻喋喋不休屢屢教訓別人，只會令自己淪為國際笑柄。

可以大膽說，美國宣言主旨是『人人平等』，這句話觀念是對的，但實質是不能一概而論的，什麼意思呢？理論上，無論人類是屬於什麼膚色人種，什麼行業職位，或貧賤富貴，或高矮肥瘦，每一個個體都是平等的，都必須互相尊重。值得留意的是，以上的行業職位不會是固定的，即使是貧富肥瘦也不是永恆的，它會變化甚至結果呈相反方向發展。至於膚色人種哪一種最好？高矮哪一種好看？本來就是見人見智！白種人高尚麼？看在很多黃種人眼裡還是黃種人漂亮！矮的人自卑麼？看在長得太高的人會覺得矮的人很可愛！那既然所有不同形式的人都是平等的，又為什麼『人人平等』四字不能一概而論呢？重點在於平等應放在觀念上，但回報就不應人人平等了。

就正如師父之前談到中國國企也提到，中國人有說一分耕耘，一分收穫。如果人人所付出的腦力、精力及努力無論多少，所得來的回報都是一樣，那麼世界就不可能有進步，必須是種瓜得瓜，種豆得豆，所付出的力量愈多，回報便愈多才算是平等。因此，美國宣言說『人人平等』，從觀念角度去看本來是對的，但美國政府從來都沒有實踐，致使種族岐視嚴重，從往至今都沒平等過。相反，從回報角度去看本來是不對的，但美國人不但深明此理，而且矯枉過正，也就是說，美國人很多時種瓜得豆，種豆得瓜，窮人十分耕耘只得三分收穫，但富人三分耕耘就往往十分收穫，致使美國窮者愈窮，富者愈富，人人平等變成極度不公，更有違人權的真諦。

相對而言，我們再看看中國是怎樣照顧農民及貧民。中國鐵路至今還有『綠皮車』等慢車，車票價20餘年來從未漲價，他們多年來的『寧虧不漲』！是因為不會用盈虧來衡量其得失，其目的一方面是照顧貧民百姓，另一方面也是為了改善人們出行條件的同時，還能改變落後地區的生活，並帶動沿線區域經濟發展。而這種抱著精準扶貧，希望儘量做到『人人平等』的國策，也相信全球只有中國能做到。因此，美國人本身的不平等，卻常常質疑中國的人權，未免有點

『關公面前耍大刀』，不自量力。事實上，在中國的土地上，沒有戰亂，也沒有恐懼。在最新公布的世界安全國家排行榜中，綜合考量了犯罪率、謀殺率和社會治安水準後，中國成為了世界最安全國家第一名；因此，中國的發展歷程及進步，與及處處照顧貧困人民務求令『人人平等』，這才是賦予中國人民人權的最佳保障。

也正如中國官員所說，『美國有美國式民主，中國有中國式民主，美國的民主不僅由美國人來評價，而且要由世界人民來評價；不竟全世界之民主沒可能是同一種味道。』就好像去年疫情發生對中國的封城，西方及台灣大力鞭撻和抨擊中國莫視人權，最終不但西方多國也學習跟隨，英國學者更一語中的，『要我說，中國的人權就是讓人民活下來。所有歪曲事實的無理言論最終都會消失。人們會明白中國是唯一一個完全控制住疫情的國家。』再比對美國疫情的顛峰期，一天可送走 3000 多人命，平均每 26 秒便送走一人，當人歿了，還說什麼民主人權？」

格林則說：「我們可以預料，美國操作中國人權會從不間斷！今年更藉新疆人權發揮到極致。但其實美國最沒資格批評別國人權，除了歷史上的屠殺黑奴，美國對印第安人的種族滅絕才是舉世公認。即使是現在，美國的監獄關押人數達到 200 多萬人，占全球監獄服刑人數的 25%，而美國人口僅占全球人口的 5%。然而，美國白人占全國人口比例約七成，但在監獄的白人卻不到二成，其中，60% 的犯人是非洲裔和拉丁裔，當然被關押的印第安人也不少；因此毫無疑問，美國種族歧視固然嚴重，而印第安人在美國，更完全沒人權可言。

此外，我們再來看看美國的政府建築物及高尚學府，從白宮、國會大廈、哈佛及耶魯等等，無不是由奴隸建成的；而最令人感嘆的是，美國每次討論人權，就只會更凸顯自己的虛偽和雙標。

現在我回頭說說台灣人權。眾所周知，台灣之前把同性戀合法化，目的就是維護人權，而且更成為亞洲第一個同婚合法國家，引以為傲。而之前我也看過很多台灣專家在節目上作正反兩方的辯論及爭議不休，我卻有不同看法和領會。大家都知，同性戀者在美國為數不少，對吧？在加州的洛杉磯，例如走到 Sunset 或 Westwood，或三

藩市的 The Castro，都可隨處可見。也因為我身邊都有很多同性戀朋友，或者在工作上長期接觸他們，我所看到的未必大家都能體會到；怎麼說呢？都說上帝關了一扇門總會打開一扇窗，絕大多數的同性戀者都天生聰明，特別是從事藝術方面，例如演出行業，所以這也是我們常常接觸他們的原因。

毫無疑問，每個人的性取向都有自由選擇，但天生反過來的異性舉止，卻不是他們的自由選擇。為此，人類不應、也不能歧視他們，因為他們的舉止及行為是天生的，而不是他們希望擁有的。所以從表面上看，我對台灣的專家持正反方的意見我都贊同，卻又不贊同。為什麼呢？因為正反兩方都忽略了一個重要問題，剛才我提過同性戀者是天生的，但恐怕只是一半。因為無論男男戀（Gay）或女女戀（Lesbian）都總有一個做回本性，而問題就在於此。做回本性的一方往往都是雙性人，甚至是雙性戀者（Bisexual）；也就是說，這一半的雙性人既是同性戀但也不排斥異性戀，而他們的特點就是與大多數的異性戀者其行為舉止無異，他們之中又有不少是遭異性拋棄，從而對異性失去信心而接受同性伴侶。

但很多時候，這些所謂對異性失去信心者也許只是暫時性，由於一方面他們不是天生的同性戀者，而另方面始終同性戀雖不容歧視，但也屬『不正常』行為；我所指的『不正常』行為，並不是指其思想，而是純粹指其行為，因為假設人類全是同性戀者，那就不能延續下一代了。所以對這些雙性戀者而言，當自己是男男戀或女女戀時候，多少都有自知之明及抱有害羞之心，當中有不少再遇上心儀的異性從而回復正常的異性戀者，可謂比比皆是。因此倘若同性婚姻合法化，雙性戀者也許在心甘情願或名正言順底下結合，但也有在無法躲避情況或同性伴侶強求下結合。也許有人說我是一面之詞，但身邊的人有太多的印證。事實上，關鍵重點是在於合法化不等於不再受歧視！難道同性戀者告訴別人『我們已婚』就不再受歧視？因此與其爭取合法化，不如爭取拒絕受歧視，唯有『不歧視』又『不合法』，反而是最自然的結果。

另外，我剛才都提過，演藝界不乏同性戀者，就以台灣及香港而

言，特別是香港，他們更多了一個傾向，那就是反共反中！也許他們認為在中共統治下，很難有同性婚姻合法化一天，特別是台灣已經合法化，更燃起他們的祈望，不過他們並沒有想過，台灣執政黨是自行在立法院以多數占優通過，而不是以廣大人民少數服從多數通過。況且合法化，也不會改變社會普遍的觀點，如果那些同性戀者朋友，以為合法後就可挺胸做人，就可擁有人權，那未免自欺欺人。」

之後也有媒體問及：「對於台灣的不斷的去中國化，這一點您們的看法又如何呢？」

湫彤笑道：「似乎您應該是較為中立的媒體，能有自知之明。毫無疑問，台灣執政黨近年不斷去中國化，課綱不但沒有撥亂反正，而且更變本加厲。我們可以看到，台灣中學將中國史納入東亞史，持續去中國化，減少古文比例。反觀大陸在高中語文教材上，古詩文占比將近一半，因此我們很容易看到，大陸小孩常常詩詞琅琅上口，皆因從小培育中華文化。也許人們忽略認識自己民族流傳文化之珍貴，如果不懂中華文化，台灣下一代看《甄嬛傳》、《琅琊榜》及《慶餘年》等充滿文化底蘊之劇集便不知所云，甚至索然無味。

此外，綠營設法廢國父、廢蔣公、廢民國；改護照、改國旗、改國歌；可謂溫水煮青蛙去中國化，層出不窮，不能盡錄。但另一方面，他們又說中話、拜中神、看中戲、聽中歌、穿中衣、吃中菜，矛盾至極。再說，綠營在中華民國護照上，把英文 Taiwan 字體變大了，把英文 Republic of China 縮小了，心想『眼不見為淨』，但都是掩耳盜鈴，自我撫慰的表現，卻始終不會改變『台灣與大陸是同屬一個中國』的國際認知這一事實。

事實上，這可能帶來兩大反效果，其一，不想見的『字』的確縮小了，但『事』就放大了千倍萬倍，因為各國移民局勢必要認真看，甚至要放大看才能看到 Republic of China 字樣才能確定護照真偽，加重了別人的工作，換來的只是各國人民茶餘飯後之談資，與及背後恥笑，令國民拿著自己護照總是不能堂堂正正，自我矮化。其二，由於護照大改動，甚至之前綠營還提議乾脆刪去 Republic of China 而只用 Taiwan，卻從來不考慮百多個國家免簽證待遇，會因為改動或刪去而

取消，可看出台灣素人政治之政治智慧有多少。」

　　蔓荷說道：「不過，最可笑的還是，有人會指端午及中秋都不是屬於中國。只是很可惜，春節、清明節、端午節及中秋節並稱為中國四大傳統節日，而且早已經是中國的國家法定節假日。如果再進一步看，中秋節源自中國上古時代秋夕祭月再演變而來，其後也有『嫦娥奔月』的神話故事，如果台灣人不承認中秋節是中國的傳統節日，我也很難想像嫦娥不是中國人。再說清明節，如果台灣人不承認中國人，可以看看先人的墓碑上所刻著的原籍是那裡便可得知。

　　至於說到端午節，也有紀念屈原的愛國故事。我了解有台灣人硬指屈原是楚國人，而不是中國人，並叫大陸人應該多讀書；其實多讀書恰恰是台灣說的人自己，因為說的人應該想想，屈原的確是楚國人，但最終楚國也被秦始皇滅掉從而統一了中國！又如果說的人仍然說這非屈原所願，那麼我也可告訴說的人，屈原願不願都不會改變最終結果，況且非屈原所願並不代表當時的全楚國人民不願，我不知道時光回到今天，台灣是否一樣像楚國遲早給大陸統一，那當然非說的人所願，但同樣不代表全台灣人民不願，不是嗎？

　　此外，在 2019 年聯合國全球中學生測試 PISA 排行榜中，當中閱讀理解方面，中國排名第一，新加坡第二，澳門第三，香港第四，美國第十三，以前常居冠亞之台灣卻掉落至十七名，連美國都不如，便不難理解台灣大量去中化教育所帶來的惡果。如果說的人天天說著漢語寫著漢字，日日過著中國傳統節日，卻否定了自己是中國人，活生生把自己成了浮水之萍、無根之木，那是多麼可悲之事。」

第 54 回

荒腔走板　迫婚強暴神經病乎

　　其後，再有媒體問道：「你們之前有提及過現在的台灣執政黨各種荒腔走板，可否舉一些你們知道的真實例子呢？」

謙新感嘆一聲：「這一點，大可用『綠營負面新聞日日鮮，政論黑中議題日日改』來形容執政黨的政績狀況，也不知是否屬綠營的策略，反正負面新聞不怕多，最重要是一波未平一波又起，那麼即使重大的負面事情或醜聞，只要討論一兩天，又有新的接上，這樣市民對每一件負面事情還來不及消化，新的又接踵而來，而之前的就自然不了了之，且萬試萬靈，屢試不爽。在掠奪資源上，綠營不但把華視、公視、國語日報、客家電台、婦聯會、文化總會等等全都要，而不了了之的大事，獵雷案、慶富案、大巨蛋案、私菸案、捷運三百萬案等等都只是冰山一角，罄竹難書。

就正如核電這邊不顧人民公投結果，也不求共識便把核四燃料棒運回美，那邊卻偷偷繼續用核電。事實上，台灣 96% 能源仰賴進口，不適合太陽能及風力再生能源，但執政黨卻豪花 700 億美元建 617 座太陽能電廠，這還未包括儲存能源高昂成本和土地成本，廢核只是讓利利益團體，更莫說把農地改建太陽能，損壞泥土，與及缺乏陽光缺乏強風下，太陽能及風力再生能源也是事倍功半。

當然，這邊萊豬還未能阻止，那邊又打算開放日本福島五縣市核災食品。儘管當官的指開放美豬、美牛是可以換來一個台灣在國際上的地位，甚至說開放萊豬是因為給『窮人』多一個選擇。而開放核災食品則因為害怕大陸先開放，那麼便覺得台灣很沒面子。誠然，台灣防疫神話在國際是否人所共知成疑，但萊豬弄至法院肢體衝突，豬內臟亂扔畫面則成國際新聞就肯定事實，更一度成為了英國點閱榜首，印證了好事不出門，壞事傳千里的說法，一點也沒錯。」

大榕：「要說執政黨近年的金句，可謂多如繁星，很難盡錄。不過印象較深的，還有一些的，就比如『自自冉冉，人民無需為認同道歉。乾淨的煤，人民水煮香蕉配醬油。掃把抗敵，人民戰山戰巷不投降。祝婚敬挽，人民紅隼足可摧坦克。』而促轉會自言『升格變東廠』，當然東廠是宦官，也是依附在皇上才能生存，也難得自我承認，至於依附誰也呼之欲出。不過，自認東廠不可怕，可怕是還沾沾自喜，以當宦官為榮。

另外，到底是 Presidency 還是 President Xi，美國衛生部長早已

親自認了發音口誤，令執政黨顏面無光，而之前強詞奪理，愈描愈黑，反而欲蓋彌彰，忘記解釋就是掩飾。而捷克國會參議長訪台，在立法院演說還加了一句中文『我是台灣人』，引來綠營狂喜，但他返國後又稱從未說過台灣是一個獨立國家，令綠營心情有如過山車，而今年捷克更公開表示十分感謝中國提供疫苗援助，自然令綠營玻璃心再碎滿地。而駐美代表獲邀出席美國總統就職典禮，綠營不忘大內宣受正式邀請堪稱重大突破，莫說不是事實，即使是也看不出哪裡值得這麼高興？在外人看更凸顯其低情商，啼笑皆非。

至於有市長先炫耀治水成果，說『淹 30 年的痛苦，他花 3 年就解決。』怎知一場豪雨暴露他治水失敗後，便改口『批評的人可以講出來，讓他當上帝。』不過，2010 年高雄大淹水時，綠營市長也第一時間跳出來砲轟馬政府，哪為什麼不追封該市長為上帝？而中國這兩年多地豪雨淹水，為何綠營又不效法這市長說法，反而幸災樂禍呢？當然，台灣不但常發生淹水，也常發生缺水。就在今年台灣又面臨 56 年來最大乾旱，多個水庫乾涸見底，只可惜綠營之官員只懂得鑿井取水，甚至舉行盛大之祈雨法會。其實，水庫乾涸不會一天便發生，但綠營管治零經驗，連最基本的未雨綢繆都不懂，可看出對一些日積月累才會造成之事都不察覺、不處理，證明除了不顧民生之外，更不要奢求他們懂得處理突發之事了，就好似綠營笑大陸武漢官員，都是反過來百步笑五十步而已。」

其後又有媒體問道：「對於『亡戻牆』跑到澳洲自稱是中國間諜，與『嚴厲夢』跑到美國自稱是港大病毒專家，二人都是指控中國，但原來都被識破是騙子。但台灣也有評論說中國騙人講得一套一套，膽子又大，什麼都敢做，對於這個評論你們又如何看待？」

蔓荷笑道：「說到『亡戻牆事件』，雖然是澳洲小報揭發，但幕後離不開美台策劃及資助。事實上，『亡戻牆』所編造的中國間諜身分和故事，也非常迎合西方及台灣對大陸意識形態上的偏見和醜化。對外媒來說，『亡戻牆』不需要擁有一個真實的身分和背景，他只需要按照反華勢力設定好的『劇本』框架去發揮和表演就行。台灣綠營與外國連氣同枝不用說，而本身就是詐騙犯的『亡戻牆』，可出賣靈

魂詆毀國家便能看出此人本性。

　　老實說，一個 26 歲的青年掌控兩岸及澳洲情報實在不可思議，他指五年前便開始負責對港台工作，即 21 歲便開始；論間諜世界各國都有，但是大陸 14 億人口人才輩出，中國所有官員必須層層歷練才可晉升已經是人所共知，21 歲青年就能委以重任管轄兩岸情報工作，不是天方夜譚是什麼？同時，稍有常識都知，間諜者一定要『專』，一個間諜管港台澳洲三地本身已經匪夷所思，他甚至說在台灣買通幾個電視台花了幾十億人民幣，果然是財大氣粗，中國又會給這麼多錢予他操縱，他就連普通話都說不清，英語更不用說了，他持假護照又可多次進出多地，而各國移民局又會懵然不知。當然最大破綻在於，很多國家之情報及重要人員，其家人一定留在本國，對當事人保護其家人及國家防止當事人變節都必須的，但『亡戾牆』可以和妻子孩子於澳洲會合，可謂漏洞百出。

　　至於去年來自港大，散播中國是病毒起源的吹哨人『嚴厲夢事件』，也的確與『亡戾牆事件』相似，二人都同是被背後收買，當中前者更也承認，而後者最終在澳洲被控詐騙數百萬澳元，資產也被凍結，但演員就是演員，棋子就是棋子，當落下帷幕，還是需要回歸現實及被棄子。而您最後的問題指台灣有評論說大陸騙人講得一套一套，膽子又大，什麼都敢做，我不知該如何回答，我只知台灣是盛產詐騙犯，大陸很多詐騙犯都是師承台灣，這方面大陸是不得不承認要甘拜下風的！」

　　蔓荷此語一出全場忍俊不禁，而主持人接著：「時間過的真快，或者媒體朋友要把握時間詢問最後一個問題吧。」

　　隨後，即有媒體問道：「大家都說中國一直強迫台灣統一，但台灣人民很抗拒『台灣自古以來就是中國的一部分』這句話。有台灣網友更表示『就好像你隔壁的鄰居突然跑來和你說，你要和我結婚，甚至有想強姦意味，你會不會覺得他是個神經病嗎？』對於這方面你們會怎樣解說呢？」

　　謙新笑道：「我了解綠營人士常把『兩岸一家親』之說故意扭曲，大陸一直指的是兄弟姐妹一家親，但綠營會詭辯說成夫妻關係一

家親，甚至是扭曲成恐怖情人、強暴的想法，極端的無限上綱，又何患無辭？我只能說唯有陰暗缺乏陽光之人，才會有這些汙穢髒亂的想法。綠營常說，無論『九二共識』或『一國兩制』，中國都不能把自己的想法強加於台灣人民身上，那麼綠營提出『台灣意識』及『中華民國台灣』等等又有沒有徵求過 2300 萬台灣人民願不願意呢？為什麼綠營的想法又要強加於台灣人民身上呢？

況且，『兩岸一家親』之說，首先是台北市長先提的，只是出發點是好的，大陸也接受此說法而已；同樣『九二共識』也是國民黨先提的，只是大陸鑑於當時本著求同存異精神，大家都在一個中國的情況下才接受的。我了解一些台灣人民對大陸常說的『台灣自古以來就是中國的一部分』非常抗拒，甚至藍營有很多人都認為不以為然。但是詭異在於，如果我說『台灣自古以來就是中華民國的一部分』您們會反對嗎？您們當然不會反對，藍營就更沒理由反對。

不過，別忘了大陸一直對台灣和統抱著高度的誠意，也說過無數次只要在『一中』的原則下，什麼都可以談，大陸從來沒有說過『台灣自古以來就是中華人民共和國的一部分』。這句話裡面的『中國』，沒有指明中華民國還是中華人民共和國，也就是大家都可以談。因此，若然還未談便先否定『台灣自古以來就是中國的一部分』，那麼即代表藍營一直所堅持的『一中各表』都是虛的，最終都是『獨台』，與綠營的『台獨』，殊途同歸，沒有實質分別。

因此，對於這位網友感覺到隔壁的鄰居過來是想要迫婚，甚至想強暴的時候，我便可以告訴這位網友：隔壁的鄰居對您的身體一點都沒興趣，您就別自作多情了！隔壁的鄰居其實是過來跟您說，您所住的房子雖然是您的，但房子的土地是隔壁的，只是一直沒能力打理便擱置下來了；不過，現在隔壁處理自己的事也差不多完了，開始有空回頭處理您所住著的這塊土地了，所以才過來跟您談談。而且您的隔壁鄰居也說了，您若然不相信這塊土地是屬於隔壁，那麼您可以問問聯合國，世界有多少國家，都知道您所住的一塊地是隔壁的一部分；反正現在您所住的一塊地，與隔壁所住的一塊地一定是一起不能分割的，如果您不服聯合國及絕大多數國家的決定，您大可用武力解決，

連隔壁所住的一塊地都一併據為己有。最後隔壁臨走前還不忘告訴您，您的上一代也一直同樣想用武力奪回隔壁這塊地，之不過最後還是功敗垂成，力有未逮罷了。所以如果您硬要說成迫婚或強暴，那麼也可以說您的上一代之前，也曾不斷跑到隔壁向對方迫婚或想強暴意味，不知道您又會不會覺得您的上一代也是個神經病呢？」

　　大榕續說：「歷史可告訴大家，南明鄭成功於 1662 年打敗荷蘭人令台灣返回中國版圖，清朝施琅於 1683 年也攻克台灣回歸中國，而中華民國國民黨則在 1949 年退守台灣。那麼問題便出來了，如果台灣自古以來不是中國的一部分，那麼國民黨 1949 年退守台灣，豈不是侵略他國？又如果台灣不屬中國，為什麼當年日本要和中國簽『馬關條約』割讓台灣？事實上，蔣介石當年帶著二百萬人到台灣，就宛如當年天地會等待反清復明。然而，在中華五千年歷史長河中，從來都是勝者為王。如果今天大陸仍然是一窮二白，軍力落後，相反台灣就愈來愈兵強馬壯，那麼此時您們又會不會一樣說『大陸自古以來就是中華民國的一部分』呢？而當年國民黨退守台灣，台灣原住民又能否也一樣說被迫婚或強暴意味呢？

　　因此，大陸今天雖然未統一台灣，但也不能否認兩岸土地同屬一個祖國的事實。可以說，『祖國』既不是指中華人民共和國，也不是指中華民國，而是指有著五千年歷史長河的中國。就像陸委會之前申明『**中華人民共和國從未統治過台灣，且中華民國遠比中華人民共和國歷史悠久**』，其目的就是彰顯兩岸一邊一國。不過，陸委會又能否告訴我們，1949 年之前，中華民國就有統治過台灣嗎？

　　至於說中華民國遠比中華人民共和國歷史悠久更毫無意義，如此說，明清更遠比中華民國歷史悠久，那又怎樣呢？明清不是已經滅亡了嗎？而中華民國能存在至今，恰恰就是說明中華人民共和國的仁義所在，羅貫中在《三國演義》中的開卷語：『**話說天下大勢，合久必分，分久必合。**』康熙未攻打台灣之前，清朝也從未統治台灣喔，如果按陸委會之邏輯，就等於呼籲中華人民共和國快些攻打台灣，這樣便統治台灣了，也許這時他們便知道什麼是『求仁得仁』與及『仁至義盡』了！」

也許，謙新及大榕解說有理有據，發言之媒體也只能默然無語；此時，主持人即表示上午討論時間已終結，並宣布下午二時繼續。

第 55 回

文攻武嚇 以大欺小實小欺大

很快來到二時，在全場掌聲歡迎亞伯七人重回座談會之後，主持人隨即表示：「現在我們就讓媒體朋友繼續詢問。」

也許各媒體有備而來，旋即有媒體問道：「有藍營說中國指 24 小時拿下台灣是以大欺小，也是霸凌行為，為什麼中國不能自己做好一點，等到台灣人自己祈求成為中國人然後才統一呢？另外也有藍營直言這三四十年來國民黨對中國太好，但換來的結果就是大陸文攻武嚇，還不承認中華民國的存在，對此你們又如何解讀？」

湫彤：「首先，我了解『24 小時拿下台灣』不是中國官方說的，即使此話真的有學者說，而藍營便說是以大欺小就是霸凌，但可謂不同時空選擇說不同的話吧。首先，台灣也明言制定空襲福建省，看來都是彼此彼此。況且台灣曾經也有一段很長時間霸凌大陸及不放棄光復大陸，不是嗎？例如國民黨早在 50 到 70 年代，便以優勢的海空軍持續對大陸進行全面封鎖，對天津、寧波、上海、廣州等重要口岸實行閉港政策，這些港口之間都不能通航，對當時大陸沿海地區經濟帶來難以言喻的傷害。另外 1949 年前後，有達 1500 餘名中共地下黨員祕密入台灣潛伏，但之後他們也大批被捕，1100 餘人遭到國民黨處決。因此莫說中共心狠，國民黨處決中共黨員超過千人，絕不手軟，也可證明國民黨無情，比中共更有過之而無不及。

至於說大陸以大欺小霸凌台灣，不如說台灣以小欺大霸凌大陸，在國際上會更多人相信。首先，大陸直至現在除了只是部分專家口說，仍未有任何實質動作統一，而且不同於台灣天天罵大陸上下一致，大陸領導層從未對台灣說過狠話。在現實生活裡，大陸除了防止

台獨野蠻生長，才會壓縮台灣的國際空間以外，大陸卻以實際行動年年讓利台灣，看不出大陸欺負台灣什麼。

　　相反，台灣年年日日謾罵大陸，特別是大陸去年疫情爆發時候，台灣執政黨無論國內國外，均大事喧染『武漢病毒』，務求傷口撒鹽。大陸在洪水汛期時候，台灣又大唱三壩崩潰，務求落井下石。而在台灣的航空識別區中，屢屢指責大陸侵門踏戶，但實質侵門踏戶是自己，因為台灣的航空識別區，是劃到大陸境內一大片範圍內，當然這也是數十年前台灣還想光復大陸時劃下的，但時至今日依然不改，意味著是對大陸說，大陸的地方也是他們的活動範圍，請問以上種種行為，這不叫欺負霸凌大陸叫什麼？

　　而台灣到現在也不斷擴充軍備，及豪言與大陸可以一拼，既然旗鼓相當，又何來以大欺小及霸凌？美國多次在世界打小國，為何您們不說霸凌？說等到台灣人自己祈求成為中國人然後才統一，與中國學者期待台灣人民『心悅人服』沒兩樣，恐怕除非台灣立即修改教科書，撥亂反正教育下一代，與及正式宣布放棄獨立及承認『一中』原則；否則，中國人民是很難相信台灣當局，會容許人民自己祈求成為中國人然後才統一這一天發生的。尤記得當年台灣『誤射』雄三，如果大陸欺負台灣，大可以牙還牙，甚至久不久就用飛彈『打擾』一下，也相信台灣既莫可奈何，就連美國也愛莫能助，大陸絕對有能力這樣做，但大陸已經是強大到了一個層次，用不著欺負台灣，如果能順利和平統一，連小心呵護都來不及，又何來欺負之說？

　　至於有藍營直言這三四十年來國民黨對中國太好，換來的結果就是大陸不承認中華民國的存在。請不要忘了『九二共識』是藍營提出，最後大陸勉強接受；今天台灣綠營闡明不承認，藍營也說重新考慮，怎麼把罪怪到大陸？再說，是國民黨對大陸太好，還是大陸對國民黨太好呢？之前謙新也說，藍營的『獨台』與綠營的『台獨』殊途同歸，沒有實質分別。分別只在於『台獨』是明目張膽的叛國，是標準的撕破臉，『獨台』是暗渡陳倉的叛國，是標準的笑面虎。

　　對大陸而言，『台獨』一眼就被看穿，『獨台』則有巧妙的偽裝，遠比『台獨』危險和混淆人心。這是因為『獨台』在進行的時候

會令大多數人沒有警覺，等到警覺時木已成舟，無法挽回。說到底，國民黨的『獨台』政策就是又要馬兒好又要馬兒不吃草，既要和平也要不斷讓利，不過破綻還是在於藍營在位期間，並沒修正教科書，與綠營製造的『人工獨』是目標一致，偏偏又念茲在茲兩岸和平，長遠對大陸來說傷害更深，更難下手，難道這就是所謂國民黨對大陸太好？要到達什麼程度對待大陸才算不好呢？」

蔓荷：「老實說，若說到霸凌或欺負，台灣政客遠遠比大陸政客更具有這種基因。特別是綠營，以前對國民黨一些有關兩岸之議題不要說沒有做，只是提出來就馬上被扣上賣台舔共的帽子，許多事情都被罵到狗血淋頭，卻自己上台後一一去做，開啟核電、開放萊豬就是典型例子，而且都做到理直氣壯，理所當然，這不是欺負國民黨是什麼？同時，台灣前正副總統可以任由綠營修法，令其出境赴陸港澳交流管制期限長達 6 年，這又是否霸凌及剝奪在野的人權自由呢？當然，綠營這種只許州官放火，不許百姓點燈的特質已習以為常，也毫無忌憚。相對而言，大陸就是量大，所以才會一直對台灣忍氣吞聲，天天捱罵仍然要讓利台灣，對著台灣人可謂尊嚴盡失，因此請問台灣的藍營綠營，還好意思處處和大陸說尊嚴嗎？

同時，我們看到不少台灣政客及專家常常念念不忘，指大陸今天的繁榮和發達，都是 40 年來台商在大陸的努力甘苦做出的卓越貢獻。不過說實話，大陸改革開放初期，除了一些海外華僑真的無私協助大陸發展，甚至捐錢建家鄉建學校之外，絕大多數的台商及港商都是垂涎大陸的人口資源、地理資源而跑到大陸建廠的。因此，所謂對大陸的經濟貢獻，也是利用大陸大量的低價物資、廉價勞工及幾十年的環境污染所換來的。當然，一個願打一個願捱，而願捱的人還要被譏笑，只是『人家』客氣，所以才一直顧全大局。但眾多的台商，就不好得了便宜還賣乖，他們也賺了不少，既年年為台灣國庫進帳，才會有台灣往日的繁榮，都是相輔相成的。

至於說到文攻武嚇，這不是大陸的專利，國民黨也有。八十年代初，台灣還未發展東區時，西門町已經是全台灣最繁華最先進的地方了，老實說當時比較香港還是差了一大截呢。這時，台灣僑委會接

待港澳學生，都會每天向學生們作思想教育，說共產主義多麼殘暴不仁，並說明在適當的時候便會光復大陸，以還我全中國人民民主自由。事實上，中華民國憲法也是『一中』，更有〈國統綱領〉，就是從來都想著『反清復明』，反攻大陸回復中華民國。

相對的，當時的大陸確實國弱民窮，走到哪裡人民的衣服不是藍色就是綠色，移形換影還以為大陸不是『藍營』就是『綠營』呢！就算是港澳居民到大陸還要中途停下接受解放軍問話，要接到『介紹書』後才能入境大陸。但是也許社會落後，國家並無包袱，既不會向港澳居民提及台灣，更不會灌輸台灣負面訊息，他們只有想到『解放』台灣，卻從沒想到或害怕台灣『光復』大陸，就連韓戰及越戰的世界強權美軍都打趴，又怎會怕台灣此彈丸之地？

就算其後台灣富裕騰飛，還居四小龍之首，可買先進武器攻陸，同樣是文攻武嚇，但蔣家為何遲遲不敢統陸呢？因為，儘管大陸武器落後，但勝在軍隊人多拼勁強，在實力懸殊下，要『光復』大陸又談何容易。因此，蔣家不得不調整策略，希望大力發展自己經濟之餘，也寄望利用台灣的先進，人民的幸福感，去影響大陸人民，寄望大陸人民三餐不得溫飽下，自己內亂起義，台灣便可乘虛而入。奈何人算不如天算，大陸八十年代末，得到經歷了『三落三起』政治生涯的鄧老先生重出江湖，改革開放三十年把大陸翻天覆地，今天的國力比台灣更先進、更富裕，人民的幸福感、歸屬感更強烈。

在此消彼長，位置互換情況下，因此敢問藍營人士，他們在八九十年代台強陸弱的時候，仍然想統一光復大陸，今日十年河東十年河西，變成陸強台弱，他們就不願意，要改成不獨不統不武，綠營人士就乾脆求獨，為什麼呢？說到底他們不是不想統一，只是形勢『敵人』強，要『光復』大陸無望罷了。那麼當台灣實力強橫的時候，絕不放過光復大陸統一全國機會，為何卻不容大陸同樣強大時候也可統一台灣呢？說穿了，不就是政治人物不能捨棄權力的慾望嗎？說為 2300 萬台灣人民都只是藉口吧。」

第 56 回

天天捶罵 千錯萬錯是中國錯

蔓荷語畢，便有媒體問道：「剛才你們一直說台灣天天咒罵中國，但中國就是量大，所以才會一直忍氣吞聲，還要讓利台灣，那麼你們能否舉出一些例子呢？」

萊恩：「要說到把台灣天天咒罵中國去舉出實例真是一直說幾年都說不完。大家可以想想，小小一個台灣，便已經擁有多達百多個電視頻道，以 2300 萬人口而言，不可謂不驚人，這也是為什麼在台灣，一齣電視劇只有幾十萬人觀看便說破紀錄，甚至要慶功的緣故。也因為這樣，造就台灣『名嘴』為了突出自己便各出奇謀，信口雌黃，憑空捏造，可謂舉目皆是。每天幾十檔的偏綠評論節目，不要說多，平均每檔節目每天說兩三個中國壞話，一天便超過 100 個壞話，一年 365 天再說了幾十年，大家便知道大約有多少個實例了。

剛才也說了，若論世上平均最多時事評論節目，台灣敢稱世界第二，沒人敢稱第一。也基於近年台灣已成綠色天下，所以各類評論節目均萬變不離其宗，反中反共一定成為最大公約數。而電視上從來少有看到國際新聞評論及報導，令人大有『不知世間今夕是何年』之感，加上本來就是『太陽底下無新事』，視為正職的名嘴自然要各顯神通。由於要語不驚人誓不休，所以『茶葉蛋論』、『榨菜論』、『炸毀長江水壩論』及『萊豬做肉鬆賣給中國人吃論』等等，都只是滄海一粟，中國人民還未知黑中之事例可謂不計其數。

此外，由於台灣政論節目多，嘉賓們遊走多台也是司空見慣，但當中就有不少是變色龍，在藍台說藍話，在綠台說綠話，甚至上紅台又轉說紅話，十分有趣。另外，可能一些嘉賓們視評論只是工作，並無使命感可言，加上台灣政論節目幾乎只有台灣人民看，所以說給自己人喜歡聽的話是必須的。同時節目中各嘉賓你有你說，不在其說者看手機找資料或心不在焉的也成普遍現象，這與世界各地會尊重嘉賓、尊重主持人，尊重觀眾的政論節目，可說是大相逕庭，這也算是

台灣政論節目最大的特色吧。」

　　格林：「個人認為，台灣名嘴的酸葡萄心態有時候在外國人看來，就像看搞笑劇一樣。例如在去年底的『嫦娥五號』成功把月壤及月岩帶回家，台灣名嘴便認為是炫耀，他指『美國阿波羅取回月壤及月岩已經 50 年了，也許中國人看不到外面的資訊，所以別人說很厲害，他們就認為很厲害。』而主持人更附和，所以說『中國人會認為世界沒有其他國家登陸過月球，他們是第一個。』首先，『嫦娥五號』經受到超過 100 攝氏度的高溫考驗，完成了對月壤自動採樣封裝；在打包月壤及月岩完成後，又以無人自動從月球起飛再和人類首次與軌道器和返回器交會接吻，最後更是採用水漂式彈射方式返回地球，都是以全新概念方式完成外，還一次性帶來了共兩公斤月壤及月岩，如果這些東西沒有什麼科學價值，那為什麼這麼多國家都主動上門要求合作？美國和俄羅斯也表明希望分享呢？

　　剛才萊恩也提及台灣缺乏國際觀，相反中國向來重視國際時事不亞於本國，在美的中國留學生也遠比台灣多，說『中國人看不到外面的資訊』，究竟是別人孤陋寡聞還是自己目光如豆呢？當然，更有台灣人說『拿幾十年前美國做過的東西去炫耀及耀武揚威不覺得面紅嗎？』那麼，往日台灣動不動便標榜的『台灣之光』之事，難道又全部都是前無古人嗎？同時台灣的國機國造、國艦國造不是幾十年前多國已做嗎？為什麼今天台灣又要炫耀自己做，不是同一個道理嗎？況且，今天『嫦娥五號』已突破之前美蘇所做的技術，相反台灣今天的國機國造、國艦國造是否突破多國技術，特別是比中國所造的戰機戰艦更厲害，那已經又是另一回事了。我們只需知道，『嫦娥五號』除了全由機器人操作不能拿美蘇所做的相提並論之外，中國人自己做到的事高興都不可以嗎？以平常心報導就是代表向外炫耀嗎？只怕不報導，恐怕這些台灣人又指中國是黑箱作業呢！

　　況且，這些台灣人拿美國做過的東西，去詆毀中國為自己貼金，更是莫名其妙！即使美國多年前做到都是美國技術，又不是台灣的技術，難道他們又不覺得面紅嗎？這種認美作父的心態表露無遺，只會凸顯自己的酸葡萄心態和無知。值得留意的是，美國幾十年前已到月

球又採集到月壤，那麼月球的東西是否對地球有利應該美國很清楚，若沒有用途為何又會要求中國分享？若有用途又為何自己不再到月球大量採集？幾十年前已做到，今時今日美國更應該做到，但為何幾十年後美國登月計畫引擎點燃一分鐘就結束呢？」

　　湫彤：「我也想到有台灣人說『台灣生活的慢被形容成不思進取、安於現狀，把平凡說成平庸。相形之下，大陸則是生活在快節奏之中。但我看來只是急於求成，是對於財富的追捧，是充滿物欲的浮躁。』但這都是自圓其說。老實說，大陸人怎樣快節奏，也快不過香港及東京，更何況在大陸，也不是大部分城市都屬急性子，看四川人便知。而台灣人慢也慢不過四川人，更莫說歐洲人。也沒分誰好誰壞，為此無需拐彎抹角去罵全體大陸人，更何況無論台灣人或是大陸人，都總有喜歡快，也有喜歡慢，就如同檯吃飯，各自修行，世界都一樣。台灣人愈是這樣，愈凸顯自己的玻璃心及阿Q精神。

　　事實上，每個人都有自己的選擇，在大陸生活，無論您喜歡生活在慢節奏、正常節奏還是快節奏，都任君選擇。也就是說，若然喜歡慢節奏，自我調節或不到繁華地區生活，甚至選擇居住在三四線城市便可；相反，選擇居住在繁華地段或一線城市，自然是快節奏之中。但若然整個社會都是慢節奏，就例如台灣，您想快也快不起來，這就是最大區別，也是台灣最大的困境所在。當然說的人也許很享受台灣生活的慢，但相信TA沒可能代表全體台灣人。再說，喜歡快節奏之生活，與急於求成，追捧財富完全是風馬牛不相及，如果按此邏輯，那麼香港、東京及大阪所有的人都急於求成充滿物欲的浮躁嗎？而四川及歐洲所有的人就視錢財如糞土嗎？

　　另外，有主持人說『中國現在無現金社會，沒手機就不能買東西，那麼台灣有沒有辦法去癱瘓中國，讓他們無法購物呢？』之後某教授便回答『有的，就像前陣子如果中國大停電，所有人便沒法買東西！』問題是過程中，一問一答都非常認真，可謂問的無聊，答的自爽；另外，又有主持人說『加上沒有電，北上廣深都變成鬼城！現在中國經濟慘到爆，老百姓活不下去。』之後嘉賓也回答『所以全世界的目光只有聚焦台灣，因為台灣科技獨佔鰲頭。』主持人既幻想大陸

奇慘無比，嘉賓也夢想台灣一支獨秀，二人均走夜路吹哨子，相互取暖，各取所需。」

蔓荷：「要重溫台灣綠營不斷譏笑大陸的事件，其實真的有點反映我們好像耿耿於懷，但如果我們不說，又無法反映現在兩岸很難回到過去『台灣最美的地方是人』的原因。而最重要是，直至這一刻台灣這些人依然天天黑中國，他們一方面聯台外國勢力，甚至不斷收買外國智庫、專家和媒體，無時無刻的反華，而另一方面，又雇用網軍不停操作『中國崩潰論』及借題發揮詛咒，只是最終大陸愈挫愈強，換來的只會令全體台灣人民去承受，所以我們才會說該說還是會說，目的當然不是為了反駁什麼，而是讓大家知道原來真的是『人在做，天在看』，弄成台灣現今的天怒人怨，都是事出有因的。

例如說『中國經濟慘兮兮到了冬天沒有煤、沒有油、沒有飯吃，怎樣過活？』及『中國缺糧大米都是用紙利用 3D 列印出來的！』但事實的真相是，大陸的糧食產量不但持續多年穩居世界第一，水稻及小麥等除了自足還一直有出口外國，雖然大陸去年連續面對疫情、洪災和蝗害等多重衝擊，但大陸近年糧食產量卻屢創歷史新高。然而，大陸領導人仍然呼籲人民珍惜食物，並定出制止餐飲浪費行為作出重要指示，卻不代表中國是出現饑荒糧安風險，相反凸顯領導人對國際糧食短缺瞭如指掌，並居安思危，高瞻遠矚的及早處理。事實上，中國糧食的十強縣，全部都在吉林省及黑龍江省等地，離水患之區十萬八千里，為此中國去年的洪災影響中國糧食的生產實在有限；同時，珍惜食物本來就是人民的美德，無論在什麼時候，都應持之以恆恪守，而領導人之呼籲全也是出於平常心及愛民之心。

台灣政客及名嘴諸君每每借題發揮，甚至昧著良心胡說大陸大饑荒，甚至指連飯都沒的吃，只會更加反映出自己的昏昧及惡毒心態。再說，中國是否有糧食危機，其實看糧食的價格便知道，如果有糧食危機卻不在價格顯現，那麼就只能讚中國政府實力充裕辦事了得。同時，占了世界人口五分一的中國，如果有糧食危機，世界都不會好過，這也當然包括了近在咫尺的台灣，所以說這些的台灣名嘴，仇恨心早已沖昏頭腦，他們又怎會明白唇亡齒寒之道理。」

　　另外，或者又說說台灣最大盜版網站『風臨網』。記得當時評論是這樣說的，『如果『風臨網』不是遭到美國提告，相信這網站依然會茁壯成長。但最令人驚訝的卻是，這個非法盜版網站竟然不是中國人網站，而是台灣人創辦的。』其實在台灣什麼事怎樣評論都不重要，最重要是懂得『帶風向』，不管別人錯還是本身自己錯，重要是千錯萬錯都是中國錯，也就是絕不會忘記，怎樣都要把中國拖下水，但其實嘲笑中國，最終打臉自己的例子真不少。笑中國人不可相信，自己才是詐騙犯發源地；笑中國冒牌充斥，自己也是仿冒日本產品天堂；笑中國缺煤、缺油、缺米，自己才真的缺蛋、缺水、缺電。」

　　謙新：「我們從『茶葉蛋論』到『榨菜論』事件，都可折射出台灣名嘴的思維邏輯與頭腦僵化，離不開用有色眼鏡去看大陸。而榨菜哥收到涪陵寄來之榨菜還沾沾自喜，還請求安排到大陸烏江涪陵參觀，也在微博稱自己只是幽默，暗示大陸人民不懂幽默，既想為自己藉詞卸責，也不忘再踐踏大陸人民一腳；不過，無論此人怎樣掩飾，也無法改變他支持太陽花、支持反送中及一直反中的過去。

　　我們也可看到，當年肯亞傳出河馬咬死台灣遊客事件時，由於一開始以為罹難者是大陸人，所以台灣 PTT 論壇上，即出現無數幸災樂禍的推文，還讚揚該河馬是『護國神獸』，與及『支那人死得好！』結果發現遇難者是台灣人士後，這些負面言論之人，當然不覺慚愧及道歉，只會躲在背後再找尋下一個『黑中』機會。與『肯亞河馬事件』相似的，自然令人想到『英國貨櫃事件』了，當時英國貨櫃 39 名受害者，最初被認定來自大陸，最後證實全為越南偷渡客。明白事理的人，都知道問題本身就與中國人越南人無關，焦點是應該放在怎樣令年輕人不受引誘及如何打擊人蛇；但我們更遺憾的是，那些台港妖魔醜化大陸及幸災樂禍的人，一樣跟隨著西方的步伐，笑談大陸如何落後，如何逼迫自己人民鋌而走險，當然也不忘踐踏大陸人愚昧及自取其辱；但真相揭露後，這些下石的人又是否感覺自己才是愚昧及自取其辱呢？

　　不過，若說到令大陸人民開始對『台灣最美的地方是人』之印象產生變化，甚至說是轉捩點，相信非『火燒車事件』莫屬了。當年在

桃園發生的陸客團火燒車事件，連同台籍的司機、導遊及車上的 24 名陸客全數罹難。但您們的政府人員即使去到殯儀館，也只向台籍的司機和導遊家屬致哀，對遇難陸客家屬全部不聞不問，連一幅輓聯也捨不得送。我們常言道人命關天，作為最基本的人道關懷，您們政府也欠奉。不過除了您們政府的冷漠，您們的網軍更充斥大量慶祝『支那豬燒得好！』這些語句，這種滅絕人性的咒罵及冷嘲熱諷，讓大陸人民感到寒心，不無原因。

　　事實上，比對『火燒車事件』台灣政府對大陸同胞的冷酷無情，中國領導人對今年台灣發生『太魯閣號列車出軌事件』，卻以第一時間向遇難同胞表示深切的哀悼，向遇難者家屬及受傷同胞表示誠摯的慰問，並祝願傷者早日康復，可反映出兩岸領導人對人民的態度，確是兩面情及不同高度。而今次出軌事故，已經是台鐵從 2001 年起先後發生十多次的意外，而且一次比一次嚴重，奈何官員永遠沒受到教訓及認真改善，視人民生命如草芥，令人無奈又憤慨；但儘管如此，中國高鐵只發生初期一次溫州事故，即引來台灣一些人嘲笑及叫好。此外，之前常取笑中國豆腐渣工程，但台灣宜蘭知名地標南方澳跨港大橋才 22 年就發生倒塌事件；之前常取笑中國有不少鬼城，但台灣自己也有不少蚊子館；之前常取笑大陸客沒公德心造成環境髒亂，但台灣台南黃金海岸線在中秋假後也淪為垃圾海岸。」

　　大榕：「其實，只要有人在的地方，就難免有昧著良心的人，做出黑心商品，這在任何國家及地區都可能發生。但更令人遺憾的是，台灣人為了區別自己與大陸不同，大肆強調台灣製多麼品質優良，似乎大陸製就是劣貨，大陸貨就是來毒害台灣的。然而，台灣真的做得這麼好嗎？過去的假酒假藥都不談了，光是雞肉也曾發現含有禁藥，豬肉含有瘦肉精，學童營養午餐有蛆蟲等事件，當大陸發生『三聚氰胺毒奶粉事件』及大肆抨擊之後，台灣不少人還對自己的『塑化劑事件』即驚呼『怎麼台灣也有？』，讓人發現原來兩岸黑心商人都是一丘之貉，台灣人並沒有想像中比較高尚，而且台灣還有戴奧辛蛋、芬普尼蛋等毒雞蛋風波，更有毒澱粉、混充米及黑心油。

　　我們都常說『樹大有枯枝』，也正如我一開始便說只要有人在的

地方，就難免會有枯枝，有壞人，因此台灣有人做黑心商品不奇怪，大陸有人做黑心商品一樣不奇怪，但關鍵在於，大陸的人口足足是台灣的 60 倍以上，論理如果大家的壞人比例是一樣，那麼大陸的黑心商品，是台灣的 60 倍以上也屬正常，但現實是台灣的黑心商品事件，不亞於大陸，這就看出台灣譏笑大陸，到頭來都是譏笑自己。

　　老實說，近年兩岸年輕人經常在網上罵戰，台灣評論反而屢屢怪罪大陸青年充斥民粹主義，不理性看待台灣；但事實上，大陸新一代青年，絕大多數從小就在父母、祖父母、外祖父母的呵護下長大，因此不管是對待工作，對待社會，或是對待台灣，都不會太偏激，造成今天的兩岸氛圍，完全是台灣名嘴及網軍太惡言相向，才招致反擊，是種瓜得瓜，種豆得豆的必然結果，並不是把髒水潑給對方，就可把自己種下的惡因洗滌得一乾二淨的。」

第 57 回

台 灣 之 光　韜光養晦戰狼外交

　　當各人陳述完後，即有綠委問道：「那麼，你們對中國近年窮兵黷武，完全放棄韜光養晦政策，而中國也變成『戰狼外交』，遭國際間一致聲討，在外也常常狂妄自大自稱『厲害了，我的國』，對於這幾點，你們又能作何解釋呢？」

　　亞伯笑道：「這幾個都是好問題，更是您們綠營近年最愛攻擊中國的詞彙及點子。而您們也會常指因為中國放棄韜光養晦，才會招至美國全力向中國發動貿易戰、科技戰及病毒戰等。其實，美國向中國痛下殺手，與中國是否放棄韜光養晦完全無關。因為在歷史上，美國從來都不會容許給競爭對手超越的機會，這包括前蘇聯及日本。因此，這與某國是資本主義還是共產主義，是鋒芒畢露還是韜光養晦，都沒一丁點關係。

　　的確，我看到『一些』西方，『特別』是台灣，近年常常愛抨

擊中國領導人放棄韜光養晦，改而『戰狼外交』！指責的人稱『中國人太自我膨脹』，甚至指『大陸領導人缺乏同情心和同理心，不能站在對方角度思考問題』。其實指責的人才是沒有站在中國角度思考問題！或者我們首先討論鄧老先生當年留下的四句話，『善於守拙、決不當頭、韜光養晦、有所作為。』當說到韜光養晦，就不得不說中國古代也有越王勾踐的臥薪嘗膽，也最終等到勝利的一天。

值得留意是，勾踐臥薪嘗膽也是十多年，而不是永遠忍辱負重！如果勾踐永遠不進攻吳國打敗夫差，『臥薪嘗膽』四字就無從說起。同樣道理，『韜光養晦』一詞的意涵，就是『收斂便修養，隱藏不外露。』但它不是永遠的，如果永遠隱藏永遠不外露，那就不是韜光養晦，而是消聲匿跡了！如果不懂得鄧老先生的四話內涵，或許可再聽聽西漢的枚乘四話：『欲人勿聞，莫若勿言；欲人勿知，莫若勿為。』簡單的說，就是若要人不知，除非己莫為！中國自改革開放以來其發展一日千里，外國人最常用『有目共睹』或『舉世矚目』來形容，不就是有眼睛都能看到及世界人人都看到嗎？誰不想能潤物細無聲，船過水無痕？但若要人不知，除非是自己停下來永遠不發展了。

因此，不是我說了什麼沒說什麼，或做了什麼沒做什麼，別人便看不到。數據會說話，當中國超越日本成為世界第二大經濟體，又是自己最大的貿易對手，美國當年怎樣對付老二日本，就是今日怎樣對付老二中國，單從這一點，我們便可知道，韜光養晦不但具有時間性，而且是很顯然『養』到什麼時候才合適，不是中國說了算，而是美國說了算！這就像明明是一個大人，TA 能否要求自助餐廳或博物館給予小童半價優惠呢？我也聽說有人這樣比喻中國，說如今這條盤踞在世界東方的巨龍早已蘇醒，現正養精蓄銳，早晚還會一飛沖天！所以無論韜光養晦又好，養精蓄銳也罷，這個『養』都是有時間性，不是永遠的！

事實上，西方反中人士從來都不會視中國人為自己人，在他們的心底裡，絕對不會想到對中國人要有同情心和同理心。因此台媒指責中國人太自我膨脹，甚至指中國領導人缺乏同情心和同理心，很明顯出發點不是以西方之角度，而是以台灣自己的角度作為投射，暗指中

國領導人要統一台灣，完全不從台灣人民的角度去想，因此是缺乏同情心和同理心。但事實是剛剛相反，如果中國領導人真的缺乏同情心和同理心，也不會等到今時今日，仍然是抱著以和為貴地統一，而不是希望仁至義盡才統一。

　　我們再看看，在今年中美阿拉斯加『2＋2會談』後，有台灣人就形容『從中共領導人拋出『中國已經可平視世界』，到外長稱『中國不認可還有高人一等的國家』等說法，反映中國已轉變為平視外交。然而中國在試圖與美國平起平坐，似乎忘了樹大易招風。北京在香港議題的處理，引發歐美不少國家反彈，而戰狼外交四處烽火做法，更衍生不少質疑聲浪；解放軍近年頻頻大秀肌肉等軍事行動，加深國際忌憚之餘，也擔憂中國國強必霸。平心而論，當北京冀望國際正向看待中國發展的同時，或許有必要適時調整相關強勢行徑，展現大國真正該有的樣子。』

　　可看出部分台人口口聲聲抗拒被中國矮化，卻另方面對著西方主子自我矮化卻甘心情願！難道這些人往日要求中國對等、尊嚴之時候，此刻換了對象就換了腦袋？美國獨立宣言『人人生而平等』，無論世上任何人本來就應該互相『平視』，中國人民不要求別人仰視自己，自己也不會俯視別人，而只是希望互相平視，這樣都是錯誤？都是樹大招風？難道中國人民對著西方人就必須仰視？東方人對著西方人就應該低人一等？所謂引發歐美不少國家反彈、衍生不少質疑聲浪、加深國際忌憚，究竟又共有多少國家反彈、質疑、忌憚呢？不是來來去去都只得廖廖數國嗎？究竟在國際上支持中國的國家是更少還是更多呢？當說到解放軍近年頻頻大秀肌肉，請問除了在台海之外，在哪一國或地方還有軍事演練呢？是加深國際忌憚還是只有加深台獨忌憚呢？說的人或許有必要適時調整仰視西方人的行徑，展現東方人真正該有的樣子，這才是應該做的。」

　　萊恩：「據我了解，很多台灣人早年批評中國放棄韜光養晦，第一的罪過是搞『中國製造2025』，第二的罪過是搞『一帶一路』。首先中國為什麼當年提出『中國製造2025』？這當然與師父之前在香港也分享過美國發起的貿易戰，是『得了便宜還賣乖！』之外，中國亦了解到自己要製造了多少產品，才能換來一個外國奢侈品，所以

中國才會於 2015 年提出『中國製造 2025』，目的就是一方面推動具有創新、品質、環保之產品，另方面也是鼓勵中國人民創立自己國民品牌，從而令中國產品轉型邁向高質量及含金量較高的產品，試問站在一個國家立場，有哪一方面不是做對的？

　　台灣人罵中國產品抄襲，當然鼓勵創新；台灣人罵中國產品低劣，當然鼓勵品質；台灣人罵中國空汙嚴重，當然鼓勵環保。而轉型高質量是要對得起消費者，較高含金量是要令人民賺多一點以改善生活，而鼓勵人民創立自己國民品牌，更是每個國家地區該做的事，難道不是嗎？所以說即使美國不對貿易逆差對中國興師問罪，站在中國立場，長期供應低廉產品也非所願，所以某些台灣人指責『中國製造2025』是罪過之一，明顯是抱著美國的大腿說話，與及希望在中國長期剝削勞工及繼續污染環境，永遠處於『發展中國家』便對自己最有利。

　　說到『一帶一路』，也可說是中國從韜光養晦到奮發有為的轉捩點。也許『一帶一路』太宏大了，要逐一解說不知要浪費多少時間。不過，有一點可以肯定的是，『一帶一路』雖然是由中國領導人提出，但它已經成為人類命運共同體的共同項目。也就是說，『一帶一路』的千秋功過，不是批評的人們或由我們便可以去評論，而是由150 多個參與的國家之人民共同去評價的。事實上，如果這個項目真的如此不濟，就不可能短短幾年間就有這麼多國家參與，更不會獲得國際社會的高度認同。而隨著『一帶一路』之發展，這兩年中歐班列成長更是迎來大爆發，台灣人罵『一帶一路』好大喜功，只會更凸顯自己是小鼻子小眼睛。

　　至於說到『戰狼外交』，應該是從世界新冠疫情後才出現的名詞吧。這就納悶了，我記得有台灣評論說『今次的疫情令中國成眾矢之的，可謂百辭莫辯，世界只聽到咒罵中國的聲音，已經完全聽不到中國的聲音，也許只有一些中國的官媒才會看到一些反駁吧。』那麼，批評的人不是已經很誠實的告訴大家，世界只聽到咒罵中國的聲音，而且很明顯外人罵的多，中國反駁的少嗎？那麼誰是戰狼呢？我們就拿回中國外交人員的說話評評理，這位外交人員曾提及到病毒是否可能由美軍帶入中國武漢，從而遭受美台兩地輿論批評其發言是散播陰

謀論。

　　不過，事實的真相是，早在去年即 2020 年的 2 月 21 日，日本某電視台已經有報導稱『2019 年武漢世界軍人運動會十月在武漢落下帷幕，中國軍人不出所料的拿下一百多枚金牌，但令人意外的是美國隊，這個號稱世界最強軍隊的國家，竟然一面金牌也沒得到，明顯不在意這個比賽，而 2019 年 11 月軍運會，美國參賽人員正好住在華南海鮮市場附近，是太巧合嗎？』因此有了日媒質疑在先，這位外交人員在美媒一再炒作『新冠病毒源於武漢病毒研究所洩漏』之後，才作合理猜測，都是情理之中，難道美台兩地指明病毒源於武漢病毒研究所，就不是陰謀論？

　　再說，美國前總統及前國務卿在未有任何證據下，多次不停向外公開指明『武漢病毒』及『中國病毒』在先，並一再指責武漢害了全世界在後，論級別層次美國是位高權重的人出來罵，而中國僅是外交人員反駁；論說話輕重美國是指明『武漢』及『中國』，而中國外交人員只是合理懷疑不是指明確定；論口誅筆伐美國政府從上至下以至媒體，還引導西方輿論，當然還有台灣綠營高調的聲援，包括聯台香港美國的『毒果』、『大伎園』、『斑濃』、『猓紋瘋』及『嚴厲夢』等輪番上陣，而中國僅僅只是官媒及幾位外交人員發聲，這就冠以『戰狼外交』？難道在這些反中人士心中，中國人民就應該被霸凌、被栽贓，仍然要緘口結舌，默不噤聲？

　　也就是說，難道中國人民落後要挨打？進步也要挨打？當然，所有結果皆令美國及台灣綠營事與願違，美國起動的貿易戰，最終反而令中國這兩年出口到美國商品大增創新高，美國發動的科技戰，最終反而令中國去年各類太空實驗大豐收，美國策動的病毒戰，最終反而令中國去年是世界最先擺脫疫情及唯一經濟正增長的國家，而台灣在綠營主政下經濟也愈來愈倚靠大陸；相反，中國的疫苗分享政策也惠及全球眾多國家，說中國今天聲望日隆，絕不為過；如果台灣各界仍然抱著罵中國就是您們唯一生存的養分和希望，那只會不斷種惡因，得惡果！」

　　格林：「說到『厲害了，我的國』，我也聽過台灣這樣評論，

『中國經濟總量躍居全球第二，並不斷縮小與美國的差距，但大陸社會在洋溢著自信的同時，一些人亦隨之滋生了盲目自大的民粹主義情緒，在輿論宣傳上，片面誇大今天中國的成績，無視中國仍然是全球最大開發中國家的客觀現實，尤其是近年來，從《厲害了，我的國》到中國全面超越美國，不斷的自我膨脹，不懂『滿招損，謙受益』的道理。』這段評論說的太好，但我不知為什麼，覺得這段評論更適合說給台灣反中人士聽，特別是那些政客及名嘴們。也尚幸有人明白『滿招損，謙受益』！但台灣對自己自滿之事卻經常看見。不管遊客創新高、貿易創新高、疫情處理第一、醫療技術第一、半導體世界第一……另外『台灣之光』久不久就會出現，然而上述除了半導體真的是『暫時』第一，也是『唯一』的第一之外，其他都恐怕全部是假象。同時，究竟是台灣及西方長年累月仇中黑中，最終種瓜得瓜才招至中國人民反感，還是他們是盲目自大的民粹主義情緒呢？相信批評的人任您如何不先檢討自身，都恐難推卸把責任扣在中國人民身上，因為世間事絕不會無中生有。

　　此外，當中國因〈香港國安法〉驅逐外國記者，台灣便張開雙手歡迎，認為自己可取代香港成為亞洲新聞中心。有媒體更認為『政府應該拿出誘人的條件去吸引外媒，而外媒要關注香港甚至中國，台灣都是最適合的灘頭堡，台灣作為印太地緣政治的熱點，特別是新聞自由方面，也備受國際肯定。』除此之外，當美國有風聲動搖香港金融地位，台灣即出現不少欲想取代香港國際金融中心地位的聲音。但最後怎樣呢？雖然台灣擁有新聞自由，可是台灣從來不是國際媒體報導的中心，即使拿出什麼誘人的條件去吸引外媒，都只是一廂情願。對香港而言，什麼地位都是國家賜予。對歐美外媒而言，香港才是台灣的灘頭堡，而不可能台灣是香港甚至中國的灘頭堡，此其一。台灣本身不注重國際新聞，在氛圍上很難吸引外媒，此其二。需知道〈香港國安法〉通過在香港運作只是『不方便』，但在台灣是『不安全』，縱然〈香港國安法〉通過後現在外國記者在台灣較以往多了一點，但也只是暫時性，皆因外國早已看透中國遲早統一台灣，又怎會選擇台灣作為亞洲新聞中心的打算，此其三。

　　說到台灣欲想取代香港國際金融中心地位，更不惜高薪挖角，但其實同樣是水上堆沙，毫無基礎。比如，台灣最高也不過出到年薪180萬港元左右，也就是只能達到香港一般中等金融人才之薪酬，這還未算每年之紅利，此其一。香港股市規模今年已接近7萬億美元，台灣規模勢難望其項背，試問高端金融人才又怎會捨大求小？此其二。另外香港金融有完善的法制監管，而台灣黑金擾亂金融市場時有發生，絕不是國際金融人才追夢之地，此其三。最後，香港有中國做強力後盾，2020年就透過港股通淨買入金額超過3500億港元，這一點是台灣在未統一前難以挑戰香港的，此其四。至於連東南電視台的記者都趕走，CTI又勒令關台，甚至假新聞一向充斥，民眾對新聞信任度位居世界排名倒數第三，還敢稱新聞自由及備受國際肯定？

　　相對中國方面，『厲害了，我的國』本來就只是一個短期性節目，也許人民喜歡這名詞所以也偶爾拿來比喻自己國家進步的一面，這樣都可以被台灣傳媒長期不分藍綠都拿來譏諷，但說到自己就樣樣自我誇大成績；因此，究竟是誰一直盲目自大呢？又是誰一直倚賴中國經濟，卻反指中國倚賴台灣而自我膨脹呢？至於說到窮兵黷武，中國常言國家領土一寸不能丟，但亦常說不屬自己的領土一寸也不要，而且也有先例可循，說到做到；當年沒占領印度一寸土地也沒貪取越南一分土地，因此說窮兵黷武，也扣不到中國頭上。」

　　儘管各人說的話引來在場綠營人士不快，但在場明白事理的人更多，況且他們也只是說實話，所以也獲場內不少掌聲。

第58回

罵得淋漓 疫情看法很多不同

　　此時，有綠委追問道：「對於中國去年在疫情發生時侯刻意隱瞞，吹哨人李文亮犧牲了，官員也被革職了，因此很多專家都認定中國害慘全世界，這些都是國際共識，人所共知；另外中國也對香港及

新疆的人權不斷鎮壓，相信這方面你們很難為中國解釋吧？！」

亞伯笑道：「這位綠委有少許激動，不過我們是來分享意見的，不是來參與辯論的，對嗎？毫無疑問，去年的疫情發生，是您們綠營繼香港『反送中運動』之後第二把撿到的槍，而且由於時間夠長，足令您們盡情發揮，把仇中反中意識從內銷轉外銷，再從外銷轉內銷，可謂『玩』得淋漓盡致，得心應手；其實這一方面，您們是箇中高手，就如同『玩』選舉的奧步，美國還是要向台灣學習的。我們再說回整個武漢發生疫情的事件，其實我和大家的看法很多都不一樣。當然，我不是指我的說話一定是對的，我只是分享我的想法。

也許，我們先看看於去年底被您們綠營封殺關台，也是您們一直冠以親中的『紅媒』，是怎樣一開始評論武漢疫情的，『李文亮是武漢市中心醫院眼科醫生，在 2019 年 12 月 30 日，他在大陸微信群中向好友警告，醫院接到了 7 個類似 SARS 的病例，要小心提防，結果被指造謠簽下了『訓誡書』，事實證明新型肺炎雖非 SARS，但李醫師發布的內容並非完全捏造。如果政府和公眾當時聽信這個『謠言』，並基於對 SARS 的恐慌而佩戴口罩、嚴格消毒、不去野生動物市場、暫停群聚活動等措施，則武漢肺炎何以會肆虐全球？在一個『維穩壓倒一切』的政治體系中，官僚體系對於災害掌握機先的熱衷遠不及於維持局面穩定，所以抑制吹哨者的行徑一再重演。李文亮的悲劇就是實言被當謠言，假訊息凌駕真訊息，上演一場活生生的體制殺人。』

即使最後中國疫情完全受到控制，這份『紅媒』一樣可以這樣評論，『基本上連大陸醫療那麼落後地方都可以控制住疫情，預計 3 月中下旬（2020 年），歐美疫情應會達高峰之後得到控制。』前一段的評論可謂連消帶打，武漢官員及大陸體制全都罵，而且罵的痛快淋漓。而我又為什麼拿這兩份評論作比喻呢？其一，因為我想知道，您們所謂的『紅媒』，都如此罵中國以凸顯台灣體制的優秀，但都一樣被您們除之而後快，因此要到達什麼程度及標準的『貶中褒台』，才能令您們滿意呢？其二，因為我想讓大家知道，一個被您們認定的『紅媒』都如此評論中國疫情事件，其他淺綠及深綠的媒體評論，是

如何的偏激狹隘，大家便可想像的到了。

　　現在，我再分享和大家的看法不一樣的地方。首先，事件中由於『華南海鮮市場』距離武漢中心醫院非常近，當時很多已經感染的人就選擇最近的醫院求醫，而對病毒感染還不知情的情況下，當時的醫護人員也沒做好防護，導致大量醫護人員也被感染，才讓人得知。重點在於大家都對病毒『還不知情』，李文亮的同事如是，李文亮的家人如是，因此雖然李文亮很早發現，但他不知今次病毒存在無症狀帶菌者，對阻止疫情蔓延不會幫助太大，相反倘若不是中國政府當機立斷全面封城，後果才是真正會不堪設想。

　　也就是說，如果武漢官員於 2019 年底，重視李文亮的警告，但最終演變的結果基本都差不多！不會像上述評論所指，如果武漢政府和公眾當時聽信這個『謠言』，結果武漢就不會爆發疫情！為什麼呢？真相情況是，李文亮 2019 年 12 月 30 日發出警告；2020 年 1 月 7 日中國官方首次確認不明原因肺炎，而中國領導人也主持召開中央政治局常委會會議，提出要做好疫情防控工作要求；1 月 11 日，武漢衛健委發佈關於不明原因病毒性肺炎情況通報；1 月 12 日，世界衛生組織正式將病毒命名為 COVID–19；1 月 19 日，中國病毒專家鍾南山正式宣布病毒能人傳人；1 月 23 日，中國開始武漢封城。

　　我們從上述日子看到，真的要說浪費時間，是從 12 月 30 日李文亮警告至 1 月 7 日中國官方首次確認，即僅僅只有八天，但其實無論這八天甚至到 1 月 19 日，基本上政府做什麼都不會有太大的效果，因為人們根本還未知道此病毒可以人傳人，甚至當中含有無症狀帶菌者。誠然，這段日子政府沒有做什麼嗎？當然不是，1 月 11 日領導人已下令做好防控工作，1 月 19 日鍾南山宣布病毒能人傳人，1 月 23 日開始封城，看的出上述日子已經非常緊湊，那為什麼我會說，如果武漢官員即使重視李文亮的警告，其最終結果也會差不多呢？

　　第一，李文亮報告中提到類似 SARS 的病例要小心提防，但未確定及有證據證明人傳人，他更加未知道此病毒可以存在無症狀帶菌者，也就是已經超出他的認知範圍，我們可以從李文亮的同事及後期他的家人，都一樣受到了感染便知曉。如果李文亮早就確定此病毒能

人傳人及無症狀仍可傳染他人，那麼他第一步定必阻止他的家人遭受感染！當然我的意思不是指他的家人就是他傳染，但不會改變他是不知道，無症狀仍可傳染他人及可弄至事件後續發展的事實。

　　同樣，像鍾南山等的專家，也需要有點時間研究才能肯定可以人傳人，也才能對症下藥採取行動。而事實上，當武漢官員還未知曉病毒是可以無症狀仍可傳染他人，不要說封城，命令要全民佩戴口罩及暫停群聚活動，根本是不可能的任務。而值得注意是，1 月 19 日鍾南山未宣布病毒能人傳人之前，中國領導人還在 1 月 17 日至 18 日訪問緬甸，19 日到雲南考察調研，可看出當未確認病毒能人傳人，把國家弄至草木皆兵，更是不設實際。同樣道理，台灣在武漢疫情爆發後許久，而自己未爆發疫情之前，政府也呼籲人民不要帶口罩；在如此情況下，即使中國政府在這之前嚴格消毒、人民不去野生動物市場，都是無補於事，因為所有人都還未知人傳人與及無症狀仍可傳染他人，那麼帶菌者已經可以在民間一傳十、十傳百地散播。

　　第二，其實真正最大立竿見影效果的關鍵，是中國破天荒用壯士斷臂手段下令武漢封城，直球搗塞病毒繼續傳播。但詭譎的是，偏偏像台灣及西方國際，卻猛力抨擊這是嚴重破壞人權之指控，變成做不做都是錯，也就是千錯萬錯都是中國的錯。試想想，若果武漢不封城，這段期間又剛剛碰正一年一度的人類大遷移，即春運假期，如果不是中國當時的當機立斷，恐怕其災情才會難以想像。

　　由此可以看出，真正硬說錯過黃金時間，也只是八天，但其實這八天，武漢官員也不能做出太大的改變。毫無疑問，李文亮是值得世人尊敬，他亦於其後被評定為烈士，與及追授中國青年五四獎章；但我也認為，千千萬萬到武漢出一分力的全國前線醫護人員，同樣值得尊敬。相對來說，當時無視李文亮警告的武漢官員的確後知後覺，缺乏警覺性，但這些官員是否『維穩壓倒一切』到十惡不赦呢？

　　我只想問大家一個問題，如果您是當時的武漢官員，倘若知道此病毒不但可以人傳人，還生命力強可在空氣中生存幾十小時，當感染人體後能持續繁殖可達 37 天，並可以令無症狀情況下仍然能傳染別人，您會夠膽色隱瞞疫情嗎？事實上，千金難買早知道，我不認識

當時的武漢官員是誰，他們是什麼樣子都不清楚，我更無意為他們說話，而是純粹就事論事。但如果他們應該被罰打二十大板，那麼美歐的官員便應打五十大板，台灣的官員更應打一百大板；因為美歐在如此全球知曉，如此充足時間給他們作出準備，都可以令到疫情慘況如斯境地，還有氣力批評別人，目的都是把黑鍋甩給中國；而台灣更目睹全球各國如此漫長歲月的應對疫情，誰好誰壞哪種方法有效哪種方法徒勞，早就應瞭若指掌，卻疫前自吹自擂疫後又慌張忙亂，可看出綠營官員的管治技倆，確實不敢恭維。

最後，當美媒去年已經不用及今年拜登禁用『武漢肺炎』，但台媒一直持續堅稱『武漢肺炎』，與及認定中國害慘世界肆虐全球，用武斷的思維及武力的語言去詆毀武漢及中國，何嘗不是『謠言當作實言，假訊息凌駕真訊息，上演一場活生生的言論殺人』戲碼？同時，當台灣今年發生疫情及『太魯閣號列車出軌事件』，而台鐵又歷年經已發生多起傷亡意外，卻政府從來沒有改進，為何這些媒體又不指責這才是真真正正的『上演一場活生生的體制殺人』？

至於另一篇評論稱，『**基本上連大陸醫療那麼落後地方都可以控制住疫情。**』也看出部分台灣人仍然坐井觀天，不知世間已千百轉。台灣醫學先進不代表中國醫療落後，況且中國醫學家屠呦呦早有榮穫諾貝爾醫學獎，現在中國利用 5G 技術結合遠程機器人作醫療手術方面，每年最少一千例，更是獨步全球。即使台灣人士常誇自己醫療保健機制世界最好，但比較澳門還是差了一點點；而之前名嘴誣衊菲律賓總統患肝癌危殆，綠營大佬還自誇『**台灣醫治肝癌世界第一，所以他求助台灣是對的**』，可看出這又是詛咒別人，抬高自己的例子。當然，上述評論中還對號入座『**預計 2020 年 3 月中下旬，歐美疫情應會達高峰之後得到控制。**』但事實與預測根本相差甚遠。

況且，台灣防疫真的表現優異嗎？其實台灣最初防疫很不錯，但真正的功勞是全體台灣人民，而不是政府；相反，在去年 2 月時候您們政府還呼籲人民在公眾地方不需帶口罩，但如果不是廣大台灣人民的自覺，且保持社交距離，後果也早已改寫。當然還存在一個很大原因，由於台灣只是一個島嶼，而且旅客在疫情之前每年也是只有千萬人，而去年疫情期間，每天的旅客更曾低至幾百人，今年初更低至

一天百多人，在如此少數旅客進入台灣境內，如果都不能守好入境門戶，那麼還說什麼好呢？而到了自己疫情爆發後，又只懂得炒作『**中國疫苗比萊豬還毒！**』來恐嚇人民，以掩飾政府無能及顛三倒四政策，但這一來也等於承認萊豬毒，而且說中國疫苗毒但又那麼多國家採用，難道綠營就不知這樣都會得罪很多國家嗎？！」

第 59 回

集 體 失 憶　疆藏人權陳腔濫調

　　萊恩語帶遺憾：「在去年疫情之初，台灣發言人敢說不給台灣加入 WHO 是全人類損失！也許台灣綠營有種錯覺，以為有 1450 綠色網軍，以為在《紐時》登廣告，就能在世界有很多聲音及很多支援，老實說這都只是 1450 的一廂情願，台灣人的聲音甚至台灣這個名字，世界一般老百姓聽到或知道的仍然是鳳毛麟角。不過您們反而應該慶幸，當世人在網絡一片支持 Lady Gaga 挺 WHO，如果他們大多都知道台灣如何黑非裔，對台灣來說絕對不是好事。

　　我們可以看到，當 Lady Gaga 稱讚 WHO 總幹事譚德塞才是真正的超級巨星，她還帶領國際許多巨星包括中港多位歌星等連續八個多小時演唱力挺及致敬世衛組織，而這次國際巨星的大團結，卻見不到台灣的歌星，只見台灣網絡上謾罵和詆毀。然而，Lady Gaga 的發聲，也引來世界各地觀眾在線上一片力挺，讓人們相信人間有愛，但同時也反映出台灣卻異於世人。不過最諷刺還是，綠營可經常朝三暮四，昨天齊齊抹黑譚德塞『舔共』收中共錢，今天就大內宣台駐美代表與譚德塞開會，宣布捐 25 萬美元助非洲抗伊波拉病毒，並以此為榮，縱然綠營集體失憶，兼且毫無違和感，但相信譚德塞及非洲政要卻記憶猶新。

　　此外，我記得早前有綠委在節目中大力否認台灣挑釁中國：『**台灣有挑釁及求戰嗎？中國見台美關係好，便狗急跳牆拿台灣來出氣，**

但台灣人民處變不驚，台灣何來有錯？相反『武漢肺炎』害慘世界，是麻煩製造者，連印度總理都肯定我們領導人是很有勇氣，全世界民主國家都譴責中國對香港及新疆的人權鎮壓，全球國家都認為中國對疫情處理不當。』不過，我的觀點卻有另一番的體會。

　　首先，肯定您們領導人是印媒不是印度總理，印度當時不敢和中國開戰，只有媒體用口水戰，所以有印媒挺台灣是很容易理解。說到全球國家都認為中國對疫情處理不當，也是一廂情願，比如有中國參與的世衛方案全球只有美國以色列反對，卻170國贊成，就證明綠委的是非顛倒。另外誰是狗急跳牆呢？我也曾記得有台灣資深媒體人曾說『中國打狗要看主人，台灣不夠兵沒關係，沒軍隊也沒所謂，因為後面是美國跟日本在保護。』一方面我很佩服這位媒體人竟然形容自己是狗，搖尾乞憐還要自己買狗糧，台灣曾幾何時常說尊嚴，卻有人甘願自稱做美日的狗；另方面既然自認是狗，那麼誰是狗急跳牆就不是很清楚嗎？此外，中國是不是麻煩製造者，國際除了台灣、美國及少數盟國的政客及媒體，絕大多數國家都是支持中國，相反病毒的流言，台灣是製造者及挑釁者就肯定占了很大的分量。

　　至於您們都說到中國對香港及新疆的人權鎮壓，我記得英國及加拿大今年也藉新疆人權發難，而當時亦有台媒這樣說『中國領導人近年打壓香港、新疆人權，留給國際社會的觀感欠佳，可讓台灣獲得更多同情與支持。』而美歐之後又聯手捏造『新疆棉事件』到『種族滅絕事件』，綠營自然撿到槍也加入聲討。然而，中國先在去年底獲百多國支持成功連任人權理事會成員；而今年初也有70國支持中方在涉港、涉疆的立場；另外為數21個身為穆斯林民族之阿拉伯國家也共同聲援中國；最後，儘管美國帶頭要國際抵制北京冬奧，但最終不止反應冷淡，反而獲170多國力挺中國，可謂真理永遠長存。

　　現在，我們或先從香港說起。如果大家有留意，湫彤以前就曾分析全香港的『黃絲』群體與部分『藍絲』群體共4個群體的總和才有36%，那麼即意味著『黃絲』群體是絕對少於三成，也就是說高達七成以上的『藍絲』卻天天遭受『黃絲』威脅下生活，那麼中國推動〈香港國安法〉令大多數港人回復正常生活，免受『黃絲』威脅，這

樣為多數捨少數，都算打壓香港人權？

　　至於說到『新疆棉事件』，最可笑的是中國棉花雖然是世界第二最多生產國，但由於求過於供，平時還要靠進口，而美國棉花也要出口到中國，但現在是有美國品牌要抵制不要中國棉花，怪不得有人把瑞典的 HM 翻譯成『荒謬』，一點都不假。也許大家先要了解，新疆人大代表在中國少數民族代表所占比例高達 63% 以上，中國 56 個民族中，新疆就擁有 47 個民族，1953 年後逐步成立了 5 個自治州，6 個自治縣及 42 個民族鄉，今天的新疆維吾爾族人口，從 1978 年 555 萬到 2018 年已經達到 1271 萬，是 40 年前的兩倍多，增幅更是漢族的 10 倍還要多，試問新疆種族滅絕又從何說起？事實上，新疆從往日沒有一寸鐵路至今建成十多條鐵路，公路總里程達 18 萬公里，是擁有機場最多航線的省區；同時，新疆也把多個沙漠不毛之地成功造林，把綠化和產能結合，改善生態環境及文明之餘，又能防風治沙，從而提振當地經濟。

　　無疑，今天新疆社會穩定、宗教和睦，各族人民享有廣泛的權利和自由，很多百姓均自信發自內心感謝國家；隨著『一帶一路』機遇發展，新疆未來也必成歐亞交滙中心，這也是美國不願看到的其中原因。再說，自 2018 年以來已經有多達 100 多國，超過千人的聯合國官員、外國駐華使節、媒體與宗教團體遠赴新疆參訪，2019 年新疆遊客更突破 2 億人次，如果新疆如同西方及台灣所描述的不堪，上述這些人不可能全不知曉。因此，無論西方及台灣指控疆藏人權既是老調重彈，更是陳腔濫調；說中國留給國際社會的觀感欠佳是自欺欺人，說可讓台灣獲得更多同情與支持，首先台灣除了得寥寥數國等部分反中人士及『政治掮客』支持外，先後得罪星馬港韓及非裔國家卻不少，獲國際更多同情之說恐怕是自作多情罷了。」

　　格林不同論述：「的確，中國去年發生的疫情，又提供綠營一次發揮『黑中』的絕佳機會。從最初衛福部謊稱 2019 年除夕已告知 WHO 具有『人傳人』風險，卻又會 2020 年 1 月中仍然若無其事地安排 1600 萬選民密集一起投票總統大選，2 月還呼籲人民不需帶口罩。當台商首採陽性但二採呈現陰性，發言人竟毫不掩飾稱『很不

幸』！當青島全民核酸檢測出來，官員亦語帶尖酸稱『太偉大了！千萬人口都是陰性是不可能的結果』！另外，眾多名嘴常以『武漢肺炎』、『什麼動物都敢吃』、『屍體太多就地火化』等等掛在口邊，而命理師就乾脆誣衊『病毒是中國政府人工合成』，還指控『中國領導人完全知道真相』⋯⋯可謂舉不勝舉！

剛才萊恩提到有台灣媒體人說『中國打狗要看主人』，也令我想起一樣有台獨人士豪言『如果中國建京台高鐵，台灣幾千個恐怖分子就把隧道炸掉，那麼中國花了幾百億都只是弄個水庫，愚蠢呀！』竟然會有人形容自己是恐怖分子還得意忘形，不知道誰愚蠢呢？也不禁令人啼笑皆非！

不過，既然萊恩提到新疆，或者我也先補充西方及台灣遲早也會說三道四的西藏吧。也許大家有留意到，去年中國『十四五規畫』中，就將川藏鐵路列為六大工程計畫之一，與及官宣雅魯藏布江下游水電的開發等等。當中川藏鐵路不但將來能打通藏南地區的邊境補給線，對於西藏及南亞的軍事戰略、文化、經濟影響深遠。而雅魯藏布江流域的天然水能蘊藏量，就已經近億千瓦，因此對雅魯藏布江下游水電的開發，及對西藏自治區經濟社會發展均有重大意義。

我知道之前就有美國智庫指控，中國把藏民從農村趕去新建的軍事化培訓中心，把他們培訓成工廠員工，並稱此舉是官方在西藏展開的強迫勞動計畫。但事實真相是，西藏『不存在強迫』，相反，西藏民眾有強烈願望學習技術，政府也順應民眾之願望和需求，通過勞動力轉移幫助他們實現增加收入。大家可知，西藏在新中國之前是怎樣社會？藏民是低等的，如同印度賤民一樣，只有喇嘛地位才會崇高，看西藏喇嘛分佈世界過著好生活便知，今天中國西藏人民地位與其他族裔無分高低，教育及生活水準全面提升，而且還有女喇嘛。

因此，無論是新疆還是西藏，今天兩地人民都一直過著安居樂業的幸福生活，而且隨者『一帶一路』不斷發展、中國『十四五規畫』的疆藏開發、與及中國政府去年完成全面脫貧更有精力部署疆藏發展，三大利基都只會令疆藏人民生活愈多愈好。當然，去年中國完成全面脫貧，一樣令台灣反中人士冷言冷語，其中比較中立的台媒也如

此說，『大陸最後 9 個深度貧困縣脫貧後，陸媒便興高采烈地歡呼完成全面建成小康社會。陸媒藉機指出，美國尚有 4 千萬貧困人口，應該向中國學習。美媒隨即反唇相譏稱，兩國貧困標準不同，政府對貧困人口提供的救助更有天壤之別。若問是中國窮人願意來美國脫貧，還是美國窮人想去中國脫貧？結論不言自明。』

首先，中國完成脫貧不但成為發展中國家爭相仿效目標，而且視中國如仇敵的澳洲總理，都不諱言稱許中國脫貧能力；中媒只是平常心宣布，又何以招致這些吃酸葡萄之人如此不滿？再說，現在無論美國還是台灣的反中人士，還以為所有中國人都夢想要到美國，卻不知時移世易，早已桃花依舊，人面全非。在我認為，我不知道美國窮人會否想來中國脫貧，但就肯定中國窮人不會願意到美國討生活。先不說美國長年幾十萬人露宿街頭且近來不斷暴增，政府也不會無緣無故給中國窮人落地美國，重點是既然是貧苦一族，那就肯定學識及技能有限，加上言語不通，生活習慣不熟，到美國必做乞丐還要客死他鄉，因此無論是美媒反唇相譏，還是這些台灣人幫主人助攻，都只是廢話一堆，所謂反唇相譏，恐怕都是反笑自己。」

第 60 回

台友講金 藍營一再錯失良機

此時，主持人突然舉手：「或者由我發問今天最後幾個問題吧。有台灣人說今天台灣在美國國務院及參眾兩院都有很多朋友，但中國在美國政界連一個朋友都沒有，而且中國在國際輿論的聲音是非常薄弱，就只得外交部或幾個官方媒體的發聲，影響不了國際的大氣候，對此亞伯你是否有同感呢？」

亞伯笑道：「您剛才說的話也可以說是對的。不過，只是說對了一半。台灣的確在美國國務院及參眾兩院有很多朋友，但這些朋友心中只有四個字，那就是 NO MONEY NO TALK ！（沒有錢什麼都

不用說），在國際上很多從政的人都了解，台灣每年都要花龐大的經費，也就是綠營所指的秘密外交管道，用來酬庸很多美國及西方之智庫、學者、專家或傳媒，而這些經費收益者就是他們所謂的『朋友們』；當然，美國政治的大氣候就是反中，因此這些『朋友們』也樂於效勞，反正對他們來說也只是互相利用而已。

　　至於說到中國在國際輿論的聲音是非常薄弱，就只得外交部或幾個官方媒體的發聲，那只是時間上的問題。一方面我相信中國未來也許增強『人大』及『政協』的功能，令官方有多個管道發聲及靈活迎戰國際輿論。而另方面真相是愈辯愈明，時間是最好見證，中國的門戶開得愈廣，改革的步伐走得愈大；而世界的大媒體雖然和美國的利益千絲萬縷，但國際上的傳媒與美國沒有關係甚至不滿美國的數量更多，只可惜他們之中又大多從未踏入中國的國土去看看及報導；為此，中國既然對世界事務都走得對，站得正，所謂百聞不如一見，不妨設法如何去吸引及歡迎這數量更多的中立國際傳媒前來中國，要用他們的真實感受去報導，這比對台灣運用龐大的經費來收買，更顯得光明及更具效果。

　　儘管有錢使得鬼推磨，但面對全世界可以收買嗎？倒不如做好正道的推廣，身正不怕影子斜，我深信國際輿論真實的聲音，定必蓋過意識型態的親美媒體，而邪不能勝正，是可用時間來證明的。事實上，去年的世界一場大疫情，已經令美中逆轉加促，中國的朋友圈也一直不斷擴大。相對而言，單是美國智庫都有達千多個，而每一個都是 NO MONEY NO TALK，試問台灣綠營又能滿足多少個美國智庫呢？當然，站在綠營立場也沒所謂，因為除了培育一群反中的聲音彼能源源不絕地向國際傳播外，最重要是很多的支出都同時獲得利益，包括軍購方面，因此又何樂而不為呢？問題是台灣人民又能忍讓到多久，去滿足綠營把您們納稅人的錢去揮霍及進貢這些智庫呢？」

　　之後，主持人再問道：「曾經有台媒詢問過中國，自從中華人民共和國取代了中華民國後，『中華民國』這四個字，便成為兩岸長期以來的心結。而弔詭的是，中國一方面不承認『中華民國』政府的地位，但另一方面又不允許台灣改掉『中華民國』的稱號。對於這一點

你們有何看法？同時中國領導人向台灣重提『一國兩制』，不但綠營反對，藍營也堅決反對，你們又怎樣看法呢？」

　　亞伯笑嘆一聲：「中國不承認中華民國，又不允許改掉中華民國，其實一點都沒矛盾，也不知何來弔詭！因為對中國來說，中華民國已經不存在，既然不存在的東西，還改稱什麼？就比如清朝推翻明朝，人們可以不喜歡清朝這個稱號，卻沒可能要求清順治帝還用明朝這個名號吧。而中華民國推翻清朝，人們也一樣可以不喜歡中華民國這個稱號，但沒可能要求袁世凱還用清朝這個名號吧。況且，問題根本不在於中國允不允許台灣改掉『中華民國』的稱號，而是不允許讓台灣獨立成國。

　　就正如對於中國重申『九二共識』，陸委會曾說『**歷史已經翻過一頁，如果他們還沒翻頁，那就等他們跟上來。**』陸委會這樣說很好，因為按此邏輯，中國也可勸說台灣不要活在過去，中華民國的歷史也已經翻過一頁，如果台灣政客還沒翻頁，那就等台灣政客跟上來，可不可以這樣說呢？至於說到中國領導人向台灣重提『一國兩制』這個問題，我的看法是，首先藍營舊一代『獨台』意識甚深，且戀棧權位嚴重；我們大可回顧藍營執政八年，尚且有『清廉、和中、保釣』等建樹，但長年不改課綱還天真迎綠，內耗鬥藍便龍精虎猛，立院鬥綠就一籌莫展，在跋扈與無能之間，迫人民寧選前者。2020年1月綠營再度贏了大選，藍營內訌各大天王叫誰難辭其咎。

　　在較早之前，有台灣評論指『**因中國誤判令他們一連在台港政策大敗，至令台灣綠營及香港反對派大勝。**』老實說，中國核心領導層對政治砥礪琢磨，運籌帷幄，況且天下萬物必有兩面，與其說中國對台港政策大敗，不如說就讓台港選舉儘量滿足他們反中結果，讓兩地人民知道，當結果是這樣會否改變大氣候，還是比以往更差，說太多都沒用，唯有使其變成現實，經歷才得到教訓。就正如〈香港國安法〉去到最後一刻才推出，更令香港人民深刻體會中港兩地融合的可貴，所以當中國今年強化及完善『愛國者治港』，香港人民大多都樂見其成。至於說到綠營大勝，恐怕他們愈攬權愈不顧民生及社稷，愈令人民看的透徹，往後愈心中有數。

　　而藍營新一代也缺乏歷練，且受上一輩『反清復明』意識影響，自困愁城，令人遺憾；例如有青年部骨幹表示『**綠營沒能力處理兩岸關係，他們不懂怎樣要求中共不能用侵略及威脅的方式對待台灣……**』言下之意，即代表藍營可以要求中國不能做什麼，但已經說出對方是『侵略』，即呼之欲出說明台灣和中國不是同一個國家，且信心滿滿，可看出藍營上下仍然認為用『獨台』方式，依然可把中國手到擒來，但其實中國早已不吃這一套。

　　事實上，當藍營自己也說『九二共識』不合時宜，已經是失去話語權，也是最失敗的地方。我的意思是當中國領導人再向台灣重提『一國兩制』，其實是藍營不可多得收復失地的機會，只可惜又錯過了！怎麼說呢？如果當時藍營能以四兩撥千斤，順勢而上，大聲疾呼贊同『一國兩制』！但這一國就是『中華民國』！既沒改變藍營堅持『九二共識』之一中各表，更是『一中各表』之加強版，並化被動為主動，而不是順應綠營，變成無主孤魂，進退失據。

　　說到底，現在兩岸狀況本來就是『一國兩制』，『一中各表』與『一國兩制』有何分別？除非現在國民黨突然完全不承認『九二共識』，那麼便暴露出不承認『一個中國，各自表述』的尾巴，畫虎不成反類犬，變得不倫不類。也許，藍營是擔憂倘若中國願意『一國兩制』，而這一國是『中華民國』，此時，藍營便陷兩難，若答應即面對統一，就算江山交還藍營打理，藍營都無能為力達到中共統治之水平，最終一樣被中國人民推翻選擇共產黨。若不答應，即露出假面具，說愛及維護『中華民國』都是『獨台』的藉口，實質對中國又拒『統』又要『金』。

　　但是，就正如我之前所認為，中國怎樣忍讓用和平手段統一中國，都沒可能用回『中華民國』的名號，因此，藍營若有此擔憂，也只能說機關算盡，想過了頭；但若然沒有，贊同『一國兩制』但這一國是『中華民國』，如此一來，就把球交回中國這一邊，藍營便贏了面子，更贏了裡子，難道不是嗎？總的來說，藍營早已『失焦』，即使現在如何『中興』，都是於事無補！

　　我們再說回中國會讓台港選舉儘量滿足他們反中結果。也就是

說，中國從來都不在意美國選舉，更不會在意台灣選舉；因為無論讓『特離普』繼續連任還是讓拜登上任，美中兩國逆轉都勢難避免，但兩黨都會圍堵中國作最後衝刺，也就是沒兩樣倒不如順其自然。相對而言，如果台灣藍營當政，對中國和統有利，如果是綠營執政，對中國武統有利，何以這樣說呢？也許，綠營一向的用人唯親，濫權貪腐，清除異己，與及一意孤行的缺點，但早已被中國看透，所謂物先腐而後蟲生，那就讓綠營全面執政，讓人民看的清清楚楚，那麼即使將來武統，也許會是民心所向，順應民意。因此說中國對台港政策大敗，還是拭目以待，看看誰笑到最後吧！」

主持人笑道：「亞伯你的看法的確與眾不同，不知藍營會否重新考慮『一國兩制』呢？那麼，對於之前『王天王』曾想率團參加海峽論壇，但最終因央視主持人稱『**台海兵凶戰危，這人要來大陸求和**』而破局，你的看法又如何呢？」

亞伯說：「我也了解這起事件，更了解為何藍營最終取消此行，因為對台灣政客而言，『對等』和『尊嚴』一向是最慣常用的詞彙。而我認為一切都是最好安排！有台媒評論指，藍營不滿『求和說』而取消出席海峽論壇，由原本可以三贏變成三輸局面，當然指的是藍營、綠營及中國。但我真的看不出中國有何損失？首先，中國央視官媒說話，自然有其代表性，也就是自然經過深思熟慮，但為何中方預設前提令藍營知難而退，那就更值得台灣兩黨深思。

而綠營的矛盾在於，一方面固守逢中必反的意識形態，但另一方面又真的想聯繫一下中國，起碼試探一下對方想什麼，但苦於無適合值得相信人選，所以對於藍皮綠骨的『王天王』自動請纓就最適合不過。而藍營雖欲棄『九二共識』，但更想即使沒有『九二共識』，一樣可和中國建立如同往日之關係。而『王天王』就更不用說，選總統之時已經說明是當一屆，為自己歷史留名最明顯不過，現在『總統夢』不成當然也望另闢蹊徑，但對岸不是政治初哥，一切盡在掌握中；中國稍為打預防針，藍營即跳腳取消，卻不知道，不取消台灣只輸了面子，取消台灣輸的是裡子。

其實，多年來中國領導層除了曾經呼籲『一國兩制』，與及闡

明兩岸同屬一個中國之外，從來沒有對台灣說過任何一句狠話，即使是台灣政客天天在政論節目辱罵中國，在國際上用種種形式修理中國，甚至時常教導中國領導人怎樣『做人』，也最多針對較嚴重的事件上，只是通過傳媒渠道或所屬官方發言人回應一下，從某個角度來看，中國領導層一直忍耐從不惡言相向，也可說是向台灣『求和』，也就是說中國面對台灣，早就沒有『對等』和『尊嚴』，只因就是抱著『孔融讓梨』的心態，沒什麼大不了。更何況，中國從頭開始都一直在陽光下，無論說話及文字，都是開宗明義說明追求和平統一，那不是『求和』是什麼，難道是『求戰』嗎？

　　我實在難以明白，台灣兩黨何以對『求和』二字可以如此激烈反應，還疾言厲色要求中國主持人道歉。如果按他們的想法這樣都需道歉，那麼台灣上至官員，下至立委，天天均咒罵中國，那真的不知道該道歉多少回了。因此，我們從事件可以看到，就是因為中國知道『王天王』乃是藍綠共同代表，如果過來是代表綠營，就等同只要經濟卻政治免談，如果過來是代表藍營，也等同為藍營不要『九二共識』依然和中國關係不變背書，那麼對中國來說就乾脆不談，以免『王天王』回台綠營又再炒作，毫無意義。當然，『王天王』的雙面人，他赴中國其實對綠營而言暗裡是求之不得，奈何綠營計策早被中國看穿，做小小動作便輕易拆除；央視海峽論壇是錄播節目，又怎會事前不知，當然明白播出後所帶來結果。因此，綠營要中國道歉無疑是緣木求魚，自討沒趣。」

　　其後，主持人說道：「看來今天討論的時間也接近尾聲，有關今天早上亞伯你曾說台灣未來的『果』，都是之前一點一滴的『因』所造成，相信今天一整天也說了很多不同的『因』，對嗎？但不知道還有沒有其他補充呢？」

　　亞伯笑說：「是的！我們今天所討論的所有事，都是這麼多年來台灣政客及反中人士對中國所做出一點一滴的『因』。當然，就像陸委會新官也期盼兩岸『春暖花開』，但實質都只是順應一下拜登政府呼籲兩岸對話而已，所以才剛言猶在耳，即馬上藉『鳳梨事件』、『新疆事件』、『香港反對派判刑事件』等等回復本性！無疑，兩岸

景況可說是冰凍三尺非一日之寒，而我們所說的例子也只是冰山一角，滄海一粟，因此怎樣補充都只會沒完沒了，況且我們還有兩天的討論呢！無論如何，台灣政客及反中人士屢屢對中國口出惡言，如果說的都是真實話，都是中國的錯這樣還好，恐怕絕大多數都是子虛烏有，憑空捏造的居多，最令人遺憾的是還挾洋自重，助紂為虐，甚至落井下石。因此，這種長年累月積聚的不對等行為，最終便會造成不同的『果』，至於如何能化解這個『果』，與及如何能把被動變成主動，不要把自己變成豪豬，要把自己變成天之驕子，未來的兩天我們也會陸續和大家分析。」

主持人點頭笑道：「想來也是！好的，那麼大家就期待你們未來的兩天為我們再度分析了，今天的討論也到此為止，我們明天見，謝謝！」

在掌聲之後，亞伯師徒眾人也向在場人士鞠躬致謝！

第61回

重點溝通 考察民情世界難求

時間來到第二天，在熾熱的氣氛下，亞伯八人徐徐出場，掌聲不少，八人當中又以紫箸之掌聲最多，也許是首次踏上自己家鄉的舞台，紫箸也顯得有些害羞，不過仍然十分興奮。

主持人介紹完亞伯八人後：「也許大家不知道，為什麼今天蒞臨的在場人士，幾乎清一色是青春派呢？其實，這都是按著亞伯之要求，而今天來的絕大多數是青少年學生，與及不同階層之青年代表。因此，相信亞伯你們應該對我們這樣的安排很滿意吧，對嗎？」

亞伯八人即不約而同：「是的！非常滿意！」隨即也引來場內一片笑聲。

主持人問道：「我知道上週你在香港時候，在首場第一個問題就被問到為何亞伯你對政治方面特別感興趣？不過，其實我更好奇的

是，為什麼你特別喜愛和年青人談論政治？同時，又為什麼喜歡把談論政治的議題往往和你的魔術技能融合一起，相信，這也是在場所有的青年人都想知道的，大家說對嗎？」

只見全場青少年立刻起哄：「是的！」「是的！」……

亞伯笑道：「這道題我非常願意和大家分享，但在我未回答之前，或者我先和大家分享一個故事，好嗎？」

全場再度回應：「好啊！」「好啊！」……

沒幾，亞伯再運用他的魔術虛擬技能，把全場人士穿越來到中國古代周初時期，在一個成均學堂上，只見一個在平時裡不允許學生打瞌睡老師，今天卻竟在學堂上睡著了，而當他醒來的時候，就有學生問道：「老師為何今天會在大白天裡於學堂上睡覺呢？」

而老師就有點心虛：「因為周公有事求見，所以剛才我是去見周公了。」

聰慧的學生笑道：「原來如此！」沒想到該學生第二天在學堂上，也一樣呼呼大睡了。

於是老師便拿著戒尺把該學生打醒，並責問他：「你來學堂是學智識，不是來打瞌睡的！」

只見該學生隨即說道：「我也是周公有事求見，所以剛才我是去見周公了。」而其他學生就瞬間跟著哄堂大笑。

老師有點尷尬又生氣：「真的嗎？那周公和你說了些什麼呢？」

學生氣定神閒：「我也剛才這樣問周公，問他昨天和老師說了些什麼？但周公回答我，他昨天很忙無暇見客人，而且根本不認識老師你，所以他說昨天並沒有見過老師喔。」

此話一出，所有學生再笑個不停，而被拆穿謊言之老師就更無地自容，不知說什麼好。

此時亞伯又把全場人士在笑聲中帶回到現實世界，令全場的青少年開懷又驚喜。

亞伯笑道：「大家知道這個故事沒有出現的主人公是誰呢？」

不少青少年回道：「知道！是周公！」

亞伯：「那麼大家可知道周公是誰呢？」

只見全場不斷搖頭：「那就不知曉了！」

亞伯：「這一點也是意料之中，台灣多年的去中化，您們又怎會認識周公是何許人物呢？當然，我是外國人，所以我的認知也有限。我只知道周公是中國西周初期一位傑出的政治家、軍事家、思想家、教育家，而且還是個多才多藝的詩人。周公也曾經攝政七年，並完善了很多社會制度。同時，周公對易經創作也有貢獻，他也受孔子推崇，被儒家尊為聖人。而周公最讓後世認識的事蹟也有很多，比如『周公之禮』及『周公之夢』等等。甚至在唐朝，詩人白居易也有一首詩是提及周公的，您們又知道是哪一首呢？」

全場再度搖頭，表示：「不知曉！」

亞伯：「白居易這首詩其中後四句是這樣寫的：『**周公恐懼流言日，王莽謙恭未篡時。若使當初身便死，一生真偽複誰知。**』而這四句的意思是，周公這樣的大忠臣也會被流言所傷，被大家懷疑的日子；王莽這樣的亂臣賊子也曾帶著謙謙君子的假面具，被大家稱讚的時候。如果這個時候他們都死了，那麼後世的忠奸之分便沒人分得清楚了。說到這裡，大家又認為這首詩的意境及目的是什麼呢？」

一如亞伯所料，在場青少年百思不解。

亞伯笑道：「不要緊，這首詩的意境及目的，就是告訴大家看一個人不要只看一時，而是需要長時間觀察。也就是說『路遙知馬力，日久見人心。』就比如說當周公在攝政期間，萬一流言四起時就死了，那麼他留下的一定是篡權奪位的罵名；同樣，如果王莽在未篡位前就死了，那麼他留下的一定會是謙恭有禮的君子美譽了。所以在世間上，任何好人都有被誤會，與及被誣衊的時候，而任何壞人也同樣都有被讚賞，與及被歌頌時候，問題是周圍的人究竟被蒙騙多久；因此，學懂明辨是非，拒絕盲目附和，無疑是一個聰明人，特別是青少年，更加要明白上述道理；基於這個緣故加上現今年青人熱心政治卻易受政客煽惑，所以這也是我喜歡和他們分享政治看法的原因。

但話說回來，其實政治本身是一個很沉悶的東西，尤其是我喜愛和年青人交流，所以我更加會保持三種特色。其一，既然主要是和年

青人談，所以不能太深奧更不能太傳統，重要是深入淺出令您們易懂吸收。其二，是過程中即使您們不問我，我也會多問您們，剛才也說政治是沉悶的，如果過程中只有我說沒您們說，那就很容易聽者不會見『周公』，講的人也打瞌睡了，可是我只想做我的魔術大師，卻不想做催眠大師喔，大家說對嗎？」

全場青少年再度開懷大笑：「是的！」「是的！」……

亞伯：「而且，當我多問您們，同時間也會啟動您們思考腦筋，便不會您們只是聽我討論問題，卻不會思考問題甚至去解決問題。至於最後一點也是最重要的，人們都說政治這個東西，每人都有自己的立場，因此最重要是大家溝通，哪什麼是溝通呢？不就是互相交流嗎？而且大家互問問題，不但此刻您們明白我的想法，同時間我也能了解您們反應，我可不想成為『一言堂』喔！」

亞伯再度言之有物，令在場人士忍俊不禁。

亞伯：「當今世界各地很多的從政的人，就只有他們說沒有您們說，這才會造成他們剛愎自用，一意孤行的現象；也唯有大家都知道對方大約的想法，那才是真正的溝通，說到溝通我也想舉一個例子。也許您們有一部分人聽到會有些不快，因為我說的例子就是指中國的領導人。

在當今世上，我就只有看到這個國家的領導人，才會久不久便到各省各區甚至下鄉調研，也許您們又會說這都是政治秀，但我認為沒關係，即使是政治秀，只要領導人與民間有了接觸，最低限度人民已經問了他們想知道的問題，而領導人也曉得人民現在最關心的事情，好讓他們能從善如流，令人民『有感』。我記得巴西前總統曾說過『傾聽民意是中國成功之執政秘訣！』而更值得留意是，中國領導人注重傾聽民意，西方是反過來要人民傾聽候選人之說話才選出心儀的總統，可謂本末倒置，南轅北轍。

況且中國這麼大，領導人處理國內外之事定必錯綜複雜，日理萬機，能久不久便抽出時間到各地考察民情，看得出他們是出於真心而不是做秀；起碼我從來沒見過我國（美國）或您們的領導人到『凡間』走走問問。噢，不對！有的！就只有選舉或大災難發生後的時候

吧，目的也太明顯了，不過也只是坐著防彈汽車，或站在裝甲車過場走走，而不是深入每個家庭問問，他們始終不了解人民想什麼，關心什麼，也許從這方面我們大約便可知誰最關心人民，哪種制度對人民更好，您們不妨多多思考，相信答案便不難找到。

最後，我想說的是，我沒有絕對政治立場，但看到台港兩地民粹流行，特別是台灣，當政者鮮有從根源解決問題；因此，我希望用較輕鬆的手法交流，甚至融入一些虛擬表演，也許較易喚起青少年興趣從而用正確的思維去觀察事情，甚至祈願大家能用將心比心之態度，去化解台港人民的內心積怨，這就是我思、我想做的事。」

主持人即說：「這樣很好，只要不偏不倚，相信是大家樂意聽取的。另外，我知道大家都聽過你們在香港的時候，曾經引用『人生如戲，戲如人生！』的用語，去把很多歌影視方面的作品來形容政治，特別你提到《小寶與康熙》也聯想到兩岸關係，令到很多青少年共鳴，不知道今次在台灣，又會不會再次用不同的歌影視故事去借『故』諷今呢？」

亞伯點點頭：「會的！我們也沒想到反應這麼好，因此今次在台灣，我們也會嘗試用此方法再和青少年們溝通的，而這一方面我們就集中留待中午過後才討論吧，大家說好嗎？」

全場隨即回應：「好啊！」「好啊！」……

第62回

炒熱印度　超越中國談何容易

主持人也順應一聲：「好的！大家就期待下午過後你們的精彩論述。或者現在就交由青年代表先去詢問一些他們關心的問題吧。」

隨後，即有青年代表問道：「我了解西方和台灣近年都炒熱印度，很多專家都看好印度將來會取代中國成為 GDP 排名第一及世界最強大的國家，不知亞伯你們又是否認同呢？」

　　亞伯笑道：「說到印度這個國家，我記得在香港第一次演出時曾提過它是沒可能會超越中國的，並說如有機會可以再聊，今天真的有機會了。當然，我無意去詆毀他們，但若論很多專家都看好印度，將來更會取代中國成為世界最強大的國家，那未免是一廂情願。首先，我一直向大家多次說過，台灣人民一直忽視中國一項最大的優勢，就是人口紅利。不過，水能載舟亦能覆舟，人口紅利的相反就是人口負累，而印度就是一個最典型又是世界唯一的例子。

　　同樣是人口眾多卻結構不同，印度 15 歲以上的識字率只有 69.3%，大家可以看到文盲在印度是相當普遍，而中國現在已經幾乎沒有文盲；同時，中國到目前已經有超過 15% 人口具有 4 年大學教育或以上的水準，多所大學更列入世界百大排名榜；印度卻只有 4.5% 人口具有 4 年大學教育的水準，而且印度有多達 32.6% 人口最多只有 6 年小學的水準。都說教育是每個國家前途的未來，我們從教育便可看出中印之差距。再來，中國每萬人病床數 63 張，印度只有 7 張，中國每萬人醫師數量 28 人，印度只有 7 人。

　　再看其他方面，中國去年全面脫貧開始步入小康，印度貧民窟居住環境卻難以想像，市區有些小巷只可一人穿過或者過胖的人都很難走過，卻往往這樣的狹窄小巷住上幾千戶人家。在現今科學昌明的世界中，印度現在還存在古代的種姓制度，將人民分成四個階級：婆羅門、剎帝利、吠舍、首陀羅。另外，在四階級之外還有旃荼羅，也就是俗稱的『賤民』。也許世人看過韓國的《大長今》或《同伊》，才知曉什麼是賤民，沒想到 21 世紀依然存在。而且印度人的祖先是旃荼羅，那麼他就是旃荼羅，他的後代也是旃荼羅，幾乎不能翻身。同時，他們階級分明，低的階級要為高的階級服務，不能混雜。的確，走訪印度街頭，您會很容易遇到許多首陀羅或旃荼羅，他們不會也不懂計較自己卑微，也從不越軌會做自己該做的事，而賤民不但沒有姓氏，且只能做危險及汙穢工作。

　　另外，印度只有 2% 人口需要交稅，雇主也付現金不用為員工社保，1% 富人擁有全國近 80% 財富，國家重要資源只落在 3% 人手裡，完全富可敵國。再來，印度還是一個多人種、多民族、多語言、多宗教、多種姓的國家，在這裡不僅有印度教、佛教、耆那教、錫克

教，還在不同歷史時期接納過伊斯蘭教、基督教、拜火教和巴哈依教等。由於民族眾多，語言複雜，印度共有 1652 種語言和方言。其中憲法規定的聯邦官方語言，就已經高達 22 種。

當然，印度還有性侵案之多，難以形容！2019 年就超過 40 萬起，平均每天發生 87 起性侵案，甚至去年底會出現印度婦女在路上行走先遭 5 名男子強暴，事後向警方求救時再遭警局人員接力性侵；另外一名 16 歲少女竟然在 6 個月內遭到 400 人強暴，這種駭人聽聞的事情，相信也只會在印度發生；可看出在這裡婦女權益欠奉，也毫無地位可言。不過，還有兩點天生是印度永遠難以超越中國的，其一是民族的素質，印度人民普遍自由渙散、懈怠懶惰，與及我行我素的個性，這與中華民族普遍的勤奮積極、刻苦耐勞，與及團結一致之性格，完全是天淵之別；其二是不像中國資源全面兼且豐富，印度很多東西都不足匱乏，尤其在疫情期間，從華進口依賴度更逾五成，加上能源、水源皆缺，因此印度要超越中國，又談何容易。

再說，印度近來似乎積極配合美國以『印太戰略』聯合抗中，但另一方面卻招來中國也和伊朗簽下了長達 25 年的全面戰略合作關係，不但令美國感冒，印度也不好過。需知道在地理上印度與中國接壤之外，共同接壤的國家也有巴基斯坦、阿富汗、不丹、尼泊爾、緬甸五國，而印度其他接壤的國家還有孟加拉，及南面面對的斯里蘭卡及馬爾地大等，關鍵是以上的國家，幾乎和中國的關係更好，特別是巴基斯坦和阿富汗；而印度與伊朗之間就只隔了巴基斯坦，因此印度選擇了親美，也導致伊朗與印度關係變壞。而伊朗也是印度洋國家，可以說，沒有一個印度洋地區的國家是喜歡印度的，因此印度若結合美國而組成『亞洲版北約』，必引來四面楚歌，也許中國不用出手，有需要『兄弟』就已一擁而上。」

萊恩：「我也留意到台灣近年炒熱印度，甚至有人指中國周邊仇人多之說，但現實是剛剛相反，恐怕周邊仇人多，對印度來說更貼切。看看印度與周邊所有的國家都有紛爭，不止中國，和所有鄰國關係一直都不好。這和中國周邊的國家完全不一樣，中國與周邊地區都相處融洽，除了台灣及印度，至於日本及越南也只是覬覦釣魚台列島和盤算南海之利益才偶爾和中國發生拗撬。

　　另外，有台灣評論說『如果中印發生戰爭，兩國關係將徹底變為仇寇，造成雙輸局面，對中國來說會得不償失。對於亞洲鄰國來說，中國是個令人望而生畏的龐然大物。中國倘若無法管控與印度的邊境矛盾，甚至爆發戰爭衝突，必然會坐實和加深周邊鄰國的恐懼。』可看出，這篇評論又是醉翁之意不在酒，實質是暗指如果兩岸發生戰爭，兩岸將徹底變為仇寇，造成雙輸局面，對中國來說會得不償失。但我也持不同看法。首先，印度人一直認為在人口紅利方面和中國不相伯仲，旗鼓相當，從而日盼夜盼會超越中國；其次，印度與周邊敵對的國家都反而和中國友好，所以看在印度人眼裡，根本從來不會和中國談什麼友情，就只有中國一直努力和忍讓印度，邀其參加『上海合作組織』、『一帶一路』及『RCEP』就是最好例子。

　　為此，倘若中印發生戰爭，幾乎可以肯定挑釁一方是印度，所謂徹底變為仇寇，既非中國所願也罪不怪中國。同時，印度與中國為仇，拒合作『一帶一路』及『RCEP』而成為經濟輸家，是顯而易見。因此所謂中國也『輸』，不知從何說起？對於亞洲周邊鄰國來說，中國如果能教訓一下印度，可能更令部分長期受印度欺負的鄰國叫好，又何來加深周邊鄰國的恐懼之說？也許，印軍認為有能力發動一次入侵戰爭以報 1962 年之仇，但若真要開戰，局勢絕對不會按印軍的設想發展，印軍將面對第二次中國反擊戰的打擊，而且更慘、更徹底，可謂毫無懸念。

　　前一陣子，印度一場疫情令確診病例數字僅次於美國，但印度貧窮人口眾多，在無力檢驗下實際數字肯定無法想像，當然這也不算是隱瞞真相，因為根本不知受感染，只能自生自滅，而今年染病數字暴增，可謂意料中事。而除了疫情，國內還抗議騷亂不斷，台灣的科技公司去年在印度就發生暴力打砸事件，這除了凸顯印度社會治安環境不良之外，也折射出台灣政府力挺印度都只是一廂情願，更是『新南向』處處碰壁的最佳例子。」

　　格林：「印度去年跟隨美國頻繁打『台灣牌』，而台灣也樂於配合，外交部更稱將爭取與印度『共用情報』。事實上，印度是一個多民族的國家，在歷史上也是分離遠多於統一；說真話，印度現在還有不少武裝組織一直要求獨立建國，這些武裝組織甚至更多次尋求中國

的支持，但是中國政府為了維護中印友好及安寧，加上一向堅持不干預別國之內政，才會拒絕了這些武裝組織的請求。因此，如果印度不尊重中國的統一和領土完整而頻打台灣牌，又或者聯合美國搞『印太戰略』或『亞洲版北約』，一旦動了真格，勢必引火焚身。

由於邊境問題多次與中國陷入緊繃之際，也同一時間敵對巴基斯坦、尼泊爾等，可謂蠟燭幾頭燒。事實上，印度雖不與任何國家建立軍事同盟的不結盟主義，但無可否認，印度明知不是中國的軍事對手，依然屢屢在邊境向中國發難，主要原因也是基於美國與中國不斷衝突，認為中國無暇照顧，加上美國撐腰，因此印度才有有恃無恐，屢屢挑釁中國，無所顧忌。

我也看到有台灣人說『若中印邊界及南海爭端激化，中國與周邊國家之間『信任赤字』勢將擴大，北京四處亮劍不足以成事，反助勢美國脫鉤中國。』而我當時便認為，美國沒能力脫鉤中國，即使真的脫鉤，也可在需要時候從新鉤上。事實上，歐洲也試圖擺脫美國，加上疫情關係就更需中國經濟。而印度也絕不敢動中國，因此與周邊國家之間『信任赤字』擴大，是言過其實。同時，巴尼多國矛頭指向，現在還多了伊朗，印度當然有自知之明，評論中所謂四處亮劍，實質意指中國北京向台灣亮劍，同樣是指桑罵槐，路人皆見。

再說，世人皆知，印度和澳洲有一個很相似的地方，那就是都喜歡欺凌周邊小國。而台灣和澳洲亦有一個很相似的地方，那就是都『欲想』欺負中國，兩者都同樣天天罵中國，但台灣的經濟利益，卻近五成來自中國，而澳洲的經濟利益，亦有近四成來自中國，這『不正常』之現象，去年年底澳洲終於打破，而台灣又是什麼時候呢？這才是您們應該想想的。

至於說回中印轉捩點，可能在未年幾年後便會發生，首先隨著中國『十四五規劃』展開，一方面宣布川藏鐵路動工，另方面起動雅魯藏布江下游水電開發，都足令印度『恨錯難返』。川藏鐵路除了是中國落實經濟治藏方略的重大舉措外，也將是徹底解決解放軍在中印邊境的後勤補給問題。而雅魯藏布江水電開發也有助孟加拉等南亞諸國，卻讓印度面臨水資源的安全威脅。無疑過往基於維護中印友好，

中國才一直拖延，現兩大項目同時啟動，印度可謂自取其咎。再加上中國科技近年大躍進，中印國力只會愈拋愈遠，無疑，當中國到達發達國家水準，GDP 增速自然會放緩不及印度，但若說印度整體會超越中國，在資源不及中國全面，科技不及中國先進，人民不及中國勤奮等等情況下，恐怕都是鏡花水月，是不可能的任務。」

第 63 回

認 識 中 國　知己知彼百戰百勝

另一青年代表則說：「我本身也沒有政治立場，所以我也非常認同亞伯你主張看事不看人，對於昨天你們說了這麼多台灣傷害對岸的事情，老實說當中有很多事情我都沒有你們這麼清楚，也認為有不妥之處。但我對大陸仍然很陌生，他們這邊真的這麼好嗎？可否舉一些例子以茲證明。」

亞伯笑道：「您能了解到台灣也有不妥之處，就證明您是一個明辨是非，拒絕盲目附和的人。而您願意了解中國是否真的這麼好，也等於抱著『欲窮千里目，更上一層樓』的心態去看綠營所謂的敵人，這就更為難得。所謂『知己知彼，百戰百勝』，如果連對方的斤兩有多少都不清楚，便放言炸別人核設施毀別人三峽大壩，都只是空中樓閣，自吹自擂而已。至於中國是否也有很多好的地方，同時又是否都是我們說恭維話，還是說老實話，那麼就唯有您們去考究才能得知答案了，或者就讓他們所看到的先和大家分享吧。」

謙新：「首先我當然想到大陸的脫貧攻堅成就，已創造了人類反貧困史上的中國奇蹟。這也是中國歷史上第一次，所有人民都能溫飽，加上全國普及十二年義務教育，成果受到包括西方國家在內的國際社會一致肯定。此外，有著 46 億年的地球，因為氣候地理等因素的不同，世界各地的土壤都存在不同差異，有些是貧瘠乾旱，有些是富饒沃腴。而中國卻占據了世界最為優質的土地，不但地大物博，而

且資源豐富，這都是上天的恩賜，基本上什麼都不缺；而這片的人間樂土，台灣人民不應捨棄，而應也把她變成自己。

我們或可看看中國的深圳，40 年的驚人進步世界有目共睹。深圳還有一個中國最大的特色，如果美國以前是世界追夢者的樂園與及是世界的種族大熔爐，那麼今天的深圳就是中國人追夢者的天堂與及中華民族的聚集地。來到這個地方，您們也會發現這裡基本就是小中國，巧合的是深圳也有『世界之窗』，建著世界各地名勝的小人國。現實生活中，這裡幾乎是中華民族團結聚在一起，一同奮鬥，一同努力的示範區。往日只說廣東話的小漁村，今天卻變成國際大都會，令人神往。深圳每十個人就有一個老闆，創業密度也穩居全中國第一。40 歲對於一個人來說是黃金之年，而 40 年對於一般城市來說應該變化有限，但深圳 40 年卻銳變驚人，但她才只是開始，也許未來她變的不是在量而是在質，變的更完美。

我們再回頭看看台灣，有市長說『大巨蛋該解決了、不會拖了。』莫說是領導人、市長或立委，選前就萬事皆能，選後就萬事無能。無論大巨蛋或桃園捷運，都可看出台灣如何歲月蹉跎，而大陸又如何一心一意為人民，十天便能建起武漢方艙醫院救人。而可與桃園捷運可比的，德國柏林新國際機場早前也終於啟用，這座機場因為結構問題及貪腐等緣故，從原定 2011 年落成的新國門卻一延再延，期間還一度淪為大型停車場，供汽車公司租用，這無疑是重創了德國人引以為傲的工程技術及誠實的商業信譽。再比對北京大興機場，中國人用了德國人少一半的時間，卻建好一個比德國大一倍的機場，預算費用也比德國人低很多。而作為『新世界七大奇跡』之一的北京大興機場，也引來世界好評如潮，美國 CNN 更形容是全世界最激動人心的建築。

此外，北京去年也實現了『一區一書城』和『打造 15 分鐘閱讀圈』的發展目標，而廣東亦深耕全民閱讀，在開卷有益的氛圍下，現在各地書店、圖書館隨處可見。大陸努力提升國民閱讀文化，對文明社會勢成正比，這與台港青年卻熱衷政治訴求，虛耗寶貴光陰，完全是兩面情；也許，抱著『小確幸』心態過活不是錯，但人生苦短，渾渾噩噩度一生豈不可惜？！」

　　大榕：「如果大家有留意，中國早已取代美國，成為世界上擁有最多駐外機構的國家。其實中國對外官方機構超越美國是最正常不過，有說世界每一角落都見到中國人，中華民族遍佈全球，而且人數眾多，單是為服務海外華人，就有此需要。而與此同時，中國在外地的領事館，也愈來愈漂亮，而且大多不貴乎豪華，而貴乎大器，令海外華人也有尊嚴和吐氣揚眉，隨著『一帶一路』成長，及中國影響力愈深，駐外機構也會愈多及愈大。此外，我們可以看到，今天的中國，給我們拜年的外國領導人一年比一年多，學習中文的外國人也一年比一年增長，而中國也提倡世界命運共同體，這都是文明社會的相互尊重、和諧共處最好例證。

　　眾所皆知，大陸的建設向來都有長遠計劃，有台灣人常譏笑大陸是面子工程，其實不然。看北京奧運會留下的鳥巢或水立方，到現在使用率仍相當高，未來為 2022 年北京冬奧興建的京張高鐵及冬奧場館，也是長期為張家口雪上經濟滑雪產業鋪路，這都是中國有別於很多國家，可為長遠計劃而事先規劃。當然，中國人一向講求智慧，所謂靠山吃山，靠海吃海，因地制宜，化腐朽為神奇，無出其右，也備受國際推崇。例如中國 2014 年將黃河凌水引入沙漠，不僅降低了黃河所帶來的洪澇災害，也解決了沙漠中缺水，可謂是一舉兩得，但中國人把沙漠變綠洲不是最可怕，最可怕的是，在沙漠裡還種植水稻、農產品、馬鈴薯等農作物，甚至居然在沙漠裡成功養殖了螃蟹，讓外媒紛紛報導。

　　而去年中國推出的《民法典》，也可視之為大陸社會生活的百科全書。它既突出保護人民的名譽權、隱私權等重要權利，更明確規定人民享有隱私權，例如私密空間、私密活動和私密資訊等方面，任何組織和個人不得以刺探、侵擾、洩露、公開等方式侵害他人的隱私權。可以說香港『毒果』帶來的『狗仔隊』風潮，從此便得到規範化，是真正的維護人權，更是真正履行了孫中山三民主義之民權主義，影響深遠。」

　　而從未在自己家鄉討論過政治的紫箬，此時也發言了。

　　紫箬帶點害臊：「我看過去年有台灣專家指『中國積極考慮加

入《CPTPP 跨太平洋夥伴全面進步協定》只是一廂情願。』也有專家指『難度很高，甚至是不太可能，中國最大的兩個障礙分別是對國營企業的補貼和網路的封鎖，這兩方面中國根本不可能做到。』但可能專家們搞錯兩個方向，其一，中國最早是受日本邀請加入，而不是自己提出加入的，所以才會稱『積極考慮加入』。儘管有日本官員後期又表示恐怕有難度，但對中國而言也沒所謂，事實上『CPTPP』與『RCEP』組成之國家有很大重疊，加入無疑可提速深化自身改革卻不是唯一途徑，兼可防範美國回歸後攪局，否則也棄不可惜。其二，中國做事向來說到做到，在沒有充分考慮各種利害關係是不會說出來的，這與台灣的政客喜歡說一套做一套，是完全不同的。

當然，也有台灣專家指『大陸加入 CPTPP 目的是圍堵台灣。』與及『如果大陸先加入 CPTPP，台灣更難加入 CPTPP。』實質即使大陸不加入『CPTPP』，甚至美國拜登政府最終重返，但基於大陸早已申明台灣參加任何區域合作組織都必須遵守一個中國原則，『CPTPP』內有東盟多國，都不敢容許台灣加入；況且說大陸要滿足『CPTPP』的條件充滿難度，難道對台灣面對各項開放便沒有難度？因此，台灣欲加入『CPTPP』，才真正是一廂情願之舉措。

至於《CAI 中歐全面投資協定》明明打算去年底簽署，其後美國及波蘭反對泛起漣漪，當時即有台灣人認為美國拜登回來，歐洲定必迎接王者歸來，對和大陸合作定必三思而後行。實質美國前總統已經傷害美歐互信，不竟美國拜登政府也是四年，四年後誰能保證不會重蹈覆轍？相反，當年大陸超越日本成世界第二最大經濟體，只是短短十年其 GDP 已經是日本的三倍，如果一直拖延，歐洲再找回大陸談條件，恐怕大陸更加今非昔比；想到這裡，歐洲已經不容太多考慮，故此協定還是於去年底簽署。

當然，由於美國持續的煽動及挑釁，歐盟今年初和大陸因涉疆人權相互制裁問題，又緊急叫停凍結『中歐 CAI』，但相信實際最終會大於姿態，當事件靜了下來就會馬上重新啟動。況且，『中歐 CAI』共談了 7 年，該談的也早已談完。由於『RCEP』的壓力太大及疫情重創歐洲，加上大陸對市場的讓步及開放之多很難抗拒，特別是開放

歐洲企業投資飛機製造、雲端服務、金融和醫療等行業，而金融服務領域又是英國之強項，再拖延萬一被美英捷足先登更得不償失，因此相信協定最終也會遲早正式生效，可謂毫無懸念。

此外，當初綠營揚言封殺，執政後又冀望續簽的『ECFA』，很多人皆深信大陸為拉攏台灣人民，絕不會宣布廢止。不過，我可不這樣認為，大陸對政治操控靈活，絕不是藍綠諸君可比的，讓『ECFA』在到期日取消毫無意義，不如繼續讓子彈飛更好；隨著『RCEP』明年初運行，一旦對台灣的經濟傷害開始浮現，再等到台灣經濟靠大陸支撐完全明顯及密不可分時候，這才是時機成熟。

我們再說回『RCEP』，儘管綠營表示『RCEP 已經談十幾年了，**政府與業者早已超前部屬，衝擊不是那麼大。**』但實際上，2019 年單是『RCEP』經濟體便占了台灣外貿出口達 58%。『RCEP』對台灣未來之石化業、紡織業、工具機、鋼鐵等產業因關稅劣勢將首當其衝，也許台灣樂觀派認為台灣只要有電子通訊產業便可撐著半邊天，但其實電子通訊產業也是日韓兩國的強項，若果《中日韓自貿協定》也簽署，三國在這方面緊密整合，甚至大陸將來彎道超車用其他的晶片發明取代台灣的矽晶片，那就更無法想像。事實上，據匯豐估計『RCEP』於 2030 後占世界一半 GDP 看似誇張，但實質上也很大可能；需知單是智識版權，『RCEP』一國申請 15 國便同時擁有，中國 14 億人口及科技不斷進步，將來擁有智識版權更多，而且未來的科技包括 5G 及 6G 產品、航太產品、人工智慧產品及大數據，定必主導了世界經濟，而這些又偏偏是大陸之強項。

此外，大陸提出以國內大循環為主體，並非台灣一些人認為是為了應對新冠疫情挑戰的權宜之計，更不是要關起門來搞『內循環』，大陸現在已經擁有中等收入人群超過 4 億，並預算在 2035 年時，中等收入群體翻一番增加到 8 億人左右。我了解今年有華裔學者表示不只大陸經濟總量超越不了美國，而且會在 2035 年出現經濟增速低於美國的現象，而他的理由就只是大陸生育低令勞動力下降。不過，大陸全面崛起又豈會單靠勞動力？可看出這些反中人士如何頭腦簡單；再說，生育低既不是永遠，而且生育低與養育條件高息息相關，當政

府只要有需求，到時候設法鼓勵及完善生育津貼便好；而事實上，大陸今年中才公布人口普查結果，較上次相比又增加了 7206 萬人，也正好給這些詛咒者又打了一個耳光。

說回大陸的『雙循環』又意味著什麼呢？是告訴大家，一方面的『外循環』，是代表著不會放棄人類命運共同體的主軸，即世界各國共榮共享；而另一方面的『內循環』，是代表著單靠自身發展也可自給自足，不會懼怕世界任何強權藉著貿易堡壘或技術封鎖就可要脅大陸，這包括了萬一實現武統的制裁。而隨著大陸經濟發展規模不斷擴大，14 億多人的市場規模潛力有望進一步釋放，這種優勢既提供『內循環』之驅動力，也兼顧到『外循環』之吸引力。

我了解有綠營學者最近也指『中國兩位領導人不一致、不同調，一位要自立自強，建成強大國內市場。一位要國際化，要國企改革及破除民營企業各種壁壘，但究竟他們最終是注重國內還是國際發展呢？要國進民退還是國退民進呢？顯示出二人之分歧和衝突持續。』可看出這些學者不懷好意，也根本未搞清楚大陸的『雙循環』概念，實質大陸沒有分國內、國際誰是輕，因為兩者都是重！也沒有分民企國企誰是退，因為兩者都是進！這就是『雙循環』發展格局，也是全球唯有大陸才能做到；而大陸領導層向來是分工合作，絕不是綠營學者小鼻子、小眼睛想像的分歧和衝突，因為大家格局不一樣，所看到的事情及高度自然截然不同。

而隨著『RCEP』及『中歐 CAI』分別於明年初及未來遲早正式生效，我實在無法想像綠營還可信誓旦旦，對未來仍充滿信心。當然，有台灣民調顯示竟然有三成人認為台灣實力超過大陸，也許綠營常用的愚民政策可以麻痺人民，至今台灣有三成人以為自己實力超過大陸，但經濟增長重在總量，經濟發展重在品質，而經濟好壞人民是最容易從生活上感受到，這又能騙的多久？而這所謂的三成人中，又怎不想想如果台灣實力超過大陸，那麼為何 130 多國的商企會湧向大陸不到台灣呢？您們說對嗎？」

全場對紫箬首度作有關經濟論述致熱烈掌聲，並回應：「對啊！」「對啊！」……

第 64 回

科技治國　全球華人息息相關

　　而剛才的青年代表也續問：「你們一直也強調中國近年來科學大躍進，那麼可否為我們介紹一下，同時你們認為這與台灣又有什麼關係呢？」

　　湫彤：「也許您們都知道，1990 年美國僅用 20 天利用 GPS 系統精確擊敗伊拉克，震驚世界。又或者您們都知道，1996 年的台海危機，中國向東海海域發射了三枚導彈，但第二、三枚導彈在發射後失去了蹤跡，最後才發現失敗原因是因為美軍在 GPS 上動了手腳，令導彈偏離了原定的落點位置，從而促使中國發展北斗。但相信您們不會知道，55 顆北斗系統的背後，龐大隊伍人數竟有 30 萬人之多，您們也不會知道，北斗團隊平均年齡才只有 31 歲，比國外同樣工作者年輕了十幾歲。

　　當然，也相信您們不會知道，2008 年汶川地震，震中地區信號全失，首批到達災區的戰士，正是通過攜帶北斗衛星導航系統，發出了地震重災區第一束生命急救電波；因為有北斗相助，他們拯救了無數同胞的生命，可看出北斗是如何重要。更相信您們並不知道，原子鐘是導航衛星的心臟，如果原子鐘有 1 秒誤差，就意味著衛星定位會偏離 30 萬公里！ 2005 年，中國建設的北斗二號系統的原子鐘便發生問題，原本談好從歐洲引進，但人家突然說技術封鎖，也迫得中國最後成功製造出『中國心』之原子鐘。

　　說到這裡，我很想問問大家，我常看到台灣媒體有少許成績便說『台灣之光』，假設北斗是由台灣人造成的那算不算是『台灣之光』？如果您們懂得說當然，那麼您們只要換了一個角度去看，北斗也許不能說是台灣人造成，但就可以說是『台灣之光』！為什麼呢？您們去看看北斗的背後的龐大隊伍人數竟有 30 萬人之多，他們都是來自中國不同的地方，因此都是『中國人』之光，也是全中國各個地方之光。那麼，台灣人若果承認自己是『中國人』，那很自然北斗也

是『台灣人』之光，或是『台灣』之光了。還有，北斗只是其中一個例子，倘若您們認為中國近年的高鐵、華為、支付等一切科技都是『中國人』之光，只要您們承認自己是『中國人』的一分子，那麼結果都會是一樣。

當然，此時您也許又會說北斗既然不是台灣人所造，相信台灣人也不會沾別人的光。而我也非常認同您的說話，不竟台灣年青人是有志氣的！不過，只要您不排斥我剛才的比喻，那麼事情便好辦的多。也許，現階段北斗不是台灣人所造，但是別忘記北斗的壽命無論原先設計有多久，它都會有老化或其他原因影響其使用壽命，但只要北斗有生存價值的一天，北斗自然就會變成永垂不朽！因此，今後北斗仍需團隊不斷的監察、收復甚至更新，如果團隊只有十人八人，台灣年青人可能難以參與其中，但團隊現在是高達 30 萬人，難道台灣年青人都沒有信心成為將來的一分子？

縱然，台灣年青人是有志氣的，但更是有創造力的！我深信您們一定能做到，而且中國人常說長江後浪推前浪，一代新人勝舊人，未來的台灣年青人也許在更新北斗的任務中，或者能發揮所長貢獻更大，請記著世事無絕對，一切都是有可能！最後，我還想說去年平安夜的高雄無人機燈光表演活動中，一場燈光秀精彩絕倫，最終被爆出原來都是大陸所製，儘管綠營市長此時也無奈地表示設備大陸製也很正常，然而，這也正好說明在科技領域中，台灣暫時很多方面都不及大陸，但也可兩岸共融，例如今次燈光秀利用大陸的設備與台灣的設計，不是一場很好的合作典範嗎？」

蔓荷：「當大家了解去年底『嫦娥 5 號』的任務，並成功把 2 公斤的月壤送回地球。但別忘了，中國的另一個月球任務，『嫦娥 4 號』仍在月球上運行，而它也一直在月球的背面默默地工作，這都是世界上暫時沒有一個國家能做到的。同時，『嫦娥 5 號』返回艙已經攜帶月壤回到地球，而『嫦娥 5 號』的軌道艙卻還在太空中，它已經成為太空垃圾了嗎？不是的，它仍留在地球軌道，並且已經接到數次變軌指令，前往離地球 150 萬公里之『日地拉格朗日點』執行新任務，為今後探索木星和土星而鋪路。

　　同時，『嫦娥5號』留在月球的著陸器在完成採樣和起飛的支持作用後，就永遠留在月面上，也許它一樣有新任務，但沒人會知道。而展望未來，『嫦娥6號』計劃在月球南極進行採樣返回；『嫦娥7號』計劃開展月球南極資源詳查，對月球的地形地貌、物質成分、空間環境進行綜合探測任務；『嫦娥8號』除繼續進行科學探測試驗外，還要進行一些關鍵技術的驗證。也許大家會覺得，為何中國會花這麼多精力放在月球上？

　　事實上，地球的氣候變遷，已經令人類不得不重視的地步，為解決地球污染也唯有不斷尋找清潔能源，而採取核聚變方式也許是暫時最理想的方法。當人類發現核聚變所需的原料，即現時所用的氘和氚都含有放射性，唯有月球上的氦-3就是最佳替代品，而且月球上初步探測已有120萬噸的氦-3儲備，若以100噸的氦-3可以讓人類使用一年，120萬噸就足可解決人類至少1萬年的能源問題。因此，大家便可明白，為何國際間都這麼重視對月球之探測了。當然，月球上除了有氦-3的蘊藏，也有其他地球罕見或沒有的礦源有待人類發掘。而繼去年中國太空發展帶來多項成果，今年也先後完成40多次宇航發射任務，例如『天問一號』成功著陸火星，這也是世界第一次實現『繞、著、巡』任務，與及開始建立月球科研站等等。

　　另外，在去年浙江烏鎮〈中國互聯網發展報告2020〉中，就指出從2020年開始，全球5G網絡有達1/3來自中國技術。大陸數位經濟蓬勃發展，光纖用戶占比達93.1%，位居世界第一。而當美國還在全球圍堵華為5G，甚至只允許美國企業對華為恢復4G晶片供應的時候，卻沒想到中國6G技術實現重大突破，6G試驗衛星去年就成功升空了，而且還是全球首顆6G衛星。也許大家不知道，5G與6G網絡兩者最大的差異在於5G採用的是米波頻率，而6G採用的則是太赫頻率。5G可以滿足大部分的商用體驗，但6G的意義在於將網絡徹底覆蓋地球上的所有區域，而且是無死角覆蓋。

　　可以說，5G是屬於地球的極限網絡，而6G開啟的是太空網絡的應用。同時，6G技術的傳輸能力將是5G的100倍以上，可是太空的鋪排和建設能力，世界上也只有中美兩國才能做到；但論近年在

太空的深耕及有了 5G 的基礎，美國也很難打壓或超越中國，因此有理由相信，5G 或者不會令中國在國際上凸顯地位，但在 6G 上則幾乎可以肯定中國在世界上有更大的話語權。老實說，中國從來沒有跟著美國做什麼，也不會管著美國做什麼，只要是自己需要，就去研發就去做，也許有些是模仿，但更多都是自創，總之適合自己就好，從另一角度看，這樣忽視對手把對方當作不存在，反而令對手更難應付；相對而言，台灣對通訊科技從來不缺席，自然有連帶關係。」

謙新也說：「在去年的歲末，大陸自主研製的『長征 8 號』也首飛成功，它是中國首款面向商業市場的低成本、可回收、零汙染的運載火箭，並填補了太陽同步軌道運載能力的空白。另外，中國新一代神舟飛船，也在太空中創下新紀錄，新飛船還執行了 7 次自主變軌，載員量也由最初的 3 人增加到最大 7 人，也將成為中國在載人登月任務中的主力。而今年成功升空之『天和號』核心艙也是世界最大單一航天器，比國際空間站的任何一個艙位都大；當然了，隨著神州 12 號成功的往返天地之間與及神州 13 號成功徑向交會對接，都足讓世界華人感激美國當日的封鎖和打壓，也令我不禁借張繼的〈楓橋夜泊〉抒發一下：『**神州穿梭歡滿天，老美回首對愁眠。迫華自強才開始，夜半泣聲白宮傳。**』」

謙新突然詩興大發，也引來一片掌聲及笑聲。

隨後謙新續說：「事實上，中國空間站今年只是開始，在今明兩年中，大陸在載人航太領域將至少有 11 次發射，不可謂不驚人。而除了太空，大陸海陸空的科技也驚豔世界。其中時速 600 公里『高速磁浮』試驗樣車在上海磁浮試驗線上成功試跑，時速 650 公里『高溫超導磁浮』列車也在成都落地；而除了 C919 民航飛機，大陸大型水陸兩棲飛機『鯤龍 AG600』及新能源電動飛機『銳翔』分別在山東及遼寧成功首飛；『筋斗雲 0 號』自主航行貨船在珠海市成功首航；『全海深載人潛水器』萬米級載人艙亦成功建造完成；此外，大陸首條承載式光伏高速公路試驗段在濟南建成通車；還有『石墨烯超級電池』的成功研發；新疆大學生將汽車當中的輪胎和磁懸浮技術結合到一起，發明了磁懸浮輪胎等等，都引至國際間熱論不斷。

　　而在能源上，大陸發明了世界先進三代核電型號『國和一號』，可以說從本世紀初開始實施的三代核電自主化發展戰略宣告總體完成。另外海南核電和浙江核電也再次重啟，均採用具備大陸完全自主知識產權的『華龍一號』三代核電技術，而全球第一台『華龍一號』核電機組也在福建投入商業運行。不過，以上的中國科技，都只屬一小部分罷了。也許大家知道，去年由大陸團隊製成的 76 個光子的量子電腦原型機『九章』已經成功問世，而計算能力比較 Google 此前發表的量子電腦『懸鈴木』還快了 100 億倍，從而樹立了大陸量子計算技術的優越性及里程碑。

　　當然，大陸『九章』的成功問世，對於大陸未來的 IT 領域、密碼破譯、資料優化、材料設計、藥物研發等多方面，都產生巨大經濟價值的影響。無論如何，大陸利用科技立國改變一切，沙漠變綠州，鹽地變良田，不但改變環境，改善民生，也輸出技術造福人類，這些都是給了台灣青年未來多一分選擇，不用永遠困在自己的孤島上，總之，大陸的進步確能提供台灣青年逐鹿中原的空間，也從而豐富您們的人生，您們說對台灣有沒有關係呢？」

　　大榕：「大陸除了科技，更被世人譽為『基建狂魔』。大陸起高樓、橋樑之先進技術和設備領先世界，已經是舉世公認。全球十座最高建築七座由大陸建造，全球前十大的斜拉橋大陸占了 7 座，而全球前十大的懸索橋大陸也占了 6 座，先進及突破的橋樑技術也在世界大放異采。也許，某些台灣人仍然念著大陸往年的『豆腐渣工程』，不過這都是往日落後的『人為』造成，況且『豆腐渣工程』，台灣也一樣擁有。而事實上，真正的中華建築，從古到今都舉世聞名，千百年留傳下來的基建多不勝數，古有萬里長城，四大名樓，近有長江大橋、大興機場，均名聞遐邇。

　　今天，大陸陸上公路橋樑超過 80 萬座，鐵路橋樑超過 20 萬座。無論跨度、長度，難度堪稱世界第一的也為數不少，例如世界最長的『京滬高鐵丹昆特大橋』長近 165 公里，世界最長拱橋『重慶朝天門長江大橋』主跨 552 米，世界最高的橋是『四川四渡河大橋』高度達560 米，世界最長公路鐵路兩用橋『香港青馬大橋』主跨 1377 米，

世界最長跨海大橋『港珠海大橋』總長 55 公里。而建設中的『深中通道』，也是繼大家熟知的『港珠澳大橋』之後的又一超級工程，是目前世界上最寬的海底沉管隧道。至於世界三大風口之一、建築難度最大的『平潭海峽公鐵大橋』與及世界最大跨徑拱橋『廣西平南三橋』也於去年底先後通車。

　　在鐵路方面，大陸先後為非洲建成『亞吉鐵路』及『蒙內鐵路』等等，其中前者也是非洲第一條電氣化跨國鐵路。除此之外，大陸也為芬蘭和愛沙尼亞承建世界最長的海底鐵路隧道，而美國波士頓的橙線地鐵列車，亦同樣是大陸製造。即使在國內，大陸鐵路現在達到 13.2 萬公里，當中高鐵營業總里程 3 萬公里，占全世界高鐵總和的 2/3。當中通往青藏高原的『青藏鐵路』是世界上海拔跨度最高線路及最長的高原鐵路。至於建設中的『川藏鐵路』，施工建造難度比『青藏鐵路』還要高，也預算 2030 年前建成通車。而世界首次設有全封閉隔音牆與及全線數位化和智慧化的『京雄城際鐵路』也已全線貫通。

　　當然，也有人好奇大陸高鐵有不少是虧損的，這樣還要建下去嗎？但其實幾乎所有大陸人民之答案均一致認為要建，就是因為『要致富，先修路』的硬道理。可見，大陸修好高鐵對經濟發展和帶動二三四線城市的進步，起到了很大的推動作用；而且高鐵亦可帶動有關產業，長遠來看均隱賺不賠。同時，大陸的國策，本來就是先把沿海地區富起來，再利用先進城市協助落後城市，一步一步去突破。換句話說，大陸不但最終令高鐵賺錢，而且也遲早回饋人民，令貧富不均之城市儘量達至平衡，是扶貧之最佳方法。

　　因此，有台灣人認為『**中國建高鐵沒徵求人民同意，是沒人權及沒環保意識之概念**』，這都是偏見和無知。對大陸政府而言，消滅全國貧窮令全國走向小康，令全國人民走路有風就是最佳人權。同時，大陸環保工作舉世推崇，為世界環保作出貢獻也有目共睹；就以明年初開幕的北京冬奧為例，是世界首次實現碳中和的奧會，當中無論室內場館、戶外雪場、電力、交通，以至火炬、服裝等等，均落實綠色零排放，勢必開創先河，成為未來奧會效仿的模範。而事實上，之前

美國 NASA 發佈的資料就顯示，在最近 20 年裡全球的綠化面積提升了 5%，其中約四分之一的成就來自於大陸，大陸的綠化行動對世界的貢獻率高居世界第一。相對來說，台灣環保及空氣品質節節敗退，而大陸在自己進步的同時，則不忘貢獻世界，因此大陸令全球華人引以為傲，這對同是華人的台灣來說，當然有莫大關係。」

第 65 回

推 己 及 人　帶來光明多國感恩

　　其後一青年代表問道：「你們屢屢說中國在自己進步的同時，也不忘貢獻世界，但僅憑一兩起事件是很難代表中國為世界作出貢獻，能否舉出更多的例子呢？」

　　亞伯深深一想：「說到此道題，或者我先和大家分享一個有趣的故事。在上一次台灣站演出之前，我們在中東站巡演的行程中，有一站比較特別，這個地方就是迪拜。當地接待我們時，也特別帶我們去參觀了聽說是皇室的後花園『愛湖』（Love Lake），這個建築在沙漠上的人工湖，非常壯觀幽美，讓我當時馬上記起了您們台灣也有一條『愛河』，因此很容易聯想到，如果愛湖及愛河能夠來一個雙愛（相愛）互動合作，應該是很有賣點吧。不過說到迪拜之行，最有趣還是當地的計程車司機，或者這方面由謙新細訴吧。」

　　謙新應了一聲：「好的！師父。是這樣的，我們一般在各地完了演出後，都會要求主辦單位不需再接待我們，然後我們便在各地城市體驗一番。之前大家都聽過師父一直鼓勵年青人多到其他地方走走，相信大家也猜到師父是很喜歡旅遊，而旅遊最重要就是親身體驗。記得迪拜一站，我們最後幾天都是自由行，但每一次乘搭計程車，竟然全部的司機都是巴基斯坦人，他們一見我們便問我們四人是否中國人，而我們每一次回答『是』的時候，他們都笑面迎人和我們交談，當我們跟他們說中國人和民巴基斯坦人民都是好朋友的時候，他們便

裝作一副不高興的樣子，然後便笑說中國人民和巴基斯坦人民不是『好朋友』，而是『好兄弟』！但最有趣的是，我們應該都坐過十幾次計程車吧，沒想到幾乎全部都糾正我們應說『好兄弟』！經此一行，讓我們真的能體會到『巴鐵』是什麼一回事，而師父也因為與我們一起，他才知曉什麼是真正的『巴鐵』，對嗎？師父。」

亞伯笑答：「是的！其實除了中東地區，我也曾到過非洲幾個地方演出及旅遊，並藉此接觸當地的人民，也從中知道他們都對中國懷有感恩的心。特別是這一兩年的疫情發生，中國再度無私捐贈疫苗給非洲，溫暖了非洲民族的心。例如吉布地總統就曾說過，『歐洲人用了一百年讓我們吃不上飯，但是中國只用了三年就讓我們超越了印度。』吉布地選擇把港口租給中國，經過三年的建設，原本落後的小魚港變成了一個世界級的港灣；中國還給吉布地搭橋修路，讓吉布地原本 300 美元的人均收入，一路飆到了 2700 美元，這個數值甚至已經超過了印度。不過，要說到中國幫助非洲，或者我先帶大家看一個中國民間故事，看看大家知不知道故事中的主人翁是誰，好嗎？」

全場人士隨即齊聲：「好啊！」「好啊！」……

說時遲那時快，亞伯又運用他的絕技把大家穿越到漢朝的時候，只見在某市集的街道上，有一小孩正在白天於一店裡不斷工作，直至到晚上，店裡的掌櫃便告知那小孩：「你已經工作大半天，你吃完晚飯後便可以回去了，這是你今天的工錢。」

此時，小孩便搖著頭：「掌櫃，我可否今天不拿您的工錢，我知道你藏有很多書卷，不知可否借一些給我看，如果你能借我三卷書，我十天便能奉還，這樣可以嗎？

掌櫃思疑：「三卷書十天便能看完？好吧，既然你這麼好學，我便借給你吧。不過，我的書卷都很貴重，你務必小心保管。」

小孩即高興地點頭，說：「當然！當然！」

隨後，小孩就真的拿著三卷書開心地回家。

只見小孩回到家門口，再看看隔壁的鄰居正燈火通明，他就更加喜悅了。於是他立刻回到家裡，再走到與鄰居相連的牆壁下角，把其中一小塊鬆動的石塊拿走，再利用牆壁上透過鄰居傳來的燈光，便

讀起書來了。直至隔壁的鄰居把油燈吹滅，小孩才把小石塊放回牆壁上，他也隨後便睡覺了。

第二天清晨，小孩又起來到外邊工作，不過他只是工作至中午，吃完午飯後又馬上回家讀書，一直至晚上又走到牆壁利用隔壁透來的燈光繼續讀，果然這樣十天後，小孩真的把那三卷書讀完了。

小孩很高興把那三卷書向掌櫃完璧歸趙，並且向掌櫃說希望同樣幫掌櫃工作一天，來換取借看另外的三卷書，由於掌櫃見小孩言而有信，且欣賞他勤奮好學，所以也立即答允。如是者，小孩不僅把掌櫃所藏的書都看遍了，而且他利用此方法幾乎飽覽全城的寶典。他孜孜不倦，終於成為飽讀詩書、滿腹經綸之人，而且最後更成為漢朝的丞相，與及歷史傳頌的有名學者。

隨後，亞伯又把大家帶回現實世界，並說道：「大家知道這位小孩是誰呢？」

只見不少青少年不知故事主人翁是誰，但也有一些青年齊齊舉手：「是漢代的匡衡『鑿壁借光』故事嗎？」

亞伯笑道：「對了！也許大家一定覺得奇怪，為什麼我會和大家說起匡衡『鑿壁借光』的故事呢？不過如果大家再看看以下的真實畫面，也許您們便知道箇中原由了。」

亞伯語音剛落，又把大家穿梭來到數年前遙遠的非洲，當夜幕低垂時候，很多孩子都跑到街道上，利用一些微弱的街燈下坐在石頭上讀書，一幕幕惹人憐惜的小孩子就如匡衡一樣，借光修讀，猜不到二十一世紀年代，依然也有如此落後的一面，令人心酸。此時，只見在場不少女生也在拭淚。

亞伯隨後再把大家帶回現場，然後續說：「也許，現代人突然停電便感覺到多麼不方便，但遠在非洲很多地方，原來很多人以前生活長期都不需電器，因為根本沒有電力供應。您們也許聽過中國古人匡衡刻苦求學的故事，但原來只是數年之前的現代社會，還會看到非洲兒童每天晚上跑到街外，同樣借著微弱的路燈之下讀書，當這群小孩子知道中國正為他們建水電站，我看著他們從熱淚盈眶再到喜悅和感恩，都非筆墨所能形容的。事實上，中國近年已先後為埃塞俄比

亞、津巴布韋、安哥拉、贊比亞、巴西、厄瓜多爾、孟加拉、巴基斯坦、尼泊爾、寮國及柬埔寨等多國建水電站；當中厄瓜多爾人民對中國建成的《辛克雷水電站》更家喻戶曉，還稱『中國人是帶來光明的人』！此外，中國也為肯雅和坦桑尼亞建太陽能路燈，除了安裝在校園裡和馬路上，還有各種戶用太陽能照明系統，方便這裡的小孩能晚上上課，或回到家裡有燈光讀書，可謂恩澤四海。

　　也許大家知道，全世界最長的河流是尼羅河，但是蘇丹由於技術不足，因此只能把這樣一個巨大工程『麥洛維大壩』責任交給中國，中國建造這座被許多專家一致認為不能做到的世界最長大壩，依然再創奇跡，讓全球刮目相看。需知道『麥洛維大壩』跟中國三峽水電站相比，是後者發電量的三倍，它的建成不僅改善了蘇丹人的生活狀況，而且還帶動了蘇丹國家的經濟發展。現在，中國政府不斷用自身領先的技術去幫助外國，協助這些發展中國家做基礎建設，幫助他們通往現代化過程中踏出最艱困的一步，這就是中國一直提倡構建世界命運共同體的具體表現，也是中國傳統最嚮往的『王道政治』。

　　同時，中國不但為眾多落後國家修道路、築電站、建 5G 網絡，還協助各國培訓人才，授人以魚不如授人以漁，為這些落後國家能將來自力更生做好準備。至於中國為中東及非洲各國的基建，更是不勝枚舉。例如中國年輕基建隊伍為沙特阿拉伯成功征服沙漠，建造了麥加至麥迪那高速鐵路；為蘇丹建造蘇丹港經尼亞拉至阿德里鐵路，是非洲內陸國家經蘇丹港抵達麥加的朝聖之路；為埃及建造全球最大的清潔煤電項目；與及為肯尼亞建造內羅畢西環城路等等。

　　即使發達的國家，例如歐洲的希臘也是有賴中國藉著『一帶一路』的發展投資回復生機，希臘人民也普遍把中希 win win（雙贏）掛在口邊，並認為不止在經濟方面，中希兩國文化、倫理道德接近，希臘兩代三代人住在一起很是普遍，他們說希臘也近 40% 的年青人學習漢語。可看出中國的『一帶一路』不但拉近中歐距離，也拉近歐洲本身國與國之距離，功德無量。此外，中國人幫韓國建仁川大橋，幫馬爾代夫建中馬友誼大橋，幫挪威建哈羅格蘭德大橋，幫美國建三藩市新海灣大橋，都是有目共睹的。」

　　萊恩：「其實，除了師父及謙新剛才提到的『巴鐵』之外，也許台灣人民很少留意，雖然印度政府基於地緣政治對中國不太友善，但印度人民也有相當的比例喜歡中國，從上次中國領導人訪問印度廣受民眾歡迎便可知道。不過，論人民的親切、熱情，尼泊爾的民眾更是有過之而無不及了。從尼泊爾總統親身帶著女兒迎接中國領導人，道路兩旁的民眾也能看出是發自內心的喜悅、歡呼，因為中尼發展對尼泊爾來說就是希望。

　　事實上，中國領導人此行達成了中尼戰略夥伴關係，尼泊爾成了『一帶一路』重要的環節，不僅能為尼泊爾帶來龐大的經濟效益，也能改善印度對尼泊爾的外交態度；其後不丹也隨之仿效，從而再次影響印度對不丹的態度；而除了尼泊爾及不丹，還有中國與巴基斯坦合作中巴經濟走廊、緬甸合作皎漂港、斯里蘭卡合作可倫坡港，與及向馬爾代夫收購了 17 個島嶼等等，中國都有效把印度原來給中國的珍珠鏈反掛回印度身上，都可謂智慧與實力表現。

　　不過更值得討論是，我們便可從中了解藏獨及疆獨都是偽命題！試想想中尼接壤之地方就是西藏，尼泊爾經濟發展都仰望中國，因此毫無疑問西藏即使獨立，其經濟發展也離不開靠中國，而現在卻是同一國家，豈不是更好？當西藏人民看到中國周邊的南亞國家人民都夢寐以求和中國發展關係，它們也想成為中國一分子都求取不得，西藏人民又怎會身在福中不知福？就只有一小撮原本是西藏新疆的地方利益者，現在是逃到西方的被利用者，例如達氏、熱氏或世界維吾爾代表等等，才會千方百計反對，您們再從西藏及新疆人民角度再看回台灣及香港自己，就應該深澈理解大家同屬一個民族是多麼美好！

　　同時，中國協助世界是全面的，例如中國是根除世界小兒麻痺症的中堅力量。繼天花病毒後，今天小兒麻痺症病毒也在非洲絕跡，目前 47 國 95% 人口已經獲得免疫，這都是中國積極對外援助的舉措。因此在很多時候，當外國人看到台港如何鄙視當中國人，也感到不可思議，或許您們不願當中國人甚至瞧不起，是因為您們都活在意識形態底下，卻不知真實的世界。但您們倘若願意或有機會向外走走，聆聽『一帶一路』當地人民真實的聲音，也許便知我所言非虛。」

　　格林：「萊恩說的對，中國協助世界是全面的。例如在世界和平上，中國維和部隊也作出了重要貢獻。之前聯合國就特別提到，中國維和部隊除了忠實履行聯合國賦予的維和任務外，還給駐國的人民提供了力所能及的幫助，贏得了各地民眾的信任。就比如，中國醫療分隊除了給聯合國維和人員提供醫療保障外，還給各地民眾看病，受到各地群眾的歡迎。

　　在農業上，對於阿拉伯的阿布扎比來說，讓沙漠變綠州是很難想像；多年來阿拉伯各國都一直希望把農業現代化，但幾十年過去了，這個目標仍停留於夢想階段。但是，今天的中國技術已讓戈壁沙漠變成種滿了向日葵的繁茂土地。而中國的『雜交水稻之父』領導的海水稻團隊，也在阿聯酋成功試種達 80 多個水稻，且平均每公頃單位產量都高於世界平均值。另外，中國人不但能把自己的 100 萬平方公里的鹽鹼地，重新進行農業耕作；更把 6000 平方公里即近十個北京城區這麼大的沙漠變成綠州，從而被聯合國授予生態經濟示範區，並先後頒發聯合國環境與發展獎及聯合國全球治沙領導者獎。

　　在科技上，現在的『中國製造』的產品也頻繁出現在各國，可謂無處不在；之前法國巴黎聖母院的大火中，也是靠著中國製造的無人機，為這座古蹟的救援行動做出貢獻。而中國自北斗三號全球衛星導航系統正式開通後，亦激發了眾多產業發展，以往新疆傳統蓄牧業，都是牧人跟著牛羊走，但現在牧民藉助北斗，只需在牛羊的脖子上掛了一個北斗項圈，足不出戶在家裡便能放牧，既方便了牧民管理，也減輕了他們的工作量，並藉助此技術幫助到很多國家。

　　無論如何，我們看到西方雖然口稱是自由人權，但面對南南各國的落後，西方不但不救反而豪奪，世界上也只有中國有能力及真心協助他們脫貧；我們更可看到世界多國，特別是貧窮國家的專家，近年到華取經均絡繹不絕，甚至很多不懂說華語的外國人包括領袖，都懂說『人類命運共同體』這句話。可以說，中國人的遠大抱負也成為不少國家的學習榜樣及獲世人的認同，如果您們都認知其實自己也是其中一分子，便應引以為榮。」

　　當格林表述完後，主持人即表示上午討論時間已過了一點，便隨

即向亞伯八人致謝，並宣布下午 2 時繼續。

亞伯八人也隨後致謝，現場人士亦用熱烈掌聲歡送眾人離開。

第 66 回

分久必合 吳家四院陸台港澳

時間又來到 13 日的 2 時，在全場歡迎亞伯八人重回座談會之後，主持人隨即說道：「大家在早上已經知道，在今天的中午過後，亞伯八人便會集中借助一些影視方面的作品去形容政治，相信現在大家都很期待了，對嗎？」

全場一致呼應：「對啊！」「對啊！」⋯⋯

亞伯笑道：「好的！或者我先從台灣的神劇《還珠格格》說起吧。我記得在《還珠格格》結局中，皇上震怒一定要處死皇后和容嬤嬤，紫薇為皇后主僕求情時便說了一句話：『人生最大的美德是饒恕。』這句話體現了紫薇那容人的氣量與寬闊的胸襟。在現實的生活中，我們也難免會與人發生摩擦與矛盾，此時，如果我們能夠給予彼此多一份的理解與體諒，多一份的包容與寬恕，那不但可以化解很多的誤會，亦能化干戈為玉帛。例如法國詩人雨果說：『世界上最寬闊的是海洋，比海洋更寬闊的是天空，比天空更寬闊的是人的胸懷。』，與及中國民族英雄林則徐也曾說：『海納百川，有容乃大；壁立千仞，無欲則剛。』可以說，無論紫薇、雨果還是林則徐，他們的說話都是形容人的氣度及寬宏大量，都是基本一致的。

為此，我們對待世界不同的文化及文明，不同的民族和民俗，都應該同樣尊重和包容。若要別人看得起及尊重您，首先自己要看得起別人和尊重別人。這個道理很簡單，但其實也不難做到，只要萬事將心比心，用多為別人設想，這個世界便少了許多紛爭和仇恨。或者，我也在這裡向大家分享自己一個小秘密吧。從年青到現在，我坐了二十多年飛機吧，也許短途旅程乘客不在意，但如果是長程飛機，例

如從洛杉磯飛到台灣，在十多個小時的旅程中，相信會有不少人在如此長途中，總會有少少時間把座椅靠背往後仰，令自己無論坐或睡都舒服一點吧。但我可以跟您們說，我坐了超過二十年飛機，差不多平均每一季最少飛一次，但無論短程或長程，我從來一次都未試過把座椅靠背往後仰，也許您們會覺得我是執著什麼呢？

　　我記得在年青時，好像是第二次空中旅程中，就遇到前面一位乘客，本來在進餐的時候，每一位乘客都應該把座椅靠背處於完全直立的位置，但前面的乘客不但沒有做，還不停梳理自己的頭髮，眼看著對方不少髮屑掉落在我的食物中，此時我沒辦法的情況下，也只好叫空服員幫忙處理。就正如中國人有一句老話『己所不欲，勿施於人』，就是因為我不喜歡前面的乘客把座椅靠背往後仰，所以我從來也不會這樣做去影響別人，我覺得這種堅持是值得的。同樣道理，如果人人都懂『己所不欲，勿施於人』，自然便會萬事將心比心，及多為別人設想。那麼，我們對待不同的文化及文明，不同的民族和民俗，都同樣能尊重和包容，而且一樣很容易做到。說到此，我記得上一次八月初在台灣的第三天演出中，謙新曾帶著幾位台灣朋友一下子遊覽了中國很多地方，也說了很多有關兩岸的問題，大家記得嗎？」

　　全場幾乎一致回應：「記得！」「記得！」……

　　亞伯續說：「我記得當時謙新提到中華民國與中華人民共和國之間的問題，看得出您們仍有一些人至今仍然惘然若失，甚至有些還是深深不忿，但是只要用平常心回頭看看中國近代史，很多事情都是過眼雲煙，釋懷了自然就豁然開朗。中華民國至今也一百多年了，若只計算在大陸期間，闖王李自成也只是當了 42 天的皇帝，比起中華民國在大陸從 1912 年到 1949 年，也有三十多年，兩者比較，李自成就更冤更慨嘆時不我與了。

　　不過，我反而會想到中國改朝換代，是怎樣對待前朝的人。不用懷疑，中國人有道是斬草除根，趕盡殺絕，相信是為對待前朝皇室的人而設的專門名詞。因為在民間殺人是犯法的，所以不可能容許人民斬草還要除根，連根拔起，一個不留。但換作是朝庭，相信是家常便飯，甚至是理所當然的事了。因為在這些在位的人所持的理由也很簡

單，就是認為野草燒不盡，春風吹又生。

翻開中國近代史的唐宋元明清五朝中，唐朝李柷在位 3 年後被廢次年便被鴆殺；宋朝帝昺崖山跳海而亡；元朝妥懽帖睦爾愴惶逃匿蒙古；明朝崇禎煤山自縊；而闖王李自成則是農民領袖也死於農民手上。從這方面可看出，自古以來末代皇帝都不得好收場，唯獨滿清的溥儀才得善終，還娶過五個女人，這也是中華民國成立走出開明的第一步。不過若論更開明及更自信的，應該是現今的中國了，正如當天謙新提到，中華文化經歷五千多年，試問歷朝歷代又有哪一朝願意把江山和前朝分享？

不難想像，中國能願意這樣做，無非是抱著合久必分，分久必合。也就是一家人的大概念，與及打死不離親兄弟，大家可以意見不同，但絕不能分家，因為一分家，家就破，就是硬道理。儘管有國才有家，但國不同家，大家族也不同家，家是大家住在一起，難免相見好同住難，但國與大家族中的每個家還是各自獨立生活的，因此，台灣人民應該珍惜這個『大家族』，反正即使加入這個『大家族』，自己仍然是個獨立個體，卻享受到很多別國羨慕都來不及的好處，又何樂而不為呢？不知道我這樣的比喻大家又會否明白我箇中深意？」

台下青年紛紛搖頭：「我們還是不太明白，為何用『大家族』來形容兩岸關係，這是什麼意思呢？」

鮮有發言的紫箬有點興奮：「或者這點我可以補充一下。」

亞伯點頭：「太好了！紫箬您就向大家解釋一下吧。」

紫箬笑道：「記得上週在香港演出時，湫彤和我都利用《那年花開月正圓》一劇去形容香港的若干事，之後亞伯才觀看了此劇。也許他和我們都一樣，看完此劇也感受良多吧，所以才會想到『大家族』來形容兩岸關係。事實上，對比香港，用《那年花開月正圓》一劇來看台灣，可能有更多的啟發及聯想。比如說，在劇裡吳家一共有四兄弟，分別入住東西南中四院，這不就是宛如兩岸四地妥妥的一大家族嗎？但除了東院吳蔚文出任大當家，西南中三院的二叔、三叔和四叔，起初也沒有一個相信周瑩，還指責周瑩禍害吳家，罵她效仿洋人丟盡吳家的臉，更曾一度把她綑綁浸池塘。

　　故事其後說到周瑩重返吳家東院，她不但不計前嫌，仍然為吳家光大門楣，還把分家後的二叔四叔聯同一起成立吳氏布廠，更為二叔四叔賺了不少。到後來因織布局不少挫折，周瑩欲重整旗鼓，此時二叔四叔又選擇退出了，也令吳家剛合併沒多久的三院又再次分家，結果怎樣呢？周瑩無論對織戶們還是對二叔四叔，仍是用『動之以情，曉之以理』，當一切困難迎刃而解了，二叔和四叔又重新向周瑩請求入股了，周瑩也二話不說一口答應。整個故事當然是敘述了周瑩誠信重義，知人善用，以及對商業靈敏，智慧過人，更首創股份制，實行有錢大家賺，她的高尚品格贏得了人們對她的尊重和信任，包括當初對她最大成見的四叔。

　　因此，亞伯剛才的一番話，我猜想到他看到不為人知的另一面，如果拿兩岸四地陸台港澳來看，就好比一個分了家的大家族，那麼二叔的西院及四叔的中院，當初看不起周瑩主持的東院，不就像台灣香港看不起大陸嗎？但無論怎樣的看不起，最終周瑩也是用實力證明自己，她的經營大家族方法是成功的。有意思的是，吳家三院兜兜轉轉，離離合合，也最終分久必合！其實現實也一樣，台灣以前也曾落入荷蘭人及日本人之手，最後也是回到中國懷抱。而吳家之中，三院的生活都各自獨立，但做生意嘛，當然團結就是力量，戰無不克。這就好比陸台港澳四地，如果也成為大家族融合一起，定必龍騰四海，所向披靡。

　　至於周瑩想到有錢大家一起賺，更立志把吳家生意帶到全世界，也令人聯想到大陸的『一帶一路』，與及人類命運共同體了。而更值得留意的是，周瑩入主吳家，到最後令吳家再分家，其實當時二叔四叔也曾說，憑什麼周瑩做大當家，而不是他們吳家人當家。最後，周瑩還是給二叔當了，但結果怎樣呢？不是二叔還是交回周瑩當嗎？而且最終證明，還是周瑩當吳大當家最好。這就好像國民黨認為中國是他們的，因此認為共產黨沒有資格做大當家，但最後共產黨還是當了，而且還是唯有共產黨才能帶來中華民族復興。如果共產黨學周瑩，願意把國家交到藍營或綠營身上，那麼您們認為他們自己能當得起嗎？中國 56 個民族 14 億人口，內有扶貧及民族復興重任，外有美

歐圍堵，國家事務紛繁複雜，千端萬緒，又豈是藍綠終日政治鬥爭這麼簡單，所謂有能者居之，即使藍營或綠營當了，也只會像二叔一樣，最終也交回共產黨主理。

當然了，我的假設或許藍營或綠營也會認為值得躍躍欲試，但也要端看 14 億全國人民願不願意。無論如何，對於國家事務，雖然不是人民的專業，但人民都心中有一把尺，那就是看是否國泰民安。即使給藍營或綠營當了，也要看他們能夠當多久，是否能令全國人民滿意。從上述我們也許明白到，我們不需歧視大陸，更不需歧視我們中華民族，能為人類命運共同體出一分力，都是為中華民族帶來光彩，大陸能做到全國小康世界大同，是震古鑠今，造福人類之大事，更應是鼓勵及尊重，而不是一味抹黑及仇視。」

第 67 回

暗鬥明爭 害民心喜本末倒置

隨即又有青年問道：「如果把中國的一黨制，與及台灣的多黨制；那麼你們又會想到用哪一套影視作品去形容呢？同時，大陸對台灣的惠台政策，你們真的認為有效嗎？」

湫彤接上：「其實，如果細心看《那年花開月正圓》，一樣可以利用此劇回答您這道題。例如吳家是一個大家族，您們也可看作是一黨制，它共分東西南中四院，雖然大家獨立各自生活，而且想法也未必一致，但當周瑩出了事，還是可以團結一致對外及和諧相處，而且面對問題更能簡單聯合地應對。相反，多黨制就等同一個區內的數個大家族再競爭做第一家族，那麼就定必每一個大家族，凡事皆以自己的家族利益及榮辱為出發點，鬥過你死我活，就正如沈家面對吳家，在未發現有共同敵人之前，是絕對不會放過能贏吳家機會的。

如果把一個大家族或多個大家族引用於商場上，例如左邊的集團是由一個大家族去經營，而右邊的集團是由多個大家族去經營，那

麼帶出來的結果便更為明顯。左邊只有一個家族雖然仍有機會爭權，但起碼都是『自己人』，也許不致傷及集團根基；但右邊是多個家族經營則複雜的多，除了可能自己家族鬥還要和其他家族爭奪集團掌控權，令各家族很難不各懷鬼胎，爭權之心絕對凌駕於集團發展，也不可能一心一意為集團發展。這就好比一個國家如果只有一黨制，由於都是同一黨人，它還有機會不爭權，即使有也只會『暗鬥』，但如果是多黨制，那麼就肯定除了在黨內『暗鬥』，還要和別的黨『明爭』，而且爭權之心絕對凌駕於國家發展，也不可能一心一意為國家發展，因為他們已有心無力，分身乏術。

　　另外，吳家東西南中四院，其實也與『兩岸四地、一國四制』無異，因為四院都是在一個大家族下各自生活及按自己方式過活。同時，二叔四叔起初心想當家，最後二叔也當了，但當認為自己不適合，還是最後給周瑩當家。其實從另一角度看，二叔四叔才是最聰明，雖然不管事但分錢一點也不會少，不知道台灣香港人民，又能否領會其中含意呢？當然二叔四叔有錢分，當周瑩出事也會全力幫手，但現實中當大陸出了事，台灣香港一些人不止袖手旁觀，還聯同外族齊齊向自己家族落井下石，傷口撒鹽，這又情何以堪？」

　　蔓荷續說：「不過，若說到大陸對台灣的惠台政策是否有效，我也曾看過台灣的很多評論，對於中國實行的惠台政策，他們一般都是認為不值得大驚小怪，都是大陸的一貫的統戰政策罷了。不過我所看到的，也許並不這麼簡單。大陸一連再推惠台政策，除了真心是惠及台灣人民，視您們和大陸人民同等待遇之外，我猜它還有一層用意，也就是另有乾坤。

　　在《那年花開月正圓》中，周瑩屢屢破舊立新，把許多以前並無先例可循的事，使之規範化變成有章可循，而且惠及不同階層。比如讓土布織戶當了收入更佳的機器工人；讓各地掌櫃擁有股份使之更投入經營；讓大股東的二叔知道原來這樣做生意也是可行；讓大家族的四叔明白原來女性經商一樣不輸男性。但更要讓自己的班底，即身邊的團隊要知根知底完全配合，才能發揮最大效果。其實惠台政策也是一樣，它的連番逐步出台，不只是單方面面對台灣各階層人民，同時

間也令大陸各地的政府機關及民間，要完全配合及適應，彼能讓兩岸民間都從循序漸進，到有章可循以至到習以為常。

　　說白了，就是在經過一段時間操作後，一方面要台灣各階層人民已經完全了解到，對岸的惠台政策是什麼一回事，當中又會涉及什麼階層什麼行業，台灣人民到大陸工作或創業有何好處及有何優惠。但另一方面，也要大陸本身各地的政府機關也已經完全熟習怎樣運作，當台灣人民來到中國工作或創業，各地機關及人民如何接待及安排，更必須熟悉整個流程。當以上兩岸人民均熟習政策後，意味著什麼呢？也許很多人都知道中國單方面停止自由行及陸生赴台就讀，會很快聯想到其用意是否清空自己人，當有事發生的時候，台灣本地除了陸配之外，便基本沒有自己子民，這樣便不需太顧忌從而做他們想做的事。但有沒有人想到，其實惠台政策另一層用意，也是一脈相承。

　　怎麼說呢？剛才說，中國要國內各地的政府機關及民間要完全配合及適應惠台政策，也就等於周瑩要讓自己的班底身邊的團隊知根知底完全配合。換句話說，當中國決定對台灣有所行動，有事預告發生的時候，中國反而就是台灣人民的最佳避難所，加上中國政府本來就歡迎台灣人民，且提供各種便利和優惠，因此在這個時候，台灣人民勢必大量湧入大陸，而中國各地的團隊也由於早已熟悉整個流程，試想想大陸已十四億人口，即使台灣有一千萬人口逐步湧來都不難消化。同樣地，此時此刻，台灣人民要不要過來大陸工作？就等於周瑩對土布織戶一樣，舊的土布織機沒了，新的織布局就等著他們過來，而且收入更佳，那麼他們來不來悉聽尊便。又若然台灣人民過來是選擇創業，也如同周瑩對各地掌櫃一樣，舊的經營模式與受雇無疑，新的合作方式還給他們股份，那麼他們來不來也任憑他們做主。當然，這只是我的猜測，中國的惠台政策是否也蘊含了這一層的用意，那就要看您們是否仍然掩耳盜鈴，看不出所以然了！」

　　就在此時，亞伯像靈機一觸：「湫彤剛才說到一黨制有如一個大家族經營一個集團，多黨制就有如多個大家族在一個集團內競爭，一個大家族由於都是『自己人』，即使內部有紛爭最終也會易於內部『妥協』，但若由多個大家族組成之集團，由於其他家族都不是『自

己人』，除了同家族內部仍有機會紛爭外，還要和同集團其餘的家族鬥過你死我活，因此更無暇兼顧正常業務發展，或力有未逮。我覺得她比喻的很好，但我想到更深的一層問題，或者我和大家做一個實驗，讓您們更容易地了解箇中三昧，好嗎？」

全場青少年以大分貝回應：「好啊！」「好啊！」⋯⋯

亞伯隨即：「好的！請問全場中有哪些是往日大多支持藍營的？又有哪些是往日大多支持綠營的？」

只見全場若六分之一的人舉手支持藍營，但有達四分一的青少年舉手支持綠營。

亞伯笑說：「好的！似乎這與現實也差不多，支持綠營的青少年往日會比藍營多，但是否就如今天的一樣比例就不清楚，而如果是一樣的話，那麼對台灣而言尚算幸事，因為中間不分藍綠者超過一半，也就是不受意識形態影響，這絕對是好事。不過，我現在不是做哪個陣營誰支持者多的實驗，而是⋯⋯」

亞伯分別從支持藍營和綠營的青年中各選了一人上台，然後問道：「假設您們二人現在已經不是支持藍營和綠營者，而是本身就是藍營和綠營的核心人物，請問您們二人會樂於看到對方陣營的政策有利於民，深獲民心嗎？」

二人笑著冥思一番，亞伯先問支持藍營的青年答案，只見青年笑著喃喃低語：「應該不樂意吧！」

亞伯笑道：「您雖然聲音小了一點，但很誠實，值得大家為您鼓掌。」

全場跟著大笑，並向支持藍營的青年鼓掌。

亞伯轉身問支持綠營的青年答案，青年笑道：「無可奉告！」

亞伯問為何無可奉告？青年回應：「因為在正常情況下，即使不樂見，也只會放在內心，不會老實自己用口說出來吧。」

全場瞬間捧腹大笑。亞伯拍拍青年肩膀：「您說的更好，更誠實，因為這的確是老實話！我們可以看看，在現實中又是否真的如此呢？記得綠營在 2020 年大選前，綠營內部兩位候選人明裡暗裡互相

廝殺，甚至刀刀見骨，形勢不利這位還嗆對方用網軍攻擊他，但最終二人還是『妥協』交易。可以說，『不利者』也許認為只是等多四年才上台，應該是毫無懸念，加上這四年當副總統也名利雙收應該還是不錯，所以雙方均順利『妥協』成事。

而另一邊廂，藍營為爭總統候選人，更是四大天王互砍白熱化，但最終還是按著內部初選中勝出者為代表，也算是另一種的『妥協』。而兩大陣營的『妥協』分別在於，綠營內鬥完能團結一致對外，而藍營則面對綠營全面圍剿，卻營內無人挺身而出為『土包子』發聲，任由他自生自滅，最終弄至自毀長城。

因此，多黨制除了一樣存在『內鬥』之外，而且比一黨制更有過之而無不及。同時，多黨制除了應對『內鬥』，還要兼顧其他陣營廝殺，而且這種廝殺戲碼每兩年一次立委，再兩年後總統選舉便不停演出，試問每一個陣營即使成為執政黨，又有多少時間真的好好坐下來，研究怎樣想出好的政策有利民生呢？話說回頭，我們說回剛才的問題，藍綠兩大陣營會樂於看到對方的政策有利於民，深獲民心嗎？這當然絕對不會，相反，對方陣營愈提出有『害』於民之政策，愈令自己陣營有利及提供反撲機會。

大家可以回憶，藍營自輸掉 2020 年大選，『土包子』更被 DQ 失去市長位置，藍營達至空前低谷。沒想到綠營突然來了一個萊豬政策，竟給藍營『似乎』翻盤機會。明明是對方陣營提出有『害』於民之政策，卻令藍營一時軍心大振，見獵心喜。就正如剛才這位支持綠營的小朋友說，對方陣營好的政策不樂見，也不會老實自己用口說出來，但如果對方陣營不好的政策就樂見，而且更會大大聲用口說出來，因為唯有對方執政愈爛愈有『害』於民，自己陣營才有機會及才有希望，這是多麼本末倒置，荒謬絕倫的結果。

也許，對於多黨制的政客來說，已經習以為常，也沒什麼矛盾或不以為然。但我想再問問您們二人，當您們不再是政客，現在返回到現實世界做回尋常百姓，這樣的制度，也就是每一個陣營都會希望執政黨出錯，而且愈爛愈好，這時候人民當然對執政黨痛心，但面對常常抱著期望執政黨施行有『害』於民政策心態的在野黨，您們又樂

於支持嗎？對這種歪風及扭曲的結果不停發生，好像在野黨每人均是壞心腸都是正常的，這種現象人民又樂於看見嗎？」

只見兩位青年不知如何回答，此時亞伯再說：「不要緊，您們不需現在回答，但希望您們回去好好思考這個問題，也希望在座的大家也好好思考這個問題就好。」

亞伯陪著兩位青年下台，並引領全場給兩位青年致熱烈掌聲，然後再示意台下的青年繼續發問。

第 68 回

芈 月 道 破　邪魔外道倚天屠龍

隨即有青年問道：「有關台灣獨立好還是統一好？統一對台灣有何好處？中國會用和統還是武統？這三方面你們又會用到哪一套影視作品去聯想呢？」

謙新說：「或者我借用《芈月傳》來回答您這道題吧。在劇中，芈月把假和氏璧交與張儀，並告知此乃假玉，張儀震驚並懊惱不已。張儀道出自己因和氏璧多番蒙受委屈，芈月卻向張儀解說他因和氏璧而受益，終成為秦國國相，解開張儀心結。芈月說『《老子》曰：禍兮福所倚，福兮禍所伏。』意思是禍與福互相依存，可以互相轉化。亦即壞事可以引出好的結果，好事也可以引出壞的結果。芈月說：『凡事有福禍兩面，張子與和氏璧為仇，但恰恰是和氏璧，成就了張子。若無和氏璧，張子很可能還渾渾噩噩度日，就因為有和氏璧，才令張子成為秦國國相。』

這也令人聯想到好像是說，台灣認為統一是壞事，但其實可以引出好的結果。台灣認為獨立是好事，但其實也可以引出壞的結果。凡事有福禍兩面，綠營處處以中國及中共為仇，但恰恰是中國及中共，才成就了綠營。若無中國及中共，綠營很可能只得針對藍營而無計可施，從而渾渾噩噩度日，就因為有中國及中共，才令綠營只需全力操

作反中一招，就一再成為執政黨。

　　值得留意的是，張儀是何許人也？張儀首創『連橫』的外交策略，遊說入秦。秦惠王封張儀為相，後來張儀出使遊說各諸侯國，以『橫』破『縱』，使各國紛紛由『合縱』抗秦轉變為『連橫』親秦。張儀身為戰國時期著名的縱橫家、外交家和謀略家，卻被羋月一語道破，心結頓消；因此，在這個世界上，永遠是人外有人，天外有天。即使是最出色的政治家，也有解不開的難題，但只要不執迷不悟，不居高臨下，以接納八方的大氣度，相信能人之外還有能人，定必迎來撥雲見日，迎刃而解之時。

　　此外，羋月勸勉義渠王化干戈為玉帛，陳述把義渠歸入秦國國土及施行秦法之好處。她說：『自從大秦推行新法，國強民富，既然秦法對治國治民有好處，且秦王仁義，願意把占領義渠的土地歸還，並由義渠王管轄及施行秦法，從此大秦就是義渠的堅強後盾。遇上天災，大秦就是義渠的糧倉。遇上敵人，大秦就是義渠的幫手，這有何不好？義渠王是聰明人，秦王願意從此與義渠，化干戈為玉帛。今後大秦強大，也就是義渠強大，大秦富足也就是義渠富足，義渠眾生的福禍，只在義渠王的一念之間。』

　　這也令人聯想到好像是說，自從大陸推行新的特色社會主義，國強民富，既然特色社會主義對治國治民有好處，且大陸仁義，願意把台灣由台灣人民管轄及施行兩制，從此大陸就是台灣的堅強後盾。遇上天災，大陸就是台灣的糧倉。遇上敵人，大陸就是台灣的幫手，這有何不好？台灣人民是聰明人，大陸願意從此與台灣，化干戈為玉帛，今後大陸強大也就是台灣強大，大陸富足也就是台灣富足，台灣眾生的福禍，只在台灣兩黨的一念之間。

　　再說，劇中子歇對羋月說：『他是楚國臣子，他的命就是楚國的。』羋月說：『也許有一天，天下再沒有秦國趙國楚國魏國，那子歇的命又是屬誰的呢？』子歇回答：『看不到這一天，現在只看到即將破碎八百年的楚國，五千里的山河。』羋月說：『那麼八百年前，楚國又究竟在何方？周天子統一天下，分封楚立國於丹陽，地不過五十里。但如今的楚國已經開疆拓土五千里。』子歇說：『太后不用

跟我說周天子的事，天命有歸，這不在黃歇的把握之內。』芈月再說：『那麼現在芈月要做的，就是當年的周天子所做過的事。』子歇說：『言下之意非滅楚不可？』芈月說：『若是秦楚合併，那麼秦楚之間也許經過一場大戰，但戰後卻可換來永久的安寧，不是很好嗎？』

　　這也令人聯想到兩岸，您們的藍綠委對大陸說，藍綠委是台灣臣子，藍綠委的命就是台灣的。大陸說也許有一天，天下再沒分陸台港澳，那藍綠委的命又是屬誰的呢？藍綠委回答看不到這一天，現在只看到即將破碎一百多年的中華民國，3.58 萬平方公里的台灣。大陸說那麼一百多年前的中華民國又究竟在何方？當年楚立國於丹陽，地不過五十里，但其後的楚國已經開疆拓土五千里。那麼多出來的四千九百五十里國土，為什麼楚國可以憑實力把別人的地方據為己有，而秦國就不能憑實力把楚國也據為己有？楚國占領別人的國土是天命有歸，秦國占領楚國就不能說天命有歸？換句話說，為什麼中華民國可以推翻滿清把中國據為己有，並且說是天命所歸，而中華人民共和國就不能推翻中華民國把中國據為己有，並且不能說天命所歸呢？

　　藍綠委說，大陸不用跟他們說中華民國的事，天命有歸，這不在他們的把握之內。大陸再說，那麼現在中華人民共和國要做的，就是當年的中華民國所做過的事。藍綠委說，言下之意非滅中華民國不可？大陸說，若是中華人民共和國及中華民國合併，那麼兩地之間也許經過一場大戰，但戰後卻可換來兩岸永久的安寧，不是很好嗎？更何況現實中，戰爭並不是大陸唯一的道路，大家在未戰之前，大陸仍然一再強調是希望和平合併，共享共贏，兄弟同心，其利斷金，不是更好嗎？上述的例子根本每一個朝代都會發生；只不過，當年芈月滅楚是不會先通知楚國的，但今天的大陸不但先知會台灣，還讓台灣很多話語權，希望能不傷一兵一卒情況下兩岸合併，這已經是好到不可再好的了！」

　　謙新話音剛落，即有青年問道：「共產黨一向給台灣美國一些的政客或專家形容為邪惡政黨或狼子野心，這一點你們又會想到哪一套

影視作品去聯想呢？」

　　大榕笑道：「有人說，有中國人的地方就有金庸，海外如是，台灣更如是。所謂『飛雪連天射白鹿，笑書神俠倚碧鴛』，金庸影響兩岸四地及中華民族，而且還涵蓋老幼中青，可謂無遠弗屆，也無出其右。其實金庸也曾痛恨共產黨，且小說中也留有痕跡，但見了鄧老先生後，金庸便一笑泯恩仇，也明白到改朝換代的大勢所趨。然而，金庸擁有大俠胸懷，樂見大陸開放改革，他欽佩鄧老先生的風骨，視他為如郭靖般的英雄人物。

　　金庸曾在金門發自肺腑地說，『我這一生如能親眼見一個統一的中國政府出現，實在是畢生最大的願望。』而鄧老先生第一次見金庸便對他說，『中國以後的三大任務，是在國際上反對霸權主義、維護世界和平與及完成祖國統一。』二人可謂一見如故，金庸的作品中不忘破碎山河及民族情懷，還參與香港基本法。台灣一些政客既然心中有金庸，還常常比喻自己是金庸筆下的英雄人物，也就應學習金庸的胸襟氣度和正義感。而說到金庸的名著中，當我看到在旁的『鄒紫箸』，就不得不提《倚天屠龍記》，也大可借此劇回答這位朋友的提問。」

　　此時全場即引來一片笑聲，也看出紫箸有點覥腆及無奈。

　　大榕隨即笑看紫箸：「不好意思，我說笑罷了！言歸正傳，說到《倚天屠龍記》內裡的情節，也不得不提金庸先生的目光遠大與及借古諷今。話說，峨眉派是郭襄郭女俠創建，郭襄也是郭靖及黃蓉的小女兒，而郭靖與黃蓉卻是抗元的民族大英雄。再說回現任峨眉派掌門滅絕師太，為了殲滅明教，並聯合六大派圍攻光明頂，皆因滅絕師太引導六大派認定明教是魔教！那麼明教是不是魔教呢？當然不是！明教的教規是懲惡揚善，解救世人，只是由於受到歷代朝庭的鎮壓，從而轉為行事詭秘，才會被江湖視為邪魔外道。但自認名門正派的峨眉派掌門滅絕師太，大家又認為她為何如此痛恨明教呢？」

　　台下一青年即舉手道：「因為滅絕師太認為自己是名門正派，明教是邪魔外道，但偏偏她寄予厚望的愛徒紀曉芙卻與明教楊逍在一起，令峨眉派蒙上最大的汙點，所以才如此痛恨！」

　　大榕微笑：「嗯！我認為您只是說對了少部分。無可否認，自己心愛的徒兒令峨嵋派蒙上汙點是原因，但這只是一個催化劑。滅絕師太真正的目的，是她以為由峨嵋派領導六大派消滅魔教，是光大門楣的第一步，而她最終的目的，是希望尋到屠龍刀再結合自己的倚天劍，從而號令天下，稱霸武林。只可惜中途突然殺出了一個張無忌，在六大派圍攻光明頂的時候，武當派最先退出，有效地瓦解了六大派的軍心，從而令張無忌成功地化解了與六大派恩怨，還領導明教從弱轉盛，最終還得了整個江山。然而，以上故事內容，其實在現實世界中，也有類似的情節，您們會聯想到什麼呢？」

　　剛舉手之青年答道：「如果拿現實作比喻，那一定想到明教就是中共，而峨嵋派則一定是藍營了，因為藍營一直都認為中共是邪魔外道、共匪、狼子野心，也一直希望殲滅大陸，從而光大中華民國。萬萬沒想到中途殺出了一個鄧老先生，令光大中華民國帶來了不少的挫折，最後還多了一個現任領導人的橫空出世，令大陸從弱轉盛，注定中華民國無法染指整個江山，對嗎？」

　　剎那間哄堂大笑。而大榕也笑道：「這樣說也對！不過，我認為您又太高估了藍營的野心。無疑，台灣的政黨想光大中華民國或台灣是毫不穩藏的，但台灣絕不敢奢望得到屠龍刀，從而和倚天劍結合，再號令天下，稱霸世界，對不對？那麼，您們認為誰最想殲滅大陸，並想稱霸世界呢？是不是很呼之欲出呢？」

　　此時，台下才恍然大悟，幾乎一致地回答：「美國！」「美國！」……

　　大榕續說：「對了！這個國家也必定是美國無疑，我們不妨看看是不是。話說二戰期間，德義日三個軸心國妄想稱霸世界，其後美國一方面聯合蘇聯等擊敗德軍，並發明原子彈成功投擲了廣島和長崎令日本投降，最終結束二次大戰，從而讓美國成為世界大英雄。說回現代的美國，從來都認為自由民主政制是普世價值，也就是所謂名門正派，共產主義是邪魔外道、狼子野心；因此什麼貿易不平衡、香港通過國安法、華為盜竊機密，新冠病毒源頭及疆藏人權，全部都只是催化劑，其真正目的就是以為由美國為首加上五眼聯盟及一些小弟共

同圍堵中國，是美國再次偉大的第一步，而最終的目的，當然是希望殲滅世界老二中國，並尋回最大經濟體寶座再結合自己的最強軍工武器，從而號令天下，繼續稱霸全球。

只可惜，五眼聯盟及一些小弟還未出師，德法韓等最先聲明退出，其後歐洲及東南亞多國也先後明示不會為中美選邊站，有效地瓦解了美國圍堵的霸心，加上中國在自己疫情稍為舒緩下即馬上向世界拖以援手，成功地化解了世界很多愁緒，還領導世界經濟回復正軌，最終獲得國際普遍的認同，當然中國最終無意染指整個世界，但足以令美國始料不及！然而，從《倚天屠龍記》我們又可以得知，當六大派要圍攻光明頂，張無忌救六大派時已被周芷若刺傷，但滅絕師太還要武當出手要為武林除害，此時武當宋遠橋說出了至理明言，『**若然乘人之危，那麼名門正派與邪魔外道又有何區別？**』

現實中，一些國家或地區以民主自由及人權為普世價值自居，但到最後往往來說是非者便是是非人，甚至是來說下石者便是投石人！正當中國壯士斷臂全力抗疫，一些國家及地區不但沒同理心，還指中國製造病毒害慘世界，這不是乘人之危，名門正派也露出邪惡的本性嗎？當然，他們散佈謠言，儘管說多了一些人民會信以為真，但是公道自在人心，人在做天在看，真相會愈辯愈明，人民也終會有清醒的一天！因此，中國領導層就有如『張無忌們』，不但令中國化險為夷，而且進一步光大中華！同樣，反共政客們及專家們就有如『滅絕師太們』，而反中青年們也有如『宋青書們』，都別以為自己才是名門正派，看看滅絕師太及宋青書的下場，就不難找到答案。」

第 69 回

延禧攻略 看美中台三角關係

隨後，即有青年問道：「我的問題與他們之前有點不同，台灣之前很多人喜歡看《延禧攻略》，如果我指定是用《延禧攻略》一劇，

你們又會聯想到有什麼關於兩岸關係，甚至美中台三角關係的事情呢？」

謙新笑道：「問的好！說到《延禧攻略》，這套在台灣總播放量破億，海外流量破 150 億的清代宮廷劇，曾被業界稱為神劇的童話。

如果拿此劇來借『故』喻今，也可發人深省。劇中一幕，乾隆對魏瓔珞說：『朕想做一個明君，可現實告訴朕，實在是太難了，這個帝國就好像一艘巨艦，朕想好好掌舵，卻屢屢受挫，偏離了航向。』魏瓔珞回道：『皇上，吳中曾有民謠：【乾隆寶，增壽考，乾隆錢，萬萬年】，奴才知道，皇上所做的一切，百姓都記在心裡，看在眼裡，奴才知道，國家很大，事情很多，但皇上只要一件一件去做，就算結果不盡人意，總是無愧於心，無愧於天。』

值得留意的是，此段劇情是發生在魏瓔珞還未被乾隆受寵之前，而魏瓔珞當時還正在富察皇后教導之下讀書學字，一個剛有學識不久的奴才，都能說出這番說話，乾隆又怎會對她不士別三日，刮目相看？與及怎不動容，感概萬分呢？說真，乾隆年代的清朝，幾乎與外世隔絕，單單是國內問題，都已令他千頭萬緒，更何況今天中國的周邊及國際環境複雜了千倍萬倍。所幸中國國民今日的素質已日漸提昇，領導人所做的一切，百姓都記在心裡，看在眼裡，也從而團結一致，與領導人並肩作戰，不為國家添亂。但同時間也是一面照妖鏡，反映出一些台港人士，雖然同樣是中華兒女，卻同室操戈，助紂為虐，怎不令人悲痛可惜！」

謙新說到這裡，台下即有另一青年笑道：「你似乎說的不夠精彩！我能否說幾句，但只是一段不是全部，可以嗎？」

謙新即回：「當然可以！請說！」

青年突然戲精上身：「東廠宦官回道：『皇上，台中已有民謠：「香蕉皮，芒果乾，萊豬腥，核食沖」，奴才知道，皇上所做的一切，百姓都記在心裡，看在眼裡，奴才知道，萊豬很腥，核食很沖，但皇上只要一件一件要人民吃，就算結果不盡人意，總是無愧於心，無愧於天。』我說的就是這麼多！」

全場隨即彎腰捧腹，不能抑制！

　　謙新鞠躬笑道：「甘拜下風！哪我說下一段了。另外，乾隆也曾對魏瓔珞說：『有時候，一個昏聵無能的官員，他的危害不比貪官汙吏小。』劇中，乾隆想賜一位無能的官員死，便問魏瓔珞：『你會不會覺得朕是一個殘忍的君王？』魏瓔珞答：『會！但會又如何？皇上總想做一個完人，可世人哪有完人呢？殺貪官，貪官會恨你。殺庸臣，庸臣會怨你。要怨就怨，要恨就恨，落子無悔，決不回頭！』我想中國的領導層也是如此吧。家是最小的國，國是千萬的家。只要中國其中一個地方獨立，勢必牽一髮而動全身，最終弄至全國分裂，身為領導層也定必成歷史罪人。因此，如果真的台獨步步蠶食並超越紅線，至今和統無望，站在國家領土完整情況下，武統也許勢難避免，中國只能用盡方法把傷害減至最低。

　　因此，若真的走上這一步的時候，台獨分子一定會怪罪大陸，但是會又如何？每個國家都有自己的人文習俗，那一種制度適合自己唯有自己民族最清楚。說到底，不讓台獨，台獨分子會恨大陸，不容獨台，獨台分子也會怨大陸。但大是大非面前，要怨就怨，要恨就恨，落子無悔，決不回頭！因為廣大人民知道，除了中國領導層有維護國家領土完整的責任之外，最重要是他們有足夠的信心，這樣做不是害了台灣人民，國家的完整統一才會令中華民族更強大、更富裕，才會令台灣人民將來生活更好、更有尊嚴，與其讓台獨分子步步蠶食，甚至已經超越紅線，不如搗破他們換來全體中華民族的長遠幸福，來的更實際、更具意義。」

　　大榕接著：「我也非常欣賞《延禧攻略》，其中也有經典一幕，我記憶尤深，也可回答您所指的美中台三角關係的事情。話說那拉氏皇后拜會魏瓔珞說：『本宮對你直言不諱，皇上雖然對你用心，可你到底是包衣出身，本宮提醒你一句，我才是大清皇后，就算你再得寵，任何人都無法取代本宮。』瓔珞說：『皇后娘娘，知道剛剛我讓小全子幹什麼去了？我讓他把昨天沒用的羊奶山藥羹送去養心殿，換一道蘇造肉回來。』皇后冷笑道：『你真做的出來！』

　　瓔珞說：『是啊，我什麼都敢做，什麼都能做，這是寵妃的待遇！可要是當了皇后，凡事循規蹈矩，處處拘束，我可做不來！』皇

后暗喜道：『你是告訴本宮，自己沒有野心？』瓔珞笑了：『皇后娘娘不主動招惹，我自然沒有野心。』皇后再問：『萬一你生出阿哥，真不為他打算？』瓔珞回話：『皇上何等性情，容得後宮左右立嗣嗎？和您說句實在話，魏瓔珞從來不怕鬥，愈鬥愈精神，您要繼續，臣妾奉陪到底！可您打不倒臣妾，臣妾也扳不倒您，鬥來鬥去，全白折騰！與其鬥得你死我活，不如偃旗息鼓，各自安好！』皇后笑了：『你倒是痛快！』

瓔珞隨即嚴肅地：『不過，臣妾有一個條件！』皇后問：『什麼條件？』瓔珞直言：『皇后娘娘必須答應臣妾，無論何時、無論何事，不可對孩子出手！』皇后再問：『你的孩子，還是別人的孩子？』瓔珞回道：『紫禁城裡的孩子！』皇后輕蔑曰：『本宮不屑傷害稚子，你這麼說，未免太小瞧本宮了！』瓔珞放下心頭石：『好！只要皇后說到做到，紫禁城保管風平浪靜，天下太平！』皇后也舒一口氣：『好，大家一言為定！』

換了現實的世界，又是怎麼樣的一回事呢？話說中國崛起已勢不可擋，即使美國費盡九牛二虎之力，用盡貿易牌、科技牌、病毒牌、金融牌、台灣牌、香港牌、新疆牌等等，都扳不倒中國，當正式接近臨介點之時候，便會毫不猶豫拜會中國說：『我們就開門見山，直言不諱，你們雖然已經崛起，可中國到底是個發展中國家，美國提醒你們一句，我們才是世界盟主，就算你們怎樣進步，任何國家都無法取代本尊的地位。』中國說：『美國先生，知道剛剛我們從青海及浙江準確地發射四枚東風快遞命中中南海的目標嗎？』美國冷笑道：『你們真做的出來！』

中國說：『是啊，我們什麼都敢做，什麼都能做，這是維護國家安全及領土完整的必然手段。可是當了世界盟主，凡事都要管，都要理，處處拘束，我們可做不來！』美國暗喜道：『你們是告訴本國，自己沒有野心？』中國笑了：『美國不主動招惹，我們自然沒有野心。』美國再問：『萬一你們經濟總量甚至將來人均收入、軍備武力皆超越本國，都不動搖任世界盟主之打算？』中國回話：『中國民族眾多，周邊地緣政治複雜，加上一帶一路，我們做好各方面工作已

經夠忙，還容得我們兼顧整個世界嗎？和你們說句實在話，中國從來不怕鬥，愈鬥愈精神，你們要繼續，中國奉陪到底！可美國打不倒中國，中國也扳不倒美國，鬥來鬥去，全白折騰！與其鬥得你死我活，不如偃旗息鼓，各自安好！』美國笑了：『你們倒是痛快！但我們還需中國答應協助本國……等等條件。』

　　中國隨即嚴肅地：『沒問題！不過，中國也有一個條件！』美國問：『什麼條件？』中國直言：『美國必須答應中國，無論何時、無論何事，不能再干預國家的領土及內政！』美國再問：『你們的台灣香港內政，還是別國的領土內政？』中國：『整個東海南海亞洲國家的領土及內政！犯罪分子清單必須協助引渡。』美國輕蔑曰：『1894年我們超越了英國，英國也乖乖當老二，儘管我們當時實力是全球最大，但大英帝國在世界各地的殖民地我們也不會碰他們一根毫毛。只要我們兩國達成共識，美國不屑干預中國「想照顧」的領土及內政，你們這麼說，未免太小瞧本國了！』中國放下心頭石：『好！只要美國說到做到，整個太平洋印度洋東海南海保管風平浪靜，天下太平！』美國也舒一口氣：『好，大家一言為定！』

　　也許，我對上述之聯想與現實之將來總有出入，但大家也不能否定這個可能，無論如何，我還是希望台灣反中人士，珍惜當下，方得善終！」

　　大榕語畢，萊恩接上：「《延禧攻略》這部中國電視作品我也看過一回，或者我也補充一點。無疑，魏瓔珞最令人印象深刻，就是她的為人處世。她本著『兵來將擋，水來土掩』的鮮明性格，在最初經典的台詞就有：『**我魏瓔珞，天生脾氣暴，不好惹，誰要是再唧唧歪歪，我有的是法子對付她！**』從一開始就深入民心。然而，魏瓔珞的不好惹，做事差不多有仇必報，以其人之道還治其人之身的手段，台灣的觀眾似乎很是受落，甚至快意恩仇，皆因中華民族的俠義基因，路見不平拔刀相助的觀念，不無關係；況且台灣許多輿論均認為，類似事件發生現代人的職場上，時有發生，可看出台灣觀眾也許會感同身受。

　　可是面對現實世界的中國，卻永遠持著雙重標準。我們不妨就

2020 年中印邊境衝突之事作例子吧。從 1959 年開始至到現在，中國對印度自衛反擊戰就已經上演無數次，但儘管多次中印的邊境衝突，中國軍隊都是戰勝，特別是 1962 年擊敗 30 萬印軍，但從來都沒有一次乘勝追擊，深入印度國土，而是見好就收。同樣，上世紀 70 年代末，越南背信棄義在蘇聯的慫恿和扶持下多次侵擾中國邊界，殺害中國軍民，終於在 1979 年中國在退無可退的情況下對越南進行自衛反擊戰，當時短短 28 天中國便拿下了越南北部重鎮諒山，面對大可直搗河內的局面下，中國依然見好就收，不但全面撤軍，而且同樣沒有拿走越南一寸土地。

從中國近代史的兩大戰爭，可以看出中國沒有奪取別人一寸國土的基因，確是信而有徵。因此，看到台灣綠營人士看《延禧攻略》都挺魏瓔珞，對於她有仇必報感到痛快及認同，起碼覺得是她要對付的人，都是先撩者賤，受到教訓也是無可厚非，咎由自取。但看待中國就完是兩回事，不但沒站在同一民族的角度，起碼作出精神上的支持，反而不斷謾罵中國窮兵黷武及欺負別國，甚至聯手美歐澳印媒體攻擊中國。事實上，如果中國是窮兵黷武，喜歡霸凌欺負別國，面對印軍的蠶食、挑釁，中國早就應該學似魏瓔珞，有仇必報，乘勝追擊；但中國見好就收，甚至以德報怨。又如果中國外交部人員是『戰狼』，面對美國長時間的潑髒水、扣帽子、下絆子、拉圈子，中國也早就應該同樣有仇必報，以其人之道還治其人之身，但他們僅僅是偶爾才自衛反駁一下，卻遭綠營長期冠以『戰狼』來形容及攻擊。不同時空不同反應，雙重標準，莫過於此。

不過，劇中還有兩句說話，反而很適合台灣從政的人聽聽，魏瓔珞曾問慶貴人『若是有機會上位會如何？』慶貴人無奈說道『我美貌手段樣樣不如人。』而魏瓔珞立即向慶貴人說：『只要我幫你便成。想要保護家人，必須擁有力量，依附於強者，不如把自己變成強者！』也就是說，台灣從政者若真的想要保護台灣人民，必須擁有力量，若依附於美日，不如把自己變成強者！不過，台灣也要量力而為，看看自己能否成為強者，與及又能否成為豪豬，而萬一能成為豪豬，又是否真的仍然能夠抵禦中國？！可以說，台灣若想真的擁有力

量，甚至想令台灣『再度偉大』，就更應該統合中國令自己變成強者，而不是依附美日，這只會背道而馳，令自己只是假裝強者，實質是不堪一擊。」

第70回

琅琊啟示　巍巍皇權絕地逢生

其後，又一青年問道：「你們說了很多都屬古裝劇，如果拿古代的政客和現代的政客比較，你們會覺得最大的分別在哪裡？同時，你們之前常說要青年們不要人云亦云，對台灣的名嘴信口開河，與及評論的褊狹行為，務必要用求真及理智的心態面對，那麼你們又會想到哪一套影視作品去形容呢？」

格林笑道：「或者我也借近年難得的影視良心佳作，它不但掀起兩岸四地收視狂潮，就連日韓及東南亞觀眾，也深深被吸引的《琅琊榜》來回答您所有的問題吧。劇中的人物，如謝玉、太子、譽王、夏江、秦般若，以至梁帝蕭選等等都可說是反派之代表。事實上，在中國歷朝的政治鬥爭當中，我們不難看到君臣相殺、父子相弒、兄弟反目、至友反噬。在他們的眼裡，人不為己，天誅地滅，任何事為達求目的，一切都應該不擇手段，且理所常然。但古代的政客和現代社會的政客，他們的心態又有什麼不一樣呢？

我們可以看出，中國古代的政客他們的爭權奪利，不成功便成仁，而一旦成功，也許能坐享很久，甚至世襲一代傳一代。因此他們的惡劣行為，也許從某一角度看還是值得，而且在很多時候，當他們得了權與利又穩定的時候，他們便洗白自己，以善良人的姿態從新做人，再不需繼續做以前卑劣的行徑，而最佳的例子就是貞觀之治的唐太宗了。但現代世界的政客便不同，特別是西方的四年一任的政治體制；由於無論議員以至總統，他們都是幾年一任，並不是長遠利益，因此他們大多數的爭權奪利，雖然未至於要殺人，但可能比古代人更

利慾薰心。或許知曉只是短期利益，所以更以快打慢，更不擇手段，而且由於在位當官的生涯時間短，因此沒有所謂的洗白期，也就是將犯錯進行到底，這也是西方政治體制最大的缺陷之一。

而從《琅琊榜》中我們得到的啟示是，劇中的太奶奶、霓凰、靜妃等多人很早便能夠認出林殊，可以說她們憑的不是她們的眼睛，而是用她們的心去感受到。即使是言侯只有兩面之緣，就猜到梅長蘇是祁王府舊人的身分，而老奸巨猾的夏江，也早早懷疑梅長蘇應是祁王舊人。唯有劇中的靖王，長期蒙蔽了自己的眼睛，即使有眾多的蛛絲馬跡、有跡可循，卻依然遲遲認不出眼前人就是自己最好的摯友。從另一角度而言，就是太過於相信自己的眼睛所看到的。然而，在現實生活中，其實像靖王的人也為數不少。

在一些人的眼裡，以為眼見便為實，但往往很多時候，眼看到、耳聽到的事未必是真相的全部。從往年北京的『六四事件』，前年香港的『反送中運動』，去年武漢的『疫情事件』，今年的『新疆綿事件』等等；再到台灣的『茶葉蛋論』、『榨菜論』、『中國沒煤沒油沒飯吃論』之類的無中生有，捕風捉影，我們所看到外國及台灣評論，甚至網絡上散佈的消息，很多都屬信口開河，不是事實的真相。因此如果我們是一個理智的人，很多事情還是要用心去感受，要用科學的思維去一步步考究查明，也許才能知道事情的來龍去脈，以至真相大白。如果僅憑眼睛看到，並以自己的意識形態及預設立場去看事情，那麼只能說那是掩耳盜鈴，自欺欺人。當然，如果永遠活在意識形態的人，也是自己個人選擇，別人也無從干涉，只是這樣長期的自我催眠，不斷欺騙自己的人生，能活的有意義嗎？」

格林說畢，即有青年問道：「對於我們執政黨近年的荒腔走板，與及現今兩岸僵持的死結，不知道你們又會想到哪一套影視作品去形容呢？」

謙新笑道：「多得剛才的青年朋友指導，令我受用無窮，現我也想東施效顰一下。說回《琅琊榜》令人啟示的事，又豈會這麼少？當中也許能回應您的問題。或者，我先和大家分享劇中一段精彩對白。在殿上，皇上對梅長蘇說：『朕不滿祁王，皆因祁王在朝，籠絡人心，在府，清談狂論，連大臣的奏本，都言必稱祁王之意，朕如何容

得！他既是臣又是子，卻在朝堂之上屢屢頂撞朕，動不動就是天下，天下，你說，這個天下是朕的天下，還是蕭景禹的天下啊？』

　　梅長蘇即說：『天下乃是天下人的天下，若無百姓，何來天子？若無社稷，何來主君？戰士在前方浴血沙場，你遠在京城，只為了一念猜疑就揮下屠刀。在陛下心中恐怕只有巍巍皇權，又何曾有過天下？』

　　這段對白在現實中，我們也許認識到執政黨的荒腔走板。就好似某年某日在台南，有人對子民說：『朕不滿藍營，皆因藍營在民間，籠絡人心，在評論節目上，清談狂論，連我提出改國號為『中華民國台灣』，藍營卻依然留戀『中華民國』及『九二共識』，朕如何容得！你們看台軍見朕也要行鞠躬禮，藍委既是在野又是朕的子民，卻不管在哪裡均屢屢頂撞朕，動不動就說中華民國，而不是說中華民國台灣，你說，這個天下是朕的天下，還是藍營的天下啊？』

　　台南子民說：『天下乃是天下人的天下，若無百姓，何來總統？若無社稷，何來女帝？你看我們都已經在你面前泡在水裡，你卻站在雲豹甲車高居臨下無動於衷，又情何以堪呢？你遠在京城，只為了一己的堅持，在司改表決中要投票到滿意為止，還把勞工年金、司法改革、同婚立法、非核家園、轉型正義、萊豬核食等，通通強行過關，我們都明白，觸碰到『中華民國』及『九二共識』就是挑戰到你心中的最大逆鱗；我們更明白勞工是你口中最軟的一塊，就是因為人民心太軟，所以才會那麼容易被你吃掉；你雖然當過台鐵改革小組召集人，但你每次都說聽到了，卻從來沒有改進，原來人民在你心中，永遠只有我，沒有我們！你遠在台北，只為了一己猜疑就把高雄市長、CTI電視台等揮下屠刀；在陛下心中恐怕只有巍巍皇權，又何曾有過天下？』

　　因此，大家都不難看出，所謂『謙卑、謙卑、再謙卑。』都只是向著美國或日本主子的時候才會做到，而『其實我是接近民眾的，只是你不知道我在接近你而已。』也恐怕這個『我』是指萊豬吧！」

　　謙新仿佛了得，意有所指，一時間令在場人士哭笑不得。

　　大榕接著道：「我也想分享《琅琊榜》其中另外的一段戲來回

應您的第二個問題吧。大家都知道，在《琅琊榜》中，言侯爺雖戲分不多，卻一直演技在線，其中一段對白更是精彩。言侯曰：『我不會幫著譽王去對付太子，我更不會幫著譽王去對付靖王。』梅長蘇回：『我話還沒說完，侯爺怎麼能斷定我今天是來請你相幫的，是譽王呢？』言侯再曰：『難道不是讓我去幫著譽王對付靖……（說完自己也愣住了）』而言侯之兒子豫津隨即：『蘇兄來拜訪父親，難道是想要父親幫助靖王麼？』梅長蘇點頭回：『侯爺可願意？』言侯道：『朝局混亂，後宮兇險，人心巨測，陛下偏私，在此情形之下，靖王對譽王沒有勝券。我安居府邸，好歹算是一個富貴閒人，你卻讓我捲入一場並沒有勝券的爭鬥中。』

梅長蘇不隱瞞直言：『是！』言侯即問：『當今的皇后是我胞妹，譽王是皇后的養子，你讓我幫著靖王去對付譽王，於情理不合。』梅長蘇再直言：『確實如此！』言侯再問：『不合情理又無勝券可言，先生何以提出如此要求呢？』梅長蘇只說：『侯爺，您可願意？』言侯沉默一會，然後斬釘截鐵道：『願意！』對於言侯的決定，梅長蘇一點都不覺得意外，因為他知道言侯爺對皇上、太子、譽王都心寒，所以一定會答應！果不其然言侯再度表明心跡：『君子一諾，生死相隨！』

這可算是言侯爺和梅長蘇最精彩的對戲了。讓我也聯想到如果要化解兩岸僵持的死結，可能在未來，有一位『名人』及一位『凡人』也會如此說道。名人曰：『我不會幫著藍營去對付綠營，我更不會幫著藍營去對付『某』營。』凡人回：『我話還沒說完，名人兄怎麼能斷定我今天是來請你相幫的，是藍營呢？』名人再曰：『難道不是讓我去幫著藍營對付『某』……（說完自己也愣住了）』而名人之兒子隨即：『凡人兄來拜訪父親，難道是想要父親幫助『某』營麼？』凡人點頭回：『名人兄可願意？』名人道：『兩岸混亂、兵凶戰危、人心巨測、美國偏私，在此情形之下，『某』營對藍綠營均無勝券。我安居府邸，好歹算是一個富貴閒人，你卻讓我捲入一場並沒有勝券的爭鬥中。』

凡人不隱瞞直言：『是！』名人即問：『當今的綠營已如日中

天，愚民了得，藍營當年的兩岸和平政策我又是受益者之一，你讓我幫著『某』營去對付藍綠營，於情理不合。』凡人再直言：『確實如此！但……知否？知否？兩岸應是綠肥紅瘦，綠弱紅強！』名人再問：『但……始終不合情理又無勝券可言，先生何以提出如此要求呢？』凡人只說：『名人兄，您可願意？』名人沉默一會，然後斬釘截鐵道：『願意！』對於名人的決定，凡人一點都不覺得意外，因為他知道名人對現時之綠營、藍營、白營都心寒，假設大家撒手不管，任由兩岸敵對發展不斷加深，繼續讓子彈飛，只怕最終武統兵臨城下，就大家都 GAME OVER（玩蛋），什麼條件都不用談！不如兵行險著，集合台灣精英力量，協助一個全新成立、尋求專嚴統一的『某』營也許對台灣絕地逢生，更有希望，所以一定會答應！果不其然名人再表明心跡：『君子一諾，生死相隨！』

也許，上述比喻有點抽象，而『某』營也只是一個比喻，但求台灣青少年知道未來的台灣才是您們的，究竟何去何從，還是要用智慧細心揣摩。」

第 71 回

少 林 足 球　雖精神病但沒關係

未幾，即有青年笑問：「如果要你們選取任何一套韓劇，又可聯想到兩岸關係的，你們又會選取哪一套韓劇去形容呢？」

紫箸笑道：「這個提議不錯，或者我就說說一套韓劇來回應您的問題，而且此劇在兩岸四地也曾受熱捧，獲得不少迴響，我說的就是『雖然是精神病但沒關係』。說到這部治癒人心的作品，除了故事新鮮，劇中的主角要麼是有精神病，要麼就是性格有所缺陷，不但男女主角搶眼，戲中許多配角也是不能忽視。當中男主文江泰與自閉症哥哥文尚泰，其兄弟情的展現令人動容。劇中，男主江泰從小便被媽媽賦予了『照顧』哥哥的使命，但江泰起初很抗拒，他希望文江泰要做

文江泰，要做回自己，他也不想永遠當哥哥的守護神，這番說話尚泰很早就聽在耳裡，記在心裡。

隨著母親的驟逝，兄弟倆人便自幼相依為命，互相治癒。然而高冷黑暗的女主高文英的出現，她不但和文江泰互相扶持，也發掘了文尚泰的繪畫天分，從而簽約成為她的童書插畫家，並一戰成名。在大結局中，江泰尚泰文英三人開心的出門旅遊，在愉快的旅途中，尚泰不斷被其他童畫作家邀請畫畫，於是他跟弟弟江泰說：『**我想工作，我想畫畫，比起旅行，工作更有意思，我現在是被需要的人了！**』尚泰選擇離開弟弟，除了因為想要通過自己的方式獨立，他更突然向江泰說：『**文江泰是文江泰的，你是你的，我是我的！**』他亦希望不要再依附弟弟，讓弟弟做回自己，泣不成聲的江泰明白哥哥苦心，也看出哥哥真的長大，可以放心過回『屬於自己』的生活，三人最終互相救贖，各自找到幸福！

然而，兄弟二人儘管種得解脫，但親情尚在，而且各自生活，他日重逢定必情更濃！這一段情節也讓人聯想到兩岸情，尚泰不想再依附江泰，要自己獨立生活做回自己。的確，很多台灣人一定是這樣想，台灣是台灣的，你是你的，我是我的，台灣不希望再依附大陸，台灣要獨立生活做回自己，但有此想法的人，卻忽視了一個重點。即使是現在，北京人一樣自己在北京生活，上海人一樣自己在上海生活，深圳人一樣自己在深圳生活，香港人一樣自己在香港生活；大家都不會影響誰，他們有空便自由地跑到別的城市住住，或有空便走到國外旅遊，但前提是大家都在一國之下各自生活。儘管每個家都是獨立個體，卻大家都是中華民族，民族情感是永遠存在的，就正如尚泰江泰兩兄弟，即使最後是分為兩個家，但兄弟骨肉之情是永遠存在的，是不能分割的。他們的離別只是暫時，而不是從此老死不相往來。

同樣道理，大陸要求兩岸統一，與台灣是台灣的，要獨立生活做回自己等等要求，是毫無衝突的。所謂統一，也只是一國之下大家各自生活。至於說到台灣不希望再依附大陸，這一點更是本末倒置！就拿今時今日的台灣來說，由於兩岸政治隔絕，弄至台灣邦交只得廖廖數小國，也就是有一百多國不能隨便的與台灣作政經正式往來，多個

自貿協定台灣均只能望洋興嘆，相反我們執政黨愈是想擺脫大陸，卻貿易經濟更需倚賴大陸，而時間愈久，台灣經濟依附大陸，只會愈來愈深。但倘若敢邁出統合的一步，台灣就等同甚至超越香港，不但可加入世界各大組織，更名正言順和世界各地建立政經關係，既保持了台灣社會要獨立生活不變，更是真真正正的不再依附大陸，而最重要是不再依附美日，這時候才是『台灣做回自己』之真實呈現！」

　　湫彤不加思索：「說到『雖然是精神病但沒關係』，我也感慨良多。特別是對於這個劇名，更是令人有許多遐想。而既然提及到精神病，那麼我們也不妨天馬行空，大膽的假設一下。比如說，我記得在去年《海峽論壇》中，就曾經有一名原住民阿美族青年公開表態自己是驕傲的中國人！他說『想要讓世界聽到我們原住民的聲音！我們可以只是台灣的 2%，但應該要是這個島上珍貴燦爛的存在。我希望用自己的成功的經驗，讓部落可以自主站起來，這樣他們從小爭取的原住民自治區才會有談判的籌碼，而不是主流的施捨。』我聽後也為這位原住民感到無奈，因為只是幾十年前，原住民才是這個地方的主人，才是主流喔。而且換作是大陸，愈是少數民族愈是矜貴愈受呵護，這一點台灣都很難做到。

　　同時，如果說當年中華民國人民因國共戰亂而走難來到台灣並長住了幾十年，台灣就變成自己的地方；但是，當年中華民國人民來到台灣時，有問過原住民他們准許嗎？當然沒有，他們靠的是人多勢眾，用實力迫原住民就範。同樣道理，將來大陸取回台灣這塊地方，靠的也是人多勢眾及實力，但唯一不同的是，大陸不但不會強迫要台灣人民就範，而且當年的中華民國人民是真的踏上台灣的土地，並占據了這塊土地而居住；但今日的大陸，即使最後大家統一，但大陸人民都有自己的幸福家園，因此，不但不會拿台灣人民任何的土地而居住，他們甚至不會改變您們原有的資產，及所有生活習慣，還會大力幫助台灣發展，令到您們生活條件大幅提高，豐富您們的收入。他們但求的是，您們認同是自己人，僅此而已。

　　我實在難以想像，假設現實生活中隔鄰有一大家族，幾乎長年累月及無條件地一直讓利自己，關懷自己，卻對方只求自己認同是自己

人；此時，我卻會聯想到他們是否向我迫婚，甚至想到他們是否想強暴我，儘管這大家族人山人海，有老有小，有男有女，但我仍然覺得他們就是想強暴我，原來我是如此的有這麼大的魅力和吸引力，令到他們全部均想入非非！即使有人說，當年日本人屠殺我們的民族，甚至多少婦女被姦殺或作慰安婦，但我認為她們都是自願的。

　　總之，在我的心目中，中國是狗不理，日本就一級棒！中國人每一次和我接觸，我便認定是他們是必有所圖，一定是想占有我！其後我接受了治療，才了解到原來我是思覺失調，精神分裂，患神經病的不是他們而是自己！但最終這家人仍然不介懷，他們還告訴我『雖然是精神病但沒關係』，只求我儘快康復，走出自己的心魔，能分辨出那個是真實的世界，那個是虛幻的世界，從而心平氣和地認同他們是一家人，過著正常人的生活便好。」

　　蔓荷再接再厲：「剛才淋彤說這個比喻很有趣，我或者也延續她的說法，帶出另一個比喻吧。比方說，我原本是住在一小塊地方的人，也在這裡經營了一些小生意，雖然生活不是很富足，但我也知足常樂。但不知為什麼，最近我旁邊住在很大的一塊地的大家族經常來找我，告訴我現時我住的這塊地也是他們的，起初我都認為他們是神經病！但他們久不久就過來說同樣的話，此時，我總覺得他們都是不懷好意，他們一定是相中了我，只是我還未搞清楚，他們是想迫婚還是想強暴我，但明明這個龐大家族人來人往，有老有小，有男有女，沒理由全都對我有興趣喔，難道我本身是不男不女？

　　現在，我已經搞不清楚究竟我是男還是女了，一時間也陷入了精神分裂狀態！不過有一天，他們又過來探望我，並告知我原委。他們告訴我，現時我住在這塊小土地與他們住在的一大塊土地，在很久之前一直是同一塊土地，只是多年前大家的上一輩有了爭執分開了，他們還拿了一些證明給我看。起初我告訴他們，我是屬南島語族，我不是炎黃子孫，更不是中華民族。但他們也告訴我，他們只是想發展這塊土地，跟我認不認炎黃子孫及中華民族根本是兩碼事，我把自己當作南島語族也好，北島語族也罷，甚至東洋人或西域人都毫不相干。

　　不過，他們也叫我放心，現在他們的想法，並不是想占有現時我

住的一小塊地，他們的原意是把大家住著的兩塊土地一同從新發展，令兩塊土地的環境及發展更好及更有價值。而且他們原來的一大塊土地中，已經有足夠的地方住。因此他們的目的只是把兩塊土地結合後有更好的前景，對於他們來說，反正我現時住著的地方還是需要有人打理，因此還是交由我打理最為適合。

　　我想深一層，雖然我一直抱著小確幸過活，但如果對方無條件幫忙把我住的小塊地一同發展，令我收入增加，而且這家人還有 24 小時保全，雖然兩塊地一同發展，在外人看我和他們便等同一家族，但人家免費為我壯大，又把我的小生意門面弄得更漂亮更易賺錢，之後年年的保全費又全免，而且我仍然是有自己的獨立門口出入，我的生活習慣也不用任何改變，最重要令我原來的一小塊地更值錢，看來還是挺划算的，於是我便打開我的心結，開始接納了他們，並告訴了我以前對他們的奇怪想法。他們便笑說，他們不是想和我做夫妻，只是想和我義結金蘭，桃園結義罷了。況且大家以前本來就是同一家族，將來大家仍然是最好的兄弟姐妹，因此他們也告訴我，我以前『雖然是精神病但沒關係』，只要現在我打開了心結，將來大家一定相處的更好，生活也變的更精彩！」

　　湫彤及蔓荷的自黑即引來全場再捧腹大笑！但更慶幸的是，令在場的青年更加開始明白大陸尋求統一，並不是強搶台灣自己住的地方，相反自己的上一代才是真正強搶台灣原住民的居住地。

　　隨後有青年問道：「我聽過你們多次提到人無完美，我可不可以理解為每個國家也是如此？倘若你們認同這個觀點，那麼你們又會想到用哪一套影視作品去形容每個國家也無完美呢？」

　　亞伯開心道：「這道題問的挺好！或者我也分享一部香港的早期電影作品，而這部作品相信對兩岸四地而言也絕不陌生，我說的就是《少林足球》，也許能夠順帶回答您的問題。眾所皆知，中國國足每每讓球迷有『恨鐵不成鋼』之感慨，但看完年代久遠的《少林足球》，我卻有了另一番的想法。

　　據了解，《少林足球》是星爺在金像獎史上唯一同時獲得最佳男主角及最佳導演的電影，也是唯一在歐洲大放異彩的華人電影。單是

在義大利，賣座就高達近 1700 萬歐元，這又是為什麼呢？因為足球對歐洲人來說，就是向世人展示引以為榮的國技藝術，他們致勝的原因除了細膩的腳法、團隊的精神、充沛的力氣、軍師的佈陣，對於中國人來說，最大的吃虧就是歐洲人還擁有高大的身材。因此，對歐洲人來說，由一群在世界足球界寂寂無名的中國人，居然敢誇自己是冠軍的少林足球隊，就不得不看個究竟了。也尚幸《少林足球》是用誇張喜劇的元素作描述和包裝，否則對歐洲人來說，定必揶揄中國人夜郎自大，自我安慰了。

無疑，中國絕對是一個體育強國，每屆奧運會中國的運動健兒都是摘金無數，唯獨中國的男足，一直是中國球迷心中的痛。那麼，是否中國人就真的足球不行呢？其實我看到很多人都認為《少林足球》是妙想天開，但我就有不同的看法，或者就拿剛才所指歐洲人對足球的五大優點，看看中國是否真的欠缺：

第一，高大的身材。我記得中國的領導人曾經不止一次說過，中國人一定要學習『蒙古馬精神』，那就是要學習牠們的蘊含刻苦耐勞的奉獻精神、一往無前的進取精神、不達目的決不甘休的奮鬥精神！大家也許不知，蒙古馬雖然沒有國外名馬那樣的高大個頭，但生命力強、耐力頑強、體魄健壯。說到此，我剛才說到歐洲人擁有高大的身材，但正如蒙古馬一樣，雖然不是高大個頭，但勝在刻苦耐勞、鬥意頑強，而且矮小的人重心低，對控球盤球更好，已故的世界球王馬拉多納也只是 1 米 65，所以高大的身材不一定是優勝的條件；況且今天的中國男兒，高大而靈活的，也大有人在。

第二，細膩的腳法。這就不得不說回《少林足球》了。在《少林足球》中，大師兄絕技是鐵頭功，二師兄絕技是旋風地堂腿，三師兄絕技是金鐘罩鐵布衫，四師兄絕技是鬼影擒拿手，五師兄絕技是大力金剛腿，六師弟絕技是輕功水上飄。在六項少林功夫中，真正與足球沾上邊的，就只有鐵頭功、旋風地堂腿及大力金剛腿。另方面，中國的雜技聞名世界，當中的花式球技也玩的出神入化。當然，以上的功夫真的成一代宗師，都必須從小學起，如果我們再妙想天開，在 14 億人口尋找一群對足球及中國功夫充滿興趣的小孩，真的從小就訓練

他們少林的鐵頭功，令他們的頭槌更強勁有力；訓練他們雜技中的花式球技，令他們的控球及盤球更從心所欲；訓練他們少林的旋風地堂腿及大力金剛腿，雖不致於要百步穿楊，但相信足可令他們的傳球及射球技術更精準及更孔武有力；也許，長大後擁有細膩的腳法，便不是難事。

第三，**團隊的精神**。這一點我認為應該是現今中國的男足最弱的一環了，但是中華民族向來以團結精神自居，所以怎樣看都應該難不到他們吧。相信一支從小就培育一起訓練的全新男足，甚至可以技術性地、刻意地安排國家隊也參與全國的超級聯賽，用更多的『在一起』作賽來凝聚他們對團隊的精神及默契更發揮自如，應該便能脫胎換骨。

第四，**充沛的力氣**。這又是一個難以明白的問題，中國人也向來如蒙古馬一樣，從來是刻苦內勞；而且近年來，馬拉松賽事更在全中國各地井噴，參賽人數及規模也不斷提升，固然外國對馬拉松運動員有著科學先進的訓練方法，不過說回中國的少林寺，也是從小鍛鍊紮馬步、氣力及刻苦內勞等各種根基的好地方，相信利用少林鍛鍊氣力、體力的方法去訓練中國男足，定必會幫助不少。

第五，**軍師的佈陣**。理論上，佈陣就更不用說了。中國人的《孫子兵法》影響世界，行軍佈陣本來就是中國的強項，只是現今的中國足球教練，究竟有多少人對《孫子兵法》有興趣研究，那已經是另外的話題了。

因此，我大膽的說一句，與其說星爺的《少林足球》戲內他是希望發揚少林功夫，不如說戲外他更是希望發揚中國人永不言敗的蒙古馬精神，好好的把中國男足迎頭趕上。就正如星爺曾說：『**做人如果沒有夢想，跟鹹魚沒有什麼分別。**』如果套用在中國男足，現在的世界盃沒有中國，不意味著永遠沒有。只要中國人有夢想，利用人工智能及大數據分析的方法，從小孩、從校園去尋找男足，並以少林方式訓練男足，說不定會迎來中國男足鹹魚翻身的一天！

不過說到這裡，從另一角度看，世上幾乎好像沒有一樣東西可以難到中國人，但原來一個小小的足球，就足可難到中國人！更莫說中

國還是一個體育強國了！可看出人無完美、國無完美的硬道理；而且美國如是、中國如是，更凸顯人類互相合作、互補互利的重要性。」

金馬八佰 無謂執著一推便開

在全場掌聲之後，主持人說道：「由於時間關係，或者我們要爭取時間再問問今天最後的問題，對於大陸之前反制《金馬獎》，與及去年抗日電影《八佰》大陸票房大豐收，你們又有何看法呢？」

紫箬說道：「提到《金馬獎》就不得不提近年台灣影視業萎縮，我也有感而發。其實，台灣的影視業也曾經在兩岸四地紅極一時，香港也如是，但市場就是決定一切，這是不能不面對的現實。比方說，台灣每人吃 1 元的東西，與大陸每人吃 1 元的東西都是一樣，當大家都吃了，便沒有什麼分別。但如果大家都不吃而用來投資，那麼台灣 2300 萬人每人投資 1 元，和大陸 14 億每人投資 1 元的作品就天差地遠，2300 萬元和 14 億元作品的質感怎可比？就算兩套不虧不賺，台灣作品收回 2300 萬元，大陸作品收回 14 億元，但台灣人享受的是 2300 萬元製作，而大陸人是享受 14 億元的製作，關鍵就在這裡。

首先我先說電視市場，有台灣評論指『台劇《想見你》、《我們與惡的距離》在大陸收穫了極好的口碑，縱觀近年來大陸的電視劇產業，不乏有如《琅琊榜》、《甄嬛傳》、《慶餘年》等佳作，但大陸當下的電視劇產業熱衷於追大 IP，進行大製作、請流量明星，疏於對劇情本身的研究，疏於演員自身演技的精進。』我認為此評論有欠公允，兩套台劇成功不能論英雄。事實上，大陸演員大多科班出身，演技普遍較好；只是近年網劇盛行，由於以新人為主，所以偶像劇演員的演技才會比較幼嫩，這與台灣演員大多是靠天才，其實都是彼此彼此。其次是此番兩套台劇成功，恰恰就是凸顯大陸市場重要。誠然，台灣觀眾看陸劇是出於無奈，因為好劇近年大多數都是來自大

陸。相反，大陸觀眾看台劇大多是換換口味，餐餐吃魚翅都會厭倦，偶爾青菜也好好味，台劇如果只有一兩套便自滿，就未免太天真。

　　至於您說到台灣《金馬獎》，也是令人遺憾。眾所周知，因為『台灣之光』李安的面子，大陸年年用一線演員及導演捧場金馬，而金馬歷年的公平評選，贏得兩岸四地影業人員一致叫好，地位也是有目共睹。只可惜綠營把台獨黑手伸到金馬，利用一位歌頌太陽花紀錄片的得獎者作出台獨宣言，便摧毀了台灣電影人多年苦心經營的心血。金馬未來只有台星支撐，既失去光彩，也失去中華電影殿堂級展示的意義，試問迎合台獨的人士又得到了什麼？另外，早年《中國新歌聲》在台大演出遭獨派鬧場中斷，政府還支持其行為，扼殺了台灣青年一展才華的機會，都不是一個愛護子民及有為政府的應有之道。

　　最後，您提及抗日電影《八佰》去年大陸票房大賣超過 30 億元人民幣，台灣評論可謂五味雜陳，矛盾至極。當中，第一矛盾在於藍綠陣營對於國民黨功勞尤為關切，平日不承認是中國人，但論到功勞藍綠陣營都不可缺席。第二矛盾在於，罵大陸在青天白日滿地紅都是矇糊或遠鏡，遮遮掩掩有欠大度，卻刻意忘記台灣不但每年只給五套中國合資的電影在台灣上映，若有五星紅旗或有關音樂更別妄想在台灣放映，相比罵大陸遮遮掩掩，不知台灣完全禁有共產黨色彩的電影又屬於什麼呢？況且在大陸影視作品中，只要題材是有關民國時期，根本隨時都可清晰看到青天白日，也許罵的人從未看過罷了！

　　第三矛盾在於，說《八佰》講述國民黨抗日功勞而非共產黨功勞，這會令大陸人民非常尷尬。但事實上，中國八年抗戰每一處地方、每一段事蹟的抗敵都是可歌可泣，《八佰》只是描述 1937 年淞滬戰場的故事，而並不是概括中國抗日戰爭的所有事蹟，又怎能單憑以淞滬戰事就代表了整個中國抗日的功勞？可看出這些人的焦點，永遠放在誰的功勞大，而不是共同緬懷中國人民團結抗敵上，令人遺憾！同時，若說到真正尷尬也是綠營的台灣人吧，電影《八佰》講述抵抗日本侵略，綠營卻以皇民為榮，又怎會領略到歷史情懷？就比如台灣拍媚日劇《智子之心》，戲中就是美化日本人，而醜化自己中國人，台灣白衣天使報效祖國是日本，聽到日本投降竟痛哭流涕，怎不

令人唏噓嘆息！」

其後，主持人即說道：「在今天座談會最後的時間裡，不知亞伯有沒有一些說話特別想和現場的青少年朋分享呢？」

亞伯笑道：「好的。對於我是一個喜歡旅遊的人來說，我當然希望台灣的年青人若想全面地了解中國，最佳的方法就是親身經歷。事實上，行萬里路勝讀萬卷書，增廣見聞能消弭很多誤解，也許此時您會對中國有從新的認識。我們大可看看，月球繞地球一周僅需一個月，地球繞太陽一周就需要一年，而太陽儘管是恆星，但它也不是靜止的，太陽繞銀河系一周就需要費時 2.2 億年。從這個規律我們便可領會到，地球相對於銀河系，連滄海一粟都算不上，最多算是一點看不見的塵埃吧，那麼，居住在地球的每一個人，便可想像到渺小到什麼程度了！

而說到銀河系，我就想到中國便有不少的太空計畫，也讓更多年青人可以實現自己的『太空夢想』。就正如中國整個《天宮號》空間站計劃，其太空站內的實驗也不限科研人員，大學生、高中生如果有好的想法和創意，也可能在太空中實現。也許，生活在台灣的您們，是從來沒想過有機會參與太空計劃的，但如果兩岸有機會統合，中國的優勢也是台灣自己的優勢，中國的計劃也是台灣自己的計劃，這當然包括所有的太空計劃。台灣的青少年應該心懷志在四方，不要永遠抱著小確幸而活，坐困愁城。

與此同時，有人說世界上每個人都是被上帝咬過一口的蘋果，都是有缺陷的，只是有些人缺陷可能比較大，是因為上帝特別喜歡他的芬芳。比如世界歷史上，就有著三大怪傑，他們分別是文學家米爾頓是瞎子、大音樂家貝多芬是聾子、天才的小提琴演奏家帕格尼尼是啞子。如果按著『上帝咬蘋果』的理論來推理，那麼，他們都可能是由於上帝特別喜愛，才會被祂狠狠地咬了一大口的緣故。

當米爾頓記得他的雙睛，不能再同別人一樣看見大自然的時候，他在詩中的力量和美麗，卻變得更豪邁。貝多芬失聰後並沒有放棄音樂，相反他用他的堅持，給我們後代人創作了更多的知名樂章。而帕格尼尼中年後百病纏身更成為啞巴，但沒有人能阻止他的琴聲傳頌，

他依然在病痛中用獨特的指法去征服世界。這與上帝關了一扇門，還會為您打開一扇窗，與及孟子曰：『**天將降大任於斯人也，必先苦其心志，勞其筋骨，餓其體膚！**』都是有異曲同工之妙。

也許，您現在覺得很多不完美和不如意，但成功非偶然，愈是飽受煎熬及命運多舛，只要不放棄迎難而上，愈是迎來更甜美的果實。人生有挫折不可怕，可怕的是自暴自棄；迎難而上自強不息的結果，沒有最好只有更好，知難而退自暴自棄的結果，沒有最壞只有更壞。也許，我們常告訴失望的人往好處想，開不開心也是過，其實個人如此，社會、民族、國家同樣如此，為何一定要糾結或拘泥於無形的枷鎖，心裡總覺得此門已經被鎖著，但也可能只是自己無謂的執著而已，也許這扇門，根本輕輕一推便打開，就是這麼簡單。

同時，作為明白事理的人，不應單看自己所愛的顏色評論。事實上，看看不同立場的說話，才會知曉對方的思維及想法。多聽多種不同說法，也許更易分辨誰屬真假是非對錯，誰是誣蔑栽贓嫁禍，不聽不看片面之詞才是智者。更重要的一點是，中國不會因為您們一小撮人說崩潰便崩潰，說倒下便倒下，哪一種制度令人民裹足不前固步自封，哪一種制度令自己一往無前不斷壯大，也許您們未必清楚，但中國人民就看得非常清楚。

因此，不好嘗試打算改變他們，除非您們確定您們的制度，會更適合他們。此時，您們不但承認自己是中國人，而且要做一個光明磊落，遠大抱負的中國人，先樹立做好自己作為榜樣，您們可反過來要求統一，用您們的好去影響他們，令他們也變的更好，而不是您們把台港先弄得一團糟，那只會成反面教材，更加令中國人民堅定自己的道路是對的。無論如何，我衷心祝愿大家，您們都有一個美好的明天，謝謝大家！」

其後，主持人正式宣布第二天的座談結束，並說很期待亞伯多人明天的總結。而亞伯八人也鞠躬致謝，並在熱烈的掌聲中離開。

切 割 雙 刃 維持現狀權在強方

　　時間很快來到 11 月 14 日，也就是亞伯八人台灣第二次之旅的最後一天，而這一天參與的人士則集中是各黨政客、傳媒、學者專家、台商及青年代表等等。

　　這天早上，場內早已聚集各方人群，而除了紫箬外，亞伯師徒七人也準時出場，並獲在場禮貌式一致鼓掌。主持人也急不及待開腔：「相信大家都知，今天是亞伯他們今次來台的最後一天，也是各項問題總結的一天；因此，大家還是好好的把握，把該問的問題才拿出來討論，也正如亞伯從始至終的要求，就是凡事對事不對人，是解決問題不是製造問題，希望大家均以平常心面對，亞伯，我這樣說對嗎？」

　　亞伯笑道：「是的。完全準確。」

　　主持人即問：「首先，你認為台灣有沒有獨立條件存在？其次，以你的觀察，對於『台獨』及『獨台』的概念，你認為它們的意涵及結果又是什麼？最後，對於有人形容綠營是『切香腸式台獨』，你也曾這樣認為嗎？」

　　亞伯：「說到台灣有沒有獨立的條件，我們或者可以先從歷史說起。據我的了解，台灣過往也曾有過兩次嘗試獨立，但其結果都很慘烈。第一次獨立是鄭成功於 1662 年真的『成功』趕走荷蘭人，然後把台灣變成反清復明的基地，但可惜持續的時間並不長，很快便被清帝康熙派遣福建水師提督施琅統一了中國。第二次獨立是 1895 年清廷因〈馬關條約〉割讓台灣給日本，而當時台灣的原住民，由於不想歸順日本也被迫宣告獨立，只是最終還是敵不過日本，淪為日本的殖民地達 50 年之久。

　　誠然，中華民族五千年浩浩蕩蕩，也是經歷過一次次的改朝換代，以及分裂割據統治，例如春秋戰國、三國、五胡十六國、五代十

國，當中又以五胡十六國是中國古代史上最混亂的一個朝代。但不管怎樣，合久必分，分久必合，而且無論怎樣演變，歷朝歷代要求領土完整，古今皆然。即使您們的李登輝執政年代，早期也是承認一中，只因之前上至蔣經國年代，皆認為可反攻中國，其後判斷反攻無望，才拋出兩國論。

而事實上，早在 1997 年香港回歸之時，中華民國政府就曾發表了立場，也提到『**香港在歸還中華民族之後，應該要比殖民時代更加進步與繁榮，台灣人員若參加相關慶祝活動，宜以慶祝香港重回中華民族懷抱的心態待之。**』可看出在當時的台灣政府，對兩岸『**同屬中華民族**』這一立場上，並無分歧。同時，台灣也早在 1991 年便通過〈國統綱領〉，目的也是堅決貫徹三民主義統一中國。因此，無論 2006 年綠營終止適用〈國統綱領〉，還是今天藍營與綠營擁抱的『**獨台**』及『**台獨**』，都不會改變其『只許台灣放火，不許中國點燈』的策略，問題是這種要結果對自己有利才接受，但對岸卻不是傻瓜。即使面對國際，這一點台灣都很難自圓其說。

而綠營近年不斷打算切割中國以為很聰明，其實所持的藉口往往都是雙面刃。比如綠營說『**台灣人民來自南島語族**』，院長更直言『**1902 年以前沒有中華民族，中華文明事實上也是東亞文明，唸漢詩不等於變成中國人，我現在穿西裝不代表會變成外國人。**』首先，說唸漢詩不等於變成中國人，與說唸英文詩不等於變成外國人一樣；說穿西裝不代表會變成外國人，與等於說穿唐裝不代表會變成中國人一樣，都是廢話連篇，毫無意義。

沒有中華民族又好，否定中華文明也罷，這些皇民總是忽略了一點，站在中國人民立場，台灣向來都是中國的領土，直到今天都不採用武力奪回，是因為現時住在台灣的 2300 萬人民，都是自己的兄弟姐妹，所以才拖至今時今日，就是希望用和平方式去統合；綠營不是一直強調，中國如果武統要師出有名嗎？如果台灣這塊土地住的不是自己人不是中華兒女，而是南島語族，那麼就等同台灣這片土地，是被外族入侵被霸占；況且曾幾何時，這些『南島語族』還拿走中國大批的文物及黃金帶到台灣，中國就已經有充分理由及堂而皇之用武力

奪回，甚至驅除外族，還我河山了！

　　而與此同時，如果台灣是屬南島語族的土地，那麼您們為何又會擁有太平島、東沙島、澎湖、金門及馬祖呢？這已經充分說明，台灣就是中華民族長久以來的地方。當然，或許國民黨敗走台灣之時，原居民當時並沒抵抗，甚至歡迎，那只是因為認同來者都是自己人，都是中華民族的同胞吧。此外，台灣無論改護照，換名稱，如何凸顯 Taiwan 台灣二字，都屬『切香腸式台獨』，但問題是一條怎樣長的香腸，都有被切完的時候！當台灣愈用小動作去中，中國就更能在國際社會去掉中華民國，而台灣一旦沒有中華民國作掩護，第一個遭殃就是失去一百多國的免簽優惠，因為國際諸國給您們免簽優惠，是給 Republic of China（中華民國），而不是給 Taiwan（台灣）。」

　　主持人續問：「對於陸委會對兩岸提『建設性的模糊』，你是如何看待？而最近又有藍營提出『一國兩府』模式來化解兩岸僵局，綠營則提出把『一個中國』改為『一個中華』，並倡議台灣跟日本、南韓、美國、加拿大等太平洋周邊各國合作成立『民主太平洋聯盟』，你認為又有沒有可能呢？另外，也有比較中立的台灣名嘴也表示，如果中國武統定必受國際制裁及最少倒退二十年，你認為又會否這樣結果呢？」

　　亞伯：「剛才我說到無論藍營抱著的『獨台』還是綠營的『台獨』，即『一中各表』及『一中一台』，甚至今年陸委會再提『建設性的模糊』，都是希望創造模糊地帶，也就是永遠維持現狀。可以說，如果藍營的『獨台』或綠營的『台獨』沒有任何實質動作，『一中各表』及『一中一台』都是心裡的期待而沒有付諸實行，那麼，這種維持現狀，我猜中國是絕對可以『暫時』接受的。

　　我們可以看到，就以去年為例，在疫情下中國依然是世界唯一經濟正成長的國家，而台灣也是世界唯一經濟正成長的地區，但其實台灣的正成長也是有賴於與中國和香港的貿易大幅正增長，與其他地區貿易卻是負增長造成的，換句話說，如果拿走中港兩地之順差，台灣去年便變成是大逆差。然而，在現實中，台灣一邊仇中變本加厲，一邊卻拿去年經濟正成長自鳴得意，陸委會還說風涼話，謂中國經濟與

產業發展更依賴台灣，那為什麼當中國今年只是區區禁止台灣鳳梨進口，綠營即指『中國以突襲式的通知，單方面暫停輸入台灣鳳梨，傷害台灣民眾的感情。』藍營也指是『很可惡的行為！』台灣政壇立刻跳腳及方寸大亂呢？而往日高喊台灣應該降低對中國市場的依存度，今次不是正合綠營的心意嗎？

再說，台灣不是也曾單方面停止口罩及晶片輸中嗎？另外還對中國禁圖書、禁電影、禁華為、禁淘寶及禁疫苗嗎？更莫說自己也長年禁止中國 600 多項農產品了，那為什麼不說自己是很可惡的行為、傷害中國人民的感情呢？需知道如果在美國，客人入商店有權不買，但商店若開了門營業卻不賣客人是有罪的。那麼中國不買台灣鳳梨，台灣不賣中國口罩晶片，誰更不合理及可惡呢？同時，當日本同一時期下架台灣香蕉，新加坡也發現台灣黑心鳳梨，為何這些政客不回嗆日本及新加坡呢？

因此，明明台灣很多農產品包括鳳梨等出口高達九成多銷往中國，整體經濟也倚賴中國，卻反指對岸倚賴自己，這就看出多麼的顛倒黑白及荒謬絕倫；而台灣官員事後也指這就證明不應把所有的雞蛋全都放在同一籃子裡，但問題是台灣僅有一個籃子是可以放東西的，其他籃子不是穿的就是千瘡百孔，而綠營又不懂做籃子或修籃子，這就是台灣的死結所在。值得留意是，這還未算明年開始的『RCEP』，及未來之『中歐 CAI』、《中日韓貿易協定》之衝擊，可以預料，台灣經濟將來靠中國只會愈來愈明顯，而且一旦到適當時機再取消『ECFA』，台灣便成經濟孤島，這也正正是中國不會害怕藍營的『獨台』或綠營的『台獨』，只要沒有任何實質動作的『維持現狀』下去的主要原因，與及自始至終、一如既往地認為遲早都達到中國和平統一的目標。

但如果在這過程中出現『任何實質動作』，那『維持現狀』就勢必打破！當然，『維持現狀』的打破，是在什麼時候又是什麼結果，則端看台灣執政黨所做的『任何實質動作』，是有多少及有多深了。也正如我在第一天也說，近年台灣執政黨所做一點一滴的『因』，都會造成不一樣的『果』；可以說，前兩天我們都是研討台灣一點一滴

的『因』，今天我們就不妨集中研討台灣不一樣的『果』。不過，大家還是要事先明白，『維持現狀』一詞永遠只能是弱方希望之口號，因為是否維持現狀，永遠是強方說了算。就好比當年宋軍不能向蒙軍要求維持現狀，明軍也不能命令清軍維持現狀，更何況現在是綠營首先自己破壞現狀，賊喊捉賊，試問中國又如何能維持現狀呢？

　　說到藍營提出『一國兩府』模式來化解兩岸僵局，這都是『獨台』的把戲，都是換湯不換藥的永遠維持現狀。實際上，台灣各大陣營，歷年為阻礙兩岸統一煞費苦心，『一國兩府』不是新思維，『聯邦制』也不斷提出，但是偏偏藍營的國父孫中山先生在『孫逸仙宣言』便一針見血地指出，**『聯邦制將起離心力的作用，最終會導致中國分裂成為許多小國。』**『一國兩府』指的就是兩個中國政府，不要說多，單單是『一國兩府』就能讓台灣可與美日結盟，與及堅守第一島鏈，試問中國又焉能接受？

　　而綠營提出把『一個中國』改為『一個中華』，我之前也曾說過，從來名字不是重要問題，今天稍後我們也會再分析。關鍵還是在『一中』的框架上，如果是脫離『一中』，都只是幌子而已，沒什麼意義。說到倡議台灣跟日本、南韓、美國、加拿大等太平洋周邊各國合作成立『民主太平洋聯盟』，又是異想天開，也不需問中國，先問問上述國家願意否才說吧。

　　至於說到如果中國武統定必受國際制裁及最少倒退二十年，都恐怕是愚昧無知。首先莫說台灣是中國的一部分，基本上已經是普世公認，因此中國如何處理台灣，基本都是家務事。相反，能拖到今時今日，相信在世界上，最少有九成國家以上都會感到匪夷所思，也佩服中國的誠意和忍耐力。再說，中國是世界唯一能自給自足國家，國際制裁能起任何作用嗎？更何況今時今日的中國，世界各國的經濟都與中國千絲萬縷，也極需要中國的合作及支持，況且之前美國制裁也效果全無，試問必受國際制裁又從何說起？再說，如果中國武統會令中國倒退二十年，那麼美國更巴不得樂見中國快一點武統了，又何以千方百計阻撓中國武統呢？因此，如果真的倒退二十年，那只有一種可能，就是我第一天所說，美國如果願意出兵對台灣是好事嗎？其實美

國真的出兵護台，反而令中國首先把台灣變成火海，這就可能重建台灣要花上二十年，而不是中國。

也許，很多台灣人會認為中國不會武統，是基於認為不得人心必會反抗，或指強扭的瓜不甜，但他們都忽略人類隨著時間過去而習慣。滿清統治中國，要男留辮女纏腳，多少漢人不願意？但大勢所趨，最終反而男前半頭長了少少頭髮，便感到不習慣要動手剃。再看看台港分別受日本英國統治幾十年至百年，從最初的反抗、不習慣到嚮往、習慣，這都是自然的定律，更何況今天來統治的都是自己同一民族，而且憑著中國的國力，台灣位置的優越，統後更光芒萬丈，試問沒有政治企圖心的台灣人民，又怎會拋棄幸福百倍，卻擁抱毫無價值的反中意識形態過活呢？」

第 74 回

兩岸兩德 民調矛盾徵兆徵兵

主持人續問：「有台灣人將兩德統一比喻兩岸統一，但認為許多前東德人到現在依舊感覺自己是次等公民。另外，也有牛津大學教授說兩岸統一，需要先問問台灣人民同不同意；那麼，你們對以上兩個提問又有何看法呢？」

萊恩：「我也看到有台灣人將兩德統一比喻兩岸統一，並表示『其實東德人民要成為西德附屬很多不滿，即使 30 年後的今天，這種情緒依舊存在。許多前東德人依舊感覺自己是次等公民。』其實，某些台灣人既毋須自我膨脹，更毋須妄自菲薄，把兩德比對兩岸，我們可作為參考但實質很大不同。首先，東西德人口及地方相若，就如南北韓；另外東德是弱方，但西德給東德的好處卻只是有限，況且東德人也僅屬極少數人有此感覺。

而兩岸無論是人口及地方，中國都比台灣多許多大許多，相對來說如果一旦統合，中國所有的優勢都是自己的優勢。就比如剛才師父

所說，台灣未來即感受到『RCEP』、『中歐 CAI』之衝擊，甚至隨時有被取消『ECFA』之風險，也許上述眾多對中國有利之協定在每一個通過之前，台灣熟悉利害關係之人都步步驚心，甚至咀咒及期盼不獲通過，但有沒有想過在統一之時，這些都是台灣不費氣力便立刻擁有？我們再看看，未統合之前中國都能年年讓利台灣，統合之後更加用大力度讓利台灣，令台灣扶搖直上幾乎毫無懸念，只因中國之體量夠大；再說，東德是弱方，但台灣不是弱方，而且強項也不少，統一後的台灣只會成為天之驕子，而且是與中國屬相輔相成，不是全靠中國的恩賜，又怎會有次等公民之感？相反，現在台灣才是真真正正的附屬美日，難道說此話之人，又不感到這樣台灣人民才是真真正正的屬於次等公民？

　　說到底，世界從來都是講實力，如果有實力，台灣當年不想拿回中國嗎？又如果有實力，加州或德州現在又不想獨立嗎？誠然，美國固然不會容許加州或德州獨立，但即使美國容許，對各州來說又肯定是好的嗎？試想想，一旦美國分裂，五十個州就變成五十支軍隊，即使五十州能相安無事不發生內戰，一個州的經濟實力又能大到怎樣？更何況每一個州還要養一支軍隊，這就好像現在的台灣，無論軍費或軍人，都已經令台灣人民揹負多少金錢和壓力？」

　　格林：「我也有看到一直為綠營代言的牛津大學教授，他說『統一需要先問問台灣人民同不同意』，並強調『這是台灣人的自決權』。我認為他說的很好！不過，也請他先支援加泰隆利亞人民、蘇格蘭人民、北愛爾蘭人民、科西嘉人民、威尼斯人民、庫爾德族人民、加州人民、德州人民、滿地可人民、沖繩人民等等的自決權利；如果我們從多角度看這事情，也許並不感到複雜。

　　例如從歷史角度去看，往日大英帝國其殖民地遍布全球，那麼，英國人有先問問當時所有被他們殖民的地方人民同不同意嗎？另外，英國發動鴉片戰爭強迫清廷租借香港，有先問問香港人民同不同意嗎？八國聯軍火燒圓明園，有先問問慈禧太后及滿清子民同不同意嗎？日本侵華在盧構橋開第一槍，有先問問中國人民同不同意嗎？美國屠殺印弟安人建國，有先問問原住民同不同意嗎？美國攻打伊拉

克、敘利亞及阿富汗等國，有先問問這些國家人民同不同意嗎？再回頭看台灣，荷日侵占台灣及國民黨敗走台灣，有分別先問問台灣的原住民同不同意嗎？如果再換個角度看，台灣是中國的領土，這一點永遠也不會改變；那麼，台灣人民無論選擇永遠維持原狀或獨立建國，又是否需要先問問全體中國人民同不同意呢？不過，最諷刺及最不幸的是，台灣獨立是要先問問美國同不同意！

　　大家若再從現實角度去看，西班牙加泰隆尼亞人民追求獨立，造成流血衝突，即使公投獨立絕大多數是支持，依然事與願違。而歐洲各國不承認，也皆因都怕骨牌效應。不過追求獨立，往往是民族、文化不同或經濟較強不想利益被分薄的緣故，加泰隆尼亞就是好例子。但台灣卻剛剛相反，台灣往年無論經濟及軍事各方面都勝中國，如果當時求取獨立，雖然不同於加泰隆尼亞人民還需把大多數利益進貢西班牙國庫，台灣人民從未交過一分一毫課稅給中國，但也勉強可稱與加泰隆尼亞一樣造反有理，卻偏偏當時的台灣，除了沒有獨立打算，還想吞併中國。現在經濟倚靠中國，軍事又大幅差於中國，這時又反而求取獨立，相信給加泰隆尼亞人民評理，都會感到荒誕萬分！

　　因為加泰隆尼亞即使獨立成功，首先面臨歐盟不承認，加泰隆尼亞就要面臨高關稅，由於經濟重鎮巴薩隆拿也在其中，因此所有外資就必然撤走，加泰隆尼亞經濟自然也一夕崩潰。再說，正如加泰隆尼亞人民一樣，不想分薄利益，如果台灣獨立，那麼台北又可否要求獨立？民眾可看眼前利益不看深遠，但作為執政黨又會容許台北獨立嗎？我們再來看看東帝汶，它的確爭取獨立成功，但死了四分一人口，現在更是世界最貧窮國家，怎不看看這些悲慘例子呢？」

　　主持人再問：「相信你們也知台灣有著很多的民調，例如，較早前有民調一旦兩岸開戰，竟然有 96.3% 的 18、19 歲青年願意自己或家人上戰場，這一點你們又如何看法呢？」

　　湫彤率先說：「首先，我們之前也分享過，台灣香港的確有著很多的民調，但其實都只能當作參考不能盡信。理由也很簡單，民調一般有五大誤區，其一要看民調機構有沒有政治立場，其二要看訪問者有沒有政治立場從而帶風向，其三要看被訪者有沒有預先篩選，其四

要看訪問時期周邊環境有沒有特殊狀況出現影響，其五要看民調機構有沒有私下改變結果，以上五點均會令真正的結果天差地遠。

比如直至最近，台媒依然拿疫情中期皮尤研究的民調，指 14 國家不喜歡中國創新高，但所謂的 14 國，都是最親美國之國家；而最重要的一點，就是訪問之時正正是中國被疫情抹黑栽贓，與及又是各國普遍不快樂，對任何國都有負面情緒之時，這時候普通百姓大部分都對中國有好感才奇怪呢！這也是我剛才說到的第四點，訪問時期有沒有特殊狀況出現影響的原因。而事實上，當時皮尤研究的同一民調中，近 90% 的美國人不滿自己國家現狀，高達 71% 的人對美國現狀感到憤怒，還有 66% 覺得擔心，為什麼這些台媒不說呢？

而最近立場反中的德國《明鏡》也不得不承認，『**德國人對中國印象愈來愈好，對美國印象愈來愈差。超過 1/3 的德國人將中國視為歐洲以外的第一大夥伴。**』又為什麼視而不見呢？而且，除了 14 個親美國家，世界還有近二百個國家，究竟所有的國家中，您們猜猜喜歡美國比較多？還是喜歡台灣比較多？又還是喜歡大陸比較多呢？

我們再說回民調顯示台灣 18 至 19 歲的年輕人最願意上戰場，比率高達 96.3%，但當被問到是否支持恢復徵兵時卻有 87% 不支持，可見年輕人認為上戰場是別人的事，與自己無關！而這種矛盾的表現，也凸顯出只是一種情緒式表態，這群人應該是以獨派支持者為主體，表面上願意為台灣拋頭顱灑熱血，但如果真的面對徵兵制真的面對上戰場，便立刻從情緒面回到了現實面，也所以當過兵的那一群人反應剛好相反，不願意上戰場但就支持徵兵制。

此外，兩岸開戰，誰會來支援？57.5% 台灣民眾相信美國實際支持，45.9% 台灣民眾相信日本實際支持，但也有 54.2% 的人希望和談，只有 16.5% 的人願意應戰。從這份民調也看出矛盾，如果超過一半人相信美國實際支持台灣，卻又超過一半人希望和談，需知如果認為美台聯手能穩操勝券又何需和談呢？那是否意味著他們內心都認為，美國即使支持台灣都會輸呢？又是否他們已經覺得台軍不敵陸軍呢？但如果這樣想反而是對的，因為是比較貼近面對現實的投射。此外，值得留意的是，台灣今年初疫情稍為蔓延，眾多媒體均形容為人

心惶惶，但如果台灣人真的這麼勇敢高達有 96.3% 青年願意上戰場灑熱血犧牲，小小的病毒又怎會弄至人心惶惶呢？」

蔓荷續說：「我們或者再看另一份民調，90.4% 受訪者希冀兩岸和平相處，81.4% 贊成兩岸人民多交流往來，36.6% 願意到大陸發展，但也有 66.0% 的受訪者願意為台獨而戰，而若大陸主動侵犯台灣，則有 77.6% 的受訪者願意保衛台灣，只有約 13% 的受訪者認同台灣獨立，而 55.1% 的受訪者認為美國會出兵協助台灣。可看出也一樣充滿矛盾，九成人想和平相處，卻超過六成願意為台獨而戰，既然願意為台獨而戰，又怎會想和平相處？需知道和平不是用口來決定，而是用心來展現的。

近八成願意保衛台灣，卻眾多民調顯示願意當兵不到兩成，還停留用掃把便可保衛台灣嗎？可看出回答不是權宜之計或情緒表態，就一定是民調公司帶風向的結果。事實上，美國改以軍售先進武器予台灣，對美國不會出兵協助台灣已經呼之欲出，但仍然有超過 5 成認為美國會出兵協助台灣，其實也蠻佩服這些人如此一廂情願。另外，也有民調顯示，近 6 成受訪者認為兩岸不會發生戰爭，其中政治立場偏綠的受訪者，比偏藍者更不認為兩岸可能發生戰爭。也許，就是因為認定兩岸不會發生戰爭，所以才會有如此之高的比例願意保衛台灣，甚至口說願意為台獨而戰又何妨？！

而提到徵兵問題，台灣國防部竟指目前中國沒有武力犯台的徵兆所以不需要！可看出台灣國防官員普遍抱著做一日和尚撞一日鐘之心態。需知道，軍人是必須經過長期訓練才能作戰，而不是一朝一夕，怎可能有徵兆才徵兵這麼兒戲。而綠營也同樣不會想太遠，去年底迫切及加快和美國軍購，也不計較有什麼用，重要是價碼大，回扣多就好。此外，一些台灣人往往拿著民調指對大陸的好感度大幅減少便大作文章，卻完全忘記大陸人也同樣對美台沒好感，沒什麼好值得高興的。相對來說，一些民調基本上是肯定不變的，就是美國人民歷來均占大多數不會贊成為台灣而戰，這應該反而是您們必須注意的。

無論如何，世界存在不同的民調，也存在各類的排名，但如果預設立場，偏離現實，即使總能騙到或取悅到抱著意識形態之人群，但

不竟世界上明辨是非之人群還是占最多數，因此這些帶著偏頗的民調或排名，對於大部分人而言自然公信力蕩然無存，不屑一顧。就比如最新公布的『全球衛生安全指數』排名為例，在疫情之下美英兩國居然多項排名第一，中國反而位居至五十位，就連巴西、泰國、韓國等都不如，但偏偏美英兩國確診及死亡率高居不下，如此欺世盜名之排名莫說是世界主流媒體鮮有報導，即使是反中之媒體也不多見，事情不是很明顯及諷刺嗎？」

此時，主持人即說：「或者以下一段時間給台下嘉賓發問吧。」

隨即有綠委問道：「這兩天你們說了很多我們針對中國人民的說話，其實我們從來都不是針對中國人民，只針對中國共產黨，例如對於中共的貪腐問題，你們又作如何解釋？」

謙新笑道：「首先我想說，貪腐問題不是中共獨有，在中國，歷朝歷代均有，民國時期有，您們台灣也有，世界各國一樣有。而大陸早年之貪腐，也有它一定的脈絡和有跡可循。改革開放初期，百廢待興，一切從零開始，官員貪腐難免；但讓自己國家從小部分富起來，再到已經有近4億中等收入家庭，那總有一個過程。而在這個過程當中，哪一段時間就是要該出手整治的適當時候，就是考驗領導人的決心和魄力。毫無疑問，現今的領導人做到了。也許，大陸這麼大，常言道樹大有枯枝，要完全杜絕全國大大小小的『貪』，未免矯枉過正，不設實際。可以說，如能消除全國的中、大貪腐，已經是福澤萬民了。

我們再回頭看台灣，綠營前領導人貪污舉世皆知，官商至今貪腐更不是新聞，所以有人樂極忘形留下了幾百萬現鈔在捷運都不知道。當然，對他們來說，失去幾百萬根本不是一回事，只是事情曝光了，便不得不反應一下，反正過了幾天又當沒事發生。

同時，我了解您們綠營有一種很有趣的想法，就是很喜歡說，您們指控及針對的都是共產黨，而不是針對中國人民。而藍營也時常強調『反共不反中！』不過中華民國國父孫中山先生卻一再強調『**民生主義就是社會主義，也就是共產主義。**』事實上，從『毒奶粉事件』至『英國貨櫃事件』、『火燒車事件』等等，輿論很明顯就

是衝著中國人民罵的，與共產黨無關。同時，也許 14 億人口真的太多，真的得罪不了，而且最重要的是，以為這樣便可以離間大陸人民與政府，但真相是剛剛相反，14 億大陸人民最少有九成以上反對台灣獨立，民間武統之聲也從來不缺，只是大陸政府本著以和為貴，未到最後一刻，還是儘力用和平解決兩岸統一罷了。」

第 75 回

付 出 代 價 重金懸賞心服工具

之後，有媒體問道：「亞伯，我有幾個問題，有台灣評論指中國紀念台灣光復節及辛亥革命紀念日是吃台灣豆腐，而去年的紀念台灣光復節研討會上，中國更喊出做到仁至義盡，你有何評價？綠營曾說『台灣是個主權獨立的國家，名叫中華民國台灣』，並表示『中國如果入侵台灣將會付出相當的代價』，你會認同嗎？另外，近年有關兩岸問題，專家的焦點都在於美軍是否為台灣而戰，你認為如何？最後，有人說『中國會向全世界徵求對付台灣又要獲台灣民眾心服口服的工具，如有定必重金懸賞』。亦有人說『中國以武力統一台灣，台灣的資金是否還會留在台灣？台灣的高階人才是否還會留在台灣？沒有錢又沒有人的台灣，難道是武統論者所想要的結果嗎？』你又怎樣認為呢？」

亞伯笑道：「你的問題真的不少，似乎有點順道考驗我的記憶力，對嗎？」

全場隨之大笑。而發問之媒體也笑道：「是的！我要把握機會！」

亞伯頓了一會：「首先，中國說做到『仁至義盡』，當然有它的緣由和出處；事實上，中國等了台灣這麼多年，除了讓利，也願意先令自身進步及富強才迎接台灣同胞，慕求令台灣人民回歸祖國之時腰挺的直，虧不用吃。因此，倘若在此情況下，台灣執政人士仍然拒絕

做中國人，還挾洋自重狐假虎威，不做建設者反而做麻煩製造者，那麼中國就只能放棄和平幻想，因此中國用『仁至義盡』是非常恰當之形容，也莫謂言之不預也。

而說到中國紀念台灣光復節，不能說是吃台灣豆腐，更不能說與共產黨無關。主要原因中國紀念台灣光復節，是站在中國人民的立場，而不是站在共產黨的立場。由於台灣是中國神聖領土的一部分，因此台灣當年從日本光復回歸中國懷抱，當然和中國有關。至於說到辛亥革命紀念日，基本道理也是一樣，辛亥革命是結束了在中國延續幾千年的君主專制制度，也是緬懷孫中山先生等革命先賢，與及他們致力振興中華的光輝業績，而辛亥革命紀念日就是發揚光大辛亥革命精神，增進全國各族人民及海內外中華兒女的大團結，因此中國紀念雙十辛亥革命，同樣是站在中國人民的立場，並無不妥。

然而，無論紀念台灣光復節及辛亥革命紀念日，對綠營而言，都是高興不起來的日子。當中台灣光復節更是他們之國殤日，所以才會完全無動於衷，並造成綠營刻意忽略，中國卻高調紀念的相反現象，表面上看來很匪夷所思，實質都是情理與意料之中。由於綠營不能面對中華民國真正歷史，卻口口聲聲要中國正視中華民國的存在，更凸顯口是心非，蒼白無力。

說到綠營人士曾說『台灣是個主權獨立的國家，名叫中華民國台灣』，並表示『中國如果入侵台灣將會付出相當的代價』方面，第一點問題剛才我也提到，由於綠營對中華民國食之無味，又棄之不能，所以才會想到變成『中華民國台灣』，然而世界上從來沒有一個國家的稱呼在『國』之後還有文字，也許綠營不介意畫蛇添足，不倫不類，願意做世界的『異類』，但相信它不能綁架全體台灣人民。第二點問題怎麼說呢？那就要大家從那一個角度看了。可以說，中國如果要取回台灣將會付出相當的代價完全是對的！因為中國等了幾十年才取回台灣，沒可能取回到手後便置之不理，因此，中國是絕對願意付出代價，勢必愛護台灣、發展台灣，比如為台修橋築路，助台解決五缺等等。

說到美軍是否為台灣而戰問題，其實近來看台灣評論，即使是

中立的主持人，也看的出他們十分焦慮。儘管已說出美國不會出兵挺台，也拿出美國民調不會贊成美軍為台灣而戰，但下一秒仍然會問其他人美國會否助台出戰，這樣的矛盾心理，不難在台灣評論節目中看到。不過，我不知道是真的誤判，還是自我安慰，台灣專家最常說的一句話，就是中國出兵，是基於內部壓力及領導層政權不穩；我可以說，中國要統一台灣是必然之事，亦必然做到；而中國的領導層，是世界上最大民意超過九成多的支持，又何來內部壓力及領導層政權不穩之說。當然還有一些台灣專家，會關心到解放軍來台後他們的補給將怎麼辦，包括後備的彈藥及糧食等，這實在讓人懷疑，這些專家是否真的了解今天中國的軍力和實力，還是拼命的為自己壯膽，掩耳盜鈴，也只有他們自己才清楚了。

說到有人說『中國會向全世界徵求對付台灣又要獲台灣民眾心服口服的工具，如有重金懸賞。』我了解這位最喜歡教導中國領導人『做人』的綠營長者，平時也愛誨人不倦『修理』其他嘉賓。而我只是想問問他，當年中華民國滅清、清滅明、明滅元、元滅宋等等的開國皇帝，他們事前會不會先詢問這些前朝的亡國之君及子民是否心服口服呢？綠營的主子美國攻打伊拉克、敍利亞、阿富汗等等，事前會不會先徵求這些國家之民眾是否心服口服呢？另一主子日本當年侵華，事前又會不會先徵求中國人民是否心服口服呢？

至於說到『中國以武力統一台灣，台灣的資金是否還會留在台灣？台灣的高階人才是否還會留在台灣？』這一問題，說到底，中國統一台灣，相信國際社會也知曉是大勢所趨，問題只在於是採用和統還是武統罷了。而這個問題就分幾個層面解釋：

第一，如果台灣執政黨不台獨、不獨台、不犯紅線、不永遠維持現狀，中國一定願意等到和平統一的一天；因此，如果中國有武統的一天，那就一定是台灣不容中國有和統的一天才會發生。

第二，中國統一台灣的出發點，是維持國家領土完整，當然也希望台灣人民共襄盛舉共享繁榮。但如果事與願違，不願共榮之台灣人民亦可選擇離開台灣，所謂台灣資金絕對相信不會是中國考慮範圍，至於高階人才留下固然好，不留下也沒所謂，因為這都是人民的自

由。對於中國而言，相信最不缺乏的就是資金及人才。

第三，當年香港九七回歸也有很多港人移民，但最終絕大部分都回流。當然，近年香港環境變亂又多了移民，但必須平心而論，除了為數不多，且當中也有不少港人是因為討厭泛民及暴民搞亂香港才離開，同時才剛移民又馬上回流的也不少，這都足以證明，良禽擇木而棲，港人如是，台人如是。中國國力如日中天，一些不是仇中，只是初期沒信心之台人，也最終必鳥倦知返。」

亞伯說畢，主持人：「亞伯你果然記憶力驚人！」全場隨即跟著大笑鼓掌。主持人續問：「對於近年綠營不斷向美國購買先進武器，你們認為有幫助嗎？而台灣海軍隨著『塔江艦』下水，還有自製潛艦及擴充無人戰機的準備，你們認為會增加台灣的戰鬥力嗎？另外，有專家指中國軍隊已經沒打仗幾十年，你們認為兩岸軍力差距真的很大嗎？」

亞伯：「大家可以看到，美國近年特別是前總統時代，大打台灣牌，並先後向台售出多種武器，甚至有一些是先進武器，可以說是一個突破。例如 100 套岸置魚叉反艦飛彈系統、100 套魚叉海防系統發射器運輸器與及 25 輛雷達卡車 3 項先進武器，另外還通過多項挺台法案，可謂五花八門，美不勝收。不過，即使美國售台武器如何先進，台灣又能買的起多少？而最重要是，買得到也未必用得到、趕得到。而挺台法案愈多，愈代表執政黨花的錢愈多，而且愈貼近戰爭邊緣，看似福禍伴隨，其實是凶多吉少。

縱然，綠營不斷灌輸年輕人，中國不敢打，即使打美國日本都會幫，即使美國日本不幫，自己亦擁有先進武器都會戰勝。但真實情況，相信綠營的領導層早已心知肚明，也才會不斷出現他們作撤離演練。與此同時，如果台灣人民聰明，美國今次能售予 3 項先進武器給台灣，也代表傳遞了一個強大的訊號，且呼之欲出，那就是台灣的國防由自己承擔，美國不但不會插手，而且希望台軍愈糾纏共軍愈久愈好。也就是說，對於美國而言，台灣最終結果其受傷程度有多深，美國毫不介意，反正這時候台灣已經成為中國的地方。

當然，我了解有專家指美國國務院批准售台 3 項先進武器，台灣

對付共軍已經不是防登岸，而是對付共軍防離岸，兩者的差別是前者戰場在台灣，後者戰場在中國，對台灣來說已經是極大的突破。但我想說可能會令這些專家失望了，因為問題是中國的超音速導彈您們擋不住，相反您們的所謂先進武器卻不是超音速，在中國先進的北斗監察下，便輕易利用他們的防空系統先打掉。還有都是這一句，您們的先進武器數量有多少？什麼時候才送到台灣？您們的軍人對這些先進武器熟練程度有多深？更是否在您們在熟練之前共軍已發動攻擊？一切都是未知數。而我只知道，台灣愈擁有先進武器危險愈高，也傷的愈深，已經是鐵板釘釘的事。」

第 76 回

芝 士 龍 蝦　刺蝟豪豬以卵擊石

　　萊恩：「美國對台軍售多項先進武器，目的是讓台灣像刺蝟豪豬，提高中國攻台難度。但實質上，憑著中國先進的北斗及多款監察衛星，中國可隨時精準點穴式攻擊，先把台灣的雷達系統打掉，與及癱瘓 DATA LINK（數據鏈路），台灣軍方瞬間就會變成『芝士龍蝦』（只是聾瞎）。況且，等到美國先進武器全部接收建置完成，最起碼也要花上幾年時間，之後還要軍人去了解、去適應、去熟練，在這段漫長歲月當中，您們就敢保證共軍不會來犯？

　　再說，台灣購買武器又好，自製也好，即使解決了金錢，解決不了技術，解決了技術，也解決不了軍人少的困境。台灣買入 66 架 F-16V 戰機，高達 80 億美元，平均一架一億多美元，但台灣又常常發生軍機失事意外，這兩年已創下歷史紀錄。有台灣評論說：『**坦率說，面對兩岸對峙，若果有戰事發生，傷敵七分、自損三分的七傷拳，真的無所謂嗎？**』但其實一點都不坦率，無論美國發動貿易戰，又或是現在兩岸的軍事對壘，台灣評論都愛用七傷拳來形容，但真相是美國發動貿易戰傷敵一分、自損九分；同樣，兩岸兩軍對壘，也只

會傷敵一分、自損九分，台灣沒可能、沒能力做到傷敵七分、自損三分，如果能做到，我們都認為您們不必怕武統，而師父及我們，更不需來台再和大家討論了。

隨著明年中國第 3 艘航母下水及轟–20 隱形轟炸機即將面世，連美軍都感受到前所未有之壓力，更何況是缺戰地、缺戰機、缺飛彈、缺軍人及缺戰意的五缺台軍？在去年，台灣海軍『塔江艦』曝光，即引起軍事愛好者眉飛色舞，更想像成台灣海岸巡防主力，甚至封為『航母殺手』。一艘僅有 700 噸之戰艦，與中國過萬噸大驅，簡直是小巫見大巫，更別說航母了，而且全台只有兩三艘，而中國 2020 年一年就下水了 23 艘戰艦。有台灣專家指：『台灣自製潛艦還在初步階段，要成形對大陸真正產生很大威脅要在 2035 年。』聽起來好像很謙虛，實質自大無知，莫說 2035 年台灣自製潛艦能否和今時今日的中國潛艦比併，14 年後的中國武器及軍事設備，是不可能停下來等著台灣發展，也早已翻幾番了。

當然，還有台灣名嘴可以語不驚人死不休：『遼寧艦最大的巡航距離號稱 7000 海浬，聽起來很了不起，但早在 90 年前，日本第一首航母已經 10000 海浬，因此有什麼了不起？有什麼值得炫耀？只能宣揚中國百年國恥！這樣的航母，最適合打什麼？就是打嘴炮！』也有人說：『中國航母戰鬥群，整體戰鬥力還未成型及獨立作戰，不能馬上對台灣有威脅。』可看出這些坐井觀天之人，是如何走夜路吹哨子，自我安慰！難道這些人都想台灣以身試戰？而說的人也知道什麼是打嘴炮，不過正正是說自己！就以歐洲最新推算，單是遼寧號航母戰鬥群，其 6 艘艦艇上的各種導彈總數已超過 400 枚，比整個德國海軍之導彈還要多。當然，中國對台灣還未需用到航母戰鬥群，但這又與不能馬上對台灣有威脅毫無關係，因為中國有著很多其他武器馬上對台灣有威脅，這就已經足夠。」

格林：「剛才萊恩說台軍也有五缺，其實還有一樣台軍也欠奉，那就是先發制人。也就是說，兩岸若然爆發戰爭，除了各方面實力懸殊之外，最致命還有只能中國先發動戰爭，而絕不會台灣先發動，只有被動不可能主動。儘管我也聽過有台灣專家說『為什麼我們台灣一

定要被動？我們絕對可以先下手為強，例如我們的新竹樂山基地的鋪爪雷達是美國三大雷達其中一個根據地，我們很容易便收集到對方有攻台的準備，我們先用飛彈先毀對方港口的艦艇。』也有人說『隱藏在澎湖的雷達可以為台軍提供預警，令台軍戰機擊落殲 20 的機會。』我不知您們是否完全不知共軍的實力，共軍在攻台之前，肯定他們先用導彈一次性毀掉您們的軍事設施，這當然包括您們的飛彈及雷達。您們猜猜您們的鋪爪雷達厲害，還是中國的衛星雷達厲害呢？

另外，我記得還有台灣名嘴說：『台灣的魚叉導彈能殲滅 70% 的中國潛艇。』其實，之前台灣也曾誤射『雄風 3』導彈，而台灣自研的『雄風 2E』或『雄風 3』等飛彈，也一直無法使用美國軍標規格的 GPS 信號，在精度上已經存在問題，而且做出誤射動作，也看出台軍的訓練不嚴格。不過，我說的重點在於，這次『雄風 3』誤射飛行距離僅為 40 海浬，全程時間若為 2 分鐘，即代表了『雄風 3』平均飛行速度只有 1.8 馬赫左右，可以看出這只能與中國 70 年代的『鷹擊 1』相比。與中國現役『鷹擊 12』導彈及『霹靂 15』空對空導彈相比，『雄風 3』顯然不能相提並論，更莫說中國的東風系列了。而中國還擁有俄製 S-400、S-300 防空系統及自己先進的紅旗防空系統，與及今年最新的 CNMD 陸基中段反導攔截系統；並有領先世界的電磁炮及鐳射武器，前者炮彈速度高達 7 倍音速，後者即使是特殊鈦合金戰機也難逃一擊。

儘管有台灣評論最常指：『中國軍隊已經有幾十年沒打仗！』但試問台灣的軍隊又有多少打仗經驗？即使是美軍，也從來當面對弱國才敢身入其境，而且絕大多數都是靠先進的戰機摧毀別國設施，或者是靠 GPS 點穴式攻擊，都不是軍人懷著『拋頭顱，灑熱血』的心態去亡命的。相反，中國幾十年前抗美援朝，幾十萬志願軍就只用落後武器便視死如歸，他們之前都全部打過仗嗎？更何況中國今天的武器精良，面對神聖領土一寸都不能少的莊嚴使命下，沒打過仗根本是微不足道，不值一提。誠然，我們不是慫恿，更不希望成真，但如果這些專家屢指中國軍隊已經有幾十年沒打仗，那麼，反而台灣就成為共軍小試牛刀之最佳對象，換句話說，多說此話不見得減少武統機會，

反而助長中國武統之雄心及信心。

　　同時，有台灣軍人表示『只要有我們國軍在，看你拿得下來拿不下來，有本事你就來打！』但可以說，中國真的有本事，而且很早就有，只是未到一刻不做吧了。另外台灣新軍官更大言不慚，說『共軍打多久，我軍陪多久！』而退役將領為表達愚忠，不忘咆哮『大陸是天敵，漢賊不兩立，我們絕對拒絕被武統！』但說話可滿腔熱血，天花亂墜，真的動手腳還是靠實力！事實上，台軍整體素質如何，台人應心裡清楚，如果忘記便翻看有關『洪仲丘事件』吧。再看看與台灣徵兵的對比，中國適齡青年參軍熱情持續高漲，報名人數一季便突破了 300 萬，多少中國人民願意當兵及上戰場而事與願違。而台灣想到金錢利益的時候，就視軍人如米蟲，想到兵凶戰危的時候，視軍人如英雄。而現在為了修改免役標準，身高、視力及 BMI 值（身體質量指數）什麼都不顧了，就應該了解兩岸軍力差距的事實真相了。」

　　亞伯續說：「我看到很多專家都說，中國不停軍演及去年利用東風命中南海所定的目標，其目的是給美國看，不是給台灣看，我個人認為他們只說對了部分。老實說，美國本身是沒可能為台灣而戰的，但是美國可能也有興趣看看，中國是否他們所預測的實力程度，所以一開始美國會挑逗一下共軍，希望共軍在軍演中使出真功夫，從而監察及預算中國的軍力是否虛有其表，還是比他們預測的還要厲害。因此，當中國出動多軍區全面性軍事預演的時候，加上去年底四枚東風的有命必達，今年 CNMD 陸基中段反導成功攔截及軌道高超音速導彈成功發射，美軍已經完全心中有數，再不可能輕視中國了。

　　事實上，在 2500 公里作戰範圍內，美國航母是不敢踏進的，否則必然成東風的戰靶，是毫無懸念的。那麼站在中國立場，為何已給美軍傳遞自己實力的訊息，依然一演再演呢？無疑一開始是給美國看的，但之後還是給台灣看的。原因是由始至終中國對台灣都希望是和平統一，但台灣執政黨的愚民及包裝，令專家、學者，人民都幾乎占大多數誤判美軍會為台灣出手，因此中國做出所有的動作，除了初期是給美軍看，後期都有一定程度是給台灣看，但並不是告訴台灣，中國會用東風對付台灣，而只是希望台灣人民清醒，再不要自欺欺人，

同時也告誡台灣執政黨，中國忍著的日子無多，提醒他們盡早面向現實，與其武統塗炭生靈，不如及早回到談判桌，為台灣爭取最有利統一的條件更為實際。

此前『吉林一號』就已經拍攝了美國海軍基地的清晰照片，還在雲層中捕捉到了美國先進的 F-22 戰鬥機，雖然 F-22 戰鬥機依靠微波隱身能夠躲過雷達探測，但是躲不過中國的衛星，更無法實現隱身。所謂螳螂捕蟬黃雀在後，究竟是您們的飛彈厲害還是中國的飛彈更大威力與及更準確呢？連美國都害怕您們能阻擋到嗎？說到雷達不開或不完全開，現在中國已經全程用導航衛星觀察，您們的一舉一動全部均掌握手裡，根本不用您們開不開雷達。值得留意是，即使鋪爪雷達能預測得到中國發射導彈，但它也預測不到的導彈變軌，而且即使知道也沒用，因為台灣根本沒能力攔截，包括愛國者 3 MSE 導彈，連美國都不可以攔截，台灣可以嗎？同時，中國之『高分 13 號衛星』實際上等於為火箭軍的『東風快遞』開啟了天眼，為隨時打擊遠海移動艦船目標提供了資訊保障。

美國軍售無人機給台灣，先不說價格比正常貴幾倍，無人機不是一教便懂操控，當台灣軍人熟練之前，恐怕共軍已經兵臨城下了。再說，台灣無人機對於中國來說不費吹灰之力便可摧毀，對中國來說根本毫無作用，相反台灣小小地方，中國的無人機又多又熟練，更有北斗的指揮，這樣懸殊怎麼拼？也許大家都不知，北斗其實最大價值是用於軍事方面，例如北斗的精準度就能做到環繞地球兩圈的這麼大距離，也只是最多只有 1 個厘米的差距。因此，在軍事命中率方面可謂百發百中，由於原子鐘的精度高，造成世界同類產品中，令中國的導彈精準度也高於美俄，可以說是不容置疑。

此時此刻，在世界任何一個地方，任何一個時間，任何一個人，TA 的頭頂上都至少有八顆以上的北斗衛星跟隨著，無論您跑到哪裡，雖然您不知道，但北斗都能夠為每一個人提供準確的位置。可以說，台灣成也北斗，意思是接受統一把北斗變成自己；敗也北斗，意思是拒絕統一令北斗摧毀自己，就看您們如何選擇。」

第77回

侵門踏戶 美軍遠征台海難勝

主持人續問：「有評論說這一兩年中國軍機時常侵門踏戶，已經有違和平統一宗旨，你們又認同嗎？同時，台灣大量購入 F-16V 戰鬥機能換來安全嗎？另外，台灣突然主動說出不尋求美國建立全面外交關係，你們又有何看法？」

謙新：「對於有指『中國軍機時常侵門踏戶，挑釁滋擾，已經有違和平統一宗旨。』但是，單憑大陸軍機經過台灣防空識別區便說是侵門踏戶，未免過於斷章取義。台灣防空識別區其範圍包含大陸整個東南沿海門口，甚至超過三分一範圍已深入大陸福建、江西及浙江等省覆地，做成大陸軍機一出門口就勢必經過，那您說大陸應如何是好呢？如果大家都按台灣防空識別區來作為標準，那麼是否代表台灣軍機也可隨時自由地飛到大陸福建、江西及浙江等省的領空呢？或許往日大陸各方尚未發展，台灣當然可以恃勢凌人，但時移世易，台灣防空識別區本就已經不合時宜，因此若不先明辨是非，一味跟著民粹指責對方是侵門踏戶，未免是自討沒趣。

值得一提是，台灣所設的防空識別區已深入大陸腹地，反而大陸其後在 2013 年底首度在東海劃設防空識別區卻避開台灣，既是善意的表現也是自信的表現，因為誰都可設立防空識別區，問題是現實中能否付諸行動。就正如台灣執政黨當石垣市把釣魚台列島改名為《登野城尖閣》時候，綠營反而歸咎大陸長期在周遭海域挑釁，才會出現此結果，台灣對釣魚台列島無作為便算了，還把大陸正常維護主權的行為視為騷擾及挑釁，還說什麼好呢？再說回台灣防空識別區，和平統一雖然是大陸首選，對岸當然深明不戰而屈人之兵，善之善者也，但是誰又一直拒絕和平統一？若然空轉下去武統也在所難免，更何況現在只是區區軍機滋擾！

同時，站在台灣的立場，當然說海峽中線是一直存在，但其實這

條早在 1954 年由美國定出的兩岸軍事和平底線，早已不合時宜。而在以前，若然針對民航空域來說，海峽中線是存在的，但如果是針對兩岸的戰機空域來說，海峽中線從來都不是大陸劃出，當然也不予承認。所以說，海峽中線從來都只屬於民用航機安全線，而不屬軍用戰機分界線。當然，由於台灣率先不承認《九二共識》及不斷聯合外國抗中吃裡扒外，打破了兩岸一直維繫的和平現狀，才會逼迫大陸先後擦掉台灣防空識別區與及海峽中線，這就如同當年日本對釣魚台列島收歸國有率先打破現狀，也逼迫大陸保護釣魚台列島成常態化，都是同屬搬石頭砸自己的腳，咎由自取。」

大榕：「我們可以看到，一方面台灣早已宣布於去年截至 10 月前已出動戰機 2197 架次及耗費約 255 億元成本，而另一方面，台灣還大量購入美國的 F-16V 戰鬥機，但其實台灣不斷耗掉國庫並不代表會換來安全；況且美國《軍事觀察》更指 F-16V 的戰鬥力比對中國殲 -10C 還差，後者無論發動機、雷達與武器系統更壓倒性完勝前者，可是中國殲 -10C 又只是中國第四代戰機之一。這就帶出兩個詭異問題，其一，台灣豪花 80 億美元購入 66 架 F-16V 戰機，都敵不過中國的上一代戰機，那台灣執政黨的目的是什麼？其二，F-16V 戰機對台灣而言已經是夢寐以求的戰機，那麼台灣現時的戰機性能究竟是有多大能耐，相信也不難聯想。事實上，就連美軍今年也說如果要和中國競爭他們就需有下一代空優戰機，可看出美軍也承認即使連戰機現今對中國也不具優勢，更何況台灣？

至於台灣突然主動說出：『**不尋求美國建立全面外交關係，只持續主張與美國進一步加強經貿、政治及安全關係，同時台灣的防禦是自己應承擔的風險與責任，不會依靠美國干預。**』有趣的是，美國絕不會尋求真正和台灣建立全面外交關係，美國從來只是喊喊以激怒大陸及獲取台灣更多的利益而已。相反，綠營也絕不會不希望美國真正和台灣建立全面外交關係，綠營只是明知自己一廂情願，不如喊喊作釜底抽薪，與及以退為進，希望獲取美國作出更直接的承諾而已。因為，站在綠營立場來說，美國承諾為台灣而戰比建交更為實際，而且也不想美國僅僅是干預，最大祈望就是美國能一舉殲滅大陸，只是兩

樣要求對綠營來說都是緣木求魚，想想就好。

　　同時，我常見有評論說『萬一台美建交可能引發兩岸衝突。』但我可以說不是可能，而是百分百立即啟動武統，幾乎毫無懸念。至於有評論說『只要台灣不台獨、不軍購，中國武統就沒有正當性，因為怎麼說都只是把統一拖延一點，沒有逼迫切性。』理論上是對的，而且大陸也一直這樣認為，但奈何樹欲靜而風不息，有太多其他因素不容許大陸一直地等下去，相反，其實台灣不斷去美國軍購對大陸而言一點都不害怕，因為大家都知台灣也是得物無所用，只是軍購舉債額度已經達至債留子孫，苦了下一代罷了。」

　　其時，主持人話鋒一轉：「對於兩岸的軍力距離，你們已經有不少的論述，那麼，對於中美兩國之軍力，你們又如何看法呢？」

　　萊恩：「最近，我也有留意到美國五角大廈報告指出，中國除了迅速增加彈道飛彈的力量外，未來幾年內可能將其核武器數量增加一倍。不過，其實估計別國有多少軍力，從來只是美國猜想，如果按美國計算，中國增加核武器數量多一倍都仍是幾百，與美國核數量幾千根本不能相提並論，但問題都只是美國預測，中國真實擁有多少核武，恐怕永遠是一個謎。就好像美國前總統也曾炫耀：『我們擁有別國從未見過及世界上最強大的武器系統，這包括中國和俄羅斯。』我不知他為什麼會覺得值得炫耀，需知道，動用核武器不只代表了第三次世界大戰，更是代表了地球將被毀滅，也就是同歸於盡！

　　因此核武器可說是世界的終極之戰，哪一個國家它的核武器特別多，或特別強均毫無意義。美國擁有世界上最強大的核武器，那又怎麼樣呢？也許他們不明白，美國的核力量毀掉千個中國也只是多此一舉，因為世上中國只得一個。相反，中國的核力量毀掉一個美國能綽綽有餘便已足夠，因為同樣世上美國只得一個。況且，美國擁有的武器是否世界上最強大，誰人能夠證明？而中國和俄羅斯，更不會把最強大的武器在陽光下公諸同好，這又誰人能夠保證不可以一山還有一山高？

　　就好像『嫦娥五號』便已經創造了五項中國首次，但在軍事領域，重點是地外天體上點火起飛、精準入軌、月球軌道無人交會對接

及成功以水漂式返回地球。也就是說，『嫦娥五號』從收集完月壤一刻起至返回地球過程，就採用了中國的東風 17 的絕技，首先『嫦娥五號』上升器可以遠至從月球無依託發射，至太空再與軌道器和返回器交會接吻，也意味著中國可以從太空發射（上升）導彈至命中移動目標（接吻）；而『嫦娥五號』返回器返回地球時首度採用水漂式彈射，亦推斷出中國能夠從太空發射之導彈採用水漂式彈射，可打至更遠但又令對方無從捉摸的目標。

在現實中，美國軍方也早已證實共軍成功進行有航空母艦殺手之稱的反艦彈道飛彈及高超音速飛行器。而飛行器最靈活之處是可以選擇飛行彈道，目的就是繞過彈道導彈防禦系統，比如飛行器可以瞄準美國，也可以不瞄準美國，但拐個彎還是最後可以打到美國，令對方無從捉摸。而事實上，美國雖然宣稱已擁有海基攔截洲際飛彈的能力，但海基神盾系統防空反彈道飛彈，在靶彈的設置上，並沒有攜帶誘餌或反干擾系統，因此也大幅降低攔截效率。而中國和俄羅斯現役之洲際導彈，大都攜帶了誘餌彈，還具備機動變軌能力，令敵人不會有任何資訊告知防空反導系統，最終只能擁抱對方的洲際飛彈，這是美軍不得不面對現實之主要原因。」

格林：「在美國，之前也在夏威夷進行了神盾驅逐艦的飛彈防禦系統『標準 3 型 2A』攔截試驗，並成功的摧毀了洲際彈道飛彈的靶彈目標，被評論為對中國先前向南海發射 4 枚『航母殺手』飛彈的回應。不過，恐怕沒有這麼樂觀，中國的洲際彈道飛彈都是多彈頭的設計，有更多是假的，在多彈齊發情況下，可謂躲過初一躲不過十五，一個命中已經足夠。事實上，像東風 -41 洲際彈道飛彈、東風 -26B 飛彈皆有優異的機動性，並能在飛行中迅速轉換追蹤目標，因此『標準 3 型 2A』並不具備攔截中國這類飛彈的能力，只能對北韓或伊朗研製的洲際彈道飛彈才有威脅。

相對而言，之前中國對南海的演習區域發射 4 枚東風導彈，其實也是發出兩大訊號，其一是向美國宣示，『航母殺手』東風絕不是紙上談兵，若然不信或不怕大可來試試看。其二是自信地給美國看，也不怕美國獲取參數及得悉整個過程，特別是其中兩枚分別從浙江及青

海發射到南海，沿途經過幾千公里都屬自己國土，這也反映了有充分的自信才敢這樣做，同時東風的特色是打擊可移動的目標，因此對於一些綠營名嘴指美國航母是移動的，又怎會怕東風之說，是直接的打臉。相反，美國多次高超音速導彈試驗均以失敗告終。

而與此同時，中國的東風系列也不一定安裝在陸基或戰艦上，例如在轟 -6N 及轟 20 中，就配上新型的『航母殺手』，從東風 -21D 改良而來的空射彈道飛彈，也是世界上最大威力的空射飛彈，而且飛彈也能攜帶著高超音速滑翔飛行器。從上述我們便可得知，中國的東風系列及高超音速飛行器，美國至暫時為止其防禦系統還是攔不到、截不了。相反，美國自己亦承認中國已經擁有世界攔截巡航導彈最新排名第二之俄製 S-300V4、第三之俄製 S-400，與及第五自己之紅旗 -9B，而美國只擁有第四之大衛投石器，也就是說，中國連防空導彈系統都優勝於美國，更莫說中國今年初還有陸基中段反導成功攔截，即也有摧毀敵方低軌衛星的能力。

有台灣專家認為『今時今日的中國軍力，在整體上仍然與美國相差十萬八千里，中國如果認為在軍事上已經與美國並駕齊驅，那只是中國的無知。』不過，中國自改革開放以來，包括在軍事上的發展，從來強調都是注重防禦力，而不是注重攻擊力，因此在武器方面，從來都不貴於多、不貴於廣，而是貴於精、貴於準。中國沒有稱霸之心，只有維護領土一點都不能少。中國既然有美國攔不到、截不了的東風系列等，這是中國有著擋不了的矛；中國也擁有美國攻擊不到的防空系統，這是中國有著襲不了的盾；這對於中國保家衛國的目標，與及能在台海擁有壓倒性戰力已經足夠，一切外間所指中國炫耀軍力，或中國如果認為在軍事上已經與美國並駕齊驅等話，都只是說者自問自答，才是真正的無知。」

第 78 回

美 國 難 演 要中國好台灣才好

　　亞伯續說：「事實上，美國五角大廈和智庫蘭德公司，在過去多年來，都曾對台海戰爭進行多次研究，但最終都是美方戰敗。而最新一次的蘭德分析，也是指當中國下定決心武統台灣，美軍很有可能在戰事爆發的一兩天之內，便會有成千上萬美軍死亡，而最後結果，美國也不得不花費數千億美元，沒完沒了地維持這種防禦姿態，而且將不斷面臨被攻擊的風險。由於地理因素，美國距台灣有一萬多公里，在新冠疫情下已打擊美國經濟及通膨不止，國防預算也掣襟肘見的時候，如果美國真的再與中國戰爭，整個美國都將瓦解。

　　而除了美國，即使在西方眾多軍事智庫推演，都是同樣結果居多。就如英國《泰晤士報》也曾報導，在最近進行兵棋推演顯示，2030 年美中若在太平洋爆發軍事衝突，將敗給中國。當然，有別於眾多軍事智庫推演，美國也常有軍人或專家表示一旦美中戰爭，勝利必然是美國一方，但其實說的如何漂亮都沒用，關鍵除了美國輸不起，還要看軍人的心態。以往美國軍人大多是為了錢為了生活從軍，而不是真的為國家而戰，當軍人以前的戰爭是打小國，對自己有利當然沒問題，但如果面對以前曾經在軍備非常落後，竟然兩度打敗自己的中國軍隊，難道心理上一點都沒影響、沒顧忌嗎？

　　可以說，連心理都已經輸了，更莫說當想到中國武器今非昔比，推陳出新，自然不可同日而語。在當眾多兵棋推演都顯示其結果對自己不利，美國的『富貴兵』自然有不能承受之重。或者這樣說吧，美國以往是的確是長勝將軍，但人們卻忽略了它不是建立在軍隊的優秀上，而是倚靠在武器的精良上。倘若美軍是來到中國這邊開戰，別要說 2030 年了，即使現在美軍再遇著曾經敗在兩次手上的中國，我相信結果都是一樣。至於 2030 年就更不用說了，隨著中國軍力年年躍進，美國軍費卻拮据幾乎不進則退，兩軍的實力也只會愈來愈近，而且遲早超越，只是站在中國而言，自己軍力能在台海、東海及南海均

占有絕對優勢便已足夠，而無意跟任何國家作武器或軍事競賽罷了。

同時，2030 年中國如無意外已經最少擁有 6 至 7 艘先進航母，如果兩國都遠赴某一地方戰爭，我當然仍看好美國，但問題是美國遠道而來，中國卻以逸待勞，加上美國又不是舉全國之軍力而來，即使整體實力高於中國都大打折扣，所謂猛虎不及地頭蟲，而美軍又是重金募兵制的富貴兵，心理又輸掉了一半，我真的看不出台灣名嘴為何如此看好美國戰勝中國。當然，這方面美國自己也心中有數，真戰爭可說是幾乎屬零，假戰爭即心理戰或挑釁戰是存在的，只是對中國而言又能否奏效呢？恐怕不但早已看破，而且隨著時間站在中國一方及明朗，美國的把戲，也愈來愈難演下去了！」

隨後，主持人問道：「我們或先轉移話題。記得上週亞伯你在香港曾說，你們七人明明是美國人，卻反而一直為中國說好話，也說了許多美國不好的話，但你也說愛自己國家與批評自己國家的問題是完全沒有衝突及矛盾的，你能否在此作一詳加說明呢？」

亞伯笑道：「真的非常感謝主持人重提此道題，這問題也一直是我想補充的。但如果我先主動說，又好像此地無銀三百兩，此番由您提出就最好不過了。毫無疑問，我雖然是一個純美國人，但對中華文化抱有濃厚興趣，對政治我有自己一套見解。但不管怎樣，這僅代表個人意見，他們同樣如是，而我們也只會針對事而不針對人。

也許，中華文化博大精深，能與五千年連綿不斷的中華民族研究政治問題，除了很有趣，也是我們的榮幸。話說回來，怎樣說關於中國的問題都是您們的事情，這跟我們沒有太直接關係，但卻有連帶關係；怎麼說呢？中國兩岸問題，最終走向壞的結果還是好的結果，都與美國的將來發展息息相關，既然我身為美國人，當然有著連帶的影響了。不竟，台灣一直都存在很多誤判。

當然，您們覺得我們七人都是美國人，卻好像一直為中國說好話。但我可以告訴大家，這對咱們熱愛自己的國家（美國）毫無衝突，同時，關鍵在於無論我們說中國好話，還是說美國不好的話，都有一個堅決的原則，那就是一定要說真實的話，且實事求是。而我的意思是，咱們欲想美國變好，就必須先從中國說起。同樣，您們欲想

台灣變好，也必須先從中國說起。

因為當您們認識到真正的中國，您們便會不覺害怕，甚至才會憧憬有美好的未來。請記著我第一天開始便說，中國的統一目標是逃不掉的。也就是說，既然您們一定要面對中國，何必不換換心態嘗試用從容面對，況且最重要是，面對的結果是台灣好還是對台灣壞呢？恐怕有很多人都還未知曉，它未必一定是『壞果』，它其實可以變成『好果』。也許，當您們認認真真的去了解整件事，便會發現柳暗花明，原來『主動』面對會反而帶來這麼多的好處。相反，您們的兩黨幾乎一致的認為永遠維持現狀是最好的狀態，但其實是一個最消極的負面做法，為什麼呢？或者我們再假設，如果中國承諾不會武統，那對台灣來說，永遠維持現狀應該是最好的結果，大家說對嗎？」

台下隨即幾乎一致：「對啊！」「對啊！」……

亞伯笑道：「其實不然！如果中國承諾不會武統，和統便更加無望。但大家敬請認清一個現實，台灣每年對中港兩地貿易順差達至千多億美元，幾乎占了台灣收入的一半，且持續攀升。相反，您們的政客及媒體天天罵大陸，日日咒對岸，但中國仍然願意年年讓利，只因為他們的目標就是和統。倘若武統不許，和統無望，兩種情況都確定的時候，將心比心，換轉是您們，您們還會接受天天受捱罵卻仍願意無條件讓利別人嗎？」

只見台下一片默默無言。

亞伯續說：「以德報怨短期是可以的，長期是沒可能做到的。那麼，一旦確定不能統一，也就是代表台灣人民不是『自己人』！不需要武統，不需要封鎖台海的原油生命線，以現時台灣的還維持平均 23K 的低薪，去年台灣的經濟利益近一半從中港取得，當未來的『RCEP』、『中歐 CAI』等等亞歐協議運行成熟，當台灣的經濟利益兩三年後六七成靠著中國，中國才突然實行取消『ECFA』及中台港三地任何貿易，甚至取消三通，或要求支持一中之國家不再與台灣貿易往來，不要認為不可能，倘若確定不能統一，確定台灣人民不是『自己人』，中國這樣做也已經屬於『仁至義盡』。

但問題是，這樣的經濟封鎖，台灣靠著自己的外匯儲備能維持多

久？台灣又能繼續抱著小確幸的心態生存有多久？難道這就是政客口中的尊嚴嗎？需知道兩黨的政客及台獨人士，其核心的人物很多都已風燭殘年，他們當然希望永遠維持現狀，因為唯有這樣才能維持他們的巍巍皇權和利益慾望，但台灣人民怎樣好呢？因此，很明顯即使中共承諾不會武統，所謂永遠維持現狀，實質也只是慢性自殺！短期才能維持，而且當您們發現我說是對的時候，已經手上無任何籌碼和中國討價還價，因此我才會說是最消極的負面做法。

而有趣的是，台灣永遠維持現狀不是好方案，那麼您們又是否應該期望中國永遠維持現狀甚至倒退呢？我可以告訴大家，中國永遠維持現狀甚至倒退對台灣來說同樣都不是好事，如果中國不好，甚至根本沒有改革開放到今天的進步，14 億的人口紅利便會逆轉成為台灣的沉重負擔。不要說多，湧入一二千萬難民到台灣就已經令您們吃不消。當然中國不好，中華民國便似乎復國有望；但敢問兩黨政要，倘若時光倒流幾十年，您們有能力把中國發展到今天的地步嗎？更何況即使沒有中共的出現，戰勝日本後的中國軍閥割據，恐怕今天的中國，早就分裂成多國了。再說，如果沒有中國的改革開放，也沒有台灣能從中取利，與及相扶、相承、相伴、相佐，一榮俱榮地，也令台灣經濟騰飛成為當年四小龍之首。

那麼，中國從現在起永遠維持現狀，永遠不再進步又為何對台灣來說也不是好事呢？只因也是同一個壺的問題。如果中國不再進步，就不能實現用幸福美麗的新中國去取悅台灣人民，也就是和統無望，但又已經承諾不武統，所以又返回剛才所說放棄台灣，放棄讓利，由於不是自己人，遇有任何小衝突都不會對台灣客氣，也就等同台灣所想的永遠維持現狀即慢性自殺，結果都一樣。因此，如果中國不好及永遠維持現狀，對台灣來說都不是好事，剩下來就只有中國繼續強大及進步才是台灣人民最好的福祉；可以說，唯有中國好，台灣才會好的硬道理。但詭譎的是，以現時美國的內外狀況，同樣也是唯有兩岸統合中國好，美國才會好。您們又知道為什麼嗎？」

第79回

慢性自殺 兩岸統合美國方好

此時，全場有點茫然，大家都覺得兩岸的統合，又怎麼會跟美國好不好扯上關係？！

亞伯解說：「大家一定很奇怪，為什麼我會有這樣的想法，對嗎？其實看似深奧，甚至會覺得匪夷所思，但實質一點都不難理解。相信大家會記得我之前也曾分享過，我坐了超過二十年飛機未嘗過把座椅背靠後的舉動，目的就只是堅持『將心比心，己所不欲，勿施於人。』平心而論，台灣很多人希望美國介入兩岸問題，甚至希望美軍為台灣而戰，還擺出一副理所當然的樣子，就是缺乏將心比心及同理心，從來都是以自己為出發點，卻從不考慮美國人民或站在美國人民的角度去想。試問這些台灣人，憑什麼要求美國人民去犧牲生命為台灣而戰？

老實說，站在台灣立場，的確年年在美國身上花去不少冤枉錢軍購，高價購入美國的原油、天然氣及媒炭，但別要忘記所有利益都是落在美國軍火商、能源商及雙方的捐客身上，美國人民卻沒有從中獲益。相反，您們都知道截至去年 10 月前台灣短短一段時間已出動戰機 2197 架次便耗費約 255 億台元成本，但可知美國為台灣海峽及亞洲長年累月的偵察及監測，出動戰機及艦隊所花的錢卻是台灣的千倍萬倍，多年來美國在世界的軍事行動所花的錢簡直是天文數字，單是在伊拉克和阿富汗等地的近年戰爭中，美國就花費了最少 6 兆美元，而所花的錢又恰恰是美國人民的錢。

那麼，這些台灣人有沒有曾經試過一刻，去站在美國人民的立場思考呢？很顯然，站在美國人民立場，莫說是為台灣獨立或中國統一而戰毫無價值，甚至長年累月為台灣海峽的偵察及監測所付出的代價，對咱們來說也是一大錢坑，左支右絀，捉襟見肘。當然，美國人民立場與美國政府立場可以完全不同，但大家也不好忘記，或者在以

往，只要繼續兩岸永遠維持敵對現狀，對美國來說絕對是好事一椿。但如果兩岸永遠維持敵對現狀，卻仍然阻擋不了中國的崛起及超越自己，那麼對美國政府來說同樣是蹉跎歲月，慢性自殺！因為我們根本無暇也無能力再回頭根治自己國內深層的問題，而一旦不進則退美國就會招至後患無窮。

　　我之前也說過，四年一任的總統制，已經注定美國的政黨及政客不能像中國一樣定立長遠的目標。我們的兩黨在平時既要維持為反對而反對，更要時時刻刻維持為反中而反中，只有維持這種僵化的意識形態，才能誤以為可防範中國之崛起。但這樣一天一天的耗下去，不斷的 QE 印鈔，只會將來令美元通漲及美債更不值錢。不斷的槍枝泛濫，只會造成人民的不信任及不安全感令槍殺案更多。不斷的白人主義抬頭，只會令種族仇恨不停地加深令衝突不可終日。不斷的內耗及撒手不管，只會令社會的基建日趨陳舊帶來危機重重。不斷的放任環境污染放棄氣候協議，只會造成更多極端的氣候令東部更多暴風雪、南部更多山火、中部更多龍捲風、西部更多風災水災。上述的只是較嚴重及深遠的問題，社會待舉問題例如近來的失業潮、離職潮、人民借貸驟升、破產申請暴增、各地社會兩極分化、治安敗壞……總之天然和人為災害並存，可謂一言難盡，風雨欲來！

　　同時，人們可以發現美國的諸多社會問題很難在中國出現或『長期』發生，這是因為中國不但能做到未雨綢繆定立長遠的目標，即使發現政策有漏洞，亦能及時堵塞防微杜漸，無論從香港修例以至管控國內商業壟斷、房產漲跌、遊戲管制及影圈亂象，都能在非常時期採取非常手段撥亂反正，不能任由社會『自由』發揮把最終苦果由全體人民承受，這都是唯有『中國式一黨』才能做到的好處與及美國難以做到的緣故。相對而言，美國各州擁有自己法律，國家出現問題各州常各自為政，總統淪為橡皮圖章，例如疫苗強制令就多達 26 個州政府反制，中央管治威信蕩然無存，國家施政效率日暮途窮。

　　我們可以看到，拜登上場後即直言任內不會讓中國超越美國當老大，但他的發言也暴露了兩個訊號；第一是拜登早在競選之時曾表明最多只任一屆總統，也意味著拜登只能在 2024 年之內不會讓中國超

越，那麼 2024 年之後又如何呢？第二拜登不就是已等於告訴全球，承認中國即將是老大嗎？當然，中國有能力做老大，與中國想不想做又是另一回事。同時，縱然拜登上任後終於提出改革計劃，並包括基礎設施、製造業、清潔能源、人工智慧、生物科技、半導體業等等投資，也讓很多外國專家笑稱乍看之下還以為是中國發佈的計劃。不過，兩者之間還是有很大差別，中國的計劃往往是五年、十年以上，具長遠的目標考慮，但美國只會想到解決現時的失業率及創造經濟數據，這種大水漫灌也只會產生翹尾效應；再說，基礎建設需要大量機械工程設備，以美國沒長遠計劃作持續性支撐，一旦基礎建設完工，各項建造的設備無以為繼的時候，一樣問題存在，只是改變另一種問題罷了。

另外，拜登的改革方案也問題多多。例如，最現實的錢從哪裡來？眾所皆知，拜登先前才花 1.9 兆美元推動經濟復甦，之後又開出 2.2 兆美元的鉅額支票，總規模已超 4 兆美元，即使是加稅也是杯水車薪，因此只能又大量印鈔，但現在美國國債已遠超 30 兆美元，單單利息每年便要付近 6000 億美元，這種以債還債方式度日，遲早會有戳破一天。其次，由於共和黨的反對最終只能通過 1 兆美元，但拜登第一個大幅刪減就是最關乎民生的基礎建設上，意味著勢必把若干待修的公路、橋樑危機又留待未來的政府承擔，離不開資本主義之『今天有酒今朝醉』思維，更莫說具有高瞻遠矚去發展美國的高鐵了，而高鐵卻是中國經濟騰飛起了關鍵作用，可看出美國專家的思維仍然不懂把錢放在刀口上，地廣人稀都只是藉口，維護金主航空界之利益才是真的。另外，改革計劃中也有提及推動電動車革命，並打算 2030 年前建立 50 萬個充電站，但其實中國深圳早已發明 AI 微型汽車儲電器，以取代占據地方資源的充電樁，看來美國想利用科技領導世界，還是要配合與時俱進才能奏效。

事實上，現今的國際形勢，誰控制未來的科技，誰就贏得未來的世界；偏偏在科技方面，美中卻又是世界最強之兩國，但就各有各的領域占有優勢和領先，而問題就出現於此。由於美國為阻止中國發展，特別在科技方面全方位圍堵，並設法禁止技術合作及輸出，可是

這樣首先造成阻礙及局限美國的優勢得到擴展，從而在市場方面未能發揚光大。相反中國的優勢和領先方面，卻不斷和國際合作及接軌，例如北斗及太空站等，這就會令美國的科技畏首畏尾，中國的科技就攻城掠地；況且中國的崛起是全面的，也就是其優勢不單單在科技方面。因此，美國如再不懂得和中國在科技領域上好好合作達至雙贏，而只是單邊封鎖，最終只會令自己沉淪令敵人發光，而兩國政策誰孰優孰劣，根本連一般見識者都懂分曉。

可是，當我們前總統發動的貿易戰、科技戰等等徒勞無功，蹉跎歲月之後，拜登也延續阻止中國的經濟和科技發展，從而不遺餘力拉幫結派、鞏固盟國聯合對峙中國，卻沒想到首先在今年的中美阿拉斯加『2＋2會談』中，美方從最初打算向中方施『下馬威』，卻變成遭『滑鐵盧』！儘管美方代表借著確保國際秩序及保護盟友的利益而向中方發難，但問題是國際秩序不可能永遠由美國一國主導，我們從美國近年在聯合國的提議只有寥寥數國附和，而中國有份參與的方案則往往有百多國支持，就可看出美國小圈圈之相形見絀。至於說到保護盟友的利益更可笑，因為才剛上任之拜登政府現在又改弦易轍要保護盟友，但誰可保證三年多後是否民主黨續任或延續政策？美國隊長不會再離開？氣候政策承諾永遠不會再生變？加上美國從來只顧自己利益，對盟友一貫是口惠實不至，究竟會有多少國家會肯定美國從始再个出賣他們？與及肯定美國是真心真意、義無反顧、慷慨解囊地協助盟友？更莫說美國還屢屢要求這個國家現在必須做什麼，那個國家現在不能做什麼，早已令眾多國家敢怒不敢言；與中國的得道多助，美國明顯現在是失道寡助，往日的大哥大形象，也一去不復再！

毫無疑問，美國愈是高居臨下俯視中國，愈令中國不得不反制不吃這一套！當中國以牙還牙之時，也同時為世界不少國家解氣，甚至暗裡一呼百應，即使往日的同盟，也會受影響調高姿態，這樣反而令中國在國際上更容易一枝獨秀！而中國外長繼阿拉斯加『2＋2會談』之後，即馬不停蹄12天內見了12個國家外長，而且還包含美俄、中東、東盟及東亞重要國家，可反映了兩件事：其一，就請台灣人民撫心自問，環顧台灣周圍，能有這樣的外交人才能夠面對如此密

集頻繁，又舉足輕重的會議卻能從容駕馭嗎？其二，反映美中角色互換已經悄然顯露，特別是東盟視中國為帶頭大哥的定位，最明顯不過，而中東能同在一時段見沙特及伊朗領導人，更是國際上無出其右；毫無疑問，疫情後復甦突出的中國與疫情中大幅衰退的美國，東升西落兩極化，兩國擺脫不到『否極泰來、盛極必衰』的自然定律，是美國人民不願意看到，卻在默默地、急速地發生。

　　當然，美國政府似乎對『東升西落』並不願意『馬上』接受，幾乎在同一時間繼『香港牌』後再打『新疆牌』，但注定又是徒勞無功。事實上『新疆牌』可謂破綻百出，首先無論美國及英國『BBC』的所有指控事情，皆來自一名從沒到過中國的德國學者之憑空想像，毫無說服力。其次是美國指控新疆拘禁了超過 100 萬名維吾爾人，並有 200 萬人遭受性侵及強迫勞動的各種虐待；需知 100 萬人拘禁及 200 萬人強迫勞動等於是維吾爾族接近 10% 及 20% 人口，前者需多大地方才可容納？後者是指強迫 200 萬人採擷棉花，是多麼大的戶外地方？而美國的衛星又為什麼一張的照片或視頻都拍不到呢？不過，傷害美國最深還是，美國官員在此之前早已公開直白『**若要從內部破壞中國國家穩定，應在新疆製造動亂做起！**』，問題是這種插贓嫁禍把戲，卻常常在眾目睽睽下『穿崩』演出，把天下人當傻瓜，既暴露自己黔驢技窮及自我打臉，在國際上也失去領袖風範，最終自然是多行不義必自斃！

　　另外我剛才提過美國不進則退就會後患無窮，指的是美國倒退後所藏著的一大隱憂。我們可以細想，美國單從 1945 年第二次世界大戰結束後到 2001 年期間，世界上 153 個地區共發生了 248 起軍事衝突，其中美國發起的就有 201 起，約占八成以上；如果是算至 2017 年，美國發起的軍事衝突更多達至 392 次；當然，美國發動的戰爭理由總會出師有名，例如維護正義、人道主義、打擊恐怖主義、防止大規模殺傷性武器擴散等等。然而，美國雖然是出了名靠發戰爭財的國家，但歷年來的四處結仇，樹敵無數，如果不懂得在適當時侯與中國化敵為友，同舟共濟，一旦被中國超越，或面臨美元、美股、美債之泡沫只要其中之一爆破，美國的國力便會迅速下墜；此時，莫說再難

與中國共建 G2，甚至面對四方的敵人，也沒法子像過往應付的游刃有餘，後果堪憂。即使面對中國，現在美艦動輒就穿越台海及南海，以宣示無害通過以凸顯其霸權主義，卻從沒想過日後美中連軍力都逆轉時，輪到中國戰艦隨時在美國周邊遊弋，這時才是美國的惡夢開始；兩者分別在於，現在美國挑釁中國時間已經有限，將來中國還自其人之身日子卻長得很！

　　因此，若中國威脅了我們（美國）的霸主地位，如果能極速時間把他們（中國）消滅了，或者對美國政府可能是好事。但倘若不成，令美國跟著中國兩岸的敵對一直消磨下去，而兩國國力、軍力又一直保持一進一退，那麼對美國而言，何嘗不是跟台灣一樣同屬慢性自殺？！這樣唯一的贏家，肯定是中國笑到最後。因此，我極度相信，我是一個如此平凡的人都能看出，我們的智庫及專家怎會看不出？事實上，歷來都有不少美歐學者明示暗示，只是沒有把真實的一面原原本本的呈現給台灣人民說罷了。因為，即使到了美國該回頭的地步，美國也會製造很多對中國衝突的瘋狂事端，目的有兩大意圖，如果這些針對中國的策略有效，能暫緩中國崛起甚至一蹶不振，令美國回復光芒自然最好，但如果不能阻撓中國前進，那麼就令中國人疲於應對，從而看準中國的核心利益即兩岸統一，美國政府便可要求中國換取更多的利益和承諾並助其達成。

　　簡單來說，美國現在的出發點很簡單，也只有兩個步驟。第一步就是孤注一擲作『最後一擊』把中國打趴，還要他們乖乖的就範，那麼美國才能安心回頭處理國內問題。第二步就是當『最後一擊』失敗，仍然不能揭止中國崛起，那麼就乾脆成就中國的願望而換取自己的願望。值得強調的是，上述所謂之『最後一擊』，並不是指動用軍力，而是用貿易、科技、金融、與及像『疆藏牌』顛覆政權式等等多方面圍堵，當然以上的方式我也說了是很難成功的。而一旦選擇第二步成就中國的願望，以換取到最佳的美中 G2 共處承諾，美軍駐日及駐韓也等同可以放棄，兩韓的問題也會迎刃而解。如此一來，美軍既可省卻每年在這些地方鉅大的軍費開支，更可儘快抽身全身而退，全心全意回頭處理國內問題，從而鞏固自己區域強權地位更來的實際。

　　只是此時對台灣而言，就是最悔不當初之時！而對美國人民而言，我們不但會期待這一天，更是愈早實現，愈對美國內傷更小。所以我才會說，美國的現實情況，如果不能『最後一擊』解決中國，那麼就唯有乾脆協助中國統合，美國才會好。與台灣的現實情況，根本是行徑相同，車轍一致。在如此情況下，您們還認為我說老實話，是對美國及台灣都不好嗎？

　　為此，別以為兩岸關係對美國好像無關，實質休戚相關。可以說，台灣永遠採取鴕鳥政策及一味仇中能解決兩岸統一問題嗎？不可以！而且愈拖久愈對台不利。美國長期不守國際誠信道義及一味抗中就能阻止中國超越嗎？不可以！而且愈拖久愈對美不利。為此，如果美國沒有好好利用解決兩岸關係變成籌碼，那才是最大損失，但若然好好利用也為自己爭取最好的 G2 共贏條件，既不影響美國領導及霸權地位，還可把較多精力放回在自己的國家；那麼，不但對您們兩岸是幸事，對美國而言也是幸事，對全球而言更是幸事！

　　這也是我之前在香港說過，所謂有『因』才有『果』，可以說解決了兩岸問題的『因』，美國便更易解決國內問題的『果』，就是這個意思。同樣，我在前天也說，台灣多年來在中國種下一點一滴的『因』，最終也會造成不同的『果』，但眾多的『果』之中，尚幸還有『壞果』及『好果』供您們選擇，至於您們是選擇『壞果』例如變成刺蝟豪豬，還是選擇『好果』例如變成天之驕子，那就有待下午我們研討完後看您們的選擇了。」

第 80 回

台誤判多　樂觀悲觀往往看反

　　在場人士開始明瞭亞伯所言，但總覺有些患得患失。再後，主持人便說道：「時間也過的真快，或者在今早的座談會結束之前，再問問亞伯最後一個問題，剛才我們有留意到你一開始有說到台灣一直都

存在很多誤判，可否一一道來？」

亞伯笑道：「要把全部台灣的誤判說出來，是一件不可能完成的任務。事實上，我用僅有的時間去留意台灣，而且隨著時間久遠，很多事情都已經淡忘。不過，也許和大家分享一些較深刻的吧。比如之前我說過的，一些台灣人以為武統只是中國一廂情願；以為台灣軍力有足夠防禦；以為自己的飛彈、雷達很厲害；以為美國的說話及行動都是友台及以盟國相待；以為一旦武統中國需要有充足理由、會受國際制裁、國家會倒退多少年等等。

或者現在就說一些未談過的。我知道台灣稱『特離譜』為川，以下我便暫稱他為川吧。眾所皆知，台灣川粉平均世界第一，當拜登確定當選，台灣川粉便蜂擁在網絡世界狂喊美國民主黨舞弊，甚至舉辦『挺川滅共站出來』遊行控訴拜登，可以說台灣川粉這一次真的圓夢，一下子把台灣做成國際話題。但台灣川粉也必須清楚，川勝只是您們心情亢奮劑，拜勝則是您們心情鎮靜劑。而無論川拜二人誰勝誰負，對台灣最終結果不會改變，但川勝可能引來中國統一更快，拜勝則還可讓中國按既定程式，這是什麼意思呢？

川粉一直以為川視中國為威脅，所以也視為『自己人』。但情況卻可能剛剛相反。首先，站在國家立場上，川一直強調美國國家利益，尤其是他的白人至上思維早已深入骨髓，又怎會真心為距離萬多公里、地方只有一小撮、與自己毫無關連又是黃皮膚的台灣人呢？看看全萊豬要台灣人吃，川卸任前還把台灣重新列入匯率操縱國、對台灣輪胎廠課徵高額反傾銷稅，與及把台灣海域漁獲列入『強迫勞動製品』等等便應該知道。

而站在私人立場上，川上台後一直抗中，一半都只屬口是心非。這又是什麼意思呢？大家切勿忘記，川是美國典型的商人，而不是典型的政客。基於川上台前其政策大方向就是要令美國再次偉大，所以他不得不向中國動用貿易戰，以討回美國經濟上的利益，而他也錯判以為用貿易戰便能把美中貿易翻轉過來，但事與願違才會一步步走入科技戰、金融戰甚至病毒戰，令他愈陷愈深，但也絕非他當初所想。因為在他最初的如意算盤中，就是一方面和中國用貿易戰討回利益，

但只需傷及表面便好以向自己國家交待,而另一方面他原本希望不要傷及自己與中國關係,所以他維持了一段長時間仍然強調與中國領導人還是好朋友,就是這個緣故;而轉捩點就極度可能發生在他的第二任期身上。

事實上也有先例可循。無論列根時代、小布希時代及柯林頓時代,第二任期和中國關係都發生逆轉變好,更何況本身已經在中國擁有私人商務、什麼都以自己利益為出發點、從來都不需顧慮按章出牌的純生意人川呢?可以說,在他第二任期及美中國力差距愈來愈小,也就是近乎兩國逆轉臨界點之時,他為美國、為自己和中國談妥條件讓中國統一,可謂高唱入雲,也不是危言聳聽。因此,與其說川不能連任令獨派失望,不如說令統派失望更真。

不過,面對兩岸的統一,任何美國總統均無法阻撓,只分別在於不同的政黨及不同的總統向中國所要求的條件不一樣而已。老實說,拜登也是現實主義者,特別他上任已說明『先安內再攘外』,也鼓勵兩岸展開對話,更加提供了 G2 創造條件及中國統一的方便。無論如何,一切都是最好的安排,而最終結果也不會改變。

至於川粉現在又寄望川於 2024 年再問鼎白宮更是笑話,當然,隨著川連任失敗,他抗中的基調已成他的不歸路。然而,四年後的川是怎麼樣?四年後的中國又是怎麼樣?您們不會去想,但我就會想到四年後美中不一樣的演變。比如現今拜登只懂拉小弟在軍事結盟,但中國卻不斷和各國在經濟聯盟,可以說四年前川有心無力,八年後更是大局已定。同時,時間固然站在中國這一邊,只是對台灣而言,其結果與美國幾乎完全一樣,只是方向不一樣。也就是說,時間愈久,台灣的經濟和軍事實力與中國會愈拉愈遠,而美國的經濟和軍事實力則與中國愈拉愈近。

另外,台灣人對中國各種不了解也引至很多誤判。例如:**一些台灣人以為拜登政府上台**,美國把台灣跟區域安全建立直接的連動關係。甚至未來中美台戰略三角,更會納入『五法六保證』,台灣和美台關係不再是美中關係之下的次關係。**實質上**這些專家只會選擇性聯想到美台關係穩如磐石,完全忽視美國國務院聲明中也呼籲兩岸對

話，而且首度把台灣領導人貶稱為『台灣民選代表』。

　　關鍵問題是以今時今日的中國國力，美國已經無能為力要求中國回到兩岸談判桌，所以最終壓力也只會回到台灣的一方。至於專家夢想這等於是美台建立軍事連動關係，以為有美國撐腰便安全第一。實質中國武統時，如果美國袖手旁觀，中國只需精準點穴式摧毀台灣所有軍事設施便好，儘能力令人員傷亡減至最少甚至為零；但如果美國撐腰插手，中國為了自保免受腹背受敵，勢必率先重創台灣變成火海，才專心與美較量，到時台灣也許還未看到戰果，自己已經面目全非；當然說到底美國絕不會為台灣而戰，美國就連伊朗及北韓都不敢動，更何況中國？別開玩笑了。此外，美對台多多保證都沒用，在美國立場而言最重要是保證自己不要引火焚身！同時，連台灣領導人都成為『台灣民選代表』，美台關係不再是美中關係之下的『次關係』，恐怕也只是之下的『次次關係』吧。

　　一些台灣人以為自己一直有國際的支持及關心。**實質上**莫說不會，甚至對世界一般人民而言，恐怕現在連聽過或知道台灣的都很少；例如今年亞美尼亞和亞塞拜然多次發生戰火，以巴也曾烽火連天，但相信很多台灣人民未必全部知曉，即使知道也無感，或不會關心，但這不是指台灣人民沒同理心，而是因為事不關己，己不勞心。換了其他國家人民，除非是鄰國恐受池魚之殃，否則都同樣如此；因此若台灣人以為別國也會支持及關心台灣，未免一廂情願，妙想天開。

　　一些台灣人以為澳洲和英國分別和北京之間的磨擦像看熱鬧，也見獵心喜希望中澳及中英鬧翻。**實質上**澳洲總理也肯定了中國脫貧事業，並稱中國經濟的崛起對澳洲、全球經濟以及中國自身都有好處；而英國首相更見形勢不妙改口自稱狂熱親中派，二人如此明顯舉動縱然春江水暖鴨先知，只可惜這些台灣人還未有先見之明，年年在中國獲近四成收益之澳洲也知事態嚴重，見好就收，年年在中國獲近五成收益之台灣，又不知何時能迷途知返呢？

　　一些台灣人以為東沙島易攻難守，共軍是不會奪取，而綠營也不斷操作話題。**實質上**中國也不會早早便奪東沙島，但必然在武統前奪

取。而最重要是一旦中國奪取東沙島，中國需要守嗎？而台灣又敢反攻嗎？中國只要奪取後像釣魚島派海警船遊戈，恐怕台軍也不敢再雷池半步。

一些台灣人以為自己國機國造，國艦國造便興致勃勃，甚至樂見印度宣布加快自行研發第 5 代先進中型戰機（AMCA），預計在 10 年後開始服役。**實質上**形勢剛好相反，首先難道中國軍力在這 10 年便會停頓？而且就是因為軍費、人才、技術及資源都不一樣，進步的幅度更不一樣，時間愈久，台灣和印度與中國差距愈大，10 年後印度戰機發展到第 5 代時，恐怕早就擁有第 5 代的中國已經去到第 7 代，甚至第 8 代，愈追愈痛苦。而面對台灣，中國既不怕台灣的國機國造，國艦國造，更不會等到這一天才完成統一大業。

一些台灣人以為中國喊出『仁至義盡』、『地動山搖』，只是中國表露不安的負面情緒。也認為台灣人對西方社會的親近，只因對中國的制度還存有疑慮，如果動輒上綱上線到『民族大義』，只會讓兩岸心理距離更加疏遠，更會讓和平統一積累的基礎毀於一旦。**實質上**不安的負面情緒恐怕只有台灣自己。隨著教育洗腦式的去中國化，和平統一之機會已經愈來愈渺茫，因此勿謂言之不預的『仁至義盡』、『地動山搖』，還是要給台獨分子提醒的。至於說到積累的基礎毀於一旦，也言過其實，皆因重點還是在於無論和統或武統，中國本身也要打鐵還需自身硬，所以積累時間的同時，也換來中國今天的先進和強盛，惠台政策也暢行無礙，因此怎能說積累之基礎毀於一旦呢？總之，統一是成就民族大義不假，兩岸疏遠也只是統前的心理障礙，且凡事有得必有失；相反，如果中國真的把『仁至義盡』、『地動山搖』付諸實行，那一定首先是綠營讓和平統一積累的基礎毀於一旦。

一些台灣人以為中國領導層說出『仁至義盡』、『地動山搖』，便解讀為大陸已經沒有鴿子，只剩下的全部都是鷹派。**實質上**只能說這些人真的是受寵及中國讓利已經變成習慣，甚至認為是理所當然，如果綠營去中國化及挾洋自重，都做到這樣明顯露骨，中國都依然無動於衷，台灣便該知道絕不是好事，更是山雨欲來，但中國仍然苦口婆心呼籲勸告，證明未到『仁至義盡』之前絕不放棄和統，那麼您們

說現時之中國領導層是鷹派還是鴿子呢？

　　一些台灣人以為中國擬制定〈台獨頑固分子清單〉，是仿照處理〈香港國安法〉的方式，但台灣內有完整主權與治權，外有美國支持。綠營否認『九二共識』，這一筆帳當然算在綠營頭上，但中國不應隨綠營起舞，讓兩岸和平發展無法回頭。另外，也有人認為〈台獨頑固分子清單〉只能針對島外而不能針對島內，甚至綠營為了反制也可公布所謂支持中國的人員清單，更加影響兩岸民間交流。**實質上**台灣一樣有〈反滲透法〉，沒什麼大驚小怪；說到台灣內有主權，外有美國支持恐怕都只是一廂情願。中國當然不會隨綠營起舞，也相信綠營還未有條件令到中國會隨它起舞。中國擬制定〈台獨頑固分子清單〉，是未雨綢繆，是對綠營不存希望的表現。同時〈台獨頑固分子清單〉不會分島外島內，皆因指的是統後秩序，而且天涯海角也要抓，以彰顯『正義審判可遲到，但絕不會缺席』。至於綠營也設清單沒所謂，因為站在中國立場起不了任何作用。值得留意是，既然已定出統後秩序，那麼即暗示統一計劃也定出時間表，且不遠矣。

　　最後，**一些台灣人以為**中國領導人在今年新年賀詞中不提反對台獨，只提『九二共識』，代表中方仍然釋出和平訊號。**實質上**我反而感覺中國在今年新年賀詞中不提反對台獨，甚至於農曆新年只向台灣同胞拜年，隻字不提兩岸，這代表對綠營之心已死，更代表釋出危險訊號。即使今年於人大開幕也提及『九二共識』及追求和平統一，但在人大工作報告中，第一項任務就提及香港卻完全不提台灣，都屬極不尋常表現，也意味著中國會按自己的計劃走，盡在不言中。無論如何，這也是我前天一開始便說，台灣存在很多誤判，與現實有很大落差，應該樂觀的方面您們看成悲觀，相反悲觀的方面卻看成樂觀，就是這個意思。」

　　亞伯娓娓而談台灣諸多誤判，而此時主持人也說道：「謝謝亞伯多人的分享，而我們今早的座談會也到此為止，稍後我們於下午二時再繼續，到時候也期待亞伯給我們最後一天的總結和建議。謝謝大家！」

　　亞伯七人也鞠躬致謝，在全場熱烈掌聲下結束早上的座談會。

第 81 回

台灣需知 八個清楚七個立場

時間很快來到二時，在現場不少掌聲下，亞伯七人也重回了座談會，主持人即說：「現在這段時間先讓學者專家們詢問有關問題吧。」

隨即有學者問道：「之前你們已經說了這麼多有關兩岸及中美台三邊關係，如果我們現在要求亞伯歸納你們所有的說話，你認為台灣現在最先要做什麼？」

亞伯笑道：「這是一個非常實際的問題，以我個人意見，台灣人民必須最先思考：1. 先弄清楚台灣是否能夠避免統一？2. 先弄清楚台灣有美國協助防衛好，還是沒有更好？3. 先弄清楚台灣消極永遠維持現狀好，還是積極主動談判好？4. 先弄清楚台灣如果真的被統一，應該怎樣爭取最好的條件？5. 先弄清楚中國是敵人、朋友還是自己人？6. 先弄清楚中國為什麼一定要統一台灣？目的何在？7. 先弄清楚中國的制度是好的制度還是壞的制度？8. 先弄清楚中國如果真的要統一台灣，對台灣有什麼好處？

同時，台灣不能完全站在自己立場，而在現實層面上，亦輪不到台灣不站在其他國家立場，這也是我一直奉勸年青人對每一件事都必須從多角度去看、去了解及去解決，基本都是一脈相承。而如果按重要性及迫切性的排列，毫無疑問，台灣第一考慮當然就是台灣自己立場，第二考慮就是中國立場，第三考慮就是美國立場，第四考慮就是日本立場，第五考慮就是東盟立場，第六考慮就是歐洲立場，第七考慮就是俄羅斯立場，其他基本都可以忽略。也就是說，台灣人民必須最先『弄清楚』台灣的四個方面和『弄清楚』中國的四個方面，與及七個不同立場考慮就差不多了，不知閣下是否認同呢？」

隨後學者回應：「應該也差不多吧。但還要看這八個『弄清楚』及七個不同立場考慮的細節內容了。那麼，您們可否把『八個弄清楚、七個立場考慮』的細節內容一一說清楚呢？」

　　亞伯：「好的！**第 1 點：先弄清楚台灣是否能夠避免統一？**這方面其實我在前天的早上也曾敘述過。可以說，中國的近在咫尺，搬不動；中國的兵強馬壯，打不過；中國的經濟依賴，擺不脫；中國的中華文化，斬不斷；中國的黃金文物，還不起；中國的能源封鎖，活不久；中國的民意堅定，擋不到；中國的統一目標，逃不掉。

　　同時，儘管中國一直堅持『九二共識』，而綠營及部分的藍營否定『九二共識』，其他藍營則堅持『九二共識，一中各表』，這好像讓很多台灣人民誤以為兩岸之間的問題就只有『九二共識』，有了它就成兩岸通關密語，有了它就可永遠維持現狀，卻不清楚這只是用來兩岸統一之前平穩過渡之雙方默契罷了。換句話說，站在中國立場，無論有沒有『九二共識』，兩岸統一之談判是逃不掉的，只是有了『九二共識』，大家從現在到談判這段過渡日子便可平穩一點、拉長一點。而問題的焦點是，這段日子不斷拉長，甚至無了期的拉長，也等於永遠維持現狀，對台灣是好事嗎？

　　事實上，當中國一貫的對外宣示，例如『中國的主權和領土完整不容侵犯和分割』；『兩岸同胞是一家人，兩岸的事是兩岸同胞的家裡事，當然也應該由家裡人商量著辦』；『祖國必須統一，也必然統一』；『兩岸長期存在的政治分歧問題是影響兩岸關係行穩致遠的總根子，總不能一代一代傳下去』。從上述各種宣示可以看出，對中國領導人而言，既堅定了國家統一必須及必然的意志，也說明个能一代一代傳下去作出一錘定音。在此情況下，除非台灣有經濟實力完全不靠中國，又能令國際間寧願和台灣維繫關係都願意捨棄中國，還要在軍事上完全有把握戰勝中國，否則台灣是沒可能避免統一。

　　第 2 點：先弄清楚台灣有美國協助防衛好，還是沒有更好？這方面我也剛在今早結束前略為提過。不要認為美國協助台灣出兵好，因為以我個人覺得，即使中國決定武統，如果美國不參與，中國一定以最少傷害到台灣人民的方式進行。例如點穴斬首式，先摧毀台灣的軍事設施及所有武器，從而再封鎖台海迫台灣投降。但如果美軍出兵協助，為了避免兩面挾擊，中國就不會對挾洋自重之台灣留有善心，再為台灣人民設想。那麼，一個生靈塗炭及碎瓦頹垣的台灣，台灣人民

得到了美國的幫助，自己又得了什麼？

　　我了解有台灣人認為美國利用台灣去對付中國，用借刀殺人來比喻，雖然說的人已經明白台灣自己只是棋子角色，所以才會被美國借自己殺死中國，但問題是台灣有能力殺死中國嗎？恐怕是以卵擊石螳臂擋車罷了。因此，用借刀殺人來作比喻顯的不倫不類，除了最終不忘吹捧自己之外，可謂毫無意義。

　　有智庫分析指出美國國會挺台聲浪，不會因為白宮易主而有所改變，未來議員也會持續提出法案對抗中國，且力道可能更來得強烈。這位智庫專家分析也沒錯，但有兩個重點沒說，其一，恰恰是反映出中美台三角關係已近臨界點，是美國儘量在中台兩邊爭取利益最後時刻，也就是不會因為白宮易主而有所改變，都會向中國爭取交換有利條件。其二，美國國會挺台的確不會因為白宮易主而有所改變，只是綠營之前所花的錢又付之流水，由於易主又要重新來過，加上之前的一面倒令民主黨很不是滋味，修復花費更多，試問台灣能有多少金錢及時間去折騰？而且最終還是賠了夫人又折兵，得不償失。

　　第3點：**先弄清楚台灣消極永遠維持現狀好，還是積極主動談判好**？這也是延續剛才的第1點，對於永遠維持現狀，我今天早上已經詳細說明，也明白表示實質也只是慢性自殺。因此消極被動的反面，當然是積極主動較好，這一點相信大家不難明白。當然了，所謂永遠維持現狀是最消極方法，是因為現時中美進步步伐不一樣，中國接近美國甚至超越美國只是時間問題，當中國之軍力超過美國在亞洲的軍力之時候，美國怎樣幫？值得注意是我強調的地方，是超過美國在亞洲的軍力，而並不是說超過美國整體的軍力，毫無疑問，當到了這個時候，美國成全中國可謂理所當然，但此時台灣才懂得利害關係已經回頭太難，因為台灣對中國之談判籌碼已經消失殆盡，注定是毫無尊嚴地統一。

　　就比如說，今年初傳出台積電將在日本設立先進封測廠；對此，有台灣專家認為這不是台積電所想，而是美日用政治手段迫使台積電，理由是恐怕兩岸統一後台積電落入中國手上，先不說事件真相是否如此，但最起碼終於有人嗅覺到這種兩岸即將統一的氣味絕對是好

事。而與此同時，眾多台灣人士竟擔心兩岸萬一統一，台積電之技術便落入中國手上，但我的想法剛好相反：

其一，以中國近年之歷史，無論北斗、原子鐘、天宮空間站及穿山甲盾構機等等，都是遇他國封鎖技術從而自製成功的，縱然有台灣專家誇下海口指中國二十年都不會得到半導體之核心技術，但他們卻忽略了，也許要中國做出台灣一模一樣之東西很困難，但中國大可製造出取代的東西。而事實上上述之北斗、原子鐘等等東西也跟世界同類東西不一樣，卻技術有過之而無不及；說到這裡，我也記得中國毫米波晶片今年初又成功刷新了世界紀錄。

其二，剛才我們是說台灣應積極主動談判，而談判是講求籌碼的，那麼台灣暫時僅剩下能夠取勝於中國的，不就是半導體之核心技術嗎？儘管中國也未必求之不得，但怎樣看現在還算是台灣唯一最大的籌碼，怎會這麼眼淺會跟著美日，擔心半導體之核心技術落入中國之手呢？可判斷出這些人心不在台灣，也不會打算留在台灣。

第 4 點：先弄清楚台灣如果真的被統一，應該怎樣爭取最好的條件？這一點其實也是延續第 3 點的問題。在新加坡演出時，我曾說過既然無法改變現實，倒不如換個心態去迎接它，以爭取最有利自己的條件才統一為前提，令自己活的更具價值。但其實還有一句未說的，那就是不但爭取最有利自己的條件才統一，而且更要爭取時間，因為時間已經站在中國一邊，台灣經濟發展進一步，中國已經進了十幾步，台灣向美國購入武器需幾年才能運到及才開始熟習，但中國更先進的武器幾年已足夠他們翻幾番。武統的腳步已臨近，時間愈久，台灣最有利統一條件的籌碼愈少，這點您們又清楚嗎？

而當大家確定認同積極主動較好，那麼又該怎樣主動談判，以爭取最好的條件呢？也就是說，該怎樣才是最好的明哲保身，化被動為主動，從而達到和中國弄至雙贏，令自己從茫無頭緒、患得患失之處境變成得天獨厚、天之驕子，成為兩岸之寵兒呢？這和我早上所說，尚幸還有『壞果』及『好果』供您們選擇，也是一致的，這一點就有待稍後我再一一補充說明。

第 5 點：先弄清楚中國是敵人、朋友還是自己人？這一點也許

我就舉一個例子吧。假設您有一位親人平時從來沒有來往，且素未謀面，但由於這位親人屢屢聽聞 TA 的負面消息，因此如果作為 TA 的親人，您應該會抱著什麼心態呢？希望 TA 永遠消失？還是希望 TA 會變好呢？如果再進一步深入了解，原來您這位親人，雖然身邊聽到的大都是負面消息，但其實外邊也有不少正面評價，甚至最後發現原來自己家人的利益與 TA 也有莫大關聯，此時，您還會繼續希望 TA 永遠消失嗎？甚至認為自己家人的利益從此也跟著化為烏有都沒所謂呢？

　　如果您仍然選擇 TA 永遠消失，那麼我只能說尊重您的英明決定！但如果您是選擇後者希望 TA 會變好，那麼您會嘗試再深入了解這位親人嗎？始終 TA 和自己家人有利益往來，多多少少與自己也有點切身利益關係喔。此時，您也許想到要不要先深入了解一下 TA 的負面消息來源是否真的屬實？自己會不會去親自作多方面求證一下呢？無疑，這根本就是正常人生所遇到的正常反應，難道不是嗎？當然大家也猜到我上述說的自己是誰？說這位親人又是誰？

　　也許選擇希望這位親人永遠消失的人，會不認為這位是親人，那麼您便把 TA 視為一般人或普通人吧，但絕不會視為仇人吧！如果這個人與您素未謀面且從沒來往各不相識，您都可以視 TA 為仇人的話，那麼您又是否正常人呢？更莫說這位您被視為仇人的 TA，又一直與您的家人有利益關聯了，您不覺得矛盾嗎？當然我一開始就形容 TA 是您的『陌生』親人，指的是您們都屬同文同種的黃種人。以我是美國人來看，您們都是泛中國人。不過，我已經說了，是否泛中國人不是重點，即使 TA 是普通人甚至不是同路人，結果都沒有一丁點分別，因為 TA 就是一個人，健康的靈魂、良好的心腸都希望別人好，不會天天祈求別人永遠消失，您們說對嗎？」

　　只見在場人士大多回應：「對的！」「是的！」⋯⋯

　　亞伯續說：「大家都知道，中華民國是推翻了滿清而立國，而中華人民共和國又是推翻了中華民國而立國。但奇妙的是，當年中華民國推翻了滿清，那麼當時滿清的人今時今日是否已經完全絕後呢？答案是剛剛相反，現在在中國的滿族人口，總數也超過千萬人，而且

更是中國 55 個少數民族中居第二位，僅次於漢族。因此，從數字來看，今天的中共黨員中屬於滿族的肯定不少，那麼假設將來的中國國家領導人，出現了一位滿族人士出任，那會變成什麼景況呢？

這就可能有點像時光倒流，回復了清朝的樣子了。當然，他不會是皇帝，更不會穿著清代的衣服，但是國家的領導人就切切實實地回復了滿人去出任，這雖然是一個假設，但根據中國民族平等和民族團結的原則，各少數民族與漢族，不僅都以平等的地位參與國家大事和各級地方事務的管理，而且少數民族參與國家管理的權利，還會受到國家法律和政府政策的特殊保障。換句話說，當滿族在未來某個年代出現了一位能人，他絕對是有資格出任中國領導人的。

那麼問題便來了。中華人民共和國既然容許隔了兩代滿清的後人當中國領導人，那意味著中華人民共和國更加會容許只隔了一代的中華民國的子民當中國領導人，只要是有能者便居之，這一點幾乎不用懷疑。從這一點也看出，今天的中華人民共和國的原則，是視 55 個民族，不管是大民族還是小民族，都是構成一個大中華民族，而在這個大中華民族當中，又無論您是屬於漢族還是滿族，甚至是台灣少數民族，各民族都是平等參與國家事務管理的。那麼，假設將來的中國國家領導人，出現了一位台灣能人出任，那是否一樣像時光倒流回復了中華民國的樣子呢？

不過，這其實都不是重點，重點是中國的原則，有容許的地方及有不容許的地方。中國的原則是不會理會您是屬於什麼民族，只要您是大中華民族的其中一員，而您又是有領導國家才能，便容許您擔此重任，但是中國另一個原則，就是不能容許任何一個地方從中國分裂出去。這對台灣人民來說，又何來打壓或不公平對待呢？站在政客立場，有機會領導全中國，不是更挑戰及更有意義嗎？站在人民立場，在更具尊嚴及『大樹好遮蔭』下，成為大中華民族其中一員，不是更具前途及更感自豪嗎？至於說害怕不適應，中國不是已提出台灣可以選擇用回自己的生活方式、選舉及政治制度嗎？在生活上什麼都跟以前一樣，只是國籍身分換了另一個名稱，但換來非常多的好處，又何來不適應，何樂而不為呢？因此，您們認為中國是敵人、朋友還是自

己人呢？」

第 82 回

九大原因 為何統一目的何在

第6點：先弄清楚中國為什麼一定要統一台灣？目的何在？我們之前討論了很多中國不會讓台灣獨立的依據，但都是站立於中華民族而言，也就是客觀上不容許，現在我們或者從現實層面去討論，便會發現中國更不容許台灣獨立的九點原因：

其一，如果中國容許台灣獨立，就永遠失去中華民族復興及中國夢。因為一旦失去台灣，等於鼓勵香港獨立，再引導西藏及新疆獨立，這就難免引發骨牌式效應鼓吹各省也會鬧獨立，那麼國家必然再度四分五裂。而一個已經分裂的中國，還說什麼中華民族復興及中國夢？既是枉然，也無從說起，這是中國不能讓台灣獨立的最大原因。值得留意是，當中國分裂的時候，台灣又是否有好的結果呢？可以說，台灣沒有了強大的中國做後盾，恐怕台灣最終都會和分裂的中國一樣，再受列強魚肉。

其二，如果中國容許台灣獨立，就永遠失去國家安全的保障。毫無疑問，台灣人民多年來一直為統獨問題而憂慮，但如果台灣真的獨立，中國人民便會等同今天的台灣人民，沒法永遠過著安穩的日子。因為中國一旦失去台灣，台灣幾乎毫無懸念地勢必倒向美國，甚至再度成為日本的附庸國。然而，台灣就距離中國這麼近，是搬不走移不開的；如此一來，統一的台灣本來是中國天然向外發展的最佳地方，但獨立的台灣是反過來永遠成為懸在中國頭上的一把利劍，也就是永永遠遠是自己的威脅，試問中國又焉能讓台灣獨立？相對來說，倘若台灣既然已分離中國，也就已經不是自己人，當中國受到威脅，必然把台灣除之而後快，因此最弔詭的是，台灣獨立之時也等同統一之時，只是形式及命運相反而已！

其三，如果中國容許台灣獨立，就永遠失去衝破第一島鏈的枷鎖。眾所周知，二戰勝利後美國把防線推進到亞洲沿海，由美國與盟國控制的第一島鏈，當中的台灣更被視為第一島鏈中點的『不沉的航空母艦』，這意味著如果中國永遠失去台灣，也等於中國永遠無法輕鬆的出入第一島鏈，更莫說衝破第二及第三的島鏈了；這樣勢必大大影響中國的貿易或海軍發展，有如束手縛腳，因此無論從地理位置上及戰略位置上，中國都是不能容許台灣獨立的。

其四，如果中國容許台灣獨立，就永遠失去釣魚台列島。這一點大家應該很容易理解，中國從來一直捍衛釣魚島的主權，但我們從地圖便可看出，台灣在地理位置上是在大陸的東面，同樣，釣魚台列島也是在台灣的東北面。換句話說，如果釣魚島是屬於中國的話，那麼沒可能介乎中國及釣魚島之間的台灣不屬於中國；又或者說如果台灣不屬於中國，那麼亦沒可能隔了一個台灣的釣魚島反而是屬於中國；因此，中國若想繼續捍衛及維護釣魚台列島的主權，首先第一步就不能容許台灣從中國分裂出去。

其五，如果中國容許台灣獨立，就永遠失去很多領海。除了領土完整外，還有最大原因是領海問題。大家都知，中國、美國、日本領海均採取 12 海浬為管轄範圍，因此如果一旦讓台灣獨立，台灣以外 12 海浬都不屬中國，相反如果統一台灣，台灣以外 12 海浬都屬於中國，一來一回首先等於得或失 24 海浬的領海＋台灣本島面積。與此同時，如果中國統一台灣，釣魚台列島幾乎已經不用爭拗就高唱入雲成為中國的國土，需知釣魚台列島與台灣基隆東北相距約 92 海浬，也就是說，中國如果讓台灣獨立，損失的領海管轄範圍不是 24 海浬這麼簡單，而是是 12 海浬＋台灣本島面積＋92 海浬＋釣魚台列島總面積＋島嶼周圍的海域面積約 17 萬平方公里＋釣魚台列島以外 12 海浬。相反統一台灣，釣魚台列島不但幾成國土，甚至還會影響冲繩琉球、石垣及宮古島，中國勢必如蛟龍出海，一得一失，有如差之毫釐，失之千里。

其六，如果中國容許台灣獨立，就永遠失去南海的主權。所謂牽一髮而動全身，如果中國一旦失去台灣，不但失去釣魚台列島，南

海的九段線及諸島的擁有權也失去於無形，為什麼呢？因為台灣如果獨立，首先意味著中國失去太平島，南海諸國也會乘機蠢蠢欲動。也剛才說了，一旦台獨成功勢必引至中國分裂，一個分裂的中國，還有什麼能力維護南海主權？南海諸島也勢必被人瓜分，九段線也名存實亡；即使中國能化解國內的分裂，社會回復平靜，然而再回頭處理南海問題已經太遲。

　　一旦失去南海，中國和東南亞各國也勢必起了變化，當然一個分裂的中國，不但對中國本身以至台灣、韓國及東南亞來說都絕對是災難，因為中國的分裂，台灣與東南亞在經濟上已很難獨善其身。同時，沒有了中國，韓國更不可能統一，而且沒有了中國的協助及支持，甚至沒有糧食，北韓為了生存勢必染指南韓，也許唯一笑到最後的是日本，不用花費及戰爭便可光復了大東亞共榮圈，形勢也變得無比複雜！

　　其七，如果中國容許台灣獨立，就永遠失去『一帶一路』中其中水路的最佳良港。剛才所說的六點是關乎中國在戰略位置上不能容許台灣獨立，而第七點是從經濟層面去考慮。大家都知，中國領導的『一帶一路』已經運行數載，而且成績也是有目共睹，未來可期。但其實中國的『一帶一路』，其中的一路指的就是海上絲綢之路，並分為 2 條航道即『中國到南太平洋』與『中國到印度洋再延伸至歐洲』，連接亞洲及歐洲各個地區。有人說福建是『21 世紀海上絲綢之路』的核心，但其實台灣才是海上絲綢之路核心中之核心。中國一旦失去了台灣，海上絲綢之路也失色不少。反過來說，台灣一旦願意統一，也同樣意味著可永遠擔當海上絲綢之路核心中之核心角色，台灣自然能一登龍門，從而成為兩岸之寵兒，天之驕子。

　　其八，如果中國容許台灣獨立，就永遠失去中國奔馳永不歇息的圖騰。這一點聽起來比較懸疑，但其實也有科學上風水的根據。眾所周知，我們從地圖便可看出，中國的國土面積就有如一隻不斷奔跑的雄雞。在風水學上也代表了中國的進步不斷地向前邁進，永不言休，也永不歇息。而雄雞正在向前奔跑的兩掌，恰恰就是台灣島及海南島，也注定了這兩個島，不但撐起整個中國的身軀，而且也代表了活

力無限，生生不息。與此同時，奔跑中的兩掌又是以台灣為前方，海南島為後方，也意味著台灣勢將引領中國有更大的發展，海南島也只能亦步亦趨罷了。如此的大好形勢放在眼前，試問中國又焉能失去台灣？而台灣人民又焉能失去這個大展雄圖的機會？

而最糟糕的是，一旦永遠失去台灣，中國就變成獨掌的雄雞，莫說是奔跑了就連站都站不穩，您們說中國會容許嗎？反過來說，如果台灣成為雄雞中一支重中之重的掌，固然春風得意永遠邁步向前；但如果脫離母體，一支沒有身軀的雞掌，無論成為滷雞爪或雞爪凍，都勢必成為別人的腹中之物，這也是為什麼台灣過去一直淪為殖民地及難以獨立的主因。所以說，世間萬物就是這麼奇妙，兩岸注定你中有我，我中有你，既不可分，也不可割，共享共榮，豈不快哉？！

其九，如果中國容許台灣獨立，就永遠失去十四億中國人民的信任。我們常看到台灣官方屢指中國鴨霸、欺凌、挑釁、生事。例如當中國戰機跨越海峽中線，即指中國進行挑釁，單方面破壞台海和平穩定，成為麻煩製造者，已引起台灣人民的普遍反感。但卻絕口不提為何中國這樣做？明明是自己挑釁在先，明明是自己屢屢挑戰中國之紅線，是真正的麻煩製造者，卻惡人先告狀。

整整一年多，仍然不停地稱『武漢病毒』，樂此不疲地咒詛三壩崩塌，為官者卻只樂於與虎謀皮，終日迎合美國不斷收買外國『同路人』唱衰中國，傷害自己民族感情，難道這就不會引起中國人民的普遍反感？當然，反感歸反感，現實歸現實，如果中國害怕台灣人反感而放棄統一，中國領導層瞬間必成為民族罪人，必招致 14 億中國人民反感及唾棄。因此，如果中國領導層容許台灣獨立，就永遠失去中國人民的信任，是鐵錚錚之事，也是必然之事。

最後，我想跟大家說，也許以上九點您們可以說是站在中國立場而言，但也請大家細心思考，中國從來都堅持不放棄統一，是不是相對地反映出台灣之重要性？然而您們不可能感受到，因為台灣之優勢從來都未真正發揮過。換句話說，如果統一後便能發揮，那麼身在台灣的人民，是受益者還是受益害者呢？

第 7 點：先弄清楚中國的制度是好的制度還是壞的制度？這一點

我們之前也討論許多，在很多台灣人的印象中，中國的制度其核心就是一黨專政及共產主義，但之前我也很早說過，中國的制度其實也是多黨合作和政治協商制度，只是由共產黨為核心領導執政罷了，嚴格來說也只能說是一黨獨大，相反以現時台灣的一黨獨大，後者更一人獨大，滿朝文武百官都盡是自己人，前者絕不會出現。同時，中國的制度雖然仍被有心人稱為共產極權，但既早已易名特色社會主義，也實質奉行半資本主義，因此從另一角度看，大家也可看成是特色資本主義。無論如何，一切名稱都只是虛幻，對於人民而言，核心是國家能否帶來社會繁榮安定，與及自己的生活美滿和幸福。

需知道，三十年的改革奮鬥就能使全中國自五千年來第一次嘗到全面脫貧，並創造出全球最大的中等收入人群，再看看多少國家領導人到華取經，如果它不是一好制度會這麼成功嗎？或許您們會說即使中國的制度是不錯的制度，但也只是適合中國不適合台灣，但中國為台灣人民特設，有別於香港的『一國兩制』，不是早就明定出台灣同胞的社會制度和生活方式等將得到充分尊重，台灣同胞的私人財產、宗教信仰、合法權益將得到充分保障嗎？況且，所謂談判是雙方的，您們也可提出自己想要的條件，不是嗎？相反，您們再回頭看看自己的制度，除了美其言是民主自由，但虛幻飄渺的口號，吃全萊豬及核災食的現實，台灣人民就真的堅持這種內耗連綿不斷、經濟收縮不斷的日子是好制度嗎？

第 83 回

盤點好處　台成寵兒指日可待

第 8 點：先弄清楚中國如果真的要統一台灣，對台灣有什麼好處？這一點我之前也說過不少，比如我剛剛說過，台灣之優勢您們從來都未感受過，首先統一後的台灣，勢必可成為海上絲綢之路核心中之核心，而高雄就是最佳的發展首選良港。一旦再配合中國早己計

劃的京台高鐵，甚至把中國最新計劃的 650 公里時速磁懸浮列車，從縱向的『京港澳高速磁懸浮』以及橫向的『滬深廣高速磁懸浮』，將來也在兩岸奔馳，打通台灣水陸經濟任督二脈，再把往日『亞洲 RCEP』、『中歐 CAI』及『中日韓自由貿易協議』昔日視為眼中釘肉中刺，瞬間也不廢吹灰之力變成自己，台灣便能馬上經濟騰飛，從而成為兩岸之寵兒，指日可待。

同時，也把中國高鐵、高速磁浮、神舟太空船、天宮太空站、北斗衛星、探索火星、貴州天眼，中國石墨烯、量子、超級計算機、華龍核電機、蛟龍號潛水器等等技術以至中國人造月球及人造太陽、5G 及未來 6G，全部均即時收入自己囊中，變成同一民族的東西。不過，如果還是未感受到以上的好處，那麼大家可否記得，我們之前也一直在多地談及過台灣人可能還未完全領略到中國人口紅利的好處，大家記得嗎？」

在場人士大多呼應：「記得！」「當然記得！」……

亞伯續說：「那就好！或者現在就由我們和大家全面分享吧。我之前在香港也曾說過，我們猶太民族有著三千年文化，而且論勤奮、聰明及團結這三方面，都不差於中華民族，但中國 14 億人口紅利，是唯一令我們猶太民族望洋興嘆的。中國古語有一句話說的很好，就是水能載舟亦能覆舟，一個國家的人民愈多，如果這個國家是國貧民弱，那麼人民愈多就是這個國家的負累，這好比印度。相反，如果這個國家是國富民強，那麼人民愈多就是這個國家的紅利。就以中國來說，如果當年人民的一貧如洗，國家只是每月給人民每人 100 元人民幣，就每月已經花掉 1400 億元。相反今天的中國人民，每人只需每月給 100 元人民幣給國家，國家每月便有 1400 億元收入。

不要以為這些都只是小數字，就是因為中國今天擁有 14 億人民，而且國家已經漸漸走向國富民強，有很多事情在世界上只有中國能做到，而且是輕鬆做到。即使是美國能做到也瞠乎其後，或心有餘而力不足，這是為什麼呢？就比如每年的軍費，美國 2020 年的國防預算約 7500 億美元，等於平均每位美國國民要付出 2500 美元。如果世界各地都按同一預算來計算，那麼俄羅斯國民平均要付出 5190 美

元；台灣國民平均要付出 32608 美元；但中國國民平均只需付出 535 美元。這代表了什麼？這代表了台灣的國防預算永遠不可能跟中國比較，台灣想做一艘航空母艦及任何超級武器，對於每一個人民來說已經是一個天文數字，但放在中國，根本平均後人人都付得起。

其實這對美國來說又何嘗不是，只是沒有台灣這樣明顯罷了。倘若中國將來的 GDP 接近或等同美國，中國人民以後每一種武器只需每人付出 100 美元的試驗，中國人民大約是美國人民的五倍，就等於美國人民每人就要付出近 500 美元的試驗，500 美元也是很少對不對？但是如果試驗的武器多了，與及美國每種武器的試驗費本來就是中國的幾十倍，美國便會遲早吃不消、試不起、做不到。

除了武器，中國人短短十數年便建成中國的八橫八縱高鐵；中國建立南水北調、西電東送；一個穿黃工程便能造福八億人；一個天河工程也能調水達 350 個西湖的蓄水量；世界級的橋樑如雨後春筍；此外，新冠疫苗全國人民免費注射還可照顧世界百多個國家。再從尋找、發明、創造任何東西，這些為什麼中國人都能較容易做到？而世界上為什麼再難有一個國家獨力做到？而且中國還能夠同一時間一齊做，關鍵及取勝之道就是人口紅利。

不要說國家的項目，即使是民間同樣如是。例如假設一個商家發明一個成功產品其成本費共需 14 億元人民幣，他會覺得很划算，因為產品出來了，只要每個國民一月給他賺一元人民幣，一個月其成本費便賺回來了。如果換了在台灣，就意味著單是成本費都要花 60 個月才賺回來。因此『人多好辦事』這一個紅利，是世界任何國家都難做到，也羨慕不來的。那麼，相對在中國的人口紅利，如果台灣願意統一，大家又會聯想到對台灣有什麼其他好處呢？或者現在就由他們（六子）和大家細訴吧。」

萊恩：「**第一個的好處，我想到是您們的不足。**這幾年我們常聽到台灣要向美國購買多少戰機，一時間說 F22，一時間說 F16V。但其實一直都是白費心機，自欺欺人。首先，買來幾十架戰機在數量上都不能和對岸同量而語，再說就算台灣厲害有足夠的金錢買到，也不會買到最先進的，甚至很多的零件及操控上都落在美軍手上，但以上

各種假設都只是小事，台灣最大的不幸是兩個先天不足，任您們如何財大氣粗也解決不了。

其一是機師，別把台灣民調願意上戰場去愚弄人民了，真實的情況是年年都有不少青年逃兵役。台灣以前採用義務役徵兵，18 歲必須服兵役一年，因此，逃兵役屢有所聞，直至 2018 年改採用志願役與義務役並用徵兵，即首先募兵制，只需四個月軍事訓練便可，其心態及質素可想而知，更莫說現今少子化嚴重了。反觀中國，志願當兵遠遠超過軍方所需要人數，而且訓練嚴苛，所以雙方無論戰鬥力及人數根本無法比較。同樣，海軍陸戰隊進行漢光演習歷年預演都發生重大意外，台灣一而再人機損失，與軍備殘舊不無原因。即使民調有幾分是真，但真正的機師是受過長年累月的飛行及作戰經驗才能上陣的，並不是一時間突然心血來潮，拿著掃把的熱血便可勝任的。

其二是兩岸面積的懸殊，更是命中注定的。中國土地面積是台灣的 266 倍，換句話說即使台灣與對岸有相同質與量的軍人和武器，大家都有毀滅對方相同等量的能力，但台灣的面積毀了一大半，對岸才毀了九牛一毛，能戰勝中國嗎？因此在中國的人口紅利下，第一個就是凸顯台灣軍人的不足。但如果您們加入了中國的大家族，台灣的青年是否願意加入國家的軍人，都是自由的選擇，但最低限度也不用擔心被徵兵或募兵了。」

格林：「**第二個的好處，我想到是您們的節流。**剛才我們提到如果台灣的軍力要接近中國，先不說參軍的人數根本無法比較，就以武器來說大家軍費都一樣，便已經令您們吃不消。其實還有一點您們從來都不評論的，就是即使是兩岸的軍費完全一樣，都是相差甚遠的，因為台灣的武器是從外面美歐買回來的，別國要賺一大筆還有雙方的掮客也要賺，買回來用不用得著還是其次，重要是給對方滿意自己也得益，只是苦了台灣人民罷了。

相對來說，中國的武器，基本全部是自己的研發及生產，因此他們的成本一定比美歐低許多。可以說，一架美國戰機它真的值這麼貴嗎？不是的！美國的軍火是私營是要來賺大錢的，加上各項成本高又不是量產，所以每一件的武器均售價驚人，但由於有國家及國際買家

承接，一個願打一個願挨，貴也是正常的。相對一架中國戰機又真的值這麼貴嗎？也不是的！不過美俄的戰機市價就是這麼貴，中國戰機質量差不多卻價錢便宜了許多，雖然對中國來說已經賺很多，但對買家來說已經超級划算了。當然，中國的武器基於市場價也不能太低，因為太便宜也會讓人誤會質量差的緣故；但這都是因為人口紅利下，令研究費和供養人才平均便宜，加上擁有眾多原材料，成本自然省了不少。

　　因此，即使現在中國的軍費比美國少，但由於美國的軍費大多數落入軍火商的口袋及成本中，所以即使是同一軍費下，中國比美國更有能力做出更多及更精良的武器。說到這裡，您們有沒有想過倘若如果您們加入了中國的大家族，首先如同香港一樣，乾脆連國防都交由中國負責，把每年的台灣國防預算三千多億元台幣轉化為台灣人民的福利，哪豈不是更好嗎？而想當軍人的，要當就要當大家族的軍，這樣才真是英雄好漢，也才有價值。另外，您們有沒有想過每年十多個邦交國支出，為了維持與台灣的外交關係，也付出了相當的代價，再加上每年的秘密外交支出，直接間接費用就不少，這些成為大家族後都可全部省下來再回饋台灣人民，不是很好嗎？」

　　淑彤：「**第三個的好處，我想到是您們的五缺。**眾所皆知，台灣一向面臨五缺六失，也就是缺水、缺電、缺工、缺地、缺人才；政府失能、社會失序、立法院失職、經濟失調、世代失落、整體失去目標。儘管綠營提出 2025 非核家園，也自知屬選舉口號要做到簡直難於登天，但沒所謂因為到時推卸責任便好。而這兩年大陸一些省分出現短暫性限電，台灣名嘴便借題發揮，還譏諷是抵制澳洲煤礦實咎由自取，但連《紐時》都認知大陸碳時代已經結束，並清晰告知世人，這就是大陸已經對減少碳排放做出承諾的體現；而真相其實還有大陸疫後復甦猛迅，工業用電急增才會短暫時間採取有序用電，更何況今年限電也是國際能源緊張的普遍問題。

　　因此，台灣缺電既是常態，與大陸限電只屬暫時及僅在工業上不影響民生，絕不能相提並論。特別是大陸人造太陽去年底也成功運作，『華龍一號』全球首推核電又於今年初福建投產，因此相信限電

不會年年發生。無論如何，如果您們加入了中國的大家族，台灣的五缺均全部迎刃而解，幾乎毫無懸念。在缺電方面，以往是您們造成社會最大爭拗的地方，特別是綠營主政下，更是火力全開，開時代的倒車，弄至空汙嚴重，嚴重危害台灣人民的健康。然而，大陸既有能力建海底電纜給台灣，更能為台灣建造最新、最安全的海上核電平台，而且也能收集台灣核廢料，把台灣的爭拗化為零。

　　在缺水方面，大陸既然能夠供水給金門馬祖，一樣可以能夠供水給全台灣，而且大陸有能力為台灣建造海水化淡廠及建造水庫，多管齊下，這也才是真正解決台灣缺水之法，而不是像現在台灣缺水便祈求颱風來襲，因為只有颱風才會帶來台灣強降水的荒謬處境。不過說來湊巧，今年又聞全台面臨 56 年來最大乾旱，但無論政府演出真實版之臨渴掘井，還是祈雨法會，都是望天打卦，不設實際；唯有兩岸統合，台灣缺水才能一勞永逸。在缺地方面，大陸是世界造島的能手，台灣四面環海，該需要的及值得擴展地方的，中國都能為台灣創造。至於缺工及缺人才，如果您們加入了中國的大家族，相信不用多說都明白不難解決。當然了，大陸能夠輕易解決台灣五缺，與人口紅利也息息相關，不竟 2300 萬人需要的東西，對於 14 億全中國人民來說，都是很容易消化的事。」

　　蔓荷：「**第四個的好處，我想到是您們的前途。**如果您們加入了中國的大家族，台灣人民的工作選擇就不限只在台灣，而是整個神州大地任您闖！而且不止是薪金，您們甚至可選擇最愛的氣候、安靜還是繁華，高薪還是前途較好的城市。如果您們是一個專業人士，甚至是科學家，也許在以前，第一想立足的國家一定是美國，說到底還是看待遇及生活條件。但時移世易，現在世界更多的精英會較嚮往大陸，因為即使待遇比美國高一至兩倍，但中國 14 億人口差不多是美國的五倍，平均去滿足一個科學家，都比美國便宜划算，台灣就更不用說了。

　　如果您是一個商人或正打算創業，那麼您每做任何的一個產品，已經不是面對 2300 萬人的市場，而是面對是 14 億多人的市場。您所做的產品，每人一年平均賺一元，在台灣每年賺 2300 萬，但在全國

每年是賺 14 多億元。看看即使在疫情下，大陸的『雙 11』購買力依舊驚人，天貓加京東『雙 11』全球累計下單金額近萬億元人民幣，這都是人口紅利的緣故。

而與此同時，對於台灣年青人就業，倘若您們加入了中國的大家族，不但可以奔馳整個神州大地，逐鹿中原，讓您們都能追夢、築夢、圓夢；即使留在台灣也與以前天淵之別，由於已和大陸成同一家族，到時候就不會再是只有十多個邦交國，世界上近 200 個國家便瞬間聯上，各國遊客及經商者勢將絡繹不絕，年青人無論創業還是就業，台灣已經是兩個世界，不可同日而語。」

謙新：「**第五個的好處，我想到是您們的為難。**剛才蔓荷說到台灣人民的個人工作或經商，倘若有了大陸的市場，就能大大的開拓自己的視野和發展空間，當中有一些知名人物便更加尤為突出了。比如歌影視的演藝人員、藝術家或運動員等等，以前他們每說一句話都戰戰兢兢，害怕『順得哥情失嫂意』，一旦說錯一句話，或做錯了一個動作，都被迫選邊站，再難左右逢源，確實為難了他們。但如果台灣加入了中國的大家庭，上述這些人不但無後顧之憂，而且他們演出每一個的影視作品，創作每一個的藝術，生產每一個的東西，同樣都不是面對 2300 萬人的市場，而是面對是 14 億多人的市場。

就好比大陸近來有限酬令，但即使怎樣減酬，其片酬對台灣演員來說都已經是天價，也羨慕不來。再說，台灣的影視作品即使怎樣優良，就以古裝劇為例，製作從服裝到天然外景，拍攝從武術到特效，這些台灣都是缺乏的；至於動漫或科技的片種更是靠高昂資金才能支撐，但大陸市場夠大，能消化的起，所以也唯有兩岸融合，台灣的演藝界才能真的有出頭天的一日。看看與中國人口紅利的最佳比對，韓國影視圈的僧多粥少，也造就現實殘酷及競爭激烈，自殺時有所聞。因此，如果您們加入了中國的大家族，第一立竿見影就是台灣的演藝界、藝術家或運動員等知名人物之行業，可說是不容置疑。

而最後我特別想提到是台灣的流行音樂，這是台灣的強項，也是軟實力最突出的地方。直至今時今日，兩岸的觀眾雖然很多都是看大陸的綜藝，但我們不難發現，眾多的大陸綜藝節目都是以台灣歌手

作為主要嘉賓，大陸所聽的流行音樂，還是聽台灣歌手及台灣歌曲為主，這又是為什麼呢？有人說大陸的流行音樂之所以不如台灣，是因為內地音樂起步較晚，也有人說是因為過於保守，不懂包裝。其實我認為這些都不是主因，大陸開放都幾十年了，在很多方面都比台灣來的前衛，也更懂的包裝。真正的原因，是台灣淵源於閩南文化。事實上，大陸每一個民族都有他們的特殊愛好和優越的地方，當中的閩南文化，更是以熱情開放，能歌善舞為著稱。

由於這個文化的基因，造就了台灣人民普遍對於音樂抱有熱情及樂於創作的緣故。當然我不是說其他民族及文化就沒有流行音樂細胞，只是這方面是台灣人民較為普及及專長罷了。當然了，隨著市場的不斷縮窄，台灣的流行音樂也與影視製作一樣逐漸式微，台灣歌手也像香港一樣青黃不接，後繼乏力，這是非常可惜的地方；但是良好的文化基因及音樂細胞是永遠存在的，倘若台灣能融入大陸變成同一家族，寬廣的環境和巨大的市場，定必馬上令台灣流行音樂獲得新生及復興的機會，是可以預見的。」

第 84 回

逐鹿中原　統一好處陸續有來

大榕：「**第六個的好處，我想到是您們的無奈。**不一定是知名人物的行業，其他行業同樣如是。比如，台灣漁農業雖然不是社會的頂樑柱，但是也是很多人民參與的事業。當中農業本來就是台灣的強項，只可惜在兩岸的政治環境下，往往大豐收也是農民笑不起來之時。明明對岸就是天然最大的銷售市場，卻也迫於現實環境，把香蕉弄到水煮連皮配醬油來吃，慨歎奈何；而大陸今年因多次要求改善台灣鳳梨病蟲害問題，卻遭台灣當局零回應才禁止進口，綠營即馬上跳腳不停訓斥大陸，但其實綠營去年才把全台 17 個農田水利會收歸國有，強奪農民財產，說是力挺農民，但都只是偽善及口是心非。

　　不過若說無奈感，台灣漁民更刻骨銘心，就像去年中日本的沖繩縣石垣市，提議將釣魚台列島的行政區由『登野城』改為『登野城尖閣』，台灣的宜蘭縣也把釣魚台列島更名為『頭城釣魚台』作抗衡。不過，台灣漁民也非常清楚，更名都只是一種姿態，重要還是打鐵還需自身硬。他們也明知台灣當局從來都沒有好好保護他們，而且反而叮囑他們勿到釣魚台列島附近海域捕魚作業。老實說，幾乎所有台灣漁民都深刻認清，萬一遇到日本船艦驅逐，懸掛五星旗更來的有效，這也是台灣漁民無奈的悲歌。因此，倘若台灣加入了中國的大家族，大陸既是台灣漁農業最大的堅強後盾，日本更不敢以小欺大。

　　另外，隨著近年大陸喊卡自由行，台灣旅遊業便一落千丈，哀鴻遍野，令整個觀光業界除了嘆息就是無奈。但如果兩岸成一家族，不但大陸人民自由行比以前更多，剛才蔓荷也說了，台灣到時候各國遊客及經商者也會絡繹不絕，自然也帶來台灣觀光事業前所未有之『錢』景，可謂毋庸置疑。當然，台灣肉乾加工業繼旅遊業蕭條打擊之外，『罔紅薄恩』的『萊豬做肉鬆賣給中國人吃論』也不忘為台灣肉乾業界火上澆油，可看出這些業界的無奈，但其實台灣人民吃萊豬核食更無奈；因此，若然兩岸成一家族，萊豬核食就肯定絕跡台灣，人民便不用再擔心及煩惱。」

　　萊恩：「**第七個的好處，我想到是您們的不能。**之前我們提過中國能獨力發展長征火箭、神州飛船以至太空空間站，也是台灣人永遠不能及沒辦法做到的。但如果加入了中國的大家族，台灣年青人都可成為長征火箭、神州飛船以至太空空間站其中的一員。另外，北斗衛星、探索火星、航空母艦等等，都不是一個小地區或小國家就能造得起的，即使能造到，也消化不起及養不起。

　　就是因為擁有 14 億多人，令中國每一種科研都變成『值得』，既能福澤萬民，亦因市場大，也很快便回本，造就中國成為世界唯一有此條件的國家，更加是人口紅利才能做到的緣故。而最重要是，相信台灣年青人也有不少是科技迷及有著太空夢，此時就把不能變成能，也就是能有用武之地。

　　當然，即使沒有太空夢，但隨著中國互聯網、智能科技、太空科

技及大數據日益發達，所衍生出來的產品及事業可謂千變萬化，無窮無盡。這與現時台灣的傳統產業，年青人可以發展的事業一下子也變的多采多姿，擴闊很多，也就是很多以前沒想過或不能做的事業，也隨著兩岸成一家族，而多了很多的選擇。」

　　格林：「**第八個的好處，我想到是您們的安全。**我了解台灣也是一個受自然災害影響較多的地區。幾乎和日本一樣，除了常有地震，還有每年颱風也曾經引致土石流。然而，由於大部分房屋古舊，聽說您們有專家曾忠告，倘若台北發生六級地震或以上後果便不堪設想。毫無疑問，天災又誰能預測？任何人都不能保證，就像較早前的一次花蓮地震，日本來的人竟不是來救援的。事實上，遠水不能救近火，論最近又最願意來幫助的，那肯定是中國人民無疑。

　　今天中國的各類搜救儀器及無人救援飛機，早已站在時代尖端，而且隨著 AI 科技的不斷發展，只會愈來愈先進。所謂人命關天，政府不值得還用意識型態及擺出『疫苗只要是中國就免談』姿態。而中國這些先進及大量的搜救儀器及救援飛機，當然也是人口紅利才能做到的緣故，台灣是小型經濟體，很難事事自己來。還有最重要是，台灣人民倘若在外國旅遊發生任何意外，這時候中國就是您們的最好保護傘，而歷年來中國救助台灣人民也不勝枚舉。

　　例如 1990 年，中國救助因海灣戰爭滯留於科威特的 1000 多名台灣同胞順利返回台灣、2010 年協助台灣同胞於海地地震伸出援手、2011 年協助台灣同胞從利比亞戰亂撤僑、2015 年協助台灣同胞從葉門戰亂撤離險境、2016 年拯救被索馬里海盜劫持的台灣同胞、2017 年先後協助台灣同胞於墨西哥地震撤離與及在印度洋海域成功將全部 25 名棄船台灣漁民救起、2018 年也先後提供經濟資助於阿富汗受騙流落街頭的台灣女生平安返台與及協助 32 位台灣旅客受燕子颱風水淹日本關西機場成功撤出等等，這都是民族感情、血濃於水的展現，更是小地區小國家無能為力做到的地方，在『**祖國就在身後，使館就在身邊**』情況下，中國都能為台灣人民遮風擋雨。因此，倘若台灣加入了中國的大家族，台灣人民在生命安全上也得到很大的保障。」

　　湫彤：「**第九個的好處，我想到是您們的追求。**首先，台灣雖

然也以美食出名，但面對著大陸地大物博、各地各式美食也會相形見絀。單是聯合國頒發世界美食之都，就已經有成都、順德、澳門、揚州及剛入選的淮安五地。所謂『民以食為天』，美食對於人民來說不僅只是裹腹東西，更代表了一種生活的追求。

另外，師父也一直鼓勵年青人多旅遊，因為行萬里路勝讀萬卷書，是永恆不變的金科玉律。因此，倘若台灣加入了中國的大家族，您們大可有空便走走天南地北，以追求您們在課本上找不到的智識，定必擴展您的視野和經驗，也品嚐更多的美食。

同樣道理，大陸有 50 多個民族，各地各民族人民都有著不同的魅力及個性，倘若兩岸成一家族，單是姻緣道路上，便能夠提供自己有更廣及更多的選擇，當然姻緣講求緣分，但如能融入一個自然環境下，卻又多了 60 倍的人口供自己追求或被追求，豈不是更好？

而說到醫療健康就更是如此，除了遇到疫情不用擔心得不到疫苗之外，即使大陸在人體器官捐獻方面，也是世界上建立自願捐獻體系最快的國家，人民自願捐獻器官者近年間也增長了 100 多倍；當台灣人民需要追求骨髓或器官移植拯救生命，大陸 14 億人民始終會帶來更多的生存希望，相信也是不容置疑的。」

蔓荷：「**第十個的好處，我想到是您們的基建。**當然了，台灣基建缺乏動力與經濟停頓是息息相關的。而且即使有了經濟，也並不代表會加強基建，美國就是一個絕佳例子，即使多年貴為世界第一大經濟體，但很多基建卻不斷的落後，而台灣也基本一樣。另外在地理上，台灣可說是處於一個最佳位置，但亦可說是處於一個最壞位置。意思是說如果台灣與大陸融合，它勢必成為中國海上絲綢之路重中之重，也就是『一帶一路』重要主角之一。相反，如果台灣與大陸繼續敵對，由於『敵人』近在咫尺，而且這個龐然大物搬不走移不動，那麼大陸就勢必成為台灣發展的絆腳石。

除此之外，台灣由於是一個海島，陸路發展對於您們往日來說可謂不敢想像，但世上無難事，只怕有心人！我們看看 2020 年中歐班列累計開行 1.24 萬列，同比增長達 50%，今年更不用說了，簡直成長驚人；因此，有利於歐亞大陸旅遊及加速歐亞發展之交通，例如大

陸 650 公里高速磁懸浮將來也實現於中歐奔馳，可說是遲早的事。而另一方面，大陸也早已預定 2035 年前實現『全國 123 出行交通圈』目標，並涵蓋了台灣；那麼，若然台灣加入中國的大家族，台灣人民將來便可選擇從陸路去到東南亞及歐洲每個地方，從而擴闊自己的視野，也豐富了自己的生活選擇追求，指日可待。

而最重要是，若然加入中國的大家族，成為一帶一路之要角，那麼也勢必帶動整個台灣的基建，以配合整個區域的龐大發展，而基建發展所用到中國的各種先進技術及機械，也是人口紅利才能做到的緣故。我們可以看到，台灣桃園機場捷運建造 20 年，台鐵至今也頻頻出事，蘇花公路坍方滑坡不斷，多年來仍然無法讓東部人民提供一條安全回家的路；但如果給基建聞名遐邇的大陸設計及興建，相信也是輕而易舉便解決了事。

　　謙新：「**第十一個的好處，我想到是您們的尊嚴。**我常聽到您們喜歡說要維護台灣尊嚴，但是如果您們持續與大陸敵對，持續經濟落後，持續成為亞洲孤兒，尊嚴只會一天比一天褪色。與此同時，中華民族他日屹立世界之巔，便是您們吐氣揚眉之時，尊嚴已經不需掛在嘴邊，而是切切實實的擁有。當然中華民族之所以能吐氣揚眉，也完全是因為中華民族遍佈整個世界，而且是世界最大民族、人口紅利的緣故。

　　而事實上，中華民族有傳統的憐憫心，歷年台港捐款也世界有名；這兩年大陸對眾多國家提供疫苗廣種人心，而隨著大陸不斷發展，對『一帶一路』貧窮國家出心出力，很多發展中國家都對中國人民心存敬意。即使面對西方美歐國家，倘若大陸未來在科技上繼續不斷進步，而且也願意和世界共享，例如上至天宮空間站，下至各類科技產品豐富人類生活所需，並且在各方面進步的同時，依然堅持和平不稱霸的道路，不是說說而已，而是經的起時間考驗。

　　那麼，當積累了一定的時間，所謂大勢所趨，即使原本一些對中國有偏見的人，也會改變心態改而尊敬的，不竟這些人很多之前都只是被誤導影響，這個世界還是明白事理的人較多，所謂日久見人心，真金不怕火煉，是永恆不變的。可以說時間愈久，大陸的聲望只會有

增無減，中國人在國際上也只會愈有尊嚴，那麼，台灣人民身為中國大家族之一員，也同樣臉上有光，與有榮焉。」

　　大榕：「**第十二個的好處，我想到是您們的幸福。**大家可否知道，大陸早已成了全世界最高速的富豪製造機，而且每天都增加 400 人成為高淨值收入；每 7 天便增加 1 位億萬富豪，也超越美國成為世界富豪數目增加速度最快的地區，這些都是人口紅利的緣故，而您們將來都有機會可能成為一分子。

　　而事實上，今時今日的大陸早已全面脫貧，未來很快便步向全面小康社會，甚至大同。然而，幸福從來都不是必然，但大陸是有著很多真真切切的未來可期條件以作為支撐的，甚至有很多方面的發展都正等待收成的時候；比如『一帶一路』發展已踏入春華秋實，碩果纍纍階段；而中國中西部發展、大灣區發展及『十四五規畫』一系列尖端科技發展，涉及的範疇就有人工智慧、量子計算、積體電路、基因及生物技術、神經及醫療科學、航空航天、宇宙探測等等，另外還有雲計算、大數據、互聯網、區塊鏈、5G 及未來的 6G 發展等等；倘若上述這些發展陸續到了回報的時候，其收益不可謂不驚人。

　　就以環保低碳產業為例，到 2030 年大陸預計就已經達至人民幣 23 兆元。從長遠來看，不知大家有沒有留意大陸今年在全球氣候峰會作出碳中和的承諾，這也意味著未來二三十年大陸工業勢必迎來新一波翻天覆地的環保革命，也勢必反映在有關產品上。可以說，以上很多方面說不定都會領先世界，到這個時候，大陸人均收入便肯定翻幾番。

　　此時，大陸人民的福利及幸福也定必比台灣好太多，在人口紅利情況下，到時台灣被統一當然也不虧，但您們總不想有坐享其成之嫌，而且在此時被統一可以說毫無籌碼可言。那麼，既然台灣離不開統一，又估算到大陸定必超越美國，迎來世界最大經濟體的一天，倒不如早一步加入這個大家庭，共同見證及共同渡過這光榮及幸福的一天來臨，而最重要是這時的超級中國，您們便可大聲地說『**咱們台灣人都有一份的貢獻！**』，那豈不來的更有尊嚴及意義？」

第 85 回

論美中俄 歐盟失馬焉知非福

亞伯續說：「剛才他們都一連補充了 12 個有關中國人口紅利對台灣的好處，而我們說完八個弄清楚，或者現在我們可開始討論台灣七個立場考慮。但今次我們大可反過來，即從後較不重要的說起，也就是我們先談談**台灣第 7 考慮就是俄羅斯立場**。

說到美中俄三國關係，很自然令人聯想起中國古代之魏蜀吳三國形勢。有人說，周瑜死前曾說了一句名言『既生瑜，何生亮。』充分凸顯周瑜是個妒賢嫉能，心胸狹窄之人。話說之前周瑜自困愁城，時時刻刻均想把諸葛亮除之而後快，既不考慮諸葛亮並無意與自己爭雄，更不考慮到天外有天，人外有人，即便是假想敵諸葛亮消失，但世間依然可能存在千千萬萬個孔明，試問周瑜能妒恨多少？又能滅絕多少？最終也導致周瑜自己被氣死鬱鬱而終！這不其然令人想到美中關係，美國處處針對中國，時刻也想把中國除之而後快，同樣是告知世人，上帝既創造美國，又何必創造中國？

不過，很可惜同樣都是，中國只是美國的假想敵！沒有了蘇聯，一樣有日本；沒有了日本，一樣有中國；沒有了中國，同樣有其他國家取而代之。也正如我剛說到天外有天，強中自有強中手，美國沒可能是永遠第一，箕裘不墜。因此，在此時說美國是周瑜，中國是孔明可謂最明顯不過。誠然，美國處處抹黑中國，還號召盟國及跟班逢中必反，但中國又是否他們所想像及形容的如此不堪呢？也許，當大家了解到周瑜的真正歷史，或者便會有不同的看法。也就是說如果不受《三國演義》的影響，現實中可能又是另外一回事。

周瑜死前說的名言，全句是『既生瑜，何生亮，君未歸，孤何安。』後半句意思是你不來我東吳，我又怎麼能安心呢？原來周瑜很尊敬諸葛亮，可謂惜英雄重英雄，而且喜歡和他一起平定天下，周瑜多次勸說諸葛亮歸順東吳，甚至表示自己可以讓出孫吳大都督的位置都可以。因此在《三國演義》小說當中，雖然成就了諸葛亮的完美高

大形象，但損害了周瑜的寬容大度形象。如果依然把兩者套入美中關係，此時位置就很可能需要互換，美國處處抹黑中國，雖然成就了美國自己的自由民主的普世價值形象，卻損害了中國視人類為命運共同體的以和為貴形象。此時，美國肯定不是孔明，但中國神似周瑜則明顯不過，只是身體就健康得多。

　　但如果把現今美中俄形勢，說成等同歷史上的魏蜀吳三國形勢，但其實三方心態都很不一樣。對中國來說，我認為他們最希望的就是美中俄能三國鼎立，三方相互平衡從而進退有據最為有利。但如果沒有了其中一國也沒所謂，至於兩國都沒有了，那麼雜音便少了許多，不過無敵是最寂寞，日子就自然過得較為沉悶一些。因此無論一國獨大、兩國平分秋色或三國鼎立，我相信中國都會抱著平常心，因為他們的強在於經濟；但如能三國和平共處，中國活的最有滋有味。

　　俄羅斯心態又怎樣呢？他們的強項剛剛與中國相反，經濟欠奉，是靠著強大的武力而得到他們今天的江湖地位。他們自知沒能力滅美中兩個大國，所以原則上他們也樂於三國鼎立，這是對俄羅斯而言現階段的最佳結果。不過，倘若美國想殲滅中國，俄羅斯絕對不能坐視不理，皆因唇寒齒亡，中國倘若倒下，下一個倒的必定是他們。因此假若有這一天的發生，他們也會先隔岸觀虎鬥，倘若形勢對中國不利，他們會毫不猶豫協助中國，因為幫中國等於幫了自己，但倘若形勢對美國不利，俄羅斯同樣會出手，不過不是幫美國對付中國，而是直搗黃龍直接一舉殲滅美國本土，所謂趁美病，取美命，機會難逢，絕不留手，皆因沒有了美國，俄羅斯再度偉大就幾近達成。

　　最後對美國而言，向來經濟和武力都是凌駕中俄，所以稱霸世界做唯一的王之心，向來都是路人皆見，對現今三國鼎立之形勢，早已如坐針氈，心心不忿。眼見中國經濟武力兩方面都步步追緊，自然容不下這個對手，設法阻止其崛起，不過美國也是利益主義者，更是現實主義者，美如若用武力滅中，除非很輕易及閃電戰得手；不然的話，一旦與中國拖長戰事，無論自己的形勢有利或不利，都要面對黃雀在後的俄羅斯。因此，美國有把握能在極短時間滅中嗎？萬一不是預定時間滅中，先不說俄羅斯，美國單是在日本及南韓的美軍基地，

東風快遞會隨傳隨到，在如此情況下，美國又怎可能為台灣出兵？

　　當然，我聽過有台灣評論天真認為中國的真正敵人是俄羅斯，因此台灣應該和俄羅斯做朋友，一旦台俄建立了關係，中國對台灣便不會輕舉妄動，台海就會變得安全。不過，可以告訴這位仁兄想想就好。站在俄羅斯的立場，除非中國突然要與俄羅斯交惡，否則俄羅斯第一個敵人肯定是美國；也就是說，除非俄羅斯有能力先滅了美國，才會想到再對付中國，在美國未倒下的一天，俄羅斯絕不會主動和中國交惡。因此，明知台灣是中國的核心利益，又怎麼會和台灣建立關係而得罪中國？況且台灣又有什麼資本及實力能滿足俄羅斯去對付中國，這未免太頭腦簡單吧。

　　我們或再從另一角度看，以今天的美中俄三分天下的局面，對美國而言，倘若沒有了俄羅斯只剩下了一個中國，就算以為軍事方面可大勝對方，也未必會即時毀了中國，因為中國除了軍事強外，經濟也更強，而且資源物料豐富，所以只要中國不是處處與自己對著幹，美國也許放過沒有稱霸野心的中國，大家仍發展經濟也不錯。但是如果沒有了中國，美國百分百會想辦法滅了俄羅斯，因為俄羅斯的強在於軍事而不是經濟，一個對美國長期沒有任何幫助，但長期受軍事威脅的俄羅斯，就肯定想除之而後快。從這一點便可看出，就是因為中國今天的轉強，才能牽引到美國只視為威脅，從而分散注意力及相互制衡，令自己更安全，因此對俄羅斯而言，和中國友好都是事出有因，可以說中國的存在就是保命丹，又怎會聯台抗中呢？

　　俄羅斯普京曾表示，『中俄兩國在理論上可以軍事同盟，但原則上沒必要這麼做，因為兩國的戰略互信和協作水準已經達到了相當的高度。』有台灣人解讀為普京對於中俄是否組軍事同盟，仍持著保留與謹慎態度。非也！實剛剛相反，就是因為普京明知中國不會與任何大國結盟，所以他沒法子才說原則上不需要。而事實上，隨著最近中俄聲明兩國合作不封頂、沒終點，就更印證其雙方背靠背之關係，當然這一點也是美國迫成的。有人覺得奇怪美國西方能打倒共產蘇聯，卻不能打倒共產中國，其主因中國根本不是純共產制度，況且中國不是只靠軍事，而是具備人口紅利、資源豐富等等先天有利條件，為經

濟創造了生生不息之利好優勢，所以是屬全面性崛起，絕不能拿當年蘇聯或現在的的俄羅斯相提並論。

說到台灣第 6 考慮就是歐洲立場，就很容易令人聯想到今年歐盟也跟隨美國為涉疆人權問題的事件，大造文章，從而暫時凍結《CAI 中歐全面投資協定》，但始終深信只是歐中關係一個插曲而已。而歐洲企業卻以為站在人權道德最高點，不分青紅皂白便借著新疆棉花問題乘機羞辱中國，還理直氣壯聲明『**我們產品所需要的棉花將不再從新疆獲得！**』卻換來的是我們產品所需要的『利益』將不再從『中國』獲得！都是自然、必然、當然的結果。

儘管若干國際品牌一邊吃中國飯、一邊砸中國碗的行為時有發生，但中國人民不可欺，最終還是猶如當頭棒喝，恨錯難返！也許有人說，這只會嚇怕外企不敢再投資中國市場，但這些人看事只流於表面，需知道換轉中國品牌在外國經營，卻批評外國內政，而且所罵事情還是子虛烏有，外國民眾同樣會抵制，而且定必有過之而無不及；更何況中國市場巨大是不爭事實，所謂一雞死一雞鳴，外國品牌輪著爭入中國市場多的是，這也是中國之底氣所在。因此，我們只能說歐盟政要或企業，硬要經一事，長一智，才能懂得不敢再高居臨下俯視中國，才能改弦易轍，修正錯誤。

事實上，歐洲議會暫時凍結『中歐 CAI』實際上都是在給美國做嫁衣，到頭來也只會眼睜睜地市場被美國搶走，然而歐洲人並不是全部都是那麼愚笨！我們大可看到，美國國務卿在歐期間表示不會強迫盟友在美中之間選邊站，只因不是美國不想，而是美國無能為力；因為美國若然強迫歐盟選邊站，不但等同要歐盟分裂，而且最終選邊站之結果會令美國很難堪。因此，從另一角度看，歐盟先看到美國於阿拉斯加『2＋2 會談』之下場，再看到自己和美國聯手炒作涉疆人權事件，一樣招來中國強而有力的反制，令歐盟更應徹底了解，回歸現實才是對自己更有利及更重要，長遠對歐盟及中國來說，都是好事一樁，只是對美國來說，偷雞不成蝕把米，就顯著不過！

可以說，『中歐 CAI』不是對中國的恩賜，相反對歐盟而言更為重要。為此，我或者先補充昨天紫箬談到『中歐 CAI』最終遲早

會正式簽署的方面內容。無疑，她說歐洲已經不容太多考慮，並列舉很多理由，但我認為這都是前期的理由，也就是前期的好處。但其實『中歐 CAI』未來正式實施後，歐洲還有中期及後期的好處，可謂『錢途』無限。首先，所謂中期的好處，就是未來歐洲的公司到中國開天闢地，他們在中國生產之東西，其實也等於變相同時踏入了『RCEP』的亞洲市場，由最初的壓力反變為動力，更是『中歐 CAI』之附加價值。

其次，所謂後期的好處，就是現階段中歐班列興旺，早已轉虧為盈，例如去年中國已經首次超越美國成為歐盟最重要貿易夥伴，今年首季中歐班列之開行列次及貨櫃數量更分別增長 75% 及 84%，飆升幅度驚人。隨著『一帶一路』中歐合作漸入佳境，『中歐 CAI』只會進一步鞏固歐洲未來前景，也是只有好處沒有壞處。不過這還未算厲害，最重要的是，隨著中國形成『RCEP』及『中歐 CAI』兩大經濟板塊，中國就更有力量促進『一帶一路』所有的非洲國家走入全面發展之路，就比如去年底『中歐 CAI』草簽後，中國外長便隨即遠赴非洲，也是連續第 31 年在新年首訪選擇非洲，並全力推動中非八項合作，與及持之以恆，扶傾濟弱。

在可見的將來，一旦所有的非洲國家全面脫貧，不要說是致富，即使是全部成為中等收入國家，第一個獲益者不是中國而是歐洲。由於歐非近在咫尺，在近水樓台的優勢下，歐洲便能輕易走進所有非洲國家的消費市場，形成中國種樹，歐洲乘涼的榮景。當然，站在中國秉承世界命運共同體的方針，加上價廉產品歐洲也沒法取代中國情況下，相信中國也會樂見。而非洲全面脫貧走向進步，對歐洲既少了難民壓力，還多了龐大的非洲經濟紅利，因此從長遠來看，中、歐、非勢必形成三贏局面，幾乎已無懸念。

從現實層面看，隨著英國脫歐去年底幾乎與『中歐 CAI』同一時間落實，美國之前也毫不留情對歐洲發起貿易戰，加上新冠疫情長達一年多的經濟打擊，因此『中歐 CAI』對歐洲而言可謂適逢其時，彌足珍貴。例如在科技方面，歐洲當年曾跟隨美國對中國科技封鎖，阻止伽利略和中國合作，卻引發中國發展北斗而且更好；阻止原子鐘輸

出中國，又引發中國發展更準確原子鐘；另外還有德國之核心技術昂貴及封鎖，也引發中國發展世界最好的盾構機和世界最快的磁懸浮列車。相對來說，中國這兩年月壤及太空站等等領域全部都預留歐洲一席位，需知未來經濟和科技息息相關，這對歐洲未來發展尤為重要，歐洲更沒必要和中國過不去。

在地緣方面，歐中關係始終不同美中關係，美國抗中很大成分在於霸權地位受挑戰，但歐洲卻沒有這個包袱；相反，歐盟當初的成立的主因，就是要團結對付美國的擴張主義，若將來美國真的促成俄烏衝突，切斷北溪 2 號能源線，歐盟被美國操控就更深。況且歐中經貿關係，早在美國立國之前便已經展開，700 多年前義大利人馬可波羅便已踏上了絲綢之路。回望歷史，歐中從來都是東西文明發源地，葡萄牙人常常笑道：『**都說中國喜歡仿製外國商品，其實早在幾百年前，歐洲人就開始仿製中國的商品呢！**』而幾百年來除了蒙古人打入歐洲，歐洲八國聯軍也打入中國之外，基本歐中關係良好。

當然，也許部分歐洲人早年多少會害怕中國崛起從而採取報復而起戒心，但隨著看到中國多年來如何對付世仇日本都可以德報怨，應可逐漸釋懷。而另一部分歐洲人則存在白人至上的心理，所以才會一直呼應和跟隨美國圍堵中國，可是不容否認的是，隨著時間的推移，有更多的歐洲人深明當面對美國自己也只是小弟，還處處卑躬屈節，而且美國對歐洲制裁及加稅也是不留情面，相對面對中國人卻獲得尊重甚至敬重，合作也自然舒坦很多。說到底，一個強大的中國能抗衡氣燄的美國，對歐洲來說未必是壞事。在互補方面，歐中產品互補方面和美中產品互補方面相似，也等於歐美對中存在競爭性。例如飛機和汽車，如果歐洲聽從美國與中國為敵，任由美國企業到中國占盡先機，就等於是賠了夫人又折兵，對歐洲毫無好處。相反，由於歐中互補性強，『中歐 CAI』實行除了除幫助歐洲企業進軍中國甚至亞洲，還可利用中國的強項幫助歐洲的發展及進步，這沒有什麼不好。

隨著英國於 2020 年底退出歐盟，加上歐盟內部問題多多早已大傷元氣，但若然沒了英國卻多了一個中國，在經濟方面讓歐盟多了中亞非版圖，也就是兩個現時世界的大市場及一個未來的大市場，試問

在塞翁失馬，焉知非福情況下，歐洲各國又焉能遲早不心動？需知道，『中歐 CAI』對中國來說戰略意義大於實質利益，而歐洲卻剛剛相反；因此，若干台灣評論以酸葡萄心態看待，甚至認為最終很難獲得歐盟一致通過，但相信歐洲人抱樂觀其成的更多。相對來說，台灣人怎不想想一旦兩岸統一，台灣即可坐享其成，不用繁複談判就立馬進入了歐洲市場，『壞果』便變成『好果』呢？

南 向 難 向 要日犧牲異想天開

　　說到台灣第 5 考慮就是東盟立場，就必須從綠營『新南向政策』說起。儘管在此之前美國奧巴馬時代已推動『亞太再平衡戰略』，利用東盟國家在南海爭端，挑起他們與中國衝突，但最終還是中國運用『睦鄰、安鄰、富鄰』的政策把東盟國家帶回合作共贏的道路上。而綠營早年吹噓的『新南向政策』，目的也是期待減低對大陸經貿依賴的思維，但最終在經濟上看不出新南向，而只看到『新難向』。可以說，綠營甚至為了保持 1000 萬觀光客的漂亮數字，不惜要觀光局大降旅遊門檻再加上利誘，令不法分子及赴台賣淫人數暴增，讓台灣人民對『新南向政策』從無感變成反感。

　　而事實上，台灣往年所謂的 1000 萬遊客就已經令綠營喜形於色，在比對地方小許多的香港有 6000 萬遊客及澳門 4000 萬遊客，也不知道綠營值得高興之地方在哪裡，因為我只知道隨著綠營不斷的操作仇中反中，令中國遊客大幅下滑，從而令台灣之觀光業界苦不堪言。而隨著美國『亞太再平衡戰略』不斷褪色，東盟各國更體會中國的崛起已經是大勢所趨，再難逆轉。

　　從東盟的帶頭大哥新加坡，歡迎美國重返亞洲，年年於《香格里拉論壇》中處處與中國針鋒相對，到最終還是看清形勢，除了先後於香港『反送中運動』中罕見發表重話，直指『反中人士之五大訴求，

是旨在羞辱及推翻香港特區政府。』並再向美國喊話『必須要有更寬廣胸懷，允許其他國家與中國開展合作。美國不該將某個國家給排除在外，尤其是中國。』與及『中國在整個亞太地區以及全世界範圍內，經濟都位居前列。多個國家渴望與中國開展貿易往來，不願意與中國交惡。』可看出東盟已明顯逐漸向中國傾斜。

而從現實角度去看，去年一場突如其來的新冠疫情令全球貿易和投資大幅下挫，但中國和東盟貿易和投資卻從逆勢增長，體現了強勁的活力和生機，東盟更歷史性地成為中國第一大貿易夥伴。再從未來角度去看，隨著去年中國是唯一世界經濟正成長國家，中國『十四五計劃』也開啟雙循環發展新格局，東盟十國除與中國、日本、韓國、澳洲、紐西蘭 15 國正式簽署『RCEP』之外，中寮鐵路、雅萬高鐵、泛亞鐵路也令中國及東盟互聯互通，給東盟帶來前所未有的新機遇，與及從疫情陰霾中找到了光明和希望。

同時，中歐遲早都會簽定『中歐 CAI』，為歐洲變相也踏進了東盟，但東盟又何嘗不是藉著互惠國待遇條例一樣走入了歐盟市場。而另一邊廂，『新南向政策』辦公室早已偃旗息鼓，綠營也很難染指世界較大組織的自由貿易協定，皆因沒有一個國家會寧願和台灣建立經濟關係而捨棄中國。而台灣無法加入『RCEP』，也注定愈來愈邊緣化；然而，是『壞果』也是『好果』，只要大家想通不鑽牛角尖，台灣一旦統合亦即可馬上成為『RCEP』一分子。

正如新加坡國父李光耀也曾說，『台灣的前途不是由台灣人民的意願決定的，而是由台灣與中國力量對比的現實，以及美國是否打算進行干預來決定的。而且台灣與中國的統一，是時間問題，這是任何國家都無法阻擋的。』這聽似很悲涼及無奈，但究竟是無奈還是好事，要視乎中國本身自己發展，如果中國各方面發展都超出台灣很多，為台灣人民能帶來無比的機遇，卻自己之自由及生活方式不變，那麼大家融合共榮互利，這樣的兩全其美，又何嘗不可呢？

說到台灣第 4 考慮就是日本立場，眾所皆知，台灣政壇特別是綠營，一向都是對美日兩國馬首是瞻，視為主子服侍。但有別於美國，日本是曾經侵略中國，並經清廷之〈馬關條約〉簽訂管治了台灣長達

五十年，儘管日本管治台灣時期手段殘暴，僅從 1895 年起台灣人民 50 年的抗日就犧牲了達 65 萬人眾。但五十年的管治也培育了不少效忠日本的皇民，而現今之綠營更有不少是皇民的後代，這也是綠營為什麼一面倒舔日的主因；加上深怕自己家族做過傷害民族之事，認為大陸統一之時便是清算之時，至今他們反中『異』無反顧！

　　不過大家也許清楚，台灣政客及傳媒動輒就說民主自由是普世價值，更常以亞洲民主燈塔自居，但在近代史上，第二次世界大戰的德意日是三個法西斯軸心國，才是舉世公認，當中又以納粹德軍及日本軍閥殘害世界最深；可是我們看到近年的台灣，不但有學生在校園模倣納粹德軍引以為榮，也有人製作《智子之心》在電視上歌頌日本侵華，諷刺的是在世界上反法西斯主義才是普世價值，而到現在還會美化德日暴行的相信全球也只有台灣，這就可看出凡事沒絕對，很顯然在綠營心中的普世價值，確實有異於世人。

　　但儘管如此，綠營效忠日本是一回事，日本怎樣對台灣又是另一回事。眾多的台灣人士，除了深信美軍會為台灣而戰，認為日本會保衛台灣的也為數不少，縱然日本有極少數的右翼，也會偶爾炒作力挺台灣，包括已經下台的安倍，曾指台灣有事就是日本有事，但這些右翼絕對不敢動真格，我們不妨分開四個層面去看便知真偽。

　　第一是情感層面：中國人有一句說話很聳人聽聞，那就是『人不為己，天誅地滅。』我也覺得這句話如果放在人與人之間未免太自私太極端，但如果放在國與國之間，那麼就天經地義，理所當然，任何國家都講求國家利益，美國如是，多國如是，全球如是。如果我之前說，台灣年年不停進貢美國，美國人也沒義務為台灣而戰，那麼日本人更沒理由為台灣而戰；況且在日本人心中，他們近年才打算重返亞洲，在此之前他們不屑當亞洲人，並感覺自己在亞洲屬高人一等，所以才會想到『大東亞共榮圈』由他們帶領大東亞發展。因此，日本人從來只會視周邊國家的人民如螻蟻，也從來只有皇民為日人犧牲，又豈會反過來為皇民犧牲之理？

　　如果說日本人統治了台灣五十年有情感，但勿忘了日本人深耕中國更久，還在這裡成立了偽滿州國；只是中國人雖然面對日本曾經

兩次侵華，繼『甲午戰爭』後再犯下『全面侵華』以至『南京大屠殺』，與及逼迫中國人民作慰安婦、細菌試驗等等罪行，在日本歷史教科書否定侵華及政客不斷參拜靖國神社情況下，現在看待日本仍然抱著寬大為懷之心，在『以史為鑒、面向未來』的基礎上與日本建立友好關係。因此，除了台灣綠營到現在仍抱著效忠之心以外，在情感上日本不會視華人為自己人，更不會真正把台灣人視為自己人，且看日本近年怎樣對付台灣漁民，便已經一清二楚。

　　第二是法理層面：大家也知，日本自衛隊不是正式軍隊，在受到日本《和平憲法》的約束下，日本是不可能也不容許介入外國戰爭，更何況兩岸屬於中國內政，日本更沒理由及資格參與其中。如果再拿人民支持度來說，更會一面倒不會支持日本為台灣而戰，絕對比美國人民更甚；也只有部分的日本政客，基於台灣年年對日本逆差幾百億美元，加上面對綠營長期的阿諛奉承和資助，才會做做樣子。

　　第三是現實層面：大家同樣也知，日本雖曾想建印太聯盟，且是美國之軍事盟國，但隨著中國國力已經超越日本有相當距離，且主子美國又多方面極不可靠，早已同床異夢，種下異心，才有重返亞洲之舉。即使上任首相今年為自己政治前途急不可待前赴美國見拜登期望加分，也只是換來會談大約 20 分鐘，連『國宴』漢堡都來不及吃，比中國來使到美國只能吃泡麵，同盟的日本一樣遭受無禮的對待，而且更可悲。而事實上，在經濟方面，日本的進出口早與中國密不可分，無論是最早批准『RCEP』正式實行之國家，還是在奧運及疫情雙重打擊下自身已疲不能興，今後都更需要中國支持。

　　第四是軍力層面：也就是最重要的方面。有台人說今年〈美日聯合聲明〉形同為護台背書，指出美軍、戰機、基地在日本之多，離台海之近，定必令中國退避三舍，卻完全忽視日本之聲明版本只有美國之版本四分之一，而且隻字未提台灣。況且今天中國的軍力已非吳下阿蒙，無論海軍人數及戰艦、戰機之質與量，與日本相比都完全不是同一層次，加上就是因為近在咫尺，如果日本敢為台灣而戰，只要稍有風吹草動，日本的美軍基地及自己的軍事設施，首先勢必成為東風、巨浪的攻擊箭靶！有需要時中國甚至讓北韓再下一城，相信視日

本為最大仇敵的後者也樂意效勞。

　　對美國而言，絕對完全了解當觸碰到中國的核心利益之時，中國便不會打常規戰。美國在日愈多軍人、愈多戰機反而愈不敢輕舉妄動，否則後果愈集中、愈慘烈。對日本而言，也絕對完全了解對方當面對新仇舊恨，中國定必要日本連本帶利歸還，而且還是要高利貸這種。相較於面對統一的中國，日本最多都只是損失釣魚台列島，但總好過全軍覆沒。因此，在各方形勢都不如中國的情況下，台灣要日本犧牲而戰，簡直是黃粱一夢，異想天開。

第 87 回

一念之間 中美對台六種結果

　　說到台灣第 3 考慮就是美國立場，以我的觀點，站在美國政府最初及最如意的算盤，就是兩岸高度維持敵對狀態，好讓美國從兩邊都可得利。對台灣方面，當然就是軍售及協助什麼國艦國造，甚至美國的官員、議員每做一個協助台灣的動作、力挺都可從中獲利。對中國方面，也借製造兩岸緊張，令中美之間的各種談判都能夠爭取更多籌碼。但是倘若兩岸真的擦槍走火，那麼美國便會希望兩岸拼個你死我活，兩岸愈拖長戰事，兩邊愈損失慘重最好。

　　特別是中國，如果台灣真能打爛中國沿岸若干城市，令中國倒退發展這個結果當然最好，不過美國也明白這種可能性甚低，萬一中國能在一兩天內取回台灣，美國便從此不能再在兩岸雙方爭取任何利益，也意味統一就是台灣牌的終結，這無疑對美國來說就是一場豪賭。但無論局勢呈那一方面走向，美國都肯定不會為台灣而戰的，美國只能提供賣較好的武器給台灣打，能撐多久便多久，好讓美國坐享其成。然而，一場世紀疫情恐怕令美國政府最初及最如意的算盤打碎，鑑於中國發展勢不可擋，台灣又採取永遠維持現狀策略，美國若然繼續採取全力封殺中國的新冷戰消磨下去，美中台三角關係未來的

演變只有六種結果：

第一種結果，美國靜待中國超越，而中國又不急於統一：首先，美國經歷了貿易戰、科技戰、病毒戰、香港牌、台灣牌、新疆牌等都無法撼動中國崛起，儘管疫情初期能短暫阻慢中國發展，但從去年中至今年其恢復進度更猛，相對美國的經濟至今仍深陷疫情時期的泥沼；因此，可以說美國所使出的七傷拳愈多，傷己便愈深。而之前眾多國際報告及專家預計，2028 年左右中國的 GDP 總量就超過美國，加上新冠疫情令美國方方面面的萎縮，一旦到了這個時候被中國超越，美國肯定只會愈來愈弱，就正如和當年日本被中國超越一樣，莫說愈來愈難與中國抗衡，就連保住兩個超級大國即 G2 的機會都沒可能，甚至美國會再被其他國家超越的風險。

可以說，如果中國一直不急於統一，也就是合乎台灣藍綠所想像的永遠維持現狀。那麼，從 2030 年開始，美國的處境便會一年比一年的推移愈見危險，因為任何強國如果安於現狀就會逃不出盛極必衰，月滿則虧的定律。加上之前美國動不動便侵略或制裁他國而樹敵太多，當美國衰退之時就是敵人報復之時。就連西方及各國往日也只是『美國至尊，白人至上，號令天下，莫敢不從』之情況下被迫就範，因此，也樂於因美國轉弱而逐漸與之脫鉤。而此時中國想取走台灣，簡直是探囊取物，輕而易舉之事。只是對台灣人民來說，是最沒有尊嚴及不能提任何條件下被統一，但由於不需戰爭流血，只屬慢性自殺，可謂好壞參半。

而值得一提是，中國早已定下 2035 年要達成民族復興目標，而 2035 年前也要實現覆蓋台灣之『全國 123 出行交通圈』藍圖，也就是已經間接設下和統時間表之最後期間。因此，即使中國願意**第一種結果**，但其實時間也是距今只有 14 年。相反，如果確定一定被中國超越，卻中國不急於統一從而帶來兩岸一段長時間維持現狀的**第一種結果**，對美國而言可謂大大的不利，是排名第二的『壞果』。從這一點便可看出，美國不會讓**第一種結果**情況出現；亦即是說，我們之前說過，台灣若要獨立，首先要問過美國同不同意，但原來台灣若要拒絕統一，一樣要問過美國同不同意，除非台灣有能力阻止。

　　第二種結果，美國靜待中國超越，而中國選適當時期統一：剛才說美國經歷了不同的封殺中國手段都無法撼動中國前進，而中國GDP 也預計 2028 年左右超過美國，但中國不想等到全面超越美國，即包括在軍事方面都非常明顯超越美國時候才統一，例如在 2026 至 2029 年之間便借武力等綜合手段取回台灣。然而，由於美國新冠疫情令美國方方面面的萎縮是逃不掉的，只是此時中國的軍力已到 5 至 7 艘航母群，戰機及太空武器比美國更先進，美國想『裝著』會為台灣出兵已不太可能。

　　因此，此時中國想輕鬆奪回台灣仍然是毫無懸念之事，只是美國同樣也失去 G2 和中國在太平洋平起平坐之機會，因為中國一旦統一台灣，全新的中國會大整合，第一島鏈首先自動瓦解，東海及南海更自由出入，新中國會進步得更迅猛，美國也難以直攖其鋒了。此時，美國的位置最尷尬，最重要是一樣很快全方位被中國超越，且結果一樣處境危險，因為之前美國樹敵太多的結果並沒改變，當美國衰退之時就是敵人報復之時，是可以預見的，也是美國排名第三的『壞果』。相對台灣而言，當然也是在毫無條件下的統一結果，但也由於中國能不戰而屈人之兵，台灣未戰先降，算是排名第二的『壞果』。

　　第三種結果，美國不靜待中國超越，並不斷挑釁兩岸神經，迫使中國提前武統台灣：一如現在，美國猛打台灣牌，一而再挑戰中國底線，當然美國刺激中國有多重目的，既可逼中國犯錯，又可視為對中國取回台灣的籌碼，以謀取兩邊最大利益。因此，美國愈是猛打台灣牌，理論上也是愈代表隨時準備放棄台灣，也就是台灣愈危險的時候。此時，也許令中國不得不更提早一步，例如待冬季奧運主辦完畢，即從 2024 年起至 2025 年內武統台灣。

　　儘管美軍不敢遠渡重洋，而且中國的軍力也到了 4 艘航母群，與及先進的 20 系列戰機，加上擁有鎮國武器東風和巨浪系列，如果此時中國武統台灣，雖然深知美軍絕不出手，但問題是要台灣人民知曉美軍確定不出手，明白是時候面對現實才是重點。因此，此時的中國也許只會點穴式毀了台軍所有的軍事設施，並呼籲台灣自願早點和中國統一。此時，對於台灣提出統一的條件，也許部分滿足，而對於台

灣人民來說，已經是不太壞的結果了。

　　但其實對美國來說，卻是不錯的結果。我之前也說了，倘若美國確定無能為力阻止中國崛起，就倒不如到臨界點時成中國之美，象徵式反對卻不插手，甚至如果得到中國更多的承諾，到時乾脆呼籲台灣當局儘快來到談判桌，因為愈快給中國統一，愈令美國自己傷到最小，愈大機會令中美兩國於太平洋平起平坐，以實現 G2 格局；雖然中國統一同樣會令敵人加快超越自己，但勝在中國答允保住自己仍然是世界第一，而且既能與中國再全面發展經濟，擺脫自己逐漸衰退的厄運，同時更重要的是有效阻止過往的仇家侵犯，是美國排名第二較佳的『好果』。

　　第四種結果，美國不等待中國超越，並挑釁中國先來一場常規戰爭：這是對美國而言，沒有最糟只有更糟的結果。美國無論遠渡重洋或利用駐日韓之美軍打中國，即使現在馬上開打，美國都沒有絲毫戰勝把握，而時間愈拖久，中國的軍備便愈先進，相對美國取勝機會就愈小。而最不堪回首的是，一旦敗於中國，美國的各方實力會迅速潰敗，武林至尊地位便瞬間讓賢。此時，無論中國的發展速度有多快或多慢，已經毫不重要，因為美國已經再無能力領導群雄，由於衰退速度更快，結果只能苟延殘喘。

　　在此消彼長下，群雄並起，美國過往的仇家只需等待振臂一呼，特別是俄伊兩國，大家都會響應，勢必有恃無恐地瘋狂報復，所以我說沒有最糟，只有更糟就是這樣。相對來說，此時中國勢必先毀掉台灣所有軍事設施，同時由於還兼對付美軍，因此多多少少是在流血的情況下再回頭收拾台灣，已經不需乃念同胞之情。只是對台灣人民來說，同樣是最沒有尊嚴及更不能提任何條件下被統一，而且還要流血，與美國同樣都是最糟的『壞果』。

　　也許您們會想到美國在常規戰爭會贏，但我可以告訴您們這個機會是零。事實上，如果美國人認為在常規戰爭會贏中國，那麼美國早就借南海自由發動了，也不會等到今時今日，讓中國有任何喘息的機會，更何況中國後面還有俄羅斯，它不會容許這個結果發生。當然，美國如果不是發動常規戰，而是動用核武，那麼，我早也說過中國的

核武足夠毀掉一個美國已經足夠，況且論核武數量美國輸給俄羅斯，論核武準確美國也擋不到中國的多彈頭漂水式攻擊，相反中國具有美國公認較好的防禦系統，在美國擋不到中國的矛及攻不到中國的盾情況下，美國敢動用核武嗎？況且美國如果動用核武，小小的台灣就更難獨善其身，甚至有滅頂之災。

第五種結果，美國不等待中國超越，卻主動向中國示好：鑑於新冠疫情下已令美國內部各種問題不斷浮現，種族衝突一發不可收拾，經濟發展嚴重失衡，人民失業、退職、借貸、破產湧現；在國際方面，美國領導群雄能力也節節敗退，再加上中國復原及進度比想像中凌厲，令美國不得不承認美中兩國此消彼長，兩國實力加速拉近，有可能比國際專家預計2028年超過美國，更提早完成。

事實上近年美國朝野已經認識到，沒有任何國外勢力再能夠扼止或阻攔中華民族復興，況且我在新加坡演出最後也提到，比較美國熱衷做武林盟主，中國既無意接任，也更喜歡中美合作共管世界，而且已列舉七種理由；因此當美國完全了解，一方面中國無意挑戰自己，另方面又發現中國超過自己的臨界點將近，此時美國便會很容易接受事實，而且一定會比任何人想像中來的更快，在處理美中關係中，如果看到中國有打算武統的動機，即來一個髮夾彎，改與中國和平相處，互相尊重對方核心利益，互相體諒及讓步。

此時，美國便會毫不猶疑地主動和中國示好，願意協助中國統一台灣，明白宣示絕不派兵，以換取中國贊同美國繼續擔任世界領袖，與及全面協助美國經濟發展等多個承諾，這當然包括要求中國幫忙解決伊朗、北韓、委內瑞拉、阿富汗與及一些對自身有威脅之國家問題，甚至牽制俄羅斯等等，況且和中國友好由他們處理上述這些問題，比自己處理更來的更划算及更有效。此時，美國自然會立即呼籲台灣就範，是美國排名第一最佳的『好果』；而對台灣而言，由於美國已承諾絕不插手，因此即使仍屬和平統一，中國也不會完全滿足台灣所提出的條件，但對台灣而言，已屬排名第二最佳的『好果』。

第六種結果，台灣不願繼續當美國『棋子』，在美國還未主動出賣台灣之前，先主動向中國尋求和平統一：也許，當台灣各方終於明

白各種『好果』『壞果』之利害關係，甚至台灣人民也了解到中國統一已經是勢所難免，永遠維持現狀實質也只是慢性自殺。在『無可奈何』情況下，也許積極主動來到談判桌，可能真的穫取更好的條件，甚至是意想不到；不竟與其一直消耗自己的談判籌碼，不如看看是否真的能讓台灣一躍龍門，從而成為兩岸之寵兒。

倘若您們真的有如此想法，那麼我便恭喜您們！只要大家能夠卸下這個心防及過了這個坎，我相信您們定必迎接美好的明天。而且對台灣而言，中國會儘量滿足台灣所提出的條件，絕對是您們最具尊嚴的第一最佳『好果』。然而，對於這個結果，美國政府就是否一定四大皆空，得不到任何好處呢？

毫無疑問，如果兩岸和平統一，對世界來說絕對是好事，儘管**第六種結果**美國政府好像灰溜溜表面上什麼都得不到，但如果台灣真的願意採取主動，相信美國也會馬上立即順水推舟，旋即參與斡旋兩岸統一，以求效果接近達至**第五種結果**；而站在我們美國人民而言，美國愈早認清中國崛起及兩岸統一是不能避免的現實，及早不要再浪費資源、兵力及精力投放在中國及東亞，並及早回頭全心全意搞好美國國內問題，也是不好中之最好了。

況且，以中國過往對日印等國之寬大為懷之心，相信還是不會對美國置之不顧。事實上，美中兩國始終不是非此即彼、有你沒我的二選一關係，更不是零和遊戲的必然結果。相反，兩國互補性強，加上美中兩國人民無論重視家庭觀、教育觀、喜歡現代化，有著很多比歐洲有更相似地方，也就是有很多領域都可以合作。而最重要是就像我之前所說，對中國而言，美中俄三國鼎立，三方相互平衡進退有據對中國最為有利，所以若從這一角度來說，美國政府也許遲早知道其實這個結果也已經不錯，只是台灣人民能否比美國出手更快，那就看您們的選擇和命運了。

從以上六種美中台三角關係的未來演變結果，站在我是美國人來說，當然美國是選擇**第五種結果**，**第三種結果**為次。而對台灣而言，當然是選擇**第六種結果**，**第五種結果**為次。不過慶幸的是，我國（美國）人民和台灣人民所選擇的**第五種結果**幾近一致之外，其他選擇也

衝突不大，因此這就是我為什麼對台灣人民勸勉和分享我的想法最大原因。但值得一提的是，以上六種演變的結果，竟然對中國而言都是好結果，為什麼呢？因為對中國來說，最重要是能夠統一台灣，過程不重要，重要是統一後中國能達成中華民族復興及中國夢。

與此同時，我了解的中國是從不想稱霸，也深信中國多次表明願意和美國平起平坐及和平共處是他們的真心話，因為自古以來中國人都深刻明白高處不勝寒，無敵是最寂寞的金科玉律。而且歷史會說話，看看中國人築起萬里長城便會得到答案。相信大家也知道，當年秦始皇滅六國統一天下後，便修繕萬里長城，而長城的連綿範圍多達中國 15 個省市，其目的就是要建立一道堅固的防禦體系以防止外敵入侵，如果一個國家它是打算不斷開疆拓土，它不可能建立城牆阻礙自己向外擴張，同樣道理，今天中國不斷增強軍力，也是目的在於防禦性質，而不是圖謀侵略，這都是一脈相傳的。

為此，幾千年來，強盛的中國從來都只是注重與國際發展經濟，對領導全球則興致缺缺，現在難得有美國分擔責任實最好不過。相反對美國而言，傳統三大利益板塊分別是東亞、歐洲及中東，當中又以日韓為重中之重，但其實目的也只是牽制中國，倘若和中國共建 G2，要維持這一板塊已毫無意義，加上中國既不會容許，而且東亞耗費甚深，美國抽身亦順理成章。說到底，美國如再無能為力全球稱霸，最起碼也要維持區域強權，以阻嚇俄伊及仇家入侵。因此六種的結果對中國都是有利，但如果最後美國如我所料願意和中國共建 G2平起平坐，同舟共濟，那麼對美國來說也最終是好事。

相對台灣而言，前四種結果都是不利，而我只想說，無論如何台灣勢必要跨過這道門檻，坦途就在眼前，如果大家能看清時勢，就會懂得選擇**第六種結果**；因為**第五種結果**雖然也不錯，但問題又在於美國要先主動向中國示好，也就是說台灣還是處於被動；而倘若美國一直不主動，那麼台灣又回到**第一至第四種結果**的困境！」

第 88 回

八點原因 不容中國長等和統

亞伯喝了口水：「現在，我們接下來就說說**台灣第 2 考慮就是中國立場**，其實，剛才談到美中台三角關係，多多少少都談及到中國的立場，或者現在補充我認為中國的立場方面。首先，我了解一些已經對中國比較友好的台灣人士對兩岸的焦慮，縱然口是說對綠營怎樣不滿，但內心看的出極喝望美國能為台灣護航，口是說再三強調自己是中國人，但也不厭其煩地呼籲中國不要喊打喊殺，其實如果要中國放棄武統，必須滿足三個條件：

其一，承認兩岸同屬一個中國，可要求中國做到什麼程度或達至什麼標準才能談判統一，也就是有條件的拖延，而不是永遠維持現狀。其二，不能挾洋自重，特別是甘願做美國棋子對付中國，與及不能再向美國購買武器，既然願意和平統一，拒絕購買武器是第一步。其三，教育不能再去中國化，不要再教化人民仇中抗中，管好政治人物及名嘴抹黑中國，從友善根源做起。

但上述三點對台灣而言又產生兩個問題，第一，上述三個條件對綠營來說就是徹底打破台獨的夢想，所以等同刻舟求劍，緣木求魚。第二，即使太陽從西邊升上，綠營竟然願意答應中國三個條件，但只要綠營仍然堅持永遠維持現狀，那麼問題又回到之前所說的**第一種結果**發生。而如果按正常分析，綠營不會答應中國三個條件，那麼也等於關了和平統一之門，由於已經清晰知道拒絕了和統，那麼就迫使中國採用非和平手段解決，別無他法。

而事實上，中國之所以一直說希望和平統一，但也不放棄動用武力，動用武力沒有設定時間表，可是有設定條件。毫無疑問，的而且確中國不但朝著和統方向一步一腳印，也從來不想統一太快降臨，目的就是把自己做的更好，裡裡外外的條件都近乎完美，才迎接親人共享成果。無奈樹欲靜時風不息，不是萬事皆能按目標執行，總有些事與願違，但尚幸中國自身條件也接近原定方針，既然外力紛擾不容

許，那麼便隨時按著時勢，將錯就錯。也就是說，我之前提到中國有九點原因不容許台灣獨立，現在我們來說說八點不容中國長期等待和平統一的原因。

第一種原因，來自教育方面。 可以說，生在台灣家，半點不由人。眾所周知，綠營在課綱近年不但沒有撥亂反正，而且更變本加厲，致力於把歷史去中國化。如今，在台灣青少年的認知中，沒聽過『做個快快樂樂的好學生，做個堂堂正正的中國人。』另外，不認識三國戰國，不認識漢唐燦爛文化，不認識宋朝黃袍加身，也已經完全不知道中華民族歷來都是合久必分，分久必合的過去。慰安婦都可以說是自願，日本更不是侵占台灣，而是用現代化文明方式管治。沒有了八國聯軍，沒有了南京大屠殺。沒有了殖民，沒有了抗日，增加了的是歌頌日本，也增加了台獨意識。

詩詞文學也大幅刪減，象徵式學便好，這樣的去中及媚日的教育，長期下去的下一代，在完全缺乏中華歷史認識之下，又怎會對中華文化有歸屬感？但更重要的是，我記得湫彤在香港也曾說一位八九歲的台灣可愛女孩都直言『中國是咱們的仇人耶！』而台灣教育部今年更出版《蕃薯村總動員》，把中國描述成大野狼入侵蕃薯村，牠們不但偷走食物，還破壞村莊，更帶來四處傳染病毒，因此村民們需同心協力消滅大野狼，這種從幼兒便開始灌輸『敵我意識』的概念，已經到了無所不用其極地步。

可以說，年齡愈小的台灣人愈不可能認同自己是中國人，和統絕對是時間愈久，愈不太可能實現，這是不爭之事實。或者在以往的想法，只要不是永遠維持現狀，一直拖延下去等到某個時間也不成問題，因為中國當各方面都完全超越台灣，到時候談統一也是水到渠成。但若果像現在的台灣，不斷的在教育上蠶食及仇視大陸，使台灣一代比一代更憎恨中國，卻完全不念中國年年讓利，是名符其實的真心換絕情。如此一來，時間站在中國這邊，但同樣也站在綠營這邊，這就是中國不能長期等待和平統一原因之一。

第二種原因，來自繼承方面。 首先我們必須認清兩岸現實。早於2018 年，中國就藉著十三屆人大會議通過國家主席無任期束縛可以

連任的決定，亦引來美歐諸國，特別是您們台灣政壇人士大肆抨擊。無疑，這好像與現任中國領導人上台以來大力肅貪及推廣法治的開明形象背道而馳，但由於有兩個現實問題擺在眼前，其一是美國已經是逢中必反，到了大失方寸劍拔弩張之時；其二是台灣同樣是逢中必反，到了混沌不明和統難成之時。這兩大難題，是極需要未來中國持續出現英明果斷的領導人解決，但環顧現在中國國內周圍，卻沒有更好繼承人選去處理這迫在眉睫的問題。

　　毫無疑問，如果『齊家治國平天下』是中國古人進行自我修煉的要訣，那麼『肅貪滅貧統台灣』就是現今中國領導人任內之信念和目標。所謂天將降大任於斯人也，因此中國領導層不得不想出折衷方案，先行延續現今中國領導人的任期。不過，也慶幸延續，隨著綠營已一黨獨大，統的聲音已經愈來愈薄弱及遭受打壓，美國更藉由『反送中運動』、貿易戰及病毒戰一步步先打香港牌，再與綠營同氣連枝大打台灣牌，與及最近的新疆牌，從而更凸顯現今中國領導人無任期束縛，對中國來說更是最正確及最具有先見之明的決定。

　　然而，由於現今中國領導人延續任期，就是為未來領導班子統治中國鋪平一切的障礙，令新中國未來走得更順更遠。況且他明示暗示，早已呼之欲出指出，兩岸長期存在的政治分歧問題是影響兩岸關係行穩致遠的總根子，總不能一代一代傳下去。換句話說，現今中國領導人的無任期束縛，就是因為要任內解決台灣，而這一點我相信美國也心中有數。那麼，這些抨擊的台灣人士，從現在起是希望現今中國領導人任期短一點還是長一點呢？恐怕又是充滿矛盾的諷刺。但萬變不離其宗，中國現今領導人不得不在任期之內解決台灣，已經大勢所趨，這就是中國不能長期等待和平統一原因之二。

　　第三種原因，來自香港方面。由於香港『反送中運動』牽涉一連串的深層次問題，但當中起了最大的推波助瀾作用就是外國勢力的高度介入，眾多不同角色的台港反中分子背後就是靠著外國勢力作為靠山狐假虎威，而當中台灣唯恐天下不亂，含有不容否認的積極參與角色。當然，這也是因為對西方等外國勢力來說，台灣與香港都是沒分別，都是他們不可或缺的棋子；因為若然香港天下太平，人民安居樂

業，外國勢力及台灣獨派就不能操作『一國兩制』是失敗的。

同樣，若然台灣被統一，最後一根骨牌倒下，香港甚至疆藏就更沒有被外國勢力及台灣獨派操作之空間。也就是說，若果想一次性解決香港深層次問題，反而最好先解決台灣，因為如果取下了台灣，香港外患便樹倒猢猻散，外患消除香港內憂就更容易解決，到時候就更有效地發揮『粵港澳大灣區』大戰略；反正台灣遲早也需解決，相對若先解決香港，便造就綠營操作兩制是失敗，加深台灣人民反中。但若能借香港一同解決台灣，兩岸四地就能更早共圓中國夢。

當然，2020 年隨著中國雷霆推行〈香港國安法〉，從某一角度而言，〈香港國安法〉的建立及有序施行反而是救了綠營，也助了綠營更為所欲為，起碼中國不致於太急先取下台灣，但也只是時間問題而已。因為〈香港國安法〉的推行，並不代表令外國及台獨勢力多年來在香港費心經營的反中橋頭堡便一夕瓦解。從長遠來看，先取下台灣還是必須的，這樣既杜絕了台港兩獨合流，還可解決了美台長期合力泡制於國際間的疆藏人權指控，再回頭全面整頓香港根深問題更得心應手，這就是中國不能長期等待和平統一原因之三。

第四種原因，來自綠營方面。隨著綠營 2020 年再度連任，已培植綠營一黨獨大，令獨的聲音遠遠超越統的聲音，甚至要統的聲音消聲匿跡。由於台灣有『毒果』、『大伎園』及『三文治』（三民自）五大反中傳媒，再配合綠營的黑金政治，在世界收買及利用西方媒體、智庫、專家不斷製造黑中輿論，從而影響各國人民的想法，當然最重要是影響台灣人民的想法，已經是不爭之事實。

而另一方面，綠營當局也頻頻高調舉辦各種在線活動，有意將數位空間作為拓展其國際影響力，竭盡所能地攻擊中國。不僅如此，眾多涉外機構及負責人在社交媒體上也極為活躍，通過密集轉發新聞，形成一種與各國政要頻繁互動假像，意在分裂中國，抹黑中國的同時，提升台灣國際影響力。與此同時，綠營多年來不斷製造外交衝突，無論從《斐濟事件》11 名台灣駐外人員挑釁，再動手令中國外交官受傷；還是《蓋亞那事件》大肆宣揚台灣辦公室，最終半天便被腰斬，都是綠營見縫插針，食髓知味的表現。

　　當然，綠營不斷對美國阿諛奉承，沆瀣一氣，除了合流長期栽贓中國之外，並屢屢挑戰中國之紅線，例如近期就聯合外國大搞『台北』正名『台灣』運動，以求製造『兩國』假象；可以說只要是有綠營皇民執政的一天，是沒可能發生和統之一天的。儘管中國一直抱著『中國人不打中國人』，但問題是時間愈久，台灣綠營愈有恃無恐，愈堅持互不隸屬，造成每一次挑釁就要滅一次火，所謂長痛不如短痛，這就是中國不能長期等待和平統一原因之四。

　　第五種原因，來自藍營方面。其實除了綠營，隨著 2020 年選舉失敗後，藍營也跟隨綠營之步伐，把『獨台』意識不惜公開化、明朗化。既否定了自己創立的『九二共識』，更不懂利用中國提出的『一國兩制』好牌反敗為勝，也跟隨綠營大喊反對『一國兩制』，固然令藍營淪為綠營的隨從者，也關掉了兩岸唯一的『溝通』之門，等於告訴中國，和平統一之路是死胡同，別再痴心妄想。

　　因此，在這段時間當中，我們已經不難發現，中國很多有關兩岸的問題，再不會考慮台灣兩黨之想法，特別我今早提到，比如中國領導人在 2021 新年賀詞中不提反對台獨，農曆新年更只提台胞隻字不提兩岸關係，最近更推出『新時代黨解決台灣問題總體方略』，都意味著中國對藍綠陣營皆已心死，也等於按著自己的計劃走，連談判的機會都沒有。因此，既然『九二共識』之根已枯萎，兩岸和平之門已關掉，心靈契合之紙已戳破，為了防止夜長夢多，那就讓藍綠陣營求仁得仁，讓他們明白什麼是地動山搖，與及什麼是仁至義盡，這就是中國不能長期等待和平統一原因之五。

　　第六種原因，來自台胞方面。事實上，無論西方外國評估也好，台灣自己內部預測也罷，對於中國武統之說早已猜算很久，2020 年隨著中國打破台灣防空識別區及海峽中線，共機不斷繞台及中國奪取東沙島等等真實情況與傳言，把中國武統之說甚囂塵上，特別是去年底及今年初的美國總統交替時刻，更多渠道傳出中國武統之說推至高峰；然而，儘管這樣中國不會隨之起舞，仍然按著自己計劃走。

　　但有一點不容否認的是，當台灣人民對兩岸之肅殺氣氛在如此緊繃情況下依然沒事，甚至中國喊出『地動山搖』、『仁至義盡』及

『國家統一法』都僅屬文攻武嚇，久之久之便習以為常，甚至麻木，變成中國武統之說僅屬『狼來了』，讓綠營更有操作『共軍不敢攻台』及『台軍有足夠實力殲滅共軍』等空間，令綠營可坐實『切香腸式台獨』而得逞。加上綠營遲早會通過了 18 歲投票，而年輕人又愈來愈不認同自己是中國人，也相信共軍不敢攻台，即使攻台也有美日幫手，便會更加支持永久性維持現狀，讓中國和平統一之機會再度收窄，這就是中國不能長期等待和平統一原因之六。

第七種原因，來自美國方面。我們可以看出，儘管美國近兩年瘋狂圍堵中國，但是中國真正崛起也不是這兩三年之事。為何在此段時間才對中國發難呢？而且是美國兩黨共同一致的共識，您們不覺事有蹺蹊嗎？說白了，就是美國認為已經到美中逆轉臨界點的時候了。儘管在這般日子之中，中國也不會上當，對各種挑釁冷處理。不過，我之前已說，當美國了解兩岸永遠維持現狀，也屬於自己慢性自殺，美國就不會容許**第一種結果**發生，因此一定會於『適當時機』撮合兩岸統一，以向中國爭取構建 G2 的最大利益，而中國也許在『適當時機』伴隨美國共演這齣好戲。

可以預料，如果美國不斷超越紅線，例如前總統在軍事上不停改售先進武器予台灣，在動作上今年初前國務卿在臨別秋波之際，也要解除多年的美台官方聯絡限制，甚至還親臨台灣造勢；即使拜登上場也大打人權牌，聯合五眼聯盟及印日抗中，並繼續鬆綁對台交往約束，委派好友赴台唱雙簧戲。站在中國立場而言，也任由美台怎樣玩火，也不理會說什麼，就算有動作也不拘，重點是看有沒有行動，若然有實際行動，那就順水推舟，成全美國之挑釁離間，只要美國提出之 G2 共管世界條件是自己能力範圍做到便好。

理由是中國也明白，早一點統一也未嘗不好。因為一旦統一，也意味著台灣牌、香港牌、新疆牌及西藏牌全部即時終結。同時，往日美國的諸多指控，綠營勢必跟風甚至大力炒作，令民眾反中也影響加深；而美國不斷軍售台灣，雖然對中國起不了任何作用，但肯定又助長台獨氣焰，種種理由都令到早一點統一或許更好，起碼也迎來世界一段時間清靜，令大家把精力完全放回自己國家發展方面。因此，若美國也有此打算及逼迫，那麼就讓統一不妨早一點來，這就是中國不

能長期等待和平統一原因之七。

　　第八種原因，來自融合方面。我之前也說，一些台灣人不能永遠看自己的立場，而且我說完這一點之後亦會詳細說說台灣自己立場，但這些台灣人也需懂得將心比心。我們首先拋開誰對誰錯，大家嘗試靜下心來想一想，中國人有一句成語叫『情深根種』，但『情與恨』及『情與仇』都是一樣的；再來，台灣及香港的青少年，十一二歲就對中國人已經懂得『義憤填膺』，八九歲就懂得『中國是仇人』，他們絕大多數從未踏上中國一步，仇人是什麼樣子都不知道便要說斬之殺之，很明顯都是從家長或老師們天天灌輸反中教育所造成，而這些大人們又為什麼這麼仇中、恨中？也很明顯對這種意識形態之仇恨已經變成習慣，早就深入骨髓。

　　剛才我說了七種不容中國長期等待和平統一的原因，其實都是從中國政府立場去想，現在我們不妨從中國人民及融合的角度去看。如果這些台灣人仇中是因長期意識形態習慣所以才『仇深似海，恨深根種』，那麼，當 14 億中國人民一旦時間久了，『仇台』之心已成習慣也仇深似海之時候，即使中國政府將來拿到了台灣，那意義在哪裡？到時候中國政府怎樣統治台灣？難道名義上是『一國』卻永遠是『兩制』？兩岸人民從此老死不相往來？

　　無疑，中國政府一直希望實踐和統台灣，目的也是到時候台灣人民能融入中國，但這時候應該是自己人民對台灣人民是夾道相迎，而不是下逐客令。必須知道，中國人民現在的『仇台』意識，也只是從台灣『火燒車事件』的幸災樂禍才種起，可說是屬於剛到『幼苗』階段，相對於今年台灣『太魯閣號列車出軌事件』，中國人民也大多向遇難同胞寄予同情和哀悼，對於台灣之前全面爆發疫情，中國民間也極力希望提供疫苗，就可看出兩岸之兩面情；但如果當台灣持續仇視中國及恩將仇報，中國人民不滿台灣便會遲早從『幼苗』變成『參天大樹』，當盤根錯節之時候，那麼就不是下逐客令這麼簡單。

　　如果台灣人民不能融入中國，中國人民也不會融入台灣，就會比這幾年的中港情況更糟更難處理，不要以為這是小事，14 億的仇人，恐怕令這些台灣人會吃不消、活不過；也許這些台灣人以為不要

緊，但別忘此時中國已經統一台灣，若然台灣沒任何發展，美日主子又已和中國同聲同氣，最終都是坐困愁城，作繭自縛。因此，時間愈拖的久，中國人民對台灣人民『仇深似海，恨深根種』的比例就會持續增大，將來處理便愈進退維谷，左右為難，這就是中國不能長期等待和平統一原因之八。

從上述八點我們便可得知，中國如果不能按自己原來計劃以『水到渠成』意願從而採用和平手段統一台灣，那一定是身不由己，事出有因！而且一定是由美國及綠營促成，幾乎毋庸置疑！」

第 89 回

台 灣 立 場　各黨合併名字虛幻

片刻之後，亞伯續說：「最後，我們再來說說**台灣第 1 考慮就是台灣自己立場**，其實我們今午所說的事情，很多都含有站在台灣的立場，例如之前所說的『八個弄清楚』等，所以我就不重覆再說了，台灣人民只需知道三個重點便好。其一，您們能阻擋中國統一嗎？但原來是不能的，那麼便唯有面對它。其二，不面對就像現在維持現狀，等到不能再等之時候再談不成嗎？但原來也是不成的，因為時間早已站在中國這一邊，時間愈久對台灣更不利，而且繼續掩耳盜鈴，最終也只會引來武統。其三，既然不能阻擋中國統一，又不能一直拖延，那麼便唯有面對。但您們又應該怎樣爭取最好的條件呢？這也是我剛才說到『八個弄清楚』中第四點的延續，現在我們不妨再全面研究研究。或者我先讓大家看看一家公司正在談判的情況給大家參考，也看大家能否知道我想說什麼，大家說好嗎？」

現場幾乎一致說：「好啊！」「好啊！」……

隨後，亞伯把現場人士帶到一個談判的虛擬實況，只見談判桌上有兩組人，每組都各 5 名，即共 10 人並對視而坐，其中一組穿上青色的上衣及另一組穿上紅色的上衣。原來紅色上衣一組人是 A 公司

的 5 名代表，而 A 公司從老闆至員工合共 3000 人。青色上衣一組人是 B 公司的 5 名代表，而 B 公司從老闆至員工合共 50 人。

現在情況是，A 公司由於財雄勢大，各方面的發展條件優越，正欲收購 B 公司。而 B 公司正處於 A 公司合併邊緣，雖然 B 公司某些員工薪資及福利現時仍然比 A 公司還要好，但事實上 A 公司各方面的條件都不斷快速成長，且有很多方面更優勝於 B，加上基於現實及周圍環境，現在 B 公司的很大收入更是從 A 公司賺取，B 公司本想掙扎求存，如不接受 A 公司收購，也預算到遲早一樣被 A 公司併吞。儘管如此，B 公司暫時仍然不想被 A 公司合併，希望走一步算一步；奈何 A 公司現時之業務及發展，實質比 B 公司預測更來的急促，而且偏偏自己的業務還愈來愈依賴 A 公司，眼見 A 公司很快就併吞自己之時，此時 A 公司再向自己示好，並提出一折衷方案。

回到談判桌上，A 公司最大代表說：「我們雖然想收購您們 B 公司，但為表達我們的誠意，您們公司仍然是行政獨立，什麼都按著您們的舊規則辦事。我們只要求 B 公司必須向外正式公布是附屬於 A 公司，即改稱為 AB 公司，而且 A 與 AB 公司將來發展大方向及步伐必須一致，您們認為這樣成嗎？」

聽起來此方法 B 公司完全行政獨立又可用回自己原來舊規則辦事，只是向外宣稱 AB 公司及大家步伐一致，又不用被併吞不致於什麼都沒有，算是一個好方法；不過 B 公司其實是有備而來，5 名代表商議後仍然不滿意，他們希望爭取更好的條件。

此時 B 公司代表：「既然 A 公司您們這麼想聯合我們成為一家更大的公司，那麼我想附加兩個條件，這樣成嗎？」

A 公司最大代表隨即：「好的！請說！」

B 公司的最大代表續說：「第一，我們 B 公司始終不想成為 A 公司屬下，不如您們不叫 A 公司，我們也不叫 B 公司，既然大家聯合成為一家更大的公司，那麼等於是一家全新的公司，所以我們不一定稱為 AB 公司，我們可以改稱為 CD 公司或 EF 公司，至於最後作什麼稱呼，大家以後再討論。第二，正如剛才您們的提議，大家聯合後我們 B 公司完全行政獨立，只是大家發展方向及步伐必須一致。

但大家由於都是平等的，經融合後如果合作愉快，方方面面都和諧共處，而且當您們公司其薪資及福利全方位比我們還好時，此時我們 B 公司有權放棄自己的行政獨立，到時候大家便完全成為單一公司及單一員工福利。而我們 B 公司管理層，也可以成為這家 CD 公司或 EF 公司的管理層，甚至出任任何職位，包括董事長；不過，完全是有能者居之，也就是誰優秀誰便出任，我想這是一個較公平又能給時間我們 B 公司去適應的最佳方案，您們認為這樣成嗎？」

A 公司最大代表想了一會：「這一點我們不能馬上回覆您們，也許給一些時間我們考慮，我們再稍後聯絡，好嗎？」

B 公司的最大代如釋重負：「應該的！應該的！」

只見兩組的 5 人代表開心地各自互相握手散會。而此時亞伯也把大家回到現場：「相信上述這兩組代表已經很呼之欲出，不知大家會聯想到誰呢？」

在場即有學者笑道：「那紅色上衣之代表毫無疑問應該是指中國大陸，而青色上衣之 5 人代表則應該是藍綠陣營的共同代表，因為藍綠兩色混合便是青色，對嗎？」

亞伯笑道：「完全正確，但談判過程中的說話內涵，大家又覺得到底是怎麼回事呢？」

學者隨即答道：「我基本上大約明白，這是一個很大膽的假設，但我還是不敢說，或者就由你親身向大家說明吧。」

亞伯：「好的！或者我們不妨再作另一個實驗，現在我想邀請 5 名藍營代表及 5 名綠營代表上台，好嗎？」

只見台下之藍營及綠營代表均說沒問題，於是亞伯便挑選藍綠陣營各 5 名年青代表上台，然後安排藍營的代表站在舞台的最左邊，安排綠營的代表站在舞台的最右邊，而淋彤及蔓荷也分別走到舞台左邊及舞台右邊，與藍營及綠營代表會合一起，並告訴各藍綠代表不用開聲，只需跟著她們的提示選擇自己的答案便好。

其後，淋彤拿著一些卡紙詢問藍營代表，其中給他們看的第一張卡紙是這樣寫的：『剛才亞伯也說了，如果台灣不能阻擋中國統一，又不能一直拖延，那麼也只能面對現實，但台灣正想研究怎樣談判是

最有利的時候，此時中國領導層突然向台灣宣布：如果台灣願意接受統一，中國願意把整個國家交由國民黨統治，但必須是國民黨一黨統治，因為唯有『中國式一黨』制度才適合中國的國情，也避免西方或台灣現時所行的多黨及民主制度不斷內鬥及內耗而重蹈覆轍，那麼您們願意嗎？』而其實同一時間，蔓荷也是拿著同一內容卡紙詢問綠營代表，只是綠營代表所看的卡紙是寫著民進黨，而不是國民黨。

　　與此同時，其實兩邊藍綠陣營代表當時的分別情況，都在全場觀眾眼底下看著，只是全場觀眾也配合亞伯的示意下裝作不知道，而兩邊陣營代表當然也不知道原來這些卡紙的內容也在特別的鏡頭下曝光。其後，湫彤及蔓荷再同一時間分別拿著另兩張卡紙給藍綠陣營選擇，兩張卡紙分別寫著『願意』及『不願意』，最後兩邊陣營也一如大家所料，都全部選擇『願意』。而當全場觀眾目睹這一刻終忍不住發出笑聲後，兩邊陣營代表才知曉是什麼一回事。之後亞伯便叫兩邊陣營代表回到舞台中央。

　　亞伯笑道：「剛才您們也覺得如果台灣反正都一定要面對統一，此時中國又願意把整個江山交由您們統治，那麼即使是一黨制度還是可以接受的，對嗎？」

　　藍委綠委們異口同聲：「對啊！黨是否接受不清楚，但如果以個人直覺上認為，相信是也許可以考慮吧。」

　　亞伯續說：「首先大家都清楚，兩岸遺留下來的政治問題是非常複雜的，絕不可能一蹴即至。為此，咱們不妨先放下意識形態的主見及心防，用輕鬆及愉快的心情把您們兩岸的心結看成像剝洋蔥一樣，一層一層的解開，也許咱們最終找到破解的良方，您們認同我這樣說嗎？」

　　藍委綠委們：「我們現在都非常輕鬆，你說吧！」

　　亞伯：「當然剛才我的假設是，如果中國領導層在某一天答應把整個江山由您們台灣人去統治，而您們就感覺會願意用『中國式一黨』制度去統一中國，這些一切都全是假設！但如果都成真，那麼最大的一步您們都跨越了，您們剩下的問題，就只有究竟是由國民黨統治中國還是由民進黨統治中國了，對嗎？」

藍委綠委們：「應該是吧！」

亞伯：「好的！雖然您們直覺上都認為由國民黨統治中國或者是由民進黨統治中國均可以，但您們兩黨是否覺得都沒可能禮讓對方統治中國呢？而在此情況下，也許唯有您們兩黨合併成一個黨一同統治中國是較為可行呢？」

藍委綠委們：「也許吧！只是我們兩黨即使能合併，但到時用什麼形式，例如合併的黨名稱恐怕又是一大問題了！」

亞伯：「好的！既然您們都認為唯有兩黨合併成一個黨，再一同統治中國有較大可能，那麼就只剩下這個新組合的黨名是怎樣稱呼了，例如稱為『國進黨』』、『民民黨』還是其他命名呢？這就說到名字問題了。大家都知道，兩岸其中一個最普遍的爭拗，就是『簡繁體、熊貓熊』了。到底學習簡體好還是繁體好，應該說熊貓還是貓熊呢？但其實兩者都沒矛盾，大家都可共存的。例如您們說應該熊貓是較『地道』還是貓熊較『道地』呢？是應該『尋找』鳳梨事件的真相？還是『找尋』菠蘿事件的真相呢？

或者我們先從『簡繁體』說起吧。都說中華文化博大精深，是值得您們傳承和發揚的。台、港、澳地區使用繁體字，是因為您們想傳承傳統文化；另一方面，其實簡體字由來已久，古已有之，並不是中共所創。而漢字簡化令筆劃減少不複雜，從而易於識字及教學，但更重要的原因是，舊中國人民普遍文盲，記著這時候是中華民國年代喔；為解決這個社會複雜難題，中共建國才會推行簡體，而事實上多年後也果然奏效幾乎全面消除文盲。因此可以說，簡體繁體本身都沒錯，簡體令人民加快認識漢字，值得留意是星馬各地也用簡體字喔，但的確唯有繁體才能顯示出每個漢字的藝術和真正意義。

這樣說吧，不懂簡體的人趕著或大量書寫中文時候也會覺得浪費時間，當看中國現代劇出現的書信、招牌也只能猜想是什麼字；而不懂繁體的人看閱古蹟古書，或看中國古裝劇出現的書信、招牌文字也倍感吃力。既然一邊是中國、星馬絕大多數華人都應用簡體，這麼大的市場多學習簡體對自己來說百利而無一害；相對來說，中國今時今日差不多已經絕跡文盲，是否也應正本清源也學習中華繁體字的優

美，與及要了解每字一筆一劃的真正意義呢？

當然，最好的方法就是兩岸之間均毋須刻意學習對方，其實只要在台、港、澳的繁體教科書中，每字旁邊都加上一個小字簡體；相反中國、星馬的簡體教科書中，每字旁邊都加上一個小字繁體，大家都照學及書寫原本的字體，但從小看到大，所謂日子有功，台、港、澳學生自自然然把旁邊的簡體也學的十之八九，中國、星馬學生也自自然然把旁邊的繁體也學的七七八八，各地都不用刻意便多學一種字體，豈不各有所得，皆大歡喜？

說回『熊貓熊』，是地道還是道地？是尋找還是找尋呢？眾所周知，貓咪活潑可愛，是人類寵物之一，熊是食肉獸類，可謂生人勿近；而『熊貓熊』論科類牠屬熊科，台灣人稱貓熊一點也沒錯；但論性格溫馴，牠既不是食肉獸，更不是生人勿近，且人見人愛，因此中國人稱熊貓也無可厚非，最低限度大人叫小孩抱著和『貓熊』拍照好還是抱著和『熊貓』拍照好呢？恐怕說『貓熊』即使不嚇壞小孩，也要向小孩解釋此熊不同彼熊了。更何況四川及陝西大熊貓，一頭更像熊，一頭更像貓，中國熊貓也具有兩個品種喔。

如果兩岸把『熊貓熊』也視之為『地道或道地，尋找或找尋，鳳梨或菠蘿』一樣，那麼問題也自自然然迎刃而解，這又是一個『矛』與『盾』共存的故事，用不著一定執著拘泥地二選其一，自尋煩惱！就正如兩岸都是說同一語言，只是您們稱為『國語』，中國稱為『普通話』，但都只是大家稱呼不一樣吧了。

現在，我們再說回地方或國家之名稱，在中文的稱呼中，美國是美利堅合眾國簡稱，英國是大不列顛國簡稱，法國是法蘭西共和國簡稱，德國是德意志聯邦共和國簡稱，因此中華人民共和國及中華民國之簡稱都可說是中國。值得留意是，就拿回我們美國來說，您們也會稱為美利堅合眾國、也會稱花旗國；城市中洛杉磯也會稱羅省，三藩市也會稱舊金山，那一個才是真正名字呢？但其實都不是，這都是中國人民的稱呼，而且不同國家人民，就有不同的稱呼。例如日本人稱呼美國為米國，韓國人稱呼美國為米谷，但其實美國英文自己也有不同稱呼，例如 United States of America，United States，America，

USA 及 US。因此，名字都只是一個稱呼而已，也改變不了什麼，若然介意，都只是人為的心魔。為此，您們新組合成的黨其名稱是什麼一點都不重要，重要的是這件事如果一切如我們的假設，您們基本上是可以考慮和接受的，對嗎？」

藍委綠委們異口同聲：「對啊！」

第 90 回
台 有 賢 能　學孫悟空離花菓山

亞伯續說：「既然這個問題我們有了初步的共識，那麼我們又再剝開下一層了！剛才我是假設如果中國領導層在某一天答應把整個江山由您們台灣人去統治，但即使中國領導層都願意，那麼您們認為全中國人民會願意嗎？」

綠委們：「所以一切都是白說！都是你的妄想！」

藍委們：「所以都是你的假設吧！老共又怎會願意？」

亞伯笑道：「老共？這是一個有趣的稱呼啊！我時常看台灣政論節目都聽到您們稱對岸是『老共』。明明是國民黨比共產黨老上二十載，為何稱其『老共』呢？民進黨稱對岸是『老共』還正常，對嗎？如果我是對岸有點不服氣啊！」

台下嘉賓隨即哄堂大笑。

亞伯：「不過，您們有時也會稱我們為『老美』，或者這是您們的習俗吧，但怎樣都只是稱呼而已！言歸正傳了，正如我剛才一再強調的是，這以上一切都是我的假設，但不容否認的是，您們常言道『世事無絕對，只怕有心人！』現在我又再假設，如果此刻台灣突然冒出了一個出類拔萃、卓越非凡的國家領導人才，剛巧此時正好中國領導層又提議為了達成全國人民的『中國夢』、『中華復興』及『國家統一』而願意把全中國歸由您們台灣人去統治，那麼就會找到一個

充分理由，讓大家都找到一個『下台階』，到了此時，您們又認為全中國人民會願意嗎？」

藍委綠委們：「也許會願意吧！」

亞伯：「太好了！我們再延續剛才的假設。如果現在的台灣出現了一個出類拔萃、卓越非凡的國家領導人得到對岸領導層及人民一致認同那麼事情就好辦，但問題是現在的台灣尚未出現一個如此卓越的領導人，對嗎？又或者再用另一個角度說，現在的中國的領導人，不但要管治擁有 50 多個民族及超過 14 億的人口，還要對內要顧及民族復興使成小康社會，對外又要面對我們西方的針鋒相對及打壓，更莫說還要應付您們綠營的眾叛親離了，而且多次面對全球幾十個國家元首及數千位嘉賓的國際會議上，能夠不看稿件、從容不迫侃侃而談達四五十分鐘之久；相對來說，您們領導人說什麼都要看讀稿機、字幕機，連見賓客一對一面談都需看稿紙唸，就請各位撫心自問，您們之前所出現的歷屆領導人，他們之中的卓越才幹能有一個比美現在對岸的中國領導人嗎？」

藍委綠委們有點疑惑細聲問道：「所以你的意思是什麼？」

亞伯：「您們都不能無視這個現實吧！不過，所謂江山代有才人出，各領風騷數百年，今時今日台灣還未出現出色的治國人才，但不代表將來永遠沒有，如果台灣永遠是『一國兩制』，那麼就好比孫悟空在花菓山稱王稱霸，但也只是困在花菓山，台灣政治家難道就不想將來也可統治整個中國？

因此，或者我們又再進一步大膽假設，如果中國領導層又再提出一個奇想，他們把鄧老先生的名言『管牠黑貓白貓，能捉老鼠就是好貓』作為基礎，因為對於人民來說，管 TA 是大陸人、台灣人還是香港人、澳門人，能為全中華民族帶來強盛及幸福的就是好的國家領導人，所謂『有能者居之』，只要大家認同『中國式一黨』制度是適合中國國情，那麼暫時台灣或是港澳還未出現卓越的『有能者』，可先繼續由中國的『有能者』先領導，待台灣或是港澳之後出現了比他們更佳的領導人才，就可正式任命成國家領導人，而國家領導人也是有任期的，也同樣受人民監督，總之大家的機會是平等的，並以『有能

者居之』為原則，那麼您們兩黨又會否考慮呢？」

綠委們：「這就是大問題了，我們即使願意考慮接受『中國式一黨』制度，也是指『民進黨』或『國民黨』領導，而並不是『共產黨』領導！」

藍委們：「沒錯！我們願意考慮接受用一黨統一也是指『中華民國』，而並不是『中華人民共和國』！」

亞伯：「您們的反應我完全了解，而且也是意料之中。不過，我們剛才已經共識用輕鬆及愉快的心情面對兩岸問題，對嗎？不好忘記我不是中國人喔！我的意見一切都只是假設，而且我完全站在中間人的角度，也只是提供給您們參考罷了。如果我們延續之前的一次次假設，其實我提出的問題與您們憂慮的並沒有矛盾喔，或者說『矛』與『盾』原來都可共存喔！之前您們已說會願意考慮接受由您們兩黨組合成例如『國進黨』一同統治中國，記得嗎？」

綠委藍委們：「記得！」「記得！」……

亞伯續說：「既然您們會願意考慮接受由您們兩黨組合成例如『國進黨』一同統治中國，假設當您們付諸實施統治中國的時候，那麼此時此刻的全體中國人民很自然也是您們的子民了，而中國原來統治的共產黨員，理論上也可以全部加入您們新成立的黨了，這樣說您們又會反對嗎？」

綠委們：「理論上當然是成立的，但共產黨會願意嗎？」

藍委們：「對啊！似乎對老共來說是絕不可能願意！」

亞伯續說：「我之前已說『世事無絕對！』其實關鍵在於，現在您們是要共產黨員加入您們新命名的黨，而不是要他們加入您們原來的國民黨或民進黨啊，這樣說您們又會否明白箇中的含義呢？」

綠委們：「這樣有差別嗎？」

藍委們：「何以這樣你就會覺得老共可能願意呢？」

亞伯續說：「當然兩者有天壤之別了！試想想，如果要您們都加入共產黨，那肯定您們一百個不願意，同樣要共產黨加入國民黨或民進黨，那他們更肯定不願意，何況現在的共產黨本來就是世界公認只

有一個中國的合法執政黨，對嗎？但是奇妙在於您們合併成一個黨，既肯定不會稱為國民黨也不會稱為民進黨，而是一個全新命名的黨，那麼在您們的立場，就好像要求共產黨員加入您們新成立的黨，但在對岸的立場，也等於您們只是要求共產黨更改另一個名字，而您們就願意加入他們的黨，雙方意義好像不一樣，但實質結果是沒分別；也就是說『矛』與『盾』便可同時擁有！我這樣說您們又明白嗎？」

綠委們：「暫時好像說的通，咱們先不談黨章或黨綱，你認為共產黨又願意更名嗎？

藍委們：「你還未解釋究竟是用『中華民國』還是『中華人民共和國』啊？！」

亞伯笑道：「您們的問題好像不一樣，但其實都是同一個問題！為什麼呢？我之前也說過美國也稱花旗國，台灣也稱美麗島，都只是個稱呼而已，同樣對岸的四川南坪縣也改名九寨溝，湖南大庸市也改名張家界，雲南中甸縣也改名香格里拉，令這三個地方因為改名才能舉世聞名；在國際上，韓國首都漢城也改名首爾，就連荷蘭國名也改為尼德蘭了，因此要『共產黨』更改名字，只要能夠大家開開心心地和平統一，我相信中國領導層也許願意考慮的！

同樣道理，如果假設『共產黨』更改名字是沒問題，那麼統一後的中國，您們不會接受被『中華人民共和國』統一，同樣中共更不可能接受被『中華民國』統一，如此一來您們何不就只用『中國』二字呢？因為橫看豎看怎樣看『中國』都是『中華民國』或者是『中華人民共和國』的簡稱啊！就像我們的美利堅合眾國或大不列顛聯合王國，您們不是簡稱『美國』或『英國』嗎？都只是一個稱呼而已，如果再不喜歡大家又重新改一個名稱，就像荷蘭改名為『尼德蘭』，都沒有什麼大不了；本來無一物，又何必惹塵埃呢？」

綠委們：「但其實你兜了一個大圈子，意思都是最終把台灣、中國及香港所有的黨融合成一個黨，那麼，即使我們願意，共產黨會願意嗎？同時這個新綜合的黨又應以哪一個黨的黨章或黨綱為依歸呢？」

亞伯續說：「您們說的也沒錯，但如果我不是這樣一層層的舉

例，相信您們絕不會這麼快便答允願意一黨統治及把兩岸四地的黨溶合成一大黨的。而為什麼我剛才說假設如果您們願意與對岸和平統一，而提出的條件是需要『共產黨』改名，甚至要國號『中華人民共和國』改名，相信中國領導層也許願意考慮呢？雖然一切都只是假設，但也是存在科學推理根據判斷的。首先，自對岸改革開放以來，三十年的韜光養晦令中國成為世界第二大經濟體，他們一直強調是走『特色社會主義』，而不是堅持之前的『共產主義』，這已經露出端倪，他們不是一成不變的。

　　其次，從實質上，中國的經濟開放與政治改革，造就中國人民富裕，給予人民可以擁有私人財產，本身已經從『共產主義』走向一半的『資本主義』。換句話說，今時今日中國走的是『共產資本混合主義』，所以他們早已淡化並改稱為『特色社會主義』，其實也等同『特色資本主義』。為此，如果能藉著和平統一及順應潮流而把『共產黨』更名，既滿足了您們的要求，也有效制止我國（美國）及西方對『共產主義』國家排斥和敵視的功效，又何樂而不為呢？況且現時世界真正行共產之國家，其執政黨也未必全稱共產黨，例如北韓及寮國等。說到底，什麼名字都只是一個稱呼，只要實質內核沒變，改不改名都是一念之間！不知在座嘉賓又是否同意呢？」

　　台下嘉賓們紛紛點頭，綠委藍委們：「尚算言之有理吧！」

　　亞伯：「如果大家沒異議，那麼我便繼續剝開下一層了！既然『共產主義』早已變成『特色社會主義』，因此『共產黨』其黨章或黨綱也許已經存在去蕪存菁的空間。相對來說，既然『國民黨』及『民進黨』合併成一個黨也勢必要把兩黨的黨章或黨綱同樣合併，也同樣要去蕪存菁，那麼您們兩岸四地所有黨合併，然後以他們的黨綱為主軸再輔加一些您們需要之內容又有何難呢？您們中華民族五千年的智慧，只要用不同角度思考，其實什麼事都不難解決。

　　當然，上述一切皆只是我的假設，但如果這些假設中國都認為可以考慮，那麼，也等於我之前用 A 公司和 B 公司作為比喻，最終大家合併為 CD 公司或 EF 公司；也就是說，如果台灣被統一卻不是歸屬『共產黨』及『中華人民共和國』，而是好像三大黨合併一個新大

黨，兩岸合併一新大國，大家都平起平坐，無分大小，對台灣而言，已經是『最具尊嚴、最沒矮化』的統一了，不知在座各位嘉賓人士又是否同意呢？」

只見全場即時熱烈鼓掌：「當然同意！」「當然同意！」……

第 91 回

能 者 居 之　一制不怕兩制何懼

此時綠委們思索一會：「但是……但是之前你所有的假設即使暫且成立，包括我們也可能認同一黨制度是適合中國國情，但我們的國民早已經習慣了民主選舉制度，如果以現在『共產黨』的領導層產生方式，我們相信台灣人民也未必能夠接受！」

亞伯笑道：「其實我剛才所有的假設也許您們已經接受，那麼最難的部分已經解決，剩下來的問題就已經微不足道了！我們之前也多次說過，其實世界早已有很多國家都想或研究模仿走中國的道路，只是中國擁有的條件外國是很難複製罷了！而實質上，中國全國各級、各地、各部門、各單位的官員達幾千萬人，因此如果中國走的不是賢能政治制度，幾千萬的官員就更難做到『有能者居之』了！相信大家都明白，世界這麼大，現存就有很多不同的國家制度，沒可能單純不是走『共產主義』就是走『資本主義』，而中國按著自己國情，設計出一套適合的自己的制度模式，到最後怎樣融合您們的建議使之至臻完美，就是將來您們三黨，也是最終一黨的共同責任。

假設在一黨的情況下，中國能否也尊重台灣的選舉文化，若干職位方面可否留有部分投票權給人民選拔呢？答案是一樣可以的，問題是看您們大家共識怎樣操作罷了！就比如現在中國國家領導層的七位『政治局常務委員』，歷來都是必須經過多年地方管治及政治歷練後，才會經中央委員會全體會議選舉產生。假設您們統一後仍然保留這種賢能政治制度，例如在中國原有的 34 個省級行政區的領導人

（包括將來台港澳）其政績及表現中，當選拔成為七位『政治局常務委員』之前，就先行在網上給全國人民（包括台港澳人民）評分，評分最高的省級行政區領導人，會占一定比例的分數，然後再經原來的中央委員會全體會議選舉，也就是說把二者的總分才決定未來的七位『政治局常務委員』，那麼既可避免一人一票的民主選舉帶來的危險，也滿足了台灣香港人民民主選舉的部分投票權，相信也是一個折衷的方法。當然這也是一種假設，至於人民評分占比及如何操作也必須由您們決定，不知在座嘉賓又是否再同意我的見解呢？」

全場再度呼應：「同意！」「同意！」……

藍委們：「這似乎也是一種折衷方法！但是……」

綠委們：「但是你剛才指這樣可避免一人一票的民主選舉帶來的危險又從何說起呢？」

亞伯解說：「大家也許注意的是，我剛才的假設，即您們合併後不妨可容許民主選舉的部分投票權，與現在您們台灣及西方的一人一票的民主選舉，是完全不同的概念。前者是指人民只需給予所有候選人（所有的市長、省長）的網上評分，候選人也只能在網上發表自己政見，讓人民更了解自己，他們不會也不能評論或攻擊其他領導班子，而人民的評分也只是給中央委員會作為參考而已。

但一人一票的民主選舉，就會像現在花鉅額廣告宣傳，不斷揭發其他候選人醜聞及犯錯，也不惜一切攻擊對方；同時人民一人一票由於是直接選出領導人，而不是參考性質，一旦兩邊候選人旗鼓相當，輸的一方便會不服氣甚至發起暴亂，就一如今年的衝擊美國國會情況，而且造成國家人民嚴重分化；即使台灣您們 2020 年選舉，綠營也只是以 817 萬票及贏 265 萬票連任，也只是獲三分一左右人民支持，不代表占絕大多數，而且一樣已造成台灣社會分化。

相對中國國家這麼大，民族及人口這麼多，一旦社會分化便等同帶來分裂。所以中國不可能行使一人一票的民主選舉，這就是我所說的帶來危險。而事實上，如果將來您們能夠合併，並以『中國式一黨』為基礎，把將來所有的市長、省長及國家領導層，能夠設立電子平台讓人民給予意見及評分，既滿足了人民的參與感和歸屬感，也能

鞭策當政者徹實地『為人民服務』，應該是兩全其美的折衷方法，特別對兩岸而言，各讓一步便能化干戈為玉帛，令『矛』與『盾』共存，魚與熊掌兼得，也是全體人民之福！」

全場再引來掌聲，此時也有台商說：「這不失是一個折衷方案，就不知道大陸是否願意？！事實上，台灣人民很難知曉我們台商在大陸，愈來愈感受到裡外不是人，我只希望如亞伯所說，藍綠陣營不要只站在台灣立場，也要尊重大陸立場，況且中共才是現今合法執政黨；如果大陸政府能願意，那真是已經『仁至義盡』了！」

亞伯：「這位台商很明白事理。我以前看不同台灣評論節目，即使有一些學者一直持中立態度或已經較親中國，但仍跳不出舊有思維框框，他們基本上的論調是，認同中國全國一盤棋很好，也很有效果，對中國三十年發展刮目相看。他們一方面會時常批評藍綠惡鬥，不顧民生，但另方面又會一再強調中國只要還是一黨專政就會反對。其實制度也是人構想出來及建立起來的，為什麼不能把『一黨』與『民主』共存，像矛與盾共存，魚與熊掌均可兼得呢？

如果我們再抽絲剝繭一下，首先認同中國全國一盤棋很好，其實內心已告訴自己，早已認同『中國式一黨』制度。再來，明白藍綠惡鬥沒完沒了，也同樣內心已告訴自己，早已不認同多黨的制度。那為什麼又認同全國一盤棋很好又反對『中國式一黨』制度呢？很明顯剩下來就只有反對中國沒有選舉制度了，但是一黨制度又是否一樣可同時容納選舉制度呢？之前我已經多次說過，政治不是普羅百姓的專業，因此有限度性給人民參與才是兩全其美之法，而且中國也不是大家所想像的專制，比如海南省海口市美蘭區部分預算，就給居民提議投票決定用途，中國地方政府治理改革漸進式民主，也比台港更真正民主，很多城鄉也是自己選出村長鄉長，但如果去到市長、省長及國家領導層，就必須精金百煉，這才是為人民盡責任之政府展現。」

其後有另一台商問道：「很高興亞伯你能和我們分享兩岸關係的解決方法，你所說的話我也認為很多都具有參考價值，但你剛剛分享的概念，似乎是『一國一制』，而並不是現在大家抗拒的『一國兩制』，我是否理解的不夠深呢？」

全場嘉賓紛紛點頭，很認同這位台商所言。

亞伯笑逐顏開：「這位台商很聰明也很透徹，這的確是我故意安排的，大家又知道為什麼呢？」

只見在場人士議論紛紛。而今午最早發問的學者即說：「應該是讓我們了解最難的部分都已經解決，那麼之前的問題就不是什麼問題了，對嗎？不過，很多台灣人士之前皆認為『一國兩制』四字已經沒市場，你認為又該如何處置呢？」

亞伯笑道：「Bingo！說的太對了！大家試想想，剛才我開始舉例的 B 公司代表，他們最後在談判桌上，除了主動提出合併後的新公司需重新命名外，即使 B 公司完全行政獨立，只是大家發展方向及步伐必須一致，但如果合作愉快，當 A 公司各方面均比 B 公司還好時，此時 B 公司有權放棄自己的行政獨立，到時候大家便完全成為單一公司，B 公司可以成為這家 CD 公司或 EF 公司的管理層，甚至出任任何職位，包括董事長，只是有能者居之。

也就是說，台灣大可在談判桌上，主動提出統一法。合併後的新中國不但需重新命名，台灣完全行政獨立，只是大家發展方向及步伐必須一致，例如必須共同維護國家安全及國家主權等等，那就是指『一國兩制』；但如果融合愉快，當 A 中國各方面發展特別是民生福利都比 B 台灣更好時，此時台灣有權放棄自己的『一國兩制』，到時候大家便完全成為單一體制的 CD 或 EF 之新中國，也即是『一國一制』；而台灣政府人才也可以成為新中國的管理層，甚至出任各市省長，包括國家領導人，只要是有能者便居之。

不知道大家可曾記得，我上週在香港最後也曾建議他們在適當時候，也應考慮改行『一國兩制進階版』或『一國兩制 2.0』這件事呢？其實香港人民只要懂得即使是最終變成『一國一制』，也沒什麼可怕的，因為關鍵的重點是，如果香港到了『一國一制』之時，也絕對是比『兩制』更好才會合併成『一國一制』，況且何時合併成『一國一制』，最終也是香港人民決定。

同樣道理，我猜有相當多的台灣人民，如果對藍營的『一中各表』是認同的話，那麼其實也明白到現時的兩岸關係，本來就是處於

『一國兩制』的關係，之所以不敢把『一國兩制』完全落實及名正言順地展現世人面對，就是因為對未來充滿未知素，也害怕『一國兩制』之後會否變成『一國一制』。但如果台灣人民聰明，連最終的『一國一制』都想到怎樣處理及如何對自己最有利，而且關鍵是什麼時候採用『一國一制』的主動權都落在台灣人民手上，那麼『一國兩制』的擔憂或迷惘，根本已經撥雲見日，不屑一顧了。

至於您提到『一國兩制』四字已經沒市場，但如果台灣人民把最後的『一國一制』及將來所有的路應該怎樣走，都想的一清二楚，『一國兩制』之稱呼又算得上什麼？事實上，在中國立場最大核心是『一國』，因此在什麼名字都只是一個稱呼前提下，『兩制』改為其他文字但意思一樣，例如『制度』與憲法、規章、准則都是共通，若然換一個字稱呼便皆大歡喜，那就最好不過了。當然，如果您們認為在『一國兩制』至『一國一制』之中期，也想像香港一樣加插一段『一國兩制 2.0』以作適應期，相信效果會更好。而無論如何，之前我說的所有都只是建議，如果您們有更好的構思或安排當然最好，而我只是想告訴大家，如果您們已經完全明白，時間愈拖延，台灣之談判籌碼會愈少愈不利，那麼我便安心了。

當然，上述也是我之前所說的，**先弄清楚台灣如果真的被統一，應該怎樣爭取最好的條件**的最後補充了。同時，正如我一直所提到，台灣之前如何對中國所種下一點一滴的『壞因』，理論上也一定最後會招致聚沙成塔的『壞果』，但如果台灣人民懂得如何令政府懸崖勒馬，化被動為主動，把『壞果』最終轉化成『好果』，把刺蝟豪豬變成天之驕子，那麼我只能祝福您們，能早日看透。」

第 92 回

止戈為武　美中互補應怎政改

現場再引來一片掌聲。此時主持人即說：「相信大家都知現在

已經超時了許多，或者我們把握機會，最後問亞伯幾個問題，第一，你在第一天曾說統一時間會比大家想像的快，而且關鍵點不在於時間上，而是在於陣勢上，這是什麼意思呢？第二，為何你會覺得當大陸解決了台灣問題，就是推行香港『一國兩制2.0』的適當時期呢？」

亞伯笑道：「這兩道題的確是我們今次台灣之行的最好總結。首先我回答您第一道問題。以我的預測，中國啟動武統，已經關鍵點不在於時間上，而是在於陣勢上。我的意思是，如果台灣政府再打著永遠維持現狀而作為台獨幌子，而美國又繼續不斷的打台灣牌，當中國第四艘航母成軍之時，就是武統之時！而且值得留意的是，中國第四艘航母成軍才武統，並不是害怕美軍協助台灣，故此要等到自己有相當的實力及能與美抗衡的時候才攻台。我可以告訴大家，中國等到第四艘航母成軍才收復台灣，是要給台灣人民完全明白及清楚中國已蓄勢待發，與及有充分的實力統一，因此不如放棄美軍救援幻想，令政府面對現實爭取和平統一更好。不過有意思的是，中國人的『武』字內涵是『止戈』，那麼怎樣才能令台灣政黨們懂得找出『止戈』的最佳辦法，就是考驗台灣人民怎樣改變政黨們思維的智慧。

換句話說，這幾年從頭至尾中國想收復台灣，早已排除美軍護台的可能性，但基於台灣政客及台獨一直炒作美軍協防，因此中國便有必要把真實的實力呈現，好讓台灣人民必須回歸理性及現實，從而選擇出自己前途最英明的決定，不要以卵擊石。綜合來說，如果个出找所料，我之前說到台灣第三考慮就是美國立場中的**第三種結果**，就是我認為最大可能機會發生的。因此，我只希望台灣人民能珍惜現在未來的每分每秒，也期望您們終能化干戈為玉帛，把我認為最大可能發生的**第三種結果**，化被動變主動成為**第六種結果**。況且最重要的是，既然中國已定出2035年和統時間表，也就是距今最多都也只是14年，那麼您們倒不如大膽提早一步，既爭取到截然不同的有利位置及效果，也才是換來自己的真正尊嚴。

至於說到為什麼中國解決了台灣問題，就是推行香港『一國兩制2.0』的適當時期，只是因為現時的香港政府團隊，並不是指他們管治無方，而是香港殖民時代遺留的種種政治問題，除了三煩之亂，例

如終審法院的外籍法官，若然取締勢必牽一髮便動全身。同時，香港多年來面對『籠板劏』束手無策，與及政府團隊即使願意效忠也難免只是一些離心分子的權宜之計，加上眾多勢力仍然與中央政策貌合神離，陽奉陰違，特別是防疫失策，顧此失彼自然緩不濟急。可以說香港多年來之沉痾宿疾問題絕不會因〈香港國安法〉實行，便能一次性大刀闊斧改弦易轍的。但若然中央全面插手協助，又恐師出無名，在如此困境下，就只能靠國家調換團隊從而釜底抽薪，徹底根治，而且愈早愈好。但又若然在還未解決台灣問題之前便行動，不但惹來西方抨擊，也勢必給台灣綠營撿到槍，再增加統一難度。相反，如果中國統一了台灣，所有的外勢力得以清空，中國就能心無旁騖地處理『家務事』，這就是我之前說的，不容大陸長期等待和平統一中的**第三種原因**，也是此時香港推行『一國兩制 2.0』適當時期的原因，更是我在香港也曾說過解決問題關鍵還是在一個『等』字的緣故。」

主持人隨即問：「以下這個真的是最後問題，大家都明白你給了台灣及香港不少的政治方面建議，但亞伯你也一直批評西方的多黨制及選舉制度，那麼，你又會認為對自己的國家美國來說，又應如何政治改革較好呢？另外，中美又能真的可以合作嗎？」

亞伯笑道：「這真是個不簡單的問題！我之前也分享過，別以為兩岸關係對美國無關痛癢，實質息息相關。如果兩岸關係及早解決，美中把 G2 合作條件談定，只要不影響美國領導及霸權地位，美國政府便能及早用較多的精力，從而全心全意回頭搞好國內問題。例如可要求中國在美國設立各類有益於雙方發展的廠房，以助其訓練及恢復美國之生產力；當然若能擯棄成見，要求中國協助美國各地的基建，特別是城際高鐵，這一點對美國重新出發更是至關重要。

同時，美中互補方面太多，許多科技、金融及醫學上都有合作空間，而且既然阻止不了中國超越自己，那麼便乾脆共融合作，這對美國自身發展沒有壞處，總好過把所有機會都留給歐盟或其他競爭者，一錯再錯。說到底，此時世上雖然有兩個太陽，但我也深信，這個時候中國會強而不霸，而美國也許會適應習慣，始終現實歸於現實，世上很多事總不能一廂情願，當美國知難而退，例如拜登懂得環保之重

要性，最終回歸氣候協議，也許兩個太陽令世界更光，但慶幸兩國合作不會令地球氣候變的更暖！

不過，如果要說到美國的政治改革，這可謂是一個千古難題。毫無疑問，我雖然很欣賞『中國式一黨』，也認為中國的賢能政治制度很適合中國，但遺憾的是，我也說過中國擁有之條件外國是很難複製的。換句話說，『中國式一黨』並不代表適合任何國家，特別是缺乏長遠目標之美國及西方人士。只是今天的中國，已經找到一對適合自己的鞋子，而美國也以為自己的鞋子已經非常適合，但可能鞋子穿得太久，已經千瘡百孔，有待修補了。

我們可以看到，去年美國總統大選投票率為 66.9%，已經是創下 120 年來的新高，而一般情況下，每屆都有近一半選民沒參與投票，如果這屆總統再僅勝對方，則意味著這屆總統只有四分一人左右支持，可看出其代表性有多低，國家又怎會不容易分化呢？與此同時，由於不滿美國總統大選結果，前總統可以用盡最後的手段招數為選戰做最後拚博，也不惜挑起美國內部社會撕裂、族群仇恨等問題變的更加嚴重；而前國務卿在臨別秋波之際也不斷在國際事務自導自演，拼命留下給拜登骯髒的詭雷，但人們只會想到前總統及前國務卿兩人如何不堪，卻不想到這都是美國本身的政治制度缺陷所造就的緣故。在〈2021 年全球 10 大風險〉報告中，認為拜登難以化解國內的兩極分化趨勢，已成為今年全球面臨的最大風險。而美國人民現在也高達 85% 認為國家嚴重分裂，只有 15% 認為民主制度運作良好。

故此，如果真的要我建議美國該如何政治改革，相信民主選舉及資本主義是沒可能改變的。但如果美國總統大選的辯論換一個形式，例如候選人不是罵對方的缺點，而是改用讚對方的優點有多好，但所讚的優點又要言之有物，確實存在，不可胡亂吹捧，那麼站在人民立場來說，應該更具欣賞價值。而站在國家立場來說，如果兩黨不是揭對方的缺點，也就不會再有抹黑栽贓，既令兩黨及國家和氣生財，也考驗到候選人之智慧及懂得看別人優點，而最重要是既然懂得看人優點，也應懂得用人唯才。雖然對候選人而言，讚對方很彆扭，但勝在更有深度，更為難得。又如果很難接受辯論改為讚對方，那麼兩大陣

營就乾脆協商採用『各任一屆總統制』，相信既可令兩大陣營首先今後省卻大量廣告及其他選舉費用，不需再浪費時間長期互相攻擊，而最重要是有望徹底有效修補社會撕裂，更不會出現在參眾兩院，對任何政策為反對而反對，從而回歸理性，才是令『美國再度偉大』的解決根源之道；至於各任一屆總統制方式多樣，就看兩黨如何商榷。

　　無疑，政治家追求永遠都是權力利益和地位，但人民選擇了他們，人民自己又得到什麼？人民追求的又是什麼？不就是國泰民安生活幸福美滿嗎？而問題大家不說不代表會消失，也只會愈拖愈變的更壞，況且時間不饒人，對台灣而言更是寸金難買寸光陰。同時，相信大家也會明白，若然美台繼續執迷抗中，但兩者分別在於，美國『百足之蟲，死而不僵』，台灣『覆巢之下，焉有完卵』。政治人物如果不能控制權力及利益的慾望，只做依附美國棋子不做和平吶喊棋手從而不顧人民社稷，也最終必然迎來人民反噬的一天。因此，我很希望台灣之政客們能為自己、為家人、為人民、為台灣的下一代，為整個中華民族踏出最英明，最光輝的一步。咱們但願青山不改，綠水長流，來日江湖再見，後會有期，懇請各位珍重！謝謝大家！」

　　亞伯率領六子向在場人士深深鞠躬，全場也致最熱烈掌聲，縱然亞伯及六子離開舞台多時，不少在場人士仍依依不捨，不過，更多場外場內人士各自圍成圈子熱論，也蔚為奇觀。

　　　　※※※※※　　　※※※※※　　　※※※※※

　　隨後，時間即返回至 2048 年 10 月 8 日下午，在上海博覽館舉行的第 20 屆「全球精英學生研討會」上，當全場學生目睹了 2021 年亞伯帶領北斗七子第二次穿梭香港台灣之行的整個過程後，有如身歷其境，也感受到這段時期正是兩岸風起雲湧的年代。在掌聲陣陣之後，北斗七子便告訴現場學生這就是當年他們第二次香港台灣之行之全部過程，至於從此時起至中國後來是怎樣演變，就等到明天（10 月 9 日）上午再繼續回顧吧。

統一前後 開宗明義美日呼籲

時間來到 2048 年 10 月 9 日早上，也就是上海博覽館舉行的第 20 屆「全球精英學生研討會」的最後一天。現場上，各地的精英學生也早已準時坐好自己的位置，當北斗七子出場時，再引來熱烈之掌聲，而學生們也熱切期待回顧中國近代史最重要的時刻，也就是統一前後那洶湧澎湃的分分秒秒。

在掌聲過後，便有亞盟學生問道：「那麼，當您們完成了 2021 年最後一次台灣之旅後，您們新中國統一前後的過程又是怎樣的呢？」

這一回四斗湫彤先說：「在我們 2021 年年底最後一次台灣之旅後，的確當時引發台港朝野及民間很多熱烈討論，當中香港人民之後更趨向理性，加上〈香港國安法〉也發揮效果，社會也逐漸回歸正常平靜。只是另一邊廂，台灣人民雖然也有不少已認同亞伯之分析和理論，可惜在綠營一黨獨大及全面控制輿論的情況下，仍然對於亞伯之建議『時間愈拖延台灣之談判籌碼愈少愈不利』及『對台灣而言更是寸金難買寸光陰』完全視若無睹，置若罔聞。

但其實，當時藍營也上下共識，認為亞伯之建議如果台灣被統一卻不是歸屬『共產黨』及『中華人民共和國』，而是三大黨合併一個新大黨，兩岸合併一新大國，的的確確對台灣而言已經是『最有尊嚴、最沒矮化』的統一了，奈何藍營的聲音始終被綠營的聲音掩蓋，所以台灣就這樣把寶貴的一天一天光陰送走。

同時，2022 年年初也果然發生『俄烏戰爭』，正在南美演出的我們當被華裔觀眾問及『今日烏克蘭明日台灣』之看法時，亞伯就表示烏台確有相同地方，但也有不相同地方。相同處在於兩地都是美國分別制俄制中的最大棋子；都是不自量力不斷挑戰俄中底線；與及都是政治素人總統，都分別把設施及撤離放在市區內讓人民當人肉盾

牌。不相同處在於烏早已是獨立國家台灣不是；烏說烏俄語各占一半早已分化台灣不是；烏國土甚大共 7 個陸地接壤鄰國人民走難較易台灣不是。不過以上都不是重點，不利於台灣之重點是，中比俄武器更精準軍心更強，相反台比烏武器及軍心都差太多；烏對美歐有切身利害關係都只能用經濟制俄，對台更不屑一顧，相對若然真用經濟制中，美歐自傷更大；美對俄不敢打對中更不敢，皆因中導彈美擋不到甚至可打至家門口；但美國今日速成『俄烏戰爭』，明日更會速成中國武統，且絕不憐惜，因此還是祈望台灣人民三思。

而另方面，時代的巨輪卻不會等著台灣白白浪費，各國也在世紀疫情後作各自努力發展。當中 2022 年年初由於大陸在『RCEP』及 2022 年下半年之『中歐 CAI』、《中日韓自貿協定》等機制先後通過及加持下，發展更一日千里。而 2022 年 11 月 11 日，歐亞多國更在『RCEP』及『中歐 CAI』正式成立後首次迎來『1111 光棍節』瘋狂購物，驚人的成交金額也引發全球熱議。毫無疑問，這個由中國主導卻一直低調的主角，卻令歐亞中三方全都是贏家；特別是曾一波三折之『中歐 CAI』最終趕及這個一年一度的瘋狂購物日，也終於見識到中歐共融的可貴。

此外，中國於 2022 年年底也做出兩大舉措：其一，中國於武漢火神山籌建了世界首座疫病博物館『中國武漢抗疫紀念館』，內設大陸因新冠肺炎疫情逝世的抗疫英雄及國民大碑，也把世界歷史上的各國、各起抵抗瘟疫事蹟作全部展示，包括當年在武漢的全國醫護人員留下之塗鴉及手跡等；除給所有逝者家屬紀念及遊人懷緬之外，也具警世意味。而聯合國也追隨中國定 4 月 4 日為『抗疫佑護地球日』，讓後人警惕及防患於未然，之後多國也跟進建立抗疫博物館。當然，隨著『中國武漢抗疫紀念館』及國民大碑的建成，也有效堵塞多國反中分子對中國是病毒起源及隱瞞疫情死亡數字等的指控。

其二，中國明白遠水不能救近火，決定為香港建立多用途海上居住平台，但大陸更明白香港深層問題在於貧富差距，因此除了房屋問題，也建議及協助香港政府分三步走，第一步，香港是世界最低稅區之一，因此有必要合理性提高富人稅。第二步，大陸決定協助香港回

復昔日東方好萊塢地位，並定位為影視製作智能化基地，凡中國涉及中外影視合作，特別是有關『一帶一路』國家合作均以香港為主要製作總部，不但提升中港影視國際地位，更為相關幕後行業鏈使其智能化，預算可帶來近幾千人高薪職位，並吸引美國好萊塢幕後人才歸化中國相輔相成。第三步，協助港府模仿大陸建立香港特色國企，例如香港迪士尼樂園及海洋公園，特別是後者，一直都是採取消極經營，但如今確定回復香港國際旅遊城市形象，三大旅遊園地包括構思中的香港東方好萊塢園地、迪士尼樂園及海洋公園均必須公營化，甚至是利用政府資源傾力打造積極經營。

此外，賣地及建造公營房屋方面港府也會全力參與，要從四大家族生意中以合情合理及公正透明情況下分一杯羹，除引進中國基建技術提升水平，也令三大園地及房產建造等公營事業為港府庫房作出強而有力的穩固收入，再把這些盈餘轉而回饋人民，特別是對低收入的人民各種福利更要做好，從而全力消除香港『籠板劏』問題。事實上，解決人民貧富差距絕對是政府責無旁貸的責任，而富人想擁有一個安定繁榮的環境下繼續經營，亦應有所配合及付出，大家共同攜手合作才能共建和諧社會，彼能回復往日香港之美好家園！」

六斗蔓荷：「剛才湫彤也說了，2022 年後大陸各方面發展更為迅猛，特別是北京冬季奧運的超級成功，也帶動一波波國內的冰上活動和北方旅遊熱。在金融上，中國數位貨幣發展迅速引發國際效應，並率先建立世界上最大的金融交易資料集中化存儲庫，也開始在國際貨幣體系中發揮與大陸經濟地位一致的作用。

在科技上，首先在江蘇南京成立一所專門培養晶片人才的《南京集成電路大學》，並在 2022 年舉辦《世界半導體設計比賽》，得獎者獲千萬美元獎金並資助設廠；而在 2023 年，大陸已經先後成功推出『石墨稀碳基晶片』及『量子密碼晶片』，對台灣的引以為傲的半導體帶來不少衝擊。此外，大陸 2022 年除了已全面建成了空間站，還先後成功發射太陽探測衛星及最新高解析度多模綜合成像衛星，前者是大陸繼開啟探索月球、火星行動後，再進入『探日』時代；後者是能在 1000 多公里的太空，明察秋毫地看清地球表面上每一樣東

西，即使在大雨或霧霾天氣裡依然拍攝到高清視頻及圖像。

在軍備上，大陸 2022 年年底發明新一代軍用高能激光雷射槍可攻擊 1.5 公里內目標，並建成世界第一支智能機器人軍隊，令科幻電影中的《鋼鐵人》變為事實，並陳兵於悠長的中印邊界上，起了中印和平關鍵作用。又成功研製出單人滑板式飛行器，令軍人可隨時飛行。而除了新款智能彈道導彈面世外，各種改良攻擊更強、噸位更大的雙棲艦及護衛艦也繼續『下餃子』，特別是功能多樣化、排水量達 9 萬噸的 077 型兩棲基地艦，輕鬆容納數萬人，可謂一鳴驚人。此外，2022 年年中中國第三艘航母及轟 20 先後驚艷世界後，2023 年又先後橫空出世中國第六代超音速隱形智能戰鬥機『殲 20X』及正式成立無人智能蜂群戰鬥機隊。

當中國第三艘航母於 2023 年年中正式服役後，幾乎同一時間，中國第四艘航母也正式下水，令『亞伯預言』再度驚動了台灣朝野神經。在國際軍事上，中國終於在 2023 年正式宣布畫設南海防空識別區（ADIZ）；同年，中國在伊朗合作的軍港建成，還幫助委內瑞拉提升軍事技術，提供更先進彈道導彈及反艦導彈；而俄羅斯也協助古巴安裝了新款雷達站，由於雷達距離美國本土不足 200 公里，可以 24 小時監控美軍的行動，令美國更如坐針氈。」

七斗謙新：「當時間來到 2023 年，台灣於上半年已先後再失多個邦交國，其中最重要的梵蒂岡也正式和中國建交。年中，中國終投下震撼彈，正式同時宣布停止兩岸經濟合作框架協定（ECFA）及中港兩地與台灣所有貿易往來，兩岸再度帶來高度緊張，儘管藍營及民間已強烈感受到當初亞伯提到的『*溪雲初起日沉閣，山雨欲來風滿樓*』，唯綠營依然掩耳盜鈴，並大肆抨擊大陸強逼台灣就範。同時，2023 年底台灣經濟及股市雖然已經一瀉千里，但也一如外界預料，綠營運用三大法寶，即網軍抹黑藍營對手、資源在綠買票宣傳與及選舉奧步操縱結果，令身兼『務實台獨工作者』終償所願當選為新一任領導人，也引發很多台灣人已知情勢不妙，不少人民陸續出走大陸及外國移居。

2024 年初，台灣『務實台獨工作者』走馬上任，反中言論並未

收斂。同年7月中，中國第四艘航母也正式服役，就在台灣上下擔憂亞伯之前預言**台灣第三考慮就是美國立場**中的**第三種結果**，即大陸第四艘航母成軍之時就是武統之時，是否應驗之際，美國率先宣佈不會為台出兵，大陸就首先宣布即日停止三通，隔天北韓即發射新導彈，成功命中日本海之指定目標，正當日韓處於極度緊張的時候，大陸一方面持續發放在日韓之美軍首領及台灣軍方首領的現在位置及過去24小時其移動過程全部視頻，以清楚宣示及響起中國無死角斬首式攻擊的號角，台灣上下頓時人心惶惶，然而美國卻老神在在。

　　而另一方面，大陸果然幾乎同一天再以迅雷不及掩耳之勢分兵多路，首先於午夜時分利用反跑道導彈、衛星滑翔彈、反幅射導彈以點穴式擊毀台灣之戰機、跑道、雷達及反導系統等等，卻無一人傷亡，用事實證明給台灣人民看到，在大陸的北斗及高解析度多模綜合成像衛星之全方位監視台灣情況下，可完全掌握台灣軍事據點及步處的每分每秒現場情況，並先行用警告形式，先摧毀台灣沒軍人駐守的設拖。而再另一方面，又同一時間以極速手段奪取台灣的金門、馬祖、東沙島及太平島四個據點，其後再開宗明義正式宣布會在適當時候攻取台灣，呼籲台灣各黨派以人民及大局為重，儘快派出代表與大陸和談共襄祖國統一大業，從而引發全台灣人民大規模示威要求綠營政府馬上接受談判，由於形勢別人強，大陸共派出四支航母艦隊鎮守台灣的北、東、南三面海域，而俄羅斯也分別派出戰機戰艦在臨近海域巡視及遊戈，象徵支援中國。

　　也一如國際所料，一方面美日此時即以第一時間強烈呼籲台灣綠營馬上回到談判桌，儘速解決兩岸問題，而另一方面，綠營個別派系人馬政要也紛紛逃離台灣。其後，在台灣各地人民大舉示威及要求議和情況下，綠營不得不面對現實，與藍營各派5人共10人飛赴廈門，與大陸10人代表會談，而會議中過程中也頗算順利，基本上藍綠陣營提出之要求，大陸也欣然答允，令兩岸分離長達75年（1949-2024年），正式邁入統一。」

第 94 回

一 國 各 制 國名黨名順從台灣

　　五斗大榕：「在廈門的兩岸統一會談中，台灣 10 人代表最終接受大陸提出有別於港澳之『一國兩制』，而中國也接受台灣要求定名為『一國各制』（貫徹一中各表），即台灣同胞的社會制度和生活方式等將得到充分尊重，台灣同胞的私人財產、宗教信仰、合法權益將得到充分保障。另外，鑑於當時台灣之軍事設施大部分均已摧毀，為避免重新建軍陷入無底洞，所以也像香港一樣，駐軍由大陸負責，也讓台灣青年從此不用為徵兵募兵煩惱，且每年省下不少軍費。

　　與此同時，藍綠陣營在會談中也嘗試正式提出要求，統一後台灣可以有權選擇在適當時候會進一步採用『一國各制 2.0』及『一國一制』，並要求大陸政府到時候必須在此之前作出若干方面改革：1. 要求中國之合法政府『中華人民共和國』改名，共同成立一新中國。2. 要求中國之合法執政黨即『共產黨』改名，共同成立一新大黨。3. 若然將來實行『一國各制 2.0』及『一國一制』，台灣省長可由陸人出任，而台灣人民亦有權擔當新中國政府中央及地方首長之任何職位，但必須是有能者才居之與及容許循序漸進。

　　沒想到當時大陸也馬上作出善意回應，當中的新國名及新黨名也願意即時順勢而改，不需等到台灣行使『一國各制 2.0』時才改；並經共同商議後，雙方認為統一是代表了『中華民族』復興，因此共識更名為『中華民族共和國』，簡稱新中國或中國。而中國之前最令國際欽佩的事情，就是構建了人類命運共同體及歷年來遵守國際承諾，也展現了中國的『仁德』和『信譽』，故此雙方也共識考慮把執政黨（共產黨）改名為『中國仁信黨』，另外還有保留台灣兩黨之『民』字與大陸共產之『共』字的『中國民共黨』（代表三黨融合、民族共和）及『中國共和黨』（代表天下為公），最終經全體人民網上投票後選出『中國民共黨』，簡稱『民共黨』，並完善黨綱。

　　而國旗方面，也尊重台灣主動融入了部分『青天白日』的色彩和元素，把五星紅旗原本的五星設計及鮮紅旗幟完全保留外，只將五星中的大星改為青天藍，四個小星則改為純白色，既表達了十足誠意代表兩岸共融，也凸顯五星紅旗更現代感及莊嚴感。至於台灣什麼時候才是採用『一國各制 2.0』及『一國一制』的適當時機，將來均尊重由台灣省人民公投結果決定，並以一年期之前向大陸中央正式提出，而大陸中央可按自身的準備是否充足作出有權延後，但不能超過五年。此外，為表達求同存異，再從 2024 年即年起，中國國慶日也由 10 月 1 日橫跨至 10 月 10 日為法定假期，把原來兩岸之國慶日巧妙地共融，是世界最長的國慶旅遊假期，令各國也同樣受惠。

　　在會議順利完成後，兩岸正式向世界宣布迎來統一，全國人民及海外華人自然高興萬分，不少人民熱淚盈眶，還走進街道上像小孩般蹦起來相互祝賀，歡呼雀躍地感受到什麼是千盼萬盼共圓中國夢；包括台灣人民，雖仍然有些百感交集，但總體上還是滿懷興奮的，最起碼多年來之『前途未卜』心結及對大陸進步之矛盾心態終於釋放，只有少數的台獨分子才感受到唇亡齒寒。而事實上，統後的台灣發展迅速，蒸蒸日上，只是短短十年，台灣已經脫胎換骨，不可同日而語；而新中國整體國力，2027 年其 GDP 已提前一步超越美國，新中國聲譽正隆，中國人民可說是真真正正的迎來了吐氣揚眉。

　　而另一方面，其實 2022 年大陸早已強化了『人大常委會』及『全國政協』的功能，特別每遇到西方的無理攻擊，也可主動回應甚至通過法案反制，以避免之前僅靠外交部人員發聲的困境；而事實上統後的中國，西方已面對現實回歸理性，很少在輿論上抨擊中國。在 2024 年統後的一年，即 2025 年香港澳門也經立法會通過『一國兩制 2.0』，並定於 2027 年 7 月 1 日正式攜手實行。

　　至於港澳兩地行使『一國兩制 2.0』也與大陸共識如下：1，港澳從政人員需要放棄原來政黨，並且全部要加入『民共黨』，此時港澳原來的政黨在新中國下也成為合法黨派，與現時的中國國民黨革命委員會、中國民主同盟、中國民主建國會、中國民主促進會、中國農工民主黨、中國致公黨、九三學社、台灣民主自治同盟等八大民主黨

派無異，並依循『民共黨領導、多黨派合作，民共黨執政、多黨派參政』的基本特徵，及以長期共存、互相監督、肝膽相照、榮辱與共為目的。2，所有之後的港澳從政官員必須先在新中國國家行政學院進修，要正式接受學習管治社會之培育才能管治大陸省市及服務人民，以杜絕素人政治之陋習。」

三斗紫箸：「2033 年，鑑於港澳兩地行使『一國兩制 2.0』後，社會更為和諧，特別是香港，由於外勢力幾乎已經消聲匿跡，加上統一後中國已經令西方沒有操作之空間，各國也著力專注經濟發展，因此香港也帶來難得一見的社會安寧和發展榮景。也由於『一國兩制 2.0』行穩致遠，香港藉著『台海粵港澳大灣區』與深圳成為雙頭馬車，香港人民收入也普遍翻了一番，而澳門也不遑多讓；而最重要是，此時大陸人民人均收入已居世界前列，不但科學醫學先進，社會昌明及人民幸福已到了新階段。

為此，港澳兩地政府於 2033 年再度共識於 2047 年即香港回歸祖國的 50 週年之際，正式迎來『一國一制』。也因為這樣，台灣人民眼看新中國前景無限，且大陸民生愈來愈富裕，各項社會保障和福利已超過台灣未統前的標準，也願意配合港澳兩地，藉著 2034 年兩岸統一 10 週年之際，台灣也公投通過正式為『一國一制』作準備，再度與大陸領導層會談，並雙方訂定：1，台灣定於 2037 年 10 月 10 日先實行『一國各制 2.0』。2，當台灣於 2037 年實行『一國各制 2.0』之前，台灣從政人員與港澳從政人員一樣需要放棄原來政黨，並全部加入『民共黨』，此時所有台灣黨派也成為新中國下合法黨派，互相監督。3，台灣實行『一國各制 2.0』之時，台灣省長可由陸人出任，所有台灣從政官員，一樣要正式接受新中國國家行政學院學習管治社會之培育才能管治台灣或大陸省市及服務人民。

此外，台灣與大陸、港澳其後也同時間舉行了四方會談，並共識訂定如下：

1. 台灣、香港、澳門三地於 2047 年 10 月 1 日一同實行『一國一制』。

2. 當台灣、港澳三地實行『一國一制』之時，全國（陸、台、

港、澳）人民均可利用手機 APP（應用軟體）參予新中國的國家行政人員智能選舉，新中國會設立一個全新的政府與人民交流平台，在平時，全國人民均可在此平台給予政府意見、舉報或投訴。

3. 此後，全國人民對各地任何村長、鎮長 100% 由應用軟體投票直接產生。市長、省長以至中央常委均可接受人民參與評分，人民的評分會占 40% 得分，其餘 60% 會照原來的評選方式。用意是滿足及鼓勵人民共同參與，以鞭策各地官員服務人民做得更好，但也由於政治非人民專業，各地社會及國際形勢非一般人民所能看透，所以必須保留一半以上的權力給原來的評選方式作護航和守關。此外，採用手機應用軟體投票除了為消除外國民主選舉的大量花費公帑、人力及物力之外，也是有效防止賄選或任何不公平的選舉事情發生。

4. 所有各地任何市長、省長以至中央常委不得作任何形式在選前選後宣傳自己，但可以於選前在政府與人民交流平台上發表自己的政見，而每位從政的官員是否能夠獲取民心，不止是選前發表的政見，而是端看日常這位官員在平台上是否能夠獲取人民的正面評價還是負面評價。也就是說，每位官員的表現好壞在人民心目當中是日積月累的，不會是靠宣傳便可過關；這樣才能有效延伸中國往日賢能政治的優良傳統，不致於因修改而荒廢。同時也省卻西方社會每次選舉所花的鉅大宣傳及廣告費，樹立『中國式民主』之健康選舉。

此外，值得一提是，當台灣於 2037 年實行『一國各制 2.0』之時，新中國也給了全台灣人民一份極大禮物，就是把當時的台幣與人民幣平算，讓全台灣各人資產一夜之間驟升 4 倍，令人民皆笑逐顏開；而同時間港澳也一樣，但他們只是多了一點點。此時新中國也統一了全國貨幣，將現鈔分為五百元、一百元、五十元、拾元及五元，並改用了特製的韌性紙張，與及分別印上中國名人孔子、孟子、老子、莊子及墨子，非常莊嚴高貴，深受外國人民欣賞及收藏。」

第95回

美國政改 兩黨務實無縫接軌

其後，又有歐盟學生問道：「那麼在中國 2024 年統一之後，世界各國又有什麼變化呢？」

大斗萊恩：「變化當然多了，或者先說美國吧。在中國統一之前，世界都有很多專家認為，中美爭霸白熱化，科技產品在世界上勢必產生中美兩套系統，但事實上並非如此。首先據中國統後不獲證實的消息，當 2023 年年中，中國第四艘航母下水後即不斷演習，美國已得到情報，中國第四艘航母交付海軍之時便是武統之時，因此一方面瘋狂挑釁中國，另方面亦其實暗裡和中國談妥條件，美國除了要求中國統後全力支持美國，例如美元地位、國內生產及國內基建等等之外，也得到消息指中國正打算開發最新之全球性《智聞》媒體及《世訊》社交系統，也要求攜手共同開發；而事實上最後兩國在統後即合作《智聞》及《世訊》，一方面已經打破兩套系統之論述，另方面也做到互相制衡、互相監督，兼具公平及避免爭議等效果，成功邁出中美科技合作最重要第一步，也令西方國家大轉彎，各國和中國合作也從此變得更務實。

另外在 2027 年年中，美國也鑑於之前的社會分裂沒有明顯改善跡象，且多年來人民已對政治改革呼聲不斷持續增大，因此參眾兩院終以大比數通過 A、B 兩種政治改革議案，然後再讓人民投票決定用哪一種方案。首先 A、B 兩議案均把總統制改為五年一任；A 議案是例如今屆總統是共和黨擔任，副總統則由民主黨擔任，而五年後該民主黨副總統則自動上任為新一屆總統，而副總統則由共和黨各候選人經人民選舉投票優勝者出任，而該共和黨副總統再下一屆又不用選舉自動上任為新一屆總統，如此類推；此方法之好處是每一當選者都任十年國家領導人，只是先任五年副手當作實習再任五年正式總統，而且無縫接軌，流水行雲，但缺點是正副總統，即共和民主兩黨需緊密合作才能任重致遠。

　　B 議案是例如今屆正副總統是共和黨擔任，下一屆也是共和黨擔任，只是下一屆這五年則正副總統職位互換，正總統轉任副總統，副總統轉任正總統；而再下十年之兩屆則由民主黨各候選人經人民選舉投票優勝者出任，得票最高者先任正總統，得票第二最高者先任副總統，如此類推；此方法之好處也是每一當選者都任十年國家領導人，只是各任正副五年，而且正副總統均為自己黨人，可望合作無間，但缺點則是較易在十年任期內留下麻煩給下屆執政黨承擔。

　　其後 A、B 兩議案於 2027 年年底經人民公投後，A 議案以較多數勝出，而當時人民所持之理由，大多表示就是因為想共和民主兩黨緊密合作，所以才呼籲改革；而專家則認為，A 議案勝出是因為有點像中國式的賢能政治，一步一腳印且無縫接軌；而 B 議案不夠支持是因為有點像俄羅斯式的正副總統互換，雖然兩議案都是兩屆 10 年制，但感覺上就是差了一點點。

　　不過，其實無論 A、B 兩議案哪一方案勝出，都跟以往很大不同，因為兩黨從始只有內部同一黨候選人選舉，沒有黨對黨選舉，也就是再沒有為反對而反對，為抹黑及栽贓對方而不擇手段，也毋須花鉅額宣傳，勞民傷財，是真真切切的回歸理性。而事實上，自 2028 年美國開始採用總統新選舉制度後，兩大政黨也決心合作，各類政策也得以延續，種族衝突尤為明顯緩和，兩黨也有更多時間做好國內社會問題，特別是由於沒有了黨對黨選舉，也等於不再受各類政治利益團體綁架，當中影響最深的，自然首推是槍枝及大麻管制案終於獲得通過。

　　最後我想說回中美合作方面，除了之前提到的《智聞》及《世訊》，在基建方面，也由於得到中國協助，今天美國時速 1000 公里的中國高溫超導磁浮超級高鐵也不停穿梭各州郡；雖然整體國力雖不及中國，但也算能和中國平起平坐，並與亞盟、歐盟及非盟等互相發展和進步。當然了，繼讓中國磁浮高鐵奔馳美國之後，若論中美近年最大的合作，一定是以中美兩國為主，多國也有參與的中國第二代「天宮空間站」了，這個於 2040 年成功升空及組建後，至今仍然不停地運作及實驗的唯一太空超級巨無霸，還曾安排兩國攜手合作了第

一套在外太空全實地拍攝的科幻電影，而且更是至今為止全球最賣座之電影哩！」

　　二斗格林：「不過相信對於新中國而言，2040年取回海參崴國土可謂重中之重。鑑於統後中國無論國力與軍事均大躍進，而美國於2028年政治改革之後，雖然退出亞洲，但美中兩國還有很多方面合作，讓美國國力也終逐漸恢復過來；唯獨靠軍事支撐的俄羅斯，由於經濟發展乏力，就連以前接壤之北韓也隨著兩韓統一後經貿扶搖直上，因此經多番考慮後，俄羅斯主動歸還海參崴國土給中國，以換取中國全力協助俄羅斯之國內經濟發展。

　　至於亞洲方面也有很大變化，尤其是韓國；統一後的中國於2030年也促成兩韓統一，南韓及中國也全力協助原來之北韓經濟發展，然而助人也等於助己，中國幫助北韓也帶動自己東北三省突飛猛進，旅遊方面發展尤為凌厲。而中日韓自貿區成立及中國的崛起，首先對東北地緣的整合，無論中日、中韓、日韓都成為好友，或許遠親不如近鄰，中方也發揮了積極作用。至於韓國統一後，由於北韓資源礦產豐富，勞動力足，令統後的韓國發展迅速，國力更進一步超越日本。說到底，統後的中國及韓國其國力大增，令日本爭取釣魚台列島及獨島更加無望，再加上俄羅斯不肯放過東北三島，與及美國早已退出亞洲，令日本基本上已經不敢再提領土問題。

　　而事實上，當初日本極力爭取向四周擴張國土，並不是真正覬覦上述島嶼的資源，其主要目的也是爭取及擴大領海範圍，除了漁業是日本的食物經濟生命線之外，往日有侵略野心的日本，無論從霸占別人之東西，或作為增加自己保護屏障的角度來說，增大國土似乎對日本來說就是一種無形的使命；但說到底，也只是心理需要大於實際需要，往日周邊國家弱小，或會造就日本有侵略別國的野心，但當日本的周邊即中、韓、俄都比自己強大的時候，自然便不會『引日犯罪』；不過由於周邊國家發展良好及安寧，對日本來說也未嘗不好。當然了，日本在中國唐朝時代便已被神服，對於大和民族欺善怕惡、只敬仰強人的本性，中國的民族復興及強盛令日人心悅誠服是最自然不過，既然心理這麼想，故此中日反而更友好及更安定也是順理成章

之事。

　　除了日韓兩國之外，值得一提的也應該是印度了。為了全面阻止之前的中印邊界衝突，也為了一勞永逸，因此中國在統一台灣之前，於 2022 年年底即在悠長的中印邊境建起智能機器人軍隊，凡印軍遇有輕舉妄動及任何越軌行為，機器人即自動還擊。或許不是真人軍隊，它們既沒有感情也不會忍氣吞聲，更不會有誤會或故意的發生機會，當遇到印軍不正常越界或風吹草動即迎頭痛擊，由於印軍再不能找任何藉口或反駁中國犯規在先，令印軍從此徹底回歸理性，絕不敢挑釁及越雷池半步，從而換來兩國永久和平。事實上，早在 2022 年年初『俄烏戰爭』期間，印度並沒有站在美國一邊，至今美印已漸行漸遠，加上統後的中國令『一帶一路』走得更順更寬，國力軍力也更進一步，相反印度國內問題眾多，之前受疫情蹂躪已百廢待興，自己還早早退出『RCEP』談判，令印度經濟嚴重裹足不前；隨後於 2028 年，印度不得不向中國示好，並聯合南亞、中亞、西亞（阿拉伯世界）一同加入『RCEP』，並正式擴展成為『亞盟』及《ACEP 亞洲全面經濟夥伴協定》。

　　另外在 2030 年中國也成立『中國周邊共同體』，印度反而是最先響應國之一。所謂『中國周邊共同體』就是以中國為中心，還有周邊已統一的韓國、蒙古、俄羅斯、哈薩克斯坦、吉爾吉斯斯坦、塔吉克斯坦、阿富汗、巴基斯坦、印度、尼泊爾、不丹、緬甸、寮國、越南等 14 個與中國陸地接壤的鄰國。至於非洲也如師父所預料，隨著『中歐 CAI』及『一帶一路』的成功及中、歐、非三大經濟板塊互聯互通，不但在資易方面發展迅速，特別是時速 1000 公里的中國高溫超導磁浮也落地中歐非於三地行駛後，非洲的發展尤其是旅遊業已不可同日而語，因此由非洲結締的『非盟』，也與『歐盟』鼎足而立，共享共榮。」

第96回

五大論壇 台灣騰飛擁四高鐵

　　隨後，又有亞盟學生問道：「我比較想多了解中國統一後在『台海粵港澳大灣區』成立了五大論壇，這又是怎樣一回事呢？」

　　三斗紫箸：「所謂『台海粵港澳大灣區』五大論壇是指中國海南省原有的『海南博鼇亞洲論壇』及『澳門葡語國家經貿合作論壇』最後升格為『海南博鼇世界論壇』及『澳門西葡語國家經貿合作論壇』，再加上統一後新增台灣聯手西安的『一帶一路國際論壇』、香港的『科技智能影視國際論壇』及廣州的『中國周邊共同體論壇』等五大論壇，而它們當然有著不同的定位和功能。

　　『海南博鼇世界論壇』升格為全球論壇，是由於統一後的中國與美國成為世界G2局面，也使到由中國主導的世界命運共同體日益重要，全球共同關心的事件也更集中及更多，作為中國雄雞圖騰之兩掌，台灣能振翅高飛，海南也會亦步亦趨，因此海南省每兩年舉辦的『海南博鼇世界論壇』，是名符其實世界年度大事，也是世界每年各國元首聚集最多的地方，對世界的經貿文化交流具有舉足輕重的地位，影響深遠。

　　『澳門西葡語國家經貿合作論壇』是除了原有葡語系國家，再擴展及延伸到西班牙語系國家，後者是泛指西班牙、安道爾、墨西哥、瓜地馬拉、伯利茲、薩爾瓦多、洪都拉斯、尼加拉瓜、哥斯大黎加、巴拿馬、古巴、多明尼加共和國、波多黎各、阿根廷、智利、巴拉圭、烏拉圭、玻利維亞、秘魯、厄瓜多爾、哥倫比亞、委內瑞拉、西撒哈拉、赤道幾內亞（從葡語回歸西語）、菲律賓等25個國家。鑑於西語接近葡語，而西班牙及葡萄牙也是昔日的海洋王國，更是殖民多國的老牌國家，所以各方面都有很多相似地方。

　　另一方面，由於澳門舉辦葡語國家經貿合作論壇已有多年，除了累積了相當的國際人脈及經驗外，也培訓了一定的相關人才，為了不

浪費這些難得的資源，加上中國早已把澳門定位為國際休閒旅遊發展中心，強化國際展覽會發展更是重中之重；因此，中國為進一步扶持澳門，統一後在每屆的葡語國家經貿合作論壇之中也加插了西語國家經貿合作論壇，也就是定期每兩年先舉行兩天 26 國中西語經貿合作論壇，之後再舉行兩天 34 國中西葡語經貿合作論壇，再舉行一天 9 國中葡語經貿合作論壇，合共一連五天舉行。既保持葡語及西語兩種不同語系的國家交流的獨立性，又中間安排了兩天讓兩個語系的國家交流碰撞不同的火花，無論對中國的國際交流、澳門國際旅遊展覽地位、所有葡語及西語國家來說都是好事，達至四贏目的。

台灣的『一帶一路國際論壇』，是由於統後台灣不但果然定位為『一帶一路』之水上絲綢之路總部，大陸也為台灣黃袍加身，把『一帶一路國際論壇』也安排一年台灣及一年西安分別輪流舉行，可謂集萬千寵愛在一身，惹人羨慕。據了解，在統前的台灣其產品除了空運外，水路需環繞一大圈才到歐洲，而且常途經海盜活躍地方；但統後兩岸交通連接已經四通八達，既可安排水路到歐洲亦可快捷地利用歐亞列車運往歐洲及非洲，可以說台灣地位不用中國讓利，也已經渾然天成，不可或缺。

而香港的『科技智能影視國際論壇』是 2022 年當中國全力協助香港回復昔日東方好萊塢地位後，再為香港量身訂造的國際盛會，由於統後新中國人工智能及 5G、6G 發展蓬勃，當中也反映在影視製作上，並影響世界甚至好萊塢，令香港手執同業牛耳。加上得到鄰近的澳門及珠海全力配合，令世界頂級之幕後人才終年在香港絡繹於途，在香港設立年度的『科技智能影視國際論壇』可謂大勢所趨，也對提振香港於國際影視地位，起了一錘定音之效。

至於廣州的『中國周邊共同體論壇』，當時選址在此目的有三，第一，統後不久廣州已經和佛山合併，再加上 2026 年『粵港澳大灣區』再結合台灣省及海南省成為『台海粵港澳大灣區』更一日千里，而廣州既是大灣區原來的領軍者，且是周邊四大論壇地方以外唯一沒設大型國際論壇地方，如果選址在此，不但成為這片灣區的第五大論壇，而且五大論壇既沒衝突抵觸，更大家共享共榮，意義深遠；

因此，填補這方面的空白對廣州及其他 14 國來說都絕對是好事。第二，廣州本來就是中國貿易發源地，每年的春秋二季交易會無論從資源、交通、物流、經驗及人才五大條件均已相當充沛和成熟，是不二之選。第三，選址廣州還有地理位置的考究，廣州與中國周邊 14 國的距離是最平均的地方，也是對 14 國來說最公平的選擇，我們可以看到 14 國周邊國家，平均分佈在中國從最南的越南順時針方向至最東的韓國，廣州就是這個順時針圈圈中唯一獨缺的東南中心點，加了廣州便寓意這個圈圈共同體站得更隱固，也更『圓』美！」

再後，也有美國學生問道：「我想您們還是說回中國統一後的兩岸四地發展吧，最好是說一些『特別的』，我想也是大家最關心的地方，大家說對嗎？」

只見全場學生呼應：「對啊！」「對啊！」……

四斗湫彤：「好的！現在由我來先說說台灣方面吧。大家都知道，統一後的台灣省及海南省於 2026 年也正式撥入『粵港澳大灣區』發展，成為『台海粵港澳大灣區』，也名符其實成為世界最大灣區。統後的台灣其『21 世紀海上絲綢之路』的核心中之核心也果然凸顯出來，中國為樹立台灣最大戰略地位，首先即定位為『海上絲綢之路總部』，而選中地點也一如大家所料就是高雄。

而整個高雄『海上絲綢之路總部』建造計劃也相當龐大，首先從 2025 年開始，利用中國最新填海無人造陸神器『天鯨號 2 號』於高雄建世界最大、抗震最高標準的人工島，把高雄市至屏東縣沿岸向外延伸，覆蓋至琉球嶼，並分成五大片區域，第一片區是建『海上絲綢之路總部』，第二片區是建世界最大的海上國際機場，第三片區是建全球首座『中國科技樂園』，第四片區是建旅遊設施及酒店群，第五片區是建『高雄造船及航運中心』。

『海上絲綢之路總部』區域也包括『世界自由貿易博覽館』、『一帶一路國際論壇中心』、『海上絲綢之路無人貨運港』及有關設施。『高雄海上國際機場』除了比原來的『大連金州灣國際機場』更大一點，讓它成為至今全球最大的海上機場之外，也方便了大量的海上絲綢之路貿易轉運及遊客，與及把原來位於市區內之高雄國際航空

站轉型為『國際帶路商業區』。旅遊及酒店群區域包括以琉球嶼為中心的『珊瑚礁島嶼渡假郵輪中心』及『台海港澳海隧』出入口之處，也方便大量從世界各地慕名而來拜會『中國科技樂園』之遊客。

　　『高雄造船及航運中心』包括商業造船及部分軍艦建造，與及『台灣號航空母艦』停舶之處。至於『海上絲綢之路總部』也附設自由貿易港，並與海南省自由貿易港互相輝映，卻又比海南省明顯突出一點，主要原因是台灣海南二省均為中國圖騰之兩掌，地理位置同樣重要，但因為台灣更接近北京上海，所以台灣更受重用也屬順理成章。當中『溫桃海隧』建成後，桃園連接溫州再連接寧波至上海及北京，而上海又幅射至杭州及義烏，北京又幅射至天津，令台灣統後成新中國經濟之天之驕子，可說是天成地平，乘勢而上。而統後至今為止，兩岸已經共建了四條海隧高鐵，它們分別是：

　　1. 2020 年 12 月底，『福平鐵路』已建成並可直達福建第一大島平潭，2024 統後大陸即興建與平潭僅 68 海浬到新竹之海底隧道，最終於 2029 年『福平鐵路』穿過複雜堅硬包括花崗岩的岩石，並避開台北附近沿海的地震帶，最終連接到新竹。海隧分兩層，上層公路為雙向八車道高速公路，下層為 350 公里高鐵鐵路。而『福平鐵路』也最終連接『京台高鐵』，是首條台灣直達北京之鐵路。值得一提是，在這條新竹之海底隧道中，也敷設了電纜及水管以率先供電、水給台灣之用。

　　2. 第二條是於 2033 年完成的『廈嘉海隧』，即從廈門至嘉義，途經金門及澎湖二站，採用跨海懸浮管狀隧道及高溫超導高速磁浮高鐵，時速達 1000 公里，雙向八車道高速公路。

　　3. 第三條是於 2038 年完成的『溫桃海隧』，即從溫州至桃園，而溫州也接駁至上海及北京，再度採用跨海懸浮管狀隧道建造，但改用最新之高速磁浮高鐵，時速提升至 2000 公里。

　　4. 第四條是於 2045 年完成的『台海港澳海隧』，即從台灣高雄至海南海口，沿途加插 Y 型到香港澳門，被譽為世界奇蹟，並採用中國全新真空管道列車，時速高達至 3000 公里。『台海港澳海隧』建設的同時也建設『海口湛江海隧』，令『台海粵港澳大灣區』成為

半小時生活圈。『台海港澳海隧』首創利用全透明管道製造，既屬全新感受，也讓乘客可於途中能夠欣賞外出最美麗的海底世界，體驗超靜音感受，見證速度與激情。

　　另外，上述從第 2 條至第 4 條海隧均採用中國首創預先建造方式，因此建造時間特別超快完成。而兩岸海隧四條貫通後，由於台灣無論到海南島、港澳、東莞（至德國）、福建、上海及北京均四通八達，同時『台海港澳海隧』也連接高雄『海上絲綢之路之總部』、『珊瑚礁島嶼渡假郵輪中心』及自由貿易港等，也令貿易、貨運、旅遊完全互聯互通，令台灣迎來另一番盛世。

　　之前說到『海上絲綢之路總部』世界最大的人工島中，分成五大片區，其中有建全球首座『中國科技樂園』，是統後台灣旅遊最大亮點之一。我想在座很多學生也許已經親身體驗過，或者我現在再帶大家也感受一下好嗎？」

　　只見全場學生一面鼓掌，一面呼喊：「好啊！」「好啊！」……

第 97 回

高雄蛻變 海絲總部科技樂園

　　隨即湫彤運用虛擬技術把大家穿越來到高雄的『中國科技樂園』現場，並一路為學生解說：「當年，大陸既一方面全力加強台灣旅遊賣點，另方面也要給台灣人民特別是青少年認識祖國的強大，於是便選址於此，也許亦可呼應海南之文昌發射中心吧。顧名思義，『中國科技樂園』的建造目的就是把當時中國的科技作一大展示，而且部分更會與大型遊戲結合，既是宣揚國威、推廣科技教育、締造世界科技文化交流，更是吸引中外遊客最具吸引力的題材，說它是『錢途』無限，莫過於此。

　　您們現在看到『中國科技樂園』園內，除了那些穿梭樂園接送遊客的小型中國高速磁浮、懸掛列車、無人巴、無人小火車之外，也有

微型的神舟太空船、天宮太空站、貴州天眼、中國四大衛星發射中心（包括太原、西昌、酒泉及文昌）等等的戶外展示館；至於您們現在看到的，就是北斗衛星館、探索七大行星館、探索太陽館、嫦娥探測館、華龍核電機館、蛟龍號潛水器館、雪龍號破冰船館、藍鯨深水鑽井平台館、鋼鐵穿山甲盾構機館、海底岩層挖掘機器館等等；再來這邊還有石墨烯館、量子館、超級計算機館、中國風力及太陽能環保科技館、人造月球及人造太陽館；另外還有 5G 及 6G 科技產品館、各式各樣機器人館、中國為本國及世界建造之各項基建模型館、與及一切有關中國科技產品的綜合大展示等。

　　而樂園外既有小型全透明高鐵穿梭直達『台海港澳海隧』站，樂園內則設有機器人服務之停車場，各展示場館亦有機器人沿途介紹，還有世界獨有機器人服務的餐廳及商店，更有中國太空人英雄臘像館、機器人大型歌舞表演館等等。最後您們現在看到的，就是遊人最愛流連的中國各類基建機械館、各類無人機操作試驗館、視角比哈勃大 300 倍之巡天望遠鏡館等等，當然還有刺激好玩的太空船過山車館、太空艙無重狀態試驗館、太空超級機械臂館、漫步月球館、流浪地球館、七大行星探險館等等多種遊戲，務求令遊人探險遊玩之餘，也上了一堂自然科學課，也增進對中國各項科技認識。另外，其實『中國科技樂園』也會提供每年兩岸四地之科技大學學生作為實習及將來用武之地，更曾免費資助兩岸四地之中小學生入園參觀，既讓他們自然而然了解國家，增強他們對祖國的認同及對自己民族自豪，更是從小培育他們對科技的興趣，可謂意義非凡兼一舉多得。

　　現在，您們眼前看到的，已經是來到我現時的工作地方『澎湖環球海底樂園』了，這也是統後台灣旅遊最大亮點之一喔。而這裡首先是經由廣東珠海創造的世界首支水下無人機『海底人工智能魚』攝影隊，經歷近三年的時間把全球最漂亮的水下世界拍攝下來，然後集合一起經轉化成虛擬投影技術打造成的海底世界，供遊人欣賞的。當時藉著台灣興建『廈嘉海隧』時，也一同規劃海隧經過之地，即澎湖嘉義之間也填海建人造島，為加強澎湖成台灣旅遊熱點，建造全球首創的『澎湖環球海底樂園』。

在這海底樂園中，遊人可一次性欣賞到馬里亞納群島海溝、夏威夷羅希海底火山、泰國斯米蘭群島、澳洲大堡礁、美國塞班珊瑚島、巴西亞馬遜雨林、泰國普吉島、馬來西亞沙巴詩巴丹島、南亞馬爾地夫、義大利大藍洞、西太平洋帛琉、泰國濤島、密克羅尼西亞群島特魯克潟湖、日本海底宮殿、日本海底金字塔及百慕達三角洲海底水晶金字塔，另外還有難得一見的丹麥海底大瀑布、毛里求斯勒姆恩海岸海底大瀑布、委內瑞拉安赫爾海底瀑布、阿根廷與巴西邊界上的伊瓜蘇河海底瀑布等等，這些人類在平時無法用肉眼觀察的海底奇觀，都能在這裡一一盡收眼底，美不勝收。

大家看到嗎？現在遊人正在水底下乘搭透明無人控制的玻璃船，即可遨遊全球各地最漂亮的海底世界，飽覽各種珊瑚、魚類及海底奇珍，就宛如在面前大開眼界。至於現在您們看到的，則是『澎湖環球海底樂園』附設的全球首創空中水底摩天輪，您們看到摩天輪三分之二在露出水面之上，三分之一在藏於水面之下，讓遊人感受到什麼才是上天下海，而且還不停偶爾在天瞬間在海，浪漫刺激並重；所謂水面之下是指它利用最堅固具防震效果之玻璃打造，並四周隔開海水，讓摩天輪轉動時下方之遊人全不沾水，而摩天輪也全為 360 度透明座艙，能清澈目睹海底的魚類及珊瑚，是否很奇特壯觀呢？

此外，『澎湖環球海底樂園』還附設新中國第一家海底酒店，也許得到以前比利時設計師的水下摩天大樓靈感，這酒店大樓樓高十層，整幢酒店呈圓型，每個房間均有落地玻璃欣賞到海底的珊瑚及魚類奇珍，而建設此酒店時候，已經在填海造島之時，預留一個大圓洞，然後把預先做好的十層高酒店從洞的邊緣從上向下層層搭建，由於整幢酒店造型獨特，房房目睹海底絕美景色，加上整個人造島附設海上核能環保設計，而酒店周圍、購物街、各類餐廳、各種海上娛樂設施林立，應有盡有，因此『澎湖環球海底樂園』整體項目完工後，即馬上再被英國封為『現代世界八大奇蹟』之一，為台灣再添一筆光采呢。」

參觀完『澎湖環球海底樂園』，淋彤再把大家帶回現場，然後續說：「其實當時除了大型及旅遊建設外，也有很多細節也值得分享

的。比如統後大陸除了立刻為台灣敷設大型海隧水管、電纜之外，也為台灣創建海水化淡暨再生水海上平台、海上核電平台，一勞永逸地為台灣解決水電問題，更令台灣燒煤發電絕跡江湖，還台灣一個清新世界。另外，統後台灣首先每年省下十數個維護邦交國費用近三百億元及軍事費用四千多億元，為台灣每人每年省了至少檯面 2 萬元，這還未包括檯下所省回每年的黑金政治開支及年年虧損的公營媒體費用，也因為如此，從 2026 年開始台灣人民就像澳門人民一樣年年分錢，雖然不及澳門那麼多，但總算令人民感覺統一還是很值得。

其次，大陸先後協助桃園實現航空港、台北實現了雙子星，也建設了花蓮環城公路、台灣環島特色智軌列車等等。在旅遊建設方面，除了先後建成『珊瑚礁島嶼渡假郵輪中心』、『中國科技樂園』、『澎湖環球海底樂園』之外，也為高雄的愛河、迪拜的愛湖、南沙的蜜月島，打造成世界各地情侶均夢寐以求的『雙愛蜜月』聖地，而高雄愛河及迪拜愛湖更同時建造了全球首創的雙心型愛情夢幻摩天輪，此後高雄的愛河愛情摩天輪與澎湖的全球首創空中水底摩天輪相互呼應，而迪拜的愛湖愛情摩天輪也跟地面的雙心湖互相暉映，當然了，皇家物業的迪拜愛湖能與高雄的愛河締結成雙愛聖地，也是在中國的安排下才能成事，也一拼交由高雄愛河同一經營集團主理。

而除了旅遊硬體，也顧及了台灣方方面面。例如統後中國為台灣台北爭取到由聯合國頒發『美食之都』，是中國繼四川成都、廣東順德、廣東澳門、江蘇揚州、江蘇淮安之後，第六個被世界公認的中國美食之都；另外還幫忙把台灣『波霸奶茶』及台灣『琉璃藝術』成功申請為聯合國非文化遺產，當中的波霸奶茶，台灣業者隨後更進一步發揚光大，把『波霸』的粉圓演變成多種生果及天然植物味道，飲管也配合環保發展改由素食特制而成，使其喝後可吃，而且還有巧克力、草莓及花生等不同味道，加上成功申遺，令台灣波霸奶茶進一步大行其道及暢銷世界，人人既愛不釋喝，也百喝不厭。

此外，由於台灣盛產水果，因此也發明了從新鮮水果、至果汁、至水果麵條、至果渣肥料，全身都是寶無一廢棄，不但豐富全中國的健康食材，而且在科技農業上，也為新中國各種農作物、植物改良基

因及有機種植方面貢獻不少，特別是對中東及非洲這些乾旱地區幫助，影響深遠；也許以上多項技術均成功申請專利，也造就台灣給世界又封為『健康美食之都』，令台灣人更與有榮焉。

　　至於其他方面，例如台灣的音樂、文創、軟體帶領大陸之外，醫療也在統後突飛猛進，與大陸專家結合攜手在 4D 人造器官方面也領先世界。不過，還有兩件事是比較『特別的』，其一就是統後的台灣各地市容轉變，得益中國有力的爭取下，『台海粵港澳大灣區』於 2031 年藉著成功承辦 2040 年第 37 屆奧運會，即開展全省大規模的都更計劃，這是基於一方面眾多專家一致認為，當時的台灣樓宇絕大多數已經老化殘舊，一旦台灣迎來較大級數的地震，將無法承受之重；而另方面也許吸收了美國加州木造房子不但是防震最佳建築材料，而且一間木造房子隨時都能住上百年以上，也改變了一般人建舊房子的傳統思維。

　　然而，用純木造房子也與環保背道而馳；為此，統後的中國也發明了伸縮性超強之人造木材建造房子，不但具備人工智能計算防震，而且標準作業、大量生產、建搭容易、防火防水、美觀實用、顏色多樣，且外內牆不同材料、紋色多樣，外牆能散熱防寒，內牆也免牆紙或乳膠塗料，加上新建房子屋頂均設有清潔能源氫能發電，所造出的新房子既環保美觀外，最重要是具很強的抗震能力，最適宜在地震範圍區內建造。也借著台灣十年後迎來奧運，因此便用此建材從台北起陸續大興土木，把昔日的台灣各區舊觀逐步翻新，所以也才會有今天您們所看到的台灣市容，新穎的基建及科幻的建築可謂隨處可見。當然，2040 年在『廣州蓮花奧運體育館』開幕、『台北大巨蛋』閉幕，與及海口、深圳、珠海、香港、澳門七大城市主辦的第 37 屆奧運會，也超級成功，至今也讓世人所津津樂道，回味無窮。

　　其二是統後的台灣青年思想也有很大轉變，而最明顯的是，在 2029 年 10 月 1 日中國北京舉行的 80 週年國慶大閱兵中，這一年的大閱兵新中國不但展示全球最先進最現代化的武器，特別是多款人工智慧型武器、無人機及機器人軍隊，但最成為全球熱話及成為海外華人的焦點，反而是台港澳三地青年也首度成為三軍儀仗隊操過天安門

的一刻，令遠在台港澳的人民也看了感慨萬千，潸然淚下！而事實上，統後有外國民調訪問台港青年，未來他們最想做的是什麼？竟然有不少人說希望加入以整齊莊嚴、舉世聞名的大陸三軍儀仗隊，覺得能在閱兵活動當中，代表自己國家方隊接受檢閱，是無比的光榮和英姿颯爽。而事實上每次的中國三軍儀仗方隊表演，也是融合了來自漢族、滿族、藏族、回族、蒙古族、苗族、壯族、黎族、瑤族和羌族等多個民族組成，因此統後國家也歡迎台港澳青年參加，沒想到會成為三地青年的最熱期盼，成為一時佳話。」

第 98 回

港 除 三 煩　影視地位國際牛耳

六斗蔓荷：「剛才湫彤說了這麼多有關台灣統後的演變，或者由我說有關香港方面吧。大家也許知道，香港自從 2020 年實施〈香港國安法〉後，香港社會及人民生活也逐漸回復正軌，不過在『一國兩制 2.0』之前，由於餘孽未能盡除，例如校園零星的反中活動還是存在的。至於大家也知其後中國助港發展呈多元化，例如首先 2022 年底起即開始搭建，由眾多陸港企業聯手打造及贈送之四大『智能環保海上居住、商業平台』給港府作臨時應付，也許這也是師父之前的建議，不過大陸政府的所思所想，又豈會這麼簡單。

因為中國為港建造的『智能環保海上居住平台』也只是一個開始，而負責建造之中國企業至今已經把這種平台發展成多元化及全球化經營，而且是獨一無二。比如中國把當時的『智能環保海上居住平台』部分重新翻新，把它們搬至釣魚台列島及南海美濟島等缺地之旅遊區作為『海上酒店平台』，就像美國長堤瑪麗皇后號（Queen Mary）郵輪酒店一樣；而另方面，也為世界各地建造一些不宜在城市建設的『海上工廠平台』，例如核電廠、易燃及危險性產品製造廠或海鮮產品加工廠等等；為太平洋島國、威尼斯、曼谷及世界各地量

身訂做的防止陸沉的『海上加護平台』；為新加坡等彈丸之國填海造地之外還量身訂做的『海上樓宇平台』；為落後國家建造的『海上流動醫院平台』，與及最初為兩岸四地建造，最後紅到歐美世界各地的『海上商業表演流動平台』等等。

當中所謂的『海上商業表演流動平台』，不但防火防水，也分五百座位的小型海上平台至過萬座位的大型海上平台。由於平台內設有固定座位、環迴立體舞台音響、無人機燈光，與及全智能化、多樣化的舞台佈景配搭，除了全屬視聽嶄新感受之外，最重要是可以大量縮減傳統承辦演唱會的場地、舞台、音響、燈光及消防等開支，令小歌星也能開唱，大歌星票價也不致偏高。而且海上演唱會平台驅動方便，舞台佈景一次性不用再拆建，最適宜歌星巡迴各地演出，包括話劇、舞台劇、歌舞劇等，用途廣泛，因此很快歐美也爭相訂製。

相對地，中國利用香港『智能環保海上居住平台』作為開始，在統後也陸續協助很多因全球變暖而瀕臨在地圖上消失的國家，例如幫馬爾代夫、諾魯、西薩摩亞、吉里巴斯、庫克群島等等填海造島，並且除了為這些美麗小島加固擴大之外，更把『海上酒店平台』搬至這些旅遊島上，一方面可減輕島上承載樓宇的負荷，另方面也提供遊客更漂亮的海景住宿及更安全的環境，也一下子能令各國國土變相增加地方使用，而周圍的海上平台又可作為各島的海浪屏障，防止原來土地再逐漸消失，可謂一舉四得，新中國致力協助世界弱勢國家卻不奪其利，甚至往往化腐朽為神奇，令眾多陸沉及逐漸消失之國家得以重生，功德無量，也贏得世界及聯合國一致的尊重和讚賞。

而 2027 年 7 月 1 日，當香港澳門正式實行『一國兩制 2.0』後，第一個帶來港澳兩地的佳音，就是把港澳的右駕改回世界通行的左駕，也令港澳兩地將來融入兩岸的交通系統，先行習慣。當然，鑑於之前由於陸港澳三地汽車數量比例懸殊，尤其是澳門地小路窄，實難以接待陸港兩地汽車入境負荷，加上港澳汽車右駕大陸為左駕，做成《港珠海大橋》一直流量不足及成為詬病。為全面解決問題，藉著港澳 2025 年通過 2027 年實行『一國兩制 2.0』，兩地政府也同時無異議通過 2027 年改回左駕，與大陸統一左駕行駛。

　　與此同時，當時一方面除了為『港珠海大橋』，還要迎接早已落成的『深中通道』，與及正在興建連接深圳前海、香港大嶼山及珠海唐家的『深珠通道』等大灣區三條深珠港澳交通大動脈互聯互通，另方面也由於得益於中國北斗衛星、人工智能、大數據三方面技術已趨成熟；因此大陸於 2027 年也特為香港、澳門、深圳及珠海四地交通量身定造一套行車機制，除了設立比例分配制，還設立了即時顯示制。所謂比例分配制，是首先假設澳門登記入香港共 1000 輛車，登記入中國 25000 輛車；香港登記入澳門 5000 輛車，登記入中國 50000 輛車；中國登記入香港 500000 輛車，登記入澳門 200000 輛車。那麼，澳門車輛每天不設限入香港及中國。香港則首先按比例分配 5 天只可一天入澳門，但不設限入中國。中國則首先按比例分配 10 天只可一天入香港，及 8 天只可一天入澳門，上述均由人工智能分配。而所謂即時顯示制，就是利用北斗追蹤及大數據智能分析，每分每秒即時真實掌握當天三地汽車分別入中港澳境內的行車數字，若然某地有剩餘名額，則利用人工智能即時通知已登記後備又以最先登記者准予入境，如此類推。

　　另外，說到香港人民找回自信，就不能不提今時今日在香港仍然是國際最大，最具影響力的影視製作中心『東方寰球綜合影視樂園』了，特別是現在的國際災難片、科幻片，很多都在此地拍攝或後期製作，至今仍方興未艾。回顧 2022 年，大陸除為香港人民製造『智能環保海上居住、商業平台』後，也全力幫助香港推動超高清影音產業發展，特別是其後配合 6G 方面之製作。而我所指的，就是在統一後的香港，除原有海洋公園及迪士尼樂園，國家為配合把香港打造東方好萊塢，回復八十年代香港影視業的輝煌榮景，也協助香港大幅填海建造『東方寰球綜合影視樂園』，或者此刻我也帶大家感受一下什麼是科技製作好嗎？」

　　全場學生再度鼓掌呼喊：「好啊！」「好啊！」……

　　於是蔓荷也運用虛擬技術把大家帶到她現在的工作地方，即香港『東方寰球綜合影視樂園』現場，並向學生解說：「這個樂園內除酒店群，國際影視明星產品購物街之外，也附設遊客影視樂園，您們看

看在眾多不同的影視表演館中，既有室內也有戶外，遊客都是滿滿及川流不息的。它與大陸原有的橫店影視城、青島東方影都等並稱中國三大影視城。不過，大家功能各有不同，也互不衝突。橫店影視城呈中華文化特別以古裝製作為主，青島東方影都呈現代影視製作為主，而香港則呈中外國際影視合作及以科技智能為主，特別是以佈景及特效方面為重點的製作部分，都大多安排於此拍攝或加工。

也許地利人和還加上天時，因為統後一方面正正也是『一帶一路』的開始收成期，加上還有『RCEP』及『中歐 CAI』加持，令歐、非、亞三洲之沿途國家與新中國合作的影視作品此起彼落，發展蓬勃；而另一方面，由於統後新中國國力強盛，諸國嚮往，世界各地觀眾愈來愈多喜歡欣賞中華文化的影視作品，比好萊塢作品更是有過之而無不及；在市場需要及大量的好萊塢人才歸化來華開疆拓土，香港自然便成為中外影視合作的最佳橋樑。

當然，香港『東方寰球綜合影視樂園』還有很多吸引遊人之地方，例如您們現在看到的，就是在這個國際片場內，也建有多個世界著名城市景區的縮影，如紐約、洛杉磯、巴黎、倫敦等，甚至星馬、迪拜、南非等城市的旅遊景點等等，而這些城市景區還會隨著智能控制自動換景。不過，其實香港的影視城，其主力之發展還是利用虛擬加上真實的環境混合，以供各影視作品所需用到的不同國家背景拍攝。而值得一提是，藉著香港電影業的榮景重拾光芒，也令式微多時的粵語電影及功夫電影也重振聲威。

至於現在看到的，則是利用中國的 5D 及 6G 的技術完美配合，有很多場面都已經不用到實地拍攝，例如可虛擬構造，又或先拍下實景再後期加工，甚至很多道具、佈景都是虛擬創造出來；尤其在災難片、科幻片方面，更為突出其逼真性及震撼性，讓觀眾的聽覺、視覺、觸覺等都達到前所未有的官能刺激，如同置身於影視作品中，您們能感受到嗎？而且這些虛擬及智能自動移動的逼真佈景，除了提供影視製作外，其後對演唱會、話劇、舞台劇也大派用場，既給觀眾全新視覺享受，也省了不少佈景製作費用及兼具環保作用。

當然，由於中華文化影視的野蠻生長，為了培育影視人才持續

發展，中國也同一時期協助澳門橫琴建立『國際影視幕後製作培訓大學』及『影視孵化創業園區』，顧名思義，設立影視幕後製作培訓學校是為了培育更多的中國幕後人才生力軍，而附近的香港就是影視拍攝場地，也不愁學生沒有實習場所。而設立影視孵化創業園區，是為了扶植更多的中國幕後道具製作人才配合，例如吊威亞、影視佈景、特效化妝、燈光、音效、音樂、配音、配樂，以至古裝頭套、頭飾及現代至古裝衣服從設計至製作等等，同樣上述孵化創業園的公司一方面能近水樓台吸納培訓大學出來的畢業生，而另方面又因就近香港影視拍攝場地，也不愁沒生意。因此香港『東方寰球綜合影視樂園』、澳門『國際影視幕後製作培訓大學』及『影視孵化創業園區』就形成『三環相扣，相互扶持』連鎖效應，其順勢帶動諸多相關行業及旅遊百業，令香港不但回復當年的光輝，港人尋回自信，也自然對國家更具歸屬感，而傲然立足世上。

最後，您們現在看到的，是比較有趣又算是『特別的』，這個地方就是統後的香港博物館內加建的『禍害香港人物泄憤館』了。眾所皆知，秦檜夫婦銅像長跪杭州岳飛墓前，汪精衛夫婦石像也長跪在重慶陣亡烈士碑旁。而您們現在看到的『禍害香港人物泄憤館』，除了陳列回歸後多起香港暴亂事蹟，例如『旺角暴亂』、『雨傘運動』、『占領中環』及『反送中運動』等等，給香港下一代認清歷史外，最特別及最有趣之處，是在泄憤館中，也加設香港四人幫及其禍害黨羽、側翼共三十座又經特別處理的超堅固蠟像，並且長跪在香港人民面前，任人泄憤。

至於這三十座蠟像的周圍，也廣設了強化玻璃保護，不過在玻璃的下方，也佈滿了不同高度的圓洞，並設立了全自動人工智能設備，一方面蠟像的一側附設了十種人造的『泄憤豆』自動售賣機，它們分別是紅豆、綠豆、黑豆、黃豆、毛豆、豌豆、蠶豆、扁豆、刀豆、赤豆共十種不同的豆，您們看看不少遊人都正在購買他們所喜歡的豆類，然後前往把手伸入玻璃的圓洞內，再向三十座的蠟像拋擲以求泄憤。而另一方面，您們也看到地上不同的『泄憤豆』當到達一定的高度，便會全自動滾下，再經全智能收集及消毒再分類送回自動售賣機

處，以求衛生及循環再用，而市民所購買的『洩憤豆』，也會把全部收益捐給香港保良局作慈善用途喔，因此大受港人及遊人歡迎，大家也樂意齊齊『洩憤』做善事，不知道您們也會不會下次來到香港，都會到此『洩憤』呢？」

　　之後蔓荷再把大家帶回現場，然後續說：「總括而言，2027年香港實行『一國兩制2.0』後，來自大陸的市長首先大力清除『三煩之亂』，也加緊把香港回復正軌。當中『東方寰球綜合影視樂園』除切切實實地令東方之珠更亮更光，也為昔日的『購物天堂』、『美食天堂』、『旅遊天堂』重拾光芒；另方面助香港建立的『智能環保海上居住平台』及『海上商業平台』，後者也鼓勵大陸的大企業在香港設立輕工廠或公司，部分公司至今仍依然運作。而在統後也為香港搭起的『德港通』及『紐港通』，也進一步鞏固香港之金融中心地位，並與上海、德國法蘭克福及美國紐約譽為世界四大金融中心。

　　當然一如台灣，香港也藉著『台海粵港澳大灣區』承辦當年奧運會之便開展都更計劃，只是對香港而言更多了一重意義，那就是借著都更計劃之同時，來自大陸的市長官員也重新規劃香港，順道把香港世界獨有的『籠板劏』完全消滅讓香港重生洗脫惡名，特別是收購廠廈改建給上述的貧民上樓，再乘勢而上大力助港填海造地，令港人最終做到如同新加坡的『居者有其屋』，人人安居樂業。此外，除了豐富及加強香港的營商及就業環境，新政府也為志大的港青到大陸勇闖天地增磚添瓦，搭橋鋪路；而隨著居住及就業環境改善、教育傳媒司法的大改革，與及破壞分子的摘除，社會怨氣也消失於無形，令香港人民終於迎來燦爛的藍天。」

第 99 回

澳門之眼　智能展覽創金龍獎

　　五斗大榕：「現在，我也為大家說說澳門的方面吧。其實剛才

紫箬及蔓荷也分別提到統一後的澳門，例如先後說到得益於中國的協助，從而建立了『澳門西葡語國家經貿合作論壇』、『國際影視幕後製作培訓大學』及『影視孵化創業園區』；其實還有幾方面的大型建造都是值得討論的，例如統後澳門既是身處『台海粵港澳大灣區』，也定位為『世界旅遊休閒中心』，藉著每兩年定期主辦兩大世界級經貿論壇兼展覽，再加上其後也每年承辦全球標誌性的『世界文創產品展銷會』、『世界酒業展銷會』、『世界旅遊業拓展會』及『世界智能汽車大展』等等，令澳門展覽事業得已蓬勃發展。

而為了配合展覽事業發展，在統一後新建的旅遊綜合島中，也建造了世界第一座全人工智能操作的『澳門國際智能展覽館』，館內各種展覽攤位從設計、布置至建造，全是人工智能操作及搭建，不但效率快，且千變萬化，不過最特別之處，還是首創以最新 5D 視覺效果，按著前來參觀的客人的尋求、需要及喜歡的，把展覽中的每一件產品可隨時隨地展現眼前，更可立刻和廠商視訊洽談，令客人耳目一新，開創世界展覽商貿的新模式，效果顯著，也為澳門成為國際展覽之熱地打下良好的基礎。不過，現在我也想帶大家參觀一些統一後的澳門的多個建設，不知大家有沒有興趣看看呢？」

大榕語音剛落，全場學生鼓掌：「好啊！」「好啊！」……

大榕也利用虛擬技術先把大家帶到『澳門植物花卉博覽館』園內，並解說：「現在大家所看到的就是國際馳名的『澳門植物花卉博覽館』了，統一後的澳門，不但在舊城區與同樣有『美食之都』的順德、成都、揚州、淮安及台北等五地合作建設『中國六大美食之都』食城，而且也與順德素有嶺南花鄉美譽的陳村鎮及雲南等地合作，在澳門這裡建造花卉博覽館，而您們現在看到的『澳門植物花卉博覽館』的外型是否也極像是一朵盛開的蓮花呢？

這方面的設計除了呼應澳門是蓮花寶地之外，它的建成也和台中大安新媽祖園區、拉薩貢嘎新國際機場、杭州奧體博覽城、江蘇大劇院、濟南萬達城展示中心、常州武進蓮花館、廣州蓮花奧運體育館等，並稱為『中國並蒂八蓮』。您們現在看到的，就是博覽館內附設全球最大的室內瀑布，它比新加坡樟宜機場的室內瀑布更大更美侖美

奐，對嗎？在瀑布的不斷噴灑和洗濯下，周圍的花草也顯得格外嬌豔。至於您們看到園內的花卉，除了集齊中國各種的花草樹木之外，也種植了不少世界罕有的戶外及室內植物，而且各配合智能種植方法，讓各種花卉都生長的千嬌百媚，當中附設的機器人解說，也為遊人上了一堂寶貴的自然課，而館內附設花茶廊及花膳，更是愛美的女士們之最佳健美食療呢。

現在您們來到的地方，就是全球首座的『澳門國際兒童科幻樂園』，也是我日常工作的場所。記得師父之前在澳門演出時也建議澳門若然有心做到世界旅遊休閒中心，就必須在旅遊設施上要做到老少咸宜。也許澳門政府也記在心裡，加上統後中央也支持澳門加強旅遊配套，因此也協助澳門建造了這座『國際兒童科幻樂園』。也的確它助力澳門旅遊不少，特別是大家現時看到園內很多不同類型的兒童機械遊戲，均與很多科技常識互相配合，務求令小孩開心玩耍之餘，也觸發他們對科學之興趣；即使園內的購物街，所有的玩具及產品都很益智，而園內無論從遊戲本身以至玩具及產品，都經由智能及大數據全面分析，以保證對小孩安全性及啟發他們的科學頭腦，都有嚴格把關，也算是開創兒童樂園的先河吧。

至於現在您們看到的，是澳門以前的舊城區，相信大家有點不可思議吧。剛才我說到的『中國六大美食之都』食城，也是建設於此。可以說，澳門當年也同樣藉著與『台海粵港澳大灣區』承辦奧運會之便，也進一步開展都更計劃，而當年的舊城區，自然是規劃重建的重點。現在的新馬路議事亭至媽閣一帶，不但很多街道已經變成步行街，而且也建成了世界首創的露天空中購物廣場，與及中西合璧的名牌 Outlet，還附設充滿科幻的 Countdown 地標，終年遊人如鯽，流連忘返；而這裡的海旁也建成了東南亞風味的空中『司打口漁人市場』，除有效杜絕水患外，也佈滿了不少不同格調的酒吧及海鮮餐廳，而『司打口漁人市場』也有人車兩用之橋樑連貫對岸珠海灣仔，相信大家也能感受到這裡的醉人夜景及繁華，您們感受到嗎？」

學生們也鼓掌回應：「感受到！」「感受到！」……

大榕把大家帶回現場續說：「此外，當澳門 2027 年實行『一國

兩制 2.0』之同時，中央也把橫琴一地全撥歸澳門管理，也把全球時速最快之廣州地鐵 18 號線延伸至澳門，另外『京港澳高速磁懸浮』與及為澳門半島量身建造特色磁浮空軌等等都大大活化了澳門旅遊之交通配套。不過，重點還是為澳門的一河兩岸休閒旅遊區也建造了大型旅遊人造島，島上設有剛才所見的澳門『國際智能展覽館』、『植物花卉博覽館』及『國際兒童科幻樂園』等設施外，也附設了郵輪碼頭、酒店；而若說最『特別的』，就是在這旅遊島上，還可通往世界唯一、另一個在海上建造的『澳門人造高爾夫球島』。

　　不過其特別之處，是指此旅遊島的海上公路上，在六線公路之中間設有全球最大摩天輪，也定名澳門之眼（The Macau Eye），並與天津之眼（The Tientsin Eye）互相呼應，摩天輪直徑為 180 米，輪外裝掛 60 個 360 度透明座艙，從而成為澳門的地標之一。同時在旅遊島內，更附設了全玻璃纖維構造的過山車，是全世界第一個全透明由玻璃纖維構造的過山車，令挑戰者如從頭至尾及高速旋轉於天空中，刺激度無與倫比，是吸引世界遊客前來澳門最大目標之一。

　　另外，澳門的格蘭披治賽道以其極高的難度聞名於世，更是歷來世界一級方程式車手的孕育場地，作為澳門每年吸引國際注意及遊客另一焦點的『澳門格蘭披治大賽車』，也得益中國科技發展作出很多改進，並影響了世界其他地區的賽車場地跟進。例如當有意外發生時，除了跑道有全智能強力吸碎片機器人及清理跑道機器人自動操作外，不用再靠人力掃走發生意外之碎片及清理跑道油漬之外，也發明機器人可以自動吊走戰車，快捷安全妥當及無所不在。

　　同時，『澳門格蘭披治大賽車』也愈來愈受國際賽聯重視，除保留原來的三級方程式格蘭披治大賽之外，統一後的澳門從 2024 年開始，就增加了 16 至 20 歲的『澳門東望洋杯四級方程式賽事』，而且也屬世界巡迴賽，以積分最高定勝負，並每年以澳門站為壓軸比賽，成為世界培訓未來賽車手最具吸引力及指標性的國際大賽，也是世界唯一同時舉行三級及四級方程式大賽之地方。另外還在最受歡迎的『葡京灣』建築了永久場地，取代了過往年年花費的搭建臨時座位，而且場館也集觀賞賽車、賽車博覽、賽車遊戲、紀念品售賣及美食於

一身，當中場館座位在平時變成封閉賽車影院，當賽車時才打開幕牆變成有蓋座位，既是戶外又遮陽防雨，都開創了世界先河。

　　最後，我也想和大家分享兩岸四地在文化方面的發展，也許您們未必是全面知曉的。在中國統一之前，大陸電影的《金雞獎》、台灣的《金馬獎》及香港的《金像獎》，本來是兩岸四地電影人最夢寐以求得到的獎項，其後因為當年台灣的綠營把《金馬獎》注入了台獨的意識，所以也令《金馬獎》逐漸式微。但自從統一之後，加上香港的『東方寰球綜合影視樂園』的誕生，兩岸四地的娛樂事業發展可謂一日千里，而且隨著『一帶一路』的成熟，令中外電影合作發展更為蓬勃，從而也帶動中國兩岸四地之影視業也有不少的演變。

　　一方面台灣的《金馬獎》終重振雄風，另方面澳門也配合香港建有『國際影視幕後製作培訓大學』及『影視孵化創業園區』，本身已經薈萃了不少國際影視製作人才，在影視圈中也樹立及積聚了名望的基礎，加上本身也是國際知名的世界旅遊休閒中心，旅遊設施及豪華酒店林立，因此也造就了往年的『澳門國際電影節』一個華麗轉身機會，變成了現今舉世知名的《金龍獎》。也就是說，統一後的中國，出現了四大影視獎項，但各有特色和使命。

　　首先說台灣的《金馬獎》，這個是兩岸四地電影人夢寐以求得到的獎項，是注重於藝術性方面之電影競逐。香港的《金像獎》也是兩岸四地電影人極力爭取的獎項，是名副其實偏向商業性方面之電影指標。而大陸電影的《金雞獎》也作出很大的修改，首先這個之後被譽為東方的《金球獎》，除了電影外也加有電視方面獎項，而且搖身一變成國際獎項，也就是除了為中國電影人及電視人設立獎項，也增加了國際電影人及電視人的獎項；由於轉為國際性，而世界民眾又熟悉中國地圖的圖騰是奔跑的雄雞，因此《金雞獎》獎座上之金雞，其後也變為今天金光燦爛的雄雞圖騰了。不過，《金雞獎》從此也不會在中國固定城市舉辦，其目的就是因為令每年前來接受獎項之外國明星及藝人和中國各大城市都有不同的文化交流。而《金雞獎》往年附設的《百花獎》，也改為針對本國及國際的新人導演、新人男女主角及新人男女配角而設的獎項。

　　至於澳門的《金龍獎》，這個現在被譽為東方的《奧斯卡獎》，可說是與現今世界的美國《奧斯卡獎》並駕齊驅，是國際電影人最期望得到之獎項，皆因一方面世人熟知『龍』代表了中國，含金量自然高，而另一方面，澳門的《金龍獎》不但像大陸的《金雞獎》，設有由國際評審選出的最佳外國電影獎、最佳外國電影男女主角及男女配角獎等等，澳門的《金龍獎》還設有由全中國人民票選的年度最佳外國電影、年度最佳外國電影男女主角獎、配角獎及其他基本獎項，更重要是再設有票選年度最受歡迎的外國男女明星獎等等，由於此時全球影視從業人員均望打入中國市場，也因此令他們視澳門的《金龍獎》為踏腳石，可謂拿《金龍獎》即代表一登『龍』門，身價十倍，因此受國際響往最正常不過。

　　而除了影視之外，新中國在音樂方面也大放異采，首先統一後的台灣，會舉行年度的《全球新秀歌唱比賽》，是發掘世界流行歌手的搖籃基地。另外北京及廣州也分別固定年度舉辦《全球流行音樂創作比賽》及《全球學生民歌創作大賽》，前者成為世界發掘音樂創作的重要發祥地，後者則不但帶給世界校園正能量，更是令世界各地青少年學生認識中國的最佳橋樑，影響深遠。不過，論最重要還是固定年度於上海舉辦的《聶耳音樂獎（Four Ears Award）》，是繼美國格萊美音樂獎後全球最具影響力的音樂殿堂獎，也是全球無論是音樂的創作者還是演唱者，上海就是他們每年祈求一到之地方，可說是四海皆知，響滿全球。」

第 100 回

五　首　尋　回　圓明滿足廢墟復建

　　七斗謙新：「大榕說完澳門，現在由我來說說大陸方面吧，或者我先從北京說起，但我想先和大家一同親身體驗，大家說好嗎？」

　　也不出所料，全場幾乎一致說：「好！」「好！」……

　　語音剛落，謙新首先帶大家穿越來到北京圓明園現場。之後繼續解說：「大家都知道，中國 2022 年便成功發射最新高解析度多模綜合成像衛星，並為統一台灣建立奇功。而 2024 年中國再成功發射多顆『鷹眼 X』衛星，更能夠快速地、精準地像紅外線一樣掃瞄各地城市室內每一個角落以至每一件物件，並以智能自動分析及 24 小時無間斷追蹤人類想尋覓在世界存在的東西。在 2026 年年中，也終於皇天不負有心人，中國政府在世界各地尋覓到及鎖定了十二尊獸失蹤已久的龍首、蛇首、羊首、雞首和狗首等藏身位置。

　　在 2028 年年中，新中國也突然向世界宣布已經完成已故愛國者何鴻燊先生的遺願，把失落的五首銅像一拼尋回，但沒說明如何尋回及過程，只同時宣布在圓明園遺址旁再建部分的圓明園，並把十二尊獸首重新放置圓明園中。眾所周知，圓明園在晚清時被八國聯軍焚毀，若論 2028 年新中國的建築技術及財力，重建圓明園遺址簡直是易如反掌，但是基於圓明園遺址已經是歷史文物，更是記錄著八國聯軍罪行的見證，對年青一代毋忘歷史極具深遠意義；而另一方面，圓明園又是中國歷史上比較獨特的帝皇園林建築典範，有著中國之凡爾賽宮之美譽，不重現於世又甚為可惜。

　　為此於 2028 年中，新中國藉著尋回龍、蛇、羊、雞和狗等五首銅像後，並集齊原來的馬、牛、猴、虎、豬、鼠、兔七尊獸首，合共十二尊獸首悉數尋回之時，也接受何鴻燊先生的後人聯同一眾台港澳愛國商人的捐獻及建議，正式宣布在圓明園遺址旁重建部分的真實圓明園。而今次之重建，特別之處是把兩邊的聲音，即一邊廢墟派是認為不應重建要毋忘八國聯軍罪行歷史，另一邊復建派則認為應重現帝皇園林建築典範，都能兼顧不讓兩方失望。

　　首先，當時之所謂遺址也不是八國聯軍蹂躪之後的原貌，因為八國聯軍之後幾十年，從民國軍閥到人民也搶走不少圓明園的文物及東西，因此其原貌早已面目全非，可以說除了 12 首獸，圓明園的文物百多萬件寶貴東西都不翼而飛，故一直有廢墟派及復建派的尷尬局面。但其實也沒矛盾，兩者『矛』與『盾』均可共存，因為當時聰明的中國人，雖然在圓明園遺址旁重建部分的真實圓明園，但重建一分

為二，一邊只是重建原來真實圓明園的一半，另一半原來真實圓明園則用 5D 虛擬技術完成，而十二尊獸首當然是放置在真實圓明園的一邊，而且要把十二尊獸的噴泉重現。而另一邊則只保留廢墟圓明園的一半，同樣另一半廢墟也用 5D 虛擬技術完成。

如此一來，建成後便如同您們現在所看到的，好像有兩個圓明園，一個是被焚毀之前的皇家圓明園，另一個是劫後的廢墟圓明園，既令中國後人及中外遊人能目睹昔日圓明園的光輝，也能體驗今天圓明園的瘡痍，讓廢墟派及復建派都能實現自己的堅持，皆大歡喜。不過，最高興的還是，全體中國人民不但盼到台灣回家，在數年後又盼到五首銅像回來。而中國接受何鴻燊先生的後人發起的捐獻重建部分圓明園，也是因為中國政府成全其後人之孝心及已故者之遺願。至於新中國為何 2026 年中尋回，卻在 2028 年中才正式宣布，這當然中國雖然早已鎖定目標，但也要花不少時間與五首的物主討價還價才能一拼尋回，也算是了卻中華民族其中一個較大的心願吧！

而中國的 5D 虛擬技術，不但令圓明園重現世人面前，也運用到其他具歷史欣賞價值的古蹟上。例如，現在您們所看到的，就是現今的北京萬里長城，經多年修繕後，現在您們雖然看到好像是整條萬里長城重現，但其實較遠的地方，都是如同圓明園一樣，是用 5D 虛擬技術完成的，大家覺得圓明園和萬里長城的虛擬技術是否很逼真呢？而除了北京的圓明園和長城，現在大家看到的這個地方應該也不會陌生吧，對嗎？沒錯！這裡就是中國西安的兵馬俑；您們看看這邊是真實、被氧化的兵馬俑，這邊則是運用 5D 虛擬、回復了鮮豔彩繪的兵馬俑。還有，現在您們看到的，是中國經多年努力終於克服毒氣洩露，把秦始皇墓地重見天日的景況，而這一邊，也是用 5D 虛擬、恢復了當年富麗堂皇的秦始皇墓地的面貌，大家是否覺得很神奇呢？

看完古蹟及虛擬技術，或者大家也看看今天東北的甘肅，您們知道嗎？現在中國的成藥由於是純植物製成，沒有西藥的副作用，因此在世界各地都普遍受歡迎，但其實中國的藥材，很多都在甘肅生產，故她素有『千年藥鄉』之美譽，其中名貴藥材例如當歸、黃芪等更是占全國 90% 以上出口量。而統一後的中國甘肅，其中有三方面最明

顯跟過往不一樣。第一，是中藥材已陸續品牌化，不會像以往被賤賣給各省分，是鞏固甘肅政府扶貧最大收入來源。第二，是大力發展旅遊點，事實上，甘肅很多具旅遊潛力未開發之地方，都是在統一後如雨後春筍般成立的，從此不是只有敦煌莫高窟及張掖丹霞地貌，比如您們現在看到的，是甘肅已經變成世界佛教旅遊勝地，其中的佛教『萬里石窟長廊』，也可乘坐長廊小火車沿路欣賞，而曾出土過 14 枚佛祖釋迦牟尼舍利和金銀棺套函的涇川千年古剎大雲寺，也正式迎來川流不息之賓客，寺內也供奉著共 1777 粒舍利子，晶瑩剔透，珍貴無比。第三，在涇川這個蘋果之鄉，統一後也和台灣星雲大師之佛光大學合作，在此建立了大陸首座的涇川佛教大學，既為中全國大小廟宇主持提供真正佛學知識管理人才，令各地廟宇講求宗教文明杜絕欺騙機會發生，又能突出甘肅之佛教地位，可謂一舉兩得。

　　而現在，我們還是再看回統一後『台海粵港澳大灣區』的廣東地區發展吧。當中不能不提的，就是國父孫中山家鄉之『國父孫中山紀念公園』了。由於統一前的台灣，中華民國一直視孫中山為國父，為此，在統一後大家也一致推荐孫中山為國父，並把孫中山家鄉廣東中山翠亨村作多方面的擴建。當中您們現時看到的，就是在中山建立了世界最大的孫中山石像，這個已經超越印度的團結雕像、中國中原大佛、美國自由女神像及巴西基督像，不但成為中山的地標，更是『台海粵港澳大灣區』的旅遊重點。您們是否感受到中國國父那份莊嚴又慈祥的神態呢？

　　至於大家現在看到的，就是翠亨村孫中山故居附近的昔日『中山影視城』，這裡在統一後已改建為全中國首個『中國品牌特價中心城』，它把美國最受華人歡迎的 Outlet 建設及管理模式帶到這裡，但最大的不同處是它不全是外國品牌，甚至反而以中國品牌為主，比如華為、小米、海爾、美的、格力、茅台、波司登等等，當然還有最受歡迎的鄰近順德小電器、傢俱品牌產品，與及中山自己的『一鎮一品』之燈飾及服裝等等品牌融為一體，都是『中國品牌特價中心城』之最大特色，可以說這裡已經打造成為全國購物之一道亮麗風景線；加上這裡也把順德之『美食之都』帶到這裡，並有『深中通道』建成

後的加持，中山之繁榮已經不可同日而語，也是兩岸人民的假日旅遊之好去處。

另外，相信您們都一定聽過『中國功夫』。但說到『中國功夫』，也不得不說中國『武術之鄉』佛山了。而現在您們看到的，就是統一後的佛山所建造之全球首座『中國功夫英雄樂園』。在這個『中國功夫英雄樂園』中，也附設了『佛山功夫英雄紀念館』，您們現時所看到的，就是眾多的廣東功夫英雄蠟像，這包括了方世玉、洪熙官、嚴詠春、蔡李佛及廣東十虎，當然也不會少了大家熟悉的葉問及李小龍。至於這一邊，則是利用 5D 虛擬技術所造成各式各樣的拳師，它們也正在耍出詠春拳、洪拳、蔡李佛拳、龍形拳、白眉拳、鷹爪拳及所有南北拳腳功夫，看看園內的遊客，他們都正在不停爭相仿傚動作及拍照呢。

當然，如果世界上只有一個人，能夠成為真正的功夫巨星，那一定是李小龍，他不僅在全球範圍內，都擁有相當高的知名度，而且時至今日，也是很多人心目中的偶像啊。不過，說到佛山『中國功夫英雄樂園』今天在世界已算是聞名遐邇了，但其實它的『成名』可謂不需花一分一毫，可以說『一切都是最好的安排』，大家有沒有興趣知道為什麼嗎？」

隨即，全場學生齊齊回應：「有興趣！」「真的嗎？」……

謙新續說：「首先，隨著當年香港武打巨星先後退隱，武打人才也可謂後繼無人，令逐漸式微的香港武打電影更加雪上加霜；然而，當香港於統一後建成了『東方寰球綜合影視樂園』，及有香港電影人正愁著希望重振功夫片雄風之時候，沒想到幾乎同一時間，也聽聞佛山籌備興建『中國功夫英雄樂園』，於是便想出了一個一箭多鵰，一石多鳥的方法讓各方共贏，從而令各方很快便一拍即合。他們想出聯合當時大陸最強的衛視合作，打造了首個『全球功夫巨星成長史節目真人秀』，並聘請了世界很多武術宗師作教練，也邀請了美國的李小龍女兒等出任顧問，節目中首先向全球各地徵募熱愛中華武術之學員，然後經篩選後全部雲集佛山作長達一年之嚴格集訓，全球學員除了要從新基本訓練至各種武術成長到闖關比賽，當中最後一關還要闖

過 18 個人工智能機器銅人陣，最終選拔出少年組及成人組優勝者，均獲主辦單位安排出任香港國際功夫英雄電影主要角式。

　　由於長達一年多之真人秀從集訓至闖關場地均在佛山『中國功夫英雄樂園』各式功夫館舉行，優勝者出任主角所拍攝的功夫英雄電影場地，也是主要在『中國功夫英雄樂園』拍攝，其次才在香港『東方寰球綜合片場』補拍；真人秀所有參加者都是來自世界各地熱愛中國功夫的青少年，他們在母國從選拔開始之時就已經在當地廣泛宣傳，評審及訓練員也是來自國際間的五湖四海，因此也令這真人秀節目其後在世界各地熱播；同時由於優勝者均來自國際，號召力不容置疑，令之後的拍成的英雄電影同樣在國際間熱映，這樣佛山『中國功夫英雄樂園』便能夠不用花一分一毫，就獲得難以估計的全球宣傳推廣效果，都可謂天助我也！而且最終佛山『中國功夫英雄樂園』又參與真人秀及英雄電影投資，獲利豐厚，是名符其實的倒賺一耙，主辦單位又成功捧紅一班武打明星，彼能令中國功夫電影後繼有人，中國國家又能向全球有效推廣中國功夫宣揚國粹，參與的電視台亦收視長虹多時，形成多贏局面。現在您們看到的，就是佛山『中國功夫英雄樂園』當年真人秀中留下來的各種人工智能功夫館對打遊戲，並多年來不斷推陳出新，大家是否也覺得很刺激也蠢蠢欲試呢？」

　　全場學生笑著呼應：「是啊！」「是啊！」……

　　之後謙新把學生帶回上海現場，並續說：「當然了，您們可以想到，統一後的『台海粵港澳大灣區』，無論台灣、香港、澳門、中山及佛山，都興建不少世界獨有的樂園，加上原有的深圳及珠海，也分別擁有『錦繡中華樂園』及『伶仃洋海納百川博物館』等等，兼且得益於早年成功舉辦奧運的加持，因此令到『台海粵港澳大灣區』直至今天的旅遊業仍然相當發達，是不無原因的。而在這個大灣區中，中國的兩掌除了台灣省便是海南省了，而統後的海南省，也有著不少的變化，其中最具特色及引入注意的，就是於 2025 年，中國毅然讓海南省賽馬合法化，不過與香港有所不同，這裡的賽馬不但是國營，而且是採取限制小賭形式，一方面為了杜絕『造馬』及人民沉迷賭博發生，另方面是把全部收入用作扶貧及公益，而且還可培訓出中國的馬

術師及騎師；而隨著『文昌航天渡假村』與及『台海港澳海隧』的先後建成，海南省的旅遊業也自然更上層樓。

另外，統一後的新中國，也不得不提釣魚台列島及南海諸島。2028 年中，由於新中國已經擁有 7 個航母戰鬥群，而且第 7 艘航母群更是全球第一艘『4 合 1 分體超級航母』出現，也就是由 4 艘 8 萬噸級的核動力航母，可隨時合併成 1 艘達 32 萬噸的超級核動力航母，再配合第 7 代戰鬥機及強力雷射炮、超級電磁炮，艦上新科技軍用設施應有盡有；在形勢別人強之情況下，日本也自知面對強大的中國軍力無法抵抗，況且中國也伸出橄欖枝，識時務的日本也順應時勢達成共識，釣魚台列島主權固然屬中國，但中日兩國可共同開發，之後釣魚台列島也撥歸入台灣省管理，並大力填海發展成旅遊島。

2032 年，釣魚台列島便建立了郵船碼頭及各項旅遊設施，現在豪華客船也常在此川流不息，往日的香港『智能環保海上居住平台』也重新翻新搬至這裡成為海上酒店平台，也許新中國國民早就對釣魚台列島如雷貫耳，因此小島旅遊業馬上就弄得風風火火；而南海的宣德群島七連嶼、太平島、永暑島、美濟島也統後陸續擴建，當中七連嶼、永暑島和美濟島也成了旅遊島，並有著『中國馬爾代夫』之稱，各島不但設有海上酒店平台，美濟島更設有類似『澎湖環球海底樂園』的海底珊瑚酒店，但兩者還是有很大分別，美濟島的海底珊瑚酒店是從海上酒店平台之中間倒建，不但可以移動開走，而且是真實的海底；而澎湖的海底珊瑚酒店是固定的及以虛擬海底為主。同時，美濟島上的水中旅遊設施一應俱存，不但是中國國民，世界遊人慕名而來的也是不計其數。

不過，如果說到旅遊方面，其實新中國除了『台海粵港澳大灣區』、釣魚台列島、及南海諸島外，新中國為『一帶一路』建成時速達 1000 公里之高溫超導磁浮超級高鐵後，除了把中歐非三地串連一起，帶動沿途國家及地區繁榮之外，其中的旅遊業也搞得洛澤於途，即使是其後由中國建成的『中歐非洲際公路』，也是現今很多中歐非三地人民自駕遊熱門首選之地，此刻我們的二斗格林，也為『一帶一路』之國際旅遊發展作出不少貢獻喔。」

第 101 回

智聞世訊 環保多贏和睦共融

　　當謙新引領大家為格林鼓掌後，即有歐盟學生問道：「我還是比較想了解統一後中國的科技各方面發展，特別是之前你們說到的中美合作的《智聞》及《世訊》，是邁出兩國合作最重要第一步，又是什麼意思呢？」

　　大斗萊恩：「毫無疑問，統一後的新中國在科技各方面的發展都很驚人，而且很多產品不但影響世界，但最難能可貴的是，新中國也把部分科技專利無條件奉獻給聯合國，撥作世界公眾產品，這種無私的舉措，是新中國贏得世界各國一致的尊重轉捩點，至今仍歷久彌堅；現在，我們也在此一一回顧吧。也許大家不知，在 2023 年中國還未發明《智聞》之前，世界各國的媒體除了互聯網外，還是有用紙張印刷每天發生新聞的報紙，與及用紙張印刷每週或每月的各式雜誌，而《智聞》的誕生，就是取代當時世界所有報紙及雜誌的載體。

　　首先，鑑於當時世界紙媒本身已經飽受互聯網的發達從而日漸式微，特別是一些社群網絡媒體巨擘利用分享新聞吸引流量，令傳統紙媒沒有分享到廣告收入；而另方面全世界每天印刷的報紙或雜誌，也消耗不少紙張，甚至可算是天文數字。眾所周知，紙張源於樹木製造，而報紙或雜誌的印刷機在整個印刷過程中，亦產生不同的環境污染，因此無論紙張的消耗及印刷造成的污染，都是不斷的對地球造成破壞，但由於部分人類已習慣看報紙雜誌，所以這些紙媒雖然式微，但仍然有部分人喜愛和捧場，形成紙媒有不上不下的尷尬即停滯不前的局面。

　　因此聰明的中國人，就發明了超薄膜的平面顯示器《智聞》，而這個可摺疊的顯示器，當打開時就成了一張約 11 吋 × 17 吋（約當時一般報紙的半版）版面，也可摺疊成 12 份，即面積約樸克牌左右，也就是約 12 張（4 張 × 3 排）的樸克牌寬度及厚度，令人類容易攜帶；由於它打開就如同一份智能的新聞報紙，所以才定名為《智

聞》。而《智聞》與互聯網或手機的不同之處，是它沒有其他功能，最初就只能有報紙、雜誌及遊戲三項服務，由於既滿足部分人類看報紙或雜誌的習慣，最重要世界所有的報紙或雜誌行業，都好像重新找回希望。

　　而《智聞》雖然在統一前由中國發明，但統一後即與美國正式合作成為世界新聞綜合體，也促成當時全球各地的報紙、雜誌及遊戲商加入，而聯合國其後更趁機無異議通過，從此禁止報紙或雜誌印刷，全部集中改以此 11 吋 × 17 吋的可摺疊顯示器《智聞》代替。由於之後全球所有報紙或雜誌的讀者，能更方便及更便宜的價錢訂閱，最終反而令全球每份紙媒讀者增多及廣告增多，從而令各紙媒一方面減低在互聯網的報導，改以簡報為主，更擺脫了社群網絡媒體巨擘的蠶食；另一方面由於有了廣告活水，最終也會增加各紙媒在《智聞》的內容，形成《智聞》、讀者及廣告良性循環，又能有效幫助世界環保，形成多贏局面。

　　其後，《智聞》可摺疊顯示器在世界流行，中美兩國為著進一步省卻地球用紙及保護環境，令《智聞》後來也用於教科書及其他小說、圖書。而《智聞》也不斷推陳出新，除了更保護眼睛外，也很人性化，例如配合中國另一大發明的「一陽指」作為《智聞》的開關，由於「一陽指」有辨別到使用者的身分，所以從幼兒、小學、中學及大學的學生，都會有不同針對性的資料給學生開啟及自動關閉，例如小童不能開啟某些遊戲或成人看的資料等等，可謂無微不至。」

　　二斗格林：「其實在中國統一之前，中國政府就已經認為沒有網路安全便沒有國家安全，也很難令經濟社會穩定運行，廣大人民群眾利益便難以得到保障。也許配合國家政策，與及為著重視網路安全工作，所以也促成當時的『微訊』進一步改良發明了《世訊》。而所謂的《世訊》其實就是一個全新的聰明聊天軟件，軟件中會利用智能機器人自動分析，當人類所說的話或訊息中的文字，每遇到有充滿仇恨或惡意的言語或意識時候，例如辱罵、威脅、欺凌，特別是針對涉及恐怖或犯罪活動的說話或訊息，會自動發出警告及建議修改，倘若當事人仍三次不肯接受警告及堅決發出訊息，便會再轉發到有關不同的

政府單位處理，由於這是智能機器人經大數據分析結果，在未轉發傳達到有關政府單位之前不存在侵犯個人私隱，卻有效減低各地人民、人與人之間的仇恨，以至有效及早堵塞世人籌劃的犯罪活動，還網絡和平及安寧世界，起了關鍵作用。

而事實上《世訊》也具備多種功能：其一，全新的搖一搖不但出現身邊朋友，由於世界工商業也與新北斗連線，搖一搖也能把附近不同種類之商店及各地名勝均出現眼前，採用者特別在旅遊到別國時效能最為突出，除了知道自己現時想找的商店及名勝究竟在哪裡及怎樣走，還會馬上做出精準導航，而且沿途都是真實的環境，不再只是圖案，與及走錯了方向即馬上貼心通知。

其二，《世訊》會紀錄採用者的喜好的東西和地方，聰明的它會令採用者每到一個地方都有貼心提醒顯示，務必令採用者無時無刻都不會對想找的東西或想見的地方失之交臂，有擦肩而過的遺憾。與此同時，所謂紀錄採用者的喜好的事情均由採用者輸入後才會利用智能機器人分析及尋覓，也絕不會把有關個人喜好資料讓製造商知曉，從而有效防止變成商業用途。

其三，《世訊》也集合了字訊、音訊、視訊及電郵四大工能於一身，而且具備多國語言及文字，還能利用智能分析即時翻譯各國文字及說話。

其四，《世訊》既有導航及地圖結合功能，更具備上述功能互相結合，比如採用者和別人一邊通話或音訊中，另一邊正在找路，對方即可啟動導航連線，那麼採用者不但能立刻顯示準確知道如何找到對方的整條路線，連對方在那一幢建築物與及那一層、那一單位都完全清楚；當然戶外就更容易了，而且在強大的北斗的功能下，如果人是在戶外，對方是什麼樣子及當時穿什麼衣服均一目了然，而採用者所看的導航路線更是真實的實物及環境，絕不會走錯機會，而這一功能在人群中失散欲找到對方，效果尤為顯著。

其實，《世訊》在「一陽指」發明後，也互相結合又產生另一種強大功能，或者這方面由萊恩稍後介紹「一陽指」之時再補述吧。而另一方面，美國當年雖然為了維護世界強權，但眼見中國崛起無可

避免，特別是科技方面，況且美國也是網絡不安全深受其害的國家，為避免當時及將來更多的恐怖襲擊，除了與中國加緊合作，已別無他法。而當年中國也履行強而不霸及世界命運共同體的方針，也努力配合美國共同發展，因此除了《智聞》，《世訊》也願與美國共同合作。事實上，《世訊》之橫空面世，既是呼應了美國的崇尚言論自由，但也結合了中國的儒家思想，即崇尚和睦共融及寬恕待人的元素。

值得一提的是，《世訊》與當時世界其他的社交平台也達成共識共同組成防恐聯盟，也就是說，世人可以不採用《世訊》，又或者凡有關發佈類似恐怖活動訊息的人這時不採用《世訊》，但《世訊》有關發佈類似恐怖活動訊息之智能分析是與世界所有的社交平台設有連線，因此發佈上述訊息者一樣會受警告，並且若三次不肯接受警告，同樣會連線至有關國家地區部門。

而《世訊》由於得到中美兩大國的加持，加上具備多國語言文字及超多功能，因此很快便成為世界人民喜愛樂用的社交軟件，特別《世訊》能有效減少欺凌、仇恨，後期發展還與中國的《九章》結合，就連一些誣衊、中傷的謠言如有需要時警方亦能有跡可循，讓中國的微博或同類的社交軟件中，從此大量減少謠言中傷，當中最受惠首先是演藝圈，令藝人們率先叫好！不過有趣的是，《世訊》原本命名是代表『最佳的世界人民通訊軟件』意思，但世人認為它更應改稱《和訊》，理由是它能有效令人類學懂甚至習慣怎樣和睦待人，既降低社會戾氣也增進世界和平，可看出新中國之和平形象，已深入當時世人之民心。」

第 102 回

無私奉獻　創一陽指生命護囊

之後，大斗萊恩續說：「不過比起《智聞》及《世訊》，新中國

發明的『一陽指』，才是影響世界最深遠的地方，因此我能在此機構工作，這不但很有意義亦深感榮幸。2024 年統一後的中國由於全國歸心，加上美歐疫情過後也百廢待興，更需中國的經濟合作。而事實上，美歐一方面已無力反中也不敢反中，另方面也可省卻自己國家很多為反中的人力物力經費。由於此時新中國諸多的障礙已經拆除，大可心無旁騖，令中國各項科技便蓬勃生長並呈井噴式發展，而「一陽指」就是其中一項貢獻世人、全球樂用的偉大發明。

　　所謂的『一陽指』，就是 2028 年由中國發明一種利用石墨烯及量子的綜合技術無痛植入人體左右手的其中一根指頭，它既是代替了人類的身分證，也是令到全球從此任何犯罪案件均大幅下降的好東西，這個被中國人稱為『一陽指』的發明，世界統稱為 Power Finger，它的重要功能共分三方面：第一功能，它是人類於世界各國一指通行的代替護照及身分證。第二功能，它是人類走到世界各國任何一個角落都可顯示出其現時的所在位置。第三功能，它是人類生命現時是生是死的顯示器。並且儘管是三大功能，但其實也各衍生出各樣不同功能。

第一功能又衍生的不同功能：

a. 人類有了它就不用再需要護照及身分證，且通行全球。

b. 人類有了它就不用信用卡並支援所有支付系統，且通行全球。

c. 人類有了它就不用在手機、門鎖、汽車及保險箱設有密碼或鎖匙。

d. 人類有了它就可利用設置全屋或公司的電器或有關用品之開關。

e. 值得一提是，它也是 2047 年 10 月 1 日起新中國設立一個全新的政府與人民交流平台給全國人民參予選舉及評分，利用「一陽指」獨一無二的安全開關，確保萬無一失。當然了，這一功能及舉措中國早已教曉各國運用於選舉投票上。

第二功能又衍生的不同功能：

人類有了它走到世界各國任何一個角落都可顯示出所在位置。然

而，為著顧及人類的私隱，當「一陽指」成為全球公用產品時，世界各國也共識了一個法則，就是需要在有意外、失蹤或重要情況下，並且需要在政府有關特別部門監察下，才可開啟某人之資料予以追蹤。與此同時，由於每個人都身懷「一陽指」，因此人與人之間的觸碰或接近都產生紀錄及位置過程，且追朔期遠，並由人工智能作詳細分析，一目了然，從而令世人今後再不敢輕易犯罪，大大減輕了世界各地的警方的壓力，令冤案幾乎絕跡。為此，借著「一陽指」的功能，令世界各國的罪案大幅減少，特別是美國槍擊案少了，印度性侵案少了，義大利偷扒案少了，甚至連對毒品交易、貪汙聯繫、恐怖分子見面等等都起了很大阻嚇效果；人們都笑指『一陽指』的誕生也令各國警方不得不裁員，或是無所事事。

第三功能又衍生的不同功能：

由於它是人類生命現時是生是死的顯示器，且有生命強弱顯示，為此，『一陽指』在大災難發生時候最能產生效果。比如在地震被活埋的人群、在雪崩被埋掉的人群、在海難被溺著的人群、在火災被困著的人群，以上的各種災難發生時候，由於各人的『一陽指』是有生死的顯示，且有強弱顯示，那麼拯救人員就不但能即時掌握待救的人數，而且全部所有的待救者及死亡者現時之所在位置全部知曉，加上在強大的人工智能系統分析後，連拯救先後的次序都準確提供建議，從而大大減輕拯救人員的工作和時間，及救活更多的人民生命。

此外，值得一提的是，為配合『一陽指』的第三功能令其效能達至最高峯，中國其後更發明針對水陸不同功能之『災難拯救機器人隊』，所謂『災難拯救機器人隊』它們不但能上山下海，當有任何災難發生時候，本身就是強大的人工智能分析器，更連線「一陽指」的後台，一出動即馬上按著待救的人民位置、生命的強弱、哪一個位置受困的人最多、哪一個位置的障礙最少等等作出結論分析而拯救，當中如屬海難，拯救機器人隊會準確得知被溺的人數、生命的強弱及哪個位置等等即四方八面潛入水下救出水面，再由水上拯救人員拖救。如屬地震，拯救機器人隊也會準確得知被埋的人數、生命的強弱及哪個位置等等即四方八面搬走瓦礫救出受困者，再由陸上拯救人員拖

救，可謂效率無出其右，也絕無僅有。

　　至於剛才提到『一陽指』發明後，世界上也幾乎同時大幅減少了很多兇殺、謀殺、綁架、拐帶、性侵及失蹤案件，更莫說偷竊搶劫，毀壞公物的小案件了，為什麼呢？因為「一陽指」令全世界人類的每天生活所移動的軌跡皆有跡可尋！例如某人在某處死亡，其『一陽指』的死亡訊號便會智能通報給所屬國家及地區有關部門，如果此人是自然死亡，有關部門即通知家人或親友處理，永遠不會像以往死者遲遲未被發現之事情發生。又如果此人是他殺，其死亡時刻誰的「一陽指」位置與死者的死亡位置是重疊或最接近，再根據死因資料，誰是兇手已經無所遁形，而兇手此時無論走到哪裡，藏在哪處同樣是無處藏身。綁架、拐帶及失蹤同樣如是，誰綁架？誰拐帶？被綁的肉參在哪？被拐的小童在哪？與及有意或無意的失蹤者在哪？又或是誰偷竊搶劫？誰性侵暴力？誰毀壞公物？在『一陽指』背後的強大追蹤系統功能下，全部均一一即時顯現，且準確無誤，絕無冤案，為各國的警力及司法均省了不少功夫。

　　同時，『一陽指』的發明對之後像 2020 年發生的世界疫情事件也幫助尤甚，皆因每一位的確診者從感染日開始 TA 的移動軌跡同樣有跡可尋！TA 所接觸到的人群及交叉接觸的人群，全部一目了然，當有關部門掌握上述人群名單，便會按下智能通訊給他們馬上到指定地點檢測，既不用全城全民檢測勞民傷財，更不會採取『與病毒共存』的消極策略視人民如草芥，既科學更精準解決。也基於上述多種功能及效果，『一陽指』迅速成世界熱話，就在各國要求購買技術之時，中國政府毅然送給聯合國，以作為世界公共產品，造福人類，贏盡世人讚頌；也由於是世界共用，所以也後續取締各國人民的身分認證及護照。

　　最後，我再補充有關剛才格林說「一陽指」發明後也和《世訊》結合一事，由於『一陽指』的尋人功能顯著，因此在不涉及私隱的特殊情況下，各地人民還是可以先向政府有關部門申請豁免，把想要照顧又怕丟失的親人可隨時知曉方向及所在位置，例如小孩或患有阿爾茨海默症之老人等等，申請成功者只需在《世訊》打開尋人功能，即

可知曉小孩或老人現在何方，而且也即時看到要尋的人周圍是什麼環境及一舉一動，完全是真實呈現，對各地人民來說也解決很多煩惱。當然，《世訊》及『一陽指』的結合功能，令各地的監獄及看守所也樂於利用，可以說，各地根本不怕犯人或嫌疑犯越獄或潛逃，只要人在江湖，無論走到天涯海角，都逃不過各地警方法眼，相對於犯法者而言，「一陽指」的誕生是他們的悲歌，但也還了世界各地一個少犯罪的安寧社會。」

　　二斗格林：「除了『一陽指』，『生命保護囊』的發明也是造福人類的至寶。世人皆知，儘管飛機的安全度是所有交通工具中最高，但仍有許多人士害怕乘搭，這因為除非不發生意外，萬一發生了差不多就是九死一生。為此，新中國也努力研發解決之道，也慶幸皇天不負苦心人，在 2030 年年中，新中國科研人員發現了一種含有『營養凝膠』的物質從而逐步發明了『生命保護囊』，並且巧妙地設計安裝於飛機上每位乘客的座位頂部，每當飛機當發現無可挽救在發生災難之前，機師便會正式通知乘客坐穩及啟動『生命保護囊』。

　　此時，所有乘客的座位上面，營養凝膠管道便會瞬間打開，當這種營養凝膠從上一湧而下之後，會隨著接觸空氣瞬即自動膨脹直至把整個乘客籠罩包圍，而營養凝膠不僅能防火防水，更重要的是其軟綿綿的物質還能防彈及卸力，以防止人類墜落地面時受嚴重衝擊。由於『生命保護囊』具有充足的營養素及空氣，此時人體就像被一個粉藍色的半透明膠囊緊緊包裹著，但人體還能作有限度的微動作，也能憑著吸收營養及空氣而活足十多天以上，加上中國之前已經發明了「一陽指」，讓拯救人員首先已經得知乘客是否生存及所在位置，因此即使有空難發生，依然能有充足時間搜救。值得一提是，『生命保護囊』不但能適用於空中的飛機上，也能適用於海中的輪船上，而且人類在『生命保護囊』包裹著之後就像游水泡一樣，會自動迅速浮上水面，因此即使有空難或海難發生，人類獲救的機會還是很大。這也是新中國為人類最大貢獻之一，更難得的是，新中國一樣無條件把專利贈送給聯合國，再度贏得世人的尊重和敬仰。

第 103 回

衣 食 住 行 智能產品雨後春筍

　　隨後亦有非盟學生問道：「大家都知，除了較大較突出之科學發明，中國統一後在衣、食、住、行的方方面面，都好像有不少發明，有些甚至是非常有趣的，這些你們都能為大家分享一下嗎？」

　　四斗湫彤：「說到科學發明又與『衣』、『食』有關的我相信是應該比較少，但也有一些可以介紹的。例如在統一前，中國自從有了智慧裁剪快速加工平台上線後，也為人類隨時隨地按著自己的個性、各種款色及顏色喜好，以完全數位化、智能化，經過 APP 全身掃描即自動量身訂做服裝，早已不是難事。同時，可拉伸的各款童裝也在世界大行其道，令父母不會為孩子成長而不斷浪費衣著。不過最值得一提是，在統一後不久的中國，便發明了冷氣及暖氣衣服，且變化多端，為人類帶來涼快的夏天及溫暖的冬天，貢獻不少。

　　有別於一些外界標榜的冷暖衣服，中國是利用自己最成熟及最獨有的石墨烯及奈米碳管纖維技術，完美結合運用在製衣方面的。其後更發明了日間太陽能充電，晚間利用石墨烯電池之冷氣及暖氣衣服，特別是對世界炎熱或嚴寒地區的單身人士及老人幫助至大。加上統一後的中國國力蒸蒸日上，中國風的衣服也成為世人所愛，國際服裝品牌的建立亦隨即向中國傾斜，也是意料之中。

　　而食物的方面，統一後的中國在人造肉市場，占了很大的比例，特別有了台灣的素食人造肉技術互相結合，更趨發達；例如現在由世界明星集體代言兼投資開發的世界最大品牌『人造肉漢堡連鎖快餐店』，全店不但有各式各樣的人造肉漢堡、有機薯條及炸生果蔬菜，有機飲品及果汁，且風行世界已二十多年，歷久不衰。另外，當年的中東，由於世界有了很多新能源代替，令靠油富國的他們日漸衰退，不過也慶幸新中國協助轉型，特別是新中國大力幫助中東及非洲，把沙漠變成良田綠州，反而成為今天世界的糧倉。

　　同時，由於當時國際間明白蓄牧業所帶來氧化碳環境污染，隨著世界的人口增加，需求食物量增大，加上人類認識吃太多肉類對身體不健康，因此中東及非洲大力發展農業，是令兩岸合作人造肉提供了最佳的時機及條件，而且由於各國共識重視有機農業發展，但各國土壤不一樣，也令各國的農作物及所造的人造肉也有不同的特色及味道，從而豐富了人造肉以往太單調的缺點，今天的人造肉市場能這麼多姿多采，都是這個緣故。

　　不過提到不浪費及保護環境，我反而想提新中國所發明的最聰明垃圾處理。首先，當時基本上很多獨立屋或新樓宇的每一層樓，均設有『智能垃圾處理器』。處理器共分上下兩層，上層只有一大一小兩格，大的一格會智能自動把塑膠、金屬、紙質分離處理，小的一格則屬濕類廚餘，那麼，即代表下層共分四格，分別把塑膠、金屬、紙質、廚餘四種，並已經先行氧化消毒及壓成無味的垃圾方塊。而每一種垃圾方塊當壓滿時候即智能閃燈，獨立屋用戶把不同垃圾方塊放回街外垃圾方塊收集處即可。而新樓宇的每一層樓四種垃圾方塊會自動輸送到樓宇最下層之方塊收集處，再由政府收集一併處理。

　　而除了家庭外，各城市也廣設大型『智能垃圾處理廠』，也就是把所有垃圾均一站式從頭到尾作自動化分類處理，其過程是會先把工商業垃圾分開成塑膠、金屬、紙質、廚餘分離處理成方塊，然後把四種垃圾方塊再集合城市家庭的四種垃圾方塊一起，當中塑膠、金屬、紙質方塊再智能自動分析成有毒與無毒，無毒的方塊會輸送至不同的循環再造處理，有毒的會再度強力進一步按指定尺寸壓縮成大小方塊，並一件件的自動流水作業進入另一加工線，新加工線是再利用中國的另一發明，是把含有石墨烯成分的複合物，在高溫下把一件件有毒的大小方塊再四方八面自動複蓋，也就是再加上了一層防毒膜，從而待冷凝後再成為一塊塊的無毒堅固物，此無毒堅固物的大方塊就成為今後新中國建築公路、橋樑用途，小方塊就成為工廠房廈的建築物最佳材料。

　　值得一提是，此一自動複蓋複合物使之成為無毒堅固物的流水加工線也適用於最後核廢料，所以也解決了人類對最後核廢料處理的

頭痛問題。同時，上述提到的塑膠方塊，當循環再造處理後仍剩下的渣滓，一樣可再度強力壓縮成世界公路上及賽車場上的最佳防撞欄產品。說到這裡，大家可能不知在此發明之前，世界很多海洋都充滿塑膠垃圾，也因為這發明才令海洋塑膠垃圾變成絕跡。至於最後的廚餘方塊及同類東西，也會即時高溫提煉成原油，提煉原油剩下的渣滓又再變成無毒肥料，可以說，塊塊垃圾也是寶，既不浪費，也滿足了環保。」

六斗蔓荷：「說到『住』的方面，除了之前我們提到『台海粵港澳大灣區』藉著 2031 年成功申請承辦奧運會，兩岸四地也利用中國發明伸縮性超強之人造木材進行大規模的都更計劃，並先從台、港、澳三地造起。另外，也針對一些身處地震活躍帶的城市，例如台灣、雲南、四川等等地區，都更及新建之房子除了利用具備防火、防水、防震的人造木材之外，也發明了『地震逃生浴室』。此浴室是利用複合材料製造，它具有防震、防火、防水、隔熱、隔冷、環保、輕便、堅固八大好處，浴室的一體化也給地震時居民逃生，而且『地震逃生浴室』還配備了『生命保護囊』副產品，加上人類已有了「一陽指」，可謂萬無一失。

至於樓宇之能源方面，全部新建之房子天台均設有由深圳科技團隊之最新發明，即集光能、風能再補上氫能等綠色能源智能管理系統設置，可分別滿足提供電力給樓宇公共空間及各住戶使用，同時新樓宇大多智能化，例如備有磁懸浮電梯，每個家庭從進門開始至屋內所有電器，均與「一陽指」配合開關，屋內也有過濾及消毒空氣，絕對不會有病毒或有毒氣體入侵房屋單位。

此外值得一提是，由於統一後的中國醫療技術猛進，人均壽命超過 80 歲以上，所以中國人民養老也是社會的一大問題。為此，新中國也大力發展全新思維的『長者度假園』。而所謂『長者度假園』，其實也就是養老院的變身。鑑於中國以前的舊思維，認為入住養老院就是等百年歸老，而後輩安排長者到養老院也視為不孝，但其實後輩白天工作時間長，也會成為很多長者缺乏照顧的缺口，而長者白天自己孤單也不見得快樂。因此，新中國發展之『長者度假園』，在名字

上改為度假園，一方面可減少長者對入住養老院的恐懼，而另方面它真的又是名實相符的度假園地，怎麼說呢？

在新中國的全力發展下，大多國企有更大的國營收入，加上全國扶貧完成後，便逐步有更多的財源及人力物力等騰空，從而全力發展中國另一重大民生即長者照顧的問題上。隨著 2021 年年中推出『三孩生育政策』後，中國在統後也成立了『長幼發展委員會』，專門負責全國長者及幼兒問題，並打造了有自己中華文化特色的養老業。當中基本分成富收入者、中收入者及低收入者三大類，而三大類都在全國各地（包括陸台港澳）設有三種級別的『長者度假園』。不過，為了照顧長者對某地區長期生活之習俗及氣候的習慣，三種級別的『長者度假園』又分為全國東部、南部、西部、北部、中部五大分區。五大分區入住的三種級別長者，除了不宜走動及需長期照顧之長者外，所有行動方便的三種級別長者，都可定期每隔一段時間自願性被安排同一分區但不同地方的所屬級別度假村入住，這樣各長者不但能不斷結識新朋友，而且更重要是令他們有一種去度假的感覺。

而值得留意的是，五大分區、三種級別之長者，除了定期每隔一段時間可到不同地方的所屬度假村入住之外，更可獨自或相約好友們集體申請到其他四大分區入住，只是此申請則會以先申請先安排辦理，並以全人工智能及大數據管理。這樣一來，長久住在北方的長者也可偶爾住在南方，歷年住在南方的長者同樣也可嘗試短暫住一下北方，以感受不同的人生，認識不同的朋友。同時『長者度假園』最後還落地到東南亞及歐美，讓第一類富收入及第二類中收入之長者偶爾也可排期到外地作短暫度假居住，這就更能凸顯有如旅遊感受，讓長者有如住度假園地基本沒差別。

而更人性化的一點是，國內五大分區、三種級別之『長者度假園』都有著各有不同的特色，除了琴棋書畫、音樂、戲曲、舞蹈及各種文藝、手藝、科研的學習或交流外，近郊區的度假園會附設有菜園、或茶園、或果園、或各類溫室種植場等給長者平時栽種，以享受幽靜環境外，還能鍛煉更健康的體格，甚至賺點錢。近市區的度假園則儘量附設幼兒院或孤兒院，讓一般最愛小孩的長者能接觸到小孩，

而孤單的小孩又得到長者的呵護，可謂各獲所需，各獲所愛，是最好不過了。總之，某些長者喜歡住久一點北方還是南方，或某些長者較嚮往田園寧靜還是都市方便而想待久一點，度假園地機制都儘量滿足，讓長者自由選擇，開心就好。而讓三種級別的長者能長期都活在歡樂及健康的生活中，不是各孝子賢孫最想得到的嗎？因此，新中國之『長者度假園』的廣設，無論對三大類的長者或家人來說都是好事，對國家而言更不在話下了。

　　事實上，中國在統前時常給反中人士借少子化及人口老化問題大造文章，不過首先上述問題是世界普遍現象，加上中國由於是一黨管治，沒有政治紛擾，更能集中精力照顧民生。相反，關心少子化之人不如關心培育幼苗的品行素質、身心健康；擔心老年化之人也不如看清楚中國政府如何著力提升長者的老而彌堅、退而不廢。青少年如果心智不良到處破壞即使多子也是社會負累，相對而言長者是社會財富，而不是社會包袱，這些對中國政府而言，更是瞭如指掌，從容不迫。就比如由中國國營的五大分區、三種級別之『長者度假園』，當然設備不同、享受不同，其收費也不同，但最大的原則就是，用富收入者的第一類度假園所賺的錢會用來資助低收入者第三類度假園，而第二類中收入者則只要收支維持平衡，那麼國家即使仍有支出，也不會成為無底洞，難支撐下去，更是共同致富的另一體現。

　　另外，三種級別之『長者度假園』也因為「一陽指」發明產生強大功能。眾所皆知，老人家的身體功能由於逐年退化及行動力愈趨遲緩，一不小心便很容易就跌倒。而新中國的「一陽指」就是發揮功能的時候，當老人家的身體出現不正常狀況，心臟跳動急促或微弱，「一陽指」系統都會立刻通告三類人士，其一是家人（監護人），其二是所屬的『長者度假園』監控室，其三是最近的醫院，務求以最短時間發揮最有效的拯救效果。」

第 104 回

空中雲車 杜絕污染制止意外

　　其後，萊恩及格林也一同表示：「那麼在『行』的方面，就由我們二人分別回顧一下吧。」

　　大斗：「首先，隨著 2021 年當大榕及師父在香港演出時曾提出建議，在汽車的前後玻璃不妨附設『對不起！』及『謝謝你！』，以減低車主在道路上的誤會，又能提倡禮貌駕駛，之後果然很快在中國廣東肇慶有一智能汽車製造商便率先採用了，其後不少西方牌子的汽車也很快跟進，於汽車前後玻璃設置『I'm Sorry！』或『Thank You！』的鐳射文字顯示，也真的如他們所說，各地路面的駕駛者都會少了一些勞氣，卻多了一些開心，並從而影響了行人，自然而然培養出人人習慣了人車互相禮讓，可謂影響深遠。

　　而新中國在 5G 的成熟運作後，2025 年年初即逐步開始實行汽車在路面全部是全自動智能感應，還可語音控制。駕駛者也可把讀出不同友人的名字或車牌號碼，智能汽車便會在北斗的極速搜索下自動連線，而不需經電話亦能通話。這無論對於假日的友人相約結隊自駕遊，又或是在工作大與客戶各自駕車，都提供了最便利及最安全的互相連線，也不怕電話沒訊號，更不怕友人或客人與自己走失方向；因為車內的顯示器，會清楚顯示所有您需要知道的友人或客人之現在位置，如某一車牌號碼的友人或客人距離拉遠便會有警示，所有其他人便知該友人或客人可能發生了事，從而馬上聯絡及處理。其後，新中國之 6G 在 2026 年誕生後，由深圳已經研究多年的『空中雲車』也得益於 6G 的實行，2028 年便正式推出了全球第一個於空中飛行的『空中雲車』之國家了，其後更一直不斷改良及完善；而我們的謙新，現在也是在這裡工作喔。」

　　二斗：「是的！其實早在統一之前，2021 年年初深圳已經有多種不同的綠色能源產品發明，例如早已發明了汽車 AI 微型儲電器取替傳統之充電樁。而深圳於 2026 年在中國的北斗及 6G 的強大優勢

下，也造就他們在新中國的空中飛行汽車發展上提供了有利條件。所謂『空中雲車』，其實就是避免路面擠塞，而且令一些特定之汽車，例如救護車及小型消防車等，能更快捷、更安全到達目的地進行救援。當然，『空中雲車』的原理其實與在陸地上之一般智能電動汽車無異，但它也能具備垂直升降，並徐徐地把磁懸浮技術製造的四個輪胎收縮或打開在空中飛行或降落，它們在空中飛行的同時，會受北斗及大數據的智能感應下絕不會碰撞，而駕駛者只需語音告訴『空中雲車』想到達的位置，便會馬上於空中飛行，非常方便，也令路面堵塞的情況幾乎成為絕唱。

　　不過，為了避免製造紛亂及擾民，所有『空中雲車』從陸地上直接徐徐地把四輪收縮到空中飛行是有嚴格限制的。也就是說，除了救護及消防車，直接從陸地上到空中飛行僅適用於郊區及汽車流量稀少的公路上，在市區內及接近城市範圍以至繁忙公路上是不能隨意升降的，必須經過政府在各區特別為『空中雲車』而建造的雲車升降機大樓內才能操作；例如當『空中雲車』從地上升至雲車大樓天台才准予飛行，相對下降之雲車，同樣需首先經降落至雲車大樓天台，再從升降機降至地面才能在街道行走。而每一幢汽車升降機大樓都會設置多部磁懸浮升降機，而且都是流水作業輪轉運行，一邊是給汽車上升，一邊便是給汽車下降。當然，各汽車升降機大樓每一部磁懸浮升降機設計及建造是一致的，但各大樓的升降機設多少部就各有不同，會視乎各地區各街道的利用空間有多大及汽車流量多寡而定。

　　值得一提是，在新中國發展『空中雲車』在全國各地所建造的雲車升降機大樓，就是利用『智能垃圾處理廠』的無毒堅固物小方塊材料建成的，要說化腐朽為神奇，莫過於此吧。而深圳發明的『空中雲車』，也影響後世深遠，除了救護車、小型消防車、政府車及一些緊急用途車之外，新中國在物流方面利用『空中雲車』，便比之前的無人機更能集中運輸，而且還完全無障礙，從而大幅減少時間及成本，最終令消費者受益；其次是計程車，能更快捷、更便利及更便宜地送乘客到達目的地。由於不少汽車分流到空中飛行，有效騰出更多的地面及道路，加上所有道路的交通設施及不同種類的車輛都變成智能化

及電動化，新中國已變成了無污染世界及無交通意外世界，從而引領全球。」

大斗：「其實，當 2028 年實現 6G『空中雲車』之前，新中國已經把全國交通逐步改革成人性化道路。例如所有道路之全自動智能汽車，會車與車之間有 5G 連線自動感應，例如先到先走、後到便停的設置，絕不會有碰撞之交通意外發生。而交通燈也是人性化，會按著道路汽車或行人的擠塞或稀疏而自動調節。另外，在以前世界各地的高速公路上，駕駛者在高速行駛的過程中，會很容易由於指示牌不清楚而走錯線路；此時，有些人會很自然突然煞停或減速，釀成經常與後方車輛發生追撞。但新中國之公路指示牌，除了電子化更是智慧化，即使不是無人駕駛而是選擇自己駕駛，當駕駛人走錯線路，車子會預早向主人溫馨提示，而公路上的電子指示牌，也會改為每一線路上之上方都會設立，也就是每一線路上之電子指示牌均清楚預早醒目顯示其目的地，在雙重的提示下，駕駛人走錯線路機會幾乎不會發生。」

二斗：「另外，新中國的新道路除了部分採用『智能垃圾處理廠』中的無毒堅固物大方塊材料建成，在北方寒冷地區會全部加設人工智能融雪系統，在南方雨水地區則會全部敷設人工智能海綿道路。而此時之電動智能汽車，與及所有道路的照明系統，雖然已全改用耐用之石墨烯電池，但為了節省電池也會日間啟動由光能、風能來轉化電源儲備；同時，由於部分車子改成空中飛行，故此不少地面的道路也廣設自行車道。也許因為這樣，所以新中國的自行車也配合發展作了很大的改進，就是所有自行車在太陽能道路上，都會智能自動吸收地面的電力行駛，人們可以想運動時候，便關了自動閥自己用腳踏行走，累了或趕時間的時候，又可重啟自動閥作自動行駛，如此無污染、廢物利用及兼顧人民運動健康的人性化道路，自然也成為世界典範，爭相仿傚建造。

最後一提是，新中國的洗車服務很早就已經發明了『洗車美容大樂隊』，可一次性洗五十部車或以上，洗車服務機器人一方面全智能操作，客人可隔著大玻璃，清楚看到自己車子，機器人不但利用 AI

掃瞄清楚車子藏污的地方，然後準確清洗，連人類難以清潔的車子鏽罅，都一樣可以用尖型又不磨損的工具弄乾淨，而且五十個機器人還能一邊清潔一邊跳舞唱歌，有如看演唱會一樣，令客人洗車之餘也成為娛樂享受，不會乾等這麼沉悶，非常有趣。」

第 105 回

智 慧 整 型 北斗體育奧運樂用

在四人說完衣、食、住、行的科技方面，也有美國學生問題：「那麼在日常生活的民生方面，又有那些較特別或有趣的發明呢？另外在 2022 年中國成功舉辦冬奧後，又促成奧委會合作舉辦『奧運會預賽』，這又是什麼一回事呢？」

三斗紫箸：「或者由我先說說有關女生最關注的美容科技吧。其實有關新中國的美容科技產品真的不少，不過論較特別的，我會選擇說『太陽能冷氣傘』、『AI 機器整型』及『AI 機器面膜』的三種發明；至於現在幾乎家家擁有的『AI 理髮機器』也是值得一提的。

說到『太陽能冷氣傘』，其實也是非常有趣的發明。或許大家不知道，以前只要人在歐美，便很容易到處都發現到在燦爛的陽光下，有愛美的華裔女生會拿起傘子去擋太陽。這對於喜愛日光浴的歐美人士來說，當然感到不可思議，由於眾人投以奇異眼光，也令這些愛美的華裔女生多多少少都會感到尷尬。因此統後的新中國，有商人為避免愛美的國人到外地拿傘子而帶來歧視窘境，便發明了『太陽能冷氣傘』。在驕陽下，傘子因吸收了光能便轉化為電能驅動微型冷氣，即使沒有太陽，也會自動啟動微型石墨烯電池，為令華裔女生既不會再受奇異目光，也可清涼的走路，對於旅遊人來說實是佳音；而其後產品不但廣受華裔女生歡迎，就連世界甚至很多西方地區最終都大行其道，成潮流風尚，從此地球人在驕陽下拿傘，已經不是怪事，而且是很自然的事，也令生產商意外發達，真的萬萬沒想到。

　　而說到整型，相信大家也不知道以前的失敗過案其實真的不少。有見及此，新中國的商人為了照顧愛美一族，也融入了人工智慧完美結合，因此便產生世界第一台全自動『AI 機器整型』醫生，而自始之後，任何人士想整型某一部位，『AI 機器整型』醫生事前均會提供幾十種不同效果給客人選擇，然後再按客人的選擇，再全自動由機器人親自操作至完成。它的好處有三：

　　第一，此機器人醫生之前所提供之幾十種不同效果，均是不提倡大變動下的最佳建議，也就是適可而止，達到『最自然』的整型效果。第二，此機器人醫生之前所提供客人之不同角度的 4D 效果視覺畫面，就是手術後最終結果，而不會像以往的接受整型者，未到最後結果都不知效果如何，如同賭博。第三，由於『AI 機器整型』不經人手完全是機器人醫生親自操作，因此接受整型者所選擇的任何整型，均是零意外，完全按著『適可而止』的效果百分百完成。由於成功率百分百，而且在『適可而止』情況下進行，不致於以前即使整型成功也面目全非，也不失是最好的選擇。只是沒想到這一轉變，令原本在整型事業不領先的中國，反而藉著『AI 機器整型』醫生之發明而領先全球整型界。

　　至於『AI 機器面膜』也是對世人影響深遠。這種給地球人睡覺時敷設在面部至頸部的石墨烯微電動美容機器，既是最舒適的宛如睡眠眼罩，也是微電力按摩讓人們消除眼睛疲勞的安眠法寶，更是微電力全自動從頸部到額頭的全面部，僅留鼻孔及口部讓人呼吸，把皮膚從下向上拉緊的防衰老、防皺紋的永保青春器。它的發明是根據地心吸力，萬物下墜原理，而它計算的標準是以人類平均睡眠時間約 8 小時，而皮膚從下向上拉緊的頻率應該是日間皮膚下墜之 2 倍，正好彌補人類日間站、坐其皮膚向下垂 16 小時算，是永葆青春、修復皮膚鬆弛的恩物，也是集安眠、護膚、抗老三合一的美容科技產品，由於便宜兼效果良好又無任何副作用，因此也深受世界各地之男女歡迎，不無道理。最後，我想再補充的還有大家最熟悉，到現在差不多是每個家庭都必備的『AI 理髮機器』，這個經 AI 掃瞄按主人頭型提供多種不同髮型選擇，並配合手機 APP 操作的理髮機器人，是人類不可

多得的省時、省錢恩物，至今仍大行其道，推陳出新。」

四斗湫彤：「或者由我和蔓荷回答有關 2022 冬奧及有關事情吧。毫無疑問，隨著新中國的北斗與 6G 結合啟動，及 AI 器材技術大爆發，新中國也用於娛樂及體育競技節目方面。當中有衛視為配合國家推行全民運動，便率先採用於競技節目，來進行各種不同的體育比賽，但不適用於各種球賽方面。當中會分標準場地和平均值場地，例如游泳賽及田徑賽，選用的都是各地的標準場地。而平均值場地，指的是爬山或划艇比賽，由於各地的高低、危險、風浪程度不一，此時就會利用人工智能大數據分析，再得出各地一個平均值，例如風浪大一點的場地選手路程短一點，風浪很小的場地選手路程長一點，讓不同地方之選手都在平均及公平的情況下進行比賽。

現在或者我們談談標準場地賽，例如一個由 12 個不同省市之 100 米的游泳決賽，都不是同一場地卻同時進行，此時電視直播的畫面中，是有 12 個小畫面（四橫直三），分別顯示 12 個地方之選手的決賽情況。而它的刺激之處是，每一個場地不但同時和自己的場地選手比賽，而且是同一時間和其他 11 個場地選手比賽，但他們看不到別的場地比賽情況，換句話說某個場地的冠亞季軍，不代表是 12 個場地的總冠軍、總亞軍或總季軍，所以他們必須未到最後一分一秒，都要傾盡全力作賽；相對電視觀眾而言，娛樂及刺激性更有過之而無不及，也唯有只有電視觀眾，他們在電視畫面中才清楚 12 個場地那一個選手真正領先，因為 12 個小畫面中，那一個真第一、真第二及真第三的排名都有燈號顯示。

如果是 12 個不同省市的比賽還有總決賽，又是另一番刺激；此時，每一個省市場地只有一位優勝者自己和自己比賽，選手完全不知自己現在是領先還是落後，只知道奮力向前爭取自己最好的成績就好；但電視觀眾就更具可觀性，因為 12 個不同省市之選手現時誰先誰後，一目了然。而這種人工智能同時捕捉 12 個不同省市場地的比賽有什麼好處呢？第一，是無論參賽者及現場觀眾，都不用跑到另一個省市去比賽和觀賞，省卻很多各方面的支出卻不失可觀性，特別是對於 2020 年世紀疫情的環境而言更是如此。第二，是唯一一個大型

比賽中，再不受什麼年份及什麼地方限定，甚至為比賽特別建造場地舉行，勞民傷財，它也省略很多籌備及調研時間，基本是想到便可在短時間內舉行。第三，是由於節目對娛樂性、競技性並重，因此也不局限於一般的正式體育比賽，一些新穎的競技比賽都出現於節目當中，令節目持續大受歡迎。」

六斗蔓荷續說：「是的。鑑於節目的成功，也意外引發新中國全民的體育熱，令外國也仿傚製作，但由於很多國家缺乏 6G 設備，因此也觸發新中國商人開發一全新國際體育 APP，把中國多個省市場地搖身變成多個國家或地區場地，且不限於正式的體育比賽，任何競技比賽均可，而且是全球直播，例如舉行德國式的鬥快喝啤酒、日本式的鬥快吃拉麵，甚至美式的漢堡或中式的麻辣鬥吃多等等，都可在同一時間卻在不同國家及地區的場地舉行，此時北斗及 6G 便更發揮它的功能，成為全球狂熱。

至於您提到從 2028 年洛杉磯奧運之後增加的『奧運會預賽』，就的確不得不從 2022 年中國成功舉辦北京冬奧說起。事實上，當年以美國為首打壓的這屆冬奧，無論從開始抹黑北京的方方面面，到最後竟質疑有 50% 中國血統之混血代表中國籍，卻不質疑有 0% 美國血統之華裔代表美國籍，但結果怎樣呢？也不需中國說，眾多美國選手在不同平台上大讚北京冬奧場地、美食、住宿及接待，更力斥美媒對中國的指控是胡說八道，加拿大團隊更聯合致信感謝北京熱情接待，都足以證明，事實勝於雄辯，公道自在人心。

當然，當年的冬奧不但處處充滿黑科技，開幕式全球收視率提升到 331%，各項比賽收視率也翻了一倍有多，無論從各國觀眾、政要以至奧委會，都是好評如潮。而美國網站在『史上最佳奧運會排行榜』投票中，2008 北京夏奧和 2022 北京冬奧更分別排名第一和第二，可看出中國之好聲音，已經唱響世界；也反映美國的歇斯底里，自討沒趣！說回由中國開發的全新國際體育 APP，之所以隨後也引發奧委會注意，是基於 2020 年因疫情曾經令日本夏奧差一點被迫取消，這是彌補對世界各地運動員的努力及損失最佳方法。為此，奧委會也於 2030 年創立全新的『奧運預備賽』，同樣是每四年一屆，並

安排每四年正式奧運會的兩年後舉行，但同樣不含各類球賽。它有若干好處，第一是為正式奧運會預熱，以保持選手的比賽熱度。第二是可幫助一些介乎退休年齡的運動員，解決他們面對四年一屆之奧運會又想參賽又想退出的矛盾決定。第三就是因為正式奧運會都是全球的選手及全球的觀眾跑到一個國家比賽及觀看，但這個『奧運預備賽』便不用，由於刺激性更高，因此全球觀賞每一場比賽的網友人數不少於正式奧運，也為奧委會帶來不錯的贊助及版權收入，而新中國的北斗及 6G 技術也再度為世界文娛體育方面作出貢獻。」

第 106 回（最終回）

真知灼見　千秋萬代融和同心

　　當三斗、四斗及六斗語畢，有亞盟學生即問道：「剛才您們提及由世界明星集體代言的世界最大品牌『人造肉漢堡連鎖快餐店』，但我也記得您們在香港演出時候，亞伯也曾建議明星集體共建『明星保障項目』，不知道兩者是否有關連呢？另外，我們也了解到亞伯及三斗導師合作之『截貧製富』項目至今已相當成功，那麼您們認為此項目的成功有哪方面因素呢？」

　　此時台上大家都叫三斗紫箬作答。紫箬笑道：「這位學生也算思路清晰。的確，由世界明星集體投資開發的品牌『人造肉漢堡連鎖快餐店』與『明星保障項目』當然有關，而且也只是此項目屬下的其中一種生意而已。還記得當年師父建議明星藝人共建『明星保障項目』之後，香港眾星們便相約師父進一步了解『明星保障項目』的目的和細節，最終知曉原來項目不但對明星的全方位發展有很大幫助之外，而且項目從短期而言，像 2020 年疫情令很多明星們手停口停的現象，有了此平台今後即帶來強而有力的保障；從中期而言，此乃是當時政府提倡演藝圈德藝雙馨、杜絕各樣造假亂象之最佳載體，不竟解鈴還需繫鈴人，對症下藥才是真正解決亂象的良方；而從長期而言，

項目也照顧到明星的退休直至養老，是最為難得地方。

　　與此同時，各明星也認同師父所說，此項目建成也對明星藝人的憂鬱、吸毒等等方面的改善相信會帶來不錯效果。不過最重要還是，當了解到此項目也對當年中國政府之『中國製造 2025』、『一帶一路』、『美麗富裕鄉村計劃』，甚至連每年一度上海舉辦之『國際進口產品博覽會』也有直接間接幫助，因此即馬上聯絡了中國有關協會共襄合作；由於項目整體對社會很正能量，所以在政府的協助下，兩岸四地明星便隨即共建『明星保障項目』，而且發展迅速，二十多年前發展到今天，已經成為全球集明星及公益最大的集團，不但為藝人本身帶來終身保障，且在全球成功建立不少公益項目，最終達至各地明星、粉絲、商人、政府四贏效果，造福社會。

　　至於談到『截貧製富』項目，由於這個項目之目的，不但是扶貧及培育新一代企業家，而更重要是為各地『製造』更多『良心』企業，最終也是要這些良心企業回饋社會。同時，也高度吻合當時中國政府堅持『小成本、大情懷、正能量』之扶貧公益節目方向與及全國『共同富裕』之宏揚目的。當然，『截貧製富』項目當時得到中國各大網絡平台支持，又得到各大企業冠名贊助已足夠每集優勝者的創業獎金，才令『截貧製富』節目不斷在兩岸四地壯大成長，從 2023 年起便陸續在世界各地複製及成立『國際恩商會』、『國際恩基金』、『國際恩商會電商平台』，尤其對南亞、南美及非洲諸國幫助全大，影響深遠。

　　然而，若說到『國際恩商會電商平台』的成功，相信也是由於人性化關係吧。試想想，在各地社會上的恩商店及恩企業，他們的產品或生意完全和外界其他同業之價錢或條件一模一樣，但就有兩大保證，其一是童叟無欺，因為『恩商會』之會員其產品或生意是受嚴格的監察基制約束，如證實不誠實是需要公開除名的。其二是光顧『恩商會』之會員其產品或生意，客人是兼做了公益的，因為『恩商會』之會員所做之任何生意，均要捐獻 20% 至 40% 之家產。那麼，作為一個客人，如果眼前兩間咖啡店，兩間的咖啡味道及價錢一模一樣，但其中一間掛著『恩商會』牌匾的咖啡店，卻保證其咖啡真材實料，

且價錢中的 20% 至 40% 是做公益的，您會光顧那一間咖啡店呢？而『國際恩商會電商平台』更是如此，在國際跨境電商平台上購物就有如『隔山買牛』，產品是否有問題對消費者而言至關重要，如果了解此平台的所有商店貨真價實，絕無贗品劣貨，且價錢一樣卻含有 20% 至 40% 是做公益的，您又會光顧那一個電商平台呢？這不是很容易理解嗎？您說對嗎？」

　　亞盟學生回道：「完全明白！」而全場學生也跟著為紫箸熱烈鼓掌。

　　隨後有中國學生舉手問道：「大家好！我是來自本地即中國的上海，聽了七位導師這三天把當年中國的統一前後過程時光倒流敘述一番，讓我認清自己國家當年之演變，兩岸共融才會有今天幸福文明的中國，既得來不易，自己也受益不淺。不過，回顧這段歷史當中，我也想分享一些看法，可以嗎？」

　　北斗七子隨即答道：「當然可以！也無任歡迎，請說！」

　　上海學生：「我記得亞伯在台灣第二次演出時最後說了七種不容大陸長期等待和平統一的原因，當中一種原因就是天將降大任於斯人也，至今當年的國家領導人不得不任內解決。這也令我想起『倚天屠龍記』的作者金庸先生另一面的真知灼見，也道盡了人世間往往都是冥冥中早有安排，也突顯人類需學懂坦然面對人生的重要性。

　　我們再回顧歷史，孫中山先生推翻腐敗滿清，天將降大任於斯人也！並願為天下蒼生捨棄權位，令人敬仰。中華民國未敗走台灣之前，其實當時中國早已軍閥割據，各自為政，國不成國，所以當年中華人民共和國第一任領導人，天將降大任於斯人也！他為中國收拾殘局，也令中國改弦易轍。而鄧老先生三度重出江湖，撥亂反正，天將降大任於斯人也！令中國改革開放創造『一國兩制』，再令中國涅盤重生。同樣，統一時期的中國領導人，皆因不能讓台灣獨立令中國再陷於分裂，天將降大任於斯人也！始能完成統一使命，光大中華。而在『倚天屠龍記』中，張無忌未成教主之前，明教同樣四分五裂，教中四大法王、逍遙二仙、五散人以及五行旗均各自為政，教不成教；在群龍無首下，張無忌天將降大任於斯人也！才引導群雄，令明教回

復生機，且一樣願為天下蒼生捨棄權位。

　　而大俠金庸，何嘗不是天將降大任於斯人也！他筆下英雄人物大多歷練磨難才成大事，似是人生規律；張無忌為金庸所創，而無論張無忌，還是郭靖，甚至目不識丁之韋小寶，同樣具有家國情懷。而金庸鄧老先生二人生前也一見如故，金庸更表明心跡：『**我這一生如能親眼見一個統一的中國政府出現，實在是畢生最大的願望。**』也反映了金庸之愛國思維，影響後世深遠。而兩岸的對比，也不難從金庸多部作品中看出端倪，就比如喬峯便是漢人契丹人之間種族歧視之下的犧牲品，但今天都同屬中華兒女，折射出兩岸人民共融之可貴。至於張三豐的坦然與滅絕的短淺，儘管二人同屬一代宗師，同屬兩派掌門，更同屬名門正派，但論武功造詣及道行修維，二人卻判若雲泥，天差地遠；這就不難令人聯想到當年的兩岸領導人，也不難讓人看透凡事有果必有因，更反映出金庸的弦外之音，真知灼見。」

　　北斗七子很是認同，不忘為這位上海學生鼓掌，也引發全場掌聲一片。

　　隨後，時間已經接近今屆「全球精英學生研討會」之尾聲，因此三斗、四斗及六斗三人也隨即向在坐之學生說：「時間不饒人，或者大家發最後一道問題吧。」

　　最後，有另一中國學生如是說：「大家好！我是來自中國的台灣，這幾天聽完多位導師憶述這麼詳盡的中國統一前後歷史回顧，讓我有很大感觸，加上剛才聽到這位上海學生的一席話，也同樣發人深省，值得深思。

　　不竟民主自由不代表名門正派，一黨共產更不代表邪魔外道，名字名號皆為虛幻，重點重要在於內核。就比如當年大陸秉持人民至上、防疫至上、生命至上，台灣卻只懂操弄政治、望天打卦、民如草芥。原來『推開』中國疫苗，詆毀抹黑，只為『推銷』自己疫苗，中飽私囊。原來超前部署、世界模範，換來是快樂缺氧、校正回歸。然而不管怎樣故弄玄虛、巧言令色，唯獨人算不如天算，誰真正是名門正派，誰真正是邪魔外道，都必然日久見人心！也慶幸當年的台灣人民最終深諳此道，齊心拒絕做『滅絕師太們』及『宋青書們』，才會

迎來今天燦爛繁榮、文明幸福的台灣，真的很感恩！

不過，我還是想請教各位導師兩個問題：我第一個問題是，在今天七位導師說到 2024 年大陸是利用『先武逼和』手段統一台灣，但最後兩岸人民都是很高興的態度去迎接，這與之前亞伯在統前於台灣曾說過，**不容大陸長期等待和平統一**的**第七種原因**中，兩岸均是仇視對方，哪為什麼會出現兩岸都好像很高興迎接統一這種變化呢？我第二個問題是，我記得亞伯在第一次台灣表演中的第二天於完結時，曾說了兩首詩句去形容當年的兩岸關係，那麼究竟那一句是當時的氛圍及處境？那一句又是未來的境界及結果呢？」

此時，北斗七子均對此學生之語重心長與及對其記憶力尤為驚嘆，並向此學生鼓掌，而全場學生們也不吝向這位台灣學生給予熱烈的掌聲。

四斗湫彤笑道：「或者由我先回答您第一道題吧，其實您所說的這一段歷史並沒有矛盾，也不是起了什麼變化。首先，我們先回顧新中國在統一前的台灣人民，其實已經在綠營的執政下，無論對萊豬、核食、疫情，以至缺水、缺電等等之處理，已經積累了社會不少怨氣，2023 年底綠營再度贏了大選也只是奧步百出。而另一方面，其實在統一之前，大陸的經濟實力與及軍力強大已經是有目共睹，加上我們當年兩次在台灣和民眾的討論，多多少少都有令部分人民回歸理性，綜合而言，在統一前台灣已經是民心思變。

而最重要是，2024 年大陸雖然是以武逼和方式統一台灣，但不要忘記當時大陸只是摧毀台灣之軍事設施，卻無一人傷亡；相反，在統一會談之中，大陸也作出無比善意，儘管最終不是師父建議台灣人民選擇之**第六種結果**，即台灣主動向大陸尋求和平統一，而是發生一如師父所預料之**第三種結果**，但大陸仍然一一答應及接納台灣之要求，是名副其實做到『仁至義盡』的承諾，試問台灣的普羅百姓，又怎會不懂得適可而止，投桃報李？相對來說，也正如師父當年所言，就是因為大陸人民的仇台意識只是『幼苗』階段，加上大陸統一前也摧毀了台灣之軍事設施，已經足以令這種仇台的初步化、情緒化忘卻得乾乾淨淨，況且全體中國人民對中華民族復興及中國夢的期盼也有

了充分的理解，更加懂得以大局為先，因此夾道相迎台灣人民，也是理所當然了，大家說對嗎？」

只見全場學生熱烈鼓掌並一致回應：「當然！」「當然！」……

七斗謙新續說：「沒錯！或許我們看看統後的台灣人民也曾接受外媒的訪問，便會理解什麼是大勢所趨，順理成章。當被問及大陸在統一前曾摧毀台灣之軍事設施，會不會感到憤恨？沒想到第一位被訪問的民眾，竟幽默的回應『大陸摧毀我們的軍事設施都是『攻之無用，棄之可惜』的老化殘舊武器，他們不但幫我們『清理』，還『免費』給我們更新、更強、更多的武器，我們又何樂而不為呢？』第二位民眾則回答『也正如當年亞伯所說，兩岸也要將心比心，我們過去這麼多年長期天天咒罵大陸，而大陸仍一直強忍著，這謂之『仁至』，天天被咒罵仍年年讓利，這謂之『義盡』，在『仁至義盡』又不傷台灣一兵一卒情況下才統一台灣，實質與和統並無分別，我們還有什麼好憤恨呢？』不知大家又認為這兩位民眾說的對嗎？」

全場學生再度鼓掌回應：「也對！」「也對！」……

六斗蔓荷接著：「那麼，就由我回答您第二道題吧，其實這也是一個好問題，但不知為何當年這麼多天依然無人問津，反而 27 年後才有學生問道，都頗算一切都是最安的安排了。記得當年師父是這樣說的，『如果是形容現在的氛圍及處境，與及形容未來的境界及結果，我會借用唐朝的許渾及李白，三國的曹植及唐朝的慧能，共四首詩句混合而用，那就是「溪雲初起日沉閣，山雨欲來風滿樓。兩岸猿聲啼不住，輕舟已過萬重山。」與及「煮豆燃豆萁，豆在釜中泣，本來無一物，何處惹塵埃！」』毫無疑問，如果時間再回到 2021 年 8 月 7 日，以師父當時的意思，現在的氛圍當然是指『溪雲初起日沉閣，山雨欲來風滿樓』。現在的處境自然是指『煮豆燃豆萁，豆在釜中泣』。未來的境界當然是指『本來無一物，何處惹塵埃！』未來的結果自然是指『兩岸猿聲啼不住，輕舟已過萬重山。』大家又會否領略箇中的意味呢？」

只見很多學生搖頭笑著表示不太懂。

五斗大榕笑道：「蔓荷您就別開玩笑了。在坐大部分都是外國

學生，雖然他們大多都學習過中文，但要他們領略到中國較為深奧的詩詞意境，還是有一定難度的。其實這幾句的意思就是說，當時兩岸同室操戈的處境，至今兩岸有兵凶戰危的氣氛；但其實只要台灣當局未來明白及透徹到一切都只是自尋煩惱，所謂天下本無事，庸人自擾之；可以說，『壞果』也是『好果』，只要未來度過了這個坎，衝破了意識形態之界限，那麼千里之遙的江陵，都能夠一天之間便可到達，更何況兩岸只是區區百多公里呢？就像現在兩岸已經四通八達，一天穿梭來往數次都不是問題，當回頭一看，往日之恩怨情仇何其渺小！鏡中花，水中月，人生沒有什麼放不下，人民如此，政客也就更該如此！我想，我這樣解釋您們應該會明瞭吧！」

全場學生明白箇中玄機後即報以熱烈掌聲。之後，再有美國學生舉手希望給他發表簡短說話，北斗七子也示意歡迎。美國學生笑道：「恭賀您們中國，特別是剛才說話之四位導師，您們的名字密碼也可說是預言成真，果然是：中台港澳，千秋萬代，融和同心！」

謙新、湫彤、蔓荷、大榕四人也連番感謝台下之美國學生。其後，北斗七子手牽手地向學生深深鞠躬，而全場學生也全體禮貌式立刻站立，頓時掌聲雷動，經久不息。而七子也重覆 27 年前在台灣拱手話別依依：「咱們但願青山不改，綠水長流，來日江湖再見，後會有期，懇請各位珍重！謝謝大家！」

三天活動之第 20 屆「全球精英學生研討會」就此順利結束，儘管北斗七子曲終人散，但餘音猶在，多國學生仍然意猶未盡，徘徊場內，樂而忘返。

（全書完）

結語

　　在下才疏學淺，既不是學者，也不是政治家，更不是預言家。在下只是到過世界很多地方，親睹很多事情，積累很多經歷，領略很多道理。作為一個海外華人，也想分享一些自己對中美及兩岸四地之看法罷了。同時，在下無意針對任何人，只想針對事。誠然，在下寫本書的初衷，既不是為名，更不是為利，因為在下本來就是個世界閒人，平凡至極；本書完成於 2021 年 3 月底，兼且內容大多具新聞性，然而由於疫情關係令出版一延再延，為了不停更新，也難免會出現文字結構不通順，人物性格不鮮明，內容述事不合理，也盼望讀者多多包涵。同時，在下不才，對於書中提及中美、兩岸或中港等等問題之解決方法，當然未必是最佳良方，特別是常談到兩岸統一時候所虛構之新國名、新黨名方面，也只純屬假設，關鍵重點還是在各種問題之核心及解決之道；並期願拋磚引玉，彼能集思廣益，讓各地眾多真正的專家學者也能提出更具成效之建議。無論如何，相信只要大家多想想，所謂三個臭皮匠勝過一個諸葛亮，更何況中華民族有著十數億個臭皮匠，總會找到法子出口，就只怕從政之人掩耳盜鈴，視若無睹，虛耗光陰，累己累人。

國家圖書館出版品預行編目資料

二零四八十月 / 烏托盟邦作. --初版. --臺北市：
博客思出版事業網, 2022.05
面； 公分

ISBN：978-986-0762-12-9（平裝）

857.7　　　　　　　　　　　　110019205

現代小說 3

二零四八十月

作　　者：烏托盟邦
主　　編：沈彥伶
編　　輯：楊容容
美　　編：凌玉琳
校　　對：楊容容、古佳雯
封面設計：烏托盟邦
封面插畫：克洛伊
出　　版：博客思出版事業網
地　　址：台北市中正區重慶南路1段121號8樓之14
電　　話：(02) 2331-1675 或 (02) 2331-1691
傳　　真：(02) 2382-6225
E - MAIL：books5w@gmail.com或books5w@yahoo.com.tw
網路書店：http://bookstv.com.tw/
　　　　　https://www.pcstore.com.tw/yesbooks/
　　　　　https://shopee.tw/books5w
　　　　　博客來網路書店、博客思網路書店
　　　　　三民書局、金石堂書店
經　　銷：聯合發行股份有限公司
電　　話：(02) 2917-8022　　傳　真：(02) 2915-7212
劃撥戶名：蘭臺出版社　　　　帳　號：18995335
香港代理：香港聯合零售有限公司
電　　話：(852) 2150-2100　　傳　真：(852) 2356-0735
出版日期：2022年 5 月初版
定　　價：新臺幣 380 元整（平裝）
ISBN：978-986-0762-12-9

羊 韋

韋 龢

第一輯

第19册 **神 考** 正編 第10種

（新編）**神考目錄**

（原）神考目次

新搜神記卷十一 ‥‥‥‥‥‥‥一

　　　神考上‥‥‥‥‥‥‥‥‥五

一

新搜神記 卷十一

神 考 上

關帝歷代封號

關聖帝君仕漢，封「漢壽亭侯」。後主景耀三年，追諡故前將軍關曰「壯繆侯」。宋哲宗紹聖三年賜帝玉泉祠額曰「顯烈廟」。徽宗崇寧元年追封「忠直(一作惠)公」。大觀二年加封「武安王」。宣和五年敕封「義勇武安王」。高宗建炎三年加封「壯繆義勇王」。淳熙十四年加封「英濟王」。明太祖洪武元年戊申，復原封稱「壽亭侯」，於二十年正月建廟于順天府正陽門之甕城內。永樂元年癸未十二月，建廟于都城宛平縣之東。成化十三年建，俗呼白馬廟，蓋隋舊基也。又特頒龍鳳黃紵旗一，揭竿豎之，每歲正旦、冬至、朔望，祭祀香燭等儀，俱有恆品。元天曆復加「顯靈」，故今稱「壯繆義勇武安顯靈英濟王」。正德四年己巳賜廟曰「忠武」。又於三十五年丙辰，司禮監太監黃錦、太保都督陸炳出白金二千五百兩，重新當陽墓廟前。知縣黃恕原議准建。萬曆十八年正月加封帝

五

卷十一 神考上

號，特頒袞冕肆輯圖，首冕服，次巾幘，又次公幞，又賜額「顯佑」，以督河工尚書潘季馴請。二

十三年乙未賜坊，名曰「義烈」，以伊府萬安王襃奏於河南雒陽建坊

源題請，勅解州廟名曰「英烈廟」。三十三年甲寅十月十九日，太監李恩奉旨到正陽門廟上九旒珠冠

一，眞素玉帶一，四蟠龍袍一，黃牌一，加封「三界伏魔大帝神威遠震天尊關聖帝君」，醮三日，頒

行天下，文武慶賀。熹宗天君四年甲子明祀典正神號。六月十三日太常盧大申題稱：追祀漢前將軍壽

亭侯，原奉我皇祖特封「三界伏魔大帝神威遠震天尊關聖帝君」，業已帝，而祀文猶侯，似不相蒙，

仰祈勅下部查議云云，奉聖旨：神號著遵炤

皇祖，加勅封祀。此關聖帝君所由稱也。本朝《大清會典》：順治九年敕封「忠義神武關聖大帝」。每

年五月十三日祭，遣太常寺堂官行禮，不致齋，由本寺題請陳設供品，帛一白色，白磁爵三，牛一、

羊一、豕一，菓品五：核桃、荔枝、圓眼、李、栗各一盤，酒一尊。祭日敎坊司作樂行三獻禮，每獻

三跪九叩頭。祝文曰：「惟帝純心取義，亮節成仁；允文允武，乃聖乃神。功高當世，德被生民；兩

儀正氣，歷代名禋，英靈丕著，封號聿新，敬修歲事，顯佑千春。尚饗。」明太常少卿黃芳田以

漢壽係封邑，而亭侯者爵也，上稱壽亭侯者誤，乃改稱漢前將軍〔漢〕壽亭侯關。愚按：孫承澤引宋

司馬智〈玉泉寺壽亭侯記〉云。據此，則公固壽亭也。然終以邑名爲是。夫以公之忠貫一時、氣蓋千

古，封之爲王，豈公之志？至曰「眞君」，益不可聞于公也。不若就本稱「漢前將軍漢壽亭侯關」爲

得公之心。至于公之一生，則，本朝崇封「忠義神武」四字盡之矣。

忠顯王生辰

張桓侯廟在涿州南關五里，名忠義店。相傳爲侯賣肉之所，有磨刀石在焉。八月二十三日爲侯生辰。鄉人相率演戲祭賽，香火最盛。按此事正書不在（載），殆因《三國演義》而附會其說，至今流俗相沿。各州市鎮屠宰之家，皆于是日演戲祭賽，美其名曰「腰子會」，尤爲鄙褻。按：侯生辰見《齒譜》所引《桃園記》，乃五月五日，非八月二十三也。宋與元初，侯廟在遼寧之涪江。紹興初，元北虜振搖關輔，張魏公宣撫處置秦蜀，遣屯閬中，秋八月死卒有更生者轉傳戒語，而虜酋兀朮裹室連犯漢中，皆折角而退，魏公以神安國，用便宜奏進，封爲「忠顯王」，至元順帝至元六年，加封「武義忠顯英烈靈惠助順王」。今屠家稱爲「閬中王」者，蓋未深考也。

梓潼帝君封號

帝君廟在梓州梓潼縣，本梓潼神也。舊記曰：神本張惡子，仕晉戰死而廟存。唐明皇狩蜀，神迎于馹馬（萬里）橋，追命左丞相。僖宗播遷亦有助，封「濟順王」。咸平中益卒爲亂，王師討之。忽有人呼曰：「梓潼神遣我來」。九月二十日城陷，果克。四年州以狀聞，故命追封「英靈（顯）王」。

俱見《事物紀原》。宋理宗景定五年三月二十九日，封神「文聖武孝德忠仁王」。宋度宗咸淳五年月日，加封神父「顯慶慈佑仁裕令德王」，神母「昭德積慶慈淑恭慧妃」（清河內傳）。元累封「輔元開化文昌司祿宏仁帝君」（萬曆總志）。左司獨孤代，七月十五生，因斬邛州蝨功，累封八字王，今掌文昌左班，封「廣佑嘉應昌澤孚惠王」。右司李斌，八月十五日生，以破苻堅功，累朝加封八字王，今掌文昌右班，加封「英惠忠烈翼濟正佑王」（清河內傳）。梓潼文昌君從者曰：天聾、地啞，蓋不欲人之聰明用盡，故假聾啞以寓意。夫天地豈可以聾啞哉！王逵蠡海錄）。元仁宗延祐三年七月日，加封「輔元開化文昌司祿宏仁帝君」，主者施行。勅曰：「上天眷命皇帝聖旨。維明有禮樂，惟幽有鬼神。妙顯微之一貫，在天爲星辰，在地爲河嶽，形功用于兩間，矧能陰隲于大猷，必有對揚之懋典。蜀七曲山文昌梓潼帝君，光分張宿，友詠周詩，相予泰運，則以忠孝而左右斯民；柄我坤文，則以科名而選造多士。每禦救于災患，彰感應于勸懲。貢舉之令再頒，考察之籍先定。賚餙雖加于渙汗，徽稱未究于朕心。於戲！予欲人才輩出，爾不炳江漢之靈；予欲文治昭宣，爾濬發奎璧之府。庶臻嘉貺，以答寵光。」《道經》云：二月初三，是日文昌帝君誕。《翰墨大全》元無名代〈二月初三帝君生辰疏〉云：「北極建卯，方新三月之杓；西蜀生辰，誕應五雲之瑞。瑤池啓宴，寶闕騰歡。恭惟帝君，名震梓潼，職嚴桂籍。銀鈎鐵畫，盡入神出聖之能；玉句金章，致泣鬼驚神之妙。輔佐玄天之主，闡揚《周易》之靈。某仰獻兕觥，俯陳燕賀，億千萬綿延之壽，劫劫長存；九十四變化之身，

如如丕（顯）。」按：唐孫樵有〈祭梓潼文〉，李商隱有〈張亞子廟詩〉，莫或言其主文。按：仁和

翟顥《通俗編》云：《北夢瑣言》：梓潼縣張蛋子神，乃五丁拔蛇之所也。或云巂州張生所養之蛇，

因而立祠，時人謂為亞子，其神甚靈。《十國春秋·僞蜀紀·梓潼》：梓潼縣祠蛇神，曰張惡子。世

子元膺被誅之夕，司祝者忽夢為惡子所責。言：「我久淹成都，今始方歸，何祠宇荒穢若是？」由是蜀

人傳元膺為廟蛇之精。依其說，則其神不足輕重可知。後人不知，乃援《詩》「張仲孝友」為張亞轉

世，以為十世為大夫，鄒誕至此。愚謂文昌非張亞，亦非張仲，蓋蜀文翁也。《蜀志》：文翁遣相如

東授《七經》，於是蜀俗比于齊魯，宜立祠堂云云。調元按《圖志》：神姓張諱亞子，其先越巂人，

因報母仇，徙居劍州之七曲山，仕晉戰沒，人為立廟。姚萇伐蜀至梓潼嶺，見一神人謂之曰：「君早

還秦。秦無主，其在君乎！」萇請其姓名，曰：「張亞子也。」後果據秦稱帝，因立張相公廟，嗣代

顯聖，故由「濟順王」加封至「英顯王」。至元仁宗延祐三年七月，乃加封「輔元開化文昌司祿宏仁

帝君」。文昌本天上六星，在北斗魁前，為天之六府。其六曰司祿。道家謂上帝命梓潼神掌文昌府事

及人間祿籍，故以「文昌司祿」封之，而天下學校亦皆立祠以奉之。此特誥冊爵號，非謂即祠文昌星

也。因元仁宗加封「文昌司祿」，人遂以「文昌」稱之，而京都及天下俱額曰文昌宮，其實即晉之張

亞子也。十七世張仲轉世，自屬後人附會。觀歷代封號並無張仲名可知。而翟顥不詳考正書，神自後

秦建張相公廟及歷代封爵，但就因「文昌」文字逐妄臆為文翁，可謂鑿空杜撰，游談無根矣。至引蛇

精事，特不知古惡、蜑二字通用，因《爾雅》：蚗蜑爲蛇，江淮人爲（謂）蜑子，遂疑爲怍，尤爲妄誕不經，不得不爲之辨。

川　主

《名勝志》：隋青城人趙昱，與道士李旺遊，屢徵不起。後煬帝辟爲嘉州守。時州有蛟患，昱令民臨江鼓噪，與其七人伏劍披髮，入水斬蛟，奮波而出，江水爲赤，蛟患遂息。開皇間入山，踪跡之不復見。後運餉者見昱乘白馬引白犬，偕一童子，腰弓挾彈以遊，儼若平生焉。唐太宗封爲「神勇大將軍」，廟祀灌口。明皇幸蜀，封「赤城王」。宋張詠治蜀，蜀亂，屢得神助。蜀平事聞，封「川主清源妙道眞君」。按：《神異傳》作：犍爲潭中有老蛟爲害，昱率甲士千人，夾江鼓噪，持刀入水，有頃，江水盡赤，昱左手持蛟首，右手持刀，奮波而出。隋末隱去，不知所終。後嘉陵水漲，人有見昱青霧中騎白馬從數獵者于波面過。宋太宗封「神勇大將軍」。與此小異。按：今灌縣有趙公山，卽公隱處也。元無名氏〈清源眞君六月二十四日生辰疏〉：「孟秋行白帝之權，尙遲六日；中夏慶清源之聖，誕降九霄。易地權平，與天長久。恭惟清源眞君，秀儲仙洞，威震靈關。破浪與妖，隨顯屠龍之手；舍沙射影，特彰斬蜃之功。佐泰山生死之司，護佛法慈悲之敎。某恩蒙波潤，澤遇河清，五十四州咸仰西川之主，億千萬歲永綏東土之民。」見《翰墨大全》。

土主

簡州城外東隅有協濟廟，土主梅使君，漢南昌尉梅福之裔也。為郡太守，生則遺愛萬民，死在享祀百世。唐玄宗幸蜀，夢一老人墜於梅井，王子扶而出之，見頂生肉角，詔問，乃此神，因錫爵土廟號，遇水旱禱皆驗。見《名勝志》。

藥王有三

藥王有三。其一為扁鵲。《史記》：扁鵲者，渤海郡鄭人也。姓秦氏，名越人。少時為人舍長。舍客桑君過，扁鵲獨奇之，常謹遇之。而桑君亦知扁鵲非常人也。出入十餘年，乃呼扁鵲私坐，間與語曰：「我有禁方，年老，欲傳與公，公毋洩。」扁鵲曰：「敬諾。」乃出其懷中藥與扁鵲：「飲是以上池之水，三十日當知物矣。」乃悉取其禁方書與扁鵲。忽然不見，殆非人也。為醫或在齊，號盧醫；或在趙，名扁鵲。過邯鄲，聞貴婦人，即為帶下醫；過雒陽，聞周人愛老人，即為耳目痺醫；來入咸陽，聞秦人愛小兒，即為小兒醫，隨俗為變。秦太醫令李醯自知伎不如扁鵲也，使人刺殺之。至今天下言脈者，由扁鵲也。《稗史彙編》：扁鵲墓在河間任邱縣，其祠名藥王祠。祠前有地數畝，病者禱

神，乃以玦卜之，許則云從某方取藥，如言掘土，果得藥，服之無弗愈者。其色味不一。四方來者，日掘千窟，越宿俱平壤矣。《宋史》：景祐元年仁宗不豫，許希鍼愈，命爲翰林醫官，賜緋銀魚及器幣。希拜謝，又西嚮拜。帝問故，對曰：「扁鵲，臣師也。敢忘師乎？請以所得金與扁鵲廟。」帝爲築廟于城西隅，封「靈應侯」。《湧幢小品》：鄭州土城無門扉，相對如闕，中有藥王廟，卽扁鵲，〔州〕人也，封「神應王」。神廟，玉體違和，慈聖皇太后禱之，立奏康寧，爲新廟，建三皇殿于中，以歷代之能醫者附焉。

其一爲唐孫思邈，號眞人。按《舊唐書》：孫思邈者，京兆華原人也。七歲就學，日誦千餘言。弱冠，善談莊老及百家之說，兼好釋典，洛州總管獨孤信見而嘆曰：「此聖童也。但恨其器大，難爲用耳。」周宣帝時，思邈以王室多故，隱居太白山。隋文帝輔政，乃徵爲國子博士，稱疾不起。嘗謂所親曰：「過五十年當有聖人出，吾方助之以濟人。」及太宗卽位，召詣師，嗟其容色甚少，謂曰：「故知有道者誠可尊重，羨門、廣成豈虛言哉！」將授以爵位，固辭不受。上元元年辭疾請歸，特賜良馬及鄱陽公主邑司以居焉。當時知名之士宋令文、孟詵、盧照鄰等，執師資之禮以事焉。思邈常從幸九成宮，照鄰留其在宅，時庭前有病梨樹，照鄰爲賦，其序曰：「癸酉之歲，余臥疾長安光德坊之官舍，父老云是鄱陽公主邑司。昔公主未嫁而卒，故其邑廢，時有孫思邈處士居之。邈道合古今，學殫數術。高談正一，則古之蒙莊子；深人不二，則今之維摩詰；其推步甲乙，度量乾坤，則洛下閎、

安期先生之儔也。」照鄰有惡疾，醫所不能愈，乃問思邈：「名醫愈疾，其道何如？」思邈曰：「吾

聞善言天者，必質之於人；善言人者，亦本之於天。天有四時五行，寒暑迭代。其轉運也，和而爲

雨，怒而爲風，凝而爲霜雪，張而爲虹蜺，此天地之常數也。人有四肢五臟，一覺一寢，呼吸吐

納，精氣往來，流而爲榮衞，彰而爲氣色，發而爲音聲，此人之常數也。陽用其神，陰用其精，天人

之所同也。及其失也，蒸則生熱，否則生寒，結而爲瘤贅，陷而爲癰疽，奔而爲喘乏，竭而爲燋枯，

診發乎面，變動乎形。推此以及天地，亦如之。故五緯盈縮，星辰錯行，日月薄蝕，孛彗飛流，此天

地之危診也。寒暑不時，天地之蒸否也；石立土踊，天地之瘤贅也；山崩土陷，天地之癰疽也；奔風

暴雨，天地之喘乏也；川瀆竭涸，天地之燋枯也。良醫導之以藥石，救之以鍼劑，聖人和之以至德，

輔之以人事，故形體有可愈之疾，天地有可消之災。」又曰：「膽欲大而心欲小，智欲圓而行欲方。

《詩》曰：『如臨深淵，如履薄冰』，謂小心也；『赳赳武夫、公侯干城』，謂大膽也；『不爲利

回，不爲義疚』，行之方也；『見機而作，不俟終日』，智之圓也。」思邈自云開皇辛酉歲生，至今

年九十三矣。詢之鄉里，咸云數百歲人。話周、齊間事，歷歷如眼見。以此參之，不啻百歲人矣。然

猶視聽不衰，神采甚茂，可謂古之聰明博達不死者也。初魏徵等受詔，脩齊、梁、陳、周、隋五代

史，恐有遺漏，屢訪之。思邈口以傳授，有如目覩。東臺侍郎孫處約將其五子侹、儆、俊、佑、佺，

以謁思邈，思邈曰：「俊當先貴，佑當晚達，佺最名重，禍在執兵。」後皆如其言。太子詹事盧齊

卿，童幼時，請問人倫之事，思邈曰：「汝後五十年位登方伯，吾孫當為屬吏，可自保也。」後齊卿為徐州刺史，思邈孫溥果為徐州蕭縣丞。思邈初謂齊卿之時，溥猶未生，而預知其事。凡諸異迹，多此類也。永淳元年卒。遺令薄葬，不藏冥器，祭祀無牲牢。經月餘，顏貌不改，舉屍就木，猶若空衣。時人異之。自注《老子》、《莊子》，撰《千金方》三十卷行於代。又撰《福祿論》三卷，《攝生真錄》及《枕中素書》、《會三教論》各一卷。子行，天授中為鳳閣侍郎。

其一為藥王韋慈藏。《舊唐書‧張文仲傳》：文仲少與鄉人李虔縱、韋慈藏，並以醫術知名。慈藏景龍中光祿卿，自則天、中宗以後，諸醫咸推文仲等三人為首。《新唐書‧甄權傳》：後以醫顯者，京兆韋慈藏光祿卿。別無他事蹟，而藥王之名亦不見于諸書。今世所塑繪藥王，除扁鵲外，皆作孫思邈，並附會小說，為坐虎針龍象，並不言韋慈藏。而典禮所祀三皇廟，以藥王為韋慈藏，未識所本。惟《釋氏稽古略》載：藥王姓韋氏，名古，字老師，疏勒國人，開元二十五年至京，紗巾氈袍，並圖其形容，朝夕供養。腰懸數百葫蘆，普施藥餌，以一黑犬自隨。凡有患者，古視之即愈。帝與皇后敬禮之，並杖藜而行。常養一犬，多毛黃色，每以自隨。唐開元末歲，牽犬至岳寺求食，僧徒競怒，問：「何故復來？」老師云：「求食以與犬耳。」僧怒，又慢罵，令奴盛殘食與之。老師撫其首，乃出殿前池上洗犬，俄有五色雲徧滿溪谷，僧駭視之，其犬長數丈，成一大龍。老僧亦自洗濯，取綃衣騎龍

坐定，五色雲捧足，冉冉昇天而去。寸僧作禮懺，悔已無及矣。出《驚聽錄》。此與前韋老師事亦相類。據前二說，則所稱藥王又作韋老師矣。老師豈慈藏之字歟？抑別一人歟？按《維摩經》云：佛告大帝，過去無量阿僧祇劫時，此佛號曰藥王。又《萬佛名經》：南無藥王佛菩薩，又南無北方九十九佛百千萬同名大藥王菩薩。據此，則藥王不獨一人矣。

灌口李二郎

宋高承《事物紀原》：廣濟王在永康軍導江縣，李冰廟也。秦孝文時，冰為蜀郡守，自汶山壅江灌漑二郡，歷代以來，蜀人德之，饗祀不絕。《太平廣記》：李冰為蜀郡守，有蛟、歲暴，漂墊相望，冰乃入水戮蛟。冰不勝，及出，選卒之勇者數百，持彊弓大箭，約曰：「吾前者為牛，今江神必亦為牛矣。我以大白練自束以辨，汝當殺其無記者。」須臾，風動大起，天地一色，稍定，有二牛鬥。見公練甚長白，武士乃齊射，其神遂斃。從此蜀人不復為水所病。至今大浪沖濤，欲及公之祠，皆瀰瀰而去。故春冬設有鬥牛之戲，未必不由此也。祠南數千家邊江低圮雖甚，秋潦亦不移，適有石牛在廟庭下。唐太和五年洪水驚潰，冰神為龍，復與龍鬥于灌口，猶以白練為誌，水遂漂下。左綿、梓潼皆浮川溢峽，傷數十郡，唯西蜀無患。《錄異記》：天祐七年夏，成都大雨，岷江漲，將壞京口。灌江堰上，夜聞呼噪之聲，若千百人，列炬無數，大風暴雨

而火影不滅。及明，大堰移數百丈，堰水入新津江，李冰祠中所立旗幟皆濕。是時新津、嘉眉水害尤

多，而京江不加溢焉。今縣西三十三里犍爲縣索橋，有李冰廟。按：即崇德廟也。宋庀仲榮監修永康

崇德廟卽此。《水經注·江水》：又歷都安縣，卽沒山縣郡治，劉備之所置也。有桃關，李冰作大堰

于此。立碑六字曰：「深淘潭淺包隄」。宋徽宗時改封眞君。《朱子語錄》云：「蜀中灌口二郎廟。

當時是李冰因開離有功立廟；今來現許多靈怪，乃是他第二兒子。」初聞吏而利之所及，不足以償

其費。元統二年僉四川肅政廉訪司事吉當普巡行視要害三十有二處，餘悉罷之。召灌州判官張宏計

曰：「若甃以石，歲役可罷，民力可蘇。」宏遂出私錢爲小堰，堰成，暴漲不動，乃具白行省及蒙古

軍七翼之長，郡縣守宰不及。鄉里之老，各陳利害，咸以爲便。于是徵工發徒，卽都江舊蹟而治之。

塩井關限其西北，水西關據其西南，分江導水，因勢濬堰。以鐵六千觔鑄大龜，貫以鐵柱，鎭其江

源。然後諸堰皆甃以石，範鐵以關其中，以桐油、石灰、雜麻絲搗熟密苴罅漏；岸善崩者，築江石以

護之；上植楊柳，旁種蔓荆，櫛比鱗次，賴以爲固。所至或疏舊渠，以導其流，或鑿新渠，以殺其

勢，遇水會則有石門泄蓄，自是水利。省台上其功，詔揭傒斯記之。是役石工金工皆七百人，木工二

百五十，役徒三千九百，蒙古居二千，糧千石有奇，石材萬餘，灰六萬餘觔，油半之，鐵六萬五千

觔，麻五千觔，共四萬九千有奇緡，官積餘二十萬一千八百緡，責灌守以貸于民，歲取其息，

以備祭祀、淘灘之費，仍免灌之兵民常役，俾專力堰事焉。

趙公明

蜀中俱祀壇神，巫家所供也。名其神曰「黑虎玄壇趙公明」。按：趙公明之神，始見《搜神記》。

散騎侍郎王祐疾困，與母辭決。既而聞有通賓者，曰：「某郡某里某人，嘗爲別駕。」祐亦雅聞其姓

字。有頃，奄然來至曰：「今年國家有大事，出三將軍，分布徵發。吾等十餘人，爲趙公明府參佐。

至此倉卒，見卿有高門大屋，故來投。與卿相得，大不可言。」祐知其鬼神，曰：「不幸篤疾，死在

旦夕，遭卿以姓命相托。」答曰：「人生有死，此必然之事。死者不繫生時貴賤。吾今見領兵千人，

須卿，得度簿相付。如此地難得，不宜辭之。」祐曰：「老母年高，兄弟無有，一旦死亡，前無供

養。」遂歔欷不能自勝。其人愴然曰：「卿位爲常伯，而家無餘財。向聞與尊夫人辭訣，言辭哀苦。

然則卿國士也，如何可令死？吾當相爲。」因起云：「明日更來。」其明日又來。祐曰：「卿許活

吾，當卒恩不？」答曰：「大老子業已許卿，當復相欺耶？」見其從者數百人，皆長二尺許，烏衣軍

服，赤油爲誌。祐家擊鼓禱祀，諸鬼聞鼓聲，振袖颯颯有聲。祐將爲設酒食，辭曰：

「不須。」因復起去，謂祐曰：「病在人體中，如火，當以水解之。」因取一杯水，發被灌之。又

曰：「爲卿留赤筆十餘枝，在薦下，可與人，使著。出入辟惡災。」因道曰：「王甲李乙，吾皆與

之。」遂執祐手，與辭。時祐得安眠。夜中不覺，忽呼左右令開被⋯「神以水灌我，將大沾濡。」開

被而信，有水在上被之下，下被之上，不浸，如露之在荷。量之，得二升七合。於是疾三分愈二，數日大除。凡其所道當取者，皆死亡。唯王文英半年後乃亡。所道與赤筆人，皆經疾病及兵亂，皆亦無恙。其向所云：上帝以三將軍趙公明、鍾士季各督數萬鬼下取人，莫知所在。祐病差。據此則當是巫家所謂趙公明，而無所謂黑虎玄壇。按：遂寧李如《石實蜀語》謂：「壇神名主壇羅公，黑面，手持斧，吹角，設像于室西北隅，去地尺許。歲暮則割牲，延巫歌舞賽之」。考《炎徼紀聞》「黑羅羅」曰：「烏蠻俗尚鬼，亦曰烏鬼。今市井及田舍祀之，縉紳家否。杜詩：『家家養烏鬼。』元微之：『祭賽烏稱鬼。』皆是也。」據此，則言羅公而不言趙公明。大抵因面黑而附會黑虎，因黑虎而並取明嘉靖年間道士所作《封神傳》小說內之趙公明以附會其說。皆巫家之言，其實皆烏蠻之俗也。

王靈官

道書：崇恩眞君姓薩氏，諱守堅，西蜀人，在宋徽宗時嘗從虛靖天師張繼先及王侍宸、林靈素傳學道法，累有靈驗；而隆恩眞君則玉樞火府天將王靈官也。又嘗從薩眞君傳授符法。國朝永樂中，有杭州道士周思得以靈官之法，顯于京師，附神降體，禱之有應，乃于禁城之西，建天將廟及祖師殿。宣德中改廟爲火德觀，封薩眞人爲「崇恩眞君」，王靈官爲「隆恩眞君」。又建一殿崇奉二眞君，左曰崇恩殿，右曰隆恩殿。成化初年改觀曰宮，加「顯靈」二字，遞年四季更換袍服。三年一小

焚化，十年一大焚化。又復易以新制珠玉錦綺，所費不貲。每年萬壽聖節、正旦、冬至及二眞君示現之日，皆遣官致祭。其崇奉可謂至矣。倪文毅公疏曰：「薩眞人之法，因王靈官而行；王靈官之法，因周恩得而顯。其法之所自，皆宋徽宗時林靈素輩之所傳。一時附會之說，淺謬如此，本無可信。況近年附體降神者，乃欽發充軍顧鈺、顧綸之父子，其爲鄙藝尤甚。往往禱雨祈晴，杳無應驗，則其怪誕可知。但經累朝創建，一時難俱廢毀。所有前項祭古之禮，俱多罷免；其四時袍服，宜令本宮住持並庫役人等，于每年應換之日，仍會同道籙司掌印官，照舊依期更換，如法收貯，不必焚化，永爲定例。伏乞敕內府衙門，以後袍服等件，不必再行制造，如此則日用不至于妄費，而邪術亦可以稍貶矣。」翟灝曰：「據此，則靈官受法于薩守堅，薩受法林靈素，而林乃一詩奕道士爾。不知今之塑象何以金盔、金甲、金鞭、金塼、以肖其威嚴如是也？」

五 顯

五顯之名不見正書，惟明祝允明所著集略有〈蘇州五顯廟記〉云：「造化之數，五爲火紀；爰自三才，奠居而行效用。象于天爲五緯，形於地爲五物，麗於人爲五德。貢幽明而共徹，質鬼神而無疑者也。五物之神，其在于上爲五大帝，所謂靈威仰、赤熛怒、白招矩、汁光紀、含樞紐；而配于人

帝，所謂太昊、炎帝、少帝、帝嚳、黃帝；官神所謂勾芒、祝融、蓐收、玄冥、后土，其致一也。明

堂既祀上帝，而〈小宗伯〉又曰：『兆五帝于四郊。』今皇朝既祀星岳於郊壇，又爲五顯專祠於他山，亦其義歟？」五顯所起，未審前聞。世所傳《祖殿靈應集》云：與天地同本始，年逮光啓，降於婺源王諭家，語邑人麋玉。「當血食于此。」於是建宇棲之。功佑丕格，邑人依怙。初名廟爲「五通」大觀，以後，累封王秩，遂有「五顯」之稱。升又辨五通之說。按：李覯作〈五通祠記〉，主在報德，不知其他。此云政和已廢五通，宣和始封五顯，審迺則非五通明矣。又佛典則爲華光藏菩薩之化。

《會要》不載姓氏，而推本於五行，亦近雅論。宋廸功郎國史實錄院編校文字胡升所作《星源志》則疑

夫自執一者觀之，以爲神祇鬼，判然不相謀也。且三皇二帝，固皆人鬼，何亦麗于是乎？聖既有之，賢亦宜然。蓋一元合分，精英旁魄，或于天，或于地，或于人，無不可者，惟圓機者其知之矣。吳郡行祠，未的所始？或曰始于建炎，郎織里橋南朱勔舊苑地爲之。嘉熙中，比邱圓明重建正殿。寶佑甲寅，通復鼎新，又增大雄殿于東序。景定以後，正知、善已，繼新三門兩廡，以逮行日躓持，月有閱經之會，歲脩慶佛之儀。入至元間，日又勸善男子發與弟子榮，特建華光前閣。元貞，衆力復成後閣。大德中，如海購地拓廣，再置吳江田爲長明燈油及瞻衆費。延祐丁巳，寓公葉武德又作圓通殿。此皆延祐七年吳江州儒學教授顧儒靈順記平江萬壽靈順行祠所述也。曁入皇朝，嗣者不弛，而歲久頽燹。正德初同宗吳公祖李公粗，聽訟于是，乃加葺飾，更創傑閣，今主僧某來謁余記。於戲！以神之靈，貫三才、通古今。遵乎上而信，徵諸下而從。衆既歸止，徒宜護持。予敢從民，以徵于神，尚有異體，

如水以沛，如火以光，詡聖圖煦生類，以昌于無疆哉！」據此，則五顯正神、其來舊矣。吾南村綿安交界有山，直插河滸，曰「象鼻嘴」，崖上舊有五顯廟，未知何代頹廢？嘉慶元年二月，綿竹民人患療疾，百醫不治，病已垂危，有一雲遊道人，自言能醫，延至家，于囊中探一紅丸使吞之，曰：「得此可除。」依方服之，果痊。以金帛謝之，不受。問其姓，曰：「姓蕭」，問其家，曰：「象鼻嘴居住」。痊後至其處訪之，遍問山下，並無姓蕭者。有父老沈吟久之，謂某曰：「曾記兒童時聞祖父言，山原有五顯廟，毀于明季。聞三教源流，五顯父爲蕭永福，宋時人，一胎五子，俱以顯爲派，長曰蕭顯聰，次日顯明，三日顯正，四日顯直，五日顯德。四顯俱有仙根，而五顯尤靈異，能降妖救難，故民爭立廟祀之。意者其殆是歟？」某遂笅卜之，果投笅如響，遂捐百金，爲之立廟。草創初就，凡有來問者無不應驗，一時遠近諸民持香燭紙馬來者，日以千計。余時適走失伶僮戴福順，問神何日可得？神以笅告定于九月初五日有人送回。至期果應。時豪善士適修大殿，遂爲之捨大柱四根，大樑一架，並書諸伶十六人姓名于上，以求神佑。至今廟貌巍然矣。諸伶皆屢逃屢獲，其神之庇乎？

馬王

《周禮》春祭馬祖，夏祭先牧，秋祭馬社，冬祭馬步，其文甚明。今北方府州縣官凡長馬政者，每歲六月二十二日祭馬神廟，而主祭者皆不知所祭之神。常在定州，迨知州送祭馬廟胙，問所祭馬神

何稱？對以馬明王之神。及師生入揖。問之亦然。不知明王乃神之通稱，非如馬頭娘之馬明王也。蓋《周禮》不明久矣。但不知太僕寺致祭如何？未及問也。

牛王

今人多于十月初一日相率祭牛王。牛于農家有功，以報本也。但不知其始。按《列異傳》：「秦文公伐梓樹，梓樹化爲牛。文公遣騎擊之，騎墮地被髮，牛畏之，入水不出，沒豐水中，秦乃立怒特祠。」按此即今牛王廟之始也。文公遣騎擊殺之，其家旬日內相次而殞。有識者曰：「玄武神也。」按《雲麓漫鈔》：玄武本北方之神，祥符間避諱，改「眞武」。後于醴泉觀得龜蛇，道士以爲眞武現，自後奉事益嚴。其繪象披髮黑衣仗劍踏龜蛇，從者執黑旗焉。據諸說，則龜蛇即眞武所化現，不特爲從將也。者，以七月農方收穫，故相沿改期，以便民也。按《大玉匣記》：「牛王生辰，在七月二十五日。」今用十月初一

龜蛇二將

《酉陽雜俎》：太和中朱道士者遊廬山，見澗石間蟠蛇如堆錦，俄變巨龜。訪之山叟，云：「是眞武現。」《靈應錄》：沈仲霄子于竹林見蛇纒一龜，將鋤擊殺之，

新搜神記　卷十二

雨村居士

神　考　下

魁　星

魁星，《日知錄》謂：魁當奎之訛，奎為文章之府，文士宜祀。亦屬調停說耳。今祠觀中多祀其像，漸及學宮，不知何時所起？樵書奉魁星踢斗圖，以為宜科名。魁字乃鬼抱斗，鬼之腳右轉為踢此斗。然所謂魁星踢斗者，不過臧一魁字以為得魁之兆耳。抑有見魁星之象而得高科者，夢魁星之降而奪錦標者，豈天上真有藍面赤髮之精而為文星哉？陳公士奇督學于蜀，蜀人臨科場必泥塑小魁星而賣之。士奇呼為茂才，而出一句曰：「賣魁星，買魁星，虧心不買，虧心不賣。」諸生無對。次日又呼諸生而對前句曰：「真胭脂，假胭脂，焉知是假，焉知是真。」據此，則魁星不足盡信矣。

太歲非凶

《論衡・難歲篇》：工技之說移徙，抵太歲，凶，負太歲，亦凶。太歲之有禁忌久矣，而亦不然。

岳珂《桯史》云：建隆三年五月，詔增修大內。時太歲在戌，司天監以興作之禁，毋繕撤西北隅。藝祖

曰：「東家之西，即西家之東，太歲果何居焉？使二家皆作，歲將誰凶？」于是即日菆撤一新之。又

贊寧《傳載》：吳越時人董表儀，欲撤屋掘土。陰陽家言：太歲居此方，不可具工。既而掘深三尺

許，得一肉塊，人言即太歲也。董投之河，後亦無禍。又《廣異記》：晁良貞性剛，不怖鬼神。常掘

太歲地，見一白物，鞭之數百，送通衢。夜使人陰聽之。三更後，車騎甚眾，問太歲：「何故受此屈

辱，不讎報之？」太歲曰：「彼方榮盛，無奈之何！」按：《癸辛雜志》：《淮南子》「青龍為天之貴

神。青龍即太歲異名也。據此，則太歲亦非盡凶星矣。今人家修造，避之惟謹，亦不必矣。

城隍生辰不同

城隍之名見於《易》，若廟祀始見昌黎文，而蕪湖城隍祠建於吳赤烏二年，則又不獨唐而已。宋

以來其祀遍天下。或賜廟額，或頒封爵，至或遷就附會，隨指一人，以為神之名姓，如都城隍為蕭

何，鎮江、慶元、寧國、太平、華亭、蕪湖等郡邑皆以為紀信，龍且、贛、兗、瑞、吉、建昌、臨

江、南康，皆以為灌嬰是也。《記》曰：天子大蜡八，伊耆氏始為蜡。注曰：伊耆氏，堯也。蓋蜡祭

八神，水庸居七，水則隍也，庸則城也，此正城隍之始。《春秋傳》：鄭災，祈于四鄘；宋災，殺鳥

於四郊，皆其證也。庸字不同，古通用耳。由是觀之，城隍之祭，蓋始于堯矣。城隍有京都城隍，各

處府州俱〔有〕城隍。都城隍廟在元爲佑聖王靈應廟刑部街。按《元史》：天曆二年，加封爲「護國

保寧王」，夫人爲「護國保寧王妃」。至于生辰，《玉匣記》言：五月十一爲都城隍聖誕。案：元劉應

李《翰墨大全》祠門、慶賀疏語，于各神俱言生辰，而於城隍直云：五月廿八日慶賀。並不言生辰，

亦非十一日，豈與都城隍異日乎？抑廿八爲俗沿慶賀之期乎？其二十八日慶賀疏語云：日餘二日，即

更建午之書；雲燦五雲，喜過生申之日。歡喜載路，和氣滿城。恭惟城隍土主（全封號），乃武乃

文，作威作福，呼呼須臾之雨露，叱咤俄頃之雷霆。佐漢有功，四百載綿延社稷；配天無極，億萬年

帶礪山河。赫赫厥靈，洋洋如在。某時素喜蒙恩之人，幸逢震夙之初，壽永基固，愿借椿靈而爲壽，

封襃忠惠，更看芝檢之增封。繹其詞，亦皆祝蝦壽之惠也。所云「佐漢」者，亦或沿俗傳蕭相國也。

閱本朝《會典》：順治八年八月廿七日祭城隍之神。是亦未言及生辰也。今民間以五月廿五爲生辰，

殆習俗之相沿也。

壁山神

壁山神，乃蜀中之神也。見《北夢瑣言》。合州有壁山神，鄉人祭，必以太牢烹宰，不知紀極。

蜀僧善曉，早爲州具官，苦于調選，乃剃削爲沙門，堅持戒律。雲水參禮，行經此廟，乃曰：「天地

郊廟，薦享有儀，斯鬼可得僭于天地。牛者，稼穡之資，爾淫其禮，無迺過乎？」乃命斧擊，碎土偶數軀，殘一偶，而僧亦力困，稍蘇其氣，方次擊之。廟祝祈僧曰：「此一神從來蔬食。」由是存之，軍州驚愕，由聞本道，而僧端然無恙。蓋以正理責之，神亦不敢加禍也。此條《太平廣記》引入淫祀門。然今蜀人俱祀之，則必有益于民，不可謂淫。然塑像旁列兩夫人，相傳皆娶民間女子，則又不可解也。

蕭公神

今江西人俱祀蕭公神，不知何時始？按《稗史彙編》：蕭公者，清江市里人。平生朴直，不妄言笑，年八十二，無疾坐亡。家人以桶盛屍，置中堂祀之。其家瀕江，累爲水蝕，失一鐵貓。一日，隣人行舟，見蕭公寄一鐵貓曰：「此吾家物，煩君附載至蕭灘下。」其人辭以重，公舉手攜至舟，輕如一葉，其人受之，叮嚀而別，亦不知其死也。至灘以告其家，乃大驚。置於水次，遂不復祀。蕭公之生也，與鄉人飲，座間隱几少眠，須臾起，顧座客曰：「適江中有覆舟者，吾往救之，歒令語及，凡幾人生矣。」好事者亟往江濱物色之，其言信然。能分身四出，或一時爲人招邀，處處赴之，各有一蕭公也。歿遂爲神。太祖伐僞漢鄱陽湖之役，敵人言正見空中有數萬甲兵，皆衣紅以助，戰幟上大書「蕭公」字，由是太祖加以封爵，各軍禬廟祀之，其家至今族屬蕃盛。子孫家人死者，亦多隸公

部下為陰官、陰兵，亦專以拯溺為事。往往降鸞箕，判禍福。人有受福欲報，以咎于神，神或判云：「要銀若干，或金錢粟米之屬。」判其數，令送其家。或運箕作家書，道及家事。又云：「今遣人送回某物若干。」每歲恆有數百金寄回，家賴以給。而兵衛將士及漕運官軍，尤極誠篤。聞外夷之人，亦奉祀之。

《戴冠筆記》：歸叔度，崑山人，洪武初避事，挈妻子之蜀。至某州。暮抵一民舍寓宿。坐定，一老翁負笠而來，顧叔度曰：「子南來，良苦！」叔度疑其為邏者，踪跡至此，意顏恐。翁曰：「子無怖，吾故此土民也。」顧叔度曰：「子將焉往？」叔度顧妻子嘆且泣。翁曰：「姑就寢，明日吾為子先導，吾每十步束草為識，子行，第視所結草盡處問蕭公家，吾其遲子矣。」叔度俛首謝。詰旦，趣妻子起就道，果見束草，皆不出十步外，視其有草處行，皆闐然幽絕之境，然路徑皆平坦，不覺有跋涉之艱。叔度心異之。日未夕，抵山下，相與憩一巨石，回顧向所涉處，嚴險崒嵂，若在天上，而所結草至是亦無有矣。叔度自詫：「蕭公其神乎？」頃之，髣髴聞鷄犬聲，俯瞰石下，見居民十數家，趣往投之。民皆驚問所自來，語以老翁先導之意，且問孰為蕭公家？眾詰其狀貌，曰：「得非長身而荷笠者乎？」曰：「然。」眾賀曰：「公大有福人，得神相助。」遂指小邱，謂曰：「此即蕭公家矣。」叔度趨見，見有廟巍然，入門拜像，儼為昨暮所見者。叔度稽首再拜，眾相率具鷄黍，留之數日，多致餼遺而別。別未三日，即抵成都。叔度居成都二十餘年，始返鄉，後年九十餘，尚強力善飯。按《大玉匣記》：四月初

一為蕭公生辰。故江西人率于是日演劇祭賽焉。

晏公神

晏公神者，亦江西人，詳見李笠翁《比目魚》傳奇。言：神十月初三日生辰。按《稗史彙編》：國初江岸常崩，傳豬婆龍于下搜抉故也。有老漁翁者，教以炙豬為餌釣之，而力不能起。老漁翁曰：「四足爬土石為力耳，當以甕通其底，貫釣緡而下之，甕罩其頂，必用前二足推拒，從而併力掣之，則足浮而起矣。」已而果然。老翁曰：「告天下，江岸可成矣。」眾問姓，曰：「晏姓，」忽不見。後岸成，太祖悟曰：「昔嘗救我于覆舟山。」遂對晏公「都督大元帥」，廟而祀之。以《爾雅〔翼〕》考之：「鼉，狀如守宮，長一、二丈，背尾有鱗如鎧，力最猶健，善攻碕岸。」則晏公所稱，殆即鼉也。

張仙

陸深《金臺紀聞》：世所傳張仙像，乃蜀王孟昶挾彈圖也。蜀亡，花蘂夫人入宋宮，念其故王，偶攜此圖懸于壁，且祀之謹。太祖幸而見之，致詰焉，詭曰：「此我蜀中張仙神。祀之，令人有子。」非實有所謂張仙也。蜀中劉希向余如此說。按郎瑛《七修類稿》所載：言張仙名遠霄，五代時遊青城

山得道。蘇老泉曾夢挾二彈以爲誕子之兆，敬奉之，果得軾、轍。有贊見集中。人但（謂）花藥夫人假託，不知眞有一張仙也。按高靑邱有〈謝海雪道人贈張仙畫像詩〉，亦云蘇老泉嘗禱而得二子。孟昶曾屢入朝，太祖寧不辨其貌而爲花藥所紿耶？或以爲卽孫仲，尤非。按《詞匑錄》云：張遠霄眉山人，一日見老人持竹弓以鐵彈三質錢三百千，張無靳色。老人曰：「吾彈能辟疫癘，宜寶而用之。」後再見老人，遂受以度世法。熟視，舉首見其目中各有兩瞳子，此其證也。又《纂要》云：邛州崇眞觀。昔仙人張遠霄者，往來于此，每挾彈視人家有災者，爲擊散之。此其故居也。《大玉匣記》云：十一月廿三日爲張仙生辰。此日設位求子，大吉。按：挾彈之說，亦有所本。《月令》：元鳥至，以太牢祠高禖，后妃率大嬪，乃禮天子所御于高禖之前。《疏》云：天子所御，謂令有娠者于祠，大祝酌酒，飮于高禖之前，以神惠顯之也。帶以弓韣，授以弓矢，求男之祥也。王居明堂。《禮》曰：帶以弓韣，禮之禖下，其子必得天材。《疏》云：禮此所御之人于禖神之前，禖神必降福。故曰其子必得天材。此張仙弓彈之本也。

壽星

壽星，《爾雅》：「亢、角也。注云：數起亢、角，列宿之長，故云。」按《史記·封禪書》：杜亳有壽星祠。《索隱》云：壽星，蓋南極老人星也。祠之以祈福壽。《宋史·禮志》：唐開元中特置壽

星壇，常以千秋節日祭之。今世俗畫壽星頭每甚長，據《南史‧夷貊傳》：毗騫王身長丈二，頭長三尺，自古不死，號長頭王。畫家意或因乎此。然則所畫乃毗騫王，非壽星矣。

鍾馗

沈括《補筆談》載唐人《題吳道子畫鍾馗記》，略云：明皇夢二鬼，一大一小。小者竊太眞紫魚囊及上玉笛繞殿而奔，大者捕其小者，擘而啖之。上問：「爾何人？」奏云：「臣鍾馗，卽武舉不捷之士也，誓與陛下除天下之妖孽。」《五代史‧吳越世家》：歲除，畫工獻鍾馗擊鬼圖。鍾馗與《考工記》云終葵者通。其字反切爲椎，椎以擊邪，故借其意以爲圖象。明皇之說，未爲實也。

和合二聖

《游覺志餘》謂：和合神卽萬回。按《太平廣記》引《談賓錄》及《兩京記》：萬回，姓張氏，弘農閿鄉人也。其兄戍役安西，父母遣及（其）問訊。朝齎所備往，夕返其家。弘農抵安西萬餘里，因號「萬回」。今和合以二神並祀，而萬回僅一人，不可以當之矣。國朝雍正十一年，封天臺寒山大士爲「和聖」，拾得大士爲「合聖」。按：寒山、拾得，乃唐詩僧也。

五道

《通幽記》：皇甫恂，字君和，開元中授華州參軍，暴亡。其魂神若在長衢路中，夾道多槐樹，見數吏擁籌。恂問之，答曰：「五道將軍常於此息焉。」恂方悟死矣。見一姥老擁大蓋乘駟馬，從騎盛衆，視之，乃其親叔母薛氏也。隨至大殿，叔母據大殿命坐，曰：「兒豈不聞地獄乎？此其所也。兒要知官爵否？」曰：「願知。」俄黃衣抱案來，視之，見太府卿貶綿州刺史，其後掩之，曰：「不合知之，」令二人送出。見一鐵床，有僧以釘釘其腦，視之，門徒胡辦也。求寫《金光明經》一部方得作畜生。又行遇一羊三足，截路吼嗷，問之，言：「某年在縣尉廳上，見剉割羊足。」恂方省之，許爲誦《金剛經》，乃去。二吏亦各乞一卷，乃曰：「不送矣。」遂活。而殯棺中，死已六日矣。恂後果爲太府卿，貶綿州刺史而卒。《留青日札》：今謂五道將軍，盜神也。余意出于《莊子·胠篋篇》：妄意室中之藏，聖也；先入，勇也；後出，義也；知可否，智也；分均，仁也。是五者，豈所謂五道耶？

五通

江南之間多有五通神，又有五聖廟，疑爲二神。閱《龍城錄》：柳州舊有鬼名『五通』，余始

到，不之信。一月偶發篋易衣，盡爲灰燼。乃爲文醮訴于帝。帝憫我心，遂爾龍城絕妖邪之怪。《武林聞見錄》：嘉泰中，大理寺決一囚，數月見形獄吏云：「泰和樓五通神虛位，某欲充之，求一差言差充某神位。得此爲據，可矣。」如其言。經數月，人聞樓上五通神日夜喧鬧，吏乃泄前事，爲增塑一像，遂寂然。按：今委巷荒墟，多建矮屋，繪版作五神像祀之，謂之「五聖」。《留青日札》云：即五通神也。或謂明太祖定天下，封功臣，夢陣亡兵卒千萬請恤，太祖許以五人爲伍，處處血食，乃命江南家立尺五小廟，俗稱爲「五聖廟」。依其說，則五聖即五通矣。

西王母

世傳王母爲天上之神。按：西王母三字見《爾雅》。《大戴記》：舜時西王母獻白玉琯。是西王母特海外國名，如後世八百媳婦之類，非神人也。《山海經》言：其狀如人，豹尾虎齒，蓬髮戴勝，是司天之厲及五殘。神人之說，乃自此起。然司災厲及五刑殘殺之氣，則亦非吉神也。惟《穆天子傳》言：天子觴西王母于瑤池之上，西王母作謠有「將子無死」句。又《吳越春秋·陰謀傳》：大夫種進九術，一曰尊天事鬼，以求其福。越王乃立東郊祭陽，名曰東皇公；立西郊祭陰，名曰西王母。事之一年，國不被災。由是祈福壽者，循以爲習，設爲貴婦人像祀之。今之西王母所由倣也。《酉陽雜俎》云：西王姓楊名回，一名婉衿（妗）。《集仙錄》云：西王母者，太妙龜山金母也，姓侯氏，

三界十方女子之登仙得道者，咸隸焉。《山海經》所云，乃王母所使金方白虎之神，非王母眞形也。

水府三官

三官之名，見《後漢書·劉焉傳·注》引《典略》：熹平時，漢中張角爲五斗米道，以符咒療病。其請禱之法，書病人姓氏，說服罪之忌，作三通：其一上之天，〔著山上〕；其一埋之地；其一沉之水，謂之『三官手書』，使病者家出五斗米以爲常。按：此天、地、水三官造端之確據。謝氏《文海披沙》、郎氏《七修類稿》各以木金水臆說傅會《道藏》，謂三官俱周幽王諫臣：一曰唐宏、一曰葛雍、一曰周實，皆未有實徵也。其神之尊奉於世，由漢以來，蓋未嘗絕。《通志》有《三元醮儀》一卷。《宣和畫譜》：大曆中，周昉有三官像。其來舊矣。

竈王

今人謂人面黑者比之竈王，非也。按：《莊子·達生篇》：竈有髻。《音義》：司馬彪云：髻，竈神。着赤衣，狀如美女。許愼《五經通義》謂：竈神姓蘇，名吉利。妻王氏，名搏頰。《酉陽雜俎》：竈神名隗，狀如美女；又姓張名單，字子郭。夫人字卿忌，有六女皆名察治。常以月晦日，上天白人罪狀，大者奪紀，紀三百日；小者奪算，算一百日。其屬神有天帝嬌孫、天帝大夫、硎上童

子、突上紫宮君、太和君與玉池夫人等，皆灶神之所屬也。據此，則灶神狀如美女，非黑面也。至流俗或稱之曰「灶君」，或曰「灶王」。《戰國策》：復塗偵謂衛君曰：「昔日臣夢見灶君。」唐、李廓〈鏡聽詞〉曰：匣中取鏡辭灶王。則君可稱，王亦可稱也。

護法伽藍

伽藍不知何神？于正書始見後魏楊衒之所撰《洛陽伽藍記》。按《佛國記》云：法顯至烏萇國，佛法甚盛。名眾僧止處為僧伽藍，凡有五百僧伽藍，皆小乘學。據此，則所謂伽藍者，乃眾僧止處，非神名也。而今俗皆稱為伽藍護法，又曰護法韋馱。韋馱有像，而伽藍無像。按：天神，正書見于梁武帝文。《翻譯名義》：此云符檄，用徵召也。亦不言護法，護法者，蓋跋闍羅波膩也，此言金剛；波膩，此言手。謂手執金剛，因以立名也。今亦狀其像于伽藍之門。明錢希言作《獪園》，謂：僧如瑞，號心光，常熟人，于雪夜投正覺庵宿，見其破廢，誓願重修。先編棚立其中，盡夜誦經，其夕，吳縣令宏道夢與長洲令江盈科並駕出楓橋迎接御史，忽見岸上有一白鬚老父，身着綠衣，楫衰令而告之曰：「我吳中枝指道人祝允明是也。帝命為正覺廟伽藍神，助心光和尚重興道場。公有文名，煩作一記。」既覺，異其事，明日語於江。三日後報新御史按臨，二公果出楓橋迎接。袁召里正而問之曰：「此地有正覺庵乎？」對曰：「有之，但廢久矣。今有一外方僧來結棚募化，尚無人作

緣也。」袁復問曰：「其僧得非名心光者乎？」又對曰：「然。」二公相與驚嘆，果契夢中之言，因

推江撰文，其捐羨錙捨施，遠近爭輸，助造殿堂，彙築精舍，不逾三載，遂成大叢林矣。袁後擢爲天

官員外郎。吳奏其事於闕下，詔取庵額曰：「敕賜慈泰護國禪寺」，施經一藏，遣中貴護送至寺中，

別創藏經閣貯之。後袁移病還公安時，擇日飯僧，其夕受夢祝京兆來，謂曰：「顧遲一日設齋，明晚

尚有一僧來也。」屈期果心光長老自吳門至，遂改設同飯。京兆之兩感異夢，斯亦甚奇。今爲寺中伽

藍神，奉香火之薦焉。」似此，則伽藍乃祝杖仙也。

門　神

道家謂門神有二：左曰門丞，右曰戶尉。非也。按：《禮‧祭法》：大夫三祀，門、行、族厲。

《喪大記》：君擇棨以禮。《注》：禮門神。門神二字，見此。《楓窗小牘》云：靖康以前，汴中門

神多翻樣，戴虎頭盔；而王公之門，至以渾金飾之。又《月令廣義》云：近畫門神爲將軍、朝官諸

式，復加爵、鹿、蝠、蟢、寶馬、瓶、鞍等狀，皆取美名，以迎祥祉。此言是也。今世俗相沿正月元

旦，或畫文臣，或書神荼鬱壘，或畫武將，以爲唐太宗寢疾，令尉遲恭、秦瓊守門，疾遂愈，皆小說

之言也。

閻羅王

閻羅王，昔爲沙毘國王，常與維陀如生王戰，兵力不敵，因立誓願爲地獄王。臣佐十八人，悉忿懟同誓曰：「後當奉助，治此罪人。」十八人即主領十八地獄也。又引《閻羅王五天使者經》：人死，當墮地獄，則主者持行白閻羅王，具其善惡。閻羅王爲現五使者而問言。按：如所言，閻羅原只一人，治事分現則爲五人，其僚佐則十八人。今釋子云「十殿閻羅」，無一人可合。《睽車志》：張叔言判冥，鬼有十人，而十人內、兩是婦人。《翻譯名義》亦云：閻羅一名琰魔，此云雙王。其兄及妹，皆作地獄王，兄治男事，妹治女事，故曰雙王。而今所畫十王，並無女像。轉輪王主治四天下，閻王名見非主冥道，今概列十王中。彼教之說，已難莊論，而世之談彼教者，更非其本教矣。按：閻王名見《韓擒虎小傳》，則此稱由來舊矣。

牛頭馬面

今獄廟中，十殿旁多塑牛頭馬面，並狀其形，皆人身而牛馬其首。此本《冥祥記》所載：宋何澹之病，見鬼形如此；手執鐵叉，而塑其形也。按《傳燈錄》：國清奉曰：「釋迦是牛頭獄卒，馬祖是馬面阿旁。」又《翻譯名義》：頻那是豬首，夜迦是象鼻。則似是譬喻。今但言牛頭馬面，而不言豬

首象鼻，則叉何也？

夜叉

俗諺云：喜時像菩薩，怒時像夜叉。此亦有本。唐詩遺句有云：芍藥花開菩薩面，棕櫚葉戴夜叉頭。按：《翻譯名義》；夜叉，此云勇健，亦云暴惡。舊稱閱叉。《西域記》云：藥叉之訛羅叉，此云速疾鬼。其女者則名囉叉斯。據此，則夜叉亦分男女，故詩、諺皆以菩薩對夜叉也。

第一輯
第19册 **釋 神** 正編 第11種

（新編） **釋神目錄**

一

卷四　方祀

釋

神

卷六 吉神

釋

神

一五

名纂

釋

　神

　　　一七

釋神自序

鬼神者，造化之迹，原是虛無。古聖王未嘗定其某神是某人，自佛、老之說與，而先王神示鬼魅之典，盡為更改。佛氏造幽遠狂怪之說以欺世（如《法苑珠林》、《翻譯名義》等書），老氏以偽託姓名之事以愚人（如《雲笈七籤》、《真誥》等書），一與之較，彼必舌撟而不敢辯。世俗又好談神道，大率雄而毅、黝而碩曰將軍；溫而厚、皙而少曰某郎；媼而尊嚴曰姥；婦而容曰夫人；少而麗曰姑。其餘若太尉、若相公、若娘子，指不勝屈。且也宋帝好道，改神號曰真君；元帝好佛，改神號曰菩薩。更可怪者：杭有杜拾遺遺廟，村學究題為「杜十姨」，遂作女像，配以劉伶（楊升庵說）；水草大王乃五代時詼諧之語，指為金日磾（《因話錄》）；鄴中西門豹像，像後出一豹尾；舂陵象祠，塑一象垂鼻形；丹朱嶺蓋堯子封域處，乃塑一豬形，而以丹塗之（《琅琊代醉編》）；北方有牛王廟，畫百牛于壁，而中牛王曰冉伯牛（《席上腐談》）；灌口二郎廟，乃秦李冰之第二子，而曰楊戩（《演義》）；羽林，軍名，訛為雨淋，而不覆屋；三孤，地名，訛為三姑，而尚以三女郎（《代醉編》），

此皆誣之又誣者也。總之，聰明正直爲神。余作《釋神》分爲十門，蒐採史子諸籍，旁及方外。第不能考核精當，聊供閒窗一展而已。嘉慶癸酉春秀水姚東升識。

秀水　**姚東升**輯

《釋神》一册本在升所輯《丁辛類鈔》本中。頻歲以來屢爲同志詢及，又因《類鈔》尚未告竣，不敢遽爲謄繕，故先錄是册，釐作十卷，聊供譚餘話喙。然聞見狹隘，掛漏之處，直倍蓰千萬耳，他日容丁補贅。倘諸君子耳目所及，輔予不逮，幸甚幸甚。

嘉慶壬申春日東升識

釋　神

壬申春三月訂

釋神 目次

秀水 姚東升 輯

目次

三

四

釋神 卷一 天地

天　《春秋運斗樞》：天皇大帝北辰耀魄寶。按：此亦未足信。而道書稱：張堅竊劉天翁之軍以登天，自爲天翁，更爲荒誕。張翁，《酉陽雜俎》：字刺渴，漁陽人。

五帝　《春秋文耀鈎》：蒼帝靈威仰、赤帝赤熛怒、黃帝含樞紐、白帝白招拒、黑帝汁光紀。《玉訣經》：東方君姓燭，諱開明，字靈威仰；南方君姓洞浮，諱魄炎，字赤熛弩；中央君姓通班，諱元氏，字含樞紐；西方君姓上金，諱昌開，字耀魄寶；北方君姓黑節，諱靈會，字隱侯局。《靈飛經》：青帝君諱靈拘，字上伯；赤帝君諱丹容，字洞玄；白帝君諱浩庭，字素羅；黑帝君諱玄子，字上歸；黃帝君諱文梁，字摠歸。　按：五帝君諱，道書所載甚夥。按：五帝之說，謂五行代相王也。故緯書爲後人所關，而道籙又妄議諱字，不知始于何代？又按：五帝本儒家說，道書所載甚夥。（詳下）

日月　《雲笈七籤》：日姓張，名表，字長史。日中青帝名圓常无，字照龍韜；赤帝名丹靈峙，字綠虹映；白帝名皓鬱將，字迴金霞；黑帝名澄滔淳，字玄綠炎；黃帝名壽逸阜，字飈暉像。月姓文，名申，字子光。月中青帝夫人名娥隱珠，字芬豔嬰；赤帝夫人名翳逸寥，字婉延虛；白帝夫人名弄

素蘭，字鬱蓮華；黑帝夫人名結蓮翹，字淳屬金；黃帝夫人名青營襟，字炅定容。《正訛編》引

《山齋雜錄》：蘇利邪，日神也；蘇摩，月神也。《琅琊代醉編》引，日姓孫，名開，字子眞；月

姓唐，名末，字天賢。按：日中五帝《龍魚河（圖）》引爲五嶽神；月中五夫人引爲四海夫人。

五星

《藝苑卮言》引道經：歲星姓碧空，名澄瀾，字清凝；夫人姓涵常，名寶容，字飛雲。熒惑姓

澳空，名維淳，字散融；夫人姓陽常，名華瓶，字玄羅。太白姓寥靈，名振尋，字□□；夫人姓明

常，名廱英，字靈恩。辰星姓肇恆，名精源，字□□；夫人姓淵常，名玄華，字龍娥。鎮星姓藏

睦，名躭延，字□□；夫人姓康常，名空瑤，字非賢。按《琅琊代醉編》：水星姓淵，名炎，字

評靈；火星姓炎，名九鼎，字光天；木星姓艾，名用，字道輝；金星姓魯，名遂，字道璋；土星姓

司，名辨，字道后，則又異焉。

二十八宿

《雲笈七籤》：角神姓賓，名遠生；亢神姓扶，名司馬；氐神姓王，名師子；房神姓洪，

名寄生；心神姓女，名涂祖；尾神姓涂，名徐澤；箕神姓（元闕），名仲；南斗神姓陽，名都

（多）；牛神姓柳，名將生；女神姓刁，名徐，字鬱子；虛神姓木，名徐他；危神姓劉，名歸生；

室神姓呂，名昇；壁神姓石，名蘇和；奎神姓黑，名石勝；婁神姓竺，名遠來；胃神姓馮，名謝

君；昴神姓張，名弩小；畢神姓桑，名公孫；觜神姓王，名平；參神姓銅，名徐舒；井神名搏陽；

鬼神姓作，名涂子；柳神姓角，名不（石）襄；七星神名勝子；張神姓李，名神子；翼神姓張，名

奴子，軫神姓□，名蘇子。　按《道藏》所稱皆據緯書。考《春秋佐助期》有左角神名其名芳；右

角神名其光率；女神名開陽；危神名推長；營室神名玄耀登；壁神名瞻工；奎神名列常；婁神名略緒織

方；胃神名稽覽；昴神名敦金；畢神名扶骨；參伐神名虛圖；南斗神名袂瞻；牽牛神名略緒繶

（《運斗樞》引石氏云：名天闕）；織女神名收陰，張神名推亡。大約上古卜筮之言，未可盡信。

北斗　《南史·袁君正傳》：北斗神君，非天上之七星也。《雲笈七籤》：神姓伯，名大萬，左右

姓雷，名機，江夏人。　《酉陽雜俎》：北斗魁第一神名曰執陰，二曰叶諧，三日視金，四曰冱

理，五日防迬，六日開寶，七日招搖。　按《南史》之說本陶貞白《真誥》，不過稍新耳目。若

《雜俎》而以執陰等為名，則貪狼、巨門可為封爵侯乎？

雷公電母　《藝苑卮言》引道經：雷公姓江，名赫冲；電母姓秀，名文英。　《淮南子》注：豐隆，

雷師也。《山海》：列缺，雷名。　按：雷于八卦屬震，電于八卦屬離，則雷神男像，電神女像，

可信。今人塑雷神，一手執連鼓一手執槌，電神手執二鏡形，俱屬愚世，而姓名，妄矣。

風伯　《藝苑卮言》引《事物別名》：風伯方道彰。《雲笈七籤》：風神名吒，號長育。　按：風神

或稱屏翳，或稱飛廉，或稱少女，或稱惡祈居婆瘦，皆不失為近古也。

四餘　《琅琊代醉編》：計姓翁，名若，字天真；氣姓高，名華，字俊夫；羅姓馬，名玄，字伯惟；

孛姓忠，名炎，字忠應。

員神 《山齋雜錄》：神名磓氏，長留之山，主司反景。曰鶬，曰㺌。二人處東極隅，以止日月，使無間出沒。

天門守衛 《代醉編》：張安道言舊本《國家奏章圖》，一名葛將軍，一名周將軍。

雨師 《雲笈七籤》：雨師名馮修，號曰樹德。《搜神記》：雨師，畢星也。一曰號屏，一曰玄冥。《事物別名》：雨師名陳華夫。《列仙傳》：赤松子，神農時雨師。《金樓子》：虞吏，虎也；雨師，龍也。按：雨師，蓋龍伯，癡龍之類。

雷神 《月令廣義》：雷公形豬首，手足各兩指，執一赤蛇齧之。按此又與今塑雷尊又不類。

康元帥 《搜神記》：帥負龍馬之精，而生于黃河之界，父名（康）衢，母金；毓于仁皇炎德九年庚申正月庚辰。生而慈惠，不傷胎，不折夭，不雪（虐）孤寡，不履生氣，雖蟲頑蠢動如蝗者不輕殺焉。食殘紅，飲醇漿，時有鸑雛為物所搏，折翼而下，帥收而哺之。後衛長生草以報。四方俱有仁聲，帝以民之所稱者，封為「仁聖元帥」，以掌四方都社令焉。

孟元帥 《搜神記》：帥名山，仁義（孝）慈，萬古不磨，至今賞人心願者。封「酆都元帥」。父諱浩，母郭。

鐵元帥 《搜神記》：帥生于商辛丙午五月七日寅時，封「猛烈元帥」，分任元（玄）冥。按：殷末，魔王現世，太乙眞人，奏詔六丁入胎于石城顏氏之女，故帥有母無父，因以鎮（鐵）為姓，

而頭其名。

高元帥 《搜神記》：帥受炁于太乙之精，托胎于蒼州高春公家。母梅，甲子年十一日甲子子時，生下一團火光曜日，父母以爲怪，投之江。藥師天尊抱之爲徒，貌如冠玉，法名員，授仙形（劑）以時（淑）世，屢有異跡，玉帝封爲「九天降生高元帥」。

王元帥 襄陽洛里人，諱惡，字東（秉）誠。父臣，早逝，母邵遺胎而生帥于貞觀丙申七月庚申時。帥幼孤，不讀書，有膂力。性剛直，人不平者，與分其憂，屢有盛跡。玉帝封爲「容（豁）洛王元帥」，賜金印，內篆「赤心忠良」四字，管天下都社令。

釋神 卷二 山川

五嶽　《龍魚河圖》：東方太山君神，姓圓，名常龍；南方衡山君神，姓丹，名靈峙；西方華山君神，姓浩，名鬱狩；北方恒山君神，姓登，名僧；中央嵩山君神，姓軍壽，名逸羣。　《藝苑卮言》引道經：東嶽姓玄邱，名目陸；南嶽姓爛，名洋光；西嶽姓浩岳，名元倉；北嶽姓伏，名通萌；中嶽姓角，名普生。　按：二說不同，而《五嶽真形圖》及《太清金液神氣經》又各造為奇字以欺人耳目，更無足道。

五嶽將軍　《龍魚河圖》：東方太山將軍，姓唐，名臣；南方霍山將軍，姓朱，名丹；西嶽華山將軍，姓鄒，名尚；北嶽恒山將軍，姓莫，名惠；中嶽嵩山將軍，姓石，名玄恒。

武夷山神　《武夷志》：籛鏗二子，長曰武，次曰夷。

四海神　《莊子》：南海帝曰儵，北海帝曰忽。　《龍魚河圖》：東海君姓馮，名修青；夫人姓朱，名隱娥。南海君姓視，名赤；夫人姓翳，名逸寥。西海君姓勾大，名邱百；夫人姓靈，名素簡。北海君姓禹，名帳里；夫人姓結，名連翹。　《養生雜書》：東海姓何，名歸君；南海姓劉，名囂

君；西海姓劉，名漱君；北海姓吳，名禽強君。東海神名阿明，南海祝融，西海臣乘，北海禺彊。

《藝苑巵言》引道經：東海姓鬩；西海姓導，名洞清；北海姓俞，名淵元。又按《正訛》

編》又稱：馬銜，海神名，一角而龍形。此三說又能相合。

補：《唐會典》：天寶十載正月二十三日封東海「廣德公」，南海「廣利公」，西海「廣運公」，北

海「廣澤公」。南海，《翰苑羣書》作寧邦而並王爵。

河伯

《西溪叢語》：〈唐河侯新祠頌〉，秦宗撰，云：河伯姓馮，名夷，字公子潼，華陰人也。章

懷〈傳注〉引《聖賢塚墓記》：宏農華陰潼鄉隄里人。服藥得水仙，為河伯；又引《龍魚河圖》：

姓呂，名公子；夫人姓馮，名夷。　按：三說稍異，其無據則同。（《淮南子》：馮夷得道，即河

伯也。　《太公金匱》：河伯名馮循。　《太公伏陰謀》：名馮修。　《鴻烈解》：一名馮達。）

炳靈公

《文獻通考》：後唐長興四年詔以泰山三郎爲「威雄大將軍」。宋大中祥符七年加封「炳靈

公」。　按：幷封上通泉〔廟〕爲「靈派侯」，亭亭山爲「廣禪侯」，嶧山神爲「靈巖侯」。

東嶽五子

《搜神記》：一、宣靈侯；二、惠靈侯、和惠夫人；三、至聖炳靈王、永泰夫人；四、居

仁畫鑒尊師；五、佑靈侯、淑惠夫人。

碧霞元君

《山東考古錄》：世傳碧霞元君爲泰山之女，後之文人知其不經，曲引黃帝遣玉女垂以附

會之。不知當日褒封，固眞以泰山女也。封號雖自宋時，而泰山女西晉前已有之。考《博物志》：

太公為灌壇令，期年風不鳴條。文王夢一女哭，問其故曰：「我泰山神女也，嫁為西海郎君婦，往婚之期，必有風雨。因灌壇令有聖德，我不敢過。」文王憫之。明日召太公歸，已而，果有驟雨疾風去者。泰山女，蓋傳於此。　按：宋崇熙五年，封泰山女曰碧霞元君。

江神　《廣雅》：江神謂之奇相。

九顯靈君　《水經・洛水注》：嵩麓有九山廟，廟有碑云：「九顯靈君者，太華之元子。」　按：今稱五顯，疑九顯之誤。

東嶽　世傳嶽之帝名天齊，或曰與天齊也。顏師古《郊祀志注》謂如天之腹齊。《風俗通》：祀嶽卒有夫人之享。《遁甲開山圖》：亢父知生，梁父知死。應劭以為上有金篋玉筴，考知人壽之長短；張華以泰山為天帝孫，主召人魂魄；而杜光庭《洞天福地紀》則以此為鬼神之府，舉凡長人、土伯、爛土，雷淵之變相，悉以屬之。《宋會要》：祥符二年，詔封泰山「天齊王」，加號「仁聖天齊帝」。　按：道書云：張天翁竊劉天翁之「車」以登天，劉（天）翁失治，徘徊五嶽，作災。堅患之，以劉翁為太山太守，主生死之籍，則嶽宜是劉也。

水府三官　《留青日札》：今稱水府三官者，起於偽唐保大間。上水府馬當，中水府采石，下水府金山，皆有王號，宋時因加封爵號祭告。

湘江神　《史記・秦始本紀》：至湘山祠，逢大風，幾不得渡。上問博士曰：「湘君何神？」對曰：

「堯女，舜之妻。」　《路史》舜二女曰霄明，曰燭光，第三妃登比氏所生也。靈照百里，處于湘

江爲神，迄今有分風送客之異。　按：二說不甚合，而《離騷註》又稱：湘君，奇相也；湘夫人，

堯女也。未知孰是？

淮水神　《異聞集》：渦淮水神，名無支祁。

山神　《山齋雜錄》：驕山神名騜𧈬，岐山神名涉𧍷。

溫泉神　《代醉編》：董彥遠曰：玄冥之子曰壬夫，娶祝融之女曰丁芊，俱學水仙，是爲溫泉之神。

巨靈　《三教感通錄》：姓秦，名洪海。

五鎮神　《唐會要》：玄宗天寶十載正月二十三日封東鎮沂山爲「東安公」，南鎮會稽爲「永興公」

西鎮吳山爲「成德公」，中鎮霍山爲「應聖公」，北鎮醫無閭爲「廣寧公」。

中嶽　《事物紀原》：唐武后垂拱四年封嶽神「中天王」，通天元年尊爲皇帝；中宗神龍元年復爲

王。宋眞宗祥符四年加尊中嶽「中天王」爲「崇聖中天王」，後又加封「中天崇聖帝」。

衞源神　《一統志》：隋、唐以來，累封「威惠王」，元加封「洪濟威惠王」，以水之本名稱之，每

歲四月初八有司致祭。元張恆詩云：「上國風帆快轉輪，石林秀靄護神居；龍吟別浦泉聲細，鳥拂

空潭樹影虛。」

嶽后　《宋會要》：眞宗大中祥符四年五月加封東嶽「淑明后」，南嶽「景明后」，西嶽「肅明后」，

北嶽「清明后」，中嶽「正明后」。

西嶽

《事物紀原》：唐先天元年封爲「金天王」。北嶽恆山「安天王」，南嶽衡山「司天王」。

四瀆

《翰苑羣書》：東瀆大淮「廣（長）源公」，在泗州；西瀆大河「靈源公」，在河府；北瀆大濟「清源公」，在孟州；南瀆大江「廣源公」，在廣都府。《宋會要》：江瀆封「廣源順濟王」，河瀆「靈源宏濟王」，淮瀆「長源廣濟王」，濟瀆「清源漢濟王」。　按《搜神記》：大江祀楚屈原，大河祀漢陳平，大淮祀唐裴說，大濟祀楚伍大夫。

釋神 卷三 時祀

五方神 《雲笈七籤》：勾芒，號文始洪崖先生；祝融，號赤精成子；蓐收，號夏里黃公；禺疆，號冥玄子昌；〔黃裳，號黃神彭祖。〕

城隍 《困學紀聞》：北齊慕容氏鎮鄴城，城有祠，號城隍。此城隍始見于史。《南史》：邵陵王祭城隍，將烹牛，有赤蛇自牛口出。唐〔李〕陽冰〈縉雲縣城隍碑記〉曰：城隍，祀典所無，蓋起于吳越，水旱必禱。按：城隍神于古無考。其神號，明洪武初詔封府城隍爲「監察司民威靈公」，秩二品；縣城隍爲「監察司民顯佑伯」，秩四品。而州縣均有祀者，不知始于何代？毛西河以今之城隍，古之方示也。今之穀神土地，古之土示也。甚確。

五行神 《廣雅》：土神謂之羵羊，水神謂之四象，木神謂之畢方，火神謂之游光，金神謂之清明。《埤雅》：游光、畢方，火神也。清明，金神也。沐腫，水神也。彭侯、雲陽，木神也。羵羊、賈詘，土精也。 按：二說又不同。

歲神 《餘冬序錄》：國初肇祀太歲，禮官雜議，因及陰陽家說，十二月將，十二時所值神名，謂非

經見，唐宋不載於祀典。惟元時每有大興作，祭太歲、月將、日直于太史院。太祖乃定祭于山川壇之正殿，而以春夏秋冬四時月將分祀兩廡。　按《論衡·難歲篇》工技之說移徙抵太歲，凶；負太歲，亦凶。太歲之有禁忌久矣。其祀典定于明代。又按時俗及道流云：歲君姓殷名郊，亦信演義之說，甚為荒誕。

火神　《漢書·五行志》：帝嚳時有祝融，堯時有閼伯氏，民賴其德，死則以為火祖。　按：近稱火神或謂炎帝，或謂祝融，或謂天上熒惑星，似無定神。愚意報日用者，宜祀燧人、炎帝、祝融，禳災害者宜祀熒惑、回祿。今人不報日用之德，一遭災害，即禳于祝融，不兩失之耶？又見杜預《左傳注》：回祿，火神名。而遭火者每云回祿，亦習矣而不察也。

竈神　《淮南子·氾論訓》：炎帝作火而死為竈。　《周禮注》：顓頊氏有子曰黎，祀為竈神。《莊子·達生篇》：竈有髻。司馬彪注云：髻，竈神名，著赤衣，狀如美女。　《五經通義》：竈神姓蘇，名吉利。或云姓張，名單（一作卓），字子郭。其夫人姓王，名搏頰，字卿忌。　《酉陽雜俎》：神名隗，一名壞，有六女，皆名察洽，其屬神有天帝嬌孫、天帝大夫、硎上童子、突上紫官。　按：祀竈，古禮有之，未可妄議。其姓名今俗或稱君、或稱師、或稱王。然《戰國策》云：復塗禎謂衛君曰：「臣昔日夢見竈君。」則知以君稱竈者甚古，今道家稱為東廚司命，大誤。考《祭法》：社有司命，屈子有《大司命》、《少司命》，則竈神之非司命，明矣。

井泉童子　《酉陽雜俎》：井鬼，名瓊。

門神　《楓窗小牘》：靖康以前，汴中門神多翻樣，戴虎頭盔，而王宮之門至以渾金飾之。　《月令廣
義》：近畫門神爲將軍朝官諸式，復加爵、鹿、蝠、蟢、寶馬、執鞍等狀，皆取美名，以迎祥祉。
按：門戶之祀，古禮有之。道書載左曰門丞，右曰戶尉。終不知其所昉，亦不知爲何姓名？惟《風
俗通》云：上古之時，有兄弟二人曰：神荼、鬱壘，用度朔上桃樹以制百鬼。然則門神其神荼、鬱
壘之遺意云。又按《春明退朝錄》：嘉祐初，仁宗夢至大野迷道，左右侍衞不復見，既而遙望天
際，有旛幢軍騎乘雲而至，護送帝至宮闕。帝問何人？答曰：「葛將軍也。」令宮觀設像供事之。

蠶神　《原化傳拾遺》：蠶女，當高辛時。舊跡在蜀廣漢，不知姓氏。　《七修類稿》：所謂馬頭娘
者，本荀子《蠶賦》「身女了而頭馬首」一語附會。荀子嘗爲蘭陵王〔令〕，後世遂訛爲馬明王
也。　按《皇圖要覽》：伏羲氏化蠶爲絲，黃帝元妃西陵氏始養蠶。　《舊漢儀》：今蠶神曰菀窳
婦人、寓氏公主，凡二人。故神皆作女像，其來已久。

土地　《孝經緯》：社者，土地之神。土地濶不可盡祭，故封土爲社，以報功也。　杜預《左傳
注》：社爲上公之神，故曰社公。　按：今凡社神，俱稱土地，惟塋旁所祀，稱后土。邱濬《家禮
儀節》曰：溫公《書儀》本《開元禮》，《家禮》本《書儀》。其喪禮開塋域及窆與墓祭，俱祀后
土。后土之稱，對皇天也，士庶家有似乎僭。文公集，有〈祀土地文〉，今擬改后土氏亦爲土地之

神，方妥。

六十花甲　《臨爐機要》：甲子元光、乙丑邔彰、丙寅劍昌、丁卯子方、戊辰生進、己巳付弁、庚午紫方、辛未音父、壬申石嵩、癸酉倚迢、甲戌申光、乙亥玩進、丙子流霞、丁丑王眸、戊寅卻心、己卯那尼、庚辰耳子、辛巳元聲、壬午郡立、癸未歷厨、甲申琅邪、乙酉立之、丙戌鼓龍生、丁亥耶查、戊子證方、己丑肯都、庚寅岑碩、辛卯棘心、壬辰契刻、癸巳背方、甲午麻角、乙未扶嚮、丙申石公、丁酉進鄉、戊戌九口、己亥紈高、庚子朱夫人、辛丑李方、壬寅延祗、癸卯權御、甲辰卻催、乙巳索良、丙午罿穴、丁未挺濃、戊申寅午、己酉健木、庚戌載刾、辛亥惣失、壬子安去、癸丑道子、甲寅唱适、乙卯別狀、丙辰夫陰、丁巳天雄、戊午天賣、己未逡退、庚申惹來、辛酉義呼、壬戌高廸、癸亥奉子。　按：此乃堪輿家之說，並無確據。

釋神 卷四 方祀　前後照時代分

百蟲將軍　《水經注》：偃師九山有百蟲將軍顯靈碑。將軍姓伊氏，諱益，字隤敳，帝高陽之第二子伯益者也。

武成王　《唐書》：肅宗上元元年追封周太公望為「武成王」。依文宣王例置廟，以歷代良將為十哲：白起、韓信、諸葛亮、李靖、李勣列於左；張良、田穰苴、孫武、吳起、樂毅列於右。《玉海》：宋太祖命崔頌選唐末以來謀臣名將尤著者配之。

徐偃王　《瑯邪代醉編》：初名偃，後名弓。昌黎〈衢州徐偃王碑〉：徐與秦俱出伯翳。　按：偃王本不合祀典，特其子孫為其立廟，故借秦之僣國沈宗以相形，而舉小說稗史所載，以見本宜有而非淫祠可比。唐時徐放自書、昌黎撰碑，蓋當日立廟，乃是子孫奉祀，逐後漸及民間。

姑蘇城隍　《代醉編》引，姑蘇城隍神，乃春申君也。　按：《史記》：春申君初相楚，後請封于江東。考烈王許，因城故吳墟以為都邑。《吳地志》亦云：春申君嘗造蛇門以禦越軍，其廟食于此，固宜。　按《越絕書》所引，又似不合。

伍王 《吳志》：子胥忠諫死，土人憐之，因為立廟。唐乾寧中，封「吳安王」。 按：宋初，封
「清忠英烈威惠獻王」；元大佑三年，加封「忠孝威惠顯靈王」。

二郎神 《朱子語錄》：蜀中灌口二郎廟，當時李冰開離堆有功立。今來現許多靈怪，乃是他第二個
兒子，初間封王，後來徽宗好道，謂他是什麼真君，遂改封真君。向張魏公用兵，禱其廟，夜夢神
語云：「我向為王，有血食之奉，故威福得行。今為真君，號雖尊，凡祭我以素食，故無威福，須
封我為王。」魏公遂乞復其封。 《成都志》：冰為郡守時，化牛形入水戮蛟，鬥不勝，見夢于其子
二郎，為「仁祐王」。 《元史·文宗本紀》：封秦時蜀郡太守李冰為「英惠王」，其子
乃入水，助父殺蛟。而俗說因演義之謬，遂誤是神為楊戩。觀此三說自然明白。道書載神六月二十
八日誕，不知冰之子歟？抑戩歟？

羅娘 《岳陽風土記》：巴陵有羅娘廟，秦武陵令羅君用，因督鐵運，溺水死。其女挈弟尋父屍不
獲，遂相繼赴水死，邦人哀而祀之，靈響漸著。漢元封中封其女為「孝烈靈妃」，弟為「孝感侯」。
孝瀨〈寄遠詩〉有：「化石早曾聞節婦，沈湘何必獨靈妃」，其意似與今聞差異。

祠山張大帝 《能改齋漫錄》：張本前漢烏程橫山人，始于長興順靈鄉發迹，役陰兵道（導）流，欲抵
廣德。先時與夫人李氏期，每餉必鳴鼓三聲，當自至，母令夫人至開河所。後鼓為烏啄，王詣壇，
知其誤。逯巡，夫人鳴鼓，亦疑為誤而不至。夫人詣河所，見王為大豬，驅陰兵開鑿河瀆，王變形

釋　神

二二一

未及，恥之，遂避迹于橫山之頂。居民思之，因立廟于山西南隅。夫人至縣東二里而化，人亦爲立廟。

《留青日札》：昔武當人張秉遇仙女謂曰：「帝以君功在吳分，故遣我爲配，生子以王其地。」且約逾年再會。至期，女抱子歸秉，名渤，後爲祠山神也。

帝生辰，前後必有風雨，俗號「接客風，送客雨」，極有驗。 按：《田家雜占》：二月八日爲大說則神卽眞武從遊之張大帝，似乎是祠山神。並錄以俟博雅。

鎮江城隍

《水東日記》：陸游嘗記鎮江府城隍祀漢紀信，莫知所始。 按：鎮江、寧國、太平、華亭、蕪湖……等郡邑，皆祀紀信。

江州城隍

《水東日記》：吳草廬記江州城隍廟云：「江右列郡，以漢潁陰侯灌嬰配食。」 按：隆興、贛袁、江吉、建昌、臨江、南康，皆祀灌嬰。

水草大王

《同話錄》：世傳水草大王爲金日磾。 按《五代史補》：魏博使者自恃少年，詣鳳翔使者之陋，稱曰「水草大王」，醜者曰：「兄貌美，得非水草大王之夫人。」則水草大王之名由來已久，而指爲日磾者，不知何據？

關壯穆

《雲溪友議》：荊州玉泉祠有關三郎廟，緇流不敬，則大掌痕見于面。 李肇《長編》：宋乾德元年帝幸武成王廟，觀兩廡所畫名將，乃黜關公、白起、周亞夫諸（人），以其不善終也。

按姜西溟言：神始于唐貞觀元十八年，爲玉泉寺伽藍，董侹爲記。又元文宗三年封「顯靈王」，永

樂北征幹難河，見神前驅如關公狀，乃制崇祀，至萬曆間而封帝。俗又傳壯穆無子。考《歲寒堂集》稱：「侯祖名審，字聞之，父名毅，字道遠。俱以《春秋》傳家。娶胡氏，以光和元年生子平，時侯殺豪右呂熊等七人，事覺，胡氏抱平避母家以免，則是秉燭達旦，讀祖父之書，亦明有適子也。

順應王　《蜀志》：祭漢參軍馬謖，以陰祐神木之功，有司每歲三月初二致祭。

玄壇　世傳神姓趙，名朗，字公明。子龍從兄弟。精修至道。功成，欽奉玉帝旨，召爲「神雷副帥」。《搜神記》：帥，鐘南山人。自秦時避世山中，天師飛昇之後，永鎮龍虎名山。

蘇驃騎　《嘉興府志》：神名舉，存子羽。宋高祖嘗夢其神，因贈「平南大將軍」。　按：蘇乃晉驃騎將軍，封烏程侯。

資善福明王　《嘉興府志》：祀晉尚書徐熙。　按《靈光寺實錄》：尚書名恬。

文昌　《明一統志》：梓潼神，姓張名亞，字惡子，其先越嶲人，徙居梓潼縣之七曲山。自秦伐蜀世著靈異。宋建炎以來，累封「仁文聖武孝德忠文王」。　《後秦錄》：姚萇至梓潼嶺，見一神人，謂之曰：「君早還秦，秦無主，其在君乎？」萇請其姓名，曰：「張惡子也。」及萇稱帝，即其地，立張相公廟祀之。　《宛委餘編》：文昌，黃帝之子，名軍，始造弦，再攝醫官，服事周公，投胎于張無忌家，生仲，爲周幽王所酰。　《通俗編》引《蜀志·秦宓傳》：蜀本無學士，文翁遣相如東受七經，還教吏民，于是蜀學比于齊魯。蓋因學官文翁脩起，而漢武因之，故以文翁爲文昌纔允。

按此四說，則梓潼與文昌，明是兩神，不可強合。大抵梓潼神卽張惡子，如祠山張大帝、金龍四大王之類，廟食其地。觀李義山詩「如意贈姚萇」之句，未聞主文字，則宋時錫典亦不察也。惟《岩下放言》載英顯王張惡子廟諸神擬來歲狀元賦之事。洵如《宛委》之說，與道家一十七世爲士大夫合，然轉世未可遽信。況北斗之旁，明有文昌六星曰：上將、次將、貴相、司命、司中、司祿。而先王祠典所載，潛爲改易，非神也；梓潼神也，非司文柄也。張仲、文翁，我不敢信也。

楊將軍 《嘉興府志》：名字世次莫考，嘗入井斬妖蠍，出化爲神。　按《浙江通志》：梁乾化中，將軍守城，城陷，赴井死，其井大旱不竭，則其梁時人可知。

福順王 《嘉興府志》：祀隋司徒陳果仁，字世威，常州晉陵人，生梁太清三年，在陳，爲監察御史，至隋累建討賊大功，官拜司徒。娶沈法興女，法興有異謀，惡其二志，毒之，至潼腸死，身僵不化，英爽凜烈，于東郭門雲中，發矢誅法興。　按：唐封「忠烈公」，朱梁封「福順王」。又按《松江府志》載蔡京修廟記，隋將陳果仁，嘗以陰兵助錢氏，代淮南有功，奏封「福順賢德王」，使諸郡皆建廟，加封「武烈顯靈昭德大帝」。

神勇將軍 《龍城錄》：將軍姓趙名昱字仲明。隋末煬帝知其賢，徵召不起，督讓益州太守臧膚強起。昱至京師，煬帝糜以上爵，不就，獨乞爲蜀中太守，帝從之，拜嘉州太守。時犍爲潭中，有老

蛟，爲害日久，截沒舟船，蜀江人患之。昱涖政五月，有小吏告昱，會使人往青城山置藥，渡江溺

死者甚衆，沒舟航七百艘。昱大怒，率甲士千人及州屬男萬人，夾甲江岸鼓噪，聲振大地。昱乃持

刀沒水，頃之，江水盡赤，石巖半崩，吼聲如雷。昱左手執蛟首，右手持刀，奮波而出，州人頂

戴，事爲神明。隋末大亂，潛以隱去，不知所終。時嘉陵漲溢，水勢洶然，蜀人思昱。頃之，見青

霧中騎白馬從數獵者，見于波面，揚鞭而過，州人爭呼之，遂吞怒。眉山，太守薦章，太宗文皇帝

賜封「神勇大將軍」，廟食灌江口。歲時民疾病，禱之無不應。上皇幸蜀，加封「赤城王」，又封

「顯應侯」。按：宋眞宗朝益州大亂，帝遣張乖崖入蜀治之，公詣祠下，求

助于神。既克，奏請封「清源妙道眞君」。

曹王　《嘉興府志》：相傳曹武惠王彬，宋開寶中帥師平江南，不妄殺，邦人感而祀之。《浙江通

志》引《十國春秋》：梁開平二年，封故唐曹王明爲「昭靈侯」。注云：明爲唐太宗子。淮人圍姑蘇

時，守將祈禱于廟，輒潰去，故加封焉。按明許愻如《詩據》：曹珪爲嘉興都將，乾寧中，淮人

圍之，珪登樓張樂縱酒，矢石交至，宴如也。卒與族人師魯固守。事竟，云：「但鮮見曹提印事，

不知誣卻濟陽王。」然都將曹珪未嘗稱王，況《府志》西北已有曹使君祠，祀珪父信及珪與師魯三

人，不可混而爲一。或曰唐曹王皋。皆疑武惠王下江南，止於金陵而錢氏納土，必不至秀。然曹王

皋未見實事，《通志》所辨甚允，今俗稱爲南朝聖衆，恐未必然。

千勝將軍 《杭州府志》：張巡子亞夫，以巡死國事，拜金吾大將軍。巡守睢陽時，善出奇謀敗賊，亦名千勝將軍。宋時祔祀汴都巡廟，南渡後，杭人別祠于新安坊橋。《唐書》：李翰進〈巡傳表〉曰：「亞夫雖受一官，不免飢寒之患。江淮既巡所得，宜封以百戶。」尋拜金吾將軍。　按：或稱神是亞夫庶弟去疾也。不知何據？巡封東平王。

馬鳴王 《浙江統志》：神姓裴名璩，為浙西藩鎮，敗黃巢以保境。　按：《石門縣志》稱裴蒔。

天妃 《臨安志》：神為五代時，閩王統軍兵馬使林願第六女。能乘席渡海，雲游島嶼間，人呼為龍女。宋雍熙四年昇化湄洲，後常衣朱衣，飛翻海上，土人祠之。宣和中，路允廸使高麗，中流震風，七舟並溺，獨路所乘，神降于檣，無恙。使還，奏聞，特賜「順濟」廟號。紹興時，以郊典封「靈惠夫人」，淳熙朝易爵為妃。《元史・祭祀志》：南海女神靈惠夫人，以護海運有奇應，加封「天妃」。　按：明洪武中，勅封「海靈神」。國朝康熙二十二年，以助克澎湖，又加封「天后」，編列祀典。乾隆二年封「福佑羣生」，二十二年加封「誠感咸孚」，五十三年加封「顯神贊順」。　又按：邱文莊〈天妃廟碑〉云：其神為女子三人，俗稱為林靈素三女，則又異說。

張司封 《四朝聞見錄》：政和二年八月，封「寧江侯」，改封「安濟公」。《七修類稿》：宋太宗朝進〔士〕，仁宗景祐中，出為兩浙運司，名夏字伯起，雍邱人。　按宋〈祠典〉作工部夏員外，誤。俗稱司封，以其授司封郎中也。

施府君　《嘉興府志》：府君宋人，名伯成，九歲爲神，建立廟宇百有餘年。至景定甲子歲旱，里人聞人剛中，禱雨立應，請于朝，明封「護國鎮海侯」。或云名全。　按：全與伯成，義似通。或則名全字伯成，亦未可知。今見神貌，則具鬚髯，兼有夫人之享，則九歲爲神，得毋誣妄歟！

金龍四大王　《金龍山聖蹟記》：謝公緒，會稽諸生，居錢塘安溪，宋謝太后侄也。三宮北行，公投苕溪死，門人葬其鄉之金龍山。明太祖呂梁之捷，神顯靈助焉，遂封「金龍四大王」，立廟黃河之上。其後擁護漕河往來糧艘，惟神是賴。　按《戒山文存》：神父司徒公仲武生四子：紀、綱、統、緒，神居季，故號四大王。　又按：天啓四年，封「護國濟運」；國朝順治二年，加封「顯佑通濟」。

劉猛將軍　《靈泉筆記》：宋景定四年，封劉錡爲「揚威侯，天曹猛將」，有勅書云：「飛蝗入境，漸食嘉禾，賴爾神靈，剪滅無餘。」　《識小錄》：相傳神是劉銳，卽宋將劉錡之弟，沒而爲神，驅蝗江淮間有功。國朝雍正十二年，詔有司，歲冬至後第三戌日，及正月十三日致祭。　按劉錡爲中興四將之一，可尊矣，何待于勅？而銳又未見行事，二說並存可也。

朱相公　《嘉興府志》：相傳宋高宗夢登紫薇樓而墜，有力士持之，得不委地。問其姓名，則云：「秀州遷善三十五都朱六郎也。」旣覺，體汗猶濕。訪之時，七郎已死七日矣。封爲「紫薇侯」。　《浙江通

晏公　《七修類稿》：太祖呂梁之捷，封爲「神霄玉府晏公都督大元帥」，命有司祀之。《浙江通

志》：晏戍仔，江西清江鎮人。元初輸文錦于上都，因而尸解，人以爲神，後顯靈江湖間，洪武初封「平浪侯」。

分水龍王 南旺分水龍王，祀明工部尚書宋禮。按《明史·河渠志》及〈禮本傳〉並稱：禮，字大本，河南永寧人，永樂二年，拜工部尚書，九年命開會通河，禮以會通之源，並資汶水，乃用汶上老人策，**築堽城滙**，諸泉之水並出汶，至南旺中分爲二道，故曰分水。然龍王之稱，不知何故？

杭郡周城隍 《七修類稿》：神嘗附于人曰：「予本省憲使周新，誕乃五月十七月。上帝以予剛直，復命司杭之土。」按：神字志新，廣東南海人，永樂中爲御史，後爲湘江憲使，在內名爲寒鐵，在外稱爲神明。後因紀綱之謗被害。彭參政作公傳曰：上常見衣紅者，立日中，問爲誰，云：「臣周新，上帝以臣剛直，命爲城隍。」

顯聖王 《事物紀原》：唐乾符中封神爲「應聖王」，光化二年封「普濟王」，宋太宗在晉邸有神告之應，太平興國二年封「顯聖王」。

張老相公 《紹興府志》：公諱夏，蕭山人，雍正三年封「靜安公」。《西河集》：張十一郎官者，宋護堤侯張六五老相公也。名夏，蕭山隁里人。父亮爲吳越王刑部尚書，入宋歸命，遂由〔故〕任子起家，授工部侍郎，稱郎官。既而海溢，颶風發，錢塘、蕭山隁總壞，相公充護隁使者

有功，封護隄侯，乃以護漕。當決河覆舟，旗丁繞河覓相公不得，翌日，有大黿負相公尸，浮于沙，巫者狂言：「相公已爲神。」其尸歸葬于蕭山長山閘，而立祠閘旁，負山壁爲楹，面海〔沿洄〕；每雨歇，見神燈數隊沿山而歸。景祐間，禮部請于朝，封「英濟王」。蕭俗呼十一爲六五，官爲相公，以侯王，故呼老相公。每歲三月初八，係老相公生日。

周宣靈王 《浙江通志》：孝子周姓，死而成神，宋封「周宣靈王」，禱者甚衆。

劉天君 《雜記傳》：帥諱俊（後），東晉人，生于岷江漁渡中。歲庚子八月十二酉時，母謝取水于江，而帥匍入波心，得浮槎近湧而濟。其父劉福公，掉而迎之曰：「何異也？而幸不死。」適貧，送于羅眞人爲侍，因精五雷掌訣，招風促（捉）雨，隨叩響應，濟民助國，民議祀之。帥曰：「是爲名也。」而逃。繼而東京大旱，上蒿目而耳之嗟咨遍編戶焉，且曰：「惟禱于劉君之祠，必答所視。」上從之，果訓靈。時秋大稔，帝悅，勅爲「元化慈濟眞君」；玉帝亦以其勅者勅之以掌王府。

混炁龐元帥 《增搜神記》：帥諱喬，字長清，漢江渡口人。父諱定，母姚，生于漢獻帝癸丑十一月癸亥丑時。世雖駕渡，心行菩提，凡往來過客，無不平等。一女重陽夜渡歸急，卻遣百金于船；次日泣而訴其情，帥出其封帖如故。女願委，一不受。又除夕前二日，幼婦行晚，告以渡。奈一日雪禁，无有行者，氏無處，帥留之，而火其衣，粥其食，凜然尺寸清冽；次日雪愈，其人踪絕矣。又次日帥忙于應接，其父披蓑揭竿而渡，婦從，至岸而反，江風大作，帆掀而波（渡）覆矣。帥忙跳

〔遊〕于波，直至父處，深入而負之，至崖而力竭，無狂瀾甚，帥沒而父墮矣。帥失行在，復沒負之，如是者三。蓋除夕時鬼夜出沒叫寃取替，帥固太一之精，沸濤不能為害，所渡之婦，乃觀自在化身也。故帥父始得無恙。第帥已出險，方鳴然抱父以泣，「余今年當取，而雪父恥耶！」遂突然起而裂帳為旆，折竿為戚，噴水為露，擊金為雷，憑虛而行。太虛中編詢眞君行藏，正值十二小妖截路空亡，帥怒展旆幔于帳，已而與戰不懈，上帝命為降妖慢邪元帥之職。

李元帥　《增搜神記》：帥諱封，南海上飛航寇也。素剛直，因鄰有不共戴天之寃者，帥不平而殺之，逃于海神廟中，遇五鬼咀嚼，又曰：「天神到了。」帥曰：「汝何知？」曰：「予等奉命，願為掃除水怪，當以金刀贖。」隨于地窖取刀而化。帥曰：「異哉！奇遇。」倏爾髣賊牽羊醞醮神，帥擒降之。跳艫而入，啟其中，皆美男女、珠寶等類。帥命盡釋，賜金玉遣歸。因誓其醜曰：「女無翅往來臣宰，無翅民間女，專翅倭與寇之害民者。」眾聽唯唯。一日操船于洋，一巨怪翻風捲浪而起。帥不知為江豕也，曰：「室神命者耶？」跳浪而剚之，涉洋如步沙渚。已而，黑颭倒旋，驚濤騰空，飛花濺天。有神謝曰：「女功槎客無涯矣！余當白之上帝以酬萬一。」帥乃勅為元帥李先鋒之職，委二將軍為翼。　按：帥生予錦江口，隋帝壬午五月五日午時降胎于李芳之妻孫氏云。

黨元帥　《增搜神記》：帥，懷州人，澄深精研，內不庇親，外不避仇，仕晉昭察史。時留刑無定，惟人所入，帥獨乎心，兼以廉明，眞偽如見狂。廷無寃獄，下民無怨辭。三載，閭謠曰：「黨不

黨，見五臟。案歸藉，秉天日。黑判官，人鬼泣，何家宰相民考妣。」蓋黨，其姓；黑，其貌；歸藉者，其譁；何，其翁之譁，故曰：「何家宰相。母陳，生帥于唐元祐丁未九月丁卯未時。其生也，人見有二、三十兒童旗旛而來，扛一小兒，人間之，答曰：「一路福星也。」享年九十又七。陰封為帥，以葵藜掃掌考校，以察天下過惡焉。

石元帥　《野錄》：帥相溪人，諱神，毓于周宣王七年三月清明佳節。生時風雨驟至，龍掛表。父諱文甫。母韓，曰：「阿兒面貌非凡。」少好清淨，長遊關中，受業于關尹子，結廬眉山之陽。適天久不雨，樵叟輩祖肩汗顏，相與聚訴，帥愀然曰：「愧不龍耳。彼蠢然若虺若蛇，且以伸蟄揚波，吐氣成雲，為天下作甘霖。奈何舍惇而且不及一焉？則邱稗而牛唾，足恨也。」乃沐浴更衣，明馨于爐，薦虔于盂，再拜而祝。民從之，倏爾，甘雨驟至，霶地滿三尺，不知其化矣。已而，行人報曰：「帥乘馬東行，旌儀羽檄，簇擁百餘，謂從者曰：「為我【謝】諸輩也，余奉勒不能留耳。」陰封為五雷之長。

副應元帥　《增搜神記》：帥，泰山下人，副賀公之遺脈，母歐陽氏，萃中嶽之秀，而降凡于乾符九年壬寅正月壬寅日寅時，別號泰宇。封金鑑糾邦之職。

楊元帥　《搜神記》：帥諱彪，母徐，毓于庚申十月十六。　按《漢書・彪傳》：仕至廷尉，案盜主玩器者，以贓宄。帝欲廷殺之，不聽；案以妄倖侮官儀者，笞殺。帝以贅赦之，不聽；案三老中之

贓吏者，臺臣以勢請之而不顧；案故友以撓法罷者，賄以千金而不瞬目。曰：「汝汗累，欲人共分謗耶！」凡此其較也。

大奶夫人

《增搜神記》：昔陳四夫人，祖居福州羅〔源〕縣下渡。父諫議拜戶部郎中，母葛，兄陳二相，義兄陳海清。嘉興元年蛇母興災吃人，占古田縣靈氣大洞于臨水村，鄉人立廟以安其靈。每年重陽，買童男女二人以賽私願，方不爲害。時觀音大士赴會歸南海，見福州惡氣冲天，乃剪一指甲，化作金光一道，直透陳長者葛氏報（投）胎。時大歷元年甲寅正月十五寅時。瑞氣祥光，異香仙樂護送而進者，因諱進姑。兄二相，曾受異人口術瑜珈大教正法，神通。行至古田臨水村，值祭。黃三居士〔供享〕，心惡其妖，思靖之，不忍以無辜之人，唲命于荼毒之口，敬請二相行法。乃爲海清酒醉，填差文劵時刻，以致天兵陰兵未應，二相爲毒氣所喪（吸），還（適）得瑜仙顯靈，憑空擲下金鍾罩覆，仙風所照，邪不能近，二相不得脫耳。進姑年方十七，念同氣一脈，匍往閭山學法。洞主九郎法師，傳授驅雷破廟罡法，打破蛇洞，取巳，斬妖爲三，殊料〔蛇〕稟天宿奇異（赤翼）之精，金鍾生氣之靈，與天俱盡，第殺其毒，不敢肆耳。至今八月十三起，乃蛇宿管度，多與風雨霖雹，傷民稼穡，此其驗也。後唐王皇后分娩艱難，幾至危殆，姑乃到宮以法催下太子，唐王悅，勅封「都天鎮國顯應崇福順意大奶夫人」，建廟古田以鎮蛇母。夫人之大造于民如此，專保童男女催生，蛇妖不爲害，故自誓曰：「女能布惡，我能行香。」今人遂沿其故事云。神

姐、威靈林九夫人，妹海口破廟李三夫人（八月十五生）。其佐：助娘破廟，張、蕭、劉、連四大聖

者、銅馬沙王、五倡大將、催生聖母、破產靈童、二帝將軍。

斬鬼張眞君　《增搜神記》：神諱巡，妻劉、姜柳。唐玄宗時進士出身，官拜雍邱令。遭安史疊亂，

公性格剛烈，每氣發，髮豎齒落。觀其始以背城奪旗鼓，繼以嵩艾殺思明，收萬矢于束艸出奇之

際，整威武于坐食野戰之場，明忠義于泣廟之餘，識人倫于天道之頃。知將令于雷將軍之時，堅士

志于殺姜蒸骸之表，洩貞義于屬鬼殺賊之詞。至今霨將軍噬指于隣以示信，諸軍伍羅雀炙鼠，木食

而不攜，其天地一孤忠也。唐宋累封爲「寶山忠靖景祐福德眞君」。

蕭公　《福佑錄》：公諱伯軒，爲人剛正，不苟言笑，里閈咸爲質平，沒于宋咸淳間，遂爲神。鄉民

立廟于臨江府新淦縣之大洋洲，保江佑民。元時以其子蕭叔祥死而有靈，合祀于廟。明洪武初，嘗

遣官諭祭。永樂十七年，其孫天任卒，屢著靈異，亦祀于此，詔封「水府靈通廣濟顯應英佑侯」，

大著威靈于九江八河五湖四海之上。

吳客三眞君　《道籙》：周厲王有諫官唐、葛、周。王好田獵失政，三官屢諫不聽，乃南遊于吳，代

吳籌楚敵。（按此內一段言甚俚鄙，節去。）至宣王即位，復歸。按唐宏字文明，封「孚靈侯」

（七月二十一誕）。葛雍字文度，封「威靈侯」（二月十三誕）。周斌（一作實）字文剛，封「浹

靈侯」（十月初三誕）。此封號不知何代始？又按：宋大中祥符元年，帝東封岱，至天門，忽見

三仙自空而下，帝敬問之，曰：「臣奉天命，駕衞玉駕。」乃封三仙為「上元道化唐眞君」、「中

元護止葛眞君」、「下元定志周眞君」，同判岱岳冥司。此後，人有三眞君即三官之言。　按：五司

揚州五司徒　《增搜神記》：揚州英顯司徒，茅、許、祝、蔣、吳五姓，血食是邦久矣。　按：五司

徒，梁時義士。茅名知勝，餘並未詳。身前能除虎患，後立廟江都，隨禱輒應。隋煬帝時曾護駕有

功，封司徒。唐加封侯號。宋紹定辛卯，助克李全，封八字侯號。後屢佑生民，賈似道奏請加封王

號：茅，「靈威忠惠（翎）順王」、許，「靈應忠利輔順王」；祝，「靈助忠衞佐順王」；蔣，「

靈佑忠濟助順王」；吳，「靈勇忠烈（孚）順王」。

五顯靈君　《靈應錄》：五顯公之神在天地相與本始。唐光啓中乃降，圖籍莫有登載，故後來莫有考

據。自唐以後，福祐斯民，至宋大觀以來，屢次加封，至理宗朝加八字王號。一顯（「聰昭應靈格

廣濟王」）「慶協惠昭助夫人」），二顯（「明昭烈靈護廣佑王」「惠協慶善助夫人」），三顯

（「正昭順靈衞廣惠王」「濟協佑正助夫人」），四顯（「直昭佑靈覜廣澤王」「佑協濟喜助夫

人」），五顯（「德昭利靈助廣成王」「福協受靜助夫人」）。王祖父母封「啓佑喜應敷澤侯」

「衍慶助順慈眠夫人」，王父母封「廣惠慈濟方義侯」「崇福慈濟慶善夫人」，妹長封「喜應贊惠

淑顯夫人」、次封「懿順福淑靖顯夫人」。神佐有黃衣道士、紫衣員覺太師、輔靈翊善史侯、輔

順翊惠卞侯、翊應助順周侯、令狐寺丞、王念二元帥、打拱高太保、都打拱胡靖一總管、打拱黃太

保、打拱王太保、打拱胡百二檢察、金吾二太使、賞善罰惡判官。　按：神之稱顯隆矣，且宋承節

郎張大猷有記，廸功郎胡升載其迹于《星源誌》，而終莫考其姓名時里。

昭靈侯　《增搜神記》：南陽張公諱路斯。隋初，家于潁上縣百社村。年十六，中明經。唐景龍中為

宣城令，有才能。夫人石氏生九子。自宣城罷歸，釣于焦氏臺之陰，一日見釣處有宮室樓殿，遂入

居之，自是夜出旦歸。夫人問之，公曰：「我龍也。蓼人鄭祥遠，亦龍也，與我爭此居。來日當使

九子助我。頭有絳綃者，我也；青綃者，鄭也。」明日，九子以弓矢射青綃者，中之，怒而去，公

逐之。所過為谿谷，以達于淮；而鄭投于合淝之西山以死。九子皆化為龍，而石氏葬關洲。公之兄

為馬步使者，子孫散居潁上。　按：此事見于唐趙耕文中，歐文忠公載于《集古錄》。宋時屢顯，

故學士陶穀有記，學士蘇軾致其骨于西湖之行祠。熙寧中封「昭靈侯」，石封「柔應夫人」。

蔣莊武帝　《搜神記》：帝諱子文，揚州人。漢末為秣陵尉，逐賊，至鍾山下，擊傷額而死。及吳先

主初，其故吏見帝于道，乘白馬，執白羽扇，侍從如平生。吏見驚走，帝呼曰：「我當為土地，以

福爾下民。為我立廟，否，使蟲入人耳為災。」吳王以為妖言，後果有蟲入人耳死者。又云：「爾

不祀我，當有大火。」是歲數火。又云：「不祀，有大疫。」吳王患之，封「中都侯」，加印，立

廟于建康之鍾山，更名蔣山。　按：神于晉蘇峻之亂，帝顯聖；太元符堅入寇又顯。劉宋加相國大

都督。齊永明中，助平崔慧景，新其廟。南唐諡曰「莊武」。徐鉉奉勅納（撰）碑載其事。

威濟李侯　《增搜神記》：侯，諱祿安，吉州長興縣童莊人。生于宋崇寧三年正月十八。長而神異，

能言人休咎。年十八，當宣和三年三月，預告鄉社云：「吾將往山東膠西爲國幹事，恐須數年方

歸。」遂端坐而逝，遠近莫不異之。其後屢有靈跡見于本鄉，于是父老立香火之地而祠祭之。開禧

三年十月三日，知縣趙準狀申濟惠顯應實跡，賜曰：「顯應」。寶慶元年，陳昂等列狀請彰神烈，

以慰民安，奉勅封「威濟侯」。

釋神 卷五 土祀

昌武王 《嘉興府志》：世傳爲宋淮海王三子，皆有功于民，封爲「昌武王」。死後各著神異，民奉爲當境土穀之神。 按：神能驅疠鬼，有禱必應。

鐵四太尉 《通俗編》引凌柘軒〈募吳山東嶽廟鐵四太尉疏〉言：四神皆膺侯爵：一曰靈應，二曰福佑，三曰忠正，四曰順佑。 按：今杭人但呼爲「鐵哥哥」。然神之時代、名位未考。

吾相公 《嘉興府志》：宋時勅封「撥雲吾相公」，建祠于德化一都〔鄉〕。每歲春時，有萬魚來朝。 按：吾相公兄弟二人，一曰興雲，一曰撥雲。每歲四月十九，衆魚雲集至，有魚大水小騰躍而過者，土人習見之，或卽神之誕辰乎？

朱相公 《嘉興府志》：相傳宋建炎二年，高宗夜寢，夢登紫薇樓，忽墜，一力士捧之，得不委地。問其姓氏，曰：「秀州遷善三十五都朱六郎也。」既覺，體汗猶濕，乃述所夢，遣使訪之，六郎死已七月矣，因勅封爲「紫薇侯」。

石八娘 《涉異志》：羅源紫霄岩有二女神，號石眞妃，靈顯頗著。二女羅源徐公里石氏女也。姊

日月華，妹曰雪英，皆有姿色，涉書史。五季青巾賊作亂，二女被虜，義不受辱，相繼投河死。宋

時林孝子鼉孫入山探樵，遇二女，明妝儼然，肅入其家延茶。久之，吟咏閑雅。月華有：「百尺瀑

溪探禹穴，寸心皎潔付陶泓」，雪英有：「肉芝勝比蓮花鮓，甘露何如竹葉醴」之句。謂林曰：「

吾石氏女，遭難而死，上帝憫吾貞烈，勑吾『火部曜靈眞妃』，吾妹爲『水部風毒眞妃』，封此岩

爲紫霄岩，命吾主之。俗呼曰：石八娘岩是也。」

英烈鈔侯　《雲間志》：侯，閩人，行七，嘗爲商，浮海至霍光廟下，歎息：「願事忠臣。」即叉手

立化。宋與金戰，有陰兵旌旗著「華亭鈔太尉」字。《嘉興府志》：宋大觀五年，封「忠烈公」，加

建炎三年，辛道宗領舟師，由海道護行在所，奏加「忠烈順濟侯」，且賜鈔以新廟貌。四年，加

「昭應」。

烈士大王　《平湖縣志》：不知何神，爲獨山一方香火。顧相公《九山志》：神，松江上海人，有伏

虎之異，故裝一虎于案下，一方香火最著靈驗。　按：神諱、時代不可考。

徐王　按：范長發《記略》：徐王，浙人也，自宋迄今，五百餘年。舊壁繪王出征始末，功績丕著。

當徽、欽北狩，王忠義不屈，歿于江右，隨即成神。今巢湖奮央殿卽王顯聖處。歲之八月，王誕

辰；仲春二月，王夫人誕辰。故老相傳：每歲八月前，紅光燭天，徐王歸里。是年百穀豐登，歷自

明驗。明末，王嘗顯靈，使此地免于兵戈，是以全郡士民無不感戴。酬賽盡一方盛會耳。

蔣相公　《嘉興府志》：祀宋蔣崇仁。　按：神，杭州人，兄弟三人，富而為善，廣積米穀。遇歲荒歉，即□糴焉，□聽糴者自量，故稱蔣自量云。歷著靈應于杭嘉甚夥。宋咸淳六年，潛說友請封三神為「孚順」、「孚應」、「孚祐」侯。

博陸侯　《至元嘉禾志》：祀漢大將軍霍光，封「忠烈順濟昭應公」。

步總管　《海鹽圖經》：祀吳令步隲。　按：公字子山，建安時出領鄱陽太守，尋代陸遜為丞相，居處手不釋卷，如儒者。後鎮西陵十年，卒。相傳某年旱，乞靈于公，有羣雀垂雲盤于祠上，雲結而雨，救災衛民，合于祀法

楊太尉　《澉水志》：寶慶三年，封「顯應侯」。

溫元帥　《增搜神記》：帥姓溫名瓊，字子玉，後漢東歐郡人，（今浙東溫州也）。世居白石橋。祖宗世隱，父諱望，業儒學明經，中科第，乃歉于嗣，以為非孝。同妻張氏，諱侅，字道輝，禱于后土，時夜夢金甲神持巨斧，手托一顆明珠，以惠張云：「我乃六甲之神，玉帝之將，欲寄母胎，質為人，母肯允否？」張諾曰：「女流無識，聖賢顯萃，何取方命。」其神委珠於懷而醒。張含靈十二月。祥雲繞室，異香馥座，誕帥于順帝漢安元年辛巳五月五日午時。時沐妊，姊曰：「此兒左脇有符文廿四篆，右脇有符父十六篆。」人莫能識。幼而神明，七歲學步天星，十歲通儒經傳、子史、天文等，靡所不通。年十九，科第不中。二十六，明經射策亦不中。忽然歎曰：「男子漢生不

能致君澤民，死當助帝誅奸滅邪，以伸吾志。」欝抑間，忽見蒼龍墮珠于前，臥而含之，流于腹，

其會（蒼）龍直舞，障日騰金，帥扭爲環，截尾于手，突然幻變，面青、髮赤、藍身，猱猛握簡，

遊衍坐立，英毅勇猛。泰山府君聞之，召爲佐嶽之神，積力陰功。玉帝勅旨，封爲「亢金天神」，

又封爲「翼靈昭武將軍‧兵馬都部署」。其後累封爲「東嶽統兵天下都巡檢五岳上殿奏事急取罪人

案玉皇殿前左亢金翅靈昭武雷王祐侯溫元帥」。

謝天君　《增搜神記》：天君諱仕榮，字雷行，于唐貞觀天初，一輪火光如斗，直射入山東火焰山東

昕。其父諱恩。帥，性烈而不屈于豪，亦不敗于法，爲山陰令。時寮東役督司以催科故，嚇帥以千

金，帥密拾其臟報，督怒之無從也。因責以苦辦，諸若水銀、盜甲，帥以錫飾者應，勒以鼓革牛

膠，帥以敗甲爲膠，而皮者爲甲〔鼓〕奏進。督害之不足，又申之以將才，陰陷以把隘。帥即夜率

數兵以襲砍，而塞虜心賊，又乘敗以襲我虛，帥又先移塞以伏弩待之。竟保無虞。蓋役愈苦而才愈

辦，事愈險而功愈奇，赤心烈節，炳于天日。帥卒陰受職于火德天君，執金鞭，架火輪，頭頂道

冠，以司亢陽之令。

朱元帥　《搜神記》：諱彥夫。

張元帥　《增搜神記》：帥山東寧海人，父諱珪，母黃，夢金甲神而生，因名爲建，誕于則天癸卯八

月癸卯酉時。幼而聰俊，長而神清，貌似靈官，美髭。精聖（鑒）史。由科第官至刺史，深諳人

間事，耳聽政，口辨寃，筆僉禁立斷。而民不寃焉。時上鍾意于年少俊士，詔貢以千計選應蓮花不

給之役，帥恥之。以時多瘟疫無中選者報，人賴以安，作生祠而祀之。陰封飛捷報應之職，兼職理

瘋痘役，專以保童爲命。

辛興苟元帥

《搜神記》：古雍州界有神雷山，至驚蟄時，雷氣發揚。二月爲卯，于令爲震，雷門布

移（鼓）之坦（神），威氣閃赫，無物不折。至夏秋，雷藏地中，作鷄狀，入于谿岩內。時八月，

雍民辛姓名興者，字震宇，母張。家貧，賣薪以養母。一日往雷山采薪，見幽岩中成鷄形者五，帥

心喜曰：「可爲進膳資耳。」獲以進母。納于鷄稱者四，隨以內衣覆其上，

而欲烹其一。神鷄作人言曰：「予雷耳，不可啖，乞宥一剮。」嫗弗允，則霹靂而起，母破膽昏跪

焉。帥負薪攜酒以入，把母尸以哭曰：「予何極也，抵（抑）至此邪！」乃拭淚，目其背有金痕

曰：「混一之氣，青帝之英，威令所加，莫予敢攖；辟惡誅邪，惟吾司命。」乃知雷也。泣而訴之

昊曰：「母非惡非邪，胡不以嫁（殛）邪而殛（殛）母耶！矧宥天下之爲惡，鷄名也?」遂並稱之雷

鷄而搥，乃雷爲內室（衣）所掩，不能震，第英氣沖虛，而電雨風霆交至，欲下擊狀，哀其爲母而

怜之，遂變爲道士，進而揖曰：「孝子，獨不畏雷而反制雷。吾雷神，懼（悸）以傷而母，而無以

怨也。余等願惟所命。」因奉十二火丹啖之，帥遂易形，妖其頭，喙其嘴，翼其兩背，左尖右搥，

腳踏五鼓而昇，化母尸而去。天帝感其孝，封爲「雷門苟元帥」。

風火院田尉　《搜神記》：尉兄弟三人；孟荀留，仲洪義，季智彪。父名鑱，母刁，名春喜，太平人氏。唐玄宗時，承詔樂師，典音律，猶善歌舞，鼓一擊而桃李笑，笛一弄而響遏流雲，韵一唱而紅梅破綻，蓙一調而庶明風起，以〔教〕玉奴花奴。後侍御宴以酣，帝墨塗其面，令其歌舞，大悅帝顏而去，不知所出。復帝母感恙，瞑目間，則三尉翩然歌舞，磬笳交競，琵弦索手，已而神爽形怡，其痾起。帝有「海棠春醒，高燭照紅」之句，而封之侯爵。至龍宮海藏，鬼疫猖狂。天師作法，治之不得，乃請于尉。尉作神舟，統百萬兒作鼓，競奪錦之戲。京中譴噪，疫鬼出觀，助天師斷而送之。至今正月有遺俗焉。天師見其神異，故立法〔差〕以〔佐〕元壇，初〔勅〕和合二仙，助顯道法，〔無〕和以不合，無顚差不解。天師保奏明皇，封爲「沖天風火院田太尉昭烈侯」，二尉「昭佑侯」，三尉「昭寧侯」；父「嘉濟侯」，母縣〔君〕。賽郭賀三太尉、金花小姐、梅花小姐〔娘〕、勝金小姐〔娘〕、萬回聖僧、和事老人、何公三九承士、都和合潘元帥、天和合梓元帥、〔地〕和合柳元帥、斗中楊耿二仙使者、送夢報〔夢〕孫喜、青衣童子、十蓮橋上橋下棚上棚〔下〕歡喜衆〔耍〕唉歌舞紅娘娘粉郎郎聖衆、岳陽三部兒郎百萬聖衆。　按：此則尉乃今演劇中之老郎神也。

崔府君　《神錄》：君，祈州鼓城人，諱子玉。父曰讓，世爲巨農，純良德義，鄉里推重。年五十，無子，乃禱于北嶽。是夜，夫婦並夢一仙童，手擎一合。讓問之，童曰：「帝賜合中物，令君夫婦

吞之。」言訖，舉合視之，乃美玉二枚，各吞之而覺。誕君于隋大業三年六月六日。至唐貞觀七年，詔舉賢良，君赴都。朝廷除爲潞州長子縣令，正直無私，秋毫洞察，郡人皆言：「知縣畫理陽間，夜斷陰府。」邑人立生祠祀之。後遷磁州滏陽縣令，亦有奇迹，卒年六十四。按：元（玄）宗避安逆之亂，帝夢神人告曰：「陛下駕不可別此方，賊不入（久）而滅矣。」帝問姓名，曰：「臣乃磁州滏陽縣令崔子玉。」後果如其言。駕歸，封「靈聖護國侯」。武宗朝，加封「護國威應公」，宋眞宗時加封「護國西齋王」。至宋高宗南渡，君又顯聖，賜廟額曰：「顯齋」。

靈瓠侯

《增搜神記》：神，姓名李琚，衢州人氏。宇文周世宗朝爲將，善騎射，于國有功。後因病至重，有問疾者甚衆，公無別語，告衆曰：「我授山東漆河將軍。」言訖而卒。唐開元元年封「靈瓠將軍」。至宋大中祥符八年，加封神爲「靈瓠侯」。

釋神　卷六　吉神

東王公　《老子枕中經》：名倪，字君明。　《太平廣記》：名括。　《上眞眾仙記》：東王公曰元陽父，元始天王遇太元聖母而生。

西王母　《酉陽雜俎》：西王母姓楊，名回。　《太平廣記》：姓何，名婉妗，一字太虛。　《集仙錄》：西王母，九靈太妙龜山金母也。姓侯氏。三界十方女子之登仙得道者咸隸。據此，則人之慶壽有繪以貴婦人之像。（一解）　《穆天子傳》：天子觴西王母于瑤池之上。西王〔母〕謠有「將子無死」句。　《吳越春秋》：大夫種進九術曰：尊天事鬼以求其福。越王乃立東郊祭陽，名曰東皇公；西郊祭陰，名曰西王母。事之一年，國不被災。據此，則祈福壽者，循習于是。（二解）　《山海經》：狀如人，豹尾，虎齒，蓬髮，戴勝，是司天之厲及五殘。神人之說，據此，乃災厲殘殺之氣，非吉神可知。（三解）　《爾雅》：觚竹、北戶、西王母、日下，謂之四荒。（四解）　《大戴禮》：舜時，西王母獻白玉琯。據此，特海外國名，如後世女眞、八百媳婦之類，非神人也。

壽星　《史記·封禪書》：杜亳有壽星祠。　《索隱》云：壽星，南極老人星也，祠以祈福壽。

《宋史·禮志》：唐開元特置壽星壇，常以千秋節日祭之。　按：壽星，角、亢也，見於《爾雅》。不知其狀貌，而世人繪像，每長其頭，亦不知何典？惟《南史·夷貊傳》：毗騫王身長丈二，頭長三尺，自古不死，號長頭王。然則世所畫者乃毗騫王，非壽星也。

張仙　《蜀地志》：邛州有挾仙樓。仙人張遠霄攜彈往來，視人家有災者，爲之擊散，帶以弓韣，授以弓矢，于高禖之前。今俗祀仙多于二月，殆高禖之遺意乎？世傳爲梓潼神，或爲孟昶挾彈圖，花蕊夫人給宋太祖之說，俱非的論。　按：此不聞有祈子之說，惟《月令》：仲春，玄鳥至日，以太牢祠高禖，帶以弓韣，授以弓也。

魁星　《癸辛雜志》：太學先達歸齋，各有光霽之禮，狀元則送鍍金魁星杯柈一副。　《日知錄》：魁當奎之訛。奎爲文章之府，文士宜祀。　按：今祠觀中多祀其像，漸及學宮，不知起于何時？太約漢詔天下祀靈星。注云：天田也。而文昌、奎星、壽星之祀，後世漸爲增益耳。

和合　《游覽志餘》：和合神卽萬回哥哥。　《太平廣記》引《兩京記》云：萬回姓張氏，宏農閿鄉人。其兄戍役安西，父母遣其問訊，朝齎而夕返其家。計宏農抵安西萬餘里，因號爲萬回。　按：今祀和合，必有二神，未可以萬回一人當之。國朝雍正十一年封天台寒山大士爲「和聖」，拾得大士爲「合聖」。寒山、拾得者，卽釋家所謂文殊、普賢也，二人亦宋時人。　又按：廣東有和合洞，無錫有和合祠，神姓盧，本兄弟二人。

利市

《圖繪寶鑑》：宋時嘉禾好爲利市仙官，骨格態度，俗工莫及。仙官之畫爲宰官身，久矣。

按：江湖間多祀一姥，曰利市婆。或言：利市波，乃神所居之地名；婆、波形音相似而誤。此或其一方所見未可知，因附錄云。

鍾馗

《丹鉛錄》：俗傳鍾馗起于唐明皇之夢，非也。見《北史》：堯暄本名鍾葵，字辟邪。後世因畫鍾葵辟邪圖。劉宋宗愨妹，亦名鍾葵，後人因作鍾葵嫁妹圖總總附會。但葵與馗二字相異耳。

按：漢有李鍾馗，隋將有喬鍾葵、楊鍾馗，唐人有張鍾馗，皆以鍾馗爲名。鍾馗之名，非始于開元可知。若《左傳》：商民七族，有終葵氏，則又先於漢、隋者。

吉神

《山齋雜錄》：泰逢，吉神也，如人而虎尾，居和山五曲，出入有光。

增福神、增財神

《翰墨大全》：天曹增福神、天曹增財神，俱九月十七生。

隨糧王

世傳神姓金，不知所典？　按：《春秋佐助期》：天廩，倉神。今所祀者，得毋是與？

增福相公

《增搜神記》：公姓李，諱詭祖，在魏文帝朝，治相府事。晝管陽間，決斷邦國冤屈不平之事；夜判陰府是非枉錯文案，兼管三品以上官人衣飯祿料，及在世居民。每歲分定合有衣食之祿。至後唐天成元年封神爲「增福相公」。

福神

《增搜神記》：神本道州刺史楊公，諱成，字昔。漢武帝愛道州矮民以爲宮奴，其時民間生男，選揀侏儒好者，每歲貢上，不下數百。刺史楊公來守，奏聞云：「臣按五典，本王（土）只有

矮民，無矮奴也。」帝感悟，嗣後不復貢。郡人立祠繪像供養，以爲本州福神。後天下士庶皆敬奉，稱爲福祿神。

三姑

《括異記》：華亭縣北七十里有澱湖山，上有三姑廟。每歲，湖中羣蛟競鬪，水爲沸騰，獨不入廟中。神極靈異。向年，有漁舟艤湖口，忽見一婦人附舟云：「欲澱山寺。」及抵岸，婦人直入寺去，舟中止遺一履。漁人執此履以往索渡鈔，寺僧甚訝之，曰：「此必三姑顯靈。」因相隨至殿中，果見左足無履，坐傍百鈔在焉，遂授漁人。　《名勝志》：相傳姑爲秦人祁氏女，孟曰降聖，仲曰月華，季曰雲雀，能役鬼工，以治湖泖。

釋神 卷七 釋家

阿彌陀佛　《周書異記》：周昭王二十四年，天竺迦維衞國淨飯王妃摩耶氏，夢天降金人，遂有孕，於四月八日太子生於右脇，名悉達。通孝論氏曰：瞿曇種稱剎利，俗名悉達道，字能仁，乃白淨王之太子也。　按：考《陀羅尼集》佛姓憍尸迦。《婆沙論》：帝釋長一拘盧舍，謂長四百丈也。又按：佛父猊國王，名肩頭耶，母名莫邪。後人改父曰淨飯王，母曰摩耶，非。摩耶是其祖名。佛未出家時，娶妻曰耶輪陀，生子曰摩喉羅。出家十二年歸，妻子復聚居。今僧徒無妻子者，非佛之本教也。

觀音　《莊岳委談》：今塑畫觀音，無不聞作婦人。考《宣和畫譜》，唐、宋名人寫像，俱不飾婦人冠服；惟宋人小說載甄龍友〈觀音偈〉云：「巧笑倩兮，美目盼兮。彼美人兮，西方之人兮。」則宋時間有致訛。而元僧譚陌無識，遂以爲妙莊王女，可甚矣。　按：《感應傳》：元和十二年，菩薩大慈悲力欲化陝右，示現爲美女子。相傳有變女之說，世人不察，改其莊嚴爾。

韋馱　《翻譯名義》：韋馱是符橄，用徵召也。據此，與今所稱護法韋馱無涉。《正法念經》：昔

有國夫人生千子，試當來成佛之次，至樓至，當第千籌。其第二夫人生二子，一願爲梵王，請千兄轉法輪；次願爲密跡金剛神，護千兄教法。據此，今狀其像于伽藍之門者有因。

四金剛

《長阿含經》：東方天王名多羅吒，領乾闥婆及毗舍闍神將，護弗婆提人。西方天王名毗留博叉，領一切諸龍及富單那，護瞿耶尼人。北方天王名毗沙門，領夜叉羅刹將，護鬱單越人。　按：此即俗所謂四金剛也。然曰金剛者，以所執之杵而言。又《婆沙論》：四天王，身長一拘盧舍四分之一。考西國以五百弓爲拘盧舍，八尺爲弓。然又云：三十三天長半拘盧舍。帝釋身長一拘盧舍，而世之塑諸天帝釋又不甚大，何也？

東土六祖

《傳燈錄》：一祖達磨，姓刹利帝，本名菩提多羅；二祖慧可，姓姬，名神光；三祖名燦；四祖道信，姓司馬；五祖弘忍，姓周；六祖慧能，姓盧。　按：達摩，南天竺刹利帝名香至第三子，梁普通七年至金陵，爲東土初祖。二祖中土人。三祖北齊天平間人，隱居皖公山。四祖生於廣濟。五祖，先爲破頭山栽松道者，後托生於浣衣女子。六祖嶺南人。

迦葉

《長阿含經》：拘留孫佛、拘那舍牟尼佛、迦葉佛，俱姓迦葉。　《婆沙論》：拘留孫佛、拘那舍牟尼佛，俱長二十五由旬；迦葉佛，長一十六丈。　按：旬與尋通。

拘若利

《長阿含經》：毗婆尸佛、尸棄佛、毗舍婆佛，俱姓拘若利。　《婆沙論》：毗婆尸佛長六

十由旬，尸棄佛長四十由旬，毘舍婆佛長三十二由旬。

十王 《法苑珠林》：閻羅王者，昔為沙毘國王，常與維陀如生王戰，兵力不敵，因立誓願為地獄主。臣佐十八人，悉忿懟同誓曰：「後當奉助治此罪人。」十八人即主領十八地獄。《五天使者經》：人當墮地獄，則主者持行白於王，具其善惡，王為現五使者而問。《暌車志》：張叔言判冥鬼，有十人，而十人內兩是婦人。《庚巳編》：王有二子，長名江，次名海。按：第一說甚為不經。蓋王必正直，而始事先留私見，恐未必然。第二說是一人分現為五，而十殿未聞焉。第三說則今所畫十王並無女像。第四說王亦有子，甚異。而釋子之言，則又稱一殿秦廣王，二殿楚江王，三殿宋帝王，四殿五官王，五殿閻羅王，六卞城王，七泰山王，八都市王，九、平等王，十、轉輪王。愚意云：十王者，出於釋氏。彼且難為莊論，何世人以冥事刺刺不休哉！

彌勒佛 釋典：一祖摩訶迦葉，二祖阿難彌勒。《成佛經彌勒佛讚》言：釋迦於大眾中常所讚歎頭陀第一。 按：彌勒發心在釋迦前，一進一退，釋迦超六劫而先證菩提。今以《法華經》考之，日月燈明佛時，文殊以妙光菩薩為上足弟子，作七佛師。而文殊八百弟子中有求名菩薩，貪着利養，雖復誦經，而不通利，多所遺失，是為彌勒，亦自稱心重世名。至燃燈佛出現於世，乃得成無上妙圓識心、三昧識性，流出無量如來；而釋迦於時僅一獻花布髮男子耳。其先後輩可知。但燃燈見釋迦，即授記作佛，而彌勒又歷諸無哭佛，逾七佛，至釋迦而始授記。夫釋迦之精進，在

燃燈前，不應始獻花布髮；若在燃燈後，不應彌勒而授記也。彌勒紫金身十六丈，而釋迦止丈六

尺；彌勒壽八萬歲，而釋迦僅八千歲；彌勒行化之地，東、西四十萬里，南北三十萬里，王國鴟頭

末城周圍四百八十里；而釋迦僅化五天竺諸胡，不過十萬餘里，淨飯所都與王舍其城，不過四十

里。彌勒之地若琉璃鏡，平無丘陵坎欲，人無夭折戰鬪；而釋迦返之所謂五濁世界也。釋迦有正、

報身，而彌勒無聞。釋迦二輔：文殊、普賢皆古佛現身，而彌勒無着；其優劣何如？又按：今人

稱爲布袋和尙，非。考布袋和尙嘗寓化之窟（鶴）林寺，自旛，以杖荷一布袋，凡供具悉貯袋

中，隨地偃臥。梁貞明三年坐石上尸解。

七佛

《談薈》：六祖云：古佛應世，已無數量，今以七佛爲始。過去莊嚴劫，毘婆尸佛、尸棄佛、

毘舍浮佛；今賢劫，拘留孫佛、拘那舍牟尼佛、迦葉佛、釋迦文佛。《宛委餘編》：毘婆尸佛、

尸棄佛、毘舍浮佛，俱姓利利；拘留孫佛、拘那舍牟尼佛、迦葉佛，俱姓迦葉；釋迦文佛姓利氏，

小字頓吉。《婆沙論》：毘婆尸佛，長六十由旬（與尋通）；尸棄佛，長四十由旬；毘舍佛，長

三十二由旬；拘留孫佛、拘那舍牟尼佛，俱長二十五由旬；迦葉佛長十六丈。按：毘婆尸爲莊

嚴劫第九百九十八，尸棄爲九百九十九，毘舍浮爲一千，拘以下爲賢劫第一、二、三、四也。

西土二十七祖

《談薈》引佛經《釋迦文佛首傳》：西天一祖摩訶迦葉尊者，摩謁陀國人；二祖阿難

尊者，王舍城人；三祖商那和修摩尊者，突羅國人；四祖優波毱多尊者，比利國人；五祖提多迦尊

者，摩迦陀國人；六祖彌遮迦尊者，中印度人；七祖婆須密多尊者，北天竺國人；八祖佛馱難提尊者，迦摩羅國人；九祖佛馱密多尊者，提迦國人；十祖脇尊者，中印度人；十一祖富那夜奢尊者，華國人；十二祖馬鳴大士，波羅奈國人；十三祖迦毗摩羅尊者，華氏國人；十四祖龍樹大士，西天竺國人；十五祖迦那提婆尊者，南天竺國人；十六祖羅喉羅多尊者，迦毗羅國人；十七祖僧迦難提尊者，室羅伐城寶莊嚴王之子；十八祖迦耶舍多尊者，摩提國人；十九祖鳩摩羅多尊者，大月氏國人；二十祖闍耶多尊者，北大竺國人；二十一祖婆修盤頭尊者，羅閱城人；二十二祖摩挐羅尊者，那提國王次子；二十三祖鶴勒那那尊者，月氏人；二十四祖師子尊者，中印度人；二十五祖婆舍斯多尊者，實國人；二十六祖不如密多尊者，南印度德勝王太子；二十七祖般若多羅尊者，東印度人。

十八阿羅漢

《法苑珠林》：第一尊者賓度羅跋囉惰闍，與千眷屬住西瞿尼洲；第二尊者迦諾迦伐蹉，與五百眷屬住北迦濕彌羅國；第三尊者迦諾迦跋釐惰闍，與六百眷屬住東勝神洲；第四尊者蘇頻陀，與七百眷屬住北俱盧洲；第五尊者諾矩羅，與八百眷屬住南贍部洲；第六尊者跋陀羅，與九百眷屬居耽沒羅洲；第七尊者迦理迦，與千眷屬住僧伽荼洲；第八尊者伐闍羅弗多羅，與千一百眷屬住鉢刺挐洲；第九尊者戌博迦，與九百眷屬住香醉山；第十尊者半托迦，與千三百眷屬住三十三天；第十一尊者囉怙囉，與千一百眷屬住畢利颺瞿洲；第十二尊者那迦犀那，與千二百眷屬住半度陂

山；第十三尊者因揭陀，與千三百眷屬住廣脇山；第十四尊者伐那婆斯，與千四百眷屬住可住山；

第十五尊者阿氏多，與千五百眷屬住鷲峰山；第十六尊者注茶半侂迦，與千六百眷屬住持軸山。

按：此稱十六大阿羅漢，所謂十六應眞也。又，合提密多羅尊者、賓頭盧尊者二人爲十八羅漢。

異國十三佛　《事物紺珠》：一、頭樓斯和；二、羅隣那阿謁；三、朱蹄彼會蔡；四、密蔡羅薩；

五、樓波黎波蔡嗟；六、那惟玉蔡；七、維黎波羅；八、和阿蔡；九、尸和羣黎；十、那他蔡；十

一、和那羅維于蔡嗟；十二、佛覇國耶蔡；十三、阿閦誰波多蔡。

三世諸佛　《談薈》引佛經：三世諸佛：過去、見在、未來。過去曰莊嚴劫，見在曰賢劫，未來曰星

宿劫。莊嚴第一尊華光，末後尊曰毘舍浮。賢劫第一日俱留孫，末曰婁至佛。星宿劫第一日日光，

末曰須彌相。凡三劫，每劫千佛。　按：西天竺國宗其教者，以本性爲法身，德業爲報身，併眞身

爲三。然則三世之說，言其變化也。而每劫千佛，恐未必然；但佛經所載甚夥，如三十五佛始金剛

不壞，終法界藏身阿彌陀佛；五十三佛始普光佛，終釋迦牟尼，凡八十八佛。又有始釋迦牟尼，終

攝取光明寶臺，凡七千六百八十三。又有世尊始妙樂上德，終須彌山王，凡十二；如來始寶蓮華

步，終寶生德，凡六千七十六；菩薩自初會無量，止大意生王，凡三千二百五十五；尊者自吉祥

密，止嚕呬尼聖堅寶貴，凡七百四十五；神僧始座騰，終膽巴，凡二百又七，合計萬有八千六百七

十七。

二十五聖　《楞嚴經》：二十五聖之證圓通也，憍陳那于聲音得阿羅漢，優婆尼從色相得阿羅漢，香嚴童子從香一器得阿羅漢，藥上、藥王二法王子，分別味因倍登菩薩，跋陀婆羅妙觸宣明成佛子住，摩訶迦葉以法空成阿羅漢。阿那律陀旋見循元為第一，周利槃持迦反息循空為第一，憍梵鉢提還味旋知為第一，畢陵伽婆蹉純覺遺身為第一，須菩提解空、舍利弗智慧為第一，普賢菩薩修善行，說本因為第一，孫陀羅難陀以息久發明「明圓滅漏」為第一，富樓那法音為第一，優波離通利為第一，大目犍連清瑩為第一，烏芻瑟摩以火光三昧力故成阿羅漢，持地菩薩以諦觀身界二塵為第一，月光童子以水性一味流通得無生忍圓滿為第一，琉璃光法王子與空藏菩薩，一以觀察風力無依，一以觀察虛空無邊入三摩地。彌勒菩薩漢心因明入圓成實遠離依地及偏計執得無生忍，大勢至王子以淨念相繼得三摩地，觀世音菩薩從聞、思、修入三摩地。　按：此則二十五聖，各以一長見稱。

十大弟子　《談薈》引佛經：舍利弗智慧，目犍連神通，大迦葉頭陀，阿那律天眼，須菩提解空，富樓那說法，迦旃延論義，優婆離持律，羅睺羅密行，阿難陀多聞。　按：此則十弟子亦各有一長，猶孔門十哲之擬也。

馬鳴、龍樹　《摩訶摩耶經》：正法衰微六百歲，九十六種諸外道等邪見競興，破滅佛。有一比邱名曰馬鳴，善說法法，要降伏一切諸外道。七百歲，又有一比邱名曰龍樹，善說法，要滅邪見，幢然

正法炬。馬鳴當周顯王時，龍樹當秦始皇時。　按：馬鳴，北天竺國餓馬，至於六日，請比邱說法，以浮流草與之；馬起念聽法，無念食想，于是內外沙門乃知非恆。以馬解其音，故號馬鳴。龍樹者，其母樹下生之，因字阿周陁那。阿周陁那，樹名也；以龍成其道，故號龍樹。　又按：《宛委餘編》：阿濕縛窶生馬鳴也，那伽曷樹那龍猛曰龍樹，誤。

釋神　卷八　道家

三清　《大有金書》：天寶君為大洞尊神，號玉清宮；靈寶君為洞玄尊神，號上清宮；神寶君為洞神尊神，號大清宮。　《三尊譜錄》：第一度師上玄真明道君，即元始上皇丈人，法姓臺，法諱齗，法字奏，正音姓無，名延世音，字觀无觀。第二度師无上玄老，即高上九天太上真皇，法姓奎，法諱柰，法字齽，正音姓虛無，名上觀洞，字運梵靈。第三度師，即金明七真，法姓齍，法字齋，正音姓虛玄妙，名延明世，字係上無。　《真靈位業圖》：第一中位上合虛皇道君，第二中位上清高聖太上玉晨玄皇大道君，第三中位太極金闕帝君，第四中位太清太上老君。　按：三說不合。其言天寶第一度師第一中位則為元始天尊無疑。若第二師、第三師，不知是靈寶太上否乎？其稱金闕帝君、太上老君，不知誰是老子也。而神寶君、金明七真與太上老君亦不知一與二歟？其乖錯互亂，不言而喻。　又按：《明史·禮志》：佛生西方天竺國，宗其教者，以本性為法身，德業為報身，並真身為三，其實一耳。道家以老子為師。朱子有云：玉清元始天尊既非老子法身，上清靈寶道君又非老子報身，設有二像，又非與老子為一，別自為太清太上老君，蓋倣釋氏而又失者

元始天尊　《魏書·釋老志》：天尊生于太元之先，每至天地初開，出窮桑而開刲度人度，經四十一億萬載矣。有延康、赤明、龍漢、開皇等年號。姓樂，名靜信，天書每方一丈，八角垂芒，光華昭曜，雖天仙不敢啟視。　按：混沌以前，必是開闢天尊生于太元之先，固也。其云：「每至天地初開」，我不知天尊見幾次開闢矣，此一不可信。紀年始于天皇，其云：「經四十一億載」，我思上古帝王不知年歲，而道家知天尊獨詳，此二不〔可〕信。建號始于漢武，而天尊行于鴻濛之世，當時竟無一王效之者，此三不可信。姓氏起于伏羲，命名始于黃帝，而云姓樂名靜信者，可乎？此四不可信。天書雖天仙不敢啟視，作書者何由而知？此五不可信。

真武　《圖志》：真武為靜樂王太子，修鍊武當山，功成飛昇，奉上帝命鎮北方，披髮跣足。此是傳會。《談會》引道經：玄帝稟天一之精于神農，末年，歲在甲午，三月三日午時託胎于輪、翼、婁三星之次，龍變梵度之天，淨樂君善靈皇后孕十四月，從右脇生。　按《史記》：漢高帝立黑帝祠曰北時，此真武之濫觴；後避宋諱，改玄武為真武。明永樂中，建廟于太和山。　又按《元史·成宗紀》：大德七年，加封真武為「元聖仁威玄天上帝」，而道家遂誤為天帝。今禾俗又稱為聖帝。

三官　《七脩類稿》：世有三元三官、天地水府之說。此理蓋天地主生，木為生候，金為成候；水氣主化，水為化候。其用司于三界，而以三時首月候之，故曰三元。　《道藏》：三官

者，俱周幽王時諫臣，唐宏、葛雍、周實也。《漢書·劉焉傳注》：張魯為五斗米賊，禱者令書

姓名三通，一上天着山、一埋之地、一沉之水，號曰三官。 按：神之尊奉，由漢以來未嘗絕。前

說亦屬附會，次說尚未切當，《漢書注》庶乎近焉。

王靈官 《明史·禮志》：隆恩眞君者，玉樞火府天將王靈官也。宋徽宗時，嘗從薩守堅傳符法。永

樂中，以道士周思得能傳靈官之法，乃于禁城西建天將廟。宣德中，改封眞君。 按：靈官受法于

薩守堅，守堅受法于林靈素，而靈素僅一詩奕道士也，曷故？

三茅眞君 《撫遺》：大茅君名盈，字叔申；中君名固，字季偉；小君名衷，字思和。老君拜盈為

「司命眞君」，固為「定錄（宜作「祿」）眞君」，衷為「保生眞君」。 按《列仙傳》：盈，濛

之孫，得道于金陵之句曲山。

吳眞君 《嘉禾志》：眞君名猛，家武寧。（海）鹽有干慶令于縣死三日，猛祝生，慶弟寶因祀焉。

《晉書》：猛有孝行，夏日常年不驅蚊，懼去己噬親也。 按常棠謂：開熙三年，眞君見夢，神主

浮海至，乃立祠。

玉皇大帝 《本行經》：帝初劫為光嚴妙樂國淨德王太子，捨位脩道八百劫，捨位復行忍辱三千二百

劫，始證金仙，為清淨自然覺王如來；又經億劫，始證玉帝位。 《西陽雜俎》：天帝劉翁惡張翁

（見前）。 《括異志》：晉周興死而復生，言天帝召見，升殿仰視，帝面方一尺，問左右曰：

「是張天帝耶?」曰:「上古天帝久已聖矣,此近曹明帝耳。」　《談薈》引道經,謂玉皇大帝爲

眾仙天子,紫微大帝爲眾星天子。　按:初說與佛氏相類;次說固屬不經;三說則天帝亦有遞嬗,

恐非的論;四說土無二主,豈天有二王耶?

老君　《史記》:老子名耳,字伯陽,以其耳漫無輪,號曰聃。　《集真錄》:老子始生,母名之曰

玄祿,字伯陽。　《混元統聖經》:老子一名李耳,字伯陽;二名雅,字伯宗;三名忠,字伯光;

四名石,字孟公;;五名重,字文;;六名定,字元陽;七名元,字伯始;八名顯,字元生;九名

德,字伯文。在天皇時爲通玄天師,地皇時爲有古先生,人皇時爲盤古先生,伏希時爲鬱華子,神

農時爲大成子,祝融時爲廣壽子,黃帝時爲廣成子,帝嚳時爲錄圖子,帝堯時爲務成子,帝舜時爲

尹壽子,夏禹時爲眞行子,商湯時爲錫則子,後以湯王甲十八年降胎,至武丁九年生在周,西伯時

爲藏史,號燮邑子,武王時爲柱下史,號育成子,成王時爲經成子,康王時爲郭叔子。在天以玉晨

大道君爲師,在人間以常樅爲師,又生于周定王三年九月十四日,以敬王元年八十五歲西入胡。

《北史》:老聃父名乹,字元杲,一作元杲。　《舊唐書》:聃父名敬。　《前涼錄》:元杲年七

十二,無妻。　《路史》:與隣人益壽氏野合,孕十年而生老子,故世傳老子母爲益壽氏。　〈內篇〉:老子母

無偶。　《路史》:元杲娶洪氏名嬰敷,感飛星孕十二年,折左腹而生,故又曰老萊子。　《南唐

書・世譜》:元杲爲周御史大夫,娶益壽氏女嬰敷,生老子,或云杲娶滕氏女玄妙。　《酉陽雜

祖》：老君母曰玄妙玉女。　按：諸說紛紜舛錯，欲辯忘言，閱者自知其妄。

天師　《晉書‧郗超傳》：愔事天師而超奉佛。《殷仲堪傳》：少奉天師，精心神所。《王羲之傳》：王氏世事張氏。據此，可見晉時衣冠盛族多趨奉之。

順濟龍王廟，在三塔。　徐偃王廟，縣西二十里。　元（玄）壇廟，在王家坊，祀後漢趙炳。曰：名朗，字公明。子龍從兄弟者，誤傳也。　許公廟，加黃門侍郎許安仁。　楊將軍廟，府治北一里，梁乾化中，將軍守城，城陷，赴井死，今其井大旱不竭。　唐使君廟，府治西北，仕（祀）唐信及其子珪。信有惠政，珪守城有功。　唐王廟，祀曹彬，或曰唐太宗子封曹王，名明，有禱輒應，加封爲「昭靈侯」。　施府君廟，名伯成，九歲爲神，墓在西門外，有樹，取其葉煎湯食之，能療疾；廟一在墓上，一在青閘對河。　昭烈侯廟，縣北三十里。　吾相公祠在德化一都，宋勑封「撥雲」；吾相祠前有深濱，每歲春日萬魚來朝。　三靈祠，在漏潔寺，祀胡宗憲、劉熹、龐尚雕。　高使君祠，府城北三十里，晉建武中爲屯田校尉。　表吳祠，加善東六里，祀陳舜俞。　喻楊祠，在西塘，祀參議喻良、太守楊繼宗。　朱相公廟，

在加善江涇塘，宋高宗夜寢，夢登紫微樓而墜，有一力士捧之，得不委地。問其姓氏，曰：「秀州朱六郎也。」訪之，六郎死已七日矣，因勅封為「紫微侯」，立祠。　魏公祠，在縣治東，祀忠節公。黃道廟，在澉浦長墻山下。　尚胥廟，在海鹽，祀伍尚、伍胥。　秦始皇廟，在秦駐山，廟前有飄松一株，伐去復生，時顯戈甲光怪之異。　蘇驃騎廟，在縣西，神名舉，字子羽，晉驃騎將軍，封烏程侯。　魯公廟，在縣南，思魯橋左，祀宗道。　楊公祠，祀楊瑄，築塘有功，與龍王廟並。　忠烈祠，祀徐從治。　旌忠祠，祀吳麟徵。　何律王廟，在石門縣西三里，即築城者。　馬鳴廟，在縣北三十里，神姓裴，名璩，為浙西藩鎮，敗黃巢以保境；配名者蔣都尉。　索度王廟，在烏鎮，即本鎮土地神，甚靈。　昌武大王廟，在皂林，能騰疵鬼，祀為土穀神。　昌武三王廟，在車溪九里松之西。宗將軍廟，在皂林，將軍名犯，禦倭戰歿。　程都御史祠，在桐鄉北門，禮殉建文節程本立。

釋 神　卷九　仙教

諸仙　《神仙傳》：王門子，姓王名剛；九靈子，姓皇名化；北極子，姓陰名恒；絕洞子，姓李名脩；太陽子，姓離名明；太陽女，姓朱名翼；太陰女，姓盧名全；太玄女，姓顓名和；南極子，姓柳名融；黃盧子，姓葛名起；馬明生，姓和名君賢；張陵名輔漢；劉根字君安；尹軌字君度；介象字元則；介子推，姓王名光。

蜀八仙　《蜀紀》：八仙：首、容成公，卽鬼容區，隱于鴻蒙，今青城山也；次、李耳，生于蜀，今三青羊宮；三、董仲舒，亦青城山隱士，非三策之仲舒也；四、張道陵，今大邑鶴鳴觀；五、莊君平，卜肆在成都；六、李八百，隱新都龍門洞；七、范長生，在青城山；八、爾朱先生，在雅州。

　　按：《太平廣記》引《野人閑話》：蜀道士張素卿所畫，李耳作李已，范長生作范長壽，爾朱先生作葛永璝。

　　又按：《通志》有《八仙圖》，唐江積有《八仙傳注》，則此目唐時已有。

八仙　《談薈》：八仙不知起自何代？考其出處，亦有所本。張果，明皇時顯跡甚著，生于堯之丙子，爲侍中。葉法善以混沌初，白蝙蝠精；鍾離權、呂喦俱唐中晚人。一云鍾以裨將從周孝侯處，

敗于齊萬年，跳終南山，遇東華王眞人，得道；至唐，出度純陽。呂舉進士不第，遇正陽眞人，得道。在五季又與正陽度劉海蟾、王重陽，及自度何仙姑、張珍奴之屬。藍采和亦唐人，有〈踏踏歌〉。韓湘，文公姪。何仙姑見純陽文。宋人雜說：本零陵市人，純陽啖以一桃，僅食其半，遂不飢。《仙鑑》：純陽所度者趙仙姑。名何仙姑，何姓者，開元中已羽化，合在純陽前。曹國舅，考諸仙傳，曹姓無外戚，而諸史外戚傳，曹姓無得道者；或言丞相彬子，皇后弟，美姿容，一旦求出家雲水，抵黃河，以金牌抵渡值，純陽見而授以道。又有跛者李孔目，《神仙通鑑》有劉跛子，而非李姓；或云諱元字大中；開元中，于終南山學道，陽神出舍，爲虎所傷，得一跛丐新亡者，附其尸以起。 大都委巷之談也。 按：元人襍劇如：《岳陽樓》、《竹葉船》、《南城柳》，皆舉稱八仙，與世俗所繪符其七，惟無何仙姑，而有徐仙翁耳。然則八仙以鍾、呂諸人者，始于元世可知。

壺公 《眞誥》：姓施名存，自號婉盆子。

鬼谷子 《續仙錄》：姓王名詡。 按：俗作栩，非。

劉海 《湖廣總志》：劉元英號海蟾子，廣陵人，仕燕王劉守光爲相。一日有道人來謁，索雞卵十枚，金錢十枚，置几上，累卵于錢，若浮屠狀。海蟾驚曰：「危哉！」道人曰：「人居榮樂之場，其危有甚于此！」復盡以錢擘爲二，擲之而去。海蟾由是大悟，易服從道，歷遊名山，所至多有遺跡。宋初于潭州壽寧觀題詩，仍自寫眞其旁。

《通俗編》：海蟾二字號，今俗呼爲劉海，更言劉

海戲蟾，舛謬之甚。 按：此猶漢貳師李廣利，但呼李廣；蕭方等，經刪去等字。鍾馗字辟邪，紐爲鍾馗辟邪圖之類，令人可笑。

許真君 《列仙傳》：名遜字敬之，南昌人，爲旌陽令。

玉女 《真靈位業圖》：十五玉女名號：登天上籙玉女四人、上天玉女三人、三天玉女百人、青腰玉女官十人、下等玉女、北宮玉女、五帝玉女、太素玉女、白素玉女、平天玉女、六戊玉女、青天益命玉女、神丹玉女、五流玉女。《雲笈七籤》：或見玉女，青衣者名惠精玉女，黑衣者名太玄玉女，赤衣者乃名赤圭玉女，黃衣者名常陽玉女。或見玉女三人，青衣紫下裳者：一名常在、一名絕洞、一名五德。九玉女衣服五彩者：一名上、一名虎、一名扶、一名靈闕、一名紅林、一名憑、一名住、一名多、一名辰。東方名青腰玉女，南方名赤金玉女，中央名黃素玉女，西方名玉素玉女，北方名玄光玉女，左爲常陽，右爲承翼。 按：《酉陽雜俎》：玉女以黃玉爲誌，大如黍在鼻上，無此誌者，鬼使也。又有姓名者：太帝宮官雲林玉女賈屈妃，東華宮玉女煙景珠，北寒玉女聯涓，飛玄玉女鮮于期。

女仙 《真靈位業圖》：紫虛元君南嶽魏夫人，八靈道母西岳蔣夫人，北海六微玄青夫人，上真東宮衛夫人，北漢七靈石夫人，紫清上宮九華真妃，紫虛左宮郭夫人，太極中華石夫人，太真王夫人，滄浪雲林石英王夫人，朱陵比絕臺上嬪管妃，方丈臺昭靈李夫人，北嶽上真山夫人，瓊華夫人，三

元馮夫人，右華九成范夫人，紫微左宮王夫人，長陵杜夫人，太微玄清左夫人，右陽玉華仲飛姬，

西華靈妃瓊幽簫，後聖上保南極元君紫元夫人，後聖上傅太素元君，東華玉妃淳文期，東宮中侯王

夫人，太和上眞左夫人，西漢夫人，華山夫人，玉清神女房素。

西王母侍女　《位業圖》：王上華、董雙成、石公子、宛絕青、范成君、郭密香、千若寶、朱方明、

張靈子。按：元封元年，王母降筵靈臺，命侍女王子登彈八琅之璈，董雙成吹雲和之笙，石公子擊

昆庭之金，許飛瓊鼓震靈之簧，婉凌華拊五靈之石，范成君擊湘陰之磬，段安香作九天之鈞，又命

法嬰歌〈玄靈〉之曲。

玄仙道君侍女　《位業圖》：范運華、趙峻珠、王抱一、葉敬滌。　按：上眞侍女惟易遷宮八十三

人，含眞臺二百人，並女眞；若童初府蕭閑宮，又男眞也。

上元夫人　《神仙錄》：上元夫人者，三天眞君之母，紀總仙籍，亞于王母。其侍女名阿環。　按：

上元侍女，又有何辟非。

玄天二女　《拾遺記》：燕昭王時，有玄天二女善舞，一名旋波，一名提淡。　按：提淡，《杜陽

編》作瑤光。

南嶽魏夫人　《列仙傳》：諱存華，字賢安，小有王君弟子，楊君之師。　按：夫人晉司徒魏舒女，

嫁劉幼彥，生二子，學道，服胡麻散、茯苓丸。太極眞人授以太上寶文，位爲紫虛元〔君〕南嶽夫

人，升天而去。

九華真妃 《列仙傳》：太玄上真元君夫人之少女，姓安，名鬱嬪，字靈蕭。晉時降于茅山。按：仙以九華名者，不特真妃。九華侍郎馬成子，見《仙鑑》；九華大仙田先生，見《太平廣記》。

徐仙翁 《三仙傳》：徐純翁，宣和間海陵人。

葛仙 《仙鑑》：葛洪晉句容人。聞交阯出丹砂，求爲勾漏令。攜子侄過南海，刺史鄧岳堅留之，乃修道羅浮山，自號抱朴子，丹成而化。妻鮑氏，南海太守靚之女，善灸。按：葛仙有四：前于洪者，吳句曲人葛玄，有仙術；後于洪者，晉彭州人葛瓊，升賢于崇真觀；宋瓊山人葛長庚，隱武夷山升化，號白玉蟾，號海瓊子。

赤松子

王子晉

東方朔

毛女 《投轄錄》：蔡元長自長安易鎮西川道華山，舊聞毛女之異，思得一見。向曉，從者見岳廟燒紙爐中，有物甚異，以告元長。巫往視之，乃一婦人也。遍身皆毛，色如紺碧，而髮若漆，目光射人，顧元長曰：「萬不爲有餘，亦不爲不足。」言訖而去，其疾如飛。既至成都，命寫其像以祀

之。按：今人言毛女者本此，而第爲一美婦人，不知昉自何也？

黃仙師　《增搜神記》：師行七，福建汀州上杭人，業巫術，能鞭撻鬼魅，逐妖怪。相傳昔有山精名妖爲害，巫者黃七公，以符法治之，因隱身入于其石不出，石壁隱有人影，望之，依然先師像云。

淮南八公　《羣書備數》：八公，蘇承、李尙、左吳、田由、雷被、毛被、伍被、晉昌。按：此八人卽漢淮南王安集天下善《易》者，延于八公山。然當時云九師，不知因山名，而削去一人，亦不知其一人卽安耳。

釋神 卷十 雜神

六丁神 《後漢書・梁節王傳》：從官卞忌，自言能使六丁。注云：六丁謂六甲中丁神也。如甲子旬中，則丁卯為神；甲寅旬中，則丁巳為神之類。役使之法，先齋戒，然後其神至，可使致遠及知吉凶也。

身神 《龍魚河圖》：髮神名壽長，耳神名嬌女，目神名珠映，鼻神名勇盧，齒神名丹朱。 《黃庭經》：髮神蒼華，字太元；腦神精根，字泥丸；眼神明上，字英玄；鼻神玉壟，字靈堅，亦曰玉盧；耳神空閑，字幽田；舌神通命，字正倫；齒神鍔鋒，字羅千；一面之神宗泥丸，字守靈；（牙神皓華，字虛成）；肝神龍煙，字舍明；腎神玄冥，字育嬰；肺神皓華，字虛成；脾神嘗（常）在，字魂停；膽神龍曜，字威明。 按：《酉陽雜俎》又有異名者，如：腦神曰覺玄，髮神曰玄華，目神曰虛監，鼻神曰冲龍玉，舌神曰始梁。讀百骸之神名。

三尸神 《藝苑卮言》引道書：上尸彭踞，中尸彭躓，下尸彭蹻。 按：一作彭質、彭矯、彭居。又道書稱上尸清姑，中尸白姑，下尸血姑。

長養神　《廣雅》：女夷，春夏長養之神。

粟麥黍豆神　《春秋佐助期》：粟神，名許給，姓庸天；麥神，名禍習；黍神，名佛佞蘭郝；豆神，名靈殖，姓樂。

鏡神　《酉陽雜爼》：神名紫珍。

兵器神　《龍魚河圖》：劍神名飛揚，矛神名天矢陰，弓神名曲張，斧神名狂章，盾神名自障。《物理論》：司刀鬼名聻，一名滄耳。

　　按：《埤雅》及《太公兵法》又有：推亡、遠望，弩也；續長，箭也；脫光，刀也。

機神　《淮南子》：伯余之作衣也，緂麻索縷，手經指挂，後世爲之機杼，以便其用。高誘注：伯余，黃帝臣也。　按：唐時織染署有七月七日祭杼之文，疑卽機神也。近見機神，白面三目，不知何典？

船神　《北戶錄》：梁簡文《船神記》云：船神名馮耳。　按：《五行書》云：下船三拜三呼其名，除百忌；又呼爲孟公孟姥。劉思眞云：元冥爲水官，死爲水神。冥、孟，聲相似。又云：孟公，父名幙，母名衣。孟姥父名板，母曰履。或曰冥父冥姥，因玄冥也。

牀公牀婆　《同話錄》：崔大雅在翰苑，夜直玉堂，忽降旨，令撰〈祭牀婆子文〉。楊循吉詩：「買錫迎竈帝，酌水祀牀公」。　按：牀公、牀婆之祭，始于宋時。

衣服神 《酉陽雜俎》：衣服鬼，名甚遼。

夢神 《仙經》：神名宜樹善。《記事珠》：神名趾離，呼之寢，去清吉。 按：二說不同，後說猶《河圖》所謂呼五嶽神名，令人不病。我不知誰呼之，而誰知之耶？

厠神紫姑 《酉陽雜俎》：厠鬼名頊，一名郭登。 《五行雜書》：神名後帝。 《顯異錄》：紫姑萊陽人，姓何，名媚，字麗卿。壽陽李景納為妾，為大婦曹氏所嫉，正月十五夜，陰殺之厠間。上帝憫之，命為厠神。故世人以其日作其形于厠間，迎祝以占眾事。 按：此則古今厠神亦有更改。今杭俗呼為坑三姑，則神必婦女可知。

三相 《史記·秦始皇紀》：以罪過連逮，少近三郎官（者）無得立者。 《索隱》注：三郎謂中郎、外郎、議（散）郎。 按：今吏胥家俱奉之，稱為三相。

五通神 《武林聞見錄》：嘉泰中，大理寺決一囚。數日見形獄吏，云：「泰和樓五通神虛位，某欲充之。求一差檄，言差某充神位，得此為據可矣。」如其言，經數月，人聞樓上五通神日夜喧鬧，某吏乃泄前事，為增塑一像，遂寂。 《留青日札》：明太祖定天下封功臣，夢陣兵卒千萬請恤。太祖許以五人為伍，處處血食，乃命江南家立尸五小廟，俗稱為五聖堂。 按：此二說五通與五聖不可強合，然後說亦頗有理。或曰是五方神，或曰是五行神（並見上），或又作「勝」，終無確論，但五通之名，唐時已有，故柳柳州載于《龍城錄》。

樹頭五聖　《周禮‧大司徒》注：野無社主者，不立壇壝，但依其野之所宜，樹木以楼田神。按：樹頭之神，固言禮家所不廢。今粵中郊壘鄉遂，無不有社。社皆依榕而立，亦行古之道也。蓋榕生粵中，最大且壽，迨以松以柏之意歟？愚意野中大樹皆有神樓，俗稱樹頭五聖。然五聖之名未見于典，大約俗子所加。

魚花五聖　《管子‧輕重篇》：立五屬之祭，堯之五吏，春獻蘭，秋歛落，原魚以為脯，鯢以為肴。若此則澤魚之征，百倍異日。　按：今所謂魚花五聖，濫觴于此。

九原丈人　《隨園隨筆》：沈學子松江口有九原丈人廟。心竊疑之，不知為何神？後閱東方朔《十洲記》，始知管河瀆水怪，龍蛇之神也，乃作〈九原丈人攷〉，勒諸廟石。

五道將軍　《三國典略》：崔季舒未遇時，害其妻，畫麂，云見人長一丈，徧體黑毛，欲來逼己。巫曰：「此是五道將軍，入宅者不祥。」　《留青日札》：今所〔謂〕五道將軍者，盜神也，亦不知所由昉。　按：宋廢帝永光間，五盜寇于一方，景和間帝遣張洪破之于新封之北，五人又作怪害民，其姓名曰：杜平、李思、任安、孫立，其一人無聞。

土神　《太平御覽》：犯土者，依方治之，其病率愈。　《齊民要術》載〈祝麴文〉曰：東方青帝土公，南方赤帝土公，西方白帝土公，北方黑帝土公，中央黃帝土公。某甲謹相祈請云云。　按：此則今俗祀土之說，由來已久，而所舉土神名號，又不一而足。

痘花五聖　《道籙》：神姓張名勝，河南虢州閿鄉人。生于唐貞觀六年五月五日，嘗管人間疹痘，以其功大，故統名為痘神云。　按：神封掌管天花府、虢國公、痘神哥哥。凡言五聖者，皆俗之稱。

杜主　《史記‧封禪書》：雍菅廟亦有杜主，杜主故周之右將軍，其在秦中最小鬼之神者。

產神　《山齋雜錄》：語忘、敬遺，治產鬼名也。臨產呼之，吉。

炊神　《郊祀志》：族人炊，古炊母之神也。

釜甑神　《五行雜書》：釜甑鬼，名婆女。凡遇釜鳴，呼其名，不災。

祖神　《琅邪代醉編》：纍祖黃帝子，好遠遊，而死于道，後人祭以為行神。一云祖神名修，共工氏之子，好遠遊，舟車所至，足跡所達，靡不窮覽，故祀為祖神。

藥王　《列仙傳》：韋善俊，唐武后時京兆人，長齋奉道法，嘗攜黑犬名烏龍。　《桐陰舊話》：韓忠獻億，年六七歲，病甚。忽若張口飲藥狀，曰：「有道士牽犬，以藥飼我。」俄汗而愈，因畫像以祀之。　按：世稱藥王，或以為神農，或以為岐伯。然岐伯可云醫祖，不可云藥王；且今人第知有岐伯，而不知岐伯之師僦貸季也。

儺　《東漢書‧志》：黃門令奏曰：「侲子備，請逐疫。」於是中黃門倡，侲子和，曰：「甲作食㐫，胇胃食虎，雄伯食魅，騰簡食不祥，攬諸食咎，伯奇食夢，強梁、祖門共食磔死寄生，委隨食觀，錯斷食巨、窮奇、騰根共食蠱。凡使十二神，迨惡凶，赫女軀，拉女幹，節解女肉，抽女肺腸。女

不急去，後者爲糧！」 按：儺所以逐疫，此逐疫之神，其即古之儺歟？第不知神狀，亦黃金四目，執戈揚盾，而蒙熊虎皮，玄衣朱裳否？

神君 《史記·封禪書》：上求神君，舍之上林中蹏氏觀。神君者，長陵女子，以子死見神于先後宛若。 按：今俗淫祠，每稱神君，而司巫者，言神君又甚夥焉。

明王 《北魏·地形志》：東澎城郡渤海縣有東海明王。 按：凡今社神封號，概曰明王，迨始于此。

馬下 《庚巳編》：吳俗雜祀城隍土地諸神外，別祀馬下，謂其神之從官也。 按：馬下，疑即《漢書》之堂下，今巫者有讚馬下公。

蒿里相公 《增搜神記》：公姓趙，長安蒿里村人。世本農桑、耕勸爲業。公習科舉，登第。爲人鯁直，累陳諫事，不聽，觸階而死，郡人立祠于長安西二十里，其墳亦在。至唐睿宗延〔和〕間，封公爲「直列侯」。 按：神之時代及名諱無考。

沿江遊奕神 《翰苑名談》：陳堯容泊舟三山磯，有叟曰：「來日午有大風，舟行必覆，宜避之。」來日天晴，舟人請維，公曰：「更待之。」同行舟，一時離岸，公托以事。日午，天色恬然；俄而，黑雲四起，大風暴至，折木飛沙，怒濤若山，同行舟多沉溺。公驚嘆，又見前叟，曰：「某乃沿江遊奕神也。以公他日當位宰相。因告。」公曰：「何以報德？」叟曰：「吾不求報。貴人所

至，龍神禮當護衞，願得《金光明經》一部，以乘其力，薄有遷職。」公許之。至京，以經三部遣投三山磯。又夢前叟曰：「本祈一，公賜之三，今連遷數秩矣。」再拜而去。

五瘟使　《增搜神記》：隋開皇十一年六月，內有五力士現于凌空三五丈，身披五色被，各執一物。一執杓子並罐，一執皮袋、劍，一執扇，一執鎚，一執火壺。帝問太史張居仁曰：「此何神？主何災福？」奏曰：「乃五方力士，在天為鬼，在地為五瘟。春瘟，張元伯；夏瘟，鄉（劉）元達；秋瘟，趙公明；冬瘟，鍾仕貴，總管中瘟，史文業，現之主疫。」是年大疫，帝乃立祠。于六月廿七詔封五方力士為將軍，青封「顯聖」，赤封「顯應」，白封「感應」，元（玄）封「感成」，黃封「感威」。隋、唐並用五月五日祭之。後匡阜眞人遊至此祠，收伏五力士為部將軍。

蛇鬼　《酉陽雜俎》：蛇鬼，名倒石圭，一名鼍。

身神　《雲笈七籤》：腦神，名覺元子，字道都。　髮神，名玄文華，字道衡，又字祿之，又名飛長。　目神，左字英明，右字玄光。又目神，名朱映，一名虛監生，字道童。　齒神，名丹朱。　舌神，名始梁峙，字道歧。喉神，百流放，字道通。　項中神二人，字上問。　頸外神二人，玉女君。　胸中神二人，虎賁神。　心神，名豪邱，字陵陽子明；又名煥陽昌，字道明。　肝神，名開君童，字道青。又名（肺神）方長宜，字子元。　《眞誥》：嬌女，耳神名。　膽神，名龍德拘，字道放。　肺（肝）神，名青龍，字蕙龍子方。又名（肺神）素靈生，字道平。　《四命》：鼻

神，沖靈玉，字道微。　脾神，名黃庭，字飛黃子；又名寶元全，字道騫。　胃神，名同來育，字

道還（展）。　《西方兵法》：心姓張氏，字臣明。　肝姓婁氏，字君明。　肺姓文氏，字元明。

脾姓巳氏，字元巳。　腎姓玄氏，字子真。　腸神，名兆勝康，字道環。　腎神，名雙以，字林

子；又名春元，字道卿。　肩背神，字女爵。　兩手神，字魂陰。　兩脛神，字隨孔子。　兩足

神，字柱天力士。　兩膝神，字樞公。

硯神　《致虛閣雜俎》：神名淬妃。

筆神　《雜俎》：神曰佩沙，曰昌化。

紙神　《雜俎》：神曰尚卿。

墨神　《雜俎》：神曰回氏。

戟神　《太公兵法》：名大將。

矛神　《兵法》：名跌踫。

司書鬼　《積閣閑話》：名長思。除名呼而祭之，鼠不嚙，蠹不生。

杵神　《廣博物志》：名細腰。

香奩物神　《採蘭雜志》：黛神，曰天軼。　脂神，曰與贄。　香澤神，曰雁孃。

名纂

帝王

天皇氏，姓望名獲，字子閏。

地皇氏，姓岳名鑑，字子元。

人皇氏，姓愷名胡洮，字文生。

伏羲氏，名蒼牙。（路史注）

黃帝氏，名荼。（路史注）

大禹，字密菇。（世紀）

漢武帝，初名吉。（內傳）

成湯，字高密。（藝苑卮言）

少昊，嵩陽氏，已姓，名質（本作摯），其父曰清，黃帝第五子。（山海注）

帝佐　列侯

蒼頡，姓侯剛氏。（古篆文注）

共工，名孔壬。（詩考補）

鯀，一名曰白馬。（山海經）

稷，名弃，字度辰。（路紀）

伯益，名隤敳。（本碑）

商均，名義均。

孤竹君，名初，字子朝。

伯夷，名允，一名元，字公信。（論語・少陽篇）

叔齊，名智（一作致），字公達。（同上）

中子，名遠（一作遼），字公望。

箕子，名餘胥。（莊子司馬彪注）

召公，名醜。

徐偃王，後名弓。

皋陶，名庭堅。

曹參，字敬伯。（史記注）

聖　賢

先聖，初名兵。

申棖，字子續。

林放，字子企。（孔子通紀）

子路之子，名子崔。（孝子傳）

達巷黨人，姓項名槖。（漢董仲舒傳孟康注）

孟子，字子車，一作子居，（孔叢子）字子輿。（傅玄子）

田生，字子春。（楚漢春秋）

孟母之父，名彥璞。（瓦釜漫記）

伏生，字子賤。（西漢碑文）

文翁，名黨，字仲翁。（歷代小志）

戴聖，字次君。（儒林傳）

名　纂

蜀才，姓范名長生。（顏氏家訓）

伯佐

龍伯高，名迹，京兆人。（本傳）

文種，字禽。（呂覽高注）

中包胥，姓棼冒，名勃蘇。（國策）

隱逸

許由，字仲武（莊子釋），一字巢父。（譙周，古史考）

尹喜，字公文。（列仙傳）

莊周，字子休。（列子注）

陳仲子，字子終。（高士傳）

楚狂接輿，姓陸名通。（莊子疏）

洪崖先生，姓張。（列仙傳）

徐福，字君房。（列仙傳）

王子年，名嘉。（列仙傳）

嚴君平，名遵。（王貢傳）

華陀，名旉。（方術傳）

鄭子眞，名朴。（高士傳）

閔仲叔，名貢。（高士傳）

武陵漁人，姓黃名道眞。（三洞羣仙錄）

東方朔之父，姓張名夷，字少平。（正訛編）

介之推，姓王名光。（神仙錄）

雜　人

伯樂，姓孫名陽。（莊子疏）

公孫宏，字次卿。（鄒長倩傳）

易牙，名亞。（孔疏）

王良，字子期（韓非子），字伯樂。（張晏說）

郵無邮、郵良、劉無止、王良，總一人。（王褒傳顏注）

楊朱之弟，名布。（列子）

墨翟之兄，名緩。（莊子）

逢蒙之弟，名鴻超。（列子）

漢高之仲，名喜。（史記注）

師曠，字子野。（莊子疏）

翁仲，姓阮，始皇時交阯人。（近峯聞略）

公孫龍，字子秉。（列子）

杜康，字仲寧。（短歌行注）

項伯，名纏。（漢書注）

楊王孫，名貴。（西京雜記）

匠石，字伯夔。（司馬彪說）

隋侯，姓祝，字元暢。（搜神記）

列　女

黃帝母，名附寶。

堯母，曰陳豐。（律歷志）

舜妹，名敤手。（漢志）

瞽瞍妻，曰握登。（路史）

舜三妃，名少匽。

老君母，洪氏。

毀卽墨者，周破胡。（列女傳）

以簞食壺漿與伍子胥，而自沉水之女子，姓史。（應天府志）

精衞，黃（炎）帝少女，名女娃。

嘉慶壬申，嘉興永豐鄉十四都農人張氏，伐老柏樹爲舟。其樹本中間已朽而有小樹長三尺許，杪帶柏葉數片。明年，予寓于郭氏，人問于予，予亦不識爲何物，記以候博者。

附

錄

釋神一冊本在升所輯丁辛類鈔本
中頗歲以來屢蒙同志詢及又同類
鈔尚未告竣不敢遽為謄繕故先
錄是冊釐作十卷聊供譚餘話噱
狀奇見狹隘掛漏之處真倍蓗千
萬耳他日容丁補贅倣讀若子耳
目所久輔子不逞幸甚幸甚
　　嘉慶壬申春日東升識

釋神　七甲筌三月訂

秀水地采升輯

自序

　鬼神者造化之迹也原是與古聖王未嘗定其某神是某人自佛老之後而先王神

亦鬼魁之典盡為更改佛之造邸遠狂怪之說以欺世俗流苑降林翻志氏以伏羲雄名錄

人如實皮之義一與之較彼必旁撟而不敢辯世俗又好談神道大率堆砌穀勦而碩

曰持軍偏而愿指而少曰某即塲而尊虎曰妣媂而容曰夫人少而麗曰妣妹若太尉

伶儡誣水草尘乃五代時陝酒之諸指為金日禪俗郡中西門豹像像後土前尾春象祠型

若相公若根必指不勝屈更可怪者抗有杜拾遺廟村塑冕題為杜十蜺遂作女儻配以剡

一豫善鼻形即未顠其裘と珎域乃朔二猪形示以并塗と網柳代北方有牛王廟百午

于聖而甲牛王曰丹化牛廬上瀋口二郎廟八奉泰沐と第二云而曰揚訕義羽林軍名化為二淋

而不廣崖三披地名化為三狄而有と三心郎佣噡皆註久諳名也余作澤神合為十門鬼探

史子計蘇前及方外第石拔考核挍當聊侠問富一展的已嘉慶癸酉春水姚東升識

·二·

二〇

92

釋神　史卷一

天　春秋運斗樞天皇大帝北辰耀魄寶　按此亦未足信而道書稱張堅墜竊劉天翁
之車以登天自為天翁更為荒誕張角酉陽襍俎剺剐渔陽人

五帝　春秋文耀鉤蒼帝君靈威仰赤帝君諱赤熛怒黃帝含樞紐白帝汁光
紀〇靈飛經青帝君諱靈拘字上伯赤帝君諱丹客字洞矛白帝君諱浩庭字素雅黑帝
君諱子子字工㟥黃帝君諱文梁字摠嶠　楼五帝本儒家說謂五行代相王也故緯書
為後人所關而道籍又妄議諱字不知始于何代　又楼五帝之説道書所載甚影詳

玉訣雖東方君姓閻諱開明字
靈威仰南方君姓洞浮諱赤熛
字赤熛怒西方君姓皜諱曜魄
字含臺中央君姓上金諱含樞
紐字瑤魄寶北方君姓黑節諱
汁光字隱侯局

日月　雲笈七籤曰姓張名表字長史日中青帝名圓常元字照龍帝名丹靈峙字綠
虹映白帝名皓靈㿞字回金霞黑帝名澄滂字〇艾黃帝名壽逸早字颰暉像月姓
文名申字子光月中青帝夫人名娥隱珠字芳艷嬰赤帝夫人名翳逸寥字挽延虛白帝夫人
名丹素蘭字嶷蓮華黑帝夫人名結蓮翘字淏屬金黃帝夫人名青䕫襟字昊定容　正訛編

引蘇佛儗蘇利邪日神也蘇摩月神也㬢日中五帝月中五夫人引為四海夫人

五星　藝苑巵言引道經歲星姓碧空名澄灡字清㲯夫人姓㲼常名寶客字飛雲笈焚載姓溪空名
離浮字散融夫人姓陽常名華瓶字予㟥太白姓㲼雲名掀尋字　夫人姓明常名㼪英字

靈惠辰星姓聖垣名精源字　夫人姓淵常名奉　子龍娥鎮星姓藏睦名虬延字

夫人姓康常名空穩字非賢

星姓艾用字道禪　金姓蛭字道　傳土星姓貫又尋馬

二十八宿　雲笈七籤角神姓賓名遠生六神姓扶君司馬氏神姓王名師子房神姓洪名寄

生心神姓女名涂祖尾神姓涂名徐澤箕神姓元飄名仲南斗神姓陽名郡牛神姓柳名特生

女神姓習名徐字辭辭子虛神姓木名徐他危神姓劉名婦生室神姓呂名昴神姓石名

蔡氏奎神姓黑名石膀婁神姓竺名逺來胃神姓馮名謝君鼎神姓張名弩小畢神姓桑名

公孫背神姓涂名徐舒井神姓持陽鬼神姓作名涂子柳神姓角名不襄

七星神名勝乎張神姓李名冀異神姓張名奴子軫神姓蘇子　按道藏所稱省

攄紳書致春佐助期有左角神名其名芳右角神名其光率女神名開陽危神名推長譽

空神名乎雖奎畢神名列常妻神名及方胃神名稽覺畢神名歘金畢神名扶

骨爻代神名虛圓南斗神名恍眩牽牛神名畧緒織運斗樞引召

氏云名大閤織女神名收陰張神名推

七大約上古卜筮之言未可盡信

北斗　南史索君正傳北斗神君非天上之七星也　雲笈七籤神姓伯名大萬左右姓雷

名機江夏人（樓南史之說為閻貞白真語不過稍新耳目茗雜俎則貪狼巨門可為解嘲矣

二

94

雷公電母　瓶苑危言引道經雷公姓江名赫冲電母姓秀名文英　徵淮南子注雷曰雷師也山海

風伯雨師　瓶苑危言引道經風伯方道彰雨師陳華夫　雲友七籤風神名吒号長青雨神名海

傭哥蔚德　橫風神或稱屏翳或稱飛廉或稱少女或稱惡神居不失為立古也

四餘　琅邪代醉編計姓翁名若字天真氣姓高名華字俊夫羅姓馬名予字伯惟字姓忠名炎

字忠應

負神　山齋課錄神名魁氏兵留之山主司及景曰媽曰發之山束拉闖以止日月使無問出沒

天門守衛　代醉編張要道言舊本國家奏章闖一名萬將軍一名周將軍

雨師　雲友七籤雨師名馮修号曰樹德　搜神記雨師畢畢也曰号屏曰名笑　事物別名雨師名

陳華夫　列仙傳赤松子神農時雨師　金様子虞犮虎也雨師執也　搜雨師蓋龍伯凝龍

云類

雷神　月令廣義雷公形豭首手足各兩指執一赤地燃之　一聯此又異今塑雷尊又不類

康九帥　搜神記帥貞龍馬之精而生于黄河之際筆術出金棘子仁皇戊汔九年庚申正月庚戌生而惡君不佝肮不折天

不雪孤煬不復害氣維得疫癘奄勁為隐尊不靬敢馬食殘紅飲䱷浣胖有龐雅為物所將折趫而下帥怕巾唷之後衛

長妄怕以報罔君俱有仁義事以民之所称者刲為仁聖元帥峍字四方郡社今馬

三

釋神卷二

五嶽　龍魚河圖東方太山君神姓圓名常龍南方衡山君神姓丹名靈峙西方華山君神姓浩名
醫狩北方恒山君神名登名澔姓濟中央嵩山君神姓壽名逸羣
君目陸南嶽姓爛名洋光西嶽姓岳名元倉北嶽姓伏名通菊中嶽姓角名普生　樓二說
不同而五嶽真形圖及太清金液神氣經又各造為奇字以欺人耳目更無足道
名尚比嶽恒山君姓吳名惠中嶽嵩山將軍姓石名牟恒

武夷山神　武夷志錢鏗二子長曰武次曰夷

五嶽將軍　龍魚河圖東方太山將軍姓唐名臣南方霍山將軍姓朱名丹西嶽華山將軍姓鄒

四海神　莊子南海帝曰儵北海帝曰忽　龍魚河圖東海君姓馮名儵青夫人姓朱名隱娥南

海君姓名　赤夫人姓翳名逸參西海君姓勾大名邱百夫人姓車名素簡北海君姓禹名隱
里夫人姓結名連翹　養葬雜畫東海姓何名歸君南海姓劉君激君北海姓吳名強君東
海神名阿明南海祝融西海巨乘北海禺疆　藏苑厄言引道經東海關名內靈西海姓導

河伯　西漢襄語唐河侯新祠頌春宗㩴云河伯姓馮名夷字公子潼華陰人也章懷傳注引聖
名澗清北海姓渝名淵又㩴正訛編馬衛海神名一角而龍形此三說又能相合

五

東嶽夫人及神記
一宣靈夫人
二忠靈夫人　　和惠夫人
三主靈炳靈王　永泰夫人
四左仁畫賢尊師
五保靈夫人　　淑惠夫人

賢塚塞記宏農華陰潼鄉堤里人服藥得水仙為河伯入引龍魚河圖姓名曰公子夫人姓馮

名夷武說稍異其事無據則同　淮南子馮夷得道即河伯也　太公金匱河伯名馮循　太公伏陰謀名馮遲

之誤

炳靈公　文獻通攷後唐長興四年詔以泰山三郎為威雄將軍宋大中祥符元年加封炳靈

公榜并封上道家為十候西岳則同　又榜炳靈王聖帝第三子

碧霞元君　山東玖古錄世傳碧霞元君為泰山之女後之文人知其不經曲引黃帝遣玉女

事以附會之不知當日袞封固真以泰山女也封歸維自宋時而西晉前已有之攷博物

志太公為灌壇令期年風不鳴條文王夢一女哭曰我泰山女也嫁為西海郎君婦

往將之期必有風雨閣灌壇令有聖德我不敢過文王覺明日名太公婦已而果有疾雨

疾風云者泰山女也蓋傳于此　按宋榮熙五年封泰山女曰碧霞元君

汴神　廣雅江神謂之奇相

九顯靈君　水經洛水注嵩覽有九山廟注有碑云九顯靈君者太華之元子　按今祈五顯疑九顯

之誤

東嶽　世傳嶽之帝名天齊或曰泰天齊也顏師古郊祀志注謂如天之腹臍齊曰風俗通祀嶽牟

有夫人之...甲開山圖六父知生梁父知死應劫以為上有金匱玉笈考知人壽之長短

山川

張華以泰山為天帝孫主召人魂魄而杜光庭洞天福地紀則以此為鬼神之府舉凡是人

土伯爛土雷淵之變相惑以屬之　按道書云張天翁竊劉天翁之以登天劉翁失治徘徊五

獄作宋堅惑之以劉翁為太山太守主死之籍則藏真是劉也

水府三官　留青日札今稱水府三官者起于僞唐保大間上水府馬當中水府采石下水府

金山皆有王号宋時因加封号祭告

湘江神　史記秦始本紀至湘山祠逢大風幾不得渡上問博士曰湘君何神對曰堯女

舜之妻　路史舜二女曰霄明曰燭光第三妃登比氏所生也靈照百里惠于湘江為

神迄今有分風送客之異　按二說不甚合而雜駁　又稱湘君奇桐也湘夫人堯

女也未知孰是

淮水神　异聞集渦淮水神名巫支祈

山神　山齋襟録騎山神名驪圍岐山神名沙器

溫泉神　代醉編董彦遠曰…冥之子曰土夫妻祝融之女曰丁芊俱學水仙是為溫泉之神

巨靈　三秋感遇縣姓茶名洪海

五鎮神　唐會典元宗天寶十載正月二三日封東嶽沂山為東安公南領會稽為永興公西鎮吳

山為成德　台中鎮有山為應聖公比頷嶺無州為清寧公

中嶽　事物紀原宋真宗祥符四年加尊中天王為崇聖中天王　後又封中天崇聖帝

衡源神　一統志陽唐宋累封威忠王元加封洪濟威忠王云水之本名其為每歲四月初八有司致祭元號

任詩云上岡鳳枕伏影歸青林為萬濟坤之乾本別清泉多陽鳥佛巴澤樹其志

嶽后　宋會要真宗大中祥符年封海明后南嶽景明后西嶽金陽安后北嶽清

西嶽　事物紀原唐艾天元年討九金天王　北嶽恒山安天王　南嶽衡山司天王

四瀆　翰苑韋嘉東瀆大淮廣閣公在泌州西瀆大河靈源公在河府北瀆大濟清源公在孟州南

瀆大江廣陳公在廣都府　宋會要江瀆封廣順濟王河瀆靈源弘濟王淮瀆長源博濟

清源溪浩王　搜神記大江記楚屋原大河記後陳音大淮記唐樂說大濟記楚作大夫

八

100

時祀

釋神卷四

五方神　雲氏七戴勾芒号文始洪崖先生祝融号赤精成子蓐收号夏黑黃公所陳号雯

午子昌

城隍　困學紀聞北齊慕容氏鎮郢城城有祠号城隍山城隍始見于史　南史邵陵王蔡城隍

按城隍神于古無考惟觀魏以來帝號平年州郡城隍各有所會與今州縣均有是神毛西河

以今之城隍古之方亦也今之穀神土地古之土示甚雜

五行神　廣定土神謂之嶺羊水神謂之四象木神謂之畢方火神謂之游光金神謂之清明埒定
游光畢方火神也清明金神也沐脧水神也影俟雲陽木精也嶺羊實黷土精也　二説又不同

歲神　餘冬序錄國初肇祀太歲禮官雜議困及陰陽家説十二月將十二時所值神名謂非經見唐
宋不載于祀典惟元時每有大興作祭太歲月將日直于太史院太祖乃定祭于山川壇之正殿而以
春夏秋冬四時月將分祀兩廡　按論衡難歲蓋工技之説移徙抵太歲出負太歲六山太歲之
有禁忌久矣其祀典定于明代又　按時俗及道流云歲君姓名郡六信演義之説甚為荒誕

火神　漢書五行志帝嚳特有祝融克時有閼伯氏民賴其德死則以為火祖　按近称火神

九

101

或謂炎帝或謂祝融或謂天上熒惑星似與灶神愚意報日用者宜祀炎帝祝融懷災害者

宜祀熒惑回祿今人不報日用之德一遭災害即禳于祝融不兩失之耶又見杜預左傳注回祿火

神名而遭火者每云回祿云留矣而不察也

灶神　淮南子氾論訓炎帝作火而死為灶　周禮注顓頊氏有子曰黎祀為灶神　莊子達

生篇灶有髻司馬彪注云髻灶神名著赤衣狀如美女　五經通義灶神姓蘇名吉利或云

姓張名單一作字子郭其夫人姓王名搏頰字卿忌　酉陽雜俎神名隗一名壤有六女皆名

察洽其屬神有天帝嬌孫天帝大夫咸上童子突上紫官　按祀灶古禮有之未可妄議其

姓名今俗或稱君或稱師或稱王然灶國策云復筵顛君曰臣昔日夢見灶君則知

以君稱灶者甚古今道家稱為東廚司命大悍菀祭法社有司命屬子有大司命火司命則灶

神之非司命明矣

井泉童子　雷陽雜俎井鬼名瓊

門神　楓窗小牘靖康以前汴中門神多翻樣戴虎頭盔而王公之門至以渾金飾之　月令

廣義近畫門神為將軍朝官諸式復加爵鹿蝙蝠寶馬瓶鞍等狀皆取美名以迎祥祉　搜

神記戴左曰門丞右曰戶尉終不知其所防亦不知為何姓名惟風俗通云

上古之時有兄弟二人曰神荼鬱壘用度朔上桃樹以制百鬼然則門神其神荼鬱壘之

侍
貴意云又樓春明退朝錄嘉祐初仁宗夢至大野迤道左右樹不見復而既至望天際有樓煙卓騎荼壘而至護送帝畫于闕帝問何人令曰萬侍軍也令觀設像供事之

礬神
原化傳指遺荼女當高辛時舊跡在蜀廣漢不知姓氏　七修類稿所謂馬頭娘者矣

荀牙蠶賦身女子而頭馬首一語附會荀子管為蘭陵王後世遂訛為馬明王也　搜皇圖要

覽伏戲氏化蠶為絲黃帝元妃西陵氏始養蠶舊漢儀今蠶神曰菀窳婦人寓氏公主凡二

人鼓神皆作女像其來已久

土地　孝經緯社者土地之神土地濶不可盡祭故封土為社以報功也　杜預左傳注社為

上公之神故曰社公　按今凡丗神俱稱土地惟塋葬所祀稱后土邱潛家禮儀

節日溫公書儀本開元礼家本書儀其喪礼開塋域及窆異墓祭俱祀后土

后土之称對皇天也士庶家有似乎僭文公集有祀土地文今擬改后土氏為土

地之神方妥

六十花甲　黠爐機要甲子元先　乙丑邱郭　丙寅劍昌　丁卯壬方　戊辰生進　己巳付井

庚午紫方　辛未音父　壬申石蒿　癸酉倚追　甲戌申光　乙亥坑進　丙子流霞　丁丑

王驊　戊寅卻心　己卯那尼　庚辰耳子　辛巳元教　壬午郡立　癸未歷厨　甲申銀邦

二

乙酉主之　丙戌鼓飛生　丁亥耶查　戊子證方　己丑肯都　庚寅苳碩　辛卯赫心　壬辰

契剝　癸巳背方　甲午廟角　乙未扶蹈　丙申石公　丁酉進鄉　戊戌九口　己亥飒高

庚子未夫人　辛丑擘方　壬寅延祇　癸卯瞿御　甲辰却催　乙巳索良　丙午墨穴　丁

未挺漢　戊申寅午　己酉健木　庚戌戴翅　辛亥揔尖　壬子安去　癸丑道子　甲寅

唱造　乙卯別快　丙辰夫隕　丁巳天雄　戊午天賣　己未迎逵　庚申恚朵　辛酉義罕

壬戌高迴　癸亥奉子　揀此乃埏與家之說並無確據

一三

釋神卷四　前後照時代分

蒋靈將軍　水經注偃師九山有百虫將軍頌靈碑　將軍姓伊氏諱益字隕敳帝高陽之第二子伯益者也

二郎神　朱子語錄蜀中灌口二郎廟當李冰開離堆有功立今來現許多靈怪乃是他第二個兒子初間封王後來徽宗好道謂他是甚麼真君遂改封真君向張魏公用兵禱其廟夜夢神語云我向為王有血食之奉祭我福得行今為真君雖尊凡祭我以素食故無血食福須封我為王魏公遂亡後其封　元史文宗本紀封秦時蜀郡太守李冰英惠王其子二郎為仁祐王　按成都志冰為郡守時化牛形入水戮蛟而俗說演義之謬遂誤是神為楊戩觀此三說自然明白道書載神六月二十八日誕不知冰之子於卿戩故

祠山張大帝　能改齋漫錄張本前漢烏程橫山人始于長興順靈鄉發迹役陰兵道淢欲抵廣德先時昇夫人李氏期每餉必鳴鼓三敎當自至毋令夫人至開河所後敎為鳥喙王詣壇知其慎遂此夫人鳴鼓亦毅為慎而不至夫人詣河所見王為大豬驅陰兵至開鑿河瀆王變形未及恥之遂遁迹于橫山之頂居民思之因立廟于山西南隅夫人至

一三

縣東二里而化人亦為立廟　留青日札昔武當人張東遇仙女謂曰帝以君功在吳分

故遣我為配生子以王其地且約迺年再會至期女抱子歸乘渤後為祠山神也

田家雜占二月八日為大帝生辰前後必有風雨俗號接癖風送客而極有驗　樓前說則

神以有功于民而享後說則神即真武從遊之張大帝似半是祠山神並錄以俟博雅

水草大王　同話錄世傳水草大王為金日磾　樓五代史補魏博使者自恃少年詣鳳翔

使者之酒稱曰水草大王醜者曰兄曰美得非水草大王之夫人則水草大王之名由來已久而

指為曰碑者不知何據

闞壯穆　雲漢友議荊州玉泉祠有闞三郎縞沅不敢見大掌痕見于面　李濤良編宋

乾德元年帝辛武成王廟觀兩廡所畫名將乃黜闞公白起周丑夫諸以其不善終也

桜吾西漢神爵于唐貞觀元十八年為玉泉寺伽藍董使為記又元宗三年封顯靈王永樂

北征幹難河見神前馳如關公狀乃制崇祀至萬曆間而封帝俗傳僛壯穆粵子玖歲寒

堂集稱僛祖名審字聞之父名穀字道遠俱以春秋傳家娶胡氏以光和元年生子平時

侯殺豪右呂熊等七人事覺胡氏抱平避母家以免則是秉燭達旦讀祖父之書六明有

適子也

一四

手壇　世傳神姓趙名朗字

公明子龍從兄弟趙神
記腳踏南尖日麻時此世
山中籍竹羌三道成歐佘主
帝旨召元神雷副帥天師酬
吳之後於鎮乾亮名山

方祀

蘇驍騎　嘉興府志神名槊字子羽宋高祖嘗夢其神因立廟　楼蘇乃晉驃騎將軍封

烏程侯

文昌　明一統志梓潼神姓張名亞子惡子其先越禽人徙居蜀之七曲山自秦伐蜀世

著靈異宋建炎以來累封仁文聖武孝德忠文王　後秦錄姚萇至梓潼頌見一神人謂

之曰君早還秦三晉主其事在君手萇請其姓名曰張惡子也及萇稱帝即其地立張相公廟

祀之　宛委餘編文昌黃帝之子名軍始越弗身攜醫服事周公授胎于張與忌家生仲

為周迎王所酖　通俗編引蜀志秦奐傳蜀本無學士文翁道相如東受七經還教吏民于是蜀

學比于齊魯蓋因學官文翁俗起而漢武因之故以文昌為文昌歟允　楼此四說則梓潼異

文昌明是兩神不可混合大抵梓潼神即張惡子如祠山張大帝金龍四大王之類廟食其

地也觀李義山詩如意贈姚萇一句未聞文字則宋時錫典亦不察也如宪委之說異

道家二十七世為十二大夫合然而先王祀典所載濁為改易況北斗之高明有文昌六星日上將次將貴相

自佛老之言興而先王祀典所載不免曲解然文昌即古之司命

司命司中司祿愚意文昌星也非神也梓潼神也非司文柄也張仲文箭我不敢信也

楊將軍　嘉興府志名宇世次英考嘗入井斬妖唇出化為神　桜浙江通志梁乾化中將軍

一五

守城三階赴井死其井大旱不竭則其梁時人可知

神勇將軍　龍城錄將軍姓趙名昱字仲明隋末煬帝知其賢徵召不起晉護蓋州太守

戚膽強起昱至京師煬帝以上爵不就狗亡為蜀中太守帝從之拜嘉州太守時

犍為潭中有老蛟為害日久載沒舟航蜀人患之昱淮政五月有小吏告昱使人往

青城山置藥波江溺死者甚衆沒舟航七百艘大怒率甲士千人及州屬男萬人

夾江鼓噪取大地昱乃持刀投水頃之江水盡赤石巖半崩如雷昱左手

執蛟首右手持刀奮波而出州人頂戴事為神明隋末大亂潛以隱去不知所終嘉

陵漲溢水勢洶然蜀人思旦項之見青霧中騎白馬從數獵者見于波面揚鞭而過州

人爭呼之遂奄山太守爲章太宗文皇帝賜封神勇大將軍廟食灌江口歲時氏

疾病禱之無不應上皇辛蜀加封赤城王又討顯應侯昱斬蚊時年二十六

曹皇　嘉興府志相傳曹武惠王彬宋開寶中帥師平江南不妄殺邦人感而祀之

惆如詩據曹珪為嘉興都將乾寧中淮人圍之珪登樓張樂縱酒矢石交至宴如也卒異

族人師魯固守事竟云但解兒曹提印事不知詔卻濟陽王然都將曹珪未嘗稱王況

府治西北已有曹使君祠祀珪父信及珪异師魯三人不可混而為一或曰唐曹王臯戍田

樓寇真宗朝通州大旱禱昱
無所舍法之云稻利下水助手神
既交參謝封肩濟物立真君

唐太宗子明亦封至曾至皆疑武惠王下江南止于金陵而錢氏納土必不至秀然曹王舉未見

寰事惟曹王明加封聖侯當時有禱輒應宜受廟食敕令俗稱為南朝聖衆恐未必然

千勝將軍 杭州府志張巡子巡夫以巡死國事拜金吾大將軍守雎陽時姜出奇謀敗

賊亦名千勝將軍宋時術祀都廟南渡後杭人別祠于新安坊橋 唐書李翰巡

傳表曰亞夫雖彊一官不免飢寒之惠江淮既巡所得宜封以百戶尋拜金吾將軍 按祠神

是亞夫廟弟去疾也不知何據

天妃 臨安志神為五代時閩王統軍兵馬使林頭第六女能乘席度海雲游島嶼間人

呼為龍女宋雍熙四年昇化湄洲後常衣朱衣飛翻海上土人祠之宣和中路允迪使高

麗中流震風凡七舟並溺獨路所来神降于橋異惠便還奏聞特賜順濟廟号紹興時

以郊典封靈惠夫人淳熙朝易爵為妃 元史祭祀志南海女神靈惠夫人以護海

有奇應加封天妃 按明洪武中勅封海靈神 國朝康熙二十二年以助克澎湖又

加封天后編列祀典 又樛卯文莊天妃廟碑其神為女子三人依次称為林靈素三女則又异說

金龍四大王 金龍山聖蹟記謝公緒會稽諸生居錢塘安溪宋謝太后之侄也三宮北行

公投苕溪死門人葬其鄉之金龍山明太祖呂梁之捷神頤靈助焉遂封金龍四大王立

一七

席黃河之上其後擁護漕河往來狼跋惟神是賴　按戒山义存神父司徒公仲武生四

于紀綱統緒神居李故号四大王　又樛天啟罪封護國重　囯朝順治二年封顯佑通濟

張司封四朝聞見錄政和二年八月封寧江侯改封安濟公　七修類槀宋太宗朝進

仁宗景祐中出為兩浙運司名夏字伯起雍邱人　按宋祠典作工部夏員外誤俗林

司封以其棧司封即中也 　在天地下

劉猛將軍　靈泉筆記宋景定四年封劉錡為揚威侯天曹猛將有勅書云飛蝗入境漸食

嘉禾預尒神靈剪滅無餘　識小錄相傳神是劉錡即宋特劉錡之弟沒而為神驅

埋江淮間有功　囯朝雍正十二年詔有司歲冬至後第三戌日及正月十三日致祭　按劉

錡為中興四將之一可尊矣何待于勅而銳又未見行事二說並存可也

施府君　嘉興府志府君宋人名伯成九歲為神建主廟宇百有餘年至景定甲子歲旱

里人閭人則中禱而主應請于朝明封護國鎮海侯或云名全　按全異伯成義似通

或則名全字伯成亦未可知今見神六則具鬚鬢童有夫人之享則九歲為神得毋誣

喜玠　在司封下

浙江道志景戍仿江西清江鎮人九和福文錡于上都因帝師以為神後期𣁽王江陰肉洩武初封平眛侯

晏公　七修類槀太祖封為神霄玉府晏公都督大元帥命有司祀之○○按公世次莫攷以

明太祖所封諸神于吳初二說不合未知孰是

分水龍王　南旺分水龍王明工部尚書宋禮　攜陛小品宋尚書沒後萬歷元年總河

萬恭追頌其功為之立廟　按明史河渠志及禮本傳並稱禮字大本河南永寧人

永樂二年拜工部尚書九年命開會通河禮以會通之源必資汶水乃用汶上老人

築堈城壩諸泉之水盡出汶至南旺中分為二道故曰分水然龍王之稱不知何故

福順王　嘉興府志祀隋司徒陳果仁宇世威常州晉陵人生梁太清三年仕陳為監察御史　吉陽將軍下

至隋累建討賊大功官拜宮司徒婁女法興有異謀害其二志毒之至漁腸宛身僵不

化英與凛烈于東郭門雲中發矢誅法興唐封忠烈公朱梁封福順王又賜祭松江府製載　在十勝坊里下

馬鳴王　浙江統志神姓裘名碌為浙西藩鎮敗黃巢以保境　以下孫熙之棄

鎮江城隍　水東日記陸游嘗記鎮江府城隍祀漢紀信英知所始　按後江寧國太平華亭無湖　以下三縣屬太平

等郡皆皆祀紀信

江州城隍　水東日記吳草廬記江州城隍廟三江右郡以漢潁陰侯灌嬰配食　按陰興贛素江

吉建昌臨江南康皆祀嬰畏

始菇城隍　代醉編引姑菇城隍神乃吳申君也楚芺記春申君初相楚後諸封于江東青紅玉許國　以條一郎神位

一九

111

城故吳墟以為都邑吳地志亦云春申君嘗進蛇門以樂越軍其廟食于此固宜　桂越巨書

所引又似不合

羅娘　岳陽風土記巴陵有羅派廟秦武陵令羅君用唁替儀運湖水死其女挈弟尋父屍不獲而神下

疫逆相繼卦死邦人哀而祀之靈䰞漸著元封申其封具為孝烈靈妃弟為孝感侯孝順孝

遂持有化在早晉閩節歸沈湘河必歌靈妃其意似異今聞差異

武成王　唐書壽宗上元元年追封周太公望為武成王依文宣王例置廟以歷代良將為十哲自起翦信諸皆畫像從祀

顯聖王　事物紀原唐乾符中封神為顯聖王龍化二年討黃巢三軍太祖王應為請有神告王應太平興

國序討顯聖王

徐偃王　瑯邪代醉編初名偃後名弓　昌黎衢州徐偃王碑徐係身秦俱出伯翳　樓偃王奉不

今祀與持其子孫為之立廟故備奉三債國沉宗以相形而羣小說稗史所載以見本資有

仍非法羽可吃唐時徐敖自書昌黎撰碑蓋當日立廟乃是子孫奉祀遍後及民間

張老相公　紹興府志公係夏蕭山人雅正三年討靜安公　椒埭十一郎貨者宋鎮程俊堤六巧老相公

李差英帥已出陰方為戰略，父復而敗鬼法，曰余今年當叔而雪父恥，即遂突然起而殺賊為行，折平為戚噴水為霞，群令為雷過虛海行太虛甲倫，約真居往賊正往十六狀戰陣兵之帥將展術慢于帳而弄戰不解，士帝令為降牧慢神元

帥之職

李元帥　增搜神記帥封南海上虵航蛇也，系閩真因障有不義，戮天之完者帥不平而殺之巡于海神居于逃五鬼叫嘯又曰天到了帥曰汝知孚孝奉命鎮為掃除水怪舊以金刀魑魅道于吃害取代帥曰義奇遠俵尔影帥奉士驅麒麟神帥搗降之跳船不救其中醫及男女珠寶類帥命畫排賜金玉遣婦因擇其醜曰女秊封往來窪家秊封民間女尊媧徐毙之塔氏者求稚曰一曰操船手洋巨情翻風伏波細迸帥不知為江家也帝令畫即跳浪列之芽洋細妙清巳而黑賦術雖龕臨火虬花職大有神附曰女功揚各秊涯矣余窅息之上帝以酬第一帝乃動先元帥李先祥之職委三將

畢元堂　格帥李錦江滑帝壬午十二月五日午時降賦于李芽之喜孚對比之　天

党元帥　增搜神記帥俗州人淫蕩狷狷內不底親外不避抚往眷眛奏供溜刑秊定惟人所入帥既平心意明真作幻見狂遂些完狄下比無忍辦三戴闿諱曰雲不靈見秊臟紫婦豬系天目黑列庚人鬼法何象害拍氏方姚盖賞馬拄出其我嫋豬為其稚何忿神曾何事宰排為陳宇帥于庚元佑于未九月丁卯未時共王也見有三十次畫擴擒而求一小元人閏忘岸曰一件腦矗事迸九乃八俊袤脞扭拿裁之黑天下過遂者　天

石元帥　野祿帥相漢人祚神祇秊于周宣王七秊三月清明佳節生時風剝殊豈龍掛衷衰父辞文甫芽神曰阿某面就　天

114

非凡少好净身遊關中文業于關户後鷹眉之陽過天久不雨批是畢祖有汗賴相存救訴帥懊然曰悵不乾耳彼彼念坐

若飛若地出以神熱楊殷坐氣成雲九天下體甘蘇余行合惕易且復弓別此殊亦半咁之眠此为沬浹更衣明營于炉焉

慶子盡舟抑如祝氏以之候朱腺膈形池滿之尺殊惹帥之再對千起此不知耳化矣之而行人報曰帥来盅来行彼儀州撤旋撾名

絲謂従者曰为我浩草也余牽初不戕首耳僕教为五衝三哭

副應元帥 埻搜神記帥泰山下人闻賀公之道脈此歐陽改牟中藏之秀陞凡于九年壬寅正月壬寅日寅時別号李　　天

封合鍖件邦三戰

楊元帥 埻搜神記帥起於徐献于庚申十六　按漢書悉傳住主迋尉盏主祝羔者以眠先亊紒廷殺之不眠業以妾　天

博梅及儀者兼殺帝以實教之不眠吏奢臺臣心孕爪之而不頷紫茂及俟法殺者婦以千金而不瞬目曰沙汴朱

赦人表於福耶凡此其載也

大奶夫人 埻搜神記昔陳思人祖展福州羅縣正法父諌護拜父郎中心萏元陳二相義元陳滿清嘉興元年坤光嗰竟呪合

古田縣靈氣大洞士臨水村鄉人主屬以安其室辰年事陽買男女二人以蕃秖頷方不先箬時覲音天士起金峰南咸見福州思

氣沖天乃勇招甲化作金光一道真逞陳长者畲氏報肘時大歷元年甲寅肩五宮躃瑞氣祥光畺秀仙樂邊送而且者回

陳進炳兄二相嚐受齊合衡諭珎大教正法神通行至古田臨水村復祭黃三居士心思其妖思靖之不忍以無辜之人嗳

命于本宮之口敦請二相行法乃为偹隋南鉖塌差交叅時刻以殺天矢陳兵朱慮二相为妻氣所嗟逞潭瑞仙顯骂速

二三

115

釋神卷

資善福明王　嘉興府志祀音尚書徐照　按靈先寺有徐尚書真帖

昌武王　嘉興府志世傳宋淮海王三子皆有功于民封為昌武王死後各著神異民奉為

當境土穀之神　按神能驅疫鬼有禱必應

鐵四太尉　通俗編引凌柘軒芳敬吳小東嶽廟鐵四太尉疏言四神皆膺侯一曰靈應
二曰福佑三曰忠正四曰順佑　按今杭人但呼為鐵哥哥然神之時代名位未攷

吾相公　嘉興府志宋時勅封撥雲吾相公建祠于德化一都每歲春時有萬魚來朝
按吾相公兄弟二人一曰興雲一曰撥雲每歲四月十九衆魚雲集至有大水小膛濯而過者

土人習見之或即神之誕辰乎

朱相公　嘉興府志相傳宋建炎二年高宗夜憩夢登紫薇樓忽墜一力士捧之得不妻地
問其姓此曰秀州遷善三十五都朱之郎也既覺體汗猶濕乃述所夢遣使訪之六郎
死巳七日矣因勅封為紫薇侯

杭郡周城隍　七修類稿神嘗附于人曰予本省憲使周新誕乃五月十七上帝以予剛直後
命司杭之土　按神廣東南海人永樂中為御史後為湘江憲使在內名為寒鑌在外

二五

117

称為神明後因纪伍之祠被害彭衮政作必傳曰上常見衣紅者立日中門為雄云臣同新上帝

以臣刚真命為城隍

石八娘　涉弄素某時林孝子惣孫入山採樵遇二女明妙儀熙雨入其家延茶久之吟咏間惟月夜河死

華有百人游溪探禹穴才心歙潔付陶淘雪莫有因芝膳比蓮孙甘窆何如竹葉醸之句諮林曰吾石

氏女遺雖而死上帝憫吉貞烈郭瞳重真妃吾性為水部風毒真妃封此岩為業育岩

命各主之伍呼曰石八娘岩是也

順應王　蜀志祭溪系軍馬謖之隊柘仲不三功有司每歲三月初二致祭

伍王　吳志子胥忠謀死士人懷之因九五屆唐乾寧中封吳安王　樓宋初封清忠善威惠獻王

朱相公　嘉興府志相傳宋高宗夢系微觀樓而隆有力士持之得不善地柎黃石　則云吳州寒

三十五都朱六郎也既覺體汗猶濕訪之時六郎已死亡曰矣封為紫薇侯

紫烈侯　雲間志侯聞人行七嘗九兩浮沅至霍光廟欷息頷事忠臣即義手立化系与金戰有陰兵

旄旆著華亭鈔太尉李　嘉興府志朱大祝五年封忠烈公建炎三年辛逆宗傾舟師由海道

護行在所參加忠烈侯佐具焉鈔以新廟就四年加收廳

烈士大王　平湖柳志石不知何神為稻山一方香火

傾相公　九江志神柩江上海人有代先妻以牲一虎手第十二子父而喜實驗　據神諭以代石于及

徐王　楼范長表記碑表徐桂郡人自亲止今五千餘年信封給之出征雖未功績居著書樹飲此搞立忠義居役

（以下各段為行草手書，字跡漫漶，難以逐字辨識）

蒋相公　嘉興府無祀志業學公

博陸侯　霍光未祀漢大將軍霍光封忠烈順漾肋應公

步緒爰　海監國陸祀吳含步隋

衛五令祀伝

楊太尉　激水起家庚三年封題廐侯

溫元帥　增搜神祀帥姓溫名瓊字子玉俊溪東歐郡人今浙東溫州也世居曲石橋祖宗世隱父諱望東儒　天朗

武力章之神玉帝之將敕寓以肌托质為...

一七

祀

作戲親率錦主戲京中遭瘟疫鬼出觀助天師敗而送至今正月有遺像真天師見其神異故立法以元壇初合二

仙助顯道法永不令李明老不解天師保奏明皇封乃沖天風火院田太尉昭列侯二尉昭佑侯三尉昭運侯　父姜祥戎

此賦　寶郡賀三太尉　金花小姐楊花小姐勝金小姐萬四聖偈和事先人　何么九承士　都判令滿九郎　天和令來帥

和令柳元帥　斗牛楊耿二侯書送費祧如臾　青衣事　蓮橋上橋下橋上橋左飛吹歌舞紅娘新即鶯鶯

岳陽之郡先帥乃萬聖眾　撐此則帥乃今演劇中之先帥神也

崔府君　神祿君邢州敖城人諱子玉父曰謙世為巨農代有陰德義鄉里推舉年五十毋乃攝十比獄是在天師

蓋孝一仙事孝一令諫聞之重回帝賜令中物令君太掃展之言記篆舍說之功表示二政谷奈之帝覺延君隋大

業三年六月六日至唐貞觀七年從舉賢良名聞都邱遷除九郟州長子孙令止直事孔秋毛間祭郎人曾責知雙畫

凡陽問侯政後府邑人立生祠之後速郟州濬陽縣令示有為近千年言西　勝九宗進安延之武帝慶神人告曰

陛下篤不可別此方賊不入而滅矣宗時加封問捍其曰屠乃郟州濬陽縣令確上至後如果其享篤烽封靈聖威國侯武

宗朝加封護國感應廣公案宗真時加封護國感應宗則朝顯日顯衛

靈派侯　壇狸神記神杜君李猴衡州人氏閭世朱朝為將責賜身于閭有功後閭病主重有閭痰香眾名宇列

諸失眾曰載授山東深河將軍言記四午後人立祠于此唐開元元年封靈派將軍至宋大中祥符八年加封神

為靈派侯

122

釋神卷六

東王公　老子枕中經名倪字君明（太平廣記名括）。○真仙記東王公曰元陽父元始天王遇太元聖母而生

西王母　酉陽雜俎西王母姓楊名回（○太平廣記姓何名婉妗一字太虚）集仙録西王母九靈太妙龜山金母也姓侯氏三界十方女子之登仙得道者咸隸焉據此則今之慶壽有繪以貴婦人之像一解　穆天子傳天子觴西王母于瑤池之上西王謠有將子無死句　吳越春秋大夫種進九術曰尊天事鬼以求其福越王乃立東郊祭陽名曰東皇公西郊祭陰名曰西王母事之一年國不被灾據此則祈福壽者循習于是二解　山海經狀如人豹尾虎齒蓬髮戴勝是司天之厲及五殘神人之說據此乃灾厲殘殺之氣非吉神可知三解　爾雅觚竹北戶西王母日下謂之四荒大戴禮舜時西王母獻白玉琯據此特海外國名如後世女真八百媳婦之類非神人也四解

壽星　史記封禪書杜亳有壽星祠索隱云壽星南極老人星也祠以祈福壽。宋史禮志唐開元特置壽星壇常以千秋節日祭之按壽星角亢也見于爾雅不知其狀貌而世人繪像多長其頭亦不知何典惟南史夷貊傳毗騫王身長丈二頭長三尺自古不死号長頭王然則世所畫者乃毗騫王非壽星也

張仙　蜀地志邛州有挾仙樓仙人張遠霄携彈往來視人家有灾者為之擊散此張仙所由昉也　據此不聞有祈子之説惟月令仲春玄鳥至日以太牢祠高禖帶以弓韣授以弓矢于高禖之前今俗祀仙

三一

123

多于二月殺高禖之遺意乎世傳為拌澄神或為孟昶挾彈圖花蕊夫人船宋太祖之說俱

非的論

魁星　癸辛雜志太學先達齋各有光霽之禮元則送鈒金魁星杯樣一副曰知錄魁嘗金
之訛登為文章之府文士宜祀　魁今祠觀中多祀其像漸及學官不知起于何時太約漢詔天下
祀童星注云天田也而文昌奎星壽星之祀後世漸為增益耳

和合　游覽志餘和合神即萬回哥哥　太平廣記引兩京記云萬回姓張氏宏農閿鄉人其兄戍
役安西父母遣其問訊朝齋而夕返　其家計宏農抵安西萬餘里因號為萬回
哨二神未可以萬回一人當之　國朝雍正十一年封天台寒山大士為和聖拾得大士為聖寒
山拾得者即釋家所謂文殊普賢也二人亦宋時人又情廣東有和合洞無錫有和合祠神姓盧
李兄弟二人

利市　圖繪寶鑑宋時嘉禾好為利市仙官骨格態度俗及仙官之畫為宰官身久矣
接江湖間多祀一姥曰利市婆或言利市波乃神所厝之地名婆波形音相似而誤此或其一方
所見未可知圖附錄云

鍾馗　丹鉛錄俗傳鍾馗起于唐明皇之夢非也見史克腤李名鍾葵字辟邪後世因畫鍾葵

三二

124

群邪圆劉宋宗懃妹忘名鍾葵後人因作鍾葵嫁妹圆絕○附會但葵与魁二应字相异耳 桉虗

漢有李鍾魁隋將有喬鍾魁揚鍾魁唐人有張鍾魁皆以鍾魁為名鍾魁之名非始于開

元可知若左傳商民七族有終葵氏則又先于漢隋者

吉神 山蕭獜鎵泰逢言神也如人而虎尾居和山五曲出入有光

增福神增財神 韓墨天全天神供揚神天曹增財神俾○月十七生

隨糧王 世傳神姓金不知所興 桉春秋佐助期天原倉神令所祀者渭世是與

增福相公 增搜神記祖在觀文秦期汾相府事畫愛陽門灾彰邦圉究歴不平之事在判陛府是非枉

錢文業点愛三凱以上省人衣祿祥及○居居氏去藏分迄今有不會言猺王俀庶天欲元年封神先增福相公

福神 增搜神記神本道州刺史楊公諱成字君漢也瘁彦州猺民以宫奴其時民間生男迄探休儒好者為歳不示

數石刾史楊公來守命聞云陛接五與本王只有矮民無矮奴也淳歳怀嗣後不湲貢郡人全祠繪絵俸食以为本州脂

神後天下去庶敬奉狩为脂脂神

三祈拈具記菫亭拈北七重有澱渊山止为三拈属两歳門甲群妆鹿澁○言涌清○清○近道中所撖靈與心此備在土

平青澱舟艤洲口色見一婦人附身云澱山寺及一廟漁人靵此顧以往索渡錢
北

寺侭長許之日此以三拈顯靈因祠随○主廟中柔見左右傾世俏百鈔立馬邊搜浃人 名勝志羽傳拈

三三

125

四三

昭靈侯　增搜神記南陽張公諱路斯隋初家于潁上縣百社村年十六中明經唐景龍中為宣城令有才能夫人石氏生九子自宣城罷歸釣于焦氏臺之陰一日見釣處有宮室樓殿遂入居之自是夜出旦歸夫人問之公曰我龍也蓼人鄭祥遠亦龍也與我爭此居來日當使九子助我頸有絳綃者我也青綃者鄭也明日九子以弓矢射青綃者中之怒而去公亦逐之所過為谿谷以達于淮而鄭投于合淝之西山以死九子皆化為龍而石氏葬關洲公之兄為馬步使者子孫散居潁上　按此事見于唐趙耕文中歐文忠公載于集古錄宋時居潁故學士陶穀有記學士蘇軾跋其後于西湖之行祠熙寧中封昭靈侯石封

柴鷹夫人

蔣莊武帝　搜神記帝諱子文揚州人漢末為秣陵尉逐賊至鍾山下擊傷額而死及吳先主初其故吏見帝于道乘白馬執白羽扇侍從如平生吏見驚走帝呼曰我當為土地以福爾下民為我立廟否使蟲入人耳為災吳王以為妖言後果有蟲入人耳死者又云爾不祀我當有大火是歲數火又云不祀有大疫吳王懼乃封中都侯加印立廟于建康之鍾山更名蔣山（蔣神寺）晉蘇峻之亂帝顯聖大元符堅入寇又顯劉宋加相國大都督齊永明中助平崔慧景新其廟宇南唐追諡莊武徐鉉奉勅納碑載其事

威濟李侯　增搜神記侯諱祿安吉州長興縣雲莊人生于宋崇寧二年正月十八長而神異能言人休咎年十八當宣和三年三月損告鄉社云吾將往山東睦州為國靜事忍須數年方歸遂端坐而逝遠近異之其後屢有靈跡見于本鄉于是父老立書火之地而祠祭之開禧三年十月三日知縣趙準狀申濟惠顯應（資）跡賜曰顯應寶慶元年陳昂等列狀請彰神烈以慰民望奉勅封威濟侯

釋神卷七

周書異記周昭王二十四年天空迦維
佛國淨飯王地摩耶以乃夢天降金
人頁有孕至四月八日太子生于右肋
名悉達

又釋迦佛父眼淨飯國王名尾頭那若
是那後人次曰淨飯名三□□□□□
摩耶夫人姓生佛未出家時□□
喜曰即陀誕我生□□□□□□□□
年峰男子植靺志公□□□□□
如來佛□□□

阿彌陀佛　淨苑珠林佛生西方天竺國宗其教者以本性為法身德業為報身并真身為□

按此教有三世　如東之就玫陀羅尼集佛姓憍尸迦婆沙論帝釋名長一拘盧舍謂長百丈也
　　　佛有六姓曰瞿曇曰甘蔗曰釋迦俗□□□□□□□
　　　普賢經云釋迦方慈姓瞿雲氏成　釋淨飯名是達　祖捨此家姓又□

觀音　佛有六姓曰瞿雲　觀音偈云發情
小說載虬龍友觀音傅今級美人誇西方之人今則宋時間有致飾婦人冠服惟家
為美女子相傳有變女之說世人不察改其莊嚴爾　娑威應傳元和十二年菩薩大慈悲力欲化陝右示現

僧謂隨無識遂以為妙莊王女可甚矣

韋馱　翻譯名義韋馱是符徵用徵色也　據此与今所稱護法韋馱無沙　正法念經昔有國夫人
生千子試當來成佛之次至樓至當第千等其第二夫人生二子一頭為梵王請千兄轉法輪

次頭為家跡金剛神護千兄教法據此今狀其像于伽藍之門者有因

四金剛　長阿含經東方天王名多羅吒領乹闥婆及毗舍闍神將護弗婆提人南方天
王名毗琉璃領鳩槃荼及薛荔神護閻浮提人西方天王名毗留博义領一切諸龍及
富單那薜羅即尼人北方天王名毗沙門領夜义羅剎將護鬱單越人 按此即俗所

謂四金剛也然曰金剛者以所執之杵而言矣婆沙論四天王身長一拘盧舍四分之一雅

西國以五百弓為拘盧舍八尺為弓盖其長百丈故令塑天王特長大然又云三十三天長

半拘盧舍帝釋身長一拘盧舍而世之塑諸天帝釋又不甚大何也

六祖 傳燈錄一祖達磨姓利利帝李名菩提多羅二祖慧可姓盧名神光四祖慧可姓司
馬五祖宏忍姓周六祖慧能姓盧

迦葉 長阿含經拘留孫佛拘那含牟尼佛迦葉佛俱姓迦葉

年尼佛長二十五由旬迦葉佛長十六丈 樓句與尊通

拘若利 長阿含經毗婆尸佛尸棄佛毗舍婆佛俱姓拘若利 婆沙論毗婆尸佛長六十由
旬尸棄佛長四十由旬毗舍婆佛長三十二由旬

十王 法苑珠林閻羅王者昔為沙毗國王常與維陀如生王戰兵刀不敵因立誓願為地獄
主臣佐十八人慈悲同誓回後當奉助治此罪人十八人即主領十八地獄 五天使者經
人當墮地獄則主者持行白于王具其善惡王為現五使者而問睽車志張叔言滇
鬼有十八人而十八人內兩是婦人 庚巳編王有二子長名江次名海 樓第一說甚為不經

盖王必正直而始事先白私且恐未必然第二說是人分現者五而十殿未聞為第三說則

尊者提迦國人十祖脇尊者中印度人十一祖富那夜奢尊者華國人十二祖馬鳴大士波羅奈國人十

三祖迦昆摩羅尊者華氏國人十四祖龍樹大士西天竺國人十五祖迦那提婆尊者南天竺國人

十六祖羅眠羅多尊者迦毗羅國人十七祖僧迦難提尊者室羅伐城寶莊嚴王之子十八祖迦耶舍

多尊者摩提國人十九祖鳩摩羅多尊者六月氏國人二十祖闍耶多尊者北天竺國人二十一祖婆修

盤頭尊者羅閱城人二十二祖摩孥羅尊者那提國主次子二十三祖鶴勒那尊者月氏人二十四祖師

子尊者中印度人二十五祖婆舍斯多尊者　罽賓國人二十六祖不如密多尊者南印度德勝王太子

二十七祖般若多羅尊者東印度人

十八阿羅漢　法苑珠林第一尊者賓度羅政羅惰闍子千春屬住西瞿尼洲第二尊者迦諾迦跋蹉異

五百春屬住迦溼弥羅國第三尊者迦諾跋釐惰闍異六百春屬住東勝神洲第四尊者蘇頻陀異七春

屬憑俱盧洲第五尊者诺距羅異八百春屬住南贍部洲第六尊者跋陀羅異九百春屬居耽沒羅

洲第七尊者迦理迦異九千春屬住僧伽荼洲第八尊者伐闍羅弗多羅異千百春屬住鉢剌拏洲

第九尊者戍博迦異九百春屬住香醉山第十尊者半托迦異千三百春屬住三十三天第十一尊者囉

怙羅異千一百春屬住畢利颺瞿洲第十二尊者那迦犀那異十二百春屬住半度波山第十四

者伐囉那婆斯異千三百春屬住廣脇山第十四尊者伐那婆斯異千四百春屬住可住山第十五尊

瑩為第一烏芻瑟摩以火光三昧力故成阿羅漢漠持地菩薩以諦觀身界二塵為第一月光童子

以水性一味流通得無生忍圓滿菩提為第一琉璃光法王子異空藏菩薩以觀察風力無依以

觀察畫空無邊入摩地彌勒菩薩漠心同明入圓成寔遠離依地及偏計執得無生忍大勢至王子

以淨念相繼得三摩地觀世音菩薩從聞思修入三摩地　按此則二十五聖各以一長稱

十大弟子　謨曾列佛經舍利弗智慧目犍連神通大迦葉頭陀阿那律天眼須菩提解空當機所説

法迦獮延論義　提婆離持律　羅睺羅密行　阿難陀多聞　桉此則十弟子尔多有一長須門十哲

之擬也

馬鳴龍樹　摩訶摩耶經正法衰微六百歲九十六種諸外道等見競興破滅佛法有一比丘名曰馬

嗚善說法要降伏一切諸外道又百歲又有一比丘名曰龍樹善說法要滅邪見憧然正法炬馬鳴當

周頭王時龍樹當秦始皇時　樓馬嗚北天竺國鐵馬至于六日晡此即説法以浮淣草異之馬趣

念聰法無念食想于是肉外沙門乃知非恒以馬解其音故号馬鳴龍樹者其毋樹下生因字阿周陀

那阿周陀那樹名也以龍成其道故号龍樹　又樓宛婁餘編阿沘絆寳窶坐馬嗚也那伽曷樹那龍

猛曰龍樹族

四二

134

四三

三清　釋神卷八

真靈位業圖第一中位上合虚皇道
君第二中位玉清即聖太玉晨亦云玉
大道君第四位太清即聖太上老君為
甲位太清太上老君為第四
玉晨所稱太玉晨第三說不合真
第三真君道...左...開位太上
右...其真君道...左...開位太上
君第...左位太上老君...
...
一云三說其錯互亂不言齡

本性為法身德業為報身并真身為三其實一耳道家以老子為師朱子有云玉清元始天
尊既非老子法身上清靈寶道君又非老子報身故有二像又非异老子為一別自為太清

太上老君蓋做釋氏而失者也

元始天尊　魏書釋老志天尊生于太元之先每至天地初開出於碧霞而開刻度人度經四十

一億萬載矣有延康亦明龍漢開皇等平号姓樂名靜信天書每方一丈八角芒光華

昭瞳雖天仙不敢啟視　按混沌以前必是開關天尊生于太元之先云也其云每至天地初

開我既不和天尊見次次開關矣此一不可信周元始經四十一億萬載我思上古帝王不和年歲而道

家知天尊獨詳此三不信建方始于漢武而天尊行鴻濛之世當時竟與三王效之者此三不可

姓氏起于伏羲命名始于黄帝而云姓樂名靜信者可手此四不可信天書雖天仙不敢啟視作

正音姓與名延世音字觀无上觀第二度師上系真明道君即元始上皇丈人法董法諱奏

柰法字藏正音姓與名延洞字運梵靈第三度師即高上九天太上真皇姓...法董法諱藏

法字藏正音姓字妙名延明世字係上與... 明史禮志佛生西方天竺國宗其教者以

真武　圖志真武為靜樂王太子修鍊武當山功成飛昇奉上帝命鎮北方披髮跣足此是傅會

誤書　謹案道藏唐天寶二年二月三日辛卯誕生天尊黑帝三次慮史後於天寶樂三年二月從名諱改

按史記漢高帝立黑帝祠曰北峙時此真武之濫觴後避宋諱改元武為真武明永樂中建廟

于太和山又樓元史成宗紀大德七年加封真武為元聖仁威于天上帝而道家遂謬為天

帝今禾俗又稱為聖帝

手近焉

三官　七脩類稿世有三元三官天地水府之說此理蓋天氣主生木為生候地氣主成金為成候

水氣主化水為化候其用司于三界而以三時首月候之故曰三元　道藏三官者俱周幽王時諫

臣唐宏萬雍周寶也　漢書劉焉傳注張魯為五斗米賊傳者令書姓名三通一上天著二埋之地

一沉之水号曰三官　按神之尊奉由漢以来未嘗絕前說亦屬會次說尚未切當漢書注焉

王靈官　明史禮志隆恩真君者玉樞火府天將王靈官也宋徽宗時嘗從薩守堅傳符

法永樂中以道士周思得能傳靈官之法乃于皇城西建天將廟宣德中改封真君

按靈官受法于薩守堅守堅受法于林靈素而靈素僅一詩典道士也昌故

三茅真君　掾遺大茅君名盈字叔申中君名固字季偉小君名衷字思和老君拜盈為

書者何由而知此五不可信

四五

137

道家

司命真君周為定錄　按實作真君袁為保生真君　按列仙傳盈濛之孫得道于金陵之句

曲山

海至乃立祠

吳真君　嘉禾志真君名猛家武寧塩有十慶令于縣死三日猛祝生慶弟寶因祀焉晉書猛有孝行夏日常手不驅蚊惧去已噬親也　按常棠謂開熙三年真君見夢神主浮

玉皇大帝　李行經帝初劫為光嚴妙樂國淨德玉太子捨位脩道八百劫捨位復行忍辱革條
三千二百劫始證金仙為清淨自然覺王如来又經德劫始證玉帝位　按此異譯
伏生言天帝名見卅殿仰視帝面方一尺問左右曰是張天帝耶曰上古天帝今是聖矣此近曹明
氏相似我不知誰偶之而之耶　南陽祿姐天帝劉公忠張角時拒異志周與死而
帝耳　談詧引道謂玉皇大帝為衆仙天子紫微大帝為衆星天子　授初説異佛氏相類次説
固屬不經三説則天帝亦有通嬗□□土無二立天有二王耶

老君　史記老子名耳字伯□以其耳漫無輪号曰耼　集真籙老子始生母名之司多祿字伯陽　混
元纪聖紀老子一名李耳字伯陽二名雅字伯宗三名忠字伯光四名石字孟公五名重字子丈六名定
字元陽七名元字伯始八名顯字元生九名德字伯文在天皇時為通羊天師地皇時為有古先

138

生人皇時為盤古先生伏羲時為鬱華子神農時為大成子祝融時為廣壽子黃帝時為廣成

子帝譽時為錄圖子帝堯時為務成子帝舜時為尹壽子夏禹時為眞行子商湯時為錫則

子後以湯王甲十八年降胎至武丁九年生在周西伯時為藏史號變邑子武王時為柱下史號育

成子武王時輕為成子康王時為郭叔子在天以玉晨大道君為師在人間以常桃為師又生于

周定王三年九月十四日以敬王元年八十五歲西入坤　北史老聃父名乾字元果一作元果　脩唐書聃

父名敬　前涼錄　元果年七十二無妻異僻人蓋壽氏野合孕十年而生若子故世傳老子母為蓋壽

氏路史元果聖洪氏名嬰敷感飛星孕十二年於左腋而生故人曰老萊子　南唐書世語元果為周

御史大夫蓋壽氏女嬰教生老子或云果聖膝氏女元妙　酉陽雜俎老君母曰玄妙玉女　按諸說

珍缶牛錯　敬辟忘言閱者自知其妄

天師　晉書郗傳惜事天師而篤奉佛　殷仲堪傳少奉天師精心神所　王羲之傳

王氏世事張氏　拟此可見晉時衣冠盛族多趨奉之」

欧濟龙王庙在三塔　　徐偃王祠朵西平畫　　尤洼庙在宗坊祀伍溪靈帰炳曰

許□南□县西二里昔黄河侍許□仁　　楊將軍庙在海濱北二里…乾化…守城…播赴并死…艾并大旱不調

…□使君庙祖府□西北仕者信及女子琏佳有忠…守城有功　　甯王庙祀寶…日唐太宗…

桃府唐庙名但成九岁为神…□里俶…巷…自□佽陸□疾庙一至答工二□於专洞州同

君相公祠在運化一柳宗勒封懐雲…吾相庙祠前有徐洪每岁春日東南来朝　　三呉庙隔□寺祀謝尚憲仕尚省

□使君祠府城北三十里…建祠…为卫枝尉　　奉呉祠加…东七里祠□侓尚　　喻楊祠至西傍祀…良太守楊繼宗

朱相公庙在…匯填宗高宗榎夢登岑懺楯…陸有一力士抨…得不…□火牲…亩也许…

…天園柏松高宇繳美王祠　　親…祠…祀思□…　　尚青庙至西□祗祀吴維…

秦晋庙驻岐伯庙有瓢松一株伐去後生…□…先控之舆　　黄芝庙立…甫…長陸一丁

普公祠庙立具南思鲁桥立祀宗泣）　　蒲骤骑庙立其西神名拿宇刭秀陽騄桺…翁侯

何棍主庙…門来二重…城为　　楊公祠祀楊瑝…墙…功与尤王庙並　　□心祠祀吴雅傲

…度王庙立馬張即在鎮…忧神县灵　　禹嗊庙立具北三千里鉒米名瑇为忠殼祠徐祿仍

宗偉軍庙立皂林將軍名乱棄接戰後　　昌武主王庙立皂林俶迅店見祀为上穀祖　　昌利三王庙立…溪境配祀章…祠廚

程都御史祠在柿御化心祀绚建文御程本立　　昌利三王庙在東溪九里松之西

釋神卷九

諸仙　神仙傳玉門子姓王名剛　九靈子姓皇名化　北極子姓陰名恆　絕洞子姓李名脩

太陽子姓離名明　太陽女姓朱名翼　太陰女姓盧名全　太平女姓顓名和　南極子姓柳

名融　黃靈子姓萬名起　戶明生姓和名君賢　張陵名輔　劉根字君安　尹軌字君度

介象字元則　介手推姓王名光

蜀　八仙　男紀八仙首容成公即鬼容區隱于鴻蒙今青城也次李耳生于蜀今三青羊宮三董

仲舒亦青城隱士非三蒙之仲舒也四張道陵今大邑崔嗚觀五莊君卜肆在成都六李

八百隱新都龍門洞七范長生在青城八朱先生在雅州　按太平廣記引野人閒話蜀道

士張素卿而畫李耳作范長生作范長壽尔朱先生作萬永勝　又機通志有八仙圖唐江

南山遇東華玉真人得道至唐出度純陽呂巖進士不弟遇正陽真人得道在五季又授正陽度

法善以混沌初白端埌精鍾離權呂巖唐中晚人二云鍾以神將從周孝侯慶敗于齊萬年跳終

八仙　談會八仙不知起自何代考其出處亦有所本張果明皇時顯踪甚著生于充之丙子為侍中茶

積有八仙傳注則此目廖時已有

劉海蟾玉重陽及自度何仙姑張珍奴之屬藍采和亦唐人有踏歌韓湘文公侄何仙姑見純

五〇

142

陽文宗人詳說本譽陵市人純陽咦叺一桃僅食其羊遂不飢仙鑑純陽所度者趙仙姑名

何仙姑何姓者開元中已羽化合在純陽前曹國舅考諸仙傳書姓無外戚而諸史外戚傳

曹姓無傳仙者或言丞相彬子皇后弟姜姿素一旦求出家雲水抵黃河以金牌抵渡真純陽見

而授以道又有跛者李孔目神仙通鑑有劉跛子而非李姓或云鐵元字夫中閒元于終南學

道陽神出舍為東所傷得一跛丙新亡者附其尸以起大邪妻巻之鼓也 按元人祿劇如岳陽

接竹榮船南城柳皆羨称八仙異世俗所繪得其七惟無何仙姑而有徐仙爾身然則八仙

以鍾呂諸人者始于元世可知

壺公　　真珠庵施存致于弟子自号桃盤子

鬼谷子　　蜻仙錄姓立名謝　按俗作栅非

劉海　湖廣總志劉元英亭海蛛子廣陵人往興真銅守先為相一日有道人朱紹索雞卵十枚金錢十

枚直几上累卯于錢若浮屠狀海燈驚曰危或道人曰人居榮樂之場其危有甚于此復盡以錢

擧為二擲之而去海蛛由是大悟易服従道歷游名山所至多有遺跡宋初于漳州寺寧說

頻持仍自寫真其詞　通俗編海蛛二字今俗呼為劉海更書劉海戴蟾弁珍　按此猶

漢戲師將掌廣州卹呼李廣蕭方等輕刪志等字鍾馗字碑邢祖為鍾馗碑邪圖之類令人可哭

五一

許真君　列仙傳名遜字敬之南昌人為旌陽令

玉女　真靈位業圖十五玉女名号登天上祿玉女四八天玉女三人三天玉女百人青腰玉女官十八人下等

玉女北宮玉女五帝玉女太素玉女白素玉女平天玉女六戊玉女青天羞命玉女神丹玉女五流玉女

雲飛玉戚戎見玉女青衣者名惠精玉女黑衣者名太平玉女赤衣者乃名赤玉女黄衣者名常陽玉

女戎見玉女三人青衣紫下裳青一名常在一名辰東方玉女青腰玉女南方玉女赤金玉女中央名黄素玉女西

名靈闕一名紅林一名愁一名住一名多一名絶洞一名億九玉衣服五彩一名上一名虎一名扶一

方名玉素玉女北方名子光玉女左為常陽右為冰翼　桃閬陽雜妲玉女以黄玉為誌大如棗在

鼻上無此誌　劇思使也又有姓者朱帝宮官雲林玉女賓凌她東華宮玉女妸景珠北寒玉女聯渭飛子

女仙　真靈位業圖紫素元君南嶽魏夫人北靈真人小山夫人三元馮夫人右華九成范夫人紫微

比漢七靈石夫人紫清玉華真妃　紫鼠左宮郭大人太極中華名夫人太極主天人滄浪雲林右英玉夫

八朱陵比蛇臺玉嬪管妃方丈臺昭靈李夫人北嶽真山夫人纜華夫人右南極南嶽夫人

左宮王夫人長陵杜夫人太微亏消左夫人右陽玉華飛姬西華玉妃甄幼簫後聖上保南極六合夫人

元夫人後聖上傳太素元君　東華玉妃淳文期　東宮中條王夫人　太和上真东夫人　西漢夫人　華山夫人　王

清神女房素

西王母侍女　位業圖王上華　董雙成　石公子　宛絕青　地成君　郭密香　千若賓　朱方明　張靈子　樓元

對元王母降述靈堂郭侍女王子登八眼之徹董雙成君鈴之磬段安香作九天之鈞人命法要歌素靈之曲

業鸞婉凌華附五董三公范成君鈴朋隨之磬段安香作九天之鈞人命法要歌素靈之曲

道君侍女二　位業圖范運華趙峻嶸珠王把一業敬除　按上真侍女惟易遷宮八十三人含真臺二百

人皆真若童初府蕭閒宮又男真也

上天人　神仙錄上元夫人者三天真君之母紀德仙籍並于王母其侍女志阿環　按上元侍女又有何宋

碑非

于天二女　拾遺記燕昭王時有于天二女善舞一名旋波一名提嫈　按挺淡肚陽蝛作強光

南嶽魏夫人列仙傳諱存華字賢安小有王君弟子楊君之師　按夫人普司徒魏釣女嫁劉幼彥

九華真妃列仙太平上真元君夫人……九華君卯見仙鎔九華大仙田笫蛮見太平廣記　姓安名嫔字靈南晉時降于茅山　按仙以

三仙翁

徐仙翁　按徐仙翁宣和間海陵人

葛仙翁鸞瑛晉句容人開交阯出丹砂求為勾漏令攜子姪過南海刺史鄧岳堅留之乃偕道羅浮山自號

抱朴子丹成而化妻鮑氏南海太守靚之女炎　按葛仙有四前于洪家吳曲人葛有仙術後于洪

晉彭州人萬績升賢于崇真觀宋瓊峽萬長庚隱武夷山升化子白玉蟾又号海瓊子

赤松子

王子晋

東方朔

毛女　授轄錄蔡元長自長安易鎮西川道華山舊聞毛女之異思浮一見向晚從者見岳廟燒紙爐中有物甚異以告元長巫徃視之乃一婦人也遍身皆毛色如紺碧而髮若委目光對人頎元長曰吾不為有好古不為不足言託而玉其疾乃既至成都命寫其像以祀之桉今人言毛女者本此而弟為一美棒人不知昉自何也

黄仙師壇搜神記師行七雄建江州上晚人業巫衲鍼攝鬼魔盛況作相信呂有武薛名狀為善巫音費七公符得法

之閑陝負人手其名不出石釋漢有人列世之休並芙師儀六

淮南八公　群書備數八公蘇飛李尚左呉田雷被毛被伍被晋昌　桉此八人即漢淮南

王安集天下善易者延于八公山熟當時之九師不知因山名兩去一人不知實人也

安年

擇神卷十

六丁神　後漢書梁節王傳從官卞忌自言能使六甲中丁神也如甲子旬

中則丁卯為神甲寅旬中則丁巳為神之類役使之法先齋戒然後其神至可便致遠

及知吉凶也

身神　龍魚河圖髮神名壽長耳神名嬌女目神名珠映鼻神名勇盧齒神名丹朱　黄庭經

髮神蒼華字太元腦神精根字泥丸眼神明上字英元鼻神玉瓏字靈堅耳神空閒字

幽田舌神通命字正倫齒神崿鋒字羅千一面之神宗泥丸心神丹元字守靈肺神皓華

字虛成肝神龍煙字含明腎神玄冥字育嬰脾神常在字魂停膽神龍曜字威明　按

酉陽雜俎又有异名者如腦神曰覺元髮神曰玄華日神曰虛監鼻神曰沖龍王舌神曰始梁

讀百骸之神名

三尸神　藝苑巵言引道書上尸彭踞中尸彭躓下尸彭蹻　按一作彭質彭墻彭居道書松子

清虛中尸白姑下尸血姑

長養神　廣疋女蒦春夏長蒦之神

栗麥秦豆神　春秋佐助期栗神名許給姓庸天麥神名福留秦神名佃笶蘭郁豆神

名靈殖姓樂

鏡神　酉陽雜俎神名紫珍

兵器神　龍魚河圖劍神名飛揚矛神名夫天陰弓神名曲張斧神名狂章盾神名自障
按埤雅又有推亡逐堂弩也續長箭也脫光刀也　司刀鬼名尊一名澹丹

機神　淮南子伯余之作衣也綾麻索縷手經指挂後世為之機抒以便其用高誘注伯余黃
帝臣也　按唐時織梁署有七月七日祭抒之文疑即機神也近見機神白面三目不知
何典

船神　北戶錄梁簡文船神記云船神名馮耳按五行書云下船三呼其名溪百忌又呼為
孟公孟姥劉思真云冥為水官宛為水神冥孟載相似又云孟公父名衣孟姥父名
母曰優戈曰冥父冥姥因孕冥也

胅公胅姥　同語錄崔大雅在翰苑夜直玉堂忽降吾今掛祭胅姥子文　楊循吉詩買錫
迎竈帝酌水祀妹公　按胅公胅姥之祭始于宋時

衣服神　酉陽雜俎衣服鬼名畏違

夢神　仙經神名宜樞喜　記事珠神名趾離呼之寢去清吉　按二說不同後說猶河圖所謂
呼五臟神名令人不病哉不知誰呼之而誰知之耶

廁神　紫姑

五行雜書神名後帝

酉陽雜俎廁鬼名頃一名郭登顯異錄紫姑莱陽人姓何名媚字麗卿壽陽李景納
為妻為大婦曹氏所妒正月十五夜陰殺之廁間上帝憫之命為廁神故世人以其日作其形
于廁間迎祝以占眾事　按此則廁神亦有更改今抗俗呼為坑三姑則神必婦女可知

三相　史記秦始皇紀以罪過連逮少近三郎官者無得立者索隱注三郎謂中郎外郎議
郎　按今吏昏家俱奉之稱為三相

五通神　武林聞見錄嘉泰中大理寺決一囚數日見形獄吏云泰和樓五通神虛位某欲充
之求一羞檄言某充神位得此為據可矣如其言經數月人聞樓上五通神日夜喧鬧
吏乃泄前事為增塑一像遂寂　留青日扎明太祖定天下封功臣夢陣兵卒千萬諸
愜太祖許以五人為伍處：血食乃命江南家立尺五小廟俗稱為五聖堂　按此二說五
通與五聖不可强合然後說亦頗有理或曰是五方神或曰是五行神並見或又作勝終
無確論但五通之名唐時已有故柳，叻載于龍城綠

樹頭五聖　周禮大司徒注野無主者不立壇墠但依其野之所宜樹木以樓田神　按樹
頭之神固言禮家所不廢今粵中郊壚鄉遂無不有社：皆依榕而立亦行古之道也畫榕
生粵中最大且壽迢以松以柏之意狀愚意野中大樹皆有神棲俗稱樹頭五聖然五聖之

名未見于典六約世俗子所加

魚花五聖　管子輕重篇立五厲之祭∷堯之五吏獻繭秋歛落原魚以為脯鯢以為肴若
此則澤魚之征百倍异曰　桉今所謂魚花五聖濫觴于此

九原丈人　隨園遺筆沈學子松江江口有九原丈人廟心竊疑之不知為何神後閱東方朔
十洲記始知唐河濱水怕龍坟之神也乃作九原丈人効勤諸廟石

五道將軍　三國典畧崔季舒未遇□時嘗其妻畫寢云見人長丈餘體黑毛欲來逼巳巫
曰此是五道將軍入宅者不祥　桉留青日扎今所云五道將軍者盜神也亦不知所由
昉　桉宋廢帝水先間五盂冠手二方景和閒帝遣張洪販之于新封之云五文作帳嘗氏其姓名曰杜平李思任妄孫真二人亦閒

土神　太平御覽犯土者依方治之其病率念　齊氏要術載祝麹文曰東方青帝土公
南方赤帝土公西方白帝土公北方黑帝土公中央黃帝土公某甲謹祈請云　桉
此則今俗祀土之說田來已久而所舉土神名号又不一而足

痘花五聖　道籙神姓張名勝河南鄝州鄝鄉人生于唐貞觀六年五月五日掌管人間
疹痘以其功大故統名為痘神云　桉神封掌管天花府轄圖公痘神哥哥凡言五聖
者皆俗子之称

五八

杜主　史記封禪書雍菅廟亦有杜主杜主故周之右將軍其在秦中最小鬼之神者

產神　蔣瑒祢語志放遠治產鬼名也臨產呼之吉

炊神　郊祀志族人炊古炊母之神名

釜䰞神　五行雜畫釜鬼名婆女九過釜鳴呼具名不灾

祖神　琅邪代醉編纍祖黃帝子好遠遊而死于道後人祭以為行神一云祖神名修共工氏之子

好遠遊舟車所至足跡所達靡不窮覽故祀為祖神

藥王　列仙傳韋善俊唐武后時京兆人長齋奉道法晝攜黑犬名烏龍世謂為藥王

西　桐陰舊話韓忠獻徳年六七歲病甚忽若張口飲藥狀曰有道士牽大以藥飼

我誠干而愈因畫像以祀之按母九世…可云醫祖不可祀令人弟死而取販伯之師也

東漢書志黃門令奏曰倛子偹諸逐疫于是中黃門倡侲子和曰甲作食祕胇胃食虎

儺

雜伯食魅腦餉食外伯食奇腾根共食夢強梁祖門共食磔死寄生姜隨食觀錯

新食巨窮奇腾根共食盡凡使十二神追惡凶米女軀拉女幹節解女肺腸女不

急也去後者為粮　按儺所以遂疫逃疫之神其即古之儺玫第不知題頪四目執戈揚盾

兩蒙熊皮黃金朱裳

神君 史記封禪書上求神君(舍)之上林中蹄氏館 按今俗濫祠每稱神君而司巫

者言神君又甚夥焉

明王 北魏地形志東澎城郡渤海縣有東海明王 按凡今社神封號概曰明王追始

于此

馬下 庚巳編吳俗雜祀城隍土地諸神外別祀馬下謂其神之從官也 按馬下疑即漢

書之堂下 今坐者有讚馬下公

萬里相公 增搜神記公姓趙名長喜高里村人世本農桑耕耨兄弟公務耕耕第為人硬直陳陳事不聽鶻階雨苑郡人立祠于長安西二十里吳境是至虞宗避問封公為五列侯按神之時代及名諱無致

沿江遊奕神 翰苑名談陳楚淯舟三山磯有吏處宜遊來日天晴舟人請解維公更待之同行一時難淨洋舟三山磯有吏處宜遊若來日午有大風暴至析木氣沙起舟開行舟多沉溺公驚嘆又見哥更果實沿江遊奕將也以公但日常住寧相固告之曰行以報德吏曰吾不求報責人所至乾神祀富護術卵得先明經一郡其亲其力德有邊職公許之至京以經三郡造投三山磯又夢為豊曰本折一公賜之三今連還數

五瘟使 增搜神記隋開皇十一年六月內有五力士現于凌空三五丈身披五邑被各執一物一執杓子并罐一執皮袋

秋气為栒而走

劍一執俏一執鉅一執火臺帝閃太史張虎仡曰此河神主河災福奉曰乃五方力士在天為五鬼在地為五瘟春瘟張

元伯夏瘟鄉元達秋瘟趙公明冬瘟鍾仕貴挺夌中瘟史文業現之主渡當何以消之支祠于肖芒該封五方

力士為特軍青封顕聖赤封顕應白封顕應元封顕威成黄封顕情麿並用五月五日祭之後遠厚真人造

玉山羽牧伏五力為卻特軍

丙陽非姐妍鬼名倒名壼一名壓

身神　雲篆七籤軀神名覺元子字道都　　髮神名元文葦字道衡今字橢之又皇爾長　　目神左字英明石

字元先又目神名朱媖一名黑醫生字直書　　鼻神名丹朱　　舌神名姝與時字道岐　　喉神為流救字道通

項中神天柱字阿隤外神六金女君　　胸中神天虎真神　心神名紫郯紫陵陽之明文為隤陽昌字道明

字君青別元　　真浩脾真神名　　肺神名㿽泛拘字道救　肺神名青沆字薰嵩㿽又㿽靈重字道平

四命鼻神名沖靈玄字道微　　脾神見黃連字魏芳又魏蒙冘字道寫　胃神名同釆青字道還

西方兵法心雄張文昆冎　肝神北斗星字昆明　肺狀父冘羌元字道納　青神名壽褥　　肺手神字現張

腸神名肥腸㿽字明　　肺牡已九字㿽邑　腎神平武字玉長　　胸神名肝脃反文多參元重字道納

胸脛神字延孔子　　胸聖神字孩天力士　胸脾神字離仏

規神　牧志閩雜俎神名澤妃

筆神　雜俎神曰佩阿曰昌化

紙神　朝地神曰苦卿

墨神　雜俎神曰囘氏

香奩物神　扶蘭朝志笙神曰天毅　胎神曰卉貴　香澤神曰雁援

戟神太公兵法名大將

弓神　兵法名跌踰

弓書鬼　秘閣閒話名長思見深名呼而擎之氣不逝書不生

杵神　廣情物志名細腰

居易錄　南宋劉後塘寧風□也種韶□撞人賃志□

□乱之如暖不為笑偃味莘行

名篆

　帝王

天皇氏姓望名獲字子閏

地皇氏姓岳名鑑字子元

人皇氏姓愷名胡洮字文生

伏羲氏名蒼牙 路史注

黄帝氏名荼 路史注

大禹字密蕀 世紀

漢武帝初名吉 内傳

成湯字高密 藝苑巵言

少昊喬陽氏巳姓名質本作摯其父曰清黄帝第幸 晉注

六三

155

帝佐 列侯

蒼頡 姓侯剛氏 古篆文注

共工 名孔壬 詩考補

鯀 一名白馬 山海經

稷 名弃字度辰 路史

伯益 名隤敳 本碑

商均 名義均

孤竹君 名初字子朝

伯夷 名允一名元字公信 論語少陽篇

叔齊 名智一作致 字公達 同上

中子 名遠一作連 字公望

箕子 名餘胥 莊子司馬彪注

台畬 名醜

徐偃王 誕名弓

皋陶 名庭堅

曹參 字敬伯 史記注

六四

聖賢

先聖初名兵

申棖字子續

林放字子企　孔子通紀

子路迁子名子崔彦佐

遠巷童人姓項名橐　漢董仲舒作孟康注

孟子字子車一作子居孔叢子字子與　傅充子

田生字子春　楚漢春秋

孟母之父名彦　讚九崖漫記

伏生字子賤　西漢琱文

文翁名壹字仲翁　歷代小志

戴聖字次　名儒傳作

蜀才　姓范名長生　顏氏家訓

六五

157

隱逸

許由字仲武　莘字擇　孚桑父　飛周士史考

尹喜字公文　列仙傳

莊周字子休　列母注

陳仲子字子終　高士傳

楚狂接輿姓陸名通　莊子跃

洪崖先生姓張　列仙傳

徐福字君房　列仙傳

王子年名嘉　列仙傳

嚴君平名遵　王貢傳

華陀　名旉　方術傳

鄭々真名朴　高士傳

閭仲叔名貢

武陵漁人姓黃名真　三同群化錄

東方朔之父姓張名真字少平　正說編

方之推牲王名光　神仙綠

精衛黃帝妾名女娃

列女

黃帝母名附寶

堯母曰陳豐得歷志

舜妹名敤手漬志

瞽瞍妻曰握登路史

舜三妃名少暨

老君母洪氏

殷即墨春周破胡列女傳

啟蟹含嵒泱S伍子胥而自沈水之字姓火麂天府志

嘉慶壬申嘉興永豐鄉十西都農人張氏伐老柏樹為舟其樹本中間已朽而有小樹長
三尺許抄帶柏葉數片明年予寓于郭氏人問于予〻亦不識為何物記以俟博者

神考・釋神／（清）李調元撰・姚東升撰輯--排印本--臺北
市：臺灣學生，民 78
22,200面；21公分--（中國民間信仰資料彙編第一輯；
10・11）
ISBN 957-15-0017-8（精裝）：全套新臺幣 20,000 元

I （清）李調元撰・姚東升撰輯　II中國民間信仰資
料彙編第1輯；10・11
272.08/8494　V. 10・11

中國民間信仰資料資彙編　第一輯

主編　李豐楙　王秋桂

神考 釋神 （合一冊）

編撰者：清・ 調元 姚東升

出版者：臺灣學生書局

發行人：丁 文 治

發行所：臺灣學生書局
臺北市和平東路一段一九八號
電話：三 六 三 四 一 五六號
郵政劃撥帳號○○○二四六六八號

本書登記證字號：行政院新聞局局版臺業字第一一○○號

印刷所：明國印製有限公司
地址：台北市桂林路二四二巷五七號
電話：三 ○ 八 九 八 二 ○

香港總經銷：藝文圖書公司
地址：九龍又一村達之路三十號地下後座
座 電話：三－八四○五八○七

中華民國七十八年十一月景印初版

27203-10・11　究必印翻・有所權版
ISBN 957-15-0017-8 （套）